Abaddón
El Exterminador

Ernesto Sabato

毁灭者
亚巴顿

[阿根廷] 埃内斯托·萨瓦托　著
陈华　译

四川文艺出版社

有无底坑的使者作他们的王。按着希伯来话，名叫亚巴顿①，即毁灭者之意。

源自使徒约翰之《启示录》

也许明天我就会死去！……世界上不会有一个人完全理解我。有些人会把我看得比实际上坏些，有些人会把我看得比实际上好些……有些人会说，他是个好人，有些人会说，他是个混蛋！……这两种看法都不符合实际。

米哈伊尔·尤里耶维奇·莱蒙托夫
《当代英雄》②

---

① 和合本《新约圣经·启示录》9：11。（若无特殊说明，均为译者注。）
② 《当代英雄》，莱蒙托夫著，冯春译，上海译文出版社，2020年4月。

目录

1973年初发生在布宜诺斯艾利斯市的一些事/001

坦白、对话以及在所述事件之前的一些梦境，它们可以被视作背景，尽管有时不甚清晰且寓意不明。主体部分发生在1972年，但也有更早之前发生在战前的拉普拉塔市、罗哈斯镇和奥尔莫斯上尉镇的故事（后两者是布宜诺斯艾利斯省的两个村镇）/013

译后记/559

1973 年初发生在布宜诺斯艾利斯市的一些事

布鲁诺的思绪①

1月5日下午在吉多与胡宁街角的咖啡馆门廊下,布鲁诺看着萨瓦托走过来。可正当他准备开口跟对方讲话时却产生了一种难以言喻的感觉——尽管萨瓦托的目光一直向着他的方向,但却始终显得很遥远,就好像没有看见他一样。这还是第一次在他俩之间出现这种情况,鉴于二者的关系从来都很融洽,可以肯定萨瓦托不是因为对布鲁诺有了某种严重误解而故意这样做的。

布鲁诺继续盯着萨瓦托,看他如何穿过那危险的街角而完全无视来往的汽车。他目不斜视,没有一丝犹豫,绝对不像一个对危险保持清醒和警觉的正常人。

布鲁诺是一个特别害羞的人,甚至于很难鼓起勇气给人打电话,但是由于很久没在比耶拉咖啡馆和鲁西荣咖啡馆中见到萨瓦托,加之,听咖啡馆的侍者说这段时间以来他都没有出现过,布鲁

---

① 布鲁诺是萨瓦托《英雄与坟墓》中的人物,此外,本书中的诸多人物都曾在《隧道》《英雄与坟墓》中出现。为更好地理解,建议读者先读这两本书。本书的视角转换十分频繁,为帮助阅读,编者加了"布鲁诺的思绪""萨瓦托的自述""马塞洛的经历"等小标题。(编者注)

诺决定给他家里打个电话问问。接电话的人含糊地回答说："他不太舒服。不，不，他最近都不会出门。"布鲁诺知道，有时在持续数月的时间里，萨瓦托会陷入被他自己称作"深井"的状态中。但是，直到这一次，布鲁诺才感觉到"深井"这个表达方式后面隐藏着一个可怕的事实。他记起萨瓦托从前给他讲过的几个关于妖术、关于一个叫作施耐德的男人、关于精神分裂症的故事。于是一种巨大的不安占据了他的心灵，就像身处一个陌生地域，黑夜突然降临，急需遥远偏僻处小木屋中微弱的灯光或是荒芜难及处火把的光亮来指引方向。

三件事情

同一天的半夜，在一座巨大城市发生的、难以计数的事件中有三件值得一提，因为这几起事件的主角相互间有着某种联系，尽管他们或许彼此并不认识，又尽管其中一位主人公不过是一名醉汉。

在布朗海军上将大道的品松街角，老旧的奇钦酒吧里，老板堂赫苏斯·莫伦特准备打烊了，他对吧台边唯一的顾客说："喂，疯子，我们要关门了。"

纳塔利西奥·巴拉甘赶紧喝光杯中的焦糖甘蔗酒，偏偏倒倒地走出门。在街上他再次上演了每日的奇迹：心不在焉、内心平和地穿过大道,却不会被夜里这个时段飞驰而过的小汽车和公交车撞到。随后,他经过布兰森街走向南码头,步伐就像走在一艘行驶在茫茫大海中摇摇晃晃的小船甲板上。

到了佩德罗·德·门多萨大道,他看见里约楚尔罗河上船只的灯光映在河水中,觉得小船像是浸泡在血水中。突然,他抬起头来,看见船桅上盘踞着一只巨大的怪兽,怪兽的尾巴上布满鳞片,一直延伸到里约楚尔罗河的入海口。

他靠在锌皮墙上,颤抖地合上眼皮想缓一缓。他茫然地思索着,试图用他那装满垃圾和杂草的大脑来厘清事实。随后他再次睁开双眼,这一次他看得更加清楚了,一条巨龙占据了凌晨的苍穹,像一条狂怒的巨蟒正喷出猩红的烈焰。

他吓坏了。

幸运的是这时有人走过来了。是一个水手。

"您看。"他用发颤的嗓音说道。

"看什么?"那人用好心人惯常用来跟醉汉说话的那种友善语气问道。

"那里。"

那人朝他指的方向看过去。

"什么?"他认真地看了看后再次问道。

"就是那个呀!"

水手仔细地观察了一会儿天空后便走开了,脸上挂着同情的微笑。疯子紧盯着他离开,重又靠在锌皮墙上,哆哆嗦嗦地闭上眼睛再次集中精力思考起来。当他睁开眼来看时,他的恐惧加剧了——那条怪兽有七个头,现在正从它的七张血盆大口里同时喷火。他吓晕了过去,醒来时躺在人行道上,天已经亮了,第一批早起的工人正走在上班的路上。他此刻已回忆不起来之前所见到的异象，于是昏沉沉地往合租院走去。

第二件事与年轻的纳乔·伊萨吉雷有关。在解放者大道的树荫掩护下，他看见一辆宽敞的雪佛兰敞篷跑车停了下来，从车上下来的是鲁文·佩雷斯·纳西夫——佩雷纳斯房地产公司的总裁，还有纳乔的姐姐阿古斯蒂娜·伊萨吉雷。时间大概是深夜两点，那两人走进了一栋公寓楼里。纳乔在他的位置继续蹲守到了凌晨4点左右，然后从贝尔格拉诺街离开了，很可能是朝他家的方向走去。他垂着头弯着腰，双手插在破旧的蓝色牛仔裤兜里向前走。

与此同时，在城郊一座警察局肮脏的地下室中，二十三岁的马塞洛·卡兰萨被酷刑折磨了几天，又被装进麻袋里一顿痛揍，最终死在了自己的鲜血和唾沫中。他被指控为游击队成员。

布鲁诺的思绪

证据，重要的证据。布鲁诺自言自语道。他在南岸的某处停下来，那里正是十五年前马丁告诉他"我和亚历杭德拉[①]曾来过这儿"的地方。在那之后他再也没来过这里，而现在，仿佛是同一片

---

① 马丁和亚历杭德拉分别是萨瓦托小说《英雄与坟墓》中的男女主角。

乌云密布的天空、同样的暑热不知不觉间又把他带回了这个地方，似乎某些情绪想从他的灵魂某处重新冒出来。当人们无意识地去重游某些地方时，这些情绪便总是以这种间接的方式表现出来。但是让他感到难过的是，我们身体中还有什么东西可能重现呢？因为我们已经不再是从前的我们，因为新的住宅会在曾经被战火和硝烟摧毁的民居上重建，又或许残存的那些孤零零的民居能经受住时间的践踏，而住在里面的人还对过去的事情和传说保存着模糊的记忆。但它们最终将会被新的激情或灾难取代，从而被泯灭、被遗忘——例如像纳乔这样的年轻人所经历的不幸遭遇，或是像马塞洛这样无辜的人所承受的酷刑和死亡。

布鲁诺背靠着栏杆，听着身后河水拍击河岸的声音，透过雾气再次凝望布宜诺斯艾利斯，摩天大楼在黄昏的天空显出剪影。

海鸥飞来飞去，一如既往地带着自然界特有的冷漠。甚至存在这种可能性：当马丁在那里向他倾诉对亚历杭德拉的爱意时，从他们身边走过一个带着小孩的保姆，说不定那个小男孩就是马塞洛。而现在，马塞洛那年轻的、无依无靠的、羞怯的身躯已经融化在某块水泥里，或是化作了焚化炉中的灰烬，但相同的海鸥依然在相似的天空中继续着它们代代相传的进化。就这样，一切都在发生，一切都被忘却，而河水仍旧有节奏地不断冲击着这座无名城市的河岸。

至少为了让某些东西永存而去写作——一场爱情、一种像马塞洛那样的英雄主义行为、一次沉醉。趋向极致。或许（他带着自己惯有的疑虑和过分的诚实思考着，这总是让他犹豫不决、效率低下），或许，对像他这样的人来说是有必要的，这样的人总是无法践行激情和英雄主义的极致行为；而对埃内斯托·格瓦拉、马塞洛·卡兰萨，抑或是在布拉格广场上纵火的那个青年来说，写作却不是必需的。他有时甚至推测，莫非写作是无能之人所采取的手段，这么说来，现在的年轻人抨击文学也是有理由的吧？他想不明白，对他来说这太复杂了。萨瓦托认为这些醉心革命的年轻人不应唾弃音乐和诗歌，但它们对革命确实没有帮助啊，而且，没有一个真实的人物是用文字堆砌出来的，他们是由实实在在的鲜血、幻想、愿望和渴求造就的。在这浑浑噩噩的人生中，他们让我们找到生存的意义，或至少隐约让我们看见一丝曙光。

在他漫长的一生中再次感到了写作的必要，虽然他也不知道为何在胡宁和吉多街角偶遇萨瓦托之后产生了这种感觉，然而他同时也体会到了长期以来面对广阔时的无能为力。宇宙太过广袤了，灾难与悲剧、相爱与错过、希望与死亡，对他来说都是不可估量的。

他究竟应该写什么呢？无数的事件中，到底哪些是必不可少的呢？他曾对马丁讲过，在遥远的地方正发生的灾祸可能对其他人来说并没有任何意义——对那个男孩、对亚历杭德拉、对他自己；而此时此刻简简单单的一声鸟啼、路过男人的一瞥、一封来信对他们来说才是真实存在的，可能远比印度的霍乱更为重要。不，并不是因为他们冷漠或自私，至少对布鲁诺来说不是如此，而是更为微妙的一种东西。人类就是这么奇怪。他自言自语：此刻在越南有很多无辜的孩子被汽油弹烧死，如果这时去书写世界一隅的几个个体是不是有点可鄙呢？他沮丧地重新去观察空中的海鸥。不，并非如此，他纠正了自己的想法。一个单身男人或一个陌生男孩的任何一段有关希望和不幸的故事,都可能涵盖整个人类历史,也可能帮助他找到自身存在的意义,甚至可能以某种方式,抚慰那位正为自己被烧焦的儿子痛苦哀号的越南母亲。

当然,他也足够诚实,知道(或者说害怕)他写出来的东西还达不到这样的高度。但这样的奇迹是可以实现的,他做不到的事情别人是有可能做到的。不过说不定他也能写出一些有价值的东西,谁又能知道呢?去书写年轻人的故事,因为他们在这个残酷的世界经受的苦难最多,他们的悲惨境遇和痛苦感受最值得被记录:纳乔、阿古斯蒂娜、马塞洛。可是,他对他们真的有所了解吗?黑暗中,他几乎连自己生命里那些最有意义的片段、童年和青年时期的回忆、忧郁的感情经历都看不清楚。

好吧,不说马塞洛·卡兰萨或纳乔·伊萨吉雷,就连跟他最亲近的萨瓦托,他又有多少了解呢?无限多却又无限少。有时候他觉得萨瓦托是自己灵魂的一部分,他几乎可以想象出萨瓦托在面对某些事件时的细微感受;但突然之间萨瓦托又变得深不可测,只能透过他眼里一闪即逝的光芒,去猜测他灵魂深处的想法——我们正是靠着这种大胆的推测去探索他人的秘密世界。比如说,他是否了解萨瓦托与粗暴的纳乔·伊萨吉雷之间的关系,尤其是跟纳乔神秘的姐姐之间的真实关系呢?至于萨瓦托与马塞洛之间的关系,他当然知道他们是通过一系列看似偶然的事件相识的。但正如萨瓦托本人所言,它们只不过是表面上的偶然。最后,他甚至设想那个年轻人饱受折磨后的死亡、纳乔在他姐姐身上喷吐的狂暴而愤怒的口水(姑且可以这样形容),以及萨瓦托的离世是相互关联的。把它们联系在一起的力量是如此强大,以至于它本身就构成了其中一个悲剧的秘密动机。这些悲剧，总结或隐喻了全人类在这样的时刻所能经历的一切。

写一部小说，它关于寻找绝对，关于年轻人的疯狂，当然也关于不愿或不能长大的成年人的疯狂：他们从泥土与粪便之中发出绝望的呼号，或是临死时从世界一角投掷炸弹。写一个故事，它关于马塞洛和纳乔这样的年轻人，关于一个艺术家，他在隐秘的灵魂堡垒中感受到了这些年轻人的骚动（他们的一部分在他身外模糊可见，一部分在他内心深处骚动不安），他们在呼吁永恒与绝对。只为让一些人的牺牲，不要白白消失在混乱和纷争中，而是能触及某些人的心灵，去推动他们、去救赎他们，也许正如萨瓦托在面对一群情绪激动的年轻人时的情形。萨瓦托本人不仅被自己严重的焦虑所笼罩，同时还被来自地狱的魔鬼所控制。这些魔鬼持续地向他施压，他们有的是他书中的人物，但却因作者的愚蠢和懦弱行为而自觉遭到了背叛。这些人物可以为了爱恨或为了领悟存在的价值去自杀或去杀人，而萨瓦托却想要他们活下来，他为此感到羞愧，但他又不单单是为此而羞愧，而是因为他拯救他们的方式——带着卑劣、带着廉价的补偿、带着恶心和悲伤。

没错，如果他的朋友离世了，那么他布鲁诺就可以来书写这个故事了——如果他不是一个软弱的人、一个丧失斗志的人、一个总是在失败中试探的人的话——然而不幸的是，他就是这么一个人。

他再次把目光投向海鸥，它们在暮色将至的空中飞舞。紫色天空和烟雾弥漫的大教堂间映出摩天大厦的深色剪影，忧郁的紫罗兰在筹备夜的葬礼，整个城市即将死去。活着时无比聒噪的人此刻却要孤独地在戏剧般的寂静中死去，沉思着回归自我。随着夜色渐浓，这寂静在加剧，像是要授予他们暗夜使者的称号。

就这样，布宜诺斯艾利斯的又一天结束了，这是永远无法重来的一天，也是让他离自己的死亡更近的一天。

坦白、对话以及在所述事件之前的一些梦境，它们可以被视作背景，尽管有时不甚清晰且寓意不明。主体部分发生在1972年，但也有更早之前发生在战前的拉普拉塔市、罗哈斯镇和奥尔莫斯上尉镇的故事（后两者是布宜诺斯艾利斯省的两个村镇）。

萨瓦托的自述：向布鲁诺吐露的一些秘密

我违背自己的意愿出版了那部小说，后来的事实（不是指出版事宜，而是另一些更加模棱两可的事情）证实了我当时出自本能的怀疑。在好几年内我都饱受这种妖术之苦，那是长达数年的折磨。我也无法向您解释究竟是何种力量作用在我身上，但无疑是来自瞎子们所管辖的领域。他们在这十年间把我的生活变成了地狱，让我束手就擒，每天早上醒来后反而像是陷入了一场噩梦。明明开着灯清醒着却不得不忍受这噩梦，而且绝望地明白这样的痛苦无药可救，更糟的是还得把这恐惧藏在心底。诺曼德夫人刚一看完这部小说的法语译本后就惊恐地从巴黎写信给我说："Que vous avez touché un sujet dangereux! J'espère, pour vous, que vous n'y toucherez jamais!"①

我太愚蠢、太软弱了。

1961年5月哈科沃·穆希尼克来到我家，迫使（用这个动词绝不为过）我承诺把原稿交给他。我紧紧抓住书稿——它有很大一部分都是我在恐惧中完成的——就好像我的直觉在提醒我出版这本书

---

① 法语，意为："你写的东西太过危险！我希望你永远不要涉及这个主题！"

会给我带来危险。不仅如此,我无数次地想要毁掉《关于瞎子的报告》①,有时想要烧掉一些片段甚至是全书焚毁,这点您是知道的。为什么?我自己也不知道。我总认为我是出于自我毁灭的倾向才将一生写作的大部分东西都付之一炬的,而这也是我在公众面前的说辞,当然我现在跟您讲的是我写的小说。我只出版过两部小说,其中唯有《隧道》是我真的毅然决然想要发表的。这可能是因为当时我还比较天真,或者是因为想要保护自己的直觉还不够强烈,又或者是因为这本书还没有非常深地踏入禁忌领域——毕竟书中只有一个神秘人物(对我来说他是神秘的),用几乎难以觉察的方式提到了这个话题,就好比有人在咖啡馆里讲了几句话,也许是很关键的话,但它被噪音所掩盖,或是被其他看似更为重要的话给替代了。

总之,我当天没有把原稿给他。我记得很清楚真正交稿的日期,因为我后来告诉穆希尼克交稿日正好是我的生日。他没带走我的作品,但却带走了我的承诺——我答应他一个月之后交稿,因为有几页的内容我需要重写。我是当着朋友们的面许下的诺言,他们都会为穆希尼克作证。我用这种方式给自己赢得了一个缓冲的时机、一个不用出版这部小说的可能性。

6月24号穆希尼克给我打电话,提醒我别忘了自己的承诺。如果违背诺言我会觉得可耻,或者说我的良知在跟我的直觉斗争,它认为我的直觉很荒谬。因此我把穆希尼克友善的施压当作一个借口,并告诉他当天就会交付原稿,这样一来我仿佛可以理直气壮地说:"你们看到了吧(你们?谁们?),这不完全是我的责任。"在得

---

① 萨瓦托小说《英雄与坟墓》中的一个章节。

到我的答复后，M问我有没有忘了那天是我的生日，她说会跟朋友们一起来为我庆祝。我的生日！那是我唯一记不住的日子，但我并没有告诉她。我出生的时候母亲病了，所以一直拖到7月3号才去给我办出生登记，就好像他们一直没法确定我的出生日期一样，因此我也永远都无法知道自己究竟是6月23号还是24号出生的。有一天我又去追问母亲，她说我是天黑时出生的，当时人们正在点燃圣胡安节的篝火。

"那就没问题了，我是24号圣胡安节那天出生的。"我说道。

母亲摇了摇头："但是有的地方也在圣胡安节前夕点燃篝火。"

我对这样的不确定感到非常生气，它让我无法知道自己的确切星座。我一次又一次地质问我的母亲，因为我总怀疑她对我隐瞒了什么。一个母亲怎么可能记不住自己孩子的生日呢？

我紧盯着她的双眼，但她依然只用那种可疑的方式来搪塞我。

她去世的几年后，我在读一本神秘主义的书时了解到，6月24号是一个不祥的日子，因为那是女巫们聚会的日期之一。母亲有意无意地试图否定这个日期，但她没法否定我出生在黄昏的事实——一个可怕的时辰。

与我生日相关的不祥事件还不止这一个。我出生时，比我大两岁的哥哥刚刚夭折，于是他们就用他的名字来为我命名！我这辈子都无法摆脱这个跟我同名同姓的男孩的死亡，更为甚者，大家在提起他时总是诚惶诚恐。按我母亲和堂娜欧洛希娅·卡兰萨——她是母亲的朋友，也是堂潘乔·谢拉的亲戚——的说法："这个孩子不可能长大。"为什么？得到的答案永远含糊不清，她们转而去跟我聊他的眼神、他的聪颖。听说他出生时带着一个不祥的记号，好吧,那为什么他们又蠢到给我起了同样的名字呢,难道觉得我的姓氏还不够糟糕吗?萨瓦托这个词的词源是萨图尔诺,希伯来语为萨巴思,是希伯来传说中的孤独天使和某些神秘学者所认为的恶灵。

"没有,"我对 M 撒了谎,"我没有忘记今天是我的生日,我会早点回家的。"

当天下午发生的一件事情让我稍稍安心了一些。我把文件夹交给穆希尼克时告诉他我需要留着最后一个文件夹,因为还要修改一些段落。他大为光火,说我在干傻事,说如果这样下去的话我将一事无成,一辈子也不可能出版任何东西,于是我求他让我就在出版社修改几页内容也行。我坐在一个校对员的桌旁,随手拿起最后一个文件夹,翻到达内尔[1]上校准备把拉瓦列[2]尸体上的肉割下来那一页,删去了几个形容词和副词。形容词修饰名词,副词修饰形容词,修饰再修饰。我既悲伤又讽刺地回忆起多年前恩里克斯·乌雷尼亚的语法课:我们在课上费尽力气去细致地描述一匹马、一棵树、一个死人,只为了随后再将那些修饰语删去,让那马匹、树木和死者变得赤裸、呆板而生硬,就好像那些形容词和副词是可耻的伪装,它们妄图去改变或隐藏这些名词。我犹豫不决地在书稿上做着改动,每一页都让我不满意。这在一定程度上归因于每当我创作小说时总感觉到有几种力量作用于我,有的迫使我写下去,有的却在阻碍我、牵绊我,认真的读者一定能从字里行间看出端倪来。

真是够了,我沮丧地合上文件夹,把它交给校对员后便离开

---

[1] 亚历杭德罗·达内尔(1791—1865),法国士兵,曾效力于拿破仑军队,后参与了阿根廷独立战争及阿根廷内战。
[2] 胡安·拉瓦列(1797—1841),阿根廷独立战争英雄。

了。那天很冷很阴暗,下着毛毛细雨。

还有一点儿时间,我临时决定沿着胡安·德·加拉伊街走到帕特里西奥斯公园去。我只在1924年从家乡第一次来到布宜诺斯艾利斯市时去过这个公园,那时我还是个小孩呢。我由此突然想起抵达布宜诺斯艾利斯的那天晚上我住在佩德罗·埃查圭街一栋房子里,而那条街正是以拉瓦列军团中的那位埃查圭命名的。我刚修改完小说中关于军团的那一页,然后就走到这个自童年时代后再未踏足的街区,进而又想起这个名字,这难道不奇怪吗?

我走进公园,在树木间漫步。雨变大了,我走到一座卖日报和香烟的书报亭里躲雨。等雨停的同时我在观察书报亭的老板,他用一个上了釉的小壶喝着马黛茶,看得出来他年轻时应该是个很强势的人。

"糟糕的天气。"他用马黛茶壶指着大雨对我说。

他宽厚的背脊已被岁月压弯,头发也已变白,但他的眼睛却充满童真。书报亭的小窗上用笨拙的字体写着:

C. 萨莱诺的书抱亭[①]

小小的书报亭里还挤着一个八九岁的小男孩和一只流浪狗,狗的毛色棕白相间,身上有白色的斑点。小男孩用友好的目光悄悄打量我,于是我问老板这个小朋友是他的儿子还是孙子。

[①] 书报亭的西班牙语应为 quiosco,老板卡尔卢乔文化程度不高,误写作了 qiosqo。

"不是的,先生,"他回答道,"这孩子是我的朋友,他叫纳乔,经常来店里给我帮把手。"

男孩看上去就像是断耳凡·高的亲生儿子,他用跟凡·高一样的神秘的绿色眼睛看着我。他让我想起马丁,不过是一个更加叛逆而暴力的马丁,这样的人说不定哪天就可能去炸毁一家银行或妓院。这么小的小孩却有着与年龄不符的阴郁表情,这更加深了我的这种印象。

(让时间停留在童年吧,布鲁诺心想。他看到他们挤在一个角落里窃窃私语,那些大人物对他们之间的秘密谈话绝不会感兴趣。他们现在玩什么游戏呢?已经没有抽陀螺、打杂杂和逮人游戏了。多拉尔、比达戈里奥、特索列里和穆蒂斯牌香烟去哪儿了?热那亚足球俱乐部的队员们,现在在哪个隐秘的天堂里玩着陀螺和风筝呢?一切都不同了,但在本质上也可能还跟从前一样。他们会长大、做白日梦、坠入爱河、为生存的意义做激烈的讨论,他们的妻子会发胖、变得世俗,他们会在从前的咖啡馆和酒吧重聚——此时的他们已经两鬓斑白、大腹便便、头发稀疏、疑神疑鬼——然后他们的孩子也会结婚,最终等待着他们的是死亡,那将是他们孤零零地离开这片混乱大地的孤单时刻。

有人——好像是帕韦塞[①]?——曾说过,变老和了解世界是非常悲伤的,而在那些老人中可能有一个很像他、像布鲁诺,然后一切又重新开始:同样的思考、同样的悲伤、用同样的目光看着那些在人行道上玩游戏的天真的孩子们。这些孩子们里面可能就有一个

---

① 切撒尔·帕韦塞(1908—1950),意大利诗人、小说家。

像纳乔一样,正从一间小小的书报亭里严肃而神秘地观察着这个陌生人,似乎某种早熟而可怕的经历把他从童年抽离出来,让他带着恨意去审视成人的世界。没错,他感觉到了停止时间流逝的必要。停下来!他近乎天真地念出一句咒语。哦时间,停止吧!他转而低语道,似乎用诗句的形式能达到普通语言所不具备的效果。让那些孩子们永远留在那里吧,留在那条人行道上,留在那个施过魔咒的宇宙。不要让成人的肮脏伤害他们、摧毁他们。让人生静止在原地。让远征上秘鲁的军队光辉永存,让身着军装的何塞·德·圣马丁①将军的战果永不被玷污,用他有力的食指直指智利。永远不要让他们知道,他当时病恹恹地骑着骡子行军,而不是骑在一匹美丽的白马上。病重的他佝偻着脊背,忧思重重,披着一件简陋的斗篷。让1810年市政厅前的那些人民永远在细雨中等待自由的到来,让那场革命是纯粹的、完美的,让他们的领袖是永生的、没有污点的。愿永远没有软弱、没有背叛,贝尔格拉诺②将军不会因为背弃和羞辱而死去,拉瓦列不会处决他的老战友也不会接受外国人的帮助,何塞·德·圣马丁将军不会倚在他的拐杖上从一座遥远的欧洲城市遥望着美洲,穷困潦倒、失望至极地死去。)

雨停了。尽管某种无法解释的感觉促使我很想跟那个小男孩交谈,但我还是说完再见就跑向了我的汽车,那时我并不知道有一天他会再次出现在我的生命里(而且还是以那样的方式)。我沿着第

---

① 何塞·德·圣马丁(1778—1850),被尊为阿根廷国父,拉丁美洲独立战争领袖之一,曾解放智利和秘鲁。
② 曼努埃尔·贝尔格拉诺(1770—1820),阿根廷独立战争中的杰出军事将领,阿根廷国旗设计者。

一条横向的公路向市中心驶去，但开车时总是无法集中精力，一是因为交了书稿，二是因为那个小男孩的眼神给我留下的印象，不知道怎么开着开着车就进了一条断头路。天已经很暗了，我只能打开车灯来看街道名，这一看我简直吓坏了：亚历杭德罗·达内尔。

我不知所措地愣在原地，没想到竟有一条街道以这个历史上并不重要的人物来命名，更没想过我会以这种方式与他偶遇。而且就算我知道有这么一条街道，又怎么解释我竟能在一座直径五十公里的城市误打误撞找见它呢，尤其还是在我刚刚修改过亚历杭德罗·达内尔割下拉瓦列腐肉的那部分小说内容之后。后来我把这件事讲给 M 听，她用使人信服的乐观语气跟我保证这一切都是好的预兆。她的话至少在当时让我安下心来，但很久之后我却认为这预兆跟她所想的完全相反。不过她的安慰在那时候确实带给了我平静，这样的平静在小说出版后的几个月内变成了兴奋。这本书先是在阿根廷面世，随后又在欧洲发表，我的兴奋使我忘记了数年以来的绝对沉默所提醒我应该保持的直觉。说好听点这就叫作短视吧，我们总是看得不够远。就是这样。

后来的几年内又发生了一些事情，它们带着居心叵测的坚持一点点扰乱了我的生活，虽然多数都是一些琐事，就像我们在失眠时听到的那些不易察觉但却令人不安的声响。

我又一次把自己封闭起来，有近乎十年的时间我都不想听见"小说"两个字。直到发生了两三件事情，让我又重获了一点渺小的期望，就像是一个孤独地与恶劣的狂风暴雨搏斗的飞行员，在汽油燃尽时从迷雾中看见的小小的、隐隐的灯光，借助这灯光他终于窥见了能够着陆的海岸。

是的，我可以着陆了，虽然这是一个不友善的、未知的地方，虽然指引我的那些微弱灯光和我心中战战兢兢苏醒来的期望可能把我带向一个食人部落。

于是我能感觉到自己又重新跟大家在一起了，又能走路了，我之前还以为这一切都与我无关了。

但是我自问，这样的生活能以何种方式持续多久。

萨瓦托的经历

1

他不知道希尔韦托是怎么出现的，谁领他来的或是谁引荐来的。他们当时需要找个人来修门，但希尔韦托是怎么来的呢？当他开始对此生疑时便决定要调查清楚，结果大家都没有肯定的答案。一开始他妻子不喜欢希尔韦托，因为他总是四处转悠、来回走动、笨手笨脚。他的面孔看上去很神秘，但这没什么大不了的，因为所有长得像印第安人的人都有这样的特征。随后他便开始工作，慢工出细活，带着印欧混血人惯有的狡黠的沉默。后来通过希尔韦托又来了另外一些人。

现在他明白了，一切都不是巧合，谁知道他们暗中观察了他多久。慢慢地，那个人进入了他的世界。

在和他的妻子交谈时，希尔韦托暗示说"他们"知道他的情况并且打算帮忙对抗那些让他行动不便的团体。他具体解释说，阿罗诺夫先生一直努力保证萨瓦托先生能继续写作。也许他们误以为他正在创作的是一部歌颂善举的杰作吧，萨瓦托想。这种想法让他开始觉得自己像一个讲谎言来欺骗乡巴佬的说书人。可是，万一他们是对的呢？因为他确实在当地做过一些善事。又或者，他自己并不知道，其实他是站在光明的一边捍卫善举的人呢？他重新审视自己后还是想不明白他们怎么可能、从什么角度、依据什么标准认定他能写出一部歌颂善举的作品，不过或许正因为如此，他才为这些人的要求而感动。当希尔韦托小心翼翼地问他"进展如何"时，他回答说好多了，说他开始能感受到一些积极向上的东西，说他相当肯定自己很快就能重新投入这本书的创作中。希尔韦托带着既谦虚又精明的表情默默地点头，并保证说他们将继续战斗，但"他必须从旁协助"。

有一天希尔韦托说要去地下室检查水管，萨瓦托便跟他一起下去，尽管不知道自己为何这样做。希尔韦托四处查看，好像在找什么东西一样，他的视线长时间地落在那架废弃的钢琴和豪尔赫·费德里科的肖像画上。几天后他又来了，问了萨瓦托几个问题，还向他了解"1949年发生的事情"，以及一个如此这般的信息，一个如此这般的人，一个外国人。是施耐德，萨瓦托想。

希尔韦托问："您儿子的那张肖像画呢？"那幅画怎么了？没什么，我只想知道是谁画的。阿罗诺夫先生说跟荷兰有关。"鲍伯·吉森①！"萨瓦托惊恐地想。但是不可能，肯定是他们搞错了，吉森确实是那幅画的作者，也确实是荷兰人，但他不可能是具备那些能力的"那个如此这般的人，那个外国人"。他们搞错了，因为画中的人像并不清晰，而且因为鲍伯和施耐德都是外国人、都来自同一个时期。

他想，如果鲍伯是那些黑暗势力的代理人，那就太惊人（也太可怕）了。

但是他们为什么非要坚持在地下室召开灵媒聚会呢？不过巴列确实把那里改造得几乎像一个小公寓的样子。堂费德里科·巴列！这是萨瓦托第一次把他的名字跟这一切联系起来：外国人、老年人。但他从不戴帽子啊，或者是不是他们没看清楚所以把这个细节弄错了？不过他又想，虽然巴列不可能是黑暗势力的代理人，但他那么热衷于洞穴和隧道也是值得注意的，不管是他在巴黎跟梅里爱一起工作过的那个地下室还是在科尔多瓦②的山上建成（挖掘）的那个被他称作"洞穴"的避难所，而且他租下桑托斯·卢加雷斯区③的房子后不是把地下室保留下来当作居室吗？总而言之，阿罗诺夫坚持要在那里开会，在地下室开会。那里存放着豪尔赫·费德里科小时候弹过的钢琴，一架从那之后就被合上盖、被湿气毁掉的钢琴。在钢琴上方是1949年鲍伯为他做的画像，现在萨瓦托想起来，那就是希尔韦托提过的年份！不过这实在太荒诞了，那个时候根本就没发生什么事情能把鲍伯认定为那个组织的成员，就算是间

---

① 鲍伯·吉森（1898—1978），荷兰画家。
② 阿根廷第二大城市。
③ 阿根廷布宜诺斯艾利斯市一街区名。

接的联想也不可能。

最可怕的环节是，当金发女孩进入催眠状态时，阿罗诺夫用强制的口吻命令她给出一个属于那个时代的记号，她反抗、啜泣、拧着手、出汗、用断断续续的话语嘟囔着说她做不到，但阿罗诺夫先生再次命令她用钢琴向萨瓦托先生传递信息来证明邪恶势力正被迫退缩。金发女孩继续绞着双手哭泣，而那个高大威严的男人则将他断腿的一侧靠在拐杖上，继而转身看向其他处于不同催眠阶段的妇女，同时也看向男孩丹尼尔，他抽搐着，双眼迷离，尖叫着说肚子里有可怕的东西在动。是的，是的，阿罗诺夫先生把右手放在他的头上对他说道，是的，是的，你必须把它赶出去，必须赶出去。男孩的身子扭作一团，好像随时都会吐出来，然后他就真的吐了，于是人们只好用一块抹布来把地面清理干净。与此同时，金发女孩已经把钢琴盖打开了，笨拙地用紧闭的拳头砸在键盘上，呻吟着说不可能，说她办不到。但是阿罗诺夫先生用胳膊揽着她，再次用严肃有力的声音命令她向萨瓦托先生传达信息。这时，埃丝特太太的呼吸声越来越缓慢而粗重，满脸汗水。快说，快说！阿罗诺夫下令道。您正被那个与萨瓦托先生作对的组织所控制！快说吧，把您该说的说出口！但是她继续摇晃着身体，呼吸间带着巨大的鼾声，最后歇斯底里地跌倒在地，两个人上前去拉住她才能让她无法摧毁手边的东西。她刚缓和了一点，阿罗诺夫又转身去命令金发女孩：快弹琴！他用充满权威的声音对她说，你必须让萨瓦托先生收到他需要的消息。但女孩的十根手指被某种更强大的力量变得十分僵硬，尽管她拼命想要舒展开来但却无济于事。她敲着琴键，但奏出的乐声笨拙得像是低龄的小孩子弹奏的音乐。快！阿罗诺夫命令道，他遣词造句完全像一个西班牙人（萨瓦托为此而惊讶）。你能做到，而且你必须做到！你必须尽你所能，我以上帝之名请求你、命令你！萨瓦托为这个女孩而难过，因为看见她睁着无神的双眼呻吟着、摇晃着脑袋，同时努力想要把僵硬的手指展开。这时他看见贝蒂站了起来，双臂伸开，像被钉在十字架上一般，脸朝着天花板，双眼紧闭，含混地说出一些听不懂的词语。是的，是的，是的！阿罗诺夫喊道，同时把巨大的身躯转向她。他重新调整了一下拐杖，然后把自己的右手放在她的额头上。是的，贝蒂，是的！把你该说的告诉我！让萨瓦托先生知道他需要了解的事！但她继续咕哝着难以理解的词汇。

突然，他们听到了钢琴的和声，萨瓦托和阿罗诺夫都回头看向金发女孩，只见她的手指逐渐松开来，正慢慢地弹奏着舒曼[①]的《夜晚》。这是豪尔赫·费德里科从前常弹的曲子之一！是的，是的！阿罗诺夫无比兴奋地喊道。继续弹，弹啊！让萨瓦托先生接收到这条来自光明的信息！他把充满电流的右手按在西尔维亚的头上。她奏出的琴音越来越准确，到最后根本无法相信这是一架在潮湿的地下室里闲置了二十年的钢琴所能发出的乐音。

萨瓦托不由自主地闭上了眼睛，他感到有东西在他的身体里震动并且使他摇晃起来，大家不得不扶住他以免他摔倒。

---

① 罗伯特·舒曼（1810—1856），德国作曲家、音乐评论家。

2

施耐德重新出现了？第二天他起床时，觉得自己好像在一片满是毒蛇的沼泽里浸泡了几个世纪，之后用清澈的山泉水沐浴净身过一般，他相信自己又能继续前行了。他把一直没回复的几封信写了，然后告诉佛罗斯特他答应接受那所美国大学的邀请，又把延期已久的几个约会和报道搞定了。他觉得只要把这些次要任务一完成，自己就可以重新着手写作小说了。

他从国际广播电台离开后愉快地走在阿亚库乔街上，这时他好像看到施耐德博士站在对面的人行道上，差不多就在赫拉街的街角处，但立刻就拐进了旁边的咖啡馆。他看见他了吗？他是在等他吗？这真的是他吗？还是只是个长得像他的人？毕竟这样的距离是很容易看错的，尤其他这人甚至常常把假人模特看成着了魔的人像。

他慢慢走向那个街角，犹豫着要不要这样做，但是当还有几步就要走到时他停了下来，然后转身朝相反的方向离去了，可以说几乎是逃走了。如果这个人真的回到布宜诺斯艾利斯了或者说他已经在这里待了很长一段时间了，那么不管他去到哪里总会被他们共同认识的人认出来，可为什么从来没有听到过他的消息，哪怕是间接的消息都没有呢？

说不定他的重新出现跟阿罗诺夫先生和他手下那次聚会有关？不过这种想法好像太夸张了。从另一个角度来看，如果这么多年他都一直不见踪影，或者至少是不对萨瓦托可见，那现在他突然让他看见或者说隐约看见是故意为之？这是一种警告吗？

他想象了各种可能性，但最后还是无法肯定那个肥胖的人就是施耐德。

只有一个方法能把这一切搞清楚。他战胜了自己的恐惧，重新向咖啡馆走去。但是在进门的一瞬间他再次犹豫了，他停住脚步，然后穿过马路，躲在一棵香蕉树下窥探。在看见软软胖胖的"巨婴"科斯塔走来时，他在那个位置已经待了大约一个小时了。科斯塔就像一个恶魔宝宝，如真菌一般不断生长，直到长成一个肥大而松软的身躯；他的骨骼好像没有同步发育，没能长到应有的尺寸，或者说骨头的尺寸是够了但却保持着一种柔软的甚或蓬松的状态。他让人感觉（而不是害怕）他必须倚靠住某样东西，比如一面墙或者一把椅子，否则就会像一块堆得太高、无法保持稳固的布丁一样坍塌下来，不堪重负。不过说到重负——萨瓦托曾不止一次地想过这个问题——他肯定不会太重，因为他体内的液体或气体物质太多了，这些物质存在于他的毛孔、肠道、胃、肺和身体的每一个洞、每一条缝里，而他婴儿般的脸更加强了这种凝胶感。他就像那些佛兰德①画家常常描绘的圣诞画中胖胖的金发小宝宝，皮肤雪白，眼睛湛蓝，再给这画中的小宝宝穿上大人的衣服，费力让他站起来，然后用一个巨大的放大镜去观察他。只有一个细节能揭示这严重的错误：他脸上的表情。那样的表情不属于婴儿，而属于一个邪恶的、智慧的、博学的、愤世嫉俗的老人。他在心灵上直接从摇篮跨

---

① 比利时西部的一个地区。传统意义的"佛兰德"亦包括法国北部和荷兰南部的一部分。

越到了暮年，不知道什么是信仰、年轻、激情和淳朴天真。天晓得是鉴于怎样一种畸形的轮回，让他一出生就带有这些终极属性，他在妈妈怀里喝奶时就是用这双邪恶的、怀疑的眼睛注视着她。

他看见科斯塔用惯有的走路方式走到咖啡馆跟前，身体微微向一侧倾斜，长着金发的脑袋半歪着，眼睛看向侧面，对他来说现实仿佛永远不在前方而是在左下方。当他走进咖啡馆时，萨瓦托顿时记起了科斯塔和海德薇的关系，那是科斯塔众多性关系中的一段。可能是追逐名利的愿望太过强大和热烈（那也许是他精神中唯一热烈的东西），让这样一个人竟也具备了性能力。实在很难想象一个女人跟一摊乳胶状肉体在床上的画面，不过谁知道呢，毕竟人心永远是难以揣测的，而精神的力量相对于肉身来说更是非凡的，萨瓦托思考着。不管怎样，他与这些女性的关系总是以搞得人家夫妻离异收场，其中占支配地位的不是肉体而是精神，是邪恶、是性虐待、是恶魔，总之，只能被概括为精神现象。不过，如果说这些特性能够吸引到一个经验丰富的女人的话，却很难想象海德薇也会被吸引，因为她既不老练也不轻浮，更没有什么私人问题，那么就只剩一种解释：这是施耐德博士玩的一个小小的手段（不过请别忘了给这个形容词加上引号）。科斯塔的追名逐利、亲德立场和反犹主义加深或促进了这段神秘关系。

3. 一些想法，一段对话

他回到家时情绪极为低落，但他不想这么快就被打败，于是打算用写作小说来完成这个计划。可刚一拉开抽屉开始浏览书稿，他就带着讽刺的怀疑自问这到底算哪门子小说。他把那几百页的书稿、草稿、草稿的变体、变体的变体来回翻动,一切都是自相矛盾且不连贯的,就如他的内心。几十个书中人物在他们的空间里蛰伏着,就像在寒冷季节里怀着紧张心情冬眠的爬行动物,此刻它们的生命气息难以察觉,不过一旦温度使之恢复活力它们就会立刻用毒液进行攻击。

像以往一样,他检阅书稿时最终总是停在有关卡尔森·帕斯帮派的那个文件夹里,他再次在这张陀思妥耶夫斯基般的面孔前失了神。那家伙对他做了什么?他回忆起十五年前类似的时刻,在同样的审阅和沮丧中他感觉到了这个精神罪犯的目光。这唤醒了他体内影影绰绰的怪兽,它们在黑暗和泥泞中咆哮,有人轻声呢喃着说他是黑暗王子的黑色使者。当费尔南多·比达尔·奥尔莫斯①来访时,那个小小的罪犯似乎已经完成了他作为传令官的任务,重新回到了他所在的那个文件夹里。

现在呢?他看着那张挂着冰冷的激情的脸,试图理解这个人与他艰难创作的小说间有何种联系。艰难,对他来说一直都是如此:在他心里一切都是模糊难辨的,形成又消解,他无法理解自己想要什么也不知道自己想去往何方。书中人物的轮廓逐渐清晰,他们慢慢从阴影中走出,变得清澈透明,最后又回归黑暗的掌控,消失不见。对他的几部小说有什么想说的吗?《英雄与坟墓》出版已经快十年了,人们依然不停地质问他,学生、女士、公务员、在密歇根

---

① 萨瓦托小说《英雄与坟墓》中的人物,是书中女主角亚历杭德拉的父亲、《关于瞎子的报告》的作者。

或佛罗伦萨做论文的年轻人、打字员。水手们会用好奇而怀疑的目光打量那位长相像英国绅士的瞎子，他日渐衰老，背越来越驼，在永远离开之前一直靠贩卖小鲸鱼为生。永远？他是死了吗？他藏在哪个堡垒里？是的，那些水手还想知道他写《关于瞎子的报告》到底是想表达什么，他回答说在书中已写就的内容之外他没什么要补充说明的。他们很不满，像看一个骗子那样看着他，因为作者本人怎么可能不知道答案呢？他试图跟他们解释说有的事实只能用含义不明的符号来诠释，就好比做梦的人无法理解他的梦魇有什么深意一个道理，但这样的解释也是徒劳的。

　　他仔细地翻阅着那堆文件夹，为自己的一丝不苟而好笑：他就像一个疯狂的钟表匠带着谨小慎微的耐心在修理一块手表，手表最终将指向下午 3 点 12 分。他再一次研读那些发黄的新闻、照片、暧昧的证词、相互的控诉：是不是卡尔森本人将锥子刺进那个被缚男孩的心脏并且转动凶器，是不是他下令让戈达斯动手的，那位十八岁的多拉·福特是不是卡尔森的情人，他是不是同性恋。不管怎么说，是多拉勾引了土耳其小伙赛尔并把他带到卡尔森跟前，让他加入帮派，最后假装（赛尔以为是假装）绑架赛尔来敲诈他父亲。直到他们后来把他捆绑起来并且塞了块破布在他嘴里，他才明白他们真的会杀了他。他用迷惑的双眼看着这噩梦般的场景，耳朵里听见卡尔森冷酷地命令手下开始在后院挖坑，然后他在他们已经准备好的信上签了名。

　　萨瓦托在心里问道：既然土耳其小伙一开始以为这起绑架案是假的，为什么不在那时就让他在信上签好名呢？既然他已经知道无论如何他们都会杀了他，那他又何必签名呢？不过也许真实的犯罪总是带有这种粗糙和无条理的特征吧。有两处细节可以体现出卡尔森爱嘲弄人的变态倾向：他到最后时刻才拿出来的这封信写在米勒的《晚钟》的复印件背面，指定的交赎金的地点选在慈悲圣母院的入口处。这是个怎样的人啊！他重新看着卡尔森的照片，想到了"巨婴"科斯塔，尽管卡尔森那张生硬的脸与后者没有任何相似之处。

当他重读证词时一切都在他脑中发散开来，照片上的人脸在改变，慢慢拼凑成其他让他无法逃避的脸，特别是 R 那张令人生厌的脸，仿佛是一个邪恶的专家在点评那些蹩脚罪犯所犯的低级错误。R 总是躲在后面，隐于暗处。他一直想把 R 作为主角写一部小说，并通过这种方式来驱逐这个魔鬼，早在 1938 年的巴黎，当他重新出现在他面前的时候，当他扰乱他的生活的时候。这本半途而废的小说叫作《关于一个陌生人的回忆》。他从来没有勇气跟 M 谈论 R，他只告诉她有这样的一个角色，一个反动的无政府主义者，他将把这个角色命名为帕特里西奥·杜根，这个故事要从卡尔森的罪行讲起，不过细节会一点点更改到无法辨认的程度：多拉·福特不再是一个不幸而美丽的邻家女孩，而是一个复杂的女人；帕特里西奥是个帮派头目，他一开始想把他写成女孩的情人，后来又想写成她的哥哥，不过也可能既是哥哥又是情人。写作计划流产了。几年后，在 R 的持续骚扰下他写出了《英雄与坟墓》。在这本书中帕特里西奥变成了费尔南多·比达尔·奥尔莫斯，女孩最初被设计成他的妹妹，后来改成了他的亲生女儿，它和卡尔森以及那起久远的案子已经没有任何共通之处了。

现在他又一次陷入了乱伦与罪行的恶臭迷宫，这迷宫慢慢沉入他曾自以为在女裁缝和管道工的协助下已逃离的沼泽。他看见他们在黑暗中用爪子做出讽刺的手势，直到他再次在混乱与绝望、在罪恶的幻想、在偷偷地想象地狱的激情中慢慢窒息。他所认识的怪物复活了，它们像梦魇一般不真实，却也拥有与噩梦相同的威力。它们的首领是那个熟悉而模糊的形象，在暗中用那双绿色的、患有夜盲症的眼睛注视着他，带着夜间猛禽的表情。因为他的重新出现，萨瓦托被催眠了，渐渐在这不祥种族的阴影中睡去，仿佛是受了某种邪恶药物的影响。当他在几小时后恢复意识时，已不再是几天前乐观地醒来的那个人了。

他在屋里来回踱步，想要分散注意力，于是开始翻阅一本杂志。让情形恶化的是那个恶人的脸竟出现在杂志上，带着坦率的微笑，睁着大大的眼睛看着你，一副随时准备倾听和帮助的神情。但是就像特工能破译一封粉色书信里的真正内容一样，他也能看清这张脸后面隐藏的真实特征，卑鄙的老贼人，谎话连篇、虚伪无比的贱人。关于市政厅奖他说了什么？

太恶心、太悲哀了。他感觉很羞愧，毕竟归根结底自己也属于那个令人作呕的种族。

他躺下来，又一次放任自己去幻想一直以来的理想生活：放弃文学，在布宜诺斯艾利斯某个陌生的街区开一家作坊。布宜诺斯艾利斯的陌生街区？拜托，这也太可笑了，根本就不可能。尤其让他情绪变坏的是他之前在联盟的发言，他受了两个小时的折磨，之后是整晚的折磨，就像一个人赤身裸体在公众面前展示自己身上的脓疮，更为难堪的是围观的是一群轻浮之人。

一切在他面前又变得黑暗，那本小说，那本有名的小说现在在他看来一无是处甚至是种羞辱。再写一本小说还有什么意义呢？他唯一决定出版的两部小说是他在两个关键时期写成的，虽然他也不明白自己为什么会这样做。但他现在感觉到他需要写点不同的东西，一个类似小说的东西。是，有什么东西逼着他这样做。但到底是什么呢？于是他不快地重新开始审视那堆自相矛盾的书稿，但那好像并不是他想要的。

然后是他的意识世界和地下世界之间的裂痕。他放弃科学选择了小说，就像一个良家妇女突然沉沦于毒品和卖淫。是什么让他想象出这些故事？它们到底是什么？

虚构小说通常被认为是一种欺骗、一项不够严谨的任务。诺贝尔奖得主胡赛①先生自从得知了他的决定之后，再见面时便不再跟他打招呼了。

不知不觉间他发现自己竟然在绕着雷科莱塔国家公墓漫步。比森特·洛佩斯街上的居民楼让他窒息，尤其是想到 R 可能就住在其中一个小房间里，在那个被晾晒的衣服半遮住的阁楼上。

那施耐德呢，他和这部作品又有怎样的关系呢？阻碍他写完小说的"实体"到底是何方神圣？

他怀疑施耐德是从中作梗的力量之一，并且仍在继续。尽管他中途好像被迫离开了一段时间，但在他消失的这几年中依然在远处窥伺，而现在，他似乎又回到了布宜诺斯艾利斯。

至于另一个阻碍力量，他已经很清楚是谁了。

---

① 伯纳德·胡赛（1881—1971），阿根廷生理学家，1947 年诺贝尔医学生理学奖得主。

突然间他明白自己对萨特的关心不是偶然，而是那些骚扰他的势力作用的结果。难道不是因为那样的目光、那样的眼睛吗？

眼睛。维克多·布罗纳①。他的画中充满眼睛。多明格斯挖掉的他那只眼睛。

他继续漫无目的地游荡，怀疑一切。间谍被派往英国的某个地方，他们讲一口纯正的英语，连穿着打扮和结巴程度都神似牛津大学的毕业生。

该怎样分辨敌人呢？比如说那个卖冰淇淋的男孩，有必要留心观察一下。他买了一支巧克力冰淇淋后离开了，或者说假装离开，然后他突然又折返来紧盯着男孩的眼睛。那男孩显得很吃惊，不过这种惊讶可能是真实的反应也可能是装出来的。类似的工作无穷无尽：那个拿着梯子的人、那个女打字员或者女职员、那个在玩耍或是装作玩耍的小孩，极权主义政府不是就喜欢任用小孩吗？

他在卡兰萨一家的公寓前停下来，虽然他完全不记得自己打算来这儿。

他缩在沙发上，听见他们在聊皮皮娜。什么，什么？联盟大会？联盟和皮皮娜？这是搞什么鬼？

贝娃笑了："笨蛋，他说的是萨特。"

"他说的不是皮皮娜吗？"

"不是，说的是萨特。"

"好吧，怎么了？"

---

① 维克多·布罗纳（1903—1966），罗马尼亚画家、雕塑家，1938年被西班牙画家奥斯卡·多明格斯（1906—1957）误伤后摘除了左眼。

他是不是批判了萨特？

他沮丧地摘掉眼镜，用手抚了抚额头、揉了揉眼睛，然后开始点评木地板的瑕疵，而贝娃则用审判官似的眼睛关切地打量着他。她的母亲顶着像刚睡醒的乱糟糟的头发和神情，在苦苦思索着恒河的支流、头足纲动物和各类代词。

施耐德，他盯着地板想道。

"他什么时候到布宜诺斯艾利斯的？"

"谁？"贝娃吃惊地问。

"施耐德。"

"施耐德？这么多年过去了，你怎么还会对这个骗子有兴趣？"

"但他到底什么时候来的？"

"战争结束的时候吧。我也不知道。"

"那海德薇呢？"

"也是吧。"

"但我在想他俩会不会在匈牙利就已经认识了。"

"好像他们是在苏黎世一家酒吧相识的。"

他发火了："好像，好像，总是这么模棱两可。"

贝娃困惑地看着他。"那个跳梁小丑，"贝娃说，"他手里只差拿条蛇，再拿个那种既能穿针又能削土豆还可以切割玻璃的万能工具。最好再有一群老女人跟在他后面。"

"是，没错，他就像一个江湖骗子。那又怎样？"

"什么叫那又怎样？"

贝娃的愤怒对萨瓦托来说是她笛卡尔式思维的副产品，她虽然总跟阿朗比德医生争执，但其实在本质上他俩的思维方式是相同的。他完全不想解释。

"什么叫那又怎样?"贝娃仍在坚持。

萨瓦托疲惫地望着她。波德莱尔,关于魔鬼那部分。

"波德莱尔?"

他没有解释,因为觉得说了也没用。这是最可怕的行为,让人以为他不存在。施耐德,他既可笑又阴暗,聒噪又神秘莫测。他的大笑中藏着一个隐秘的灵魂,就像一张漫画式的滑稽面具下是一张线条简单而生硬的来自地狱的神秘的脸,好比一个人一边准备着一场精心设计的冰冷的犯罪、一边跟他未来的受害者讲着黄色笑话。玛鲁哈在问,"哪种腔肠动物的名字是五个字母组成的"。他想象施耐德在暗中操控着那个帮派的生命线。不过他到底在想什么啊?帕特里西奥和克里斯滕森一家都是想象出来的人物。一个真实的人怎么可能操纵或者掌握他的幻想呢?古斯塔沃·克里斯滕森。

他又想到,"巨婴"科斯塔完全可以是古斯塔沃·克里斯滕森。为什么不能呢?他把他想象得很消瘦,而"巨婴"则又胖又软。为什么不能呢?

"'巨婴'科斯塔。"他说。

贝娃望向他,眼睛像在喷火。跟这人又有什么关系?

"我看见他了。他进了赫拉街和阿亚库乔街交会处那家咖啡馆。"

关她什么事?他很清楚她对这个人一点儿也不感兴趣,她好几年前就摆脱他了。

"我告诉你。"

"一丁点儿兴趣都没有,你知道的。"

"我告诉你是因为我觉得他进咖啡馆是为了去见施耐德。"

"你在说什么呀?施耐德在巴西。我都不知道他在那里有多久了。"

"我觉得他进了那家咖啡馆。再说,他俩关系特别好。"

"谁?"

"他和'巨婴'科斯塔啊,不是吗?"

贝娃笑了:"'巨婴'还能有朋友!"

"我是想说他们那段时间经常见面。"

"我倒想知道他俩谁更烦谁。"

"他们不一定是朋友,也可能是同伙。"

贝娃莫名其妙地看着他,但萨瓦托说完这句话之后就沉默了。

过了一会儿,他盯着杯子说:

"也就是说你认为施耐德去了巴西。"

"是玛贝尔说的。大家都知道。他跟海德薇一起去的。"

萨瓦托一直盯着杯子,他问她基克[①]是不是还在跟"巨婴"科斯塔见面。

"我想是吧,他怎么可能丢掉这种爱好,对他来说那可是个珍宝。"

"他最近没跟你提起施耐德吗?如果他从巴西回来了,然后去见了'巨婴',基克肯定会知道的。"

没有,他完全没提起过。再说了,基克很清楚她讨厌别人在她面前谈及"巨婴"。萨瓦托更加焦虑了,因为这一切都证明如果那

---

① 萨瓦托小说《英雄与坟墓》中也有同名人物。

个人从巴西或者其他别的什么地方回来了,那他的这次回归不是公开的而是秘密的。他和科斯塔的接触与使萨瓦托蒙上阴影的问题有关系吗?把轻浮的科斯塔和那种人联想在一起好像很荒谬,但考虑到他恶魔的一面也就不是那么不合理了。可如果真是这样的话,他们为什么选择在市中心的一家咖啡馆见面呢?萨瓦托之前从来没去过那家咖啡馆。可能只是个巧合。可是真有那样的巧合吗?不,必须排除这种想法;恰恰相反,应该想到是施耐德通过某种方式知道了萨瓦托要去国际广播电台,所以才在那条街上等着被萨瓦托看见(或隐约看见)然后进了咖啡馆。但目的是什么呢?为了吓唬他?他最大的疑惑又来了:到底是谁在跟踪谁?

他试图进行回忆,但一切都让他迷惑。没错,是玛贝尔把他介绍给了安德烈·特莱基,后者又把他介绍给了施耐德。当时《隧道》刚刚出版,因此时间应该是1948年。他当时没有重视施耐德提出的那个关于阿连德①的问题:为什么他是瞎子?这看上去只是一个单纯的问题。

"瞎子戴绿帽。"他带着粗俗的笑评论道。

这人在1948年到1962年间做了什么事情?他在1962年《英雄与坟墓》问世之际重新出现是不是有某种深意?在一座大都市里可能好几年都不会偶遇某个熟人,可为什么这本新小说刚一出版他就跟施耐德重逢了呢?

他试着回忆他俩重聚时的谈话:关于费尔南多·比达尔·奥尔莫斯。

---

① 萨瓦托小说《隧道》中的人物。

然后呢，他不打算回答了？

"什么？"

他有没有批判萨特？有还是没有？

贝娃带着质问和热切的眼神看着他，她永远威士忌不离手，提问时永远采用选择疑问句。

批判萨特？谁会傻到问他这种问题？

我不记得了，反正某个人问了。

某个人，某个人！总是这些看不见脸的敌人。他问自己为什么还要在公众面前发言。

他发言是因为他愿意。

为什么他还要不停地说傻话呢？他发言是因为软弱，是因为某个朋友央求他，是因为他不想看起来高高在上，是因为这些可怜的孩子是何塞·因赫涅罗斯·德·比利亚·索尔达蒂，或者马塔德罗斯文学协会的会员；他们不能被轻视，他们白天做电工，晚上解读马克思。

得了吧！联盟又不在比利亚·索尔达蒂，而且去那儿的都是成千上万发福的妇女。

"行吧。你猜对了，我就是为那些发福妇女发言的，我这辈子除了这件事其他啥也没做。现在让我安安静静喝我的威士忌吧，我来这儿就为了这个。"

"你们别吵了，别打扰我思考。亚洲的某条河流，四个字母组成的。"

"也就是说他们唯一跟你议论的就是我批判了萨特。"

他站起来，走过客厅，走进书房，查看了那几把老军刀，心不在焉地翻阅了几本书。他对所有人都生气，包括他自己。他酸涩而讥讽地想起那些圆桌会议、讲座、乌拉圭纸牌、乌拉圭东角、法语联盟、童年回忆，又想到贝娃最近瘦了很多，还想到小说题目（《笼罩在花样女孩的阴影下》！这怎么可能？）、地板上的尘土、书的封面创意。终于，他回到了他的沙发跟前，深深地陷进去，仿佛自己的体重有两倍三倍那么重。

肯尼亚和埃塞俄比亚边境上的某种动物，像瘤牛但不是瘤牛，七个字母。

"你批判了他，对不对？"

萨瓦托破口大骂。贝娃平静地告诉他可以讲一下细节，不必在那大喊大叫，他这样不像个知识分子而像个疯子。

"但是到底是哪个蠢货给你编造了这个故事？"

"他不是蠢货。"

"你刚刚说你不记得是谁给你讲的。"

"是啊，但我现在想起来了。"

"是谁？"

"我没有理由告诉你，到时候你又要问一堆问题。"

"当然，当然，目的是什么？"

他再次陷入痛苦的沉默。萨特。恰恰相反的是，他一直在维护萨特。他一直在捍卫现实世界的人，多有意思。当匈牙利爆发革命时，当斯大林主义者指责他是一个激进的反革命的为美帝服务的小资时，还有当另一些人称呼他为效忠于国际共产主义的笨蛋时；当然，他们还攻击他是同性恋，因为他们没能从他身上挖掘出犹太血统。

"但是你不觉得与其在这儿浪费时间发小脾气,还不如跟我解释一下你发言的意思吗?"

"目的是什么?"

"啊,你觉得我不配知道。"

"你既然这么感兴趣的话就应该自己去现场听啊。"

"可皮皮娜拉肚子了,我得照顾它啊。"

"行了,够了。"

"什么够了?这个问题对我很重要。"

"你指望我用四个词跟你概括我在那里花了两小时分析的东西,然后你再来说三道四。"

"你不用全部解释给我听,只用告诉我你的观点,最基本的观点。而且你不得不承认,我脑子里的东西比那些推搡着听你发言的胖女人要更深刻。"

"够了,会场里都是学生。"

"如果我没记错的话,你有天给我说过,所有哲学都是直觉中心的发育:一切皆流、赫拉克利特①的河流、巴门尼德②的圆球。对不对?"

"对。"

"现在你却骗我说你关于萨特的理论需要两小时才能讲清楚。怎么了,难道它比巴门尼德的哲学还重要吗?"

---

① 赫拉克利特(约前544—前483),古希腊哲学家,他认为"一切皆流,无物常住",宇宙万物没有什么是绝对静止的和不变化的,一切都在运动和变化,因此"人不能两次踏进同一条河流"。
② 巴门尼德(约前515—前5世纪中叶以后),古希腊哲学家。

"哎呀。"

"嗯?"

"萨特关于《恶心》的那则报道。"他疲惫地解释道。

"报道?什么报道?"

是很久之前的一则报道,肯定是萨特罪恶感的产物。

"罪恶感?"

"当然了,他在写小说的同时却有孩子因饥饿而死去……"

"哪个孩子被饿死了?"

"妈妈,你别打岔。然后呢,萨瓦托?"

"好吧,我是从萨特的观点出发的。"

"可你觉得这个观点是错的。"

"你又开始了。"

"所以呢?"

"所以?你可不可以告诉我,哪一本小说,除了《恶心》之外的任何一本小说,那些世界上最好的小说,《堂吉诃德》《尤利西斯》《审判》,哪一本可以用来避免一个孩子的死亡?如果不是对萨特的人品有信心,我肯定会以为这是从某个政客嘴里说出来的话。我再问你:巴赫的哪一首合唱曲或凡·高的哪一幅画曾出于什么原因、在什么时候、以什么方式让一个孩子免遭饿死?难道我们要因此就否定所有文学、所有音乐、所有绘画吗?"

"前段时间有一张印度的照片,照片上的孩子饿死在街头。"

"是的,妈妈。"

"你也看见了?"

"没有,妈妈。"

"我还读过法国作家朱尔·罗曼的一本书……不对,好像是罗曼·罗兰?我老是把姓名记混……总之就是关于这个的一本书。"

"关于哪个,妈妈?"

"关于一个婴儿被饿死的故事。他叫什么来着?"

"谁?"

"那个作者。"

"我不知道,妈妈。你刚刚说的是两个作家的名字,他们的书我都没读过。"

"那你应该多读点儿书,少发言、少喝酒。你呢,埃内斯托,你也不知道吗?"

"我不知道,玛鲁哈。"

"那么,你觉得萨特是不对的,这样看来给我传递情报的那个人说得没错了,对不对?"

"这不叫批判,笨蛋。这可以说是在帮他对抗他的缺点,是在捍卫最好的萨特。"

"那么也就是说因为小孩的死亡而痛心的萨特是一个坏的萨特。"

"你这是在诡辩。照你的说法,贝多芬是个坏人,因为在法国大革命如火如荼的时候他做的是奏鸣曲而不是进行曲。我们不要降低对话的档次。"

"好吧,我们回到你的论点。你的意思是萨特的逻辑错误,因为他的思维不严密。"

"我没这样说过。不是说他逻辑错误,而是他觉得自己有罪。"

"为什么会感觉有罪?"

"被恶魔缠身、信奉新教。"

"然后呢?"

"没什么。第一个征兆可能是那个叫施韦泽的姓氏,第二个征兆是他的丑陋。"

"丑陋?这跟那篇报道有什么关联?"

"一个像癞蛤蟆一样的丑男孩。你读过《文字生涯》吗?"

"读过,怎么了?"

"人们一看他他就害怕。"

"然后?"

"人们能看见的是你的什么?身体。他人的眼睛就是地狱,他们看着我们就是在石化我们、奴役我们。这不就是他的哲学和文学主题吗?"

"你太武断了,妄想用这四个词就给我概括萨特的全部思想。"

"如果我没记错的话,不久前正是你要求我这么做的。"

一切皆流。

"好吧,现在你又打算用哲学为基础来分析我的心理了,要是被那些布尔什维克党发现你这么做的话……"

"有羞耻心并不意味着平庸,尤其是孩子们的羞耻心,它可以达到极大的生存意义。我羞耻,故我存在。一切的出发点皆出于此。"

"一切?我认为你言过其实了。"

"为什么?一个作者作品中最重要的部分就来源于他童年时的欲望,你想想萨特的那些文学作品。有谁愿意赤身裸体被人看见吗?"

"你以为我真能记起萨特笔下的人物是怎么穿衣服脱衣服的吗?我已经太久太久没读书了。"

"我这样说是因为你一直在折磨我。有人喜欢从上帝视角去观察人,这让他感觉像神一样无所不能;另一个人喜欢在不被自己朋友看见的情况下去观察她;有人因幻想自己能隐身而开心,他的乐趣之一便是从锁眼里偷窥别人;另一个人想象地狱就是一道目光,目光中囊括了所有。在其中一部作品中,地狱就是一个女人的目光,人们永生永世都要忍受这目光。"

"好了,打住,我们聊得太远了。不过,说到哲学……"

"我觉得你看书不太动脑子,或者可能你没读过《存在与虚无》吧。"

"我当然读过,不过是在 19 世纪读的。"

"所以我才这么说。"

"说什么?"

"说你读书总是不动脑子,不然你肯定会记得隐身、飞越、身体、目光、羞耻心。"

这时基克来了,他说玛鲁哈你越来越美了。然后他转身对萨瓦托说:"大师,下午好。"萨瓦托感觉自己快迟到了,于是匆忙离开了。

他刚走,贝娃就生气地对基克说:

"我提醒过你别去烦他,至少别当着我的面!"

"我也没办法,亲爱的,自打他让我协助他写小说我就摆脱不了了。他这个人既讨厌又可笑,还爱卖弄学问。等哪天有空的时候我要给你讲几件事,我给你说,他的那摊子事儿我清楚得很。"

"你与其讲这些让人不愉快的事,倒不如讲几个你的八卦。"

"当着他的面讲?"

"当然了。"

"真的吗?然后他再把我的话写到他那本写了一百二十年还没写完的小说里?"

4

基克很消沉,贝娃认为,禁止他说别人的坏话就像禁止伽利略发表他的著名言论一样。不过西尔维亚和她同学们的到来让他立刻又振作起来,因为她们告诉他说看到小莫利纳穿着皮夹克骑着摩托车。

"好呀!好一个奇装异服的神父!穿短裤的神父、穿比基尼的修女。既然墨西哥电视剧里的语言那么流行,做弥撒的时候就再也不需要拉丁语了。我向你们保证,在底层群体中,天主教会像赌球一样受欢迎,正因为有了这些信奉列宁主义的神父——他们引用的不是圣托马斯而是马克思和恩格斯的名句。Après tout[①],基督教总是在追求大众化。你们想想,除了在撒哈拉传教之外,行洗礼时一向用的是最便宜的清水,可有的疯子却发明了用公牛的血来施洗礼。什么样的邪教才会这样铺张浪费,每给一个孩子施一次洗礼就要耗尽一头牛的鲜血——古罗马的超级寡头制下的宗教仪式,在阿根廷则是安乔雷纳家族,或是像贝维拉夸那样的意大利暴发户家里

---

① 法语,意为"总而言之"。

的新生婴儿洗礼。"

"贝维拉夸怎么了?"玛鲁哈从填字游戏中抬起头问道,"他买了头公牛?"

"像他那样的无耻之徒,罗马使徒教会就是他的遮羞布。"

"你把洛苏埃尔的事情一次性给我们讲清楚吧。"

基克把他长长的胳膊张得像一架风车,双手高举过头顶,眼睛看向天空,仿佛在祈祷神灵帮助一样。

"女同胞们!"他高声喊道。

"快说吧。"

"你们知道,作为一名专栏记者(众所周知,我现在是《广播国度》这份非常有趣的周刊的支柱力量),我必须要关注电影业的发展。还好,我不用去洛林电影院和'洛'系列的其他电影院。这几家电影院都是那个狡猾的人利用文化故事巧取豪夺,给咱们这座伤痕累累的城市带来的又一场灾难,到处都被挖得坑坑洼洼,水管裂开了,人行道被拆除了。洛林电影院之后是洛瓦尔电影院,而在那之前布宜诺斯艾利斯还有过'因'字头的竞赛。顺便提一下,这个竞赛的要求很细,电影院名称必须以'洛'打头,而且一定要是法语的。多雅致啊,是不是?它们按字母顺序出现在日报的广告栏里,这样一来大家要么去洛林电影院要么去洛瓦尔电影院,其他家的生意都被抢去了。你们觉得呢?所有的年轻人,尤其是法语联盟的成员想破了脑袋,终于在复习了 *Douce France*[①] 的历史、地理和钱币学之后发现了洛瓦尔这个绚烂而引人注目的姓。这可真是一个

[①] 法语,《亲爱的法兰西》,是法国家喻户晓的一首歌曲。

杰作啊，我是永远不可能有这种发现的，因为谁会去思考像塞纳河这类看似理所当然的名字的由来呢？

"就这样，'洛'系列的电影院出现了，首先是洛林，然后是洛瓦尔，现在是洛苏埃尔。可能是他们的历史书和地理书都被烧毁了，所以才编出这么一个奇怪的姓，它就像一个长着洛林的头和洛瓦尔的身子的半人马兽。不过，不管这名字怎么样，这家电影院总是人满为患。我看了不下四百万次《战舰波将金号》[①]这部电影，里面那位坚强而神勇的马克思主义者发射大炮捣毁肮脏的资产阶级分子的巢穴，同时还能做到不误伤任何一个无辜的小孩。

"但年轻人追逐时髦的意愿是无穷的，每时每刻都会出现新的潮流牵引着他们。首先是意大利新现实主义电影，人们像在游乐场里一样大喊大叫，他们觉得这就是艺术的颠覆，直到他们厌倦了索尔第[②]和德·西卡[③]的特写镜头，重新回归法国电影，因为它一直都在我们内心深处占有一席之地。于是我们只能再次忍受杜维威尔[④]的俗气，可电影院里那些专家们却觉得这是文雅的极致。由于人不能两次踏进同一条河流，于是我们又厌烦了这些法国佬，转而追求瑞典电影。瑞典电影总是大获成功，因为大家都喜欢看见少女被强暴的戏份，尤其当施暴者是一个土匪或是这位完美少女的恶棍哥哥的时候。正如萨瓦托大师所言，这类电影具备其惯有的形而上

---

① 向俄国1905年革命二十周年献礼的一部影片，由谢尔盖·爱森斯坦（1898—1948）执导，讲述了敖德萨海军波将金号战舰起义的历史故事。
② 阿尔贝托·索尔第（1920—2003），意大利喜剧演员、导演。
③ 维托里奥·德·西卡（1901—1974），意大利导演、编剧、制片人、演员。
④ 朱利恩·杜维威尔（1896—1967），法国导演、编剧、制片人。

学的情结和冲突，使年轻人以为在瑞典随时充斥着乱伦和流产，这样的既成事实让他们梦想着去到这恬不知耻的国度施展英雄行为。但这些可怜的孩子不知道的是，在那个国家终日不见太阳，人们全年在火炉旁、火炉上甚至在火炉里打哆嗦。正因如此，当8月27号这天太阳出来时就成了举国欢庆的节日，大家一窝蜂全拥到街上去晒太阳，亲切而民主的国王甚至还要利用这一天到田间去。有年夏天伯格曼拍了《不良少女莫妮卡》，片中汇集了各类发生在田间、山头、草原上甚至是皇家花园里的性暴力行为，当然，只在出太阳的这一天。如果外国人在8月28号到达的话，会发现一切都清零了，而且自己当场就会被冻僵。"

西尔维亚要求暂停一下，基克等她平静下来之后继续道：

"嗯，有一天我到一个文化中心去，刚走到大门口，阿尔比诺尼①的音乐就钻进耳朵里，在音乐间隙人们阅读马尔库塞②。这些事情一刻也不能耽搁，它就像你每天吃的维生素片和每天吸的氧气。进去之后猜猜我碰到谁了？科卡·里韦罗。我不久前还刚去拜访过她。你们知道科卡这个人怎么样，也知道她的藏书是什么类型的：像是巴比塞③的《地狱》、不明作者写的《看破红尘的女人》、某个再洗礼派创作的《没有上帝的世界》，这些还不够，还有斯特克尔的《性冷淡的女人》。看到这些书，你只想赶紧逃出去，晒晒太阳，呼吸新鲜空气。但我自讨苦吃，竟然冲动地想去跟她讲她妹妹的一些流言蜚语，一定是她的书房影响了我。不过位高则任重，

---

① 阿尔比诺尼·托马索·乔万尼尼（1671—1751），意大利作曲家。
② 赫伯特·马尔库塞（1898—1979），美国哲学家、美学家。
③ 亨利·巴比塞（1873—1935），法国作家。

我忍住没去讲帕努查的风流韵事,而是开始聊起葬礼、离异、肿瘤、肝炎、汇率改变导致的物价上涨。这些话题让科卡的情绪变好了一些,对她来说唯一存在的太阳就是奈瓦尔①了。"

"那你上次在洛林公司碰见她时又做了什么呢?"

"我还能做什么呢?我们一起去喝了杯咖啡,在几个大胡子男人和粗俗的女人中间坐下来后我就开始聊神正论。"

"特奥迪塞阿②?"西尔维亚憋着笑问道,"这是某位罗马王后的名字吗?"

"你别说话了傻瓜,只管听着就行了,或者就只管画画,毕竟你在这方面挺有天赋的。我跟你解释过,世界就像一首上帝演奏的交响乐。但是为什么要当一元论者呢?西尔维亚,一元论者指的可不是研究猴子的专家③啊。神是有趣的(请打字员注意,这里的神是大写的,因为我们也不清楚到底哪个神是真正的。就像波德莱尔的朋友有一次想在一座非洲神像上掐灭烟头,波德莱尔冲他喊道:'小心!说不定这个神是真神呢?')嗯,神是爱开玩笑的,世界就是他讲的笑话,一个恒星级别的笑话,长一百万光年的四次方,宽一点五万亿光年。世界也可能是一个糟糕的音乐家的作品,或者如吉列尔莫·德·托雷④所说,是一位音乐家在吃得太饱后昏昏欲睡

---

① 钱拉·德·奈瓦尔(1808—1855),法国诗人、作家。
② "神正论"的西班牙语为 teodicea。
③ "一元论者"的西班牙语是 monista,而 mono 是猴子的意思,基克以此来揶揄西尔维亚。
④ 吉列尔莫·德·托雷(1900—1971),西班牙散文家、诗人、文学评论家,博尔赫斯的妹夫。

时谱出的曲子，就像罗西尼①的创作习惯一样。毕竟，荷马有时也打瞌睡②——智者千虑必有一失嘛！又或者，我们所了解的世界只是神所创造出来的一小部分，而且我们分到的恰好是最糟的那部分。就好比我们分到的是一篇日报里的社会板块，而其他人却没有分到这些屎一样的东西（gros mot③），他们摊到的是体育板块，最不济也是政治板块。再或者，神在饱餐了一顿土耳其美食之后睡着了，他做的噩梦就是我们的现实。比如，你品德高尚的母亲去世了，她这辈子从没做过任何一件坏事，所有人都抱怨说上帝怎么能允许这样的悲剧发生呢？然而事实是神不用对这一切负责，因为他当时睡着了，而你品德高尚的母亲的离世只不过是一顿美餐后做的噩梦带来的副产品。好了，该说再见了，我要去履行我作为记者的工作职责了。"

"别走，基克！再讲讲科卡！"

"关于这个可怜的女人你们还想让我讲点儿什么呢？就像物理老师在教我们电学的时候，会取出静电机来示范一样，海德格尔教授在跟科卡聊到焦虑时也想向她展示焦虑。如果你碰见拉什科夫斯基④，他一定会拿出十二卷记载着科卡精神创伤和情结的卷宗。顺便说一句，我一直想不明白为什么我们国家有那么多心理分析师，其数量仅次于美国。就像莱布尼茨说的，这一定有它存在的理由。是因为大布宜诺斯艾利斯的五十万犹太人？但是这说不通啊，不是

---

① 焦阿基诺·安东尼奥·罗西尼（1792—1868），意大利作曲家。
② 西方谚语。
③ 法语，意为"请原谅"。
④ 阿纳尔多·拉什科夫斯基（1907—1995），阿根廷医生、心理分析师。

吗？早在俄罗斯人从敖德萨到来之前就已经有心理分析师了，想想美味的克里奥尔烤肉的例子吧：牛肚、牛杂碎、牛乳房、牛睾丸。"

"你说的这种腔肠动物①其实是昆虫吧？"

"所以我刚才让你还是专心去画画呢，绘画是戈登伯格医生课堂上的实践作业之一，更别提探戈了。你们去听听里维罗唱'再次和妈妈住在一起'！实在太美妙了！这是弗洛伊德和夏马雷拉②的混合体，是情结和手风琴的混合体！如此真实，因而如此美丽，因为 rien n'est beau que le vrai③。于是这个强大的产业把这些聪明人吸引到我们这里来，然后所有剩余价值都到了这些剥削者的手里！所以我要做共产主义的拥护者。俄罗斯也有焦虑的人，但是那里的心理分析师都被国有化了，有一个专门的焦虑部门，还有一个针对俄狄浦斯情结的特别委员。尽管中央集权不可避免地带来了官僚主义——正如阿尔瓦罗的观点——但至少他们不会剥削你。我完全可以想象在服兵役的时候，班长大声喊道'有俄狄浦斯情结的往前站！'等那些傻瓜刚一迈步，就会被派去西伯利亚接受治疗。"

西尔维亚又激动了。基克说，好了不跟你们玩了。他在走之前补充说关于这个话题他打算给阿根廷心理协会发一份通告。据他说该协会的规模跟希伯来人协会差不多，而且成员几乎都是同一批人。

---

① 原文中"criadilla"除了牛睾丸还有腔肠动物的意思。
② 塞萨尔·夏马雷拉（1924　），阿根廷科学家。
③ 法语，意为"没有比真实更美好的东西了"。

布鲁诺的思绪

在电梯中、在镜中的孤独时刻（布鲁诺心想），那个沉默而冷酷的神父，那个稍纵即逝的忏悔室，那个充满塑料和电脑的世界。他想象萨瓦托残酷地打量着他的脸：感官、激情、好感、怨恨、信仰、幻觉、失望、他曾经历和预感过的死亡、使他悲伤或沮丧的秋天、迷惑过他的爱情、在他的梦中或虚构中拜访或骚扰过他的鬼魂，都渐渐在这张脸上留下了它们的印记，虽缓慢却无情。在那双因痛苦而哭泣的眼眸里，在那双因困倦、羞怯和狡黠而合上的眼睛里，在那两片因固执和残忍而紧闭的嘴唇里，在那两条因不安或奇怪而抬起的充满疑问的眉毛里，在那一根根因愤怒或感性而膨胀的血管里，在这薄而柔的面庞上，灵魂慢慢勾勒出一片不持久的区域。肉身既是灵魂的囚笼也是它唯一存在的可能，它通过这种方式显灵，因为按照宿命论的观点，灵魂必须附着于躯体。

是的，萨瓦托的灵魂就用这张脸去观察（和经受）宇宙，就像一个身陷囹圄的死刑犯。

萨瓦托的经历

1

他走向雷科莱塔国家公墓，讨论和会议的意义是什么？反正一切不过是场巨大的误会。那个混蛋叫什么名字，竟然用剩余价值来解释宗教，看他要如何解释纽约工人支持尼克松镇压反叛学生的原因。萨特被激情和恶习所撕裂，但仍捍卫社会正义。洛根丁①和他讲的那些针对自我教育和社会主义人文主义的笑话！

他在长椅上坐下来。

人们在看他。一个男孩跟他女朋友悄悄说了什么，然后自以为不被察觉地指了指萨瓦托，但萨瓦托感觉到了，就像小鸟能够区分普通的行路人和猎人。他悲伤地忆起他也曾像这个男孩一样，可以自由自在地去公园里看书，没人知道他的姓名，没人掌控他，没人谈论他。

苏格拉底和萨特。两个丑陋的人，两个憎恶自己身体的人，他

---

① 萨特小说《恶心》中的主人公。

们对自己的肉体感到厌恶，渴望一个透明而永恒的世界。可是发明柏拉图主义的人肚子里不照样装满大便吗？

我们创造出那些我们所没有的因而无比渴望的东西。

好吧，去的并不都是发福的中年妇女，去的女性也不都是胖子，这个笑话多可笑。也有学生，有很多学生，他们是真正感兴趣的人。

真正感兴趣的人？得了吧！

必须赶紧下定决心了，把自己关进想象中的那间小作坊里。

但是不行，不行！那是懦弱，是在这群混蛋面前做逃兵。

《恶心》里的那个黑人，在肮脏的小房间里，在纽约的夏天。他被蓝调的永恒旋律救赎。垃圾背后的永恒。他走向墓地，又一次读到"Requiescant In Pace"①，就像是再次透过橱窗凝视那吸引我们的物品，尽管它价格无比昂贵，但我们知道总有一天我们会把它买下来。

他沿着比森特·洛佩斯街的围墙走，停在一栋公寓楼前往里看：晾晒的衣服、流浪狗、脏兮兮的小孩。R 的典型特征，他想，他肯定就住在上面某个房间里。

M 做过的梦。

一个大概二十厘米高的侏儒被关在一个玻璃瓶里，他不安地用双手在透明而牢固的玻璃表面寻找突破点。他是美国电影里某个英国人的缩影，瘦瘦的，穿着肥大的粗花呢衣服，戴着只在英国售卖的那种礼帽。他的动作像是一种威胁，他狂暴而愤怒地从一头走到

---

① 拉丁语，意为"愿君安息"。

另一头,猛然停下来,抬头静静看着M所在的位置。然后他突然大喊了一句什么,这声音她自然是听不见的,因为这一切都像无声电影里那样。她被那声听不见的呐喊和他的表情吓坏了,她说那表情是"令人毛骨悚然的"。

她用这个形容词想说明什么呢?他问她,极力掩饰着自己的焦虑,仿佛是在淡化梦的重要性。她不知道,她也无法解释,唯一能肯定的就是那表情令人毛骨悚然。

"是你给我讲过的那个小说人物:帕特里西奥。我很确定。"她补充说。她继续看着他,似乎在期待着什么。

"好,好,我会处理好的。"

可这句话连他自己都不相信,因为他无法跟她解释束缚他的那些力量。她只知道最外在的东西:诽谤、流言蜚语、误导性的谣言等,但她不知道这一切都是由一个非常微妙而又非常恐怖的强大力量所推动的。

几个月后,M给他讲述了另一个梦:里卡多要给一个人做手术,那人躺在手术台上,无影灯照在他身上。里卡多掀开被子,发现他身上缠着木乃伊绷带。他在那满是尘土、古老的裹尸布上划了一道口子,然后再沿着胸口和腹部划开那羊皮纸一般的皮肤,没有一滴血流出来。在本该是内脏的地方取而代之的是一只巨大的黑色蠕虫,它的尺寸跟刀口差不多大,足足有一尺多长。它开始蠕动,伸出的伪足立刻变成了布满神经的四肢。几秒钟之内那只虫子就蜕变成了一个微型的黑色魔鬼,跳到了M的脸上。

M认为这个梦也跟帕特里西奥有关。

萨瓦托困惑地看着她,他了解她的预言能力,因此心里隐隐感到不安。

他站在比耶拉咖啡馆前。

他在咖啡馆一个僻静的角落里坐下来,开始进行他的人口筛查,想象自己正被人监视,想象别人都想来认识他(多么傲慢而又虚假的动词),想象他们通过报告来追踪自己的动态(按照现代人的幻想,通过一篇时长一小时的糟糕的访谈记录就能充分了解一个人)。这一切都没有任何意义。在下面,他和所有人一样,过着梦想的生活,有着没人相信的秘密癖好,地表下隐藏着荒诞的纷乱、惯有的拥挤;在上面,他去到法国大使馆,那里发送和接收各种谎言和使馆专用的陈词滥调:和蔼可亲的礼节,善解人意的礼貌。他不聪明也不引人注目,当他脱掉裤子上床睡觉时总是不可避免地想到克尔凯郭尔在做同样的事情并且在说,"我征服了人群,可当我独自在房间里时却想开枪自杀"。

直到他看到那两个孩子。

2. 买单

他像往常一样坐在角落里,观察着朝向金塔纳大道那桌的两个人。他能看清女孩的样子,因为她正对着他,而且午后的阳光照在她的脸上。但男孩背对着他,只有在转动脑袋时能瞥见他的侧面轮廓。

那是他第一次看见他们俩,他很确定这一点,因为女孩的神情只要见过一次就会让人过目不忘。为什么呢?一开始他也说不清楚。

她的头发很短，深棕色，暗淡无光泽。眼睛乍一看以为是黑色的，后来才发现原来是绿色。她的脸骨感而紧致，颌骨紧闭，牙齿前移从而导致嘴唇向外突出。从这张嘴就能看出她的顽强，她一定是那种遭受酷刑仍能保守秘密的人。她应该有十九岁，不，二十岁。她几乎不说话，只是听男孩讲。她的眼神深邃而遥远，有一点点抽离，令人难忘。她的目光里藏着什么呢？他猜她的眼睛可能有点轻微的斜视。

不，他之前没见过她，但却有种似曾相识的感觉，难道是因为他曾见过她的姐妹？或者她的母亲？这种"似曾相识"的感觉常常出现，让他很不舒服，而这不适感在他肯定别人正在谈论他时就更加强烈了。这种悲哀的感觉只有作家才能体会，也只有他们才能理解，他苦涩地想道。仅仅作为名人（比如演员或政客）还不足以体验到这种不适，非得要是小说家才行，他不仅被作为公众人物来评价，还要因自己书中的角色是什么样或寓意着什么而受到审判。

没错，他们在谈论他，或者说很明显男孩是在谈论他，甚至斜眼打量他，这时他就能更清楚地看见他的侧脸：跟女孩一样的嘴（向外突出），一样暗沉的棕色头发，一样瘦削的鹰钩鼻，一样厚实的嘴唇。

毋庸置疑，他们是姐弟，他应该比她小一两岁。他的神情好像面带讥讽，手指很细很长，用与身体不相称的力量握成拳。他全身都带着一种不协调的感觉，动作很快、很突然、很不灵活。

随着时间的推移他的不安感在加剧，而当一个谜底揭晓时他的情绪变得很差：断耳的凡·高。不同的是性别、年龄、绷带、皮草帽、烟斗，相同的是目光中的游离以及观察现实的阴暗方式，现在能解释清楚那双黑色眼睛（其实是绿色的）给他留下的最初印象了。

这个发现让他惊恐，而在听见他们争论的内容后他的焦虑更加倍了。

在一个看过自己写的书的陌生人面前，其他作家会不会有跟他相同的感受？一种混合了羞愧、好奇和恐惧的感受。有时候，就像此刻，是一个面露悲伤或痛苦的男学生。这时候他会试着去想象他为什么读自己的书，哪几页内容对他的焦虑有益，哪几页会起到相反的作用；哪些片段记录着暴行或欢愉，可以佐证他对世界的愤怒或是对爱对孤独的肯定。但有时却是一个成年男人、一个家庭主妇、一个交际花。最让他惊讶的是这些迥然各异的人会去读同一本书，就好像这本书可以幻化出无数不同类型的分身。一个单一的文本有了关于生死和存在意义的无限诠释方法，相异的甚至是相反的，否则怎么解释一个想去抢银行的男孩和一个在生意场上大获成功的商人都会为之着迷呢？

"漂流瓶。"他说。不过瓶里的信息是有歧义的，它可以按那么多种方式进行解读，因而很难定位失事者的正确方位。或许比喻成一片宽广的领地更为恰当，它拥有醒目的城堡，也有给仆人和臣子住的复杂房间（其中一些房间里也许藏着什么最重要的东西），有精心料理的花园，也有遍布池塘、沼泽和恐怖洞穴的乱糟糟的森林。每一个来访者都被这片广阔而复杂的领地的不同部分所吸引，有的不喜欢那些精致的花园反而为黑暗的洞穴着迷，有的带着恐惧和激情去游历那些满是毒蛇的巨大沼泽地，而另一些人则愿意在装饰一新的大厅里听那些闲言碎语。

男孩说的话好像一度让他姐姐不安,她似乎低声给出了什么建议。他正准备起身时她拽着他的一只胳膊让他坐下,萨瓦托得以看见她也有一双骨瘦如柴却有力的手,她的肌肉中蕴藏着巨大力量。争论还在继续,确切地说是他在发表意见而她在反对。最后男孩猛地站起来,在她阻止之前朝着萨瓦托的位置走来。

他经常在咖啡馆碰见犹豫半天最后走向他的学生,鉴于长期的经验,他估计会发生一些不太愉快的事情。

男孩的身高相对于他的实际年龄要高得多,他走路的姿态印证了他坐着时给人的印象——粗暴而生硬。他的态度中始终带着愤怒,不仅是针对萨瓦托,而是针对整个现实。

他站在萨瓦托面前,用极大的声音几乎是喊着说:

"我们在《人物》那本杂志上看见了您的一张照片。"

在说到"那本杂志"时,他脸上挂着某些人在经过粪堆时才有的表情,萨瓦托看着他,仿佛在问他,这表情意味着什么。

"不久前还有一则报道。"他似乎是在指责。

萨瓦托装作没注意到他的语气,承认说:

"是的,千真万确。"

"最新一期我看见您去参加阿尔韦亚尔街上一家服装店的开业典礼。"

萨瓦托的愤怒一触即发,但他做了最后的努力强忍着回答说:

"没错,是一个画家朋友的精品店。"

"应该说是拥有精品店的异性朋友们吧。"男孩冷笑着补充道。

于是萨瓦托彻底爆发了,他站起来喊道:

"你是什么人,敢来评价我和我的朋友?"

"我吗？我拥有的权利比您这样的人能想到的多得多。"

等萨瓦托反应过来时发现自己给了男孩一记耳光，差点把他扇倒在地。

"你这没教养的小子！"他大骂。其他人都围过来劝架，有人拽着男孩的胳膊把他拉回座位。他姐姐也站起来跑到了事发现场，随后萨瓦托看见她在他们的座位旁轻声却严厉地跟她弟弟讲话，而男孩则带着自己特有的莽撞猛地起身冲出了咖啡馆。萨瓦托很沮丧，也很惭愧。所有人都在看他，有的妇女在那边窃窃私语。他付了钱，目不斜视地离去了。

他在雷科莱塔国家公墓中漫无目的地走着，试图让自己平静下来。他感到无比的愤怒，但奇怪的是他的怒火与其说是针对男孩，倒不如说是针对自己和整个现实。"现实"！什么现实？众多现实中的哪一个部分？或许是最糟最肤浅世俗的那部分——那些关于精品店和杂志的现实。他对自己感到恶心，但同时也对男孩哗众取宠的冒失态度而生气。他觉得对自己的这种恶心好像来到了男孩身边，进入他，以自己当时还不能理解的方式污染了他，随后又反弹回来重重打在自己脸上，无情地羞辱他。

他在那棵巨大的印度榕边的环形椅上坐了下来。

暮色将至，公园里渐渐暗下来。他闭上眼睛开始反思自己的人生，却好像听见有女性的声音在怯怯地叫他。他睁开眼看见她站在面前，面露犹豫，也许还有一丝自责。他站起身。

女孩带着凡·高自画像上的那种神情看了他几秒钟，终于鼓起勇气开口道：

"纳乔的态度并不能说明全部事实。"

萨瓦托盯着她，然后冷冷地回答：

"妈的，您这么说我感觉好受多了。"

她抿紧了嘴巴，萨瓦托立刻发现自己这句话不太恰当，于是又试图缓和：

"我不是那个意思。您看，我们大家都会犯错，会说一些言不由衷的话。其实我真正想说的是……"

萨瓦托觉得自己很蠢，尤其当她用那种讳莫如深的神情看着他时，这场面有点滑稽。她再次开口说：

"好了，我很抱歉。我……纳乔……再见吧！"

然后她就走了。

但是她突然又停下来，迟疑了一会儿，最终回头补充了一句：

"萨瓦托先生，"她的声音在颤抖，"我想说的是……我和我弟弟……跟您小说中的人物……我是说，卡斯特尔[①]，亚历杭德拉……"

她止住了，两个人互相看着对方。过了一会她又犹犹豫豫地开口道："您别误会了……那些纯粹的人物……您懂的……那些报道……那一类杂志……"

她沉默了。

几乎没有任何过渡，就像她弟弟一样，她突然喊道："太可怕了！"然后跑开了。萨瓦托为她的态度、她的话语、她那阴暗而凌厉的美所震撼，他机械地穿过公园，沿着收容所外那条小路离去。

---

① 萨瓦托小说《隧道》中的男主人公。

布鲁诺的思绪

暮色中,布鲁诺心想,公园里的雕像带着难以忍受的忧郁俯视着他,他肯定感受到了卡斯特尔走在同一条小路上时曾体验过的无助和不解吧。

可是,那些孩子们虽然能理解书中那个不幸之人的无助,却不能理解萨瓦托竟也会无助;他们不明白那孤独和绝对感继续以某种形式藏身于他体内某个角落,有时难以察觉,有时却跳出来与另一些可怕的、卑鄙的人斗争——这些人也住在他身体里,他们力争一块立足之处,不论他们在书中的命运如何,他们都要求怜悯和体谅,而萨瓦托的内心却得继续承受被那些蠢货称作"现实"的模糊而肤浅的东西。

纳乔的经历

纳乔走进自己的房间,找出萨瓦托在法国大使馆的那张照片,把它剪下来用图钉钉在墙上。旁边还有两张照片:一张是阿努伊[①]陪同穿着白色婚纱的女儿走进教堂的照片,上面用红色记号笔画了一个小牌子,就像漫画里那样,写着"婊子养的";另一张是福楼拜的照片,身旁画了一个小纳乔在喊着:可她自杀了,你这恶心的家伙!

他用同一支记号笔在萨瓦托身边一个听众嘴边画了一个小圆圈,又在里面写了一个词:无耻之徒!尽管只是简简单单一个词,他却觉得非常有意义,因为它很适合这位绅士。他稍稍往后站了一点,像在审视美术展上的一幅画作。他双唇紧闭,嘴角向下,露出鄙视之意,同时还带着苦涩的厌恶。最后他啐了一口,用手背擦了擦嘴唇,躺到床上盯着天花板陷入了沉思。

接近午夜时分,他听见了阿古斯蒂娜的脚步声从走廊上传来,紧接着是钥匙发出的声音,他起身打开了吸顶灯。

[①] 让·阿努伊(1910—1987),法国剧作家。

"把那盏灯关掉，"她一边进门一边说，"你明明知道它照得我不舒服。"

她的语气介于命令与痛苦之间，令他害怕。就着床头柜上那盏小灯，无法看清她的表情，尽管他对那张脸熟悉到就像一头骡子可以在夜里沿着悬崖前行而不跌入深渊。阿古斯蒂娜面朝墙和衣而卧，纳乔离开了家门。

他一边通过散步的方式让自己冷静下来，一边告诉自己一定是白天在比耶拉咖啡馆的那一幕令她生气了，她肯定觉得自己对那个家伙持有的态度十分荒诞可笑，她可能因此而感到丢人现眼了。

但是，他突然想到（那一闪而过的念头就像怀疑黑暗中的危险一样），如果换作是别人，她还会不会觉得很丢人很气愤？

他在灯光昏暗的小巷子里走了很久，然后回家去了。他不仅没有平静下来，对一些细节的分析反而让他变得更加不安，尤其是想到他们一起阅读萨瓦托的小说时她曾说过（她当时感叹过！）的一个词。

他进门时发现阿古斯蒂娜没关床头灯就睡着了，仍穿着到家时的那身衣服，不过她现在是面朝灯光侧躺着。

他在她旁边的地板上坐下来，认真看着她。她睡得很不踏实，突然皱着眉头嘟囔了一句什么，好像呼吸也变得困难了。纳乔小心翼翼地、热切地、带着对未知的恐惧，将手凑到她脸上，用指尖抚摸着她厚实宽阔的嘴唇。她身子微微一颤，又咕哝了一句，然后翻身朝里，继续在她的梦中孤独地前行。

他想吻她，可他吻的会是谁？她的灵魂此刻不在身体里，它去到了什么遥远之境？

哦，伊莱克特拉①——他说——阿波罗不会忘记你，

光之王，牲畜成群，

黑暗的阿刻戎河②上的黑魔王也不会忘记你。

萨瓦托的自述

路德维希·施耐德博士，我记得跟您讲过我初识这家伙的情形，那是在1948年刚出版《隧道》后不久的事情。您知道他当时唯一问我的是什么吗？是关于阿连德的眼盲。

在1962年跟他重遇之前我对那个问题完全没当回事。您想想，那么多年间我从没跟他在街上偶遇过。偶遇……您知道的，我们在日常生活中总是使用这类漫不经心的词汇，而我根本不相信他跟我真的是偶然遇上的。这个人在找我。您明白吗？更准确地说应该是在远远地跟踪我，天知道是从什么时候开始的。我怎么知道他在跟踪我？这是一种本能，一种从来不会出错的直觉。他可能从读完我的第一本小说就开始跟踪我了。把"可能"两个字去掉。我思考了

---

① 希腊神话中擎天神阿特拉斯的七个女儿之一。
② 希腊神话中五条冥河之一，意为苦难之河。

一下他当时针对卡斯特尔对瞎子的描述发表的评论：

"呃，这么说他们的皮肤是冰凉的咯？"

自然，他是笑着说的。但随着时间流逝，他的那个笑容附着了一丝阴险的意味，因为我明白了要让这家伙笑就好比让一个残疾人跳舞。

十二年后他跟我再次在路上偶遇，只为了告诉我一些事情。什么事情？关于费尔南多·比达尔·奥尔莫斯。您觉察到什么了吗？不过在这之前我想先跟您解释一下我是怎么认识他的。

最爱你的那些人有可能被邪恶力量利用来愚弄我们，您稍微想一想就能理解我的意思。我是通过贝娃的妹妹玛贝尔认识的施耐德博士，我叫他博士是因为人家给我介绍他的时候就这么称呼的，虽然从来没人知道他的博士学位是什么类型的又是在哪里获得的。实际上我不是通过玛贝尔直接认识的他，而是通过我们称之为"玛贝尔的外国军团"的成员之一认识的。这个团体由匈牙利人、捷克人、波兰人、德国人和塞尔维亚人（或者说是克罗地亚人；在我们这儿，人们无法区分他们，而在那里，他们因为国籍不同而惨遭割喉）组成。简而言之，就是在第二次世界大战期间或之后像伞兵一样空降在布宜诺斯艾利斯的各色人等——冒险家、真真假假的伯爵、（自愿或被迫）从事间谍活动的女演员和男爵夫人、罗马尼亚籍教师、通敌分子或纳粹分子，等等。在这些人中间也有非常优秀的人被卷入了这个旋涡，但正因为好人和不法分子交织在一起才让局面变得更加危险。

"外国军团"中的一个人——据说他后来在巴西玛多克罗索省的丛林里失踪了——坚持（就是这个词）要我认识一下施耐德博

士。我刚才已经说过了,当时我的小说刚出版,所以应该是在1948年前后。而多年后,当《英雄与坟墓》问世时,我又不安地记起这件事—— 一个并不关心阿根廷文学的外国人居然会告诉玛贝尔的这位朋友说他"非常有兴趣"认识《隧道》的作者。

我们约在泽波斯特酒吧见面。我觉得他长得像中东人,可能是塞法尔迪人①、亚美尼亚人或叙利亚人。他个子很高大,老是缩着肩膀所以看起来有些驼背,背部极为宽阔,手臂很有力,手背上的毛发黢黑浓密。严格来说,除了刮过胡须的脸,从他身体每一处地方都钻出黑色的、卷曲的、粗硬的毛发,例如耳朵。而胡须尽管刚刚才剃过,已经又开始往外冒了。他的两条眉毛又粗又长,几乎连成一片,就像阳台上长出的脏兮兮的黑色杂草,盖住了两只褐色的大眼睛。他的两片嘴唇也跟整体很和谐,如果它们不是那么厚实肉感的话人们都会怀疑那是伪造的。他笑起来时露出发绿的牙齿,一定是长期吸烟的结果。鹰钩鼻很宽。总之,他只差骑上一头长翅膀的公牛②了。他是古波斯的总督、亚美尼亚的男爵、叙利亚的海盗、蒙面的犹太人。

他贪婪地饮着啤酒,愉悦的神情与他的双唇、巨大的鼻子和好色的眼睛相协调。

他一口气喝掉了半升啤酒,然后用一只巨大的毛茸茸的手背擦去嘴角的泡沫,随后问了我一些关于《隧道》的问题。为什么我要把玛丽亚的丈夫写成瞎子?这样写有什么特别的含义吗?他神秘的

---

① 指散居于世界各地的西班牙犹太人的后裔。
② 波斯和亚述神话中的人面兽身怪物。

黑色眼睛从粗硬的眉毛下方研究着我，就像是长在丛林间的石子儿。还有冰凉的皮肤又是什么意思？

我当时对他的这些问题没引起重视。我离真相实在太远了！后来他笑着（他笑意中的愉悦好比妓女给予顾客的爱情）评论道：

"瞎子戴绿帽！"

应该是过了许多年之后我才去反思他这个恶俗的笑话，然后才推断出他是为了用这种方式消除掉他的那些问题可能给我带来的不安。

我忘了告诉您，他最后那句感叹是当着刚到的一个女人——海德薇·冯·罗森伯格——发出的。我无比好奇地观察着她的五官，那是一种破旧的美丽，就像在欣赏一枚流通了一个世纪之久的金币上铸刻的人像，不过，依然可以想象出它最初的光辉。而当施耐德粗鲁地大笑着讲出瞎子戴绿帽那句话时，我能看出她变得很慌乱。这件不愉快的事情刚发生那家伙就说要离开一小会，因为他和那个匈牙利人有些事情还没谈完。两人去了另一桌，只剩下我和那个女人单独相处。后来我猜测这一切都并非偶然。

我问她是不是在我们国家已经待了很长时间了。

"我是1944年来的，俄军入驻时我就逃离了匈牙利。"

我很惊讶，尽管我也猜到很多有钱的犹太人在躲过了纳粹分子之后却因为对共产主义的惧怕而出逃。

"您觉得奇怪吗？"她问我。

"您是说当苏军入驻的时候吧？"

"没错。"

我看着她。

"我原以为您会在那之前离开呢。"我补充说。

"什么时候?"

"希特勒的军队入侵时。"

她的目光定格在酒杯上,停顿了一下之后说:

"我们从来不是纳粹分子,但他们也没来找我们麻烦。"

我再次表示了惊讶。

"怎么了,您觉得不可思议?我们并不是特例。也许是因为他想利用我们吧。"

"利用你们?谁?"

"希特勒。他总是寻求一些家族的支持,您知道的。"

"一个犹太家族的支持?"

她脸红了。

"对不起,我没有冒犯您的意思,我觉得这并不可耻。"我赶忙澄清。

"我也觉得,但我不是因为这个脸红。"

她迟疑了一刻后补充道:

"我不是犹太人。"

这时施耐德和那个匈牙利人回来了,后者告辞后便离去了。

施耐德听见了那女人的最后一句话,所以带着粗俗的笑声跟我解释说她是海德薇·冯·罗森伯格女伯爵。

我对他的言行相当不悦。虽然我当时浑浑噩噩的,但还是观察到了一个奇怪的现象,在后来的接触中也印证了这一点:他一靠近就会把那女人变成另外一个人,尽管没有舞台上魔术师的催眠效果那样明显,但我感觉有类似的变化在她灵魂中产生。后来在别的场合我证实了这种印象,她对他不是感到不舒服,而是有一点厌恶,可能是一个无比精致的人对于被一个俗气到手指头的人奴役而产生的抵触。他们之间的联系有着怎样的秘密?

多年后,当1962年那个人再次出现在我的人生道路上时,我得以确认和深入研究了这个现象。我由此得出结论,他们之间的关系只能是催眠师与灵媒的关系,施耐德一个无声的示意便足以让她按照他的指令行事。奇怪的是,他并不具备那些精神力控制者身上应有的尊贵属性:有穿透力的眼睛、紧锁的眉头、抿紧的嘴巴。他始终带着粗鲁的嘲讽表情,厚厚的嘴唇半张着。至于爱情就更别提了,不论他们之间有着怎样的关系,很明显的是施耐德并不爱任何人。"工具"这个词应该最能用来概括海德薇的特点,不过工具都有它的用途,我自问(自1962年那次重逢后)施耐德利用女伯爵想达到什么目的,一开始我是不可能想明白的。为了谋求她的财富?我比较倾向于把他们想象成一个间谍机构的负责人和其中一个特工之间的联系。但是,她是什么类型的间谍?效力于哪个国家?如果真是这样的话,负责人不可能允许把时间浪费在我这种从战争角度看没有任何价值的人身上,而显然他不仅允许甚至是怂恿她和我之间建立关系。我当时对这个问题思考了很久,在我看来只有两种选择:要么不存在这种间谍任务,而只是出于某种扭曲的嗜好;要么存在间谍任务,但不是为了战争而是出于别的什么目的,在这种情况下,我很可能落入了一张精细而又强大的网中。

与施耐德的第二次见面是在1962年,也就是《英雄与坟墓》在书店上架短短数月之后,而这次是通过海德薇。我非常惊讶,因为在那之前我都没见过她,还以为她和其他许多移民一样回欧洲去了。没错，确实如此，她告诉我，她在纽约待了几年，因为那里有她的表兄妹。这次重逢发生在一家我从没去过的咖啡馆里，所以乍一看好像是巧合，但后来我反应过来，这种巧合绝对是不可能出现的，很明显他们在跟踪我。不一会儿施耐德就到了，就像我之前说过的，他跟我谈起我的小说。但他没有开门见山地谈《关于瞎子的报告》，而是先聊了一些别的东西，比如有关拉瓦列的章节。然后，他似乎很好奇地聊到比达尔·奥尔莫斯。

"您好像对瞎子特别感兴趣。"他粗俗地笑着说。

"比达尔·奥尔莫斯是一个偏执狂，"我回答说，"您别把他所想所做的都归到我身上。"

他又笑了起来。海德薇的脸像在梦游。

"行了，我的萨瓦托好朋友。"他反驳道，"您一定也读过舍斯托夫①吧？"

"舍斯托夫？"

我十分惊诧他居然认识这么冷僻的作者。

"当然，我读过。"我羞愧地承认。

他喝了一大口啤酒，然后用手背擦嘴。

当他重新看向我时他的眼睛里好像闪着我从未见过的光芒，不过可能只持续了十分之一秒钟，然后它们就又带上了粗俗的笑意。

"当然，当然。"他神神秘秘地说。

我感觉很不舒服，借口说还有别的约会，我问了他时间然后就起身告辞了，并且承诺（我并不打算兑现这个承诺）说跟他们以后

---

① 列夫·舍斯托夫（1866—1938），俄国思想家、哲学家。

再约。在跟海德薇道别时我好像看出她表情中带着一丝哀求,她想求我干什么?也许是我弄错了,但正是因为当时她脸上闪过的表情让我后来又跟她见了面,我要了她的电话号码。

"这就对了,这就对了。"施耐德的语气听上去充满讽刺,"快把你的号码给他。"

一跟他们道别我就立刻奔向书店去查询工具书:如果关于海德薇的身份是他们杜撰的,那我就更要提高警惕才行。在书的第二部分出现了她的家族:天主教徒,该家族起源于1322年,是康拉德·罗森伯格的后裔。紧接着是一串男爵、伯爵、下奥地利的贵族夫人、神圣帝国的亲王等的名单,在最后几个后人中出现了她的名字:海德薇-玛丽-亨里埃特-加布里埃尔-冯-罗森伯格女伯爵,1922年出生于布达佩斯。

这些资料让我放心了,但也只是暂时的,因为几乎在第一时间我就反应过来,施耐德不可能傻到用这么容易核实的东西来欺骗我。是的,她确实是海德薇·冯·罗森伯格女伯爵,但这又能证明什么?不管怎么说,当我再次见到她时,一上来我就斥责她当初没有直截了当地告诉我她的真实身份。

"为什么要告诉您呢?这有什么重要的?"她争辩说。

当然,我不可能告诉她我需要付出多少努力才能彻底去相信那些主动接触我的人。

"至于犹太人,"她微笑着继续说,"罗森伯格确实是一个常见的犹太姓氏。而且,我的一个亲戚欧文伯爵在本世纪初和一个名叫凯瑟琳·沃尔夫的美国女士结婚了,她和他的前任丈夫斯波茨伍德都是犹太人。"

在接下来的几个月里我一直陷在自己提出的假想中,知道自己被施耐德这样的人盯上了是件很可怕的事情,我宁愿想象他是出于某种嗜好才找上我的。毒品?他可能是这类组织的头儿,而女伯爵是他的棋子。这种可能性让我觉得好受一些,但也只是相对的,因为如果真是这样的话,他们为什么会找上我呢?我很担心施耐德会在我的梦中或是他引发的梦中动手脚。我相信身体和灵魂是分离的,否则就没法解释清楚预感是从何而来(关于这点我写过一篇论文,您是知道的),还有那种似曾相识的感觉也是一样的道理。几年前我在伯利恒,当一个穿浴袍的白胡子老人靠近的时候我有种模糊的感觉,好像这个场景我曾经见过,而其实我之前从没去过那里。童年时,我有时会觉得自己突然之间说话和行动的方式都像变了一个人。有的人有能力制造这种分离,而我这样的人又特别容易自发地经历这种分离。第一次见到施耐德我就知道他就具备这样的能力,对其他人来说他看上去像一个江湖骗子,但我却知道这样的人更要加倍提防才行。

是什么让我相信他拥有这样的能力?或是某个危险组织的一分子?是他说的一些看似无伤大雅的话,更是那些他没说出口的话,还有他的眼神、一闪而过的表情。有一天我突然问他是否认识豪斯霍弗[①]。他奇怪地看着我,又看了看海德薇。

"豪斯霍弗?"

他好像努力回忆了一下后问她:

"是苏黎世那个哲学老师吗?"

[①] 卡尔·豪斯霍弗(1869—1946),德国地缘政治学者。

海德薇也摆出一副惊讶的神色,是因为他们真的不认识他呢,还是因为我问到了关键性的问题让他们措手不及?

施耐德问我指的是不是一位哲学老师。

"不是,"我回答说,"是另一个人。我记得您或者海德薇好像提到过他。"

他俩像牌桌上的同伙那样交换了一下眼神,然后他说:

"我不记得有说过,而且我现在想想苏黎世那位老师好像也不叫豪斯霍弗。"

我说不是什么重要事,只不过是我对叫这个名字的一个将军的话题有兴趣而已。

他转身叫住服务员又点了一瓶啤酒,而他的同伴则在手提包里翻找着什么东西,我觉得他俩的举动都很不自然。

阿朗比德医生也属于把有关施耐德的事当作笑话的那群人之一,他建议我把施耐德带去梅梅·巴雷拉组织的灵媒大会上,可我知道他背地里在嘲笑我。这位袖珍版的笛卡尔永远不可能明白要揭开这类人的面纱必须是我这样的信徒,而不是像他那样的怀疑论者(我刚才说笛卡尔,实际上应该把他称作袖珍版的阿纳托尔·法朗士[①],因为那肯定才是他最喜欢的作家之一)。当然,不是按他习惯的方式去揭露施耐德,而是从相反的方向,也是唯一的、可怕的方向:要证明他不是江湖骗子,而是确确实实跟邪恶势力有关联。

---

① 阿纳托尔·法朗士(1844—1924),法国作家、文学评论家、社会活动家,1921年诺贝尔文学奖得主。

他的姓名可能是假的，这没什么好说的。况且即便它是真的，也不能说明他就是犹太人，不论他的外表有多像，要知道许多瑞士人和阿尔萨斯①人也叫这名。但如果他真是犹太人的话，作为一个犹太人却跟一位女伯爵关系紧密，而且她还是希特勒军队一位将军的女儿，这可能就有些奇怪了。但我没看出哪里欠妥，毕竟有的犹太人比纯种德国人还排犹，这从心理学角度能解释清楚。不是说托尔克马达②也是犹太人吗？希特勒本人的爷爷还是奶奶就是犹太人。施耐德的一切都是模糊不清的，首先就在于我永远搞不清楚他住在哪里，每次我跟踪他都以跟丢目标告终。有段时间我以为他住在贝尔格拉诺区，后来又推测他是住在奥利沃斯公寓附近，因为他有时会搭乘60路公交车。

自打对他起了疑，尤其是见了他在听到豪斯霍弗这个名字时的反应后，我就开始研究纳粹政权下的各类秘密团体和派别。他俩当时的表情、交换的眼神，一切的一切都让我质疑他们绝不是真的不知道豪斯霍弗是谁。我认为施耐德在这一点上露了马脚，因为如果他足够狡猾的话便不应该忽略我的问题，而是应该回答说我当然知道豪斯霍弗将军的大名，不过一直没有机会跟他结交，毕竟像他这种人是不可能没听说过这样赫赫有名的人物的。就是他的这次失误给我敲响了警钟，让我沿着这条路深入调查下去。

豪斯霍弗在亚洲待过一段时间，期间肯定与秘密组织有接触。在1914年的战争中，他的一些预言相继应验，首次引起了公众的

---

① 法国东北部旧省名。
② 托尔克马达（1420—1498），西班牙第一位宗教裁判所大法官。

关注。后来他致力于地缘政治学，研究叔本华和依纳爵·罗耀拉①。据了解，当时他在德国创立了一个机构，引入了古老的卍字符号。

让人好奇且值得注意的是在纳粹统治期间，包括希特勒在内的许多人加入了一些秘密团体，而他们几乎都跟豪斯霍弗将军等"正直派"的人有联系。当希特勒还只是个不足轻重的下士时，就通过豪斯霍弗的前助理鲁道夫·赫斯②与他连接在了一起。请记住赫斯是信奉希特勒主义的人中最守口如瓶的一个，他在狱中的几十年里一直咬紧牙关，对希特勒的想法、意图和目的只字不提。他可能是纳粹党人里最让我敬畏的一个，因为戈林③跟施耐德一样属于小丑之流，而赫斯却是悲剧的、坚强的典型。

在我被恶魔缠身的过程中，豪斯霍弗是另一块难解的拼图，我只能零零散散搜集到他的一点信息。其中之一是在他儿子阿尔布莱希特④死后衣兜里发现的诗，他儿子因参与将军们密谋推翻希特勒的活动而遭到枪决。这首诗肯定是在行刑前仓促写成的，因为字迹潦草且大小不一：

命运为我父亲求情。

又一次由他来决定

---

① 依纳爵·罗耀拉（1491—1556），西班牙牧师、神学家，耶稣会创始人，罗马公教圣人之一。
② 鲁道夫·沃尔特·理查德·赫斯（1894—1987），德国政治家，纳粹副元首。
③ 赫尔曼·威廉·戈林（1893—1946），纳粹德国的一位政军领袖。
④ 阿尔布莱希特·豪斯霍弗（1903—1945），德国地理学家、外交官、作家。

> 是否关魔鬼入地牢。
> 我父亲打破了封印。
> 他没感到恶魔气息
> 才让他逃脱于人间。

当将军得知儿子的死讯后便杀死了自己的妻子,然后切腹自杀了。以上都是事实,但这首诗可能的诠释方式却多种多样且互为悖论。我仔细地研究过这些解释,认为可以将它们概述如下:

1. "又一次由他来决定是否关魔鬼入地牢。"这句诗很有问题。如果豪斯霍弗只是恶势力的一个小小代理人的话,他是没有能力击退或囚禁恶魔的,而是应该服从他。但诗中却揭露出他不止一次地打败了魔鬼("又一次由他来决定"),这就说明豪斯霍弗拥有巨大的能力,但他击退的是谁?我想他儿子说的不是真正的魔鬼而是希特勒,而希特勒是他的信众之一。

2. 如果他真的指的是魔鬼,说明豪斯霍弗就拥有击退他甚至囚禁他的能量,那么很明显他就不属于"邪恶派"而是"正直派",即"善道"。但如果我们考虑到豪斯霍弗有一个像希特勒那样的信徒,这个假设就会不攻自破。

3. 他在生命中最后几年可能确实承受了很多悲痛,尤其是他儿子被处决这件事,这让他不再是一个纯粹的恶势力代言人,而是一个会犯错、会犹豫的有血有肉的人。

4. 从同一节诗(击退魔鬼)和下一节("他没感到恶魔气息才让他逃脱于人间")中似乎可以推断出另一种可能:豪斯霍弗真的属于"正直派",他是成功地躲过了邪恶势力投放的原子弹爆炸的那些雅利安人的后裔。在一些正面力量的及时警告下，他们早在爆炸前就逃往北欧地区或是准备好了石棉服和氧气罐。"邪恶派"对他们进行了狠毒的报复，故意让他们接近希特勒，让他们相信从种族和传统角度来看他也并非没有可取之处，然而希特勒后来的所作所为让他们看清了自己犯下的巨大错误，所以像豪斯霍弗的儿子这样的宗派分子后来试图杀死这个因他父亲而"逃脱于人间"的恶魔代言人。

有正当的理由怀疑为什么像豪斯霍弗这样的启蒙者和预言家，会在赫斯把那个陌生的年轻下士带到他跟前来时那么轻易地就被蒙骗了，他怎么可能看不见这个人今后会走上怎样的血腥之路。

因此，我倾向于相信，豪斯霍弗确实是魔鬼的工具，而希特勒则是他的媒介，一个纯粹而可怕的媒介。神秘主义告诉我们，在通过密契吸引了邪恶力量之后，团体成员可以通过一个巫师来行动，而巫师又通过一个媒介来行动。希特勒就是那个黑暗教派的媒介吗？

如果豪斯霍弗将军不是黑巫师，那他为什么要利用这样的人作为媒介？他不可能没有看到或预见到希特勒的恶魔脾性，而是在发现之后已经无法控制他了。

希特勒的势力甫一崩溃，这个秘密组织的成员就分散到了世界各地，不仅仅是豪斯霍弗的教派，还有像以西弗斯上校为首的其他教派。教派之间按照某种秘密的分级方式联系在一起，虽然他们之间可能也互相争斗过。邪恶的力量为什么就得要一元化呢？战后他们分散到各处,其中许多人乘坐潜艇到达巴塔哥尼亚海岸①,例如艾希曼②和门格勒③,但其他那些更为神秘的人物我们尚不明确。那么,施耐德可能就是其中之一,而伯爵夫人则是他的媒介,虽然她的父亲被纳粹处决了,但我们不要忘了豪斯霍弗的亲生儿子也是如此。正如我刚才告诉您的那样,不应该在魔鬼的力量中去寻找关联,因为关联性只适用于光明的学科,尤以数学最盛。在我看来,恶魔的力量是多元的、模糊不清的。

而这才是最可怕的啊,布鲁诺。

马塞洛的经历

在那张公告上,马塞洛只看见了父亲的名字。克里格·巴塞纳④和其他几个被通告的信托律师的名字用显眼的字体写出来,相比之下他父亲的名字小到几乎隐形。但他唯一看到的就是:胡安·包蒂斯塔·卡兰萨·帕斯医生。

---

① 位于阿根廷南部。
② 阿道夫·艾希曼(1906—1962),纳粹德国高官。
③ 约瑟夫·门格勒(1911—1979),纳粹德国的医师。
④ 阿达尔伯特·克里格·巴塞纳(1920—2000),阿根廷经济学家,1966至1969年间任经济和劳工部部长。

他朝着家的方向走去，但却举步维艰：他走在一片沼泽上，负重前行，背上背着铅块和粪便，背着第一次领圣餐时的照片和阿根廷国旗的破布条。他在黑暗中思考，就像在垃圾和垃圾桶间摸索试探。他得出一个观点：也许这项艰巨的任务无非就是尽力活下去。（后来他自问，什么叫"无非？"）

他在格朗堡广场附近稍作休息。躺在草地上，望着圣马丁将军的故居，又看到了那幅学校壁画：将军坐着，衰老，沉思，远在法国，头顶上升腾起一片烟雾，里面是穿越安第斯山的画面和一场场战争的场景。

在汽车俱乐部后方笼罩着一种衰败的气息，有什么东西即将死去。白昼在消亡，就像世界末日快要来临，它不是毁灭性的，而是平和的，不过却也是彻底的、行星级的。一群行将就木的病人焦虑地堵在一位著名癌症专家的诊所里，带着相互怀疑的沉默，他们不抱太大希望，但目前尚存一丝气息。

然后他继续艰难前行，到家时坐货梯从后门进了自己的房间。他坐在床边，听见外面热闹的人声。妈妈多少岁了？突然，也不知道为什么，他温柔地想起她来，想到她的填词游戏，想到她的小脑瓜里装满了小亚细亚的河流名称、四个字母的腔肠动物，还有对孩子们的爱，尽管这份爱是混乱的、心不在焉的：她抚摸着贝娃，却把她当成西尔维亚，又把西尔维亚认成玛贝尔，或者把他们的姓名、职业通通搞混。

为什么他此刻想起的是母亲而非父亲？

房间里几乎全黑了,很难看清墙上的米格尔·埃尔南德斯①的照片、里尔克的面具、穿着乱糟糟军装的特拉克尔②、马查多③的画像、光着身子的格瓦拉仰着头睁着双眼看着世人、米开朗琪罗的《圣母哀子像》,画中基督的尸体横在母亲腿上,他的头也后仰着。

他的目光再次落在里尔克的面具上,那个反动分子,阿劳霍轻蔑地说。真是这样吗?他的心里总是很混乱,或者至少阿劳霍是这样骂自己的,一个人可以同时崇拜米格尔·埃尔南德斯和里尔克吗?

他漫不经心地看着自己童年时的藏书:儒勒·凡尔纳的《地心游记》《蒸汽屋》《海底两万里》。他感到胸口一阵剧烈的疼痛,不得不躺了下来。

一杯鸡尾酒。卡兰萨医生看向门口,带着焦虑和忧伤等待马塞洛,而贝娃仍在继续"希望钻石"的话题:

"两百万。"

"那个女的叫什么名字?"

"麦克林,伊夫林·麦克林。你们都是聋子吗?"

"所以说人们发现她在浴室里腐烂了。"

"是的,她的邻居们发现的,他们看她没开车出去所以很担心。"

"非常美式,这种在浴室死亡的方式。"

---

① 米格尔·埃尔南德斯(1910—1942),西班牙诗人。
② 格奥尔格·特拉克尔(1887—1914),奥地利诗人。
③ 安东尼奥·马查多(1875—1939),西班牙诗人。

"没有任何施暴痕迹、没有服用安眠药、没有饮酒。她在拥有那块钻石前一直过着十分宁静的生活,刚一到美国她就去为它祈福。"

"为谁祈福,贝娃?"阿朗比德医生带着他的先验怀疑的态度问道,同时给自己盛了三份火腿和生菜。

"为钻石呀,伙计。"

"为一块钻石祈福?大家都疯了吗?"

"什么,疯了?你不知道它是有名的厄运之钻吗?"

"那为什么那个笨蛋还要把它买下来呢?"

"谁知道,得克萨斯式的疯狂举动呗。"

"什么?可是不是说她来自华盛顿的上流社会吗?"

"是啊,所以呢?一个华盛顿的人可以在得克萨斯州有座农场吧?还是说跟你讲话必须像电视节目里那样重复两遍才行?"

"好吧,行吧,为钻石祈福。这些神父也真是疯了!"

"啊,我想起来了:麦克林夫人说她买下钻石是因为给别人带去厄运的东西却能给她好运。你们知道还有些人故意要住在十三层吧?"

"那要是这样的话,"不甘示弱的阿朗比德反对道,一边还不停地吃着三明治,"为什么她还要坚持为它祈福呢?"

真是个不讨人喜欢的家伙。

这跟祈福和诅咒、跟驱魔有关。

"好吧,"阿朗比德博士带着他惯有的惊恐表情说,仿佛他一直能看到某些可怕的东西,"那这个歇斯底里的美国女人后来怎样了?"

"怎么，你觉得她这样死了还不够吗？"

"人都有一死，不需要那些被诅咒的钻石也一样能死。"

"不是的，傻瓜，她死得很离奇。"

"离奇？"阿朗比德医生问，同时又拿起了一块三明治。

"我刚才不是给你说了人家发现她赤身裸体死在浴室而且没有中毒迹象吗？"

"照你的意思其他人都是穿着衣服中毒而死的。"

"你够了，别再开这些无趣的玩笑了。这起案件是非常有名非常奇怪的，你难道不觉得一切都奇怪至极吗？"

"一切？你说的一切是指什么？"

"没有毒药，没有饮酒迹象，没有镇静剂，也没有暴力痕迹。这还不够吗？还有，她的大儿子在买完钻石之后出车祸死了。"

"多久之后？"医生冷漠地问。

"多久？八年后。"

"搞笑吧，这么看来诅咒来得也太拖沓了吧，凭什么把这起事故也归因于那块石头呢？在布宜诺斯艾利斯，每年都有成千上万的人死于车祸，他们都没有'希望钻石'，其中好些穷人甚至连汽车都没有，他们是被别人的汽车给轧死的。"

贝娃发火了。这还不是全部！

"还有啥？"

"她丈夫被送进了精神病院。"

"我给你说，贝娃，如果我老婆花两百万美元买一块能给人带来厄运的钻石的话，我也得进疯人院的。再说了，如果你哪天来比埃特斯街的精神病院看看，你会发现里面的七千个病人都不曾拥有过那块'希望钻石'。我顺便插一句:一块只能造成冲突和精神分裂的石头居然给起了这么一个名字,真是太奇怪了。"

"我继续给你讲,她的另一个女儿是服安眠药致死。"

"可这种死亡方式在美国差不多相当于是自然死亡了,简直跟棒球一样普遍。"

贝娃眼里冒出火星,就像是莱顿瓶①到了它的负荷极限。她列数那块钻石曾带来的灾难:卡尼托维茨基亲王遇害,苏丹阿卜杜勒-哈米德失去了王位和爱妃……

"阿卜杜勒几世?"他问,好像说出全名才是问题的关键,这是他的玩笑方式之一。

哈米德。阿卜杜勒-哈米德。

"他失去了什么?"

"王位和爱妃。"

"行了,这类灾难不能说明什么。"

失去王位就已经够糟了。

他的土耳其妃子也因为这个离开了他。

她继续念名单:祖巴耶巴王妃被暗杀,西蒙·蒙塔里德斯和他的妻儿因马匹脱缰而死……

"你都在哪儿读到的这些?你怎么证明这是真的呢?"

"这其中有家喻户晓的名人,包括塔维尼耶。"

"塔维尼耶?这位先生是谁啊?"

"全世界都认识他。他就是1612年从一个印度神像的眼睛里挖

---

① 一种储存静电的装置。

出那块钻石的人。全世界都知道，对不对？"

阿朗比德本人也是全世界的一分子，但他对此却毫不知情，由此可见这类故事都是怎样生产出来的了。至于这个塔维尼耶，他从来没听人提起过这名字，她怎么就能这么确信这位先生的存在呢？

"他是一位连女仆们都认识的法国冒险家。"

你不认识他是因为你只看胃肠科方面的书。

还有接下来发生在塔维尼耶身上的那件事。太可怕了。

"什么？"

"他在俄罗斯大草原上被一群饿狗吞食了。"

阿朗比德医生手里拿着一块三明治愣住了，嘴半张着，就像周刊上定格的瞬间。不，这太过了：饿狗、俄罗斯大草原、三套车、印度神像。

"马塞洛。"西尔维亚面带请求地说。

好，好，当然。

他笨拙地走进客厅。他总是把东西背在身前，因此很不灵便。他亲了亲母亲，然后待在嘈杂人群的一角，眼睛盯着地板，不知道该做什么。他悄悄地走了，尽量不引起注意。

卡兰萨医生有种想追上他的冲动，但他只能隔着嘈杂的人声，默默地看着他，如鲠在喉，他记起从前那段时间自己总在凌晨时分起床陪他复习入学考试的资料。

于是他也离开了，转身把自己关在卧室里。

萨瓦托置身于争论中

只不过是出于软弱,萨瓦托想。愤怒,沮丧,又一次对一切感到自责:为所有自己做过和没做过的事情。贝娃告诉他,当然了,他装模作样、不合群、不知变通,迟早得离家出走。可怜的玛鲁哈。

他看着这些人,这群被天真质朴的玛鲁哈聚集起来的人。她因为自己完美的、不偏不倚的淳朴,把他憎恶的人也一并吸纳到了她的队伍里。

"那是因为你不了解他。"她争辩道。

跟她解释不清楚,厌恶那个人恰恰是因为了解他。她仍然相信战争的爆发是缘于不了解,即使跟她展示相互了解的人之间发生的战争(内战、婆媳之战、卡拉马佐夫兄弟之战)有多残酷也没用,所以他继续在角落里喝着自己的威士忌。阿朗比德医生看着他们,脸上带着一成不变的惊异(双眼圆睁、眉毛上扬、额头上出现一条条抬头纹),就好像听见他们刚刚宣布要把诺贝尔奖颁发给一个侏儒。突然,也不知道为什么,萨瓦托发现自己置身于一场争论中,有人说生命是一件伟大的事情,而玛戈却面露悲痛、眉头紧锁地谈到癌症、抢劫、毒品、白血病、帕罗迪之死。

"但科学总是在进步。"阿朗比德反对说,"从前,像黄热病这样的瘟疫会害死几十万人。"

萨瓦托在等待合适的时机离去,这样才不会让玛鲁哈难堪,但他控制不了自己的脾气,然后便发现自己在做曾经发誓绝对不会做的事情:跟阿朗比德争辩。当然,他说,还好这些都已经过去了,现如今取代霍乱的是亚洲流感、癌症和血管堵塞。阿朗比德正准备用一个嘲讽的微笑去回应他时,有人开始盘点集中营里发生的灾难,他们举出各种事例。

有位女士想起《隧道》中一个钢琴家被迫吃掉一只活老鼠的例子。

"太恶心了!"另一位女士大声说。

"虽然恶心,但却是这部小说唯一看得过去的地方。"援引例子的那位女士说,好像作者本人并不在场一样,或者说,好像作者在场一样。

然后那个人就参与进来了,萨瓦托记得好像之前有人介绍说他是哲学系的什么老师。

"你们读过格兰茨①发表在《南方》上的一篇文章吗?"

"别跟我提维多利亚②。"刚才夸赞过小说中唯一优点的那位女士说。

"我没在说维多利亚啊,"那位老师澄清道,"我在说维克

---

① 维克多·格兰茨(1893—1967),英国出版商、人道主义人士。
② 维多利亚·奥坎波(1890—1979),阿根廷作家、翻译家、出版商,创办了文学杂志《南方》。

多·格兰茨的一篇文章。"

"好吧，这位先生讲了什么？"

"他讲到了朝鲜经历凝固汽油弹后的场景。"

"什么弹？"

"凝固汽油。"

"凝固汽油弹，"阿朗比德医生评论说，"不仅仅在朝鲜使用，到处都在用。"

"然后呢，发生了什么？"提到老鼠的那位女士问。她的语气中没有一丝激动，很明显她完全不指望从一篇跟维多利亚有关的文章中找到什么亮点。

"他说，在他们的面前出现了一个奇怪的身影，站立着，身体微微前倾，双腿双臂张开，为了不触碰到自己的身体，那姿势就像瑞典体操的经典开场动作。他没有眼睛，身上挂着一些烧焦的破布，身体大部分裸露在外，被一层厚厚的黑色硬壳包裹着，上面散布着黄点和脓包。"

"太可怕了！听了太让人不舒服了！"那位老鼠女士叫道。

"他为什么要把双臂张开上举呢？"对维多利亚·奥坎波不感兴趣的那位女士问。

"因为他不能碰到身体的任何一个部分，否则就会碎掉。"

"什么会碎掉？"她怀疑地问。

"皮肤。您还不明白吗？他的皮肤变成了一层易碎的脆壳。他不能躺也不能坐，只能一直抬着胳膊站立着。"

"太吓人了！"那个总是表现出恐惧的女士说。

但是那位维多利亚·奥坎波女士评论道：

"不能躺？也不能坐？那他累了怎么办？"

"女士，"那位老师回答她，"我觉得在这种情况下疲惫恐怕不是他最担心的。"

然后他又继续说道：

"这种炸弹是用胶状汽油做成的，当它爆炸的时候，汽油会紧紧地粘在身体上、皮肤上，人和汽油成为一个不可分割的整体在一起燃烧。嗯，格兰茨还举了一个例子：他看到两只巨大的、可怕的蜥蜴在慢慢地爬行，一边爬一边还发出哀嚎声，远处还有更多巨蜥。有那么一瞬间，格兰茨被恶心和恐惧震慑得无法动弹，这些肮脏的爬行动物是从哪里来的？随着光线一点点增强，谜底变得清晰了：他们是被烈火和炙热剥去肌肤的人类，身上因碰撞而伤痕累累。过了一会儿，他看到有东西沿着河边的小路在靠近，看上去像是一群烤过的火鸡。他们有的用沙哑的、几不可闻的声音要求人们给一点水，身上没有衣服也没有皮肤，手上的皮从手腕处剥离开来一直耷拉到指尖，像一只手套连在指甲上。半明半暗中他似乎看见院子里还有很多小孩也是同样的状况。"

大家发出阵阵恐惧的惊呼，一些女士走到一边去了，明显是对那个人所表现出的恶趣味很反感，而那个人居然好像对他的讲述引起的反应很满意。这种满意虽然很隐蔽，但确确实实存在。萨瓦托仔细地观察着他，他身上有一种让人不舒服的东西。他的外表引起了萨瓦托的好奇，于是他低声问旁边的人是否知道那人的名字。

"我记得他是个工程师，好像叫加蒂还是普拉蒂或是类似的名字。"

"什么？他们不是说他是哲学系的老师吗？"

"不不不，我记得他是个意大利工程师。"

现在话题又回到了德国的集中营。

"应该把事实与同盟国宣扬的说法区分开来。"L评论道，他以民族主义思想出名。

"他们最好还是坦率地承认比较好，"那位老鼠女士回答他，"至少这样符合他们的教义。"

"那位先生所讲的，"L抬抬下巴指着那位工程师或是老师说，"并不是发生在德国的集中营里，而是民主的美国炸弹所制造的恐怖。另外请问夫人，您怎么解释法国伞兵在阿尔及利亚实施的酷刑？"

对话变得混乱而激烈，直到有人说道：

"嗯，野蛮，从有人类起野蛮就一直存在，请想一想穆罕默德二世①、巴耶济德一世②、亚述人、罗马人。穆罕默德二世让人把囚犯活活锯死，囚犯全程清醒。还有斯巴达克斯起义时阿庇乌大道③上成千上万被钉死在十字架上的人呢？还有亚述人筑成的人头金字塔呢？还有那整面墙上贴着的从俘虏身上活剥下来的人皮呢？"

他们还列举了其他酷刑。例如，古代中国的经典酷刑就是让犯人赤身裸体坐在铁锅上，锅里有一只饥饿的巨鼠，然后把锅放在火上加热，老鼠就会钻进人的身体里去开辟逃生之路。

大家再次发出惊恐的呼声，有几个人说目前的话题变得太丑恶了，但这一次没有一个人走开，很显然他们还在期待更多的事例，

---

① 穆罕默德二世（1432—1481），也被称为征服者穆罕默德，奥斯曼帝国苏丹。
② 巴耶济德一世（1354—1403），奥斯曼帝国苏丹。
③ 古代罗马人修建的第一条也是最著名的一条军事道路。

欲壑难平。那位工程师或是老师提到了最有名的那些酷刑：把铁钉扎进指甲里、将木棍插进人的身体里、让骨头脱臼。萨瓦托对科学与进步的冠军阿朗比德医生说，还有在阿根廷警察局里最受欢迎的电棒，经过改造后它们能统一大布宜诺斯艾利斯市民的精神，还能让那些不听话的人跳出美妙的舞蹈。

刚来的露露听到了最后的几种暴行，她真的很生气。

"我不明白为什么只盯着那些黑暗的东西，"她抗议道，"生命中也有很多美好的时刻：孩子、朋友、为一个共同理想而奋斗、那些甜蜜、愉悦和幸福的瞬间……"

"也许那才是生命中最糟糕的一点，"那位工程师或老师反驳道，"如果我们一直生活在可怕、残酷、恐怖之中，最终我们会适应的。"

"您是想说那些幸福的瞬间存在的意义仅仅是为了凸显战争、折磨、瘟疫、灾难的可怖吗？"

工程师微笑着扬了扬眉毛，意思是"显而易见"。

"如果这样的话，那人生就真是一座地狱了！"露露几乎大喊着说。

"难道您还对此有所怀疑吗？"工程师问。

"它是有名的愁泉泪谷①。"

"恰如其分。"

"不，并非完全如此。"工程师补充说，似乎他的意思被曲解了。

---

① 西班牙语谚语，指苦难重重的尘世。

"什么?"

"另一个东西。"工程师举起一只手神神秘秘地回答。

"什么另一个东西?"那位好奇得要死的女士重新发问,但她被永不言败的露露打断了:

"也许这位先生说得对,但对我来说,人生应该是有美好的方面的。"

"没有人否认它有美好的方面啊。"工程师打断她。

"对对对,随便您怎么说。不过就算人生从头至尾都是可怕的(事实并非如此),对于那些能够以慈悲、信仰、希望去忍受世俗生活的人来说,总会有天堂作为安慰。"工程师或老师的小眼睛里出现了一道讽刺的光。

"看来您在质疑我的观点。"露露不快地说。

"因为还有另一种可能性,夫人。"他温柔地回答。

"什么另一种可能性?"

"就是说也许我们现在已经死了而且被判下地狱,我们所在的世界正是我们永世无法超脱的地狱。"

"可我们还活着啊。"一个一直没发过言的人加入进来。

"这只是您所认为的,是你们大家所认为的。我的意思是,是在假定我的假设是正确的前提下你们大家所认为的事实,明白吗?"

"不,我们完全不明白,反正至少我没听明白。"

"以为自己活着的幻觉,亡者的希冀,死了还存有希望,虽然这听上去像个笑话,这种幻觉和希冀也是这出地狱喜剧的一部分。"

"非要想象我们并非活着的人,这实在太牵强了。"阿朗比德医生说,"那为什么还有死亡与殡葬业呢?"

"这是一个有趣却薄弱的论据,"他回答说,"因为在梦里也会有人死去,也有葬礼和殡仪馆。"

大家沉默了,于是工程师继续说道:

"你们想想,对一个无所不能的神来说,根本不费吹灰之力就可以安排一场类似的喜剧,好让我们继续相信死亡和长眠的可能。假装有死人和葬礼对他来说费事吗?假装一个死人的离世对他来说费事吗?打个比方,他让一具尸体从一扇门离开,再从地狱的另一扇门进来,用摇篮替代棺材,以一具新生尸体的形式重新开始这出喜剧。印度人比我们稍微聪明一点,他们已经猜到了一点端倪,所以他们认为今生要偿清前世的罪孽。大概是这个意思,我说得不够准确,但印度的穷人离真相已经很接近了。"

"好吧,"不喜欢维多利亚·奥坎波的那位评论说,"但是如果真是如此,是现实还是幻觉又有什么区别呢?总而言之,如果我们不知道真相,如果我们对前世没有记忆,那人生对我们来说就是出生然后死去。真正扼杀希望的是对这出地狱喜剧的清醒认知,就像一个人知道自己是在做一场美梦并且永远不会醒来。"

大家稍稍放松了一些,他们的观点符合哲学中的朴素实在论,拥护这个著名哲学学说的人们带着满意且不怀好意的眼神看着那位意大利工程师或老师。

工程师知道大家明显对他有了敌意,他咳嗽了一声,看了看表,表示该走了,但他一边告辞一边又带着淡淡的冷笑补充了一句:

"非常正确,夫人,完全正确,但是万一那个组织了这场邪恶幻境的神,偶尔派一个手下去唤醒世人并且让他们知道自己之前是在做梦呢?难道没有这种可能吗?"

马塞洛的经历

那一整晚马塞洛都在漫无目的地游荡，他走进一家家咖啡馆，又回到一条条大同小异的街道，坐在一座座寂静广场的长椅上。回到自己房间睡觉时，天都已经亮了。他睡到下午才醒来，然后想起了阿曼西奥。走在去叔祖父家的路上时，他想，叔祖父可能会非常惊讶，会问他很多问题，而自己却没法回答他、告诉他实情、令他难过，他打算编造一些借口：想过一种安宁的生活、想多考虑自己、想躲开人群。

他带着前后矛盾的想法走上老旧的楼梯，又一次在心里想，这可怜的老人怎么能住在这样的地方。这种两层楼的房子是世纪末建成的，现在被分割成一个个脏兮兮的、小得不能再小的公寓套间。他看见老人里里外外套着一条条围巾、一件件线衣、外套，还有那件破旧的绿领天鹅绒大衣，用手指着楼下很肯定地说：

"小马塞洛，如果风止住的话今晚肯定会结冰，果树都会被冻坏的。"

马塞洛看向窗外，他的礼貌战胜了逻辑，就好像下面真的有果树似的。堂埃德尔米罗·拉戈斯像打哑谜一样说：

"南风就是南风。"

他穿着他的黑色套装,竖直硬挺的领口,浆洗过的袖口,似乎准备好要去他(1915年)的公证处签署一份公证书。他的左手放在拐杖的银质手柄上,半闭着眼,像一尊慵懒的印第安图腾。他那泥土质感的脸上有着崎岖不平的地形,宽广的地面上突起一座座多毛多痣的小山。他那众所周知的沉默有时会被一句句格言打破,堂阿曼西奥认为他是"提出忠言的智者":

"不是这头也不是那头,是正中间。"

"时间会抹去一切。"

"不该对国家失去信心。"

实际上这些句子不是突然迸出来的,他在说话前会有一些征兆,尽管非常细微但却逃不过密切关注他的人的眼睛。就像那尊深色的图腾突然想要显露出生命的迹象,最后却只在巨大的双手和鼻子上表现出一点极其轻微的颤动,讲完那句格言他又回归自己庄严的沉默。堂阿曼西奥困难地想要起身,但马塞洛拦住了他,他是想去冲马黛茶。

"我的膝盖不太好了。"他一边解释一边坐了回去。

马塞洛不慌不忙地冲着马黛茶,说道:

"是的,埃德尔米罗,我从没经历过这样的天气。"

在沉默了几分钟之后,他感叹说居然有人花钱在蓬塔印地欧县买了一块地,好像是一个叫作菲希尔的人。

是土耳其小伙戈森告诉他的。

堂埃德尔米罗半抬起眼皮,也许是出于好奇。

"就是那个在马格达莱纳具开店的土耳其小伙。买下的那块地都是峡谷,他们要在那里种一些进口的树,不知道是什么品种。一桩买卖,大家就是这么说的,一桩买卖。真是的。"

他看向外面的街道,摇了摇头。

就这样沉默了十分钟或十五分钟,只听见银质茶壶发出的碰撞声和小口饮茶的声音。然后堂阿曼西奥问道:

"埃德尔米罗,你还记不记得那个叫哈辛托·因绍拉尔德的小伙子?"

堂埃德尔米罗重又半睁开眼睛。

"就那个,"堂阿曼西奥坚持道,"那个很讲究的小伙子。"

他的朋友闭上眼睛,可能是在搜寻记忆。

"他得了癌症快要死了,而且还是肝癌。"

堂埃德尔米罗·拉戈斯半睁着眼睛愣了一会儿,也许是记起了因绍拉尔德,也许是因为惊讶,不过从他那张荒芜而沉默的脸上完全猜不出来他在想什么。他评论说:

"癌症是文明的灾难。"

说完他从背心口袋里掏出系在一根金链上的浪琴三层怀表,认真地看了看时间,好像那是一份棘手的公证文件。他合上表,重新把它小心地放回兜里,然后起身准备离去。天开始黑了。

"阿曼西奥爷爷。"马塞洛发现自己开口了,就好像有人在迫使他说话一样。

"怎么了,我的孩子?"

他感觉一阵血气往脸上涌,于是明白自己永远没法跟他讲出内心深处那个秘密了。

堂阿曼西奥带着祈求和惊讶等待着他接下来的话,就像久旱地区的人看见天上洒下几滴雨点时的表情。

老人继续用问询的眼神望着他,嘴里几乎机械性地重复着"我告诉过你了,如果南风止住的话",同时心里在想"小马塞洛这是怎么了"。

而马塞洛此刻却在想"阿曼西奥爷爷,他那破旧的大衣、尊严而整洁的穷困、来自贫穷贵族的慷慨还有他的谨慎"。

堂阿曼西奥小心地转换了话题,他用食指指着《新闻报》[①]问马塞洛有没有读过那篇关于原子弹的社论,就像在问他最近有没有读贝利萨里奥·罗尔丹[②]的文章。不,没有读过。"还有他的淳朴",马塞洛温柔地想。老人缓缓地摇了摇头。

"都不一定……我是说,阿曼西奥爷爷……"

老人好奇地看着他。

马塞洛做了很大的努力解释说:

"我是说……也许有一天原子弹可以用在好的方面……"

"好的方面?"

"我也说不好……嗯……比如,用在沙漠里……"

"沙漠?"

"我是说……用来改变气候……"

"那会是好事吗,小马塞洛?"

男孩越发觉得羞愧,他讨厌给人的印象是知道的东西比别人多、教训人、给人解释。他觉得这样做很不礼貌,尤其是对堂阿曼西奥这样单纯的人来说。但是,话已出口便无法回头。

[①] 传统派日报,有些类似于《泰晤士报》。(原注)
[②] 贝利萨里奥·罗尔丹(1873—1922),阿根廷政治家、演讲家、剧作家、记者。

"我想……也许……在有些闹饥荒的国家……我之前读到过……那些地区几乎不下雨……在埃塞俄比亚的边境……好像是……"

堂阿曼西奥重新把目光转向那张日报,好像解决这个巨大问题的关键就在报纸上一样。

"是的,当然了,我是个孤陋寡闻的老东西了。"他说。

"不是,不是那样的,爷爷!"——马塞洛赶紧红着脸解释,"我本来是想说……"

堂阿曼西奥望着他,但马塞洛已经不知道该说什么了。过了一会儿一切都重归平静,老人又开始看着窗外的街道。

"菲希尔,现在我想起来了。"他突然开口说。

"你说什么,爷爷?"

"买地的那个人,好像是德国人。这类人是上次战争时逃来阿根廷的,他们勤劳、有想法……"

他重新盯着楼下街道旁的树沉思着。

"是的,这些人知道自己在做什么。他们是进步的人,毫无疑问。"

停了一下他又补充说:

"不过以前的日子才是美好的……那时科技没有现在发达,但人们却更加善良……大家都不慌不忙……我们打发时光的方式就是喝马黛茶、在阳台上看落日……那时没有现在这么多娱乐活动,没有电影院也没有电视机,但我们拥有其他更好的东西,给新生儿施洗、给牲口打烙印、给这人那人过命名日……"

长久的沉默。

"那时的人懂得没有现代人多,但却更大方。农村很穷很穷,尤其是我们马格达莱纳沿岸这块,但是农村土地宽广,人也高尚。就连城市都跟现在不一样,那时的城里人谦逊有礼。"

随着天色渐暗,沉默的时间越来越久。马塞洛看着老人在窗前的剪影,在那些孤独漫长的夜里他都会想些什么呢?

"现在的世界充满了谎言,我的孩子,大家互不信任。从前萨图尼诺叔叔去世的时候我和我父亲去了'东岸'①,当时都不需要旅行文件。"

他又沉默了。

然后他用手轻轻敲打着说:

"而现在,那些轰炸……越南的那些婴儿……小马塞洛,你怎么看?"

"我……也许有一天……事情会改变……"

老人忧郁地看着他,然后,像自言自语一般说道:

"一切都有可能,小马塞洛……但我觉得农村很难变回从前的样子了,池塘、野鸭、水鸟……"

黑夜降临。

---

① 指乌拉圭。

萨瓦托的思绪

1. 小丑

他模仿基克念讣告、讲笑话的样子,回忆自己以前教数学时的趣事。大家都觉得他状态前所未有地好,充满生机和活力。

他突然凭直觉猜到,那件事就要以不可抗拒之势来临了,这过程一旦开启便再也无法遏止了。这虽不是一件恐怖的事情,因为并不会出现什么怪物,但给他带来的恐惧感,只有在某些噩梦中才能体会。渐渐地,他觉得所有人都开始变得奇怪,这种感觉有点像是隔着窗户去观察夜间派对上的人群:我们看见他们在无声地大笑、交谈、跳舞,但他们却不知道有人正在观察他们。不过这样描述还不够确切,因为人们与他之间并非隔着玻璃窗或其他东西,这种隔离感不是简简单单走几步路或打开一扇门就能消除的,而是有一段无法逾越的距离。就像一个幽灵游走在活人中间,他能看见、听见他们,但人们却看不见也听不见他。但也不完全如此,因为不光是他能听见人们的声音,他们也在倾听他、跟他交谈。他们一点儿也没觉得奇怪,完全没发现正跟他们交谈的这个人根本就不是萨瓦托,而是一个替代品,一个篡位的小丑。可怕的是,另一个他,真正的那个他,却慢慢地被隔离开来。而且,尽管他害怕得要死,就像一个人看着最后一艘能够救他的小船正在远去那种恐惧,他却没法发出一点点信号,让人知道他的绝望、遥远和孤独。于是,随着小船慢慢远离小岛,他开始讲述学生时期的一件逸事,而其他人则编出一位匈牙利诗人被一位同样不存在的公主守护的故事。现在他们已经聊到里尔克了,他们越发自信,于是用加满墨水的笔在博士论文网站上发表了两首法语诗歌,凭着一些记忆碎片最终确认他得了麻风病,他们还想让吉列尔莫·德·托雷在《国家报》上发一则简讯。

他们全都笑得停不下来,小丑也在笑,而另一个他却眼看着小船越来越小、越来越小。

2. 姐弟俩出现

在谎言与火焰之间,在沉醉与呕吐物之间,生命让他更加迷惑,大型酒会让他更加焦灼,那些绝对的人在哪里?他体内的反抗者们在不断施压,他们想要行动,想要说出铿锵有力的话语,想要在被卷入狂欢之前战斗、死亡、谋杀。傲慢无礼的纳乔们,冷酷无情的阿古斯蒂娜们,还有亚历杭德拉呢?她是否真的活过,她又在哪里生活,是不是在那个家里,在另一个家里,在那座古望楼上。他们想翻阅记录着每日新闻的档案,想知道人们对那样的狂欢有着怎样的热切和渴望,可那则新闻是真的吗?难道还有什么比档案里的东西更假的吗?但是不重要,问题仍在继续,那些人物是否存在过，他们怎样生活，在哪里生活。其实他们从未曾死去，他们从地下城堡里追逐他、寻觅他、辱骂他。或者恰恰相反，也许有了他们他才能活下去。于是他等待着阿古斯蒂娜，焦急地期盼着她再次出现。

戴着面具的演讲者，在女士们面前发言。他微笑着讲述，优良的教育，正直的骑士，衣冠楚楚、饮食合理的君子。别害怕，女士们先生们，这头野兽受过训练，它的牙齿已经被锉过、被拔掉、被虫蛀、被削弱，因为它的食物过于精细。它已不再是那头在丛林中突袭、杀戮、吞食生肉的动物了。它失去了自己威严的野性。进来吧，女士们先生们。这是非常适合家人观赏的节目，姨妈节带上您的姨妈，母亲节带上您的母亲。来这里看它吧。向右转半圈，跳！向尊敬的观众敬礼。对，很好，给你吃块糖。跳，跳！女士们先生们，绝对适合举家同赏。强大的丛林雄狮：你梦见，自己温顺地翻着筋斗，按照预先设定的路线，眼里却带着轻轻的、淡淡的、秘密的嘲讽。它们真可怜，毕竟，还有小孩子喜欢我，就这样，旋转，跳圈，一二跳！好极了，我梦见丛林。沐浴在古老的晚霞之中，我心不在焉地进行着杂技表演，准确而精彩地跳过火圈。他们把我放在椅子上，我心不在焉地咆哮着，想起来大草原上褪色的湖泊。我终有一天会回到湖边，再也不离开（我知道，我相信，我需要）。我要吞下一个徒有虚名的驯兽师，作为恰当的告别。报纸上说，在一次疯狂的举动中，他的头突然消失在那头猛兽的尖牙之间，鲜血狂喷。太恐怖了，恐慌在蔓延！与此同时，我梦见：我那狂暴却纯朴的家园、天之骄子、飓风和死亡的仪式。逃离耻辱，从猪圈的肮脏，回归飞鸟和雨水的贞洁，回归高傲的孤独。快进来吧，女士们先生们。这头野兽受过训练,这绝对是适合全家观赏的节目。来这里看它吧,跳,向尊敬的观众敬礼。此时的我在追忆残酷却美丽的丛林,洒满月光的夜晚,还有我的母亲。

3

庆祝 T. B. 新书发行,此书关于死亡与孤独。在杂志刊出的照片中,他看到一群人端着酒杯,吃着三明治,笑着。永远都是那几张脸,其中还包括 T. B. 的死敌,酒会前、酒会后,甚至酒会过程中的敌人,他们背地里嘲笑他的诗歌。

尼采,他想。

需要跟一个文盲交谈,需要呼吸新鲜纯净的空气,需要动手做点儿事情:做一张小桌子、为艾丽卡这样的小女孩修理三轮车。去做一些平凡却有用的事情。干净的事情。

他关了灯。

和其他类似的时刻一样,他感到对人类(对自己)的厌恶与悲哀,那段记忆又回来了。为什么?它对他的生活有何意义?黄昏时他把微积分的笔记捎给格林菲尔德博士。随着夜色的缓缓铺陈,天文台的银色穹顶带着沉静的神秘慢慢凸显,像是与宇宙间静谧的连接点。他穿梭在拉普拉塔市"森林之路"公园那些内敛的树木间。由群星组成的和谐宇宙处在黄道,来自天体力学的精确定理。

4

他觉得有必要回到拉普拉塔市,回到那个已经与他没有关系的家里,像一个非法入侵者、像一个记忆小偷那样在暗中观察母亲。他又想起那个夏日的午后,自己悄悄推开家门,看见她背对他坐在餐厅那张空无一人的巨大桌子前。百叶窗紧闭,房间里黑漆漆的,她的眼睛望着虚无,望着她的回忆,只有墙上那个老钟发出的嘀嗒声陪伴着她。

> 在大家为她庆生的幸福时刻
> 我很快乐,没人死去

大家围坐在那张宽大的齐彭代尔①式餐桌旁,巨大的碗橱,古老的餐具。父亲坐在桌子一头,母亲坐在另一头,他们笑着听佩佩一遍遍复述他的那些故事和传说:

> 而我自己活了下来
> 像一根熄灭的火柴
> 摆好的餐桌旁空出了更多的座位,桌上摆着
> 更加精美的陶瓷器皿和更多的酒杯

---

① 托马斯·齐彭代尔(1718—1779),18世纪英国最杰出的家具设计家和制作家,被誉为"欧洲家具之父"。

"你好吗,妈妈?"他开口了。

"我在想。"她回答说。她的眼睛好像失去了光泽。

是啊,当然了。

"有人说过人生如梦,我的孩子。"

他静静地看着她,什么能让她好受一点儿呢?往回看,是九十年幻梦一般的岁月。

她在那些总是用一把把神秘钥匙锁着的衣橱里翻找着什么。

"看这枚戒指,我一直给你留着,等我死了就把它给你。"

"好的,妈妈。"

"它是我的曾祖母玛丽亚·圣马可留下的。"

它很小,是纯金的,上面镶嵌着珐琅,刻着字母 M 和 S。

随后他俩面对面坐着,不再言语。偶尔她会说一两句:

福尔图纳塔,你还记得她吗?堂吉列尔莫·波尔的牧场。你舅舅巴勃罗得了痛风。

他得走了。得走了?她的眼睛又起雾了,但她是个很能克制的人,因为她来自战士的种族,虽然她也不想这样,虽然她已经与他们断绝了关系。

他仍记得她站在门口,轻轻挥着右手跟他道别,不是那种很用力的告别,因为她也没有料到后来的事情。他远远地回头看了一眼,她又是孤零零的一个人了。

> 停下来吧,我的心脏,
> 别再多想了。

三号街道上的树木开始给出日落时分的无声谜题。

他又一次回头,她腼腆地挥着手。

5. 重逢

那两位老太太疲惫地走进来,或许是因为炎热,或许是因为在雷科莱塔等待的时间太长。她们坐下来,点了茶和小点心。

"可怜的小胡利奥,"其中一个说道,她仍有些激动,"死在二月,那个时候布宜诺斯艾利斯一个人也没有。"①

他是一个腐烂之人,最终会适应现实,但仍会仔细寻找艺术。是的,当然,他很焦虑。于是他想象出一个像R那样绝对的人,一个黑暗可怖的人物。但他还是要继续生活,还是要来比耶拉咖啡馆,而且,他还活得很成功(那些恶心的人总是大获成功,人们需要他们来发泄怒火)。如果R本人也成为作家的话,他可能最后也会去法国大使馆,也会在那里开讲座。一切都只需假以时日,先生们。这些年轻人能干吗呢?吐口水、自杀、卖淫。如果没有上帝,他们什么都能做出来。

他一刻不停地想着她,觉得不可能再见到她了,但想见她、想跟她交谈的需求却变得难以忍受。他走出咖啡馆,在法尔孔②雕像旁的一张长椅上坐了下来。

然后他看见她沿着斯基亚菲诺街向下走。她的脚步迟疑,仿佛

---

① 二月是最热的月份,"所有人"都待在那些考究的浴场疗养地。雷科莱塔是贵族公墓。(原注)
② 拉蒙·洛伦索·法尔孔(1855—1909),阿根廷政治家、军事家。

脚下的地面充满危险，或是会断裂开来。

他犹豫了片刻，但还是决定和她谈谈。在那几个月里，他以为她会去找他，而这次见面多少也证实了他的想法，因为她知道他总是在那周围出现，要么就在公园里散步，要么就在比耶拉咖啡馆喝咖啡，要么就坐在某张长椅上。也许是出于害羞，她没有勇气走进咖啡馆，所以才穿过公园制造了这起偶遇，或是让他以为这是一次偶遇。

他走过去站在她身边，但她看也不看他一眼地继续往前走，于是他拉住她的胳膊。她静静看着他，但眼里没有一丝意外，这证实了他的想法：她在找他。

"你住这儿？"他问。

"不，"她回答，避开他的目光，"我们住在贝尔格拉诺区。"

"那你来雷科莱塔干什么？"

他不假思索地问出这个问题，但立刻就后悔了，因为他这么问好像是要迫使她承认她是故意来这里跟他重逢的。

"大家都有权利来这儿。"她回答。

他不太高兴。他们面对面站着，她一直盯着地面，那场面有一点儿可笑。

"对不起，"她突然说，"我这样回答太不礼貌了。"

"没关系。"

女孩抬起眼睛，牢牢地盯着他看，牙齿咬得紧紧的。然后，她红着脸低声承认：

"不仅不礼貌，而且是谎话。"

"我知道，但是没关系。"

"什么？您知道？"

他不知道该怎样回答才能不伤到她，于是挽着她的胳膊走到长椅前坐下来。两个人就这样静静坐了很久。女孩不高兴地低着头，好像在认真研究草坪一般，最后终于开口说：

"您知道我想见您，您知道我这几周一直在这附近晃悠。"

他什么也没说，因为没必要作出回答。他们俩都知道这次相遇是不可避免的，也知道如果不见面的话一切会变得更糟糕。

纳乔的经历

阿古斯蒂娜到家时夜已经深了，她显得那样沮丧而遥远，不再是从前那个坚硬的阿古斯蒂娜，她是去了什么痛苦的地方？纳乔举起右手想抚摸她，可她却把脸转向一侧，像是拒绝看到某种让人极其伤心难过的东西。

"这个家里又有什么灾难降临了吗？我怎么好像看见身着重孝的厄勒克特拉[①]走来了？"

阿古斯蒂娜躺到床上。

---

① 古希腊神话中的一个女性角色，和弟弟俄瑞斯忒斯一起杀掉母亲为父亲阿伽门农报仇。

"把那张唱片取出来，"她干巴巴地命令，"你成天放鲍勃·迪伦①的歌，我已经烦透了。"

她弟弟垂下胳膊，看了她一会儿，然后跪在地上，把放在一堆书本、旧报纸和餐盘中间的唱片机按停。他待在原地带着焦虑观察姐姐，用温柔而羞涩的声音呢喃着：

"我是俄瑞斯忒斯，你再也不可能找到比我更好的朋友了。"

然后他跪着挪动到她脚边，就像那些去卢汉②朝圣的信徒一样。

"我向你发誓。"

他挪到床边，拉过她的双手放在自己胸前。

"你忘了吗，厄勒克特拉，我是你最爱的人，这是你在父亲墓前行奠酒礼时亲口说的。你曾向地下的赫耳墨斯③祷告，他是天上和地底所有神的信使，所以在地下守护父母亲住宅的魔鬼也听见了你的祷词！"

"没错，纳乔，但我很累了。"

"哦，宙斯！你看看吧，看这失去父亲的鹰族正在狰狞的巨蟒怀里窒息！看看我们这两个没了父亲还被逐出家门的孩子吧！"

"我给你说了我累了。"

纳乔突然用不再掩饰的怨毒声音说：

"我亲眼看见那个不要脸的女人坐在佩雷斯·纳西夫的车上！"

"好吧。"

---

① 鲍勃·迪伦（1941—），美国歌手、词曲创作人、作家、演员、画家，2016年诺贝尔文学奖得主。
② 阿根廷布宜诺斯艾利斯省一城市名，是著名的圣母朝圣地。
③ 古希腊神话中众神的使者，宙斯之子。

"看来你觉得没什么大不了的。"纳乔认真观察她的反应。

他气急败坏地大骂她不知廉耻,居然让那个婊子把她安排在那个恶心男人的办公室里工作。

"行啊,那咱们就靠要饭过日子吧。"

纳乔扑到她身上大喊说他没在开玩笑。

"别喊了!你有完没完?"

阿古斯蒂娜的脸变得很僵。

"什么都得跟你解释清楚才行,你这个白痴。你不明白我接受这份工作的时候恰恰是我最看不起她的时候,以后你别再跟我提那个女人了。"她冷冷地说。

他弟弟语带讽刺地提醒她那个人可是他们的妈妈,妈妈只有一个。然后他站起身,去角落里拿了一个用花纸包装的小东西过来,上面还扎着一个礼品特有的红色蝴蝶结。

"这又是什么玩意儿?"阿古斯蒂娜疲惫地说。

"你把母亲节给忘了?"

那是一个很小的盒子,纳乔的姐姐抬起头看着他。

"你知道我要给她送什么吗?"

他的脸上显出扭曲的幸福。

"一个避孕套。"

说完他回到自己的角落里,在床上躺好,沉默了一会儿。

"我要跟你达成一个协议。"他说。

"别再用你的那些协议来烦我了。"

"就这一个,很小很小的协议。"

阿古斯蒂娜没回答。

"一个微型协议。一个侏儒级别的协议。"

"目的是什么?"

"这是一个测试。"

"什么类型的测试?"

"我知道就行。"纳乔含糊地回答。

"行,那你赶紧说,我困死了,想昏睡一百年。"

纳乔拿来一张唱片,封面上是约翰·列侬[①]和洋子的照片,他一边拿给她看一边说:

"永远不要听这张唱片。"

"为什么?"

"看,看吧!这就是我的测试!你现在完全无法理解我了!你跟我之间的联系彻底断开了!"他冲她喊道,把照片上的人脸揉成一团。

阿古斯蒂娜厌烦地看着他。

"你还不明白吗?那个该死的日本女人就是罪魁祸首!"

他丧气地坐在姐姐身边,自言自语般地喃喃道:"那个无耻的女人,那个有传染病的胎儿。"然后,他又回到之前的话题。

"你接受协议吗?"

"好吧。现在让我睡觉。"

他把唱片扔到地上,带着极度的愤怒将它踩成了碎片。他做完这一切后便紧紧盯着姐姐的眼睛,好像想从中发现什么迹象。最后

---

① 约翰·温斯顿·列侬(1940—1980),英国歌手、诗人、社会活动家,摇滚乐队"披头士"成员。小野洋子是他的第二任妻子。

他回到自己床边，躺下来，关掉了床头灯。过了一会儿，他用一种好像能在黑暗中穿越秘密道路（这些小路以前是他俩所共识的，而现在却被某个阴毒的入侵者设置了隐蔽的障碍和陷阱）的声音有气无力地说道：

"一定有什么事情发生了，阿古斯蒂娜。"

她没有回答，只是也关掉了自己的床头灯。纳乔的惊讶慢慢变成了绝望，他知道她熄灭光明是为了脱掉衣服。透过窗外透进来的一点点光亮，他隐约可以看见她是如何褪去一件件衣物的。

随后他也脱光了衣服睡下了。在一段长度不可估量的时间里（这段时间里有他们两个人的童年、小狗、帕特里西奥斯公园的捉迷藏游戏、糖果、孤单的午睡、哭泣和拥抱的夜晚），他偷偷观察着她，觉察到她也醒着，也在不安地思考，因为她的呼吸声不是熟睡时发出的呼吸声。他鼓起勇气颤抖地问她有没有睡着：

"没，我没睡着。"

"要我过去吗？"他用发抖的声音问。

她没有应答。

犹豫了片刻后，纳乔起身走到另一张床前。他坐下来抚摸姐姐的脸庞，发现她脸上有泪。

"放过我吧。"她温柔地用一种他之前从没听过的声音说。然后她又补充了一句：

"我不想你进入。"

纳乔一度不知道该抱持怎样的态度，他就坐在那具他的双手不久前刚刚轻抚过的胴体旁，而现在它却远在他可以触碰的距离之外。

他慢慢站起身,回到自己床边,颓然躺倒。

你的身体和真丝蝴蝶结

通向海边的

种植园

你的秀发被云朵点燃

汗珠滴在那些难忘的瞬间

暗中的变化

原始的信仰

招致骚乱无序

生活的所有斜面

爱情的流速

因神奇的判定标准被逐出教会

我们的静脉分离,发出渴望的光芒

思念的时候

孤独狂热的棕榈树

长至我的胸口

地心深处突然还给我

我们所有的温存

激情的结

系在时间的黑色铁环上

雨中的家具

海上的光

海鸥和音乐

铺在巨大月亮的祭坛上

没有比你的眼眸更辽阔的草原

廉洁的国度

麻痹的国度

风中是醉酒的笑声

而你的发丝在我的脸上。①

萨瓦托的经历

1

豪尔赫·莱德斯马的第一封来信：

世界继续颠倒着。这是保持乐观的又一个理由，因为这样一来就没人能超越我们了。

我继续习惯性地失败，惹人发笑。我生下来就是个傻子，突然间不知道自己该干什么。随便举个例子吧，我上一次赤身裸体爬到了科连特斯和苏伊帕查街口的一根路灯上。您想想，这事发生在一个周六的下午五点钟，他们为此把我关了好几

---

① 引自阿根廷诗人恩里克·莫利纳（1910—1997）的诗作《路线》。

个月。

我要向您坦白,萨瓦托:我根本不想来到这个世界,我没有给出任何临产征兆。轮到我出生时我正舒舒服服地待着,于是我就转成臀位来抵抗,但他们依然还是强迫我出来了。永远都是强迫,名义上是这样对你最好,从那时起我便明白这世界就是一团糜。您应该也遇到过类似的情况,是我们输了,我知道,但我们两个不幸之人现在应该直面它,痛斥它,而我强过您的优点便是我的无知。

我写信给您是为了告知您,在我死前我决定指定您为我的继承人。我可不希望马可尼①的遭遇在我身上重演,他死后没人理解他曾经历过什么,而我的家人现在就已经不理解我了。

多恩②:"没有人会在去断头台的刑车上安睡。"您记起来了,非常好。我研究亚里士多德的著名难题有一段时间了:找到本原,然后我们身上其他的一切就都是附加物。萨瓦托:**我找到了本原**。我知道了我们是如何以及为什么被制造出来的,您明白我在说什么吗?我想直截了当地说清楚,不绕弯子。如果一个理论的创始者不对自己残酷的话,那么这个理论本身就会变得残忍,会反过来对抗它的创造者。想到我也许会把这个巨大的发现带进坟墓的恐惧促使我给您写信。我必须预防和计算好,免得一切变成一场空,但我也没抱太多幻想。伏尔泰认

---

① 古列尔莫·马可尼(1874—1937),意大利工程师,专门从事无线电报设备的研制和改进;1909年诺贝尔物理学奖得主。
② 约翰·多恩(1572—1631),英国诗人。

为卢梭被魔鬼缠身,卡雷尔①认为弗洛伊德造成了伤害。被忽视、悲哀、完全的孤独,但我唯一在乎的就是人类。希望我花了那么大力气才找出的线头不要遗失在一堆线团之中,希望事实就像丛林中的大火,照亮狮子与羚羊共同逃生的画面。

我知道了为什么要让我们降临在这堆烂摊子里,也知道了我们后来被毁灭的原因。您会理解的,就像是有了一个**模板**,我可以用它来衡量所有的人类活动。上帝是一个必经阶段,一百年后的学生会为之发笑,正如现在的我们嘲笑托勒密②一样。如果康德说这不可能,那是因为他没有像我们一样为了回归内心而斗争过。他每天像拉磨的驴一般在同样的时间走过同样的街道,这说明了他对建立秩序的尊重。他在一片混乱中安然自得,他只是解释了问题,而没有解决问题。他怎么可以安心接受非自愿地被放置在这个星球上,然后在规定的时间到来时,老态龙钟地在可怕的病痛中被逐离人世,而且得不到一句解释或抱歉呢?对这个人我们为什么要惧怕他,难道仅仅因为他出生在德国吗?几百万年以来,尽管有康德、有整个科学、有原子的分裂,但人类就像苍蝇和乌龟一样不知缘由地出生、受苦、死去。萨瓦托:他们不可能这样对我。

我已经凿好了小洞开始侦查了,而且我还要邀请那些胆子大的人跟我一起窥视这令人毛骨悚然的场景。

---

① 亚历克西·卡雷尔(1873—1944),法国外科医生、生物学家、优生学家,1912年诺贝尔生理学或医学奖得主。
② 克罗狄斯·托勒密(约90—168),希腊数学家、天文学家、地理学家,"地心说"的集大成者。

如果说我的局限性让您见笑了,那就请您想想法拉第,他的一切都是从他装订的书里学到的。我之所以给您写信,是因为我在高山上看到了您的身影,您冷漠而疯狂。但如果有一天您走了下来,像下面的这些胆小鬼一样思考问题,您就会泯然于众人,变成圣伯夫①那样的人,让我感到恶心。

我已经向您证明了我的勇气,因为我已经强大到敢赤身裸体爬到路灯上面去惩罚和嘲笑自己的懦弱。别人虽然也嘲笑我,但不同之处在于我是从高处自嘲。

请您一定不要在1973年前离世,因为我会在那时邮寄给您我这项调查的最终手稿。我们即将迈入一个新的时代,我们会忍受所有类型的暴行、犯罪和不公。会有新的火种出现,但那都是徒劳的努力,道德科技的时代已经来临。正如几百万年前一样,另外一些眼睛睁开来,在一片头盖骨中开路,那是怎样的视野啊萨瓦托!而对于那些拥有神经系统去承受这一切的人们来说,这样的未来又是多么可怕啊!

如果反物质世界的力量将我清除,当我的手稿到您手里时请您务必完成它,让人们了解一切。

2

他大喊着醒来,因为刚才看见了火光中的她,黑色长发在古望楼愤怒的火焰中招摇,仿佛一把发狂的人形火炬,她似乎是跑来向

---

① 查尔斯·奥古斯汀·圣伯夫(1804—1869),法国文学评论家。

他求助的。他突然感觉大火好像在自己体内燃烧,能感受到身上的肉在噼啪作响,能感受到亚历杭德拉的身躯在他的皮肤下颤抖,尖锐的疼痛感和焦灼感把他惊醒了。

他的预感又来了。

但她并不是某些人想象中那个忧郁的亚历杭德拉,也不是布鲁诺自认为了解的那个丧失意志、思前想后的亚历杭德拉,而是梦中和火中的她,是她父亲的受害者和加害者。萨瓦托再次自问,为什么亚历杭德拉的再次出现似乎提醒他有义务开始写作,尽管要违抗所有敌对力量。仿佛有必要再尝试破译一次这些越来越隐秘的线索,仿佛这种复杂而可疑的狂热不仅能救赎女孩的灵魂,也能拯救他自己。

但是要拯救什么呢?他几乎要在死寂的房间中狂喊出声。

穆齐奥采访鲁文

年轻的穆齐奥,保持着虔诚的沉默。巨大的真皮扶手椅、等待、鲁文·佩雷斯·纳西夫先生的权威、员工们敬畏的脚步,在他心中产生了混合着恐惧、羞愧和怨恨的情绪。同时,还混入了如下词组:消费者协会;资本主义,肮脏的资产阶级;结构改变;等等。

在这些词组的缝隙里，他好像看见了纳乔·伊萨吉雷那张令人不快的脸正在嘲讽地质问他。那个反革命的小资产阶级、腐败的反动分子。

他试着摆脱这让人不舒服的幻觉，在脑中用口号打败他：要改变结构！私下反抗佩雷斯·纳西夫这样的人就像是在街上施舍！要不顾一切地进行社会革命！

但纳乔的脸在每一句口号之后又重组在一起，更讨厌的是，他嘴里吐出的冷嘲热讽越来越过分。

他努力要逃避这幻象，于是便集中精神去回想本杰明·富兰克林的《发财必读》：

切记，时间就是金钱。

切记，信用就是金钱。要是有人将钱存放在我这里超过了该交还的日期，那他等于是把利息或者说在此期间利用这笔钱所能赚取的利息赠给了我。一个人信用良好，能得到大笔贷款并善加利用的话，那他所得的利益就会相当可观。

切记，金钱具有再生繁衍性。钱能生钱，生出的钱又能生更多的钱，如此生生不已。5个先令经过周转可变为6个先令，再一周转就会变成7先令3便士，一周周转下去就会变成100英镑。手头的钱越多，经周转再生的钱也就越多，收益幅度也会节节高升，越来越快。杀一头母猪，等于消灭了她所能繁衍的成千上万头猪。若是毁掉了5先令，那就等于毁了它本可再生的所有的钱，不知有多少镑。

事关你的信用，哪怕是最琐碎的事你也得小心留意。要是债权人清晨 5 点或晚上 8 点听到你锤子的敲打声,他就会安心半年。要是他看见你在该干活的时候玩台球,或者在酒馆吃喝,那他第二天就会派人前来讨债,要你把尚未使用的钱还给他。

将你的支出和收入详加计算。花些工夫,一一列出细目,这样的好处是:你会发现,一笔笔微不足道的支出足以积聚成一大笔款项。这样你就会知道,什么花销可以省去,将来能够节省什么。

一天浪费 4 个便士,一年就是浪费 6 个英镑,其代价为一年内不能使用 100 英镑。一天虚掷了 4 个便士的时间,日复一日,一年下来就是丧失了使用 100 英镑的权益。[①]

访谈中的有趣部分:

Q:佩雷斯·纳西夫先生的年龄是?

A:四十二岁,已婚。

Q:有孩子吗?

A:有三个,分别是十五岁、十二岁、两岁。大儿子跟他父亲一样叫鲁文,二女儿叫莫妮卡·帕特里夏,三女儿叫克劳迪娅·法维亚娜,她是在佩雷斯·纳西夫先生和他夫人计划外出生的。

---

① 实际上只有最后一段出自《发财必读》,其余皆源自《年轻商人指南》。中文译文引用自上海译文出版社 2018 年出版的马克思·韦伯《新教伦理与资本主义精神》,袁志英译。

Q：他的事业是如何起步的？

A：众所周知，他一开始在萨尼佩尔公司做学徒，而且他非常以此为荣。感谢上帝，阿根廷拥有这种伟大的品质，让人们可以通过坚持不懈的努力和对美好未来的信仰进入最高层的位置。我可以告诉您一个细节，但是希望您不要写进报道里：兰布鲁斯奇尼先生从六个学徒中选中了他，因为从他脸上看出这个男孩将来会大有所为。接下来的内容请您逐字记录：后来他总是提醒自己不要忘记，兰布鲁斯奇尼先生从一开始就对渺小卑微的他充满信心。

谁能想到有一天，他的地位会如此之高，远超当时的兰布鲁斯奇尼先生！

可事实就是如此，年轻的穆齐奥，这就是人生的法则。但是必须说明，兰布鲁斯奇尼先生的勤奋和正直是整个公司上下所公认的，是我们的楷模。萨尼佩尔公司能达到今天这样的规模，靠的就是拥有他这样的勇气和品德的人。尽管他现在已经领着丰厚的退休金安度晚年不再继续工作了，但他作为家长的形象在我们这个大家庭里永存。我希望再次跟您强调，是他的忘我牺牲、诚实守信、无私奉献和对大家的爱成就了萨尼佩尔。他在三十年的工作岁月里仅有一次缺勤，还是因为他的身体实在撑不住了不得不去医院接受检查，我们的祖国之所以伟大就是因为有他这样的人。前几天是他母亲的葬礼，在如此悲痛的氛围下他的身板依然如壮年时期那样挺直硬朗，实在令人欣慰。

Q：佩雷斯·纳西夫先生还管理着哪些公司呢？

A：除了管理萨尼佩尔之外，他还兼任佩雷纳斯房地产公司总裁、普罗帕特广告公司副总裁。这无疑意味着巨大的责任,但却并不妨碍他在商界之外从事其他对社会有益的活动,不是吗?好了,好了,我也不必夸大他的优点,因为这些事情是所有人的义务,尤其对我们这些有幸跻居高层的人来说。例如1965年前他在洛马斯-德萨莫拉市①的"狮子俱乐部国际协会"② 所承担的职责便是个很好的例子。

接着,他开始提问佩雷斯·纳西夫先生,关于公司在其他领域大举扩张的传言是否有根据,具体来说,有传言称萨尼佩尔可能与某卫浴设备公司进行整合。

佩雷斯·纳西夫先生认为现在谈论这个话题还为时过早,但他不否认这确实是公司未来一年的计划之一。不,不必为此道歉,因为这个问题完全合法,他自己提前透露相关信息也不算是泄密。不过这一切并不容易,其中一个难点在于适宜的营销,毕竟需要考虑到国内工业尤其是卫浴设备行业目前正在经历的困境。

Q:造成这种现状的原因呢?

A:原因很多,也很复杂,但是现在还不便谈论过多的细节,等时机到了他自会知无不言。不过他可以简单提两点:无节制的竞争和国内关于工业政策的不确定性。虽然他对国家未来充满信心,但目前的政治形势迫使他不得不采取观望态度。

---

① 阿根廷布宜诺斯艾利斯省一城市名。
② 简称"国际狮子会",于1917年成立,是世界最大的服务组织。

Q：佩雷斯·纳西夫先生是否认为国内的政治环境造成了这种令人沮丧的局面？难以寻求机构出路是否也与此相关？

A：这是毫无疑问的。我们必须为传统机构找到一个出路，这一点刻不容缓。对于任何不符合民族气质和传统的外来思想我们向来都敬而远之，但其实阿根廷的未来正应该以那些被称作西方的、基督教的信念为基础。我最近恰巧在位于布洛涅①的分公司发表了一场相关主题的演讲，是由我们的"狮子俱乐部"赞助的。

以下略。

萨瓦托的自述

1

亲爱的远方的孩子：你向我寻求建议，但我无法在一封简短的信里讲清楚，我也不能使用我文章里的那些观点来教育你，因为它们并不代表真实的我，而只是我希望成为的样子，现实中的我被困

---

① 阿根廷布宜诺斯艾利斯省一城市名。

在这具行将腐烂的肉身里。这些单一的思想帮不了你,它们在我的小说营造的混沌世界中摇摆不定,就像海上的浮标在狂风中招摇。但我也许可以将这些思想与我小说中那些呐喊的抑或缄默的幽灵结合起来帮助你(可能已经帮到你了)。这些灵魂都出自我的内心深处,他们互相仇恨或是互相爱慕,互相支持或是互相毁灭,与此同时,我也被我自己支持或毁灭。

你从那么遥远的地方向我求助,我不能不伸出援手。但我能在一封信里做到的东西太少太少,也许还不如我的一个目光,我们一起喝的一杯咖啡,我们在布宜诺斯艾利斯这座迷宫中的一次散步所带给你的鼓励更多。

你说你感到沮丧,因为某个人对你讲了一些话,但这个朋友或熟人(多虚伪的词)跟你太过亲近而无法正确地评价你,他认为他跟你是平等的,仅仅因为你和他吃一样的东西;或者,因为他否定了你,他就觉得自己高你一等。他这种想法不难理解:如果你跟一个攀登过喜马拉雅山的人共进晚餐,你会仔细观察他持餐刀的方式,然后得出结论,你跟他一样甚至比他更强,而忘了(或是试图忘记)这里的评判标准是喜马拉雅山,而非食物。

你完全可以对这样的无礼言行置之不理。

你只需接受那些最卓越的人所给出的真实评价,他们谦逊而敏感、头脑清楚、体恤他人。当某个小人出于嫉妒而评论说圣伯夫是类似司汤达的小丑,说他永远不可能创作出任何出色作品时,巴尔扎克却持完全相反的观点。这也难怪,巴尔扎克有《人间喜剧》,而那位先生却只写了一部我连名字都不记得的小说。与圣伯夫同样遭遇的还有勃拉姆斯①，人们嘲笑他说这个胖子能谱出什么好音乐来呢？雨果·沃尔夫②在勃拉姆斯的第四交响曲首演时断言："从没在一部作品中见过这么多烦琐、空洞和欺骗性的东西，勃拉姆斯很好地诠释了没有思想和灵感的创作艺术是什么样子的。"可杰出而不幸至极的舒曼却肯定他是百年难遇的音乐家。这是因为要懂得欣赏首先要足够伟大，尽管这听上去似乎很矛盾，而这也是创作者很少被同时代人认可的原因，几乎都是后世或至少是同时期的外国人才能肯定他。必须是那些离得很远的人，是那些没有看见你如何喝咖啡、如何穿衣打扮的人。既然司汤达和勃拉姆斯都有相似的遭遇，你又何苦为了一个住在你家旁边的熟人的某些言论而一蹶不振呢？

当普鲁斯特《追忆似水年华》的第一卷出版时（在纪德把手稿扔进垃圾桶之后），一个叫作亨利·盖翁③的人撰文评论说："这完全是一件艺术品的反面教材，作者像列清单一样把自己的感觉和知识铺陈在一幅画卷里，画中是流动的风景和灵魂，然而却既不连贯也不完整。"其实这段自以为是的批评却几乎正好概括了普鲁斯特的天才本质。当那个晚上人们在勃拉姆斯的首场音乐会上向他发嘘声、扔垃圾时，正在弹奏钢琴的他经历了怎样的痛苦？又有谁能弥补他的创伤？且不说勃拉姆斯，单是在迪塞波罗④一首不算出名的

---

① 约翰内斯·勃拉姆斯（1833—1897），德国作曲家。
② 雨果·沃尔夫（1860—1903），奥地利作曲家。
③ 亨利·盖翁（1875—1944），法国作家、医生。
④ 恩里克·桑托斯·迪塞波罗（1901—1951），阿根廷作曲家、音乐家、剧作家、电影工作者。

歌曲后就藏着多少伤心、多少悲哀、多少惆怅。

我仅仅听你的这一个故事就足够了。没错，我相信有朝一日你一定能大有所成，可是你准备好接受这一切可怕的待遇了吗？你说你不知所措、彷徨迷茫，让我务必对你说点儿什么。

说点儿什么！我要么就该保持沉默，但你可能会认为我很无情、很冷漠；要么就该跟你畅谈几天几夜，或是跟你一起生活数年，时而交谈时而沉默，或者两个人一言不发地去散步。就像某个我们深爱的人去世后我们才明白，言语是如此的微不足道、笨拙无效。这种时候只有其他艺术家的作品才能救赎你、安慰你、帮助你，只有在你之前已经受过这些苦难的伟人们的痛苦才对你有用（多么残酷）。

在这种时候，除了天赋和天才你还需要别的精神属性，讲真话的胆量，继续前进的毅力，相信自己言语的力量而非身体的力量，在杰出的人前保持谦逊而在愚笨的人前保持高傲，有亲密的需求但也有独处的勇气，这样才能逃避小团体的诱惑和危害。在这种时候，想想那些孤独写作的作家对你会有所帮助，在船上写作的梅尔维尔[①]、在丛林里写作的海明威、在小村庄里写作的福克纳。如果你能够去受苦，去撕裂自我，去忍受悭吝与恶意、怨恨与愚蠢、不被理解与无穷寂寞，那么是的，亲爱的布鲁诺，你已经准备好了。没人能担保你的未来，而更糟糕的是，不管哪种情况最终都会导向一个可悲的未来，如果你失败了，那么失败总是痛苦的，艺术家的

---

① 赫尔曼·梅尔维尔（1819—1891），美国小说家、散文家、诗人，代表作《白鲸》。

失败更是悲剧性的；如果你成功了，那么成功总是会带来庸俗、误解、不断碰壁，会把你变成所谓公众人物那样恶心的东西，一个像你过去那样的年轻人有权（有权?）朝你吐口水。而你必须忍受这样的不公，忍辱负重地继续你的创作，就像在猪圈里立起一座雕像的雕刻家那样。读一读帕韦塞吧："你把自己彻底清空了，不仅卸下了你所了解的，还有你所怀疑和假设的，包括你的震动、你的幻觉和你无意识的生命。你会一直疲惫而紧张地活着，小心翼翼而战战兢兢地活着，在发现和失败中活着。你的整个生命都集中在这一点上，如果没人接受它、肯定它，你就会觉得自己一事无成。你会无比凄冷，在荒漠中自言自语，日日夜夜像一具死尸般孤寂。"

但是，你会猛然间听到肯定的话语——正如现在帕韦塞能听到我们谈论他一样——你会感觉到期待已久的存在，接收到你期待已久的信号，看见一个人从另一座孤岛上聆听你的呐喊，他能看懂你的表情、解密你的密码。于是，你有了继续前进的动力，有那么一瞬间你似乎听不见猪圈里的猪发出的哼叫声了。尽管这一霎短如昙花一现，但你却从中看见了永恒。

我不知道我们在勃拉姆斯第一交响曲第一乐章中听到的那忧郁的小号是他在怎样沮丧的时刻奏响的，可能他已经对观众的回应失去信心了，因为他过了十三年（十三年!）才重新演绎这部作品。也许他已经不抱希望，也许被人当众唾弃，也许听见了别人在背后的讥笑，也许看见了人们鄙夷的目光。然而，那声小号的乐音穿越了时空。突然间，被痛苦压垮的你我听见了这声音，我们知道有必要给这不幸之人一个信号，告诉他我们能够理解他。

我现在状态不太好，明天，或者过段时间我再来继续回信吧。

2. 星期一早上

我待在花园里,天快要亮了。清晨的寂静对我有好处,意大利柏和南美杉友好地陪伴着我。不过很快我又变得哀伤起来,因为看见这棵巨大的杉树立在这里,就好像看见一只困在铁笼中的狮子,它本应留在巴塔哥尼亚的高山中,留在阿根廷与智利尊贵而孤寂的边境线上。我重读了之前写给你的信,我对信中流露出的凄楚感到有些羞愧,但这确实是我当时的真情实感,因此我就不做改动了。我还重读了你在这期间给我寄来的那些求助信:"我不清楚自己想要什么。"谁又能预先知道呢?即使在事后也不一定知道。德拉克洛瓦①说过,艺术类似于祈祷时的思考,包括向看不见的神明迷茫祷告到切切实实亲眼见证神迹的过程。

你的创作完全基于直觉,但你写到结局时才知道自己真正想写什么,有时甚至到结局时都还不清楚。由于出发点是直觉,因此主题优先于形式,但随着情节的推进,你会发现表达方式如何丰富并创造了主题,甚至到最后根本无法将二者分离。如果非要分离的话,结果要么是"社会"文学,要么是拜占庭文学,两种不同的灾难。把《哈姆雷特》的形式与本质分开有何意义呢?莎士比亚的故事情节来自三流作者,它的内容是什么?这位不幸的先驱做了哪些事情?这就好比做梦——当我们醒来的时候,我们大致能回忆起来的是梦的"情节",而它与真实的梦境是如此不同,正如莎士比亚

---

① 欧仁·德拉克洛瓦(1798—1863),法国画家,代表作有《自由引导人民》等。

作品中那个可怜的鬼魂的主题一样。正因如此，有些精神分析学家会失败，因为他们企图用那断断续续讲出的情节去揭秘夜晚的神话。你能想象吗，有人甚至凭着一位观众的讲述试图去调查索福克勒斯灵魂深处的秘密？荷尔德林曾说过：我们做梦时是神，清醒时是乞丐。

某些改编（满含恶意的一个词）自文学作品的电影会失败也是出于这个原因。你看过小说《圣殿》①的同名电影吗？它唯一保留的只有那些惊险离奇的事件，也就是人们通常所说的小说情节。我之所以说"通常所说"是因为情节并非那些著名的、假想出的"事件"，而应该是整部完整的小说，包括光辉华丽的外在形式、隐含的寓意、它的文字、声音和色彩所营造的无限效果。

题材没有伟大与渺小之分，事件没有崇高与琐碎之分，真正伟大、渺小、崇高、琐碎的是人。穷学生杀死放高利贷女人的"同一个"故事可以写成一份简单的警方报道，也可以写成《罪与罚》。

你应该已经看出来了，在这类问题中引号的使用率很高，而且是不可避免的，这也正揭示了这些问题是错误的。严格说来，鉴于人性的复杂以及语言的空洞和虚伪，我们应该全程使用引号，或者像苏尔·索拉尔②那样发明一些更精妙的方法，来嘲讽地暗示我们并不相信自己用到的这个词或是恶毒地影射它语义上的变化，例如在西班牙语中插入德语的元音 ü 和 ö，于是果尔达·梅厄③变得

---

① 美国作家威廉·福克纳于1931年创作的长篇小说。
② 苏尔·索拉尔（1887—1963），阿根廷画家、雕刻家、作家。
③ 果尔达·梅厄（1898—1978），以色列建国元老，被称为"铁娘子"。

"女人"味十足,而保罗·布尔热①则是一位"伟大的"②作家。苏尔是个天才,他的发明被很多人剽窃,而且他们还拒不承认,这些人的行为就像是小偷去曾经善待过他的人家里行窃一样。

你说你不能针对"任一主题"进行写作,其实这不该是你气馁的理由,反而是个好兆头,不要相信那些随便什么都能写的人。执念在我们心中扎根很深,当你对一个东西越着迷,其他能激起你兴趣的东西就越少。最最让你无法自拔的东西也许是最黑暗的,但同时也是唯一的、无所不能的根基所在,是在一个真正的创作者的所有文学作品中反复出现的东西。我指的不是那些批量生产故事的人、那些肥皂剧和畅销书的"高产大户"、那些艺术界的卖淫者。那些人确实能够选择主题,可是当一个人认认真真写作时情况却恰好相反——是主题选择了他。你写作的内容必须是萦绕在你心头的执念,是多年以来从最黑暗的地方一直纠缠着你的东西。你要抵制、等待、试探这种诱惑,它不能是一种简简单单的诱惑,而应该是最最危险的那个,至于其他的,你要全部舍弃。画家有特别"容易"画的东西,作家也一样,你不要屈从于此。你要在感觉自己无法再忍受、快要发疯时来写作,反复地去写"同一样东西"。这时的你能够调用更强大的资源,拥有了更丰富的经历,体验了更多绝望,因此可以从其他角度不断地去探索它。正如普鲁斯特所说,艺术作品是一场不幸的爱情,它预示着其他可怕的事情。从我们内心深渊爬出来的鬼魂迟早会重新出现,根据他们的特点给他们找一个

---

① 保罗·布尔热(1852—1935),法国小说家和评论家。
② 西班牙语的"女人"一词为 mujer,此处写作 müjer;"伟大的"是 gran,此处写作 grän。

合适的位置并不难。那些被放弃的写作计划、半途而废的草稿将被重启,而且会比之前少一些瑕疵。

你不必担心故事情节,把它交给聪明的人吧,你只需重复去写同样的内容。就是这样!这就是凡·高、卡夫卡和所有重要作者所做的,也是关注你心灵的严肃的(但也是亲切的)父母所做的。这些连续的作品就像在废墟上建起的城市,虽说是全新的,但却具备了某种不朽,因为城市中有着古老的传说、同样的族人、相同的日出日落、传承自祖先的眼睛和面孔。

因此人们对小说人物的看法是愚蠢的,就应该这样傲慢地回答他们,而且只回答一次:"包法利夫人就是我!"① 但这是不可能的,对将来的你来说也不可能。每一天都有人会来调查和询问这个人物是出自这里还是那里、她的原型是这个还是那个女人、那个看上去一脸忧郁的旁观者是不是作者本人。类似这样数不清的误解我在之前已经提到过了,它们都是读者假想出来的。

书中的那些角色!1962 年的秋天,我带着青少年的焦虑去寻找包法利夫人"生活过"的一隅。一个男孩去找寻小说人物曾体会痛苦的地方已经是件不可思议的事情了,更何况一个小说家去做这样的事,因为他其实非常清楚这些人物只存在于创作者的心中,这说明艺术拥有比现实更强大的力量。

于是,当我从诺曼底一座小山的山顶俯瞰村里的教堂时,我的内心感到十分压抑:由于文学创作的神秘力量,那座小村庄达到了人类激情的巅峰,同时也达到了最黑暗的深渊。在那里,有一个人

---

① 出自福楼拜名言。

曾经生活过、痛苦过，如果不是因为某位作家强大而痛苦的灵魂，她本可以像其他人一样默默无闻。就像一个微不足道的灵媒在被比自己更强的精神附身时恍惚地说着胡话，那震撼人心的激情原本是他渺小的灵魂永远无法体会到的。

据说福楼拜曾去过那个村子，见过当地的居民，进过某家药店，他的主角有一天就会在那家药店买毒药。我无数次想象他坐在山顶上思考生死，说不定就在我第一次驻足观察那座平淡无奇的村庄的那个位置。他或许想象出一个女人作为肉身来承载他的烦恼，幻想这样一种全新的人生给他带来甜蜜而苦涩的快乐。如果他是一个女人，如果他失去自己的一些属性（痛苦的怯懦、残酷的清醒），如果他不是一个小说家而是作为一个省城的小资产阶级女孩生老病死。

帕斯卡①认为人生就像一张赌桌，命运将我们的出生、性格、境遇都放在这张桌子上，我们无法逃避。只有神有再赌一次的机会，至少小说中的神秘世界是如此。如果命运没有这样的安排，那就轮不到我们发疯、自杀、犯罪，至少小说中的模拟人生就是如此。

在那浪漫至极的可怜村姑身上内化了作者多少忧虑啊！我们可以想见他在主宫医院和鲁昂医院经历的阴暗童年。我小心翼翼地、认认真真地观察着他。医院的解剖室正对着他家那栋楼的花园，小居斯塔夫和妹妹一起爬上栅栏，入迷地看着那些腐烂的尸体。就是从那一刻起，他的灵魂永远地烙上了对时间流逝的焦虑，刻下了阴

---

① 布莱士·帕斯卡（1623—1662），法国数学家、物理学家、哲学家、散文家。

森的、溃烂的形而上的观念。几乎所有伟大的创作者都选择依靠艺术来自救,这是唯一看上去能拯救我们逃过瞬时的、不可避免的死亡的力量:que j'ai gardé la forme et l'essence divine de mes amours decomposes...①

也许正是从那道栅栏上目睹的腐烂,让居斯塔夫变成了人们口中那个害羞内向的男孩:他疏远、讥讽、傲慢、十分清楚自己的优缺点。你去读一读他最好的作品,不是那些样品般的小说,不是那些用华丽辞藻堆砌的无趣珍宝,而是那部无情的小说里最令人痛苦的几页内容。你会发现,那个既敏感又沮丧的男孩带着一种报复式的快感去描写人生的残酷,而他的忧郁与悲伤则是其后的幕布。世界使他感到恶心和厌烦,让他受到伤害,于是高傲的他决定按照它的形象重建一个世界。不过他不愿像巴尔扎克那样天真地跟自己的现状较劲,而是想要挑战上帝。如果现实让我们满意的话干吗还要写作呢?上帝不写小说,小说诞生于我们的不完美,诞生于我们被迫生活的这个有瑕疵的世界。我没有要求出生在这里,你也没有,我们是被强行带来人间的。

你要知道,关于那个可怜的恶魔女孩的故事并不是别人要求福楼拜写的,而是因为他突然直觉自己能从那个故事中写出自己的秘密故事。他像一个神经机能重症患者一样残酷地嘲笑自我,把自己以漫画般的形象化身为那个无足轻重的外省女孩。她和他都热爱遥远的国度,重读第六章你会发现他对旅行、马车和异国情调的喜

---

① 法语,意为:"旧爱虽已分解,可是,我已保存爱的形姿和爱的神髓……"原诗摘自波德莱尔诗作《腐尸》,中文译文引自人民文学出版社 2011 年出版的《恶之花》,钱春绮译。

好。她如此纯洁，充满浪漫的幻想，就像那个爬在高高栅栏上的男孩所感受到的一样。因此他小说的主题就是关于他自己，现实生活和他的幻想之间的距离越来越大，梦想变成了笨拙的现实，崇高的爱情变成了可笑的陈词滥调。那个不幸的女孩除了自杀还能怎样呢？借由这位可怜的、无依无靠的、浪漫到可笑的乡下女孩的牺牲，福楼拜（悲伤地）救赎了自己。

救赎自己……这不过是种好听的说法，是我们草率看待问题的方式，可我知道，当我母亲眼含泪水嘟囔着"愿上帝保佑他"时，她心里想的其实不是爱玛，而是幸存下来的可怜的福楼拜。

浪漫的灵魂与世界的冲突，就这样带着残忍的怒火表现出具有讽刺性的不和谐。为了摧毁或是嘲讽自己的幻想，他设置了农展会的一幕作为资产阶级生活的特写：楼下充斥着各种市井言论，而楼上那间脏兮兮的旅馆房间里，罗多尔夫引经据典让爱玛爱上自己。

通过这残酷的、细碎的对比，浪漫的福楼拜扮出可怕的鬼脸去嘲笑虚假的爱情，就像一个虔诚的教徒忍不住在挤满虚伪信众的教堂中呕吐。这就是福楼拜，客观主义者的守护神！

顺便说一句，请你以后别再提起这个词了，这就好比你来跟我谈科学的主观主义一样。你要为生在这片大陆而感到骄傲，因为在像尼加拉瓜和秘鲁那么弱小无援的国家里还出现了达里奥[1]和巴列霍[2]这么伟大的作家呢。让我们从今往后做回自己吧！别再让罗布-格里耶[3]先生来告诉我们该怎样写小说了，叫他别烦我们了，尤其

---

[1] 鲁文·达里奥（1867—1916），尼加拉瓜诗人。
[2] 塞萨尔·巴列霍（1892—1938），秘鲁诗人、作家。
[3] 阿兰·罗布-格里耶（1922—2008），法国作家。

是，希望像你这样有天赋的年轻人别再带着满腔的崇敬去听从这个拜占庭恐怖分子发号施令了。你们眼中的野蛮人中之所以能诞生那么多伟大的作家，正是因为他们远离了那些精致的欧洲王宫，想想俄罗斯、斯堪的纳维亚和美国的作家们吧。所以，忘了来自巴黎的那些命令吧，它们都跟香水和时髦服装关联在一起。

艺术中的客观主义！科学确实能够而且应该摈除自我，可是艺术却做不到，如果非要这样做也实在毫无价值。正因为做不到，反而恰恰成了它的优点。费希特曾说过，艺术的目的是精神的创作；波德莱尔则认为艺术像一种魔法，把创作者和世界混合在一起。达·芬奇画中那些住着野兽的神秘洞穴，模糊不清的人脸后面隐约能看见的发蓝的白云石，仿佛以海底为背景，这不就是达·芬奇的精神表达吗？

人们厌倦了纯粹的情感，迷上了科学，于是要求小说家像动物学家描绘蚂蚁习性那样去描述人类活动，但一个有深度的作家，绝不可能局限于去描写街上某个普通人的一生。一旦他疏忽大意了（况且人总是会犯这样的错），那个小人物就会代表作者内心某块黑暗的、撕裂的部分去感受和思考。只有平庸的作家才能写出简单的编年史，并忠实地（多么虚伪的字眼！）去描述一个时代或一个国家的外在现实。而对于大师来说，他们的能力强大到即使有人这样要求他们也无法做到。据说凡·高曾经想临摹米勒的画作，但是他办不到。这是肯定的，因为在临摹的过程中总是会出现他的那些恐怖的太阳和大树，而它们正是他自己幻觉的表征。不管福楼拜曾写过多少东西来探讨要做到客观，但在他的某一封信里他却告诉我们，某个秋日他穿过森林时感觉到马和马蹄踏过的落叶、风和风中的絮语,就像一个男人和他的爱人。他说,我的角色们在跟踪我,或者应该说,是我本人在追随他们。

他们源自人的内心深处,他们既代表着自己的造物主,同时又背叛他。他们可能比他更善良,也可能更凶残;可能更慷慨,也可能更吝啬。连造物主本人都会觉得惊诧,他困惑地关注着他们的激情和恶习,这样的激情和恶习最终可能会导向与这个小小的半神的人生截然相反的方向:如果他是一个虔诚的信徒,那么他们也许是有欲望的无神论者;如果他以良善和慷慨著称,那么他们也许邪恶而贪婪。更可怕的是,他说不定会为此产生一种扭曲的满足感。

Madame Bovary c'est moi①,当然了;但同时罗多尔夫也是我,他恬不知耻,无法忍受自己情人的浪漫主义;还有可怜的包法利先生、不信神的药剂师奥梅,他们都是我。福楼拜是一个绝望的浪漫主义者,他追求绝对却没能找到它,因此他可以很好地理解无神论,也能理解罗多尔夫这个流氓所奉行的无神论的爱情。

巴尔扎克同时代的人(用小人在发现了伟人的渺小之处后顿觉自己变得高大起来那种扬扬自得的喜悦)说"真实的"巴尔扎克既庸俗又虚荣,似乎想让我们相信他所创作出来的那些了不起的人物不过是这个说谎成癖之人的幻觉而已。不是的,他们是他的精神最真实的流露,无论善恶。就连他为小说选定的城堡和风景,也是他欲望的象征。斯蒂芬·德迪勒斯②在《青年艺术家的肖像》中肯定地说艺术家正如造物的上帝,存在于他创造的作品之上,对一切持

---

① 法语,意为"包法利夫人就是我"。
② 詹姆斯·乔伊斯(1882—1941)的长篇小说《青年艺术家的肖像》和《尤利西斯》中的男主角名。

冷漠的态度，兀自在那儿修剪自己的指甲而已。这个爱尔兰骗子！就我们对这位天才的了解来看，这部作品和《尤利西斯》都是乔伊斯本人的投射：他的激情、他的境遇、他的个人悲喜、他的思想。

创造者无处不在，他不光存在于自己的人物中，他还选定剧本、地点、风景。在《理想国》一书中，柏拉图认为神确定了桌子的标准型，木匠模仿了这个标准型，而画家又模仿了这个模仿品。这就是模仿艺术，它让事物的轮廓模糊不清；而真正伟大的艺术却充满活力，它不是对木匠那张简陋桌子的模仿，而是通过艺术家的内心去发掘现实。

因此，1962年的那个秋天，当我怀着敬畏激动的心情从山顶上远眺那座小教堂时，当我一言不发、战战兢兢地走进奥梅的药房时，当我来到可怜的爱玛急切而忧伤地坐上载她去鲁昂的那辆马车的乘车点时，我看到的其实既不是教堂也不是药房，更不是村里的小道，而是我通过外在世界的这些物体所感受到的不朽精神的碎片。

3. 星期一晚上

我今天过得很不好，亲爱的布鲁诺，我身上正在发生一些我无法解释的事情，因此我更要在白天牢牢抓住这个理念世界。这是柏拉图宇宙的诱惑！人内心越混乱，困扰我们的压力就越大，我们就越倾向于在思想上寻求一种秩序。这种情况过去总在我身上发生，而现在依然如此。

你想一想中学时期塞满我们脑子的和谐美妙的希腊语，这是18

世纪的一项发明，与之并列的还有英国人的冷漠和法国人的慎重。如果不是因为有了哲学，尤其是有了柏拉图主义，光是古希腊悲剧就足以消灭这些无稽之谈。

每个人都在寻找他所没有的东西，如果说苏格拉底寻求真理，那正是因为他迫切地需要理性来对抗他的激情。你记得吗，他的脸上能读出所有的恶习。苏格拉底发明了理性主义，那是因为他不够理智；柏拉图唾弃艺术，因为他是个诗人。对矛盾律的拥护者来说，他们是完美的先驱。你看，逻辑学对它的发明者来说都不起作用。

我非常了解这种柏拉图式的诱惑，不是听人讲述而是自己亲身经历。第一次是在我的青春期，当我在肮脏邪恶的现实中独处时，我开始手淫。自那时起我就发现了这座天堂，就像一个在粪坑里挣扎出来的人找到了一片清澈的湖泊来洗去自己身上的污秽。还有一次是在多年以后，我人在布鲁塞尔，那个法国男孩给我讲述了斯大林主义的可怕事实，他后来死在了盖世太保的手里。1934年的冬天我逃到了巴黎，饥寒交迫，悲痛欲绝。后来，位于乌尔姆街的高等师范学院的那位门房收留我在他那里歇脚，我每天晚上都得从窗户翻进去。我从吉贝尔特那里偷了一本微积分的论文，我到现在都还记得我一边喝着热咖啡一边哆哆嗦嗦翻开书页时的情景。我就像一个家园被蛮族入侵践踏的逃亡者，又脏又饿地走进了一座寂静的圣殿。书中的定理接纳了我，就如护士小心地接过一个可能断了脊柱之人的身子。慢慢地，从我那破碎灵魂的裂缝间，我隐约看见了一座座美丽而庄严的高塔。

我在那个安静的堡垒里待了很久，直到有一天我发现自己在听

（不是听见，而是听，饥渴地倾听）来自外面的人声。我开始想念鲜血与脏污，因为它们是我们感受生命的唯一途径。尽管有限的生命里充满遗憾，但有什么能替代它呢？有几个人、有谁在集中营里自杀的？

我们就是这样被造出来的，也是这样从一端走向另一端的。在我人生最后的苦涩日子里，有好几次我又感觉到了那块绝对领域的诱惑，我很怀念那样的秩序和纯净。虽然在与我心中的魔鬼这场战役中我没有当逃兵，虽然我没有像战士逃进修道院那样躲进那块领域里，但我有时会可耻地藏身于关于小说的想法中，它就在鲜血和修道院的中点处。

4. 星期六

你跟我提起那本哥伦比亚杂志上刊出的报道，这类粗制滥造的东西有一天会让你沮丧地垂下胳膊或是愤怒地振臂高呼。这其实是采访中的边角材料，他们剔除掉我想法中最重要的部分，最后出来的东西其实跟我已经毫无关系了。你知道我在学生时代跟我朋友伊茨戈索恩一起干了件什么事吗？我们用马克思的句子写成了一篇批驳马克思本人的文章。

在我看来，你现在正在经历的危机是如今拉美文学所面临的问题。既然你来问我，那我就应该修正杂志上由我那些只言片语组成的可笑言论。我总是强调，形式上的新颖对一部艺术性的革命作品来说不是必需的，以卡夫卡为例；而且也是不够的，例如在标点符号和装订技术上所表现出来的创新。也许，把文学作品比作象棋也不无道理：虽说用的是同样的旧棋子，但天才却懂得革新。卡夫卡作品的整体构成了一种新的语言，而非他平实的词汇和朴实的句法。

你读过亚努赫①的书吗？你应该读一读，因为在这样信口胡诌的时代，有必要不时地回过头去关注一下卡夫卡或凡·高这样的圣人：他们永远不会骗你，会帮助你摆正你的方向（在道义上），迫使你重新端正态度。

在其中的一次对话中，卡夫卡告诉亚努赫，技艺高超的艺术家就像魔术师；但他同时提醒到，真正的艺术品不是炫技的产物，而是分娩的结果。人们怎么可能去谈论某个生孩子技术特别高明的产妇呢？爱炫耀技巧的作者的出发点恰恰是真正的艺术家止步的地方，前者用辞藻来制造魔法，而伟大的作家从不转嫁情绪，他靠人物的命运去让人感同身受。

这些话对西班牙作家和拉美作家来说更合宜，因为我们总是偏爱咬文嚼字和编造谎言。你还记得马依瑞纳②怎样嘲讽这些"路上惯例发生的事件"吗？如今它们在先锋派的作品中很常见。

绝不会有人怀疑博尔赫斯对语言不屑吧，他曾评价卢戈内斯③是"杰出的文字天才"，然而这句评语的上下文中却隐含着轻蔑的意味；他还说克维多④是"最伟大的语言工匠"，下一句是"可塞

---

① 古斯塔夫·亚努赫（1903—1968），斯洛文尼亚诗人，著有《与卡夫卡对话》一书。
② 胡安·德·马依瑞纳是西班牙诗人安东尼奥·马查多（1875—1939）在同名作品《胡安·德·马依瑞纳》中虚构出来的一位教授。
③ 莱奥波尔多·卢戈内斯（1874—1938），阿根廷诗人、新闻工作者。
④ 弗朗西斯科·戈麦斯·德·克维多（1580—1645），西班牙作家、政治家。

万提斯么……",外加一个忧伤的省略号。如果你知道他花了好几天时间才为克维多想出这个绝妙的绰号(他自己承认的),你也会跟我一样得出结论,在这些批驳的话语中有许多痛苦的自我批评,至少是批判自己过分雕琢的文风。这一倾向是他的模仿者所赞美(或嘲讽)的,却是他所贬低的,因为一位伟大的作者不应是加工文字的工匠,而是把它写出来并且理解它的人。否则我们为什么会喜欢文风粗野的塞万提斯,而非辞藻华丽的克维多呢?

马查多很崇拜达里奥,称他为无与伦比的形式大师;几年后又称他为"伟大的诗人和教唆者",因为他对那些傻瓜模仿者造成了极坏的影响,他们只会把他的缺点展现出来然后加倍放大,最终走向文字的狂热、粗俗的夸饰、可笑的文风——这无疑是这些蹩脚学徒对这位文学之神的惩罚。你想想巴尔加斯·比拉①,想想他的疯狂,他也是一个不合格的继承者。

生活与艺术、真实与虚假之间存在一个辩证关系。赫拉克利特的相反相成理论可以表现在:精神世界里,一切事物都在向着它的相反方向发展。当文学变得过于文学化时,当伟大的创作者被文字的操纵者所取代时,当伟大的魔法变成杂耍时,总会突然发生某种强大的刺激来救它于生死之中。每当拜占庭的艺术因过于复杂而行将消亡时,都得依靠蛮族来拯救它,有时是周边的部落,有时是当地的土著。他们骑马而来,手握滴血的长矛,冲进满身尘土的侯爵们跳着小步舞曲的大厅里。

不,我怎么可能犯那篇报道中的错误呢?我并没有否定艺术的

---

① 何塞·玛丽亚·巴尔加斯·比拉(1860—1933),哥伦比亚作家。

更新，我只是说我们应该警惕一些谎言，尤其是这个"新"字，它也许是造成最多歧义的形容词了。艺术没有科学中那样的进步，我们的数学强过毕达哥拉斯，但我们的雕塑却并不比拉美西斯二世①的"更好"。普鲁斯特曾经画过一幅漫画，画上一位老太太说德彪西比贝多芬厉害，因为他生得更晚。艺术里没有那么大的进步，而是有相应的阶段，它们体现了不同时期人们的世界观和人生观。有人认为古埃及人造出那些不朽的几何建筑是因为他们不懂自然主义，陵墓壁画上的奴隶形象似乎也证明了这种观点；但真实原因其实是因为他们坚信"真正的现实"在死亡后，时间在那里是不存在的，而最能代表永恒的便是这种埃及式的几何学。试想皮耶罗·德拉·弗朗切斯卡②引入比例和透视法的时刻，那并非宗教艺术的"进步"，而只是资产阶级精神的一种表现，认为"真正的现实"就在现世，这些人相信一张期票胜过一场弥撒，信赖一位工程师胜过一位神学家。

由此可见"前卫"一词在艺术中的危险性，尤其是用它来界定严肃的形式问题的时候。评价古希腊人的自然主义雕塑比几何雕塑更进步有什么意义呢？相反，在艺术上常常是越古老的东西越具革命性，例如黑人艺术或波利尼西亚人③艺术在超文明的欧洲所经历的。因此，请千万注意不要迷信"新"的东西。每一种艺术都能反映现实，而在这个特定的文化阶段，每个艺术家也能诠释现实，卡

---

① 古埃及第十九王朝第三位法老。
② 皮耶罗·德拉·弗朗切斯卡（1416—1492），意大利画家。
③ 大洋洲东部波利尼西亚群岛的一个民族集团，包括毛利人、夏威夷人等十多个支系。

夫卡理解的"新"不是约翰·多斯·帕索斯①的"新"。每个创作者都应该找到自己的工具，借由它讲出自己的世界观和真正想说的话。尽管所有艺术都不可避免地建立在前人艺术的基础上，但如果创作者足够天才的话他就会做出属于自己的东西，这样的坚持有时甚至让那些追逐时髦的人觉得可笑。你不要为此而恼怒，时髦只适用于服装与发型，对小说风格和教堂样式无效。形式上的新颖更容易被看见，所以约翰·多斯·帕索斯给人留下的印象比卡夫卡更深。但是，如我前面所言，卡夫卡的整部作品便构成了一种全新的语言。在德国浪漫主义时期有一位名叫施莱尔马赫②的神学家，他认为对整体的预言可以对部分进行检验，这跟现在的结构主义者的说法大同小异。

整体性赋予了每一句话甚至每一个字词新的含义，有人从波德莱尔的诗句"你去了别处，离这里是那么遥远！"中的"这里"一词中读出了诗人摆脱凡间琐事的意味。从表面上看，空白符号似乎显得没有诗意，然而联系整部作品的文风来看它就有了自己的价值。至于卡夫卡，只需要想想他从"审判"这么一个简简单单的词所制造出的形而上和神学效果就足够了……

不是说我不接受创新，但我不能被形式的新颖所欺骗，而且，我越来越不能容忍艺术中的轻浮，尤其是当它和改革混为一谈的时候（你看，像改革这类词的首字母总是使用大写，等到它演变成一次悲哀的经历时就会改为小写，如果结局越发悲剧，最后甚至会给

---

① 约翰·多斯·帕索斯（1896—1970），美国小说家。
② 弗里德里希·施莱尔马赫（1768—1834），德国神学家、哲学家。

它加上引号)。如果一个女人追逐潮流,那无可厚非;但如果一个艺术家也这样做的话,就会让人嗤之以鼻。你看看如今的造型艺术,除去个别特例,它几乎已经变成了一种精英阶层的艺术了,沦为了横行于17世纪的沙龙中让人讥讽的洛可可风格。它远不是一种前卫艺术,而是不折不扣的"后卫"艺术!而且在这种情况下它一定会演变成一种小众艺术,存在的意义只是为了供人消遣、逗人一笑。在这些沙龙上,一群厌倦了生活的先生聚在一起,闲聊几句,鄙夷一切。他们擅长玩文字游戏,编出各种精巧的藏头诗和讽刺诗,创作出戏仿《埃涅阿斯纪》的剧作。他们根据指定的题目来写诗,有一次竟根据一只鹦鹉的(假想)死亡写出了二十七首十四行诗。这类活动是一种伟大的艺术,就像是为孤儿院的孩子们燃放的烟火表演,又像是不会影响食欲的餐桌音乐。在这里,庄重严肃会遭到嘲笑,恶俗的文字占了主角。这样的艺术是精神的邪恶和道德的沦丧,因为同一时间有那么多可怜的人被饿死或是在地牢里被严刑拷问。不过这些先生并不自称为改革的斗士,这一点还是值得肯定的。而现在,布宜诺斯艾利斯的年轻人以革命者自居(尽管他们可能已经谋到了高位或是攀上了好亲事),他们欣然接受那种可以正着读也可以反着读的新颖小说。他们高谈群众与贫困,而事实上他们和那些侯爵先生们一样腐朽堕落。在上一届的威尼斯双年展上,有人展出了一个坐在椅子上的蒙古人。当艺术走到了这样的极端时,我们很清楚,整个文明已轰然坍塌。

你现在明白我在杂志上批判的是哪种类型的创新了,而由于我对它所表现出来的恶心,采访我的那位先生便认定我是一个保守分子。但是就像我一开始跟你说的那样,面对这类反学院派的学院,你需要重新聚集起勇气和力量，想想凡·高之类不幸的伟大艺术家们，他们由于离经叛道而被罚终身孤独；而那些假的反叛者却备受各类文艺杂志的喜爱，他们辱骂资产阶级，却靠资产阶级的钱过着奢侈的生活；他们号称要打倒消费社会，结果却享受它的庇护并最终成为它的粉饰者。

他们会讥笑你，但你内心一定要坚定，要牢记："ce qui paraîtra bientôt le plus vieux c'est qui d'abord aura paru le plus moderne."①

所以，在你短短的一生中你也许不能成为一名作家，但却有可能成为你所在时代的艺术家，留下你的印记，拯救自己于这末日浩劫之中。小说起源于摩登时代，也将终结于这个亵渎（多有意义的一个词啊！）人类创作、戳穿一切神话的可怕时代。因此要用严肃的术语来批判现行的小说是行不通的，而应该把它放在人类目前正经历的以基督教为首的危机中去考虑，因为没有基督教就不会有不安的意识，没有摩登时代的技术就不会有神性的消失、宇宙的不确定，不会孤独也不会失去理智。于是，欧洲给传奇故事或史诗性的冒险中注入了心理和形而上学的躁动，制造出一种新的（现在我们确实应该使用这个形容词了！）文体来揭示一个奇妙的领域——人的意识。

雅斯贝尔斯曾说过，伟大的古希腊剧作家是人民的教育者，因为他们提供的悲剧知识不仅打动了观众，而且还改造了观众；但这种悲剧知识后来转化为一种审美现象，诗人和观众都放弃了原始的严肃态度，塑造出一些没有血肉的形象。他这话说得不对，像《审

---

① 作家纪德语，原文为法语，意为："曾经时髦的东西之后总会过时。"

判》那样的作品,其严肃性不亚于《俄狄浦斯王》。但他这话说得也对,日臻精益的艺术变成了唯美主义和浮华风格的单一呈现。你应该依据这个理论来对我们美洲大陆的文学进行批判。

萨瓦托的经历

1

"这些梦会让我发疯的。"她定定地看着他说,仿佛想看穿他心里的想法。"知道了知道了,"他回答说,"我会搞定的,你别害怕。"

侏儒从瓶子里看着她,脸上带着让人惧怕的表情。应该放他出来吗?还有那个在里卡多划开病人肚子时跳到 M 脸上的黑色蠕虫、黑色魔鬼呢?

这两种可能性都很可怕,所以他一直犹豫不决,而与此同时,R 的字条开始神秘地出现,带着黑暗的嘲讽意味从他隐秘的藏身之处浮现。他把它们"遗忘"在各种意想不到但却是萨瓦托迟早会造访的地方,这些居心叵测的字条上只有寥寥数语,字体歪歪扭扭几不可辨。例如,在其中一张上写着:"去接近萨特和西蒙娜·德·波伏瓦夫妇,他们是很好的人。"

2. 不同的困难

他下定决心第二天就开始写作,这让他感觉到一丝兴奋。他带着愉悦的心情出门散步,不过西边一片云朵的形状不知为何让他又有些焦虑,但他很快忘了这个小插曲,来到了市中心。乌拉圭街上的橱窗唤起了他的兴趣,他认真看着,好像忆起了童年。他一家一家橱窗仔仔细细地查看,不肯在一堆琳琅满目的物品中错过任何细节:彩色铅笔、胶水棒、不同尺寸不同颜色的胶带、指南针、日本订书机、放大镜。逛了好几家文具店,他感觉很愉快,觉得这是明天要重新开始写作的好兆头。他在弗罗咖啡馆喝了杯咖啡,然后买了份《理性报》,从后往前地仔细翻阅报上新闻,因为根据他的人生经验,报纸和杂志上那些有趣东西总是出现在最后几页。

那天晚上他带着快乐的心情,或者说带着一种类似快乐的心情入睡,这就像是天竺葵的颜色和记忆中它的颜色之间的差别。醒来时他感到左臂剧烈疼痛,疼到他根本无法使用打字机。

过了一周左右,疼痛降到可以忍受的程度了,但这时埃尔朗根大学[①]的古斯塔夫·西本曼教授又来造访他。

等到教授终于离开后,他的信件已经堆积如山,于是他决定花上两三天的时间来回信,这样在动笔写小说的时候就不会被打扰了。信快要回完时他又收到了沃尔夫冈·卢奇汀博士的来信,就他近期在翻译方面与施吕特博士产生的分歧给出了详细解答。该怎

---

① 埃尔朗根-纽伦堡大学,德国一所历史悠久的大学,始建于 1743 年。

办呢？卢奇汀从个人角度建议他更换译者。

要克服以上这些困难，要给卢奇汀和施吕特博士写信缓和局面对他来说都不算什么难事，真正让他焦虑的是他很确信还有什么东西会阴险地来阻挠他的计划。尽管如此，他还是努力开始写作。就在这时，诺埃米·拉戈斯打电话来告知他：阿尔弗雷多说有人告诉他，G说（何时、何地？）萨瓦托讲了一些话，因此诺埃米认为萨瓦托应该出来澄清一下（向谁、何时、哪种形式？）这个谣言。

这让他郁闷了好几天，在这几天里他的想法变了又变，他认为：a）没必要向G解释那些他从来就没讲过的话；b）没必要向任何人解释任何过去、现在、未来发生的事情；c）最好别当公众人物；d）最好是根本没有在这个世界上出生过。这些想法太难实现，尤其是关于出生的那个念头。他变得更加抑郁，于是对外宣称胳膊疼痛无法写作。

但事情并没有就此结束，正如他凭借长期的经验所预见的一样：

在无数次的权衡和失败之后，拉尔夫·莫里斯先生终于被选定为《英雄与坟墓》英文版的译者。萨瓦托跟伦敦海尼曼出版社就译者事宜来回回争执了长达十年之久，然而最后他们给他寄来的几章样书却并不是由莫里斯先生翻译的。他要提出抗议，可是跟霍尔特和莱因哈特出版社签订的合同又怎么办呢？海尼曼出版社在英文版的发行上已经拖延了十年的时间，现在另外这家出版社告诉他，或许还要再耽搁几年他的书才能在纽约面世，他隐隐觉得这一切可能都跟书中瞎子的那些章节有关。他们之间写了数不清的信件来进行沟通，其中包括：

萨瓦托写给莫里斯的信

莫里斯写给霍尔特的信

霍尔特写给莫里斯和萨瓦托的信

莫里斯写给萨瓦托和霍尔特的信

在一系列含糊其辞的、烦人的、悲哀的谈判之后，他们彻底谈崩了。他失去了莫里斯先生的友谊，失去了小说的英文版在短期内完成的可能性，也失去了霍尔特出版社的编辑们的信任，他们现在肯定认为谁也没可能把那本小说译成英语了。

在此期间，埃贡·帕维利克教授告诉他，施瓦茨博士的塞尔维亚-克罗地亚语译本有很明显的、甚至是致命的缺点。萨瓦托把埃贡·帕维利克教授的部分观点转达给了阿森纽出版社，而出版社显然又把这些意见转告了译者；后者立即发起了书信攻势，给评论家、记者、教授和朋友去信剖析自己译本的文学价值，申诉自己为之付出的心血和做出的牺牲，同时不忘抨击萨瓦托在道德、智力及身体上的缺陷。

几乎在同一时间里卢奇汀博士向里梅斯出版社寄去一纸诉状，威胁说如果不答应他的需求他就不会再继续翻译了。在接下来的数周里占据萨瓦托大量时间的是与卢奇汀和施吕特博士之间的来往信函，以及卢奇汀博士与编辑、编辑与作者、作者与卢奇汀博士、作者与卢奇汀博士和编辑之间双边乃至三边的辩解和相互指责。让萨瓦托的日程变得更复杂的还有一场 K 的葬礼、一次贝萨尔杜瓦家的聚会（P 在聚会上控诉萨瓦托彻底把朋友们给忘了）、一次激烈的争执（因为萨瓦托不愿就 G 讲的那些话做出解释）、一封写给波哥大《真理与寓言》杂志社的信（要求他们纠正对他所做报道的曲解），以及一场持续数周的痛风的发作。病情缓和后，他发誓无论如何都要重新推进小说的写作进度。

结果华盛顿大学一位叫作理查德·弗格森的学生又来拜访他，他的论文方向是研究萨瓦托的文学作品。

这件事情刚告一段落，他又必须为罗萨达出版社修改自己的作品全集，出于礼貌还得稍稍翻看一下艾哈迈德·穆萨先生寄给他的像天书一般的阿拉伯语版《隧道》。另外，他还要处理如下主题：

犹太人在俄罗斯的处境

对政治犯的酷刑折磨

阿根廷电视台

庇隆主义

反庇隆主义

巴黎、布拉格、加拉加斯、锡兰发生的事件

巴勒斯坦问题

同时，他去信与出版社艰难地商讨更换希伯来文译者事宜，所提出的一些替换方案一开始被接受了但最后却遭到拒绝。

加拿大蒙特利尔市麦吉尔大学一位教西班牙语美洲文学的教授来访，想要录制一段与萨瓦托的对话。

在这段时间里又累积了许多新的信件，其中他需要礼貌地回绝以下机构的邀请：

智利圣地亚哥大学

加拉加斯市作家聚会

罗萨里奥市希伯来协会

科尔多瓦市第三工业学校合作委员会

保护耶路撒冷委员会

罗马俱乐部

萨尔塔天主教大学

阿尔玛菲埃尔特市大众图书馆杂志

布宜诺斯艾利斯省林肯大学毕业生协会

贝尔维尔市马里亚诺·莫雷诺教师培训学院

库约国立大学文学院

里奥夸尔托作家协会

哥伦比亚马尼萨莱斯音乐节

他跟其中一些机构假称自己痛风发作，跟另一些则连提都没有提痛风的事。他利用这十五到二十天的时间来好好读了一遍《堂吉诃德》，并自己跟自己承诺说一旦摆脱病痛折磨立马开始写作。

他的计划再一次被打断，这次突发事件于他就像晴天霹雳。有人说想私下跟他谈点儿事情，而且不能通过电话谈，对方专门强调了这个条件。谈点儿事情？那个陌生人绕了无数个圈子后终于含蓄地暗示了想要面谈的原因，跟书中瞎子的章节有关。他表示遗憾，说他无法谈论这个主题，原因有很多，但主要是因为自己无法对书中某个角色的言行负责。陌生人似乎接受了这个理由，但是几天后又来坚持之前的要求。他跟秘书谈了很久，然后又尝试了两次要跟萨瓦托通话,都被拒绝了。为此,他的写作计划又不得不中止。

他在书房里一坐好几个小时,眼睛死盯着一个角落发呆。

3

很明显,厄运还在继续。但他不能食言,只能坐在扶手椅里,发誓不管发生什么事情自己都不能插手。贝娃的眼里像要喷出火来。

"唯一的问题就在于你总是不承认灵视。"她咆哮道。

对此,阿朗比德医生只是调整了一下领带,抻了抻蓝色衬衫的袖子,脸上带着一成不变的惊讶表情回答说,他要的是事实而不是笼统的说法。事实,我的朋友们。再说,这一切都取决于人们对灵视的理解:比如,一个放射科医生通过X射线发现了肿瘤,他也看到了别人看不到的东西,贝娃的小眼睛里闪着尖酸的讽刺。

"你就是那种一看见莱特兄弟的照片都能激动到高潮的人,现在又来跟我提什么X射线。"

"我只是举个例子,但也有可能有的主体就是能发出一些我们所不了解的射线。"

没错,当然了,这就是你的典型风格。她端着威士忌走过去,要求他承认是否相信萨利姆。阿朗比德调整了一下领带结,抻了抻衣袖,回答说:

"那个土耳其小伙吗?我不知道……如果你这么肯定的话……"

不要开这种廉价的玩笑!不光是她一个人肯定,而是整个布宜诺斯艾利斯的人都知道,但是他的心态却像何塞·因赫涅罗斯①的读者,只相信胫骨、腓骨和掌骨这些被他称为事实的东西,其他一切在他眼里都是骗局。而且,他从来不承认自己没有亲见(她几乎是贴着医生的脸喊出这个词)的东西。要这么说的话,那他也应该否认马托格罗索②的存在,因为他本人从没去过那里,不是吗?

阿朗比德医生后退了一步才回答,因为贝娃的酒杯几乎已经碰到他的脸了。

"我不明白你为什么要把我当作莱特兄弟同时代的人。年轻人总觉得五十多岁的中年人已经垂垂老矣,而且认为他们必须记得历史上伊莎贝尔公主从葡萄牙抵达西班牙时的情形。"

按照贝娃的个人逻辑,这段话似乎印证了她的猜想,她总结道:

"所以你就是不相信灵视。"

阿朗比德望向正盯着地板的萨瓦托,向他求助:

"您是证人,您来告诉她,我有没有否认过灵视的可能性?"

萨瓦托头也没抬地说,没有。

"看见了吧,我没说相信,也没说我不会相信。如果现在有一位先生能用事实向我证明他能看见隔壁房间里的东西,我怎么会否认他呢?我是一个科学家,我习惯于承认别人能跟我证实的事情。"

"对啊,对啊!我就是这么说的啊,你只相信自己亲眼所见的东西。别人看见的东西,阿朗比德医生是不会相信的。有许多人都

---

① 何塞·因赫涅罗斯(1877—1925),阿根廷著名社会学家、医生和哲学问题者。
② 巴西西部一州名。

验证过灵视的真实性，听清楚了：验证过！"

"应该带着科学的精神去核实这些人的话，因为他们几乎无一例外都是骗子或者是不管人家说什么都相信的倒霉蛋。"

"是啊，你的意思是里歇①也是个骗子或者傻子，对吧？你刚刚提到 X 射线，那我想你总不会说克鲁克斯②也是这种人吧？"

"克鲁克斯？为什么？"

"什么为什么？你不知道他也研究这类现象吗？"

"多大的时候？"

"什么多大的时候？我怎么会知道？"

"这一点十分重要。帕斯卡在二十五岁的时候成了一名神秘主义者，所以你不能相信他在三十五岁时说过的蠢话，而他发明几何学是在十二岁时。如果老洛克菲勒③劝我投资飞盘生意，我不会听从他的建议，因为三十岁的他才是赚钱高手。"

"别再跑题了，告诉我你有没有听人谈起过萨利姆，有还是没有？"

"住在布宜诺斯艾利斯的人不可能没听说过这号人。"

"那你肯定听过具体的事例。"

"没有任何确切的事例。"

"啊，埃切维里的事对你来说也不够确切。"

---

① 夏尔·罗贝尔·里歇（1850—1935），法国生理学家，1913 年诺贝尔生理学或医学奖得主。
② 威廉·克鲁克斯（1832—1919），英国物理学家、化学家，其研制的阴极射线管（克鲁克斯管）为 1895 年 X 射线的发现提供了基本实验条件。
③ 约翰·洛克菲勒（1839—1937），美国慈善家、资本家。

"埃切维里的事?"

"是，埃切维里的死。"

"什么，埃切维里死了?"

"得了吧，你别装作一无所知的样子。"

"好吧，好，那位先生说了什么样的预言?"

"我刚刚告诉过你了：他预言了埃切维里之死。当时有许多人在场。我虽然不知道具体是怎么回事，但是……"

"又来了，永远不知道**具体**发生了什么。"

"让我说完，该死的。埃切维里说了一句讽刺萨利姆的话，我不知道他有没有听见……"

"如果他有超能力的话不需要听见也一样。"

"正在这时，土耳其人脸色变得苍白，他对身旁的一个人说……"

"一个人，一个人……总是这样子，总是这么不准确。等谈到事实的时候要么就笼统带过，要么就胡说八道，然后其他人再来帮忙修正，我很奇怪为什么人们总是愿意帮这类人辩解。他先是告诉你他看见了一个灰色的衣柜，之后又说不是衣柜而是一面嵌入式的衣橱，然后又说不是衣橱而是一种类似的'什么东西'。再思考一下他又觉得那是一张带抽屉的桌子，而且也不是灰色而是实木色的。如此这般。但是人们却变得激动不已，因为这个拥有超能力的人终于猜中了，他们迫不及待地站出来为他做证。然而事实上那既不是一个衣柜也不是一张带抽屉的桌子，既不是灰色也不是实木色，它是一台排字机，或是一个中国花瓶……"

阿朗比德医生可以称得上是发火了，他抻了抻衬衫衣袖，调整了领带。

"听我说完,既然你想假装有科学精神,那就至少先要学会倾听。土耳其人脸色变得苍白,对旁边那个人说……"

"对旁边那个人!他是谁?这个关键人物的名字是什么?麻烦给我准确的信息:数字、姓名、日期,不要含糊糊的。"

"我怎么知道当时站他旁边的人是谁,但是有好几个人都可以做证:拉洛·帕拉西奥斯,埃内斯托本人也在场啊,不是吗?"

"是。"萨瓦托承认道,但眼睛始终盯着地面。

"那好吧,行,我们姑且接受这第一个模糊之处。那么萨利姆对这位不知姓名的不确定的先生说了些什么呢?"

"他说拉洛能嘲笑他的时间不多了,因为拉洛当天下午就会死于一场车祸。"

贝娃意味深长地看着阿朗比德医生,结果他却只是静静地等着她继续往下说。贝娃语气中的嘲讽显而易见:

"我想着你至少应该知道这件事呢,拉洛那天下午被汽车撞死了,你是知道的吧?"

"拉洛·帕拉西奥斯被车撞死了?"

"你在胡说什么啊!你简直是个不可理喻的人。被撞死的是拉洛·埃切维里啊,伙计,不然你以为我们一直在谈论的是谁啊?"

"我记得好像刚刚听你提到过拉洛·帕拉西奥斯。"

"所以说你承认了?"

"承认什么?"

"我不是刚说完吗?萨利姆预言到了埃切维里当天下午一从卢的家里出来就会死于车祸。"

"没错，我承认埃切维里死于一场车祸，但是我们怎么能确定这起死亡是被预知的呢？"

"我没告诉你说当时有许多证人吗？"

"我好像才刚听明白：萨利姆把这则死讯告诉了一个到如今都宁愿隐姓埋名的先生，而且我猜他说话的音量不会很大，而是刚好能被听见的那种。这么说来，这位先生其实才是唯一的、真正的证人，不是吗？"

"这一点我不清楚，我不知道萨利姆说的话有没有被别人听见，但是我能肯定的是车祸之后所有人都在讨论这件事。"

"在埃切维里死后吗？我对灵媒们自我吹嘘的这套把戏太熟悉了。"

"但是那个人呢，那个听到预言的人呢？"

"那个人？他简直太神秘了，你到现在都没法告诉我他姓甚名谁。再说了，他搞不好是那土耳其小伙的同伙，或者至少是那种乐于协助所谓的占卜家的人。谁知道萨利姆对于最近死在街上的那些人还有没有给出过类似的死亡预告呢？"

"卡利托斯，如果你再这么怪腔怪调地讲话，那我们最好还是换话题吧，我简直受够你了。我给你说了，当时有很多人在场，包括埃内斯托也在那儿。"

"好吧，我们继续吧，不然的话你会变得过于紧张，会发病，然后我还得帮你对付你的湿疹。你继续说。"

"听见萨利姆预言的人十分震惊，其中一些人决定陪着拉洛，至少陪他穿过大街。"

"我有疑问。"

"什么?"

"如果那个土耳其小伙真能预知未来,而且他已经宣布拉洛会死亡,那么其他人又怎么可能阻止这场悲剧发生呢?如果他的预言不是事实,那他又何必急着去警告埃切维里呢?"

"你往下听,我继续给你讲。朋友们陪着拉洛出了门,当然了,他们什么也没对他说。黑人埃查圭和匈牙利人陪着他穿过大街,送他上了自己的车,然后他们就转身往回走。"

"我无意冒犯你这群有趣的朋友,但是你得承认他们的智商确实不那么出众。"

"你凭什么这么说?"

"土耳其小伙只是预言说拉洛当天下午会死于车祸,并没说他会在走出家门的一瞬间被车撞死啊。"

"没错,他们一离开拉洛就记起了萨利姆的原话,于是他们赶紧上车开始追。大概十分钟以后他们赶上了拉洛的车,佩克按喇叭示意他停车,但是拉洛可能以为是有人想超车,所以没有回头。他们把车开到跟他并排,冲着他大喊,让他停下。拉洛吓坏了,也冲他们大喊,就在他眼睛看向一旁时,一根棍子从前面扎进了车里。你怎么看?"

"这件事不能证明什么。"

"你还觉得不够吗?"

"可以有几种解释。"

"请问有哪几种?"

"首先,可能这位萨利姆对弱者有影响力。因为他想报复拉洛对他的嘲讽,所以就让拉洛死去了。"

"照你的说法,灵媒不是预言未来,而是制造未来。"

"这只是一种可能性,但还有别的解释:佩克那个白痴(你别告诉我他不是白痴)根本没必要像疯了一样对着一个车速一百公里的人大喊大叫。我告诉你,他可能才是造成这起死亡的唯一的、真正的原因。如果那些天才朋友没有坚持要去拯救拉洛,那他可能就安然无恙地回到圣伊西德罗①了。"

"你看,事实就是萨利姆预言了拉洛的死,并且预言得很准,至于造成死亡的是一个白痴还是天才,那都不重要,难不成你还指望他用爱因斯坦来做这类事吗?你一直要求事实,难道拉洛的死不是事实吗?"

"嗯,是。"

"那我不明白你为什么还要坚持否定灵视的存在。"

"我什么也没坚持,我要的是证据,而不是笑话。再说了,我从来没说过我不相信灵视,我只是说到现在为止我还没有看到任何确凿的证据。如果说有人能看到别的房间里的东西,那倒有可能,但是能看到未来……问题是很多时候人们以为的未来实际上却是现在。"

"你说什么?"

"非常简单。比方说,有人曾预言你妹妹会被评为教授。"

"所以呢?难道说他们没给她教授职称吗?"

"给了,但是其实他们早就已经给了。你还不明白吗?"

"什么叫早就已经给了?"

---

① 阿根廷卡塔马卡省一城镇名。

"当那个灵媒说出那句预言的时候,评教授的决定就已经下了,比如说,在教育部长的脑子里就已经做了决定了。至于拉洛这件事,我不觉得证据足够确凿,我反而倾向于认为是土耳其小伙想要报复,所以把车祸的想法植入佩克和其他人的脑中,让他们去大喊大叫。"

"这么说每一次有人在旁边冲你喊叫你都得死。"

"我觉得你不用再往下说了,亲爱的贝娃。"

"一句话,你想不想跟萨利姆谈谈?"

"不想,我怎么可能有兴趣跟一个预言你今天下午会被汽车撞死的人谈。"

"你算哪门子的科学家啊,居然会害怕跟一个能改变你观点的人谈话。"

"我逃避的不是别人改变我的观点,我逃避的是我不喜欢的人。"

阿朗比德站起身,抻了抻衬衫衣袖,调整了一下领带,重新给酒杯倒满酒,然后开口说道:

"萨瓦托,您还一句话都没说呢。"

萨瓦托皱紧了眉头,用很小的声音回答道:

"我说了,萨利姆给出死亡预告的时候我在场。"

"不,我指的不是具体这件事。"

"我的观点不论好坏,大家已经非常了解了,我甚至为此发过一篇论文,提出过一个理论。"

"一个理论?太有趣了。我猜您是相信预兆的。"

"正是。"

"作为一名物理学家,这实在是很奇怪。"

"前物理学家。"

"这并不重要,您曾经花了好几年的时间去研究相对论、知识论。"

"您觉得哪里奇怪?"

"我也说不上来……您的沉默、您的态度,让我觉得您十分不赞同我的观点。您已经放弃数学研究了吗?"

"我不理解您所说的放弃是什么意思。另外,我研究数学并不是因为我和别人一样只相信检流计和数字,而是出于其他原因。"

"其他原因?"

他没有回答。

"也许,您认为超心理学①是一门科学,而且这类现象最终是可以得到合理解释的,对吗?"医生问道。

"不对。"

"该死。我们都是高级知识分子,要您屈尊认真回答一下我的问题我想也不为过吧。不管怎么说,我提出的问题完全是符合科学认知的吧?"

萨瓦托没好气地回答说:

"如果您从一个实验室研究员的角度出发来跟我谈论科学,我不置可否,因为这些现象跟您那类科学完全是两码事,您的观点就跟 18 世纪关于灵魂的那个想法一样天真。"

---

① 也称为心灵学,主要研究一系列超自然现象,包括濒死体验、轮回、出体、传心术、预言、遥视和意念力等。

"关于灵魂的想法?"

"没错,想在某个腺体中定位灵魂的想法,但这两样东西在本质上是两个不相干的种类。"

阿朗比德医生抻了抻衬衫袖子,调整了一下领带,脸上显出讥讽的表情。

"两个种类?"

"对,毫不相干,更准确地说是本质上不相干,分属物质世界和精神世界。唯科学主义者幻想精神世界是由因果律支配的,这完全是胡说八道。"

"所以说您相信灵魂可以独立存在,这跟唯灵论的说法大同小异,不是吗?"

"您说唯灵论是在开玩笑吧,您这是把我比作蒂伯·戈登和玛丽亚·萨洛梅①呀。这个笑话实在是很低级,医生。"

"您别生气,我是想说,如果没有肉体的支撑,纯粹的灵魂似乎很难维持。"

"我没在谈论脱离灵魂的生命,我只是说它们本质上属于两个不同的类别:飞行员和飞机是一体的,但他们分属两个不同的世界。我已经说过了,我不想争辩,两个人明明事先就知道无法说服对方,又何苦要在私下争个面红耳赤呢?"

"我不算一个人吗?"贝娃跳起来抗议道。

"你清楚我的观点。"

"你对我讲的都是废话、是不负责任的只言片语,我这辈子都

---

① 布宜诺斯艾利斯有名的两位招魂师。(原注)

在央求你给我解释相对论是怎么回事。"

"说得好,"阿朗比德插嘴道,"我觉得如果真要解释预感的话,那只能跟第四维度有关。"

萨瓦托重新开始研究地面,回归沉默。

"我认为你可以屈尊下凡来我们中间回应一下吧。"

"我说了,没有用的,我们站在两个不可调和的立场上。"

"但他提到第四维度了啊。"

"是,很多人都这么想,但是物质和灵魂遵循的是不同的规律,相对论只在物质宇宙中有效应。不,跟这完全没有关系,用测地线去诠释灵魂就像用牙医的钳子去祛除内心的痛苦一样。"

"您这样以为?"阿朗比德语带讽刺恨恨地说。

"对。"

"有时痛苦是肝功能失常的结果。"

"我听说过这个理论,医生。"

阿朗比德站起身。

"我的病人们……"

他的话还没说完,贝娃已经怒不可遏了。

"你太过分了!卡利托斯可是布宜诺斯艾利斯最好的儿科医生!"

"又没人说他不是。有的人可能治疗腹泻是把好手,但却不妨碍他把威廉·布莱克①当作一个可怜的疯子。"

"你太狡猾了,在辩论的时候你简直没有诚信可言。你觉得合

---

① 威廉·布莱克(1757—1827),英国诗人、版画家。

适的时候就引用这个论据,你觉得不合适的时候就使用完全相反的论据。"

"这只是你一厢情愿认为的,你永远不会听见我用相对论来解释预感。问题在于只要一听见时间空间这类词汇,那些自以为聪明至极的外行就觉得该用到爱因斯坦的理论了。"

"难道不该如此吗?"

"不,不该如此。你现在知道在这里争论下去有多徒劳无益了吗?你明明在一分钟前刚亲耳听我告诉这位尊贵的医生,物质和灵魂遵循的是不同的规律,相对论只在物质宇宙中有效应,它们完全没有任何共通之处。难道你都没听见吗?"

"什么?"

"想用测地线去诠释灵魂就好比想用牙医的钳子去祛除内心的痛苦一样。"

"行了,但你的理论到底是什么?"

"如果有兴趣的话你可以去找来看一看。"

"我没时间。"

"不着急,慢慢来,这里暂时没人会死。"

"你快说吧,别在这儿故弄玄虚了。"

萨瓦托叹了一口气。

"我的理论依据是灵魂有可能脱离肉身存在。"

"几乎没这种可能。"

"确实,但在我看来,这是唯一能解释预感、灵视等这一切的原因。另外，你去读一下弗雷泽①吧，他说所有原始部落都认为人的灵魂在睡梦中会离开身体。"

"啊，别再往下说了，埃内斯托！这也太荒谬了！说了半天你的理论的最佳证据居然是来自于霍屯督人②！你简直把不负责任和愚民政策体现到了极致。伙计，那些布尔什维克党没说错，你真的可以到美国使馆领赏钱去了。"

"照你的意思李维-史陀③也是美国中央情报局的探子了，要不你去看看他的那些关于原始文化的言论吧。"

"好了好了，我们把中情局的话题放一边吧。然后呢？"

"灵魂一旦从身体中抽离，它就脱离了只适用于物质的时空范畴，因此它能看见一个纯粹的现在。如果这个假设是真的，那么梦境中不止有过去的重要痕迹，还有未来的景象和征兆，当然这些图像不会很清晰，也没那么容易理解。"

"为什么不会？"

"因为过去的痛苦、回忆和激情跟未来混淆在一起，投射在灵魂之中，而我们快要醒来时灵魂开始回归肉身，这些图像也随之变得混乱、失真。你听明白了吗？灵魂开始进入身体的时候因果的、理性的范畴又能够支配它了，但是它依然带回了那个神秘世界的记忆片段，尽管这片段是模糊不清的。我再给你说具体一点儿吧：由于身体的死亡也发生在未来，所以梦境有时也会为我们带回冥界的景象，噩梦就是地狱的体现。我的解释足够浅显明了吧！"

---

① 詹姆斯·乔治·弗雷泽（1854—1941），英国人类学家。
② 南部非洲的种族集团。
③ 克劳德·李维-史陀（1908—2009），法国人类学家。

"是的,很清楚,一切的前提在于霍屯督人懂得比我们还多。好了,去吧,去美国使馆帮我领点儿美元吧。"

"等一下,这只是我的理论的第一部分。普通人在梦中体验的经历不正常的人在恍惚状态中也能体验到,包括灵媒、疯子、艺术家和神秘主义者。"

"等我给柯多维拉①打个电话。"

"人在发疯的时候,跟正常人在入睡时灵魂所经历的过程相似甚至相同:在这两种情况下灵魂都离开身体进入到了另一个现实中。你从来都没有思考过'神魂颠倒''精神错乱''出神'这些词语背后的深意吗?以前每当看到因愤怒而发狂的疯子时,我都有一种可怕的感觉,觉得他正在忍受地狱般的痛楚,但是我现在想明白了,其实他的灵魂已经处于地狱之中了。他像一头被无穷的危险所笼罩的困兽,他剧烈的动作、他体会到的痛苦、他的表情和态度都是他在地狱中直观的、当下的经历。疯子在清醒状态下感受的是我们在最可怕的噩梦中所经受的痛苦,有时这种被打下地狱的体验只是暂时的,比如人在中邪的时候,你想想那些古老智慧所告诉我们的道理。"

"霍屯督人吗?"

"有的人撑过了非常非常复杂的手术,重新回归正常的生活,他的感觉就像从一场特别残酷的噩梦中醒来一样。"

"我有一点想不明白,假设你的理论是正确的,那为什么没有人见过天堂呢?"

---

① 阿根廷共产党领袖。(原注)

"当然有啊,笨蛋。难道你从没做过恬静的美梦吗?在疯人院里你难道没见到过平和的、面带微笑的、与世无争的疯子吗?现在你听清楚我接下来要说的,这样的神志错乱也可以自主地去激发,比如神秘主义者、诗人的所作所为:'我认为诗人应该是一个通灵者,使自己成为一个通灵者!①'"

"嗯,如果柯多维拉不在的话,派个能戳穿这套神话言论的人来一下也行。"

"是啊,你很快就要进入实证阶段了。你还敢嘲笑可怜的阿朗比德呢,我看你俩其实是一丘之貉。"

萨瓦托生气了,起身要走。

"不行,话才说了一半,你不能走。"

"好吧,我继续给你讲。有的人可以凭借自己的意志做到灵魂和肉身的分离,可能借助热切的愿望和严格的禁食、对目标的坚持不懈,当然还有天赋的作用、神灵或恶魔的启迪,等等。神秘主义者就是这样做的。灵魂出窍。你看,语言只能欺骗愚蠢的人。灵魂出窍。让自己置身事外,离开你的身体,将自己置于纯净的永恒之中。想一想那些瑜伽大师。让自己死去,然后在另一个地域重生,摆脱束缚自我的牢笼。再想想那些艺术家。柏拉图所说的跟古人的话大同小异,他说诗人和神秘主义者一样,是在恶魔的启示下描绘超自然的幻象,重复那些他在神志清醒时绝不会说出口的话。正如我之前告诉你的,在这种状态下,灵魂拥有一种异于常人的知觉,客观与主观、真实与虚幻、过去与未来之间的边界被抹去了。所

---

① 引自法国诗人阿尔蒂尔·兰波《致保尔·德梅尼》。

以，有人会看见奇怪的景象，会说出陌生的语言；所以，像艾米莉·勃朗特①那样纯洁的少女会写出一本那么可怕的书，否则她怎么能描绘出希斯克利夫那样的被地狱力量所支配的灵魂呢？艺术家在灵感迸发的一瞬灵魂会脱离肉身，这个理论也能解释他们有时所表现出的预言特性，尽管是以一种梦境般神秘的、象征的、暧昧的方式：这一方面是由那片地域的黑暗性质所决定，因为灵魂没有完全出窍，所以它看东西时就像透过一块脏污的玻璃；另一方面，也许我们的理性意识不适合去描述一个不受日常逻辑和因果律支配的宇宙；另外还可能是因为人类无法承受来自地狱的画面，于是启发了自我保护的本能机制。"

"谁启发的？"

"身体。我给你讲过了，我们在做梦时和灵感迸发时，灵魂并没有完全脱离肉身，于是身体的防御本能用伪装给我们提供保护，就像人们冲进火场时身上穿的石棉服一样。它用伪装和象征来保护我们。"

贝娃看着他，她的目光中是讽刺还是温柔？也许是同时混合了讽刺和温柔的眼神，就像母亲看着自己的孩子跟隐形的玩具和小狗玩耍时的那种眼神。

"你在想什么？"萨瓦托疑惑地问。

"没什么，笨蛋，我只是在思考而已。"她说，脸上依然挂着那样的神情。

---

① 艾米莉·勃朗特（1818—1848），英国作家、诗人。下文中的希斯克利夫为她的代表作《呼啸山庄》中的主要角色。

"好吧，那我继续。神学家们已经对地狱进行过论证，甚至像证明定理那样证实过它的存在。但是，只有那些最伟大的诗人才为我们揭示了真相，说出了他们所看见的地狱。你明白吗？他们所目睹的画面。你想想：布莱克、弥尔顿、但丁、兰波、洛特雷阿蒙、萨德、斯特林堡、陀思妥耶夫斯基、荷尔德林、卡夫卡。有谁能傲慢到去质疑这些殉难者的证言呢？"

他近乎严厉地看着她，好像要叫她给出解释一样。

"他们替我们做了梦，被惩罚去揭露地狱的场景。你听清楚，他们是被惩罚的！"他大喊道。

他沉默了，有一阵子大家都没有说话，然后他又像自言自语一般说道：

"我不记得在哪里读到过，说但丁所做的不过是翻译他那个时代的思想、情感、时下流行的神学偏见、大众的迷信，也就是说，他仅仅描绘了一个文化的意识与无意识。也许这种说法有一定道理，但我不认同那些社会学家所言，我认为但丁确实看见了。作为一位伟大的诗人，他看见了穷苦百姓所隐约预见的东西。你知道吗，穷人们看见缄默瘦削的他走过拉文纳①的街道时，纷纷带着敬意低声说：看，那位去过地狱的人走过来了。这就是他们的原话，他们不是在打比喻，而是真真正正相信但丁到过地狱。他们没说错，错的是那些自以为聪明的活着的人。"

他闭上嘴，盯着地面，再次陷入沉思。

贝娃看着他，眼里涌出泪水。萨瓦托抬头看见了，问她怎

---

① 意大利北部一城市名。

么了。

"没事,白痴,没事,归根究底我还是个多愁善感的女人啊。我要去给皮皮娜洗澡了。"

纳乔的经历

1

纳乔远远地跟着他姐姐,他们就这样一前一后走到了卡比尔多和埃切维里亚街口。阿古斯蒂娜穿过卡比尔多街后沿着埃切维里亚街往前走,走到广场后就放慢了脚步,小心翼翼迈着她特有的大步,仿佛脚下的地面被侵蚀了一般。但是最让纳乔难过的是她不时地停下来四处张望,好像生怕错过某人。然后她在教堂前坐了下来,借着路灯的灯光他可以看见她的脸,她有时出神地盯着地面,有时又看向两侧。

这时他看到萨瓦托走到她跟前,而她则立刻起身。萨瓦托果断地挽起她的胳膊,两人沿着埃切维里亚街拐进了阿科斯街。

纳乔靠在一棵树上,在黑暗中久久地闭着眼。等到终于恢复力气后,他头也不回地向家走去。

2. 关于穷人和马戏团

纳乔忧郁地躺在床上,看着长颈鹿在肯尼亚的大草原上自由安静地吃草。他不愿再继续想着那件事,他不愿自己是十七岁。七岁的他正望着帕特里西奥斯公园上方的天空。

"看,卡尔卢乔,"他说,"那朵云像一头骆驼。"

卡尔卢乔继续啜饮着马黛茶,抬起眼皮看了看天,咕哝了一声表示赞同。

正是傍晚时分,公园里十分宁静。

纳乔喜欢在他的朋友身边度过的这段时光,因为他们可以在一起聊很多重要事情。一阵长长的沉默之后他开口问道:

"卡尔卢乔,你跟我说实话,你相信东方三王①吗?"

"东方三王?"

他不喜欢别人问他这个问题。跟往常一样,只要发愁的时候他就会开始整理巧克力和糖果。

"说吧,卡尔卢乔,告诉我吧。"

"你是说东方三王?"

"没错,快告诉我吧。"

他眼睛没看他,喃喃道:

"我懂啥呀纳乔,我是个粗人、文盲,连小学一年级都没念过。

---

① 据《圣经》记载,耶稣出生后从东方来了三位智者,为他送上黄金、乳香和没药,许多国家在1月6日这天庆贺"三王节"。

我这辈子就只能干苦力：雇工、码头工人、刷墙、种地这类活儿。"

"你快告诉我，卡尔卢乔。"

他有些生气了：

"你这是抽的哪门子疯啊！我咋可能懂这些东西呢！"

他用余光瞄到男孩垂下了头，一副受伤的样子。

"嘿，纳乔，别生我的气。我是你的朋友，但你知道我的脾气比牛屎还臭。"

他重新把巧克力码成一排，然后终于开口了：

"听着，纳乔。你已经七岁了，该告诉你真相了：这世上没有东方三王，一切都是童话故事，是骗人的。生活太苦了，我们干吗不说说谎呢？记住这是卡洛斯·阿梅里科·萨勒诺告诉你的道理。"

"那他们送给小朋友的礼物呢？"

纳乔的声音里透出绝望。

"礼物？"

"是的，卡尔卢乔，那些玩具。"

"都是童话故事，我说过了。你没发现东方三王只去富人家里吗？我还是个小不点儿的时候，三王可从没去过我们那儿，他们只去有钱人家。你现在知道了吧？这原因简直清楚得跟水一样：东方三王其实就是你们的爸妈。"

纳乔低下头，用食指在没铺地砖的小路上乱画，然后他又心不在焉地捡起一块小石头扔向一棵大树。卡尔卢乔一边煮一壶新的马黛茶一边悄悄地观察他。

"嗯，你会明白的。"他说，"死去的萨内塔曾说世界就是一个谜，愿他安息，他说得没有错。"

这时一个客人来买烟。又过了很久之后,卡尔卢乔神神秘秘地说:

"他娘的!如果有无政府主义的话……"

纳乔莫名其妙地望着他。

"无政府注意[①]?"

"是的,纳乔,无政府主义。"

"那是什么啊?"

卡尔卢乔坐在他的矮脚椅上,微笑着,眼里有思索、有怀念,很显然他想起了什么遥远而美好的事情。

"要是卢维在就好了。"他说。

"卢维?"

"是啊,卢维。"

"卢维是谁?"

在那些重要时刻,每当卡尔卢乔要讲一些自认为很深邃的思想前,他都会换一下马黛茶的茶叶,然后长久地沉默着,不急不慢地准备好要说出口的话。这样的沉默包围着他,就像广场上的雕塑被周围巨大的空间衬托得更加美丽。

"卢维是谁……"他慢悠悠地开口,眼里是满满的怀念。

他重新坐回曾经属于他父亲的那张矮脚椅上,解释道:

"我以前给你讲过,1918年战争刚结束的时候,我和库斯托迪奥·梅迪纳在玛丽亚·温苏埃·达维阿尔夫人的牧场做短工,后来

[①] 卡尔卢乔讲话口音很重,小纳乔没有听清,原文中"无政府主义"一词为 anarquismo,卡尔卢乔说作 lanarquismo。

卢维也来了。你听说过草原流浪汉吧?"

"草原流浪汉?"

"他们从很远的地方来,背上背着一个小包袱,一路沿着铁路和公路走。草原流浪汉来了牧场,人们总会管吃管住,这是真的。"

"那也就是说他们跟你和梅迪纳一样,也是雇工咯?"

卡尔卢乔伸出手指做了一个否定的手势。

"不对,先生,他们不是雇工。草原流浪汉可不是雇工,雇工是被雇佣来干活的。"

"雇佣?"

"是啊,笨蛋。我们干活就是为了挣钱,你明白了吧。"

"草原流浪汉不用工作吗?"

"他们也工作,但不是为了挣钱,没人强迫他们干活。"

纳乔听不懂。卡尔卢乔看着他,用力皱起眉头,试着解释得更明白一些。

"草原流浪汉像鸟儿一样自由,懂吗?他们来到牧场上,如果愿意的话就做一些简单的活儿,然后跟来时一样离去。一切好像就在眼前,我看见卢维打包好了自己的包袱准备离开,管家堂布斯托问他,卢维我的朋友,我这儿有活给你,你肯留下来吗?卢维谢了堂布斯托,表示我得继续我的旅途了。"

"继续旅途?他要去哪儿?"

"啥?要去哪儿?我刚才没告诉你草原流浪汉就像鸟儿一样吗?鸟儿会飞去哪里你能知道吗?"

"不知道。"

"这不就是了,笨蛋。"

他继续怀念过去。

"我觉得我好像还能看见他。"他说,"他又高又瘦,胡子发红,眼睛是浅蓝色。包袱挎在肩上。我们所有人站在那里看着他穿过木麻黄丛走上大路,谁也不知道他要去哪儿。"

卡尔卢乔看向公园深处,仿佛他正看着卢维在树林中远去,一步步走向无垠。

"你后来再没见过他吗?"

"再也没有,也不知道他是死是活。"

"他的名字好奇怪啊,卢维。"

"是,这是个外国名字,他是德国人或者意大利人,但我不确定,因为他不像我爸那种意大利人。他说过他来自一个很奇怪的地方,但我现在已经不记得了。卢维,是的。他来到牧场,做了一些修理工作,修发动机、打谷机,他啥都会。到了晚上,他就在雇工住的棚屋边给我们讲解无政府主义。"

"无政府注意?"

"对,他给我们读他带来的一本小册子,然后再一句句解释给我们听。"

"卡尔卢乔,什么是无政府注意啊?"

"我都给你说了我是个文盲,你还想咋?难不成还指望我像卢维那样给你解释清楚?"

"好吧,但是你可以告诉我,它是不是一个故事,像你给我讲的查理大帝一样?"

"才不是呢,笨蛋,两码事。"

他喝了一口茶,非常认真地思考后说道:

"我要问你一个问题,纳乔,你仔细听好。"

"好的。"

"是谁创造了大地、树木、河流、白云、太阳?"

"是上帝。"

"没错。所以说这些东西是所有人共享的,每个人都有权拥有大树和阳光。你说,鸟儿需要征得别人的同意才可以飞翔吗?"

"不用。"

"它可以自由自在地飞来飞去、筑巢、生蛋,对不对?"

"当然了。"

"如果它或者它的孩子饿了,它就会去觅食,找点儿虫子或者种子之类的带回去,是不是?"

"是啊。"

"好。卢维告诉我们,人就像鸟儿一样,来去自由;想飞的时候就飞,想筑巢的时候就筑,因为它用来筑巢的稻草、用来洗澡和饮用的河水都是属于上帝的,上帝造这些东西是为了世间万物。你能听明白吗?如果你听不懂的话我们就没法继续往下讲。"

"嗯,我听懂了。"

"很好。那么,为什么少数人占有了土地,让其他人为他们干活儿?他们的地是从哪里来的?是他们生产出来的吗?"

纳乔想了一会儿后回答说不是的。

"很好,纳乔,那么也就是说他们的土地是偷来的。"

纳乔震惊极了。什么?小偷难道不用进监狱吗?卡尔卢乔苦涩地笑道:

"等等,笨蛋,等等。"他说,"我刚讲到他们的土地是偷来的。"

"他们偷的谁的土地,卡尔卢乔?"

"我咋知道呢?偷的印第安人、古人的地吧。我也不知道。我已经给你说了我是个粗人,但是卢维啥都懂。现在你想一想,假如(只是一个假设)明天所有的雇工都消失了,你说会怎么样?"

"嗯,那就没人种地了。"

"完全正确。如果没人种地那就没有麦子,没有麦子就没有面包,没有面包大家就没东西吃,包括雇工也没得吃。你说从哪里能搞到面包呢?接下来你更要仔细听着,因为我们要再往前迈一步了:再假设所有的鞋匠都消失了会怎么样?"

"就没有鞋子了。"

"没错,那假如泥瓦匠也消失了呢?"

"就没有房子了。"

"非常好,纳乔。现在我再问你,如果明天所有的地主都消失了,会怎么样?地主不会种玉米水稻、不会做鞋盖房子、不会收割庄稼,你能不能告诉我会发生啥?"

纳乔惊恐地看着他,卡尔卢乔脸上露出胜利的微笑。

"说吧,告诉我如果地主们明天都消失了,会发生啥?"

"不会,什么也不会发生。"纳乔惊讶到无以复加。

"说得太好了。现在继续听我告诉你卢维的解释:鞋匠做鞋需要皮革,泥瓦匠需要砖头,雇工需要土地、种子和犁头,对不对?"

"对。"

"可是皮革、砖头、土地、犁头在谁手里呢?"

"在地主手里。"

"没错,他们拥有一切,所以我们穷人才被奴役。他们啥都有,我们除了用来干活的双手以外啥也没有。现在我们要更进一步了,注意听好了。"

"好的,卡尔卢乔。"

"如果我们穷人有了土地、机器、皮革、烧砖的窑,我们就能造鞋、盖楼、种地、收成,因为我们有手能干活。不会再有贫穷和奴役,不会再有疾病,我们所有人都可以去上学。"

纳乔目瞪口呆地望着他。

卡尔卢乔整理着杂志和香烟,但心根本不在那上头,他的大脑在飞速运转,但他的嗓音很平静很亲切。

"你看,纳乔,"他继续道,"一切都是那么简单。卢维把一样样东西摊放在地上,想办法把书上的道理都解释给我们听,就像这样:这块小石头是工厂,这片茶叶是机器,这几颗菜豆是咱们雇工。我刚刚给你讲过了,他跟我们解释了为什么以后不会再有疾病、肺结核、贫困、剥削。所有人都要劳动,不劳动的人就不配活着。啊,我说的是所有健康的男人女人,不包括小孩、病人和老人。相反,卢维说了,所有劳动的人都有义务照顾老弱病残。这个人做鞋,那个人磨面,你烤面包,他去收庄稼,所有做好的东西都放进一间大仓库里,这个仓库里要啥有啥:食物、衣服、教材,所有你能想到的东西,包括小孩玩的玩具和吃的糖果,我们干活必需的奶酪、马匹和草帽。仓库前专门有一个人来看管它,然后我去给这个管理员说我要一双尺码多大多大的鞋,另一个人去要一公斤猪肉,另一个人去要一盎司巧克力,另一个人的手肘骨折了去要绷带。他分给每个人所需要的东西,但是绝对不会多给。"

"那如果富人想要更多的东西就去买吗?"

卡尔卢乔严肃又吃惊地看着他。

"你刚才说富人?"

"对啊。"

"你咋还来跟我提富人呢,你这个笨蛋?我不是给你说过不会再有富人了吗?"

"但是为什么呢,卡尔卢乔?"

"因为不会再印钞票了。"

"那如果他用以前存的钱呢?"

卡尔卢乔笑了,做了一个否定的手势。

"如果他以前有钱的话,他就该哭死了,因为那些钱现在一点儿用都没有。如果你需要的东西都可以直接去仓库里提取,你还要钱干吗呢?钱不过是一张废纸,又脏,上面全是细菌。你知道啥是细菌吗?"

纳乔点点头。

"那就行。总之钞票是完蛋了。如果有人蠢到想把它存起来,那就留着好了,没人拦着他,但是他用这钞票啥也别想买到。"

"那如果有人想从仓库里拿更多鞋子怎么办呢?"

"啥?更多鞋子?我没听懂,我如果需要一双鞋子,我就去仓库拿就行了啊。"

"不是,我是说如果有人想拿三双、四双鞋子怎么办?"

卡尔卢乔惊讶地停止了喝茶的动作。

"你说要三四双?"

"是,要三双或者四双鞋。"

卡尔卢乔开怀大笑。

"我们只有两只脚,要那么多鞋来干啥啊?"

这倒是真的,纳乔没想到这一点。

"那如果有人去抢仓库呢?"

"抢?他要啥人家就给他啥了,为啥还要抢?他疯了?"

"那就不需要警察了。"

卡尔卢乔严肃地摇摇头。

"不会有警察了,警察是最坏的,我这话是经验之谈。"

"经验之谈?什么样的经验?"

卡尔卢乔把话憋了回去,小声嘟哝着,好像不想谈这个话题,又好像忘了刚刚在讲什么一样。

"就是经验,没啥。"他含含糊糊地说。

"那如果有人不想劳动怎么办?"

"就不劳动呗,等到他肚子饿的时候就知道了。"

"那如果政府不喜欢这样呢?"

"政府?我们要政府来干啥?我小的时候,全家在街上都快饿死了,多亏堂潘乔·谢拉给我爸在肉铺安排了一份工作。我当雇工的时候我们不需要政府,我去马戏团的时候我们也不需要政府。后来我去贝里索①的冷冻厂工作,政府唯一的作用就是在我们罢工的时候派警察用酷刑来折磨我们。"

"酷刑折磨?这是什么意思啊,卡尔卢乔?"

卡尔卢乔悲伤地望着他。

---

① 阿根廷布宜诺斯艾利斯省一城市名。

"没啥，孩子，我不小心说漏嘴了，这些事情不该讲给小孩听的，而且我这种没文化的人也解释不清楚。"

卡尔卢乔不再言语，纳乔知道他不会再继续跟自己聊无政府主义的话题了。后来来了一个顾客，买了香烟和火柴。然后卡尔卢乔坐回椅子里，沉默地喝着马黛茶。纳乔看着云陷入沉思，过了好一会儿开口说：

"你知道吗，卡尔卢乔，奇克拉纳①的荒地上来了一个马戏团。"

"奇克拉纳？"

"对，今天他们在发门票，我们去吧！"

"我不知道，纳乔，但是说实话，现在的马戏团连一根烟都不值。大型马戏团的时代已经过去了……"

他把茶壶捧在手中，陷入对过去的怀念。

"很多年前……"

然后他又回到现实中，说道：

"这肯定是个很差劲的小马戏团。"

"但是你小时候也有小马戏团啊，你不是还给我讲过吗？"

他憨厚地笑了：

"是啊，那确实，费尔南德斯的小马戏团……不过我那个时代的大马戏团现在已经没有了，都过去了，被影戏给杀死了。"

"影戏？什么是影戏啊？"

"就是你们说的电影，它把马戏团杀死了。"

"但是为什么啊，卡尔卢乔？"

---

① 阿根廷布宜诺斯艾利斯省一村镇名。

"这对小孩子来说太复杂了，但是你记住我的话：影戏来了，其他东西就都完蛋了。"

他喝了一口茶，又回到自己的思绪中去了，他的脸上露出一抹淡淡的微笑，但笑容中还透着一丝悲伤。

"1918年托尼·洛班迪马戏团来了……整个西班牙广场都被占得满满当当……"

"你还是给我讲讲费尔南德斯的小马戏团吧。"

他深深地吸着马黛茶，好像在通过它帮助自己思考。

"嗯，那就从蝗灾说起吧……我爸爸从前跟卡诺、巴苏亚尔多一起在堂潘乔·谢拉的地里干活，那片地不大。堂潘乔·谢拉是个好人，他不光治病，还帮助穷人。他的白胡子有这么长，就像半个巫师。我妈妈每生完一个孩子，在带我们去受洗之前都会先带我们去堂潘乔·谢拉那里，他会告诉她谁能活谁不能活。我给你说过，我们一共是十三个兄弟姐妹，堂潘乔·谢拉预言说其中三个长不大：诺尔玛、胡安娜、福尔图纳塔。"

"那她们真的死了吗？"纳乔好奇地问。

"那当然，"卡尔卢乔干脆地回答，"我没告诉你他就是半个巫师吗？所以妈妈心里提前有个准备，因为堂潘乔·谢拉给她说，堂娜费利西亚纳，你不要哭，这是上帝的旨意。但妈妈照样还是会哭，还是尽心照料她的女儿，但依然留不住她们。这就是命，纳乔。"

"现在给我讲讲你们为什么离开那里吧。"

"我爸爸是意大利人，1916年时他身上一分钱都没有了。我实话告诉你，没有比成群结队的蝗虫更可怕的场景了，它们飞过时天都会变黑。我们这些小孩跑出去敲锅底，但是根本没用，谁也斗不过蝗虫。就像妈妈说的，只能祈祷它们赶紧飞走就谢天谢地了，如果它们停下来，那就完蛋了……我那时才六岁，感觉就像一场噩梦一样。我记得我们疯狂地敲着锅底，但是妈妈从看见第一只蝗虫落下来就开始哭。到最后，敲不敲锅都一样了。然后爸爸对着还在跑来跑去的潘奇托和尼科拉斯大喊，都他妈的给我停下来，别动，安静！爸爸像疯了一样，我们害怕极了。接下来的好几天时间里他都没再说话，就一动不动地坐在这把他用来喝马黛茶的小椅子上，在屋檐下看着蝗虫吃掉一切。然后，他突然开口了，说老太婆咱们去城里吧，这里已经完了。他让大家把东西全部装到马车上，虽然他声音不大，我们还是跑着去做他交代的事情，因为他那时就像发疯了。我们把东西都收拾好了，但妈妈不想离开茅屋，爸爸走过去很平静地对她说，出来吧老太婆，快出来，这里已经完了，没辙了，咱们太穷了，走去镇上碰碰运气吧。但妈妈光是哭，站在炉灶旁边不动，爸爸最后拽着她的胳膊把她拖上了马车。我们关上栅栏门，爸爸盯着茅屋看了很久很久，一句话也没说，但我知道他肯定想哭。最后他转身说，走吧，然后我们就向镇上出发了，后面跟着村里的一群狗。我敢跟你保证，我们当时真是穷得连虱子都不肯叮一口。"

有一阵子卡尔卢乔只是沉默地喝着马黛茶，眼睛盯着地面。然后他又继续道：

"后来呢，就跟我给你讲过的一样，爸爸开了一家小肉铺，卖的肉是堂潘乔赊给他的，我们的院子和院子里那间茅屋也是堂潘乔的。"

"小马戏团就是那个时候来的。"

"没错,爸爸以五十国币的价格把院子租给了他们。"

"五十国币?"

"嗨,就是五十比索,不过是那时候的比索,银币。然后他们就把马戏团建起来了,舞台有十巴拉①长。每周四、六、日都有演出,周末分上午场、下午场和夜场。当然了,有观众的时候才演出。有时候只来了五个或者十个观众,堂费尔南德斯就会把电石灯灭掉,脾气也变得很糟,他喝完酒后就会揍堂娜埃斯佩兰萨(她是他的老婆和平衡木演员)和玛丽亚露(她是他的女儿和骑手)。还有一个小丑是堂娜埃斯佩兰萨的弟弟,不过堂费尔南德斯打他姐姐时他从不劝架。堂费尔南德斯表演的节目很危险,是扔飞刀。"

"你也在那里干活吗?"

"只有我爸不在的时候,我帮着他们点灯、搬运东西。我爱上了马戏团,想跟他们一起离开。"

"你跟堂费尔南德斯一起走了?"

"没有,我那时才十三岁,咋可能离家出走。再说了,马戏团的生意太差了,简直入不敷出。我爸爸送给他们一点儿肉,他们自己再买一点点饼干充饥。他们运道不好,挣不到钱,最后连五十国币的租金都交不上来。堂费尔南德斯想把他用来表演的步枪留给我爸爸,但是老头子对他说,您把步枪带走吧,它是用来表演节目的,我拿着有啥用呢?然后他们就走了,我们再也没见过他们。后

---

① 长度单位,1巴拉约合 0.8359 米。

来我在佩尔加米诺市①里维罗兄弟的马戏团打工时,听说他们最后还是破产了,把那把步枪和其他家当都变卖了;埃斯佩兰萨得肺炎死了,玛丽亚露和她舅舅在查卡布科县②附近的法西奥马戏团表演,堂费尔南德斯沉迷于酒精,根本没法再表演扔飞刀和射击节目了。"

卡尔卢乔又陷入沉思,纳乔催他给自己讲讲是什么时候跟着马戏团出走的,卡尔卢乔的脸上显出了羞涩而憧憬的微笑:

"多好的时代啊,小纳乔,多好的时代……我实话给你讲,那是我这辈子最怀念的时代。那是1922年,那天我正在玛丽亚·温苏埃·达维阿尔的农场里干活儿,一听说托尼·洛班迪的马戏团来了我就赶紧跑去看。尼利亚·尼尔琪女扮男装骑在一匹白马上出场,马尾长到地面。接下来出场的就是托尼·洛班迪本人,再没有比他更厉害的人了。他从马尾爬上马背,马随着音乐节奏绕圈,他骑在马背上接连脱下来二十五件彩色背心。还有斯卡尔皮尼,阿根廷最有名的小丑。有一个节目很可怕,在一个跟舞台一样大的巨型铁笼里有一头非洲雄狮、一个驯兽员和一匹黑得像炭的黑马……接着出场的是著名的洛普雷斯蒂兄弟表演的人形金字塔……我对自己说,我一定要跟着这个马戏团去闯天下。"

"然后他们就让你加入人形金字塔了吗?"

"哪呀,纳乔。我那时啥都不会,他们咋可能让我加入金字塔?你把马戏团当成啥了?马戏团可是非常严肃的一个东西。他们雇我

---

① 布宜诺斯艾利斯省一城市名。
② 阿根廷查科省一地名。

打短工，我负责清理马粪、打扫帐篷，反正你能想到的活儿我都做。但是等到有演出的时候，他们就让我穿上带金色纽扣的制服，戴上圆顶军帽。我们站成两列组成一道长廊，杂技演员、马儿、小狗、小丑们顺着'长廊'走上舞台。后来他们看我学东西快、身体也好，就让我加入金字塔了，不过那已经是三年后的事儿了。当时我们在佩尔加米诺市演出，洛普雷斯蒂兄弟中的一位死了，洛班迪对我说，卡尔卢乔，你的机会来了。那画面好像就在眼前。我高兴得要死，跑到一个角落里去偷偷地哭。那是我这辈子最开心的一天，从此就进入了我人生最重要的阶段。"

卡尔卢乔站在那里，在落日余晖中熠熠生辉，白得像雪一样的紧身运动衣上发出神奇的光。洛普雷斯蒂五兄弟也站在那里，威风凛凛，在彩灯的照射下容光焕发。他们一个接一个爬上胡安·洛普雷斯蒂钢铁般的肩膀，优雅而有力。随着他们渐渐组成人形金字塔，鼓声也越来越密越来越响，直至最高潮。然后，他们又跳落至地面，金字塔解体，鼓声也随之越来越弱，终不可闻。他们现在站成一排，潇洒地向观众敬礼，在雷鸣般的掌声中灯光慢慢熄灭。马戏团又变成了售卖日报和香烟的书报亭，卡尔卢乔又变回了那个被岁月和悲伤打败的老人，他的体内好像有一根巨大的弹簧断开了。

"哎，就是这样，小纳乔……多美好的时代……那样大型的马戏团永远不会再有了……"

纳乔长久地望着他，他们之间的沉默越来越凝重。尽管知道答案，他还是又一次问卡尔卢乔为何离开了马戏团。

"我们在科尔多瓦演出的时候，我摔到了脊梁骨。"

他的声音在颤抖，喝了几口马黛茶之后他继续道：

"洛班迪对我说,卡尔卢乔,我这里永远有活儿给你干,但是我说谢谢您洛班迪先生,我还是走吧。因为我知道自己已经干不动重活了,然后我就来了这里,库斯托迪奥·梅迪纳叫我跟他一起去冷冻厂……"

他把报纸整理好,把糖果排整齐,不让纳乔看见他的脸。他俩都沉默不语,每个人都躲进自己的内心深处。

天已经完全暗下来了,黑夜悄悄降临了。

萨瓦托的经历:集体的梦

他在排队等候时有个小伙子一直从座位上盯着他看,最后终于下定决心起身走向他。他说想来跟他打个招呼,只是打个招呼而已。

"我读过您的书。"他微笑着吞吞吐吐地自我介绍,"我叫贝尔纳多·温斯坦。"

队伍还很长,肯定还得等很久,对话很难进行下去,两个人都有些慌乱。您是学生吗?不,我是职员。男孩静静地看着他。

"您有话想对我说。"

是的,当然了,我有太多问题想问您。他重复了一次"太多"这个词,稍微加重了一点语气,有点着急的样子。突然,他像自言自语一般说了句"残酷"。

萨瓦托用问询的眼神看着他,温斯坦一副诚惶诚恐的样子。

"您问吧,问吧。"

"您是赞成社会变革的。"

当然赞成啊,所有人都知道这一点。

他们的对话看起来还没开始就已经要结束了,男孩不知道该如何调和他刚刚说过的两句话,如何建立它们之间的逻辑关系。萨瓦托虽然大概猜到了其中的联系,但也不知道怎样摆脱当下的局面,因而觉得有些难过。

"我猜,您是想说我的小说太过残酷,有的情节太冷酷无情了是吗?"

温斯坦望着他。

"卡斯特尔和比达尔·奥尔莫斯说的那些话和他们的想法,是吗?还有《关于瞎子的报告》,是吗?"

是的,但是请别生气,他没有恶意。要怎么解释才好呢,他谁也不是。

他显得很不安,很明显对自己说过的话而懊悔,但是萨瓦托对他做了一个手势,好像想让他平静下来,然后继续说道:

"这样的残酷,还有比达尔·奥尔莫斯对进步的嘲讽怎么能跟左派立场共存呢,是吧?"

温斯坦垂下了头,好像对这样的矛盾感到愧疚一样。

"您为什么要羞愧呢?您提的问题非常好,我也无数次地问过自己,我有时还为自己能写出这么邪恶的思想而觉得困惑甚至惭愧。"

"嗯，您别这么说，书中也有其他思想啊。"男孩连忙说道，"比如索萨士官、奥腾西亚·帕斯……"

萨瓦托用手势制止了他。

"是，这我知道，但我对您说的另一点更感兴趣。这很难解释清楚。人都是矛盾的，但可能小说家尤甚旁人吧，也许正因如此我们这些人才成为小说家。我以前一直对这样的双面性苦恼不已，但最近几年我才觉得自己开始明白了点儿什么。"

正在通话的那个女人在电话中询问一位叫作梅内卡的女孩（或者女士）的健康情况，还问了问休达德拉①的天气。接着，她又回忆、参考、分析，最后判断得出与邻居的纠纷是因猫而起。队伍有些骚动起来。

萨瓦托解释说："到那个时候，才发现行不通，或者一直都弄错了。您读过托尔斯泰最新的一则故事吗？一个有钱的地主利用一个贫穷的魔鬼大发横财的故事，已经得到确认这个故事是自传性质的。您知道他当时同时还在写什么吗？"

不，不知道。

"在写一本关于艺术的书，讲什么是艺术，那是一本宣扬道德的书。"

打电话的女人换了个姿势，大家都以为她准备挂电话了，结果她只是为了换个腿调整一下重心而已。人群中的抗议声越发尖刻，但她对这些指责完全无动于衷，听起来她似乎进入了通话最重要的部分，开始聊关于肿瘤的事情了。

---

① 布宜诺斯艾利斯省一城市名。

"我提到托尔斯泰是因为这个例子一目了然,这是一类很实用的作品。"

"实用作品?"

萨瓦托笑着解释说:"那只是一种表达方式,不用在意。"与此同时,打电话的女人好像已进入谈话的最后环节,她讲话时逐渐下沉的语气说明了这一点,大家都松了一口气。没想到她的语调(不知为何,可能是因为休达德拉那位评论了一句什么)突然又上扬了,开始激动地讨论手术干预的优缺点(这是她的原话)。随后声调又慢慢下降,开始互相问候电话线两头的一个个亲朋好友。终于,女人挂断了电话,高傲地走了出去,眼睛根本没有往人群里看一眼。队伍开始笨拙而缓慢地前行,像一条多足爬虫在翻越一座艰险的高山。困难因这条虫自身的结构而加剧,因为它每一截都有一套相互独立的神经系统。

温斯坦眼中的困惑显而易见。

"我来解释一下。最近几年,思考这个问题让我十分焦虑。有人通过脑电波去测试了一些熟睡的人,当然了,是一所美国大学的研究。当人开始做梦时,他的脑电波会起变化,反过来也就可以推断一个人是否在做梦。于是,每当发现他开始做梦的时候,他们就把他唤醒。您知道会发生什么吗?"

温斯坦看着他,似乎在等待他揭晓一个至关重要的谜底。

"这个人可能会发疯。"

温斯坦好像没听明白。

"听懂了吗?虚构小说跟梦境很相似,一个白天助人为乐的正常人夜里也可能会做一些残忍的、冷酷的、杀人的、性虐的梦,这些梦对他也许是一种解脱。作家替公众做梦，那是一种集体的梦境，一个抵制虚构小说的社会将会冒极大的风险。"

男孩继续看着他，不过他的目光跟之前不太一样了。

"不知道，这只是我的一个假设，我自己也并不确定。"

他心情乱糟糟地回到家里。那个打电话的女人和那通电话：关于猫和纤维瘤、关于休达德拉的几位叔叔和天气。他突然觉得生活很疯狂。那位得了肿瘤的女士肯定会死，毫无疑问，但是这一切都意味着什么呢？队伍，缓慢的爬虫，不安，复合的脑神经，等待，所有人。在做什么，为了什么。睡觉，做梦。

人睡觉的时候会闭上眼睛，这样一来**我们就变成了盲人**。他惊讶地暂停了思考的进程。

灵魂游进巨大的夜之湖里，开始了黑暗中险象环生的旅程，噩梦就是那个可恶世界的呈现。要如何呈现那里的景象呢？需要借助一些模糊的记号，例如，那边没有"酒杯""尊敬的先生""钢琴"，取而代之的是各种无法入耳的脏话："阴道杯""去他妈的先生""屌琴"。梦境解析、心理分析师、用另一种语言来诠释这些象征。求求你们别叫他发笑了，他本来胃就不舒服，打住吧。

多么淳朴啊。盲人们很平静，只肯用几个不够准确的词语来解释一切，就好比用手势向一个智障孩子解释相对论。当然了，他们可以借助语言来建构象征，卡夫卡不就是这样做的吗？但是这些单个的词语并非象征符号啊。天啊，胃好疼啊。

布鲁诺的思绪：一个陌生人

他是一个憔悴的黑发男人，面前放着一杯酒，沉思着，与外界格格不入。可以看到他的部分脸庞，一张像刻在树干上的棱角分明的脸，嘴角透着苦涩。

布鲁诺想，这个男人一定非常非常孤独。

不知道为何他会觉得这个人很眼熟，他花了很长时间在记忆中搜索，想要把眼前的人跟报纸或者杂志上的某张照片联系起来。但同时他又觉得惊讶，一个衣服这么破烂、仪容这么不整的人怎么可能上报。除非，他突然想到，这人跟警方的某则通告有关。过了大概一个小时，陌生人起身离开了。他差不多有六十岁，驼背，又高又瘦。他的衣服磨损严重，但五官和气质却很出众，脸庞异常坚毅。他走路时心不在焉的，显然他哪儿也不打算去，显然没有人在等他，显然他对一切都无所谓。

布鲁诺向来喜欢观察这类孤独的、沉思的、郁郁寡欢的人。他想："他要么是个罪犯，要么是个艺术家。"几个月来，不知为何，那人的形象深深地刻在他的脑海里。有一天他觉得自己好像记起了什么，心里起了怀疑，于是在自己的档案中搜寻。他的档案不是哲学家或作家或记者的档案,而是一个把人性看作痛苦的谜题之人的档案。果不其然,他找到了那张照片:陌生人是胡安·巴勃罗·卡斯特尔,曾于1947年杀死自己的情人。

原来他就是那个绝对的人,布鲁诺·巴桑心怀妒忌,平静而忧郁地想道。

萨瓦托的经历

1

豪尔赫·莱德斯马的第二封来信:

很抱歉,但我必须让您知道一件会让您大失所望的事情,但这事可不是我干的。尊敬的作家,我告诉您吧,多瑙河并不是蓝色的,它是褐色的,很脏,水里都是泥、油、屎,跟我们的里约楚尔罗河差不多,只不过后者比它少了些文学和音乐上的声望,可我们又有什么办法呢?有两种写作方式,我采用的是第二种。我的手稿很糟糕,一塌糊涂。我是那种提着裤子都找不到床在哪里的人,而且因为懒惰,我会把所有东西搅和在一起。我的脑容量有限,所以要想出一个新的点子我必须先等着一个旧点子从脑子里出去才行。

我最不擅长跟人讲解，因为需要画图才能讲清楚，而我又不会画画。这是大脑机制决定的，那是一种高级的颅骨学。您可以想见，上帝才没那么傻，他不会把人类选择爱情伴侣这么重要的事情随随便便交付给偶然（想想子女对父母的奴役）。如果说因为偶然诞生了一个天才，那也是因为之前已经出生了成千上万个白痴。

叔本华的妈妈从来没有爱过他，按照寓言故事的说法，圣母玛利亚也并不真正地爱耶稣。如果您还知道别的例子，拜托告诉我，让我可以扩展我的名单。再比如说我吧，我是在我母亲再也不能见到我父亲的情况下被生产出来的。我不是爱情的结晶，而是一个恶心的副产品。由于排异性，子宫拒绝了无数的精子。而我作为赛跑的获胜者，像个傻子一样率先抵达了终点。我想后退，但子宫已经闭合了，而我被关在了里面！里面一片混乱，从我进入之后发生的一切都糟糕极了。我孤零零地，无依无靠地留在这个潮湿而陌生的洞穴里。在外面，我的几百亿个兄弟因为窒息扭动着身躯直到死去。这也是爱，是你们这些诗人在黄昏时所歌颂的爱情，你们也确实应该歌颂它。这感觉一直跟随着我，这冷冰冰的风有时会把我的半边脸吹到麻痹，这无穷无尽的孤独。

2

他恼怒而沮丧地看着他们："什么？又要回过头来讨论这个？

我以为我十年前就已经说清楚了。那些伪马克思主义者把文学分为政治的和美学的，《尤利西斯》不属于这两个范畴，所以它就不是文学，它应该算某种畸形的动物，也许是只鸭嘴兽，甚至该把它纳入植物学的范围。我们真的要继续浪费时间在这种愚蠢的言论上吗？"

"但是有年轻人问起来，也有人提出指责。"

他发火了。按这个标准，他们还可以指责贝拉·巴托克①的音乐和艾略特的诗歌。

"我还有很多事要做，时间少得可怜。我的时间不是用时钟来计算，而是年鉴。"

"我明白，但您必须回答。"一个外表特别严厉的男孩说。他长得像矮版的格利高里·派克②，嘴唇抿得很紧。

"你是哪位？叫什么名字？"

"阿劳霍。"

"我十年前就写过这个问题了。"

"我们都读过了，"一个穿着黄毛衣和旧牛仔裤的女孩插嘴道，"但今天您不是讲给我们听，我们想录下来发表。"

"可我已经受够了录音和采访！"

---

① 贝拉·维克托·亚诺什·巴托克（1881—1945），匈牙利作曲家、钢琴家。
② 格利高里·派克（1916—2003），美国男演员。

布鲁诺的思绪

布鲁诺想要离开,他感到很不自在。他看着萨瓦托坐在那个角落里,摘掉了眼镜,用手摩挲着额头,一脸疲惫和气馁。那些孩子们正在争执,因为他们彼此之间互不认同,却非要组成一个荒谬的团体。(比方说马塞洛和他那个阴郁沉默的朋友为什么会在这里?他们这是什么奇怪的组合?)他们之间剧烈而讽刺的分歧,预示着可怕的危机,让他联想到教义的分裂。他们都属于自己称为左派的组织,然而却像死对头一样相互指责,每个人都好像有理由去怀疑身边的人跟某些情报机构、跟中情局、跟帝国主义有某种隐秘或公开的联系。他看着他们的脸,在这一张张脸后藏着多少不同的世界和迥异的人格?这就是未来的人类、新新人类。可他们算得上楷模吗?这些虚伪的野心家、这些对他指手画脚的人、这些左翼分子,还有像普赫和马塞洛这样的人何德何能称得上新新人类?

马塞洛穿着旧夹克和皱巴巴的裤子,完全没有存在感,但却让萨瓦托感到害怕。萨瓦托跟布鲁诺解释过,他在马塞洛面前总感觉自己有罪,就像之前面对阿图罗·桑切斯·里瓦时的感觉一样。不是因为马塞洛很可怕,恰恰相反,是因为他的善良,因为他的沉默矜持，因为他的谨慎。萨瓦托不相信马塞洛的内心是平和的，几乎可以肯定他饱受折磨，然而他的痛苦也被小心翼翼地隐藏起来了。很奇怪能从他的脸上看出他父亲卡兰萨·帕斯医生的特征：细长高耸的鼻梁、又高又窄的额头、像笼罩着一层天鹅绒般湿润的大眼睛，就像《奥尔加斯伯爵的葬礼》[①]中的人物。那么他们之间为什么又如此不同呢？他再一次明白了面容和骨相是多么不值一提，真正产生差别的是一些细微的东西，事物总在相似的部分表现出差异，亚里士多德早已发现了这一点。这双眼睛、这张嘴巴和这个细长高耸的鼻子确实跟他父亲很像，但是也揭露了父子之间的鸿沟，这鸿沟也许还会随着年月不断加深。眼角、眼睑和嘴角一些几乎看不见的线条，还有低头和握手（马塞洛是害羞地握手，好像在向对方道歉）的方式都悲哀地将两个那么亲近、那么需要彼此的人远远地分开了。

萨瓦托的经历

"好吧，这是结构主义！"穿黄毛衣的那个女孩评论道，"最初的那位评论家用历时分析一词替代了历史一词，因为他认为共时的

[①] 西班牙画家埃尔·格列柯（1541—1614）创作的一幅布面油画。

描写与历时的描写无法兼容,他确定了共时性描写,从而否定了历时性描写的意义。"

"什么?"一个块头很大的男孩喊道。他长着一张哥萨克人的脸,这种面部特征在阿根廷只有犹太人才有。萨瓦托看向那个女孩。

"你叫什么名字?"他心里想的名字有西尔维斯坦、格林伯格、爱德曼,等等。

"西尔维亚。"

"嗯,姓什么?"

"西尔维亚·詹蒂莱①。"

看吧,果不其然。堂豪尔赫·伊齐格松不是说过吗,从没在意大利以外的地方见过那么多犹太面孔。再说了,她还可能是萨拉森人②,这种长相在卡拉布里亚③、西西里很常见。她的头略微前伸,是近视患者特有的姿态,他们没法看清面前的是一口井还是一头骆驼。

她的错误让他变得更宽容。好吧,那就别读他的书了,他们最好这样做。那个叫作普赫的家伙赶忙说自己已经拜读过他的所有作品了。

"请别告诉我。"萨瓦托语焉不详地嘲讽道。

一群年轻人继续就结构主义、马尔库塞、帝国主义、革命、智

---

① 女孩的姓氏 Gentile 在英语中有"非犹太人"的意思。
② 泛指阿拉伯人。
③ 意大利南部大区名。

利、古巴、毛泽东、苏联官僚主义、博尔赫斯、马雷夏尔①等问题争论不休、相互指责。

"所以呢?"

"所以什么?"

那个哥萨克人用跟体型完全不搭的尖细嗓音问他,所以是否应该停止写作。

"你又是哪位?"

"毛里西奥·索科林斯基,注意我的名字是以 i 结尾,可不是 y。二十三岁,没有任何特长。"

萨瓦托仔细地观察他。你应该不写作吧?

"我得承认我确实写一些东西。"

写的什么呢?

格言,一个野蛮人的格言。您知道,我很愚笨。

那么是什么类型的格言呢?

"您告诉我说都是些很棒的格言。"

"我说的? 什么时候?"

"我把样书寄给您的时候,书面上有我的肖像,看来您印象不深了。"

记得,当然记得,名字以 i 结尾的索科林斯基,当然记得。很好,然后呢?

科连特斯街上的书报亭里成千上万本杂志都在坚持同一个观点。

---

① 莫里斯·马雷夏尔(1892—1964),法国大提琴演奏家。

"什么观点?"

"文学无意义。"

"冒昧问一句,"萨瓦托打断他,"这些人是干吗的? 建筑工人? 或者冶金工人?"

"不是,当然不是,都是作家,最起码也是写杂志的作者。"

然后呢?

什么然后?

"没然后了。"西尔维亚说,"应该停止出版这些杂志。另一方面,应该让西北地区的人民不再起义,而是拿起步枪进行游击战。这才是该做的。"

"即使他们真的去打游击了,也不影响他们阅读马克思或巴枯宁的书,他们真正看不起的是严格意义上的文学。自从格瓦拉选择弃医从戎后,这些人好像连药品都不再相信了。贝多芬的四重奏对法国大革命起到了什么推动作用吗? 难道就要因此否定音乐吗? 不光音乐,还有诗歌,还有几乎全部文学和艺术。另外,如果我没记错的话,根据马克思主义辩证法,如果一个社会不知道它所要取代的那个社会中有哪些东西是有价值的、是需要拯救的,那就说明它还没有成熟到可以进行革命的程度。我现在甚至觉得这句话好像就是马克思说的,这些人难道比马克思本人还懂马克思主义吗? 现在请告诉我一些结论性的东西吧。"

"首先,"西尔维亚说,"这些来自科连特斯街的孩子……"

"你是哪儿来的?"阿劳霍打断她。

"科连特斯街这些被自己所写的杂志相互煽动的孩子应该停止写作,拿起步枪。其次……"

"等等。"萨瓦托打断她,"虽然我没读过这些杂志,但是我坚持认为革命不单单依靠步枪。还有,是谁告诉他们这些杂志对革命有用的?"

"其次,这些孩子在革命的同时就别再去管艺术和文学了。"

"没错,"哥萨克人提醒她,"但是他们中的大多数都不会去打游击的,他们会四处宣扬,说战士的职责在于从自己所在的战壕里提供帮助。"

"战壕?什么战壕?"

"文学。"

"什么?刚刚不是还说文学没有意义吗?不是说它对打败这个腐朽的社会毫无裨益吗?"

"是啊,不过他们指的是这一类文学。"

"哪一类文学?麻烦你说清楚。"

"就是萨瓦托刚刚列举的那些啊:但丁、普鲁斯特、乔伊斯,等等。"

"也就是说全部文学。"

"当然。"

"那么,"萨瓦托决定加入讨论,"另一类文学指的是什么?"

"我会跟您解释的。"西尔维亚回答说,"这些孩子们选择了文学,他们以作家身份行动,假想自己从文学的前线去进攻蒙卡达兵营①。他们提出原则性的要求:要把类似《革命之书》《理想的目

---

① 1953年7月26日,由菲德尔·卡斯特罗带领的一百二十名革命者向古巴圣地亚哥市蒙卡达兵营发动进攻,揭开了古巴革命战争的序幕。

标》《菲德尔的脸》这样的书视作绝对模型,从而判定哪些书符合标准,进而夺回被柏拉图非法占有的领地。"

"如果我没理解错的话,"萨瓦托说,"也就是全部文学以外的那部分。"

"完全正确。这些革命者把全部文学放进抽屉里,跟猜字谜和填字游戏这类免费游戏册子放在一起。在这个抽屉外剩下的就是革命文学了,它的功效不亚于一座迫击炮。"

"这种文学唯一的缺点在于,"萨瓦托说,"它根本不存在。"

"您这样认为吗?"阿劳霍冷冰冰地问道。

"除非你把宣言、街头演讲和宣传册也称为革命文学,哦对,还有那些苏联戏剧:剧中的优秀拖拉机手与美丽的斯达汉诺夫伊斯塔①结婚,为了生下纯洁的革命之子。在过去的法国也曾出现过题为《圣母与革命女战士》的书籍,不过这都是别人说的,也可能只是个传说吧,因为这类书已经从纯恶的地图上彻底消失了。"

阿劳霍和西尔维亚激烈地争吵起来。

西尔维亚说:"但是这些左翼的暴徒评论家仍在做无意义的事,在任何一个虚构故事的作者身上,他们都能看出殖民主义者的影子,最可笑的是他们还自称为灵魂文学家。"

"那是因为他们一刻不停地在写作。"哥萨克人抗议道。

"但他们也一刻不停地禁止别人写作。"

萨瓦托呢,他怎么看?

---

① 斯达汉诺夫运动是苏联1935年第二个五年计划时所展开的提供劳动生产力的运动,作者在这里把它拟人化以进行嘲讽。

他在听他们争论，觉得继续为这些事情争执实在叫人难以置信，他们难道忘了马克思本人尚且能够流利背诵莎士比亚的选段吗？

"那么他们就会反驳说莎士比亚的作品也可以归入《革命之书》，只是科连特斯街的那些年轻人不知道而已。"西尔维亚评价说。

"好吧，还是别去烦扰可怜的卡尔·马克思了，看样子他也是一个无可救药的效忠美帝国主义的反革命小资产阶级浪漫主义者。"

"可是，"那个长相像印第安人的男孩突然发问了，在那之前他一直面无表情地保持沉默，"除了去打游击，难道他们就不能用书籍来帮助革命取得成功吗？"

"伙计，我们现在说的是小说、诗歌。"萨瓦托愤愤地说，"社会学或批判学的书籍当然对革命大有帮助，我在一开始就已经肯定过这一点了。《共产党宣言》就是一本书，而不是一把机关枪，可我们现在说的是严格意义上的作家。如果有人想通过宣言、通过对制度的批判、通过新闻或哲学性质的文章来帮助革命，这不单是可行的，而且是必须的——假如他真的想成为革命者的话。但可怕的是他们把艺术水准给搞混了，就好比他们认为毕加索作品中最有艺术价值的是那只著名的小白鸽，而他笔下那些侧面长着两只眼睛的女性却是腐朽的资产阶级艺术。到如今苏联的批评家们仍然持这种观点，这些社会现实主义警察。"

有人提到在莫斯科的毕加索展。谁说的？怎么样？

年轻人之间又激起了混乱嘈杂的争吵。

"我们不要在这种无意义的争论上浪费时间了。"萨瓦托说，

"我不知道毕加索的画展最后有没有办成,我想谈的是官方的说法,这才是最重要的。我不相信毕加索的小白鸽仅仅躲过了越南的一次轰炸,不过那起码还算是合理的,不合理的是由他们来规定什么是艺术,强行要求一个希望社会变革的画家去画革命性质的海报;不合理的是降低水准,把艺术与布告混为一谈。有时他们还宣扬说世界要分崩离析了,艺术不应再描绘资产阶级的奢华场面。可是法国大革命期间世界也很混乱,贝多芬那样的艺术家同时也是革命家,他甚至拒绝向拿破仑献礼,然而贝多芬并没有写出革命进行曲:他虽然写出了许多伟大的音乐作品,但《马赛曲》却不是他写的。"

"那当然了!"普赫大喊出声。

布鲁诺的思绪

布鲁诺被那张脸吸引住了,那人讲的每一句奴颜媚骨的话都让整个人类蒙羞,他知道那人将来可能会变成警方的检举人,或是不断往上爬最后成为政府官员。随后他又想到了卡洛斯,觉得释怀了一些,尽管这种释怀是痛苦的,因为他知道卡洛斯看见普赫那样的蛆虫的话会有多么愤怒。卡洛斯,他现在不是又站在马塞洛身旁了吗?灵魂是生生不息的,它现在又依附在跟1932年时期的卡洛斯相同的一张脸上。那是一张热切而专注的脸,是受了天大的苦却不能对人讲的男孩子的脸,即便是对亲近如马塞洛那样的挚友也不能讲。

随着卡洛斯一起复苏的还有记忆中的那些名字:卡帕布兰卡①和阿寥欣②、桑迪诺③,在那部搞笑电影里歌唱的艾尔·乔森④,还有萨科和万泽蒂⑤,这些名字奇怪而忧郁地混合在一起。他一直都不知道卡洛斯的姓氏,现在他好像又看见卡洛斯在佛尔摩萨街那个房间里,废寝忘食地读着廉价版的马克思和恩格斯全集,拳头抵在太阳穴处,嘴唇轻轻上下翻动,不出声地阅读着,好像一个人经过艰难地搜寻终于挖出了宝箱的感觉。在宝箱里他找到了自己不幸命运的根源,还有他母亲的死因,她当时被一群饥饿的孩子团团围住,死在那间锌皮小屋里。卡洛斯是一个虔诚的信徒,灵魂无比纯洁,他怎么可能理解普通的人类呢?怎么可能理解他们的俗气和堕落呢?怎么可能理解被污染的心灵呢?怎么可能理解和接受共产党员中存在布兰科这样的败类呢?

在那张憔悴而专注的脸上,他看见了卡洛斯的眼睛,灼灼发光。卡洛斯一定是受尽了一切痛苦的折磨之后才能变成如此纯净的灵魂,就好像他的肉体被烧焦了,最后只剩下一点点骨骼、皮肤和

---

① 何塞·卡帕布兰卡(1888—1942),古巴国际象棋世界冠军。
② 亚历山大·阿寥欣(1892—1946),法国国际象棋世界冠军。
③ 奥古斯托·塞萨尔·桑迪诺(1895—1934),尼加拉瓜反美游击战领袖。
④ 艾尔·乔森(1886—1950),美籍俄裔歌唱家、表演家。
⑤ 1920年4月15日,美国马萨诸塞州一家鞋厂的出纳及警卫被两名男子抢劫谋杀,美国警方指控参加工人运动的两位意大利移民萨科和万泽蒂为凶手,在证据不足的情况下仍于1927年8月22日将二人处以电刑。1977年7月17日,法院宣布萨科和万泽蒂无罪,恢复其名誉。

几块坚韧无比的肌肉来承受生命的压力。他和眼前这个男孩一样面无表情，几乎从不言语，但他的眼里燃烧着愤怒的火焰，他的双唇紧闭，为了死守痛苦的秘密。面前这个男孩也很瘦弱，皮肤黝黑。布鲁诺一直想不明白他为什么会出现在那里，被一堆他听都听不懂的词语所包围，可能仅仅是为了向马塞洛展现自己忠诚的友谊吧。神奇的是在他们之间又重现了卡洛斯和马克斯之间那样的共生现象，卡洛斯和马克斯之间的友谊表面看来让人无法理解，但其实马克斯（当然他和马塞洛并不完全相同）的善良对缓解卡洛斯的压力必不可少，就像是清泉缓缓流过沙漠。

萨瓦托的经历

"好吧，好吧。"阿劳霍承认说，"以革命的名义拒绝全部文学确实是很愚蠢的行为，马克思、恩格斯和列宁都没这么做过，不过我认为某类文学是有待商榷的。"

"哪一类？"萨瓦托问道。

"首先，反思文学。"

萨瓦托大为光火。

"我简直受够了你们讲的这些蠢话了，我们为什么就不能把这场对话的哲学层次稍微提升一点点呢？当然了，我很清楚你们脑子里的错误推理过程是怎样的：反思意味着陷入自我之中，而孤立的本我是自私的、是不关注世界的、是一个反革命分子，他试图让我们把焦点放在灵魂内部而非社会组织中。但是你们忽视了一个小小细节：孤立的本我是不存在的。人类在社会里生活、受苦、斗争，甚至隐藏自我，生存是自我与世界的共存。他清醒时自发的态度，还有他的梦境、梦魇、胡言乱语都是这种共存的结果。基于这个观点，最主观的小说也依然是社会小说，它以直接或曲折的方式去证明整个现实世界。没有所谓的反思文学或社会文学，我的朋友，只有宏大的小说和狭隘的小说，只有好的文学和差的文学。你们放心，不管一个作家有多渺小，但他总能反映所处的世界。"

阿劳霍满脸严肃地听着。

"我不太同意你的观点。"他提出抗议，"马克思欣赏巴尔扎克这样的作家是因为他的小说真的是社会的见证。"

"卡夫卡的小说并没有描写布拉格的铁路罢工，但它们仍是当代人类最深刻的见证。难道要因此把他的所有小说全部烧掉吗，就像对待洛特雷阿蒙[①]和马尔科姆·劳瑞[②]那样？好了，孩子们，我已经说过了，我时间不多，不会再把它花在这类缺乏哲理的谈话上了。"

"我觉得我们是在浪费时间。"西尔维亚总结道。

"我也这么认为。"萨瓦托说，"这个话题我已经讲到精疲力竭了，但你们总是不断搬出相同的论据。不光在这里，你们看看阿斯

[①] 原名伊齐多尔·吕西安·迪卡斯（1846—1870），法国诗人。
[②] 马尔科姆·劳瑞（1909—1957），英国诗人、小说家。

图里亚斯①的报道吧。"

"关于什么?"

"关于我们某些阿根廷作者,他说我们不能代表拉丁美洲。不久前有个美国评论家也说过类似的话,说阿根廷没有民族文学。没错,我们的作品中缺乏强烈的地域色彩,而这类评判家一定要看到大量的风景描写才会给予肯定。在他们这些本体学者看来,一个香蕉种植园里的黑人是活生生的人,而一个在布宜诺斯艾利斯的广场上孤独思考的中学生却是病态的存在。他们把这样的表面主义称作现实主义,因为他们认为民族的东西与现实主义关联最密切。这个词,嗯……人家是怎么拿这个词开玩笑的来着?阿根廷是绝对没有龙的,如果我梦见了龙,那就说明我的梦不是爱国梦吗?我们该问问那位美国评论家,如果美国领土内没有白鲸的话,那梅尔维尔就不是爱国作家了吗?拜托,我们别再继续说这些蠢话了,我实在是受不了了。"

萨瓦托摘下眼镜,用手在眼睛和额头来回摩挲。西尔维亚在和哥萨克人和阿劳霍争论,他没在听。突然,他又回到之前的话题:

"这些蠢话的根源在于假定艺术的终极使命是复制现实,但是请注意,这些人所说的现实特指外部现实,而内部现实则一直处于劣势,这就要求艺术家变成一部照相机。不管怎么说,阿根廷是由欧洲移民组成的,它国内强大的中产阶级和它的工业都足以向那些认为现实主义就是描写外部世界的人证明,阿根廷文学中没有帝国

---

① 米格尔·安赫尔·阿斯图里亚斯(1899—1974),危地马拉小说家、诗人,1967年诺贝尔文学奖得主。

主义的香蕉种植园是符合国情的。还有更有力的理由，那就是艺术的使命并非如这些人所想，只有没脑子的人才会试图通过凡·高的画作去了解上世纪末巴黎近郊的农业。显然，艺术是一种与梦境和神话更密切相关的语言，而非与统计数据和新闻报道相关，因为梦境和神话是一种本体展示学……"

"一种本体什么？"哥萨克人警觉地喊道。

"一种本体展示学，一种对现实的揭示，不过是对全部现实的揭示啊，全部现实！不光有外在现实还有内在现实，不光有理性现实还有非理性的现实。你们要好好理解，这是非常非常难的，因为它肯定会受到客观世界的影响，与客观世界保持着一种微妙的、复杂的，甚至是矛盾的联系。如果社会才是唯一的决定性因素，那么如何解释巴尔扎克的作品与跟他同时期的洛特雷阿蒙的作品之间的区别呢？还有克洛岱尔①与塞利纳②之间的区别？总而言之，一切艺术都是个人的，因为它展示的都是一个独一无二的灵魂所看见的现实。"

"我们偏题了。"阿劳霍粗鲁地打断了他。

"偏题的人是您！而且我提醒您一下，我还没说完。我刚刚说所有艺术都是个人的，这是与科学最本质的区别。艺术是个性的具体表现，艺术中最重要的就是独立的个体，这就是为什么艺术有风格而科学却没有。谈论毕达哥拉斯的勾股定理的风格有什么意义呢？严格说来，科学语言应该是由抽象而普遍的符号组成的。科学

---

① 保罗·克洛岱尔（1868—1955），法国诗人、剧作家、外交官。
② 路易·费迪南·塞利纳（1894—1961），法国小说家、医生。

是一个可有可无的主体所揭示的现实,而艺术是一个必不可少的主体所揭示的现实。这样的'无能',注意是加了引号的无能,恰恰是他的财富,让他可以展现他的全部人生阅历,还有他与世界的相互作用。因此,指控博尔赫斯不具备代表性简直就是疯话。他要代表什么?什么?他代表的是博尔赫斯与世界间的现实,其他人谁也做不到这点,这样的现实不必是阿根廷的风景照。这样独一无二看世界的方式通过同样独一无二的语言来展现,这种语言只能被称作个人方言,差不多就是个人风格的同义词吧。因此,既然我们的文字已经发展到了这样的高度(记住,我们的文学不是只有一百五十年历史的'新'文学,而是有着上千年历史,因为我们和任何一个马德里的作家一样,是《熙德之歌》① 的传人),所有的流言都应平息了。我们也应该爽快地承认,在我们之间会出现与巴尔扎克和洛特雷阿蒙完全不同的艺术家。"

他站起来要走,但是因为太过激动,他又重现坐下来补充说:

"你们这些马克思的追随者迫使他对你们的一切愚蠢言行买单,比如刚刚说的香蕉园种植工人与反思文学之间的直接联系这样的蠢话。马克思偏爱巴尔扎克的作品,我表示尊重,但是我希望你们不要告诉我说他是世界上唯一可以有偏好的人。而且现在就因为马克思说过他喜欢巴尔扎克,就要求所有人都必须跟他一样喜欢才行。这么一来像洛特雷阿蒙之类的诗人都成了可疑分子、资产阶级的走狗,因为他没有描写所处时代法国的现实,没有触及马铃薯饥荒②

---

① 西班牙文学史上最早的一部史诗,写作时间一般认为在 1140 至 1157 年之间。
② 一场发生于 1845 至 1850 年间的饥荒,又名爱尔兰饥荒。

的话题。按你们的观点，当法国大革命席卷全欧洲时，贝多芬不该写四重奏，而应该写一些军事进行曲，或者至少写出类似于柴可夫斯基《1812序曲》①那样的作品。我忘了在哪里读到过，应该也是你们这样的马克思主义者写的吧，说即使洛特雷阿蒙在法国可以这么做，但我们却不能，否则我们就变成了欧洲文学的模仿者。好吧，也就是说一个人只能在法国做梦，在这里就不行，即便做梦也只能梦见冶金工人的罢工和加薪。我还没跟你们说到死亡呢，不知道是谁曾经批评我谈及死亡这个欧洲题材。是啊，我们这里的人是不会死的，我们都是不死的凡人，死亡这种事情肯定跟华尔街有某种可疑的关联，葬礼是为帝国主义服务的。看在上帝的分上，停止这一切煽动性的言论吧！"

他再次起身。

"不，请您别走。"西尔维亚乞求道。

"为什么不走？这样的讨论是没有意义的。"

"但是我们还有一两件事情想请教您。"西尔维亚坚持道。

"什么事情？"

布鲁诺轻轻拉住他的胳膊，劝他平静一下。好吧，但是你们到底想问什么。

他心情平复下来之后又开口道："可是这里的人根本连什么是马克思主义都没搞懂。如果文学是革命的敌人，或者是唯我论的产物，那怎么解释为什么马克思会钦慕莎士比亚和主张君主制的歌德

---

① 柴科夫斯基于1880年创作的一部管弦乐作品，为纪念1812年库图佐夫带领俄国人民击退拿破仑大军的入侵，赢得俄法战争的胜利。

呢？肯定这些小小思想家又会跳出来争辩说现在的形势比之前更加危急，尤其是在第三世界国家，眼下不是属于文学的时刻。我倒想问问你们，马克思去伦敦图书馆时在煤矿里发生了可怕的爆炸，几个七岁的小朋友被炸死，难道那时是属于诗歌和小说的时刻吗？要知道那时不光狄更斯在写作，还有丁尼生①、布朗宁②和罗塞蒂③。工业革命是有记载的最激烈动荡的历史事件之一了，可就在那时也涌现出了像雪莱、拜伦和济慈那样的艺术家，而且其中很多还是马克思所推崇的。所以你们把这些疯言疯语栽赃给你们的人生导师马克思可真是给他抹黑啊！还有你们的另一个错误而肤浅的观点，说什么艺术和思想反映了所处的社会和阶级，可真要这样的话马克思就不是马克思主义者了，因为他出生于资产阶级家庭；而照你们的说法，马克思主义应该由某个来自加的夫④的矿工来提出才更合适。我感觉你们好像连辩证法都不懂，你们应该读过列宁的《怎么办》吧？光靠工人阶级自身的力量是没法从行会主义走向社会主义的，因为社会主义是由马克思和恩格斯这样的资产阶级、圣西门和克鲁泡特金这样的贵族还有列宁和托洛茨基这样的知识分子创建的。"

"还有切·格瓦拉。"

"我刚刚针对思想家们所说的话其实更适用于诗人和作家，因为小说和梦境一样，不只是现实的被动反映，更是一种对抗行为，

---

① 阿尔弗雷德·丁尼生（1809—1892），英国诗人。
② 罗伯特·布朗宁（1812—1889），英国诗人。
③ 克里斯蒂娜·罗塞蒂（1830—1894），英国诗人。
④ 英国西南部一城市名。

所以小说常常表现出对所处社会的敌对性。这里用到的是克尔凯郭尔的辩证法。"

"什么？什么？"阿劳霍惊讶地发问。

"是的，年轻人，克尔凯郭尔，你没听错，没什么好惊讶的。不光马克思，费尔巴哈和克尔凯郭尔也提到过具体的人在现实面前的反应。但是，就像我刚才说的，艺术通常是一种对抗行为，它和梦境一样常常站在现实的对立面，有时甚至十分激烈地反抗现实。你们看看美国出了多少优秀的文学家，还有沙皇统治下的俄国也孕育出了两位最伟大的作家：一个是托尔斯泰，他的贵族基因已经深入到了骨髓里；另一个是坚决拥护沙皇的陀思妥耶夫斯基。"

"但是无产阶级艺术……"阿劳霍开口了。

"什么是无产阶级艺术？它在哪里呢？您指的是画着斯大林骑在马上指挥那些他未曾亲临过的战役的红色明信片吗？他把那些俗气的明信片当作革命审美的极端，认为是低贱的资产阶级自然主义所望尘莫及的，不是吗？这是一个很奇特也很值得思考的现象，好像革命总是偏爱那些反动、肤浅的艺术，比如法国大革命时那些著名的浮夸画作。那么请问，你们的艺术反映社会理论该如何立足呢？不是德拉克洛瓦，而是大卫①和其他比他更糟糕的学院派被选定为革命的艺术家，而斯大林在沉醉于这些产品不可自拔的同时还不忘禁止伟大的西方艺术。"

"确实是这样，但现在正在革命，"阿劳霍坚持道，"任何阻碍或危害革命的行为都是不能容忍的。这是一场事关胜负和生死的战

---

① 雅克·路易·大卫（1748—1825），法国画家，代表作有《马拉之死》等。

争,如果一个艺术作品对敌人有利,或者会软化或分散革命战士的意志,那就应当被阻止。"

"简而言之,就是反革命的艺术。"萨瓦托说。

"没错。"

现在就连西尔维亚也哑口无言地看着他。

不过让萨瓦托不安的不是她的沉默,也不是阿劳霍的话,而是马塞洛身旁那位同伴的目光,那目光此刻突然定定地望向他。他有着强大的力量,一直让萨瓦托心绪不宁:强大是因为他的简单纯粹,或是因为他让萨瓦托联想到了1932年卡洛斯的那个表情。他的眼睛无声地在他严肃、痛苦而专注的脸上闪烁,就像一片饱受苦难的旱地上的两块火炭。在他身旁,马塞洛就像一位善良的天使,在这腐朽的乱世中照料一个坚强而又毫无防备的人。是的,他想起了卡洛斯所受过的酷刑折磨,他知道这男孩迟早也会经历甚至已经经历过这些了。他们刚刚说过的那些话、迸发出的那些哲学火花,在那个男孩的孤寂缄默面前都成了让他羞愧的缘由。那个男孩不知来自哪个贫穷的省份,他一定遭受过无数的不公和凌辱。萨瓦托的音调突然变低了,盯着地面像自言自语一般说道:

"是的,孩子们……但是要小心这个词,不要带着仇恨和草率去使用它,否则的话,像卡夫卡这样的人……"

他很苦恼,一方面怕自己说出的话会让那个男孩失望或受伤,另一方面又觉得自己有义务去澄清和解释,避免他们还有他们中最单纯的那个人今后犯下可怕的错误,不公正地去对待他人,哪怕这样的不公正有着正当的借口。

"问题不在于区分社会文学和个人文学,孩子们……问题在于区分严肃文学和轻浮文学。当无辜的孩子死于越南战场的炸弹、当世界上四分之三最纯洁的生灵被折磨、当饥饿和绝望占据了世界的大部分地区时,我能理解你们抗议某种类型的文学……但是要抗议哪一种文学呢,孩子们?哪一种?我觉得完全可以拒绝轻率的文风、自以为是的小聪明、无聊的文字游戏……但是注意别去抨击那些伟大的、心碎的创作者,他们见证了人类最可怕的一面,他们也为尊严和救赎而战。是的,绝大多数作者是为了一些次要目的去写作,为了追名逐利,为了荣华富贵,为了贪图安逸,为了满足自己的文字被印刷出来的虚荣心,为了消遣;但是还有一些作者,一小部分作者,他们被惩罚去见证这个动乱宇宙中的悲剧、困境、恐惧、战争、孤独,他们是时代最伟大的目击证人,孩子们。他们做着集体的梦,写作时满含泪水,表现出的不光是自己个人的焦虑,而是全人类的忧思……他们的梦境可能是触目惊心的,比如洛特雷阿蒙或萨德的梦,但同时也是神圣的,而且正因为触目惊心才有意义。"

"通过艺术进行的精神宣泄。"

萨瓦托看着她,一言不发,看上去不太高兴,心事重重。他沉默地拿掉眼镜,按住额头,然后说了一句谁都没听清的话就离开了。

布鲁诺的思绪

为正义事业而死,布鲁诺想。与此同时,马塞洛和他的同伴沿着德芬萨街远去。为越南而死,或者就在这里赴死,但是这样的牺牲太天真、太无意义,因为新的政权最终会被恬不知耻的政客和商人接管。可怜的比尔作为志愿兵加入了英国皇家空军,如今失去了双腿,全身皮肤烧焦,若有所思地望着窗外的莫兰大街。他的牺牲换回的是那些德国企业家们(他们中许多是纳粹分子或秘密加入了纳粹组织)带着彬彬有礼的微笑,一边享用美味的晚餐,一边与英国商人们做成一单单生意。他们竟然会在一起做生意?希特勒在战火烧得正旺时不是还跟ITT公司达成了合作吗?通用汽车公司不是还偷偷卖给他坦克发动机了吗?

是啊,人们怎么可能不崇拜格瓦拉呢?但是有一个悲伤的声音在他耳边小声呢喃:别忘了1917年俄国革命也曾是浪漫的,许多伟大的诗人都歌颂过它。所有的革命不管一开始有多纯洁,最终都会变成肮脏的警方的官僚机构,而那些最优秀的心灵却沦落到在地牢和疯人院中度过余生。

是的,这些都是苦涩的事实。

但是应征入伍加入英国皇家空军的行为是绝对的、纯净的、永恒的,谁也没法夺走这块属于比尔的钻石。所以谁还在乎将来革命会变成什么样子,甚至(他想象卡洛斯不是被基督或马克思而是被柯多维利亚严刑拷问,不禁汗毛倒竖)连革命学说是否正确都不重要了。卡洛斯的牺牲是绝对纯粹的,他的行为再一次挽救了他的尊严。尽管他是一个爱幻想的人,也正因如此,他才拯救全人类于怯懦、钻营、卑贱和腐烂之中。他们两个渐渐远去了,在那个与自己阶层格格不入的害羞的贵族青年旁边是一个瘦削不起眼的身影,也许他们正为某个将来会辜负或背叛他们的人去赴死。

他们沿着德芬萨街渐行渐远,将要走向什么危险却美丽的所在呢?

萨瓦托的经历

许多年,萨瓦托都没来莱萨玛公园散步了。他在克瑞斯①雕像前坐下来,开始思考自己的命运。然后他去巴西街和巴尔卡塞街交叉口的咖啡馆买了一杯咖啡,亚历杭德拉以前肯定经常跟马丁来这儿喝点什么。他漫不经心地看向周围,店里有人在争吵。潘泽里太

---

① 罗马神话中主管农业和丰收的女神。

夸张了。不行就是不行，事实就是如此。潘泽里只看到不好的一面，彩票也有它的好处。开什么玩笑。一个看起来个子很高的年轻人在读报，脸被报纸挡住了。萨瓦托本来没有注意到这个男孩，但是后来发现（他随时都保持高度警惕）他悄悄越过报纸在窥视自己。当然了，这也没什么大不了的，可能他也是某个认识萨瓦托的读者而已。从报纸上方露出的一点点额头来看，萨瓦托觉得好像在其他地方见过他。但是在哪里呢？在什么样的场合呢？

马丁的思绪

他从没见过他，但可以肯定那人就是他，他可以从一千个人中一眼认出他来，不仅是因为看过他的照片，更因为在咖啡馆角落里远远看见他时自己的心就开始剧烈地跳动，仿佛那是他和萨瓦托之间无声的秘密信号。马丁想到萨瓦托可能也会认出自己，突然觉得害羞，于是便用刚买来的报纸遮住脸。但是他始终悄悄地偷看萨瓦托，感觉自己好像在做什么被禁止的可怕事情。他想弄明白自己为什么会有这种感觉，但是很难，就像一封非常重要的信摆在眼前你却怎么也看不清楚上面的内容，也许因为光线昏暗，也许因为字迹难辨，也许因为年代久远纸张磨损。他想要定义这种难以言喻的感觉，甚至猜测这感觉会不会像是一个周游世界的男孩在某个遥远的国度盯着一个男人的脸看，而这个男人刚刚告诉他自己其实是他素未谋面的亲身父亲。

他试图发现那张疲惫的骨肉面具下的东西，因为布鲁诺曾告诉他，撑起一张脸的不止是骨骼、肌肉和皮肤。脸是整个人体中肉体感最弱的部分，因为灵魂正是通过面部来展现自己。人在死去之后的面容会神秘地变得跟之前有所不同，甚至我们会说"好像都不是同一个人了"，布鲁诺认为就是出于这个原因：尽管逝者的骨骼和组织还和生前一样，但是灵魂一旦离开身体，肉身就像一座空荡荡的旧宅，所有在里面住过、痛过、爱过的人都撤离了，连同里面的私人物件也被搬走了。

果然，马丁想道。他嘴唇上的褶皱、眼角的细纹，他体内那些陌生居民不确定的形象好像正透过双眼做成的窗户往外探身，模糊、一闪而过、几近透明，他们是他身体里住着的幽灵。

太难了，要从远处看清这一切简直不可能。

那个男人，那张脸，就像是远远传来的谈话声，你知道对话内容非常重要，但你就是听不清楚。

我是一个没有父亲的孤儿。马丁悲伤地自言自语，但却不知自己为何会说出这句话。

萨瓦托的经历

他离开咖啡馆回到公园，那是铁骨铮铮、气势汹汹的堂佩德罗·德·门多萨①的雕像，正用手中的剑指点着他想要建立的城市：圣玛利亚·布宜诺斯艾利斯，1536年。真了不起啊——每次冒出来的总是这个形容词。还有那些女性：伊莎贝尔·德·格瓦拉、玛丽·桑切斯、埃尔维拉·皮内达②……

抽象的人文学发明的蠢话，宣称所有人都是一样的，所有民族都是一样的。事实是有高大的人也有矮小的人，有人口众多的民族也有人口稀少的民族。

残忍的征服，那些道貌岸然的君子如是说。

还说征服美洲只是为了黄金！

这就好比认为玩家赌博只为了钱，而非出于激情。

---

① 佩德罗·德·门多萨（1499—1537），西班牙大臣，1534年率领一千五百人的探险队从西班牙抵达南美洲，在潘帕斯高原上建立居民点并以水手保护神"圣玛利亚·布宜诺斯艾利斯"的名字命名该地。
② 以上三位皆为追随佩德罗·德·门多萨出航的女性，当时探险队里共有二十名西班牙女性。

钱只是工具，不是目的。

他在一张长椅上坐了下来，然后便看见那个穿黄毛衣的女孩小心翼翼地靠拢过来。

怎么，她在跟踪他吗？

他的问句中透出恼怒，表明之前也有人跟踪他，而且他为此感到害怕。

是，她在跟踪他，她看见他进了咖啡馆，然后就一直在公园里等着他出来。

为什么？

他感觉她比刚才更近视也更羞涩了，完全不像是几个小时前那个光彩熠熠的女孩。但是，她真的姓詹蒂莱吗？

是的。

但她不是塞法尔迪人或者属于类似的血统吗？

什么？类似的？她祖父是那不勒斯人。

"Napoli e poi morire.①"萨瓦托笑着说出这句意大利格言。

离得近了看她好像更瘦一些，皮肤蜡黄，长着鹰钩鼻。

"你长了一张撒拉逊人②的脸。"

她没回答。

"你的近视度数很深吧？"

是啊，他怎么知道的？

如果观察力不够敏锐的话他就该改行了，因为她看人、走路、

---

① 意大利语，意为："朝至那不勒斯，夕死可矣。"
② 中世纪欧洲人对阿拉伯人的称呼。

伸长脖子的方式。

没错,她小时候还经常撞到门呢。

那为什么不戴眼镜呢?

"眼镜?"

她好像没听清楚他的话。

对啊,眼镜。

她犹豫了很久才嘟囔着回答:"因为不戴眼镜就已经够丑了。"

"丑?谁说的?"

她自己说的,镜子说的。

"这个公园以前更美,现在被他们给毁了。"萨瓦托说,"你看见那边那座纪念碑了吗?"

看见了,就像在卡车底座上装了一个准备发射到火星去的火箭。

"你很幽默,你今天关于结构主义发表的评论也很有意思。"

她没吭声。

"难道不是吗?"

"是,在公众场合而已。"

"什么意思?"

她私下跟人交往的时候很害羞。

"我的天,你跟一般人刚好相反。"

"是。"

为什么要跟踪他?

已经不是第一次了。

萨瓦托变得警惕起来。"目的是什么?"

"您别生气。我感觉今天的会谈让您不高兴了。我们不希望如此，至少我不希望。"

"这么说来其他人是希望的，对吗？"

她沉默不语。

好吧，答案很明显。但他凭什么要接受阿劳霍那样的人的审问呢？他又没请这年轻人读自己的书，也没要求他同意自己的观点。阿劳霍还在娘胎里的时候他就已经开始研究马克思和黑格尔了，而且不是坐在咖啡馆里研读，是花了好几年的时间冒着生命危险去钻研。

是，她知道。

知道就好，那就让他们别再烦他了。妈的，没有这些家伙出现生活就已经够糟糕了。

"来吧，跟我一起走走。"他突然亲切地对她说，同时挽起她的胳膊，"小心别撞到前面的雕塑。"

他们在铜狮雕像前驻足欣赏。

"你能看得见它们吧？"他有时会故意去挖苦自己喜欢的人。

差不多吧，是"沉思的狮子"吗？

"没错，但是其实应该写作'严肃思考的狮子'。人在粗心大意的时候就会显得笨手笨脚，写东西也只能写个大概，至少我自己是这样。你过来看看它准确的名字。"

"什么？"她无助而讽刺地说，"那我得离得很近很近才行。"

"那你就要相信我说的：它的名字里真的既有'严肃'又有'思考'。真奇怪，雕塑家是怎么想的。"

"亚历杭德拉。"她犹犹豫豫地嘟哝着。

什么？

她活过吗？她真的曾经存在过吗？

萨瓦托有些严厉地反问她。怎么，连她也这样？

"来，坐吧。这些长椅以前是木头的，不久以后就会变成涤纶的，人们坐在上面嗑着药丸，幸好我看不到这样的场面了。你发现了吧？我是一个保守分子，至少你们这些马克思主义者是这么看我的。"

"并非所有的马克思主义者。"

"妈的，那还不错。反正我只要一讲神话或者玄学，他们就会控诉我拿了美国大使馆的钱。说到美国，你知道吗？有个不知道哪所大学的家伙在他的论文里提到，我的小说开始的场景是在克瑞斯雕像前[①]。它就在那边。"

"所以呢？"

"她是主管生育的女神。俄狄浦斯情结[②]。"

他是故意这样写的吗？

什么？

克瑞斯雕像。

"你的问题是认真的？"

当然是了。

"傻瓜，不是这样的。当时这里有许多雕像，我一开始本来选中的是雅典娜，但后来不知道为什么又觉得不喜欢，最后才选了克

---

① 这里的小说指《英雄与坟墓》，在1993年出版的中文版中克瑞斯译为色列斯。
② 俄狄浦斯情结一般指恋母情结，源于希腊神话中的人物俄狄浦斯无意中杀父娶母的悲剧故事。

瑞斯。"

"那可能是您的潜意识让您这么做的。"

"可能吧。"

"《隧道》也是以母亲开篇的。"

"他们也告诉我了这一点。这些做论文的人什么都能发现,连作者本人都不知道的东西他们也能发现。"

"但您是同意他的观点的。"

"从狭义上讲,并不。不过我认为人完全凭着冲动去写作时,心底最深的那些执念就会跑出来,这跟做梦有点像。我母亲是个很强势的人,她把她最小的两个孩子——阿图罗和我看得特别紧,几乎天天把我们关在家里,可以说我是通过窗户认识世界的。"

"过度保护型母亲。"

"拜托你别讲心理学术语了。没错,也许潜意识里我一直避不开我的母亲。还有个人从荣格①心理学的角度去分析我的小说中这样那样的象征,不对,不是一个人,有好几个人都在做这方面的研究。这么说来应该也是有什么原因让我去这样写,但有时和他们想的并不一样,我的写作并非他们的阅读带来的结果。我这样说你就能理解了:如果我们梦见大海是因为读了荣格的书,那么在荣格之前就从未有人梦见过大海;这完全不对啊,刚好相反,正是因为这类梦境荣格才能存在。"

"您常说艺术和做梦有相通之处。"

"当然了,至少在第一个时刻是相同的。艺术家一开始会陷入

---

① 卡尔·古斯塔夫·荣格(1875—1961),瑞士心理学家。

无意识之中,像入睡时的状态一样。但随后会进入第二个时刻,也就是表达(expresión)时刻。看清楚了:表(ex-,向外)、达(presión,压力),向外释放压力的意思。所以说艺术是解放的,而梦境不是。梦境不会对外显现,而艺术却可以,因为艺术是一种语言,是与他人沟通的一种尝试。你通过艺术把自己的执念大喊出来让他人听见,哪怕只是借由一些象征。在这么做的时候你已经清醒了,因此这些象征和你平日的阅读、想法、创作意图、批判精神混合在一起。这便是艺术与做梦最本质的区别,你听懂了吗?但是没有最初的无意识阶段是无法认真进行艺术创作的,所以那些白痴们的建议才显得那么可笑,说什么应该创作民族艺术和大众艺术,就好比你在入睡前告诉自己:好了,现在我要去做一个民族的、大众的梦了。"

西尔维亚笑了。

"这么说你是那不勒斯裔。"

不是,妈妈那边是西班牙人。

"好吧,完美:意大利人、西班牙人、摩尔人①、犹太人,这正好就是我关于新阿根廷的理论。"

什么理论?

"新阿根廷是由三大势力、三大民族结合的产物:西班牙人、意大利人和犹太人。如果你稍微思考一下,就会发现我们的优缺点都来自于此。当然,还有巴斯克人、法国人、南斯拉夫人、波兰

---

① 中世纪时期居住在伊比利亚半岛、西西里岛、马耳他、马格里布和西非的穆斯林。

人、叙利亚人、德国人,但是最根本的东西源于这三个伟大的种族,不过他们也有各自的缺陷。在耶路撒冷时有个以色列人对我说:难道这不是一个奇迹吗?地处一片沙漠之中,被几亿阿拉伯人包围着,还有战争?不是的伙计,我告诉他,恰恰是这一切造就了这奇迹。如果有一天耶和华不愿意了,让他们别打仗了,那这样的现状连一分钟都持续不了。你能想象吗,西尔维亚,两百万犹太人聚在一起且不爆发战争?这就好比一个共和国里有两百万个总统,每个总统都有自己的一套关于住房、军队、教育、语言的理念。去吧,去统治吧。卖给你三明治的人可能张口就能谈论黑格尔。还有西班牙人的利己主义呢?还有意大利人的犬儒主义呢?真是三个伟大的种族。我的上帝,这是怎样的结合体啊!唯一能把我们救出苦海的就是一场健康有益的战争,也就是五十年前的那一场。"

"我觉得您很悲观。"

"没错。"

"那您为什么要坚持斗争下去呢?就为了继续留在这里吗?"

"我也不知道。"

他仔细地打量她。

"你属于某个庇隆主义组织吗?"

她犹豫了。

"我是说某个信奉马克思主义的庇隆主义组织。"

"是,不对,不是……我也搞不清楚,我有一些朋友……您以后会知道的……"

"但你是马克思主义者。"

"是的。"

"听着,我从初学者时期到现在都一直认为马克思是影响了当代思想的哲学家之一,不过后来我对他的理论就不再那么赞同了……你还记得马克思面对希腊悲剧的惊讶和困惑吗?"

"不记得。"

"他开始思考,为什么尽管这些古希腊诗人生存的社会结构早已消失,但他们依然能够继续感动我们。虽然不情愿,但他还是不得不承认艺术中也存在'元史学'价值。你研究哲学吗?"

"不,我是学文学的。"她坦白说,好像觉得这是一件滑稽的事情。

"我倒觉得你对这些更感兴趣。"

"我也这么觉得,我读的哲学方面的书比文学更多,不过整体来说读得很少也很浅。"

"不用担心,我也研究得不透彻。我无非是一个小作者,在这三十年来一直不断地思考关于人的问题,关于人类危机的问题。我掌握的那一点点哲学知识是通过我个人在科学、超现实主义、革命中的探索所获取的,那不是在图书馆学习的结果,而是颠簸流离的生活教会我的。我在哲学、文学、一切知识上都有巨大的漏洞,该怎么跟你解释呢?"

他在思考。

"就好比我是一个在丛林中寻宝的探险家,要达到这个目的,我必须穿越险峻的山峦、湍急的河流、荒芜的沙漠。我迷路过很多次,不知道该往哪边走,全凭着生命的本能救了我。嗯,这条路线我知道,是因为我走过,而不是从地理书上了解的。但在这条路线之外还有无穷无尽的东西是我不知道也不感兴趣的,我只能去学习那些我极度热衷的东西,也就是跟我要寻找的宝藏相关的东西。"

西尔维亚的脖子好像比平常前伸得更厉害了,她认真地看着萨瓦托。

"我懂。"她简短地说。

萨瓦托温柔地看着她。

"太好了,"他说,"你已经从文学的思维中跳出来了。不过对你这样的人,文学是不会有害处的。"

他站起身。

"来吧,我们再走走。"

他一边走一边跟她解释:

"几乎从我刚涉足物理学我就同时开始接触马克思主义了,因此我得以亲历了我们这个时代最为动荡的两种体验。1951年,我出版了《人与齿轮》,我把它称作这两种体验的平衡点。为此,我差点被世人钉死在十字架上。"

他的笑声透着痛苦。

"你注意到了吗?我把他们对科学的这种失去理智的狂热跟宗教类比,这是一种技术崇拜。那些启蒙思想的继承者指控我是反动分子,因为我攻击了科学。要证明自己是社会正义的拥护者,你就必须在一块伏特电池前下跪起誓。"

他弯腰捡起一块石子扔进水池里,过了一会又继续说道:

"在马尔库塞以及北美和巴黎学生的造反运动之后情况要好多了,不过当时的我只是南美一个可怜的小作家。"

他的语气很苦涩。

"但是科技狂热是因为机器的滥用,"西尔维亚说,"而机器是不道德的，它不受伦理的制约。这就好比一把步枪，它既可以朝这一头开枪，也可以朝那一头开枪。在以人为本的社会里绝不会发生科技狂热的现象。"

"到目前为止还没有哪个社会能做到你所说的，那些伟大的集体主义国家里的自动化情况与美国不相上下。"

"这可能只是暂时的，再说了，要解决人口迅速增长的问题怎么可能不大量生产粮食和物资呢？大规模生产就需要科学和技术。如今世界上四分之三的人口都食不果腹，怎么能拒绝技术呢？"

"贫穷和不公都应被消除，但是我想说的是，不应从欠发达的灾难转变为超级发达的灾难，不应从贫困社会转变为消费社会。你看看美国的年轻人，他们正被比贫穷更可怕的东西所奴役。我说不上来到底饥饿更好还是毒品更好。"

"可是您有什么建议吗？"

"我也不知道。我所知道的是，我们必须意识到这个巨大的问题。既然我们正处于发展之中，就不要愚蠢到重蹈过度发展的灾难。"

"如果穷国不发展，奴隶制就会继续存在。在玻利维亚的矿区呼吁抵制物质利益，这算不算一种精致利己主义？"

"我从来不赞同剥削，你是知道的。尽管我的话放在现在很不中听，但我一直坚持的观点是，不值得用血淋淋的革命换来一屋子没用的玩意儿和一群被电视弄傻的孩子。如果我们光凭结局来评判的话，有一些穷得要命的国家却比美国更好，比如越南。它靠什么打败了世界上技术最发达的国家呢？靠信念、爱国、牺牲精神、道德价值观。"

"说得没错,但您还没告诉我用什么方法给成倍增长的人口提供食物呢(我说的可不是什么没用的玩意儿)。"

"我也不知道,也许应该平衡一下世界人口吧。不过我很清楚我不想要什么:我不想要超级资本主义,也不想要超级社会主义,不想要满是机器人的超级大国。在以色列的时候,有人满脸鄙视地跟我讲,有个基布兹①里造的鞋比特拉维夫②的还贵三四倍。可是谁说基布兹的任务是制造便宜的鞋子呢?它的任务应该是培育人类。你戴表了吗?"

西尔维亚的眼睛都快贴到表盘上了:七点十分。

他们站在一座老别墅的天台上,萨瓦托靠在栏杆上,告诉西尔维亚以前河水一直通到下面,现在却变成了飞驰的汽车。凋零衰老的公园,他自言自语地念叨着。

什么?

没什么,在思考问题。

"工业革命,"他终于开口,"进步的伟大神话。他们手捧《圣经》(要犯下卑劣行径总得准备一些体面的理由),伴着鲜血与火焰冲进古老的非洲和波利尼西亚社区,把一切夷为平地,摧毁完整的文化。为了什么?为了用曼彻斯特粗制滥造的物件来填补空白,为了残忍地剥削当地人。在比属刚果③,老百姓如果偷了一点儿小东西就会被砍断双手,而那些偷走了整个国家的强盗却逍遥法外。他

---

① 以色列的一种集体社区,过去主要从事农业生产,现在也从事工业和高科技产业。
② 以色列第二大城市。
③ 比利时殖民统治时期(1908—1960)对刚果的称呼。

们不光奴役当地人,还销毁了人们古老的神话、与宇宙共处的和谐、淳朴的幸福。科技的野蛮,欧洲的傲慢。如今我们要为这巨大的罪行付出代价,伦敦和纽约那些沉迷毒品的青年就正在赎罪。"

"您该不会是在对从前的麻风病、痢疾和营养不良致以浪漫的怀念吧?"

萨瓦托亲昵而嘲讽地看着她。

"我们别再继续这个话题了,西尔维亚,我想聊聊别的,在会上被搁置一旁的内容:某些社会政治事件确实印证了马克思主义,但另一些事件却与它格格不入。"

格格不入?西尔维亚那颗撒拉逊人的头颅往前探了探。

"当然了:艺术、梦境、神话、宗教精神。"

她羞怯地(公园里这个西尔维亚和会上那个大胆的、刻薄的、耀眼的西尔维亚之间有一种奇怪的强烈反差)争辩说马克思的无神论更侧重于政治层面而非神学层面,他的目的不是要上帝死去而是要消灭资产阶级,他曾批判说宗教是革命的障碍。

萨瓦托带着一丝质疑望着她。

怎么,您不同意?

"我们已经知道教会是支持剥削的,所以我刚刚跟你提到了殖民非洲时的《圣经》,但是我现在想说的是宗教精神,而不是教会的政治态度。马克思是真的无神论者,他跟所有唯科学主义者一样,相信宗教是一场彻彻底底的骗局。"

他自顾自笑了起来。

"电视机就是现代人的鸦片,这是真正的至理名言。你别生气,我是仰慕马克思的,他和克尔凯郭尔一起恢复了个人的权利,但是我现在想说的是他对科学的信仰已经把我们引向了类似另一种宗教狂热的状态,这你是知道的。我就是从那时起对他的理论敬而远之的,对其他著名的新马克思主义者我也是如此,例如科西克①,他们本质上都是唯理主义者。"

"但是辩证的理性和从前的简单理性不可同一而论。"

"不管辩证与否,可理性依然是抽象的,但他们却指望去揭示和解释一切。当然,我说的不是那些通过资产的原始积累去'诠释'莎士比亚的人,那些人完全就是一个笑话。"

他坐下来想了想,又继续说道:

"你想想神话故事的遭遇吧,那些百科全书式的学者都嘲笑它是纯粹的谎言、骗局。顺便友情提示你联想一下这两个词有多么相似:揭穿骗局(desmistificación)和戳破神话(desmitificación),信仰科学的人们简直要为这一点笑破肚皮了。你对这类人不如我了解,毕竟我曾经在诺贝尔奖得主身边工作过,也在大型的实验室里待过,但有一个个例让我为之难过,你听说过莱维(Lévy)-布吕尔②吗?"

"没有,我只听过李维(Lévi)-史陀。他们是亲戚吗?"

"不是,我说的这位名字是以 y 结尾的,可不是 i。他想要证明原始思维是如何发展到科学意识的,可你知道这可怜的家伙后来怎么样了吗?他到老了都还在试图证明自己的理论,结果最后却只能老老实实认输了,承认著名的'原始'思维并非人类的低级阶段,

---

① 卡列尔·科西克(1926—2003),捷克"新马克思主义"哲学家、文学评论家。
② 吕西安·莱维-布吕尔(1857—1939),法国社会学家、哲学家、民族学家。

两种思维方式在现代人大脑里是共存的。可怕吗？他观察到这种'正面的'（我一听到这个形容词就忍不住想笑）思维给西方人注入了一种想法，使他们认为科学的文化比波利尼西亚人的文化更高级。你怎么看？当然了，他们还认为科学比艺术更高级。你知道吗，我宣布从物理学界退出时胡赛教授就和我断绝了往来。"

"我不知道。"

"这些有文化的学者认为，人类越远离诗性神话就越进步。1820年，托马斯·洛夫·皮科克①曾一本正经地说过如下蠢话：我们这个时代的诗人就是文明社会的野蛮人。你怎么看？"

西尔维亚陷入思考之中。

"可怜的莱维-布吕尔的刻苦钻研恰恰证明了这种说法有多荒诞和自以为是，错得有多么离谱。不管怎么说，在这种思想的推动下，神话在艺术中找到了避难所。尽管这对神话来说是一种亵渎，但同时也恢复了它的声誉。这证明了如下两点：首先，神话是打不败的，它是人类深层次的需求；其次，艺术帮我们脱离了科学狂热，也脱离了对奇幻思想和逻辑思想生硬的隔离。人就是一切。小说也许是最能展现人类的活动，因为它的两只脚分跨了两个领域。"

他弯下腰，用几块小石子摆了一个R。

"前段时间一位德国评论家问我，为什么我们拉美有伟大的小说家却没有伟大的哲学家。我回答他说因为我们是野蛮人，就像俄国人、斯堪的纳维亚人、西班牙人和所有边缘民族一样，我们有幸

---

① 托马斯·洛夫·皮科克（1785—1866），英国作家。

逃出了唯理主义的大分裂。我告诉他，如果他想了解我们的weltanschauung①，就请到我们的小说中去找，而不是去我们的思想里找。"

他把小石子排列成一个正方形。

"当然，我指的是完整的小说，不是简单的故事。从欧洲传来一种说法，认为小说里不需要有思想。上帝啊，这些客观主义者！人作为所有虚构文学的中心（没有给桌子或腹足动物写的小说），要谈论其客观性是愚蠢的。埃兹拉·庞德②说，我们既不能忽视但丁的哲学和神学思想，也不能忽略体现他这些思想的小说段落和诗句；不光要考虑到其中世俗的思想，还有那些最纯净的柏拉图式思想。这些作品中的主人公难道不是人类吗？如果我们要以柏拉图为主角来写一部小说，就必须得剔除他的一大部分精神。当今的小说，如非有特别突出的表达方式，都应该力图全方位地去书写人，从他的胡言乱语到他的严密逻辑。哪位立法者敢禁止？谁有严格的条例来规定如何写小说？没有比小说更能融会一切的东西了，实际上我们真应该发明一种艺术，它能将纯净的观点与舞蹈相结合、将痛苦的哀号与几何相统一；它孕育自深奥神圣之处，是与最高尚的思想相关联的一种仪式，是伴着祖鲁战士之舞的一段哲理性发言，是康德与希罗尼穆斯·博斯③、毕加索与爱因斯坦、里尔克与成吉思汗的结合体。既然我们还无法拥有如此囊括一切的表达方式，那不如就好好捍卫创作小说的权利吧。"

---

① 德语，意为"世界观"。
② 埃兹拉·庞德（1885—1972），美国诗人、文学评论家。
③ 希罗尼穆斯·博斯（1450—1516），荷兰画家。

他重新用小石子组合成了字母 R。

"只有在艺术中现实才能被揭露出来,我说的是全部现实。他们说对艺术的神化是保守的、过时的、18 世纪的、浪漫主义的,当然如此。天才的维科①早已看清多年之后其他思想家依然无法明白的道理,他率先开启了后来的荣格、莱维-布吕尔和弗洛伊德(有点矛盾的是后两位是拥护科学主义的)所研究的方向。德国浪漫主义的思想因现行的自负文化而被遗忘和轻视,因此要让它重焕生机。叔本华曾说过,有时保守就是进步,进步就是保守。如今,进步就体现在重新恢复这古老的观点。继维科之后,德国浪漫主义哲学家是最早看清真相的一群人,他们也十分了解结构的概念,然而信奉科学的人却将其撇在一边。你看。"

他拿起一块小石子给她看。

"科学的思维方式是这样运作的:这块石头的学名是长石,它由分子构成,分子又由这样那样的原子组成。从复杂到简单,从整体到部分。分析、分解。就是这样。"

西尔维亚看着他。

"我想说的不是技术进步。当然,涉及石头或原子时,技术进步是能派上用场的。我想说的是用同样的方式去分析人类会造成什么样的灾难。人不是石头,不能被分解为肝脏、眼睛、胰腺、掌骨。他是一个整体,一种结构。在人身上,抛开整体谈部分没有意义,每个器官和其他器官之间都相互影响,例如你的肝脏出了问题

---

① 乔瓦尼·巴蒂斯塔·维科(1668—1744),意大利哲学家、语言学家、美学家、历史学家。

眼睛就会变黄。怎么可以有只研究眼睛的专家呢？科学把一切都分割开来了，而最糟糕的是，它把身体和灵魂分离了。从前，只要你没发炎没断腿，你就不算生病，就是在 malade imaginaire①。"

他把石子放回原位。

他起身倚靠在栏杆上。

"下面那个世界就是我们所拥有的科学的产物，很快人们就会住进玻璃笼子里。上帝啊，怎么有人会有这样的理想呢？"

西尔维亚在思考。他坐了下来。

"神话跟艺术一样，是一种语言，且不能转变为其他语言。它能表现某类现实，而且其表现形式只能与现实自我表现的方式相同。我给你举一个简单的例子来说明：假设你刚刚听完贝拉·巴托克的四重奏，一走出音乐厅就有人上来请你给他'解释'这场演出。当然了，不会有人真的蠢到提这样的要求，不过人们却会对神话或文学作品这么做，每时每刻都有人会来要求我解释《关于瞎子的报告》。这和梦境也一样，人们希望得到噩梦的解释，但梦境表现的是一种现实，而且其表现形式只能与现实自我表现的方式相同。"

他陷入思考。

"很奇怪，"他开口说，"像科西克这样的人肯相信艺术能揭示现实，却不愿承认神话也有同样的作用，谈到神话时他大致说过这样的话：多亏了辩证的理性，我们才得以从简单的观点发展到科学、从神话发展到事实。你看见了吧？神话变成了一种谎言、一种

---

① 法语，意为"无病呻吟"，源自莫里哀的喜剧《无病呻吟》。

骗局,从魔幻思维到理性思维是'进步'的表现。天才的弗洛伊德也是如此。顺便提一句,我一直对弗洛伊德的二重性很感兴趣。他是一位两面派的天才:一方面,他对无意识和黑暗的直觉让他近似一位浪漫主义者;另一方面,他的实践经验却让他变成了阿朗比德医生那样的人。"

"阿朗比德?"

"没事,你就当我是在自言自语。"

他又陷入了思考,然后再次开口道:

"它是黑暗中的光明,但是多说无益,他们已经在自己的观点中陷得太深了,他们总是相信神话故事是可以解读的,如果其中出现了奇幻的形象和象征,那就需要'揭下面具'。科西克真的很奇怪……你读他的书时会觉得他是一个了不起的作家,可是……他宣称艺术是戳穿谎言的、是革命的,因为它从虚假的思想导向了现实,但他却无法理解神话。我做个类比:做梦也是一种纯粹的事实,它怎么可能撒谎呢?艺术同样如此,如果它足够深刻的话。法律条例有可能是谎言,它可以是特权阶级为了让自己的统治合法化而使用的工具,但《堂吉诃德》怎么可能是场骗局呢?"

过了许久,西尔维亚迟疑地开口:

"我同意你的说法,但我相信马克思主义中还是有一部分真理的,比如认为艺术不是在虚无中产生,而是产生于某种社会之中。也就是说,艺术和社会是有一定联系的,有同源性。"

"当然了,艺术和社会之间有一定联系,就像噩梦和白天的生活之间有一定联系一样。但我们要特别小心'一定'这个词,要用放大镜仔细查看,因为所有的错误都来源于此。他们会告诉你,因为普鲁斯特是出生上流社会的孩子,所以他的文学就是不公正社会的一种腐朽表现。明白了吗?有联系,但不一定是直接联系,可以是反向的、敌对的;可能是反对,而不是反映,他们口中著名的反映。艺术是一种创造性的行为,人用它丰富了现实。马克思本人也认为人是由人创造的,这与著名的反映理论截然相反,就好比一脚踢到一面镜子上一样。而在这一点上,我们必须向黑格尔和他的'人的自我创造'理论脱帽致敬,自我创造的人通过主观精神能做到的一切来创造自我:从一辆火车头到一首诗。走,去喝杯咖啡吧。"

他们走向巴西街和德芬萨街的街口。

"在那场荒谬的会议上,我既没法平静,也没法保持耐心,更不想去解释这一切。再说了,我根本没有必要跟阿劳霍这种喜欢卖弄学问的人解释什么,毕竟他所掌握的那点马克思主义的知识是二十七分钟前刚从某本小册子上学来的。这些革命小将们从任何来自特权阶层的艺术作品中都只能看到面具下的阶级利益,他们这样哗众取宠会造成很大的问题,因为之后会有人借着批驳他们而去反对马克思。马克思推崇拥护君主制的巴尔扎克,却讥笑一位叫作瓦莱斯①的共产党员并且十分鄙夷后者的一部作品,我记得好像是叫作《起义者》,于是这部无产阶级之作在俄罗斯也遭到了抵制。在这类作品和在红灯区买醉的特权阶级文学之间,毫无疑问,能笑到最后的总是上流社会的孩子。"

他们再次经过铜狮雕塑。

---

① 儒勒·瓦莱斯(1832—1885),法国作家。

"那是因为艺术创作来自于人的整体，听清楚了吗？整体。它不仅来自于有意识的部分和错误的思想（所有的思想几乎都有错，连亚里士多德都会犯错），也来自于不为经济关系所改变的区域。今天依然有许多俄狄浦斯，就跟索福克勒斯的时代一样，尽管这些俄狄浦斯与古希腊的经济毫无关联，这实际上关系到生、死、有限性、痛苦与希望。人的极限，从人成为人开始就存在了。这也是为什么古希腊悲剧继续感动着我们，即使它们所依附的社会结构早已不复存在。"

走到咖啡馆时萨瓦托发现时间已经过了8点，他告诉她自己得走了，或许改天再聊。

哪天？

不知道。

她可以给他写信吗？

可以。

他会回信吗？

会。

布鲁诺的经历

一种灵魂的不朽,而非真正的不朽,布鲁诺想。尽管只是一些回忆片段,但只要马丁还活着,亚历杭德拉就会永远留在他心中,就像藏在灰烬中的火种一般炽热。只要他布鲁诺本人,或许还有马科斯·莫利纳,甚至还有博德纳韦等人(宽宏大量的或是阴险狡诈的、疏远的或是亲近的),只要这些曾以美好或丑恶的方式进入过她灵魂的人还在,那她就是不朽的。可是,又能怎样呢?伴着时光的脚步,她的影子会渐渐淡去,变得越来越模糊、越来越遥远,就像我们年轻时旅游过的国度后来被风暴、灾难、战争、死亡、失望所摧毁。随着那些曾跟亚历杭德拉有过交集的人(他们和她曾共享过秘密的情感,也许对她产生过爱意或邪念)慢慢消失,对她的回忆也会大片大片地消退,她的灵魂会渐渐缩小,会随着幸存者年岁的增长而老去,会随着他们的离世而逐渐死去,然后走向最终的死亡。最终死亡的不是那具曾暴露在颤抖的马丁眼前的胴体,而是那个仍残留在马丁和布鲁诺记忆中的灵魂。所以说这并不是真正的不朽,而是一种延后的死亡,而且在所有能反射或折射出亚历杭德拉灵魂的人心中都会经历这样的死亡。当他们(马丁和布鲁诺、马科斯·莫利纳、博德纳韦，还有那个曾使马丁作呕的莫利纳里[1]）以及他们的亲友死去后，对这记忆的最后一丝回忆将永远消失，包括与这记忆有关的一切也将消失。

"什么？什么？"布鲁诺问。马丁告诉他，凌晨时感觉到有人在剧烈摇晃他的肩膀，然后像做梦一般，睁开眼就看见亚历杭德拉在他上方，他本来已经不指望能见到她了。她用阴郁而性感的嗓音说：

"没事，我就是想来看看你。或者应该说，我必须来见你。穿上衣服，我不想待在这儿。"

在等马丁穿衣时她点燃了一支烟，然后去冲咖啡，她的手一直在抖。疑惑不解的马丁一边穿衣服一边盯着她看个不停：她穿着一件皮制大衣，感觉像是从某场派对上过来的，但她没有化妆，眼窝深陷，很憔悴。她的穿着打扮很随便，就像是急匆匆从火灾或地震现场跑出来的逃生者。他靠过去想轻抚她，她却大喊着让他不要碰她。他愣住了，她眼中那种粗野的光芒他太熟悉了，她每次像紧绷的弹簧一样紧张时就会出现那样的神情。她马上向他道歉，手中的马克杯掉到了地上。

"看到了吧？"她说，似乎这就是一种解释。

她的双手仍在不停颤抖，像是发高烧的症状。马丁去洗漱，但主要是为了整理一下思路。他回到房间时咖啡已经泡好了，亚历杭德拉心事重重地坐在那里。马丁知道最好什么也别问，于是两人就静静地喝着咖啡。后来她问他要了一片阿司匹林，按往常的习惯，

---

[1] 本段中出现的人名皆为萨瓦托小说《英雄与坟墓》中的人物。

不喝水嚼碎吞了下去,随后继续喝她的咖啡。过了一会儿她站起身,好像重又变得不安起来,说要出去。

"我们去河边走走吧。或者最好去桥上待会儿。"她说。

一个水手回头看她,马丁痛苦地想,他一定是把亚历杭德拉当成妓女了,因为她的穿着和长相,因为她凌晨还在街上游荡。

"你别操那么多心了,"她似乎猜到了他心里的想法,用喑哑的嗓音说,"反正也轮不上他。"

他们走到桥中间,用胳膊肘撑在栏杆上,望着河口,就像从前那样(布鲁诺想)。马丁此刻觉得那些最最幸福的时光已经恍如隔世了,模糊得像一场梦。8月的夜晚寒气入骨,天空阴云密布,东南风推着河水拍打河岸。亚历杭德拉却在寒风中敞开大衣,好像故意想让自己被冻僵。她大口大口地深呼吸,最后终于系上扣子,抓紧马丁的胳膊,望着桥下说道:

"这一切都让我觉得舒服,跟你在一起,在这样的一个街区里,这里的居民都做着简单、安全、必不可少的工作,一颗螺丝刀、一个轮胎,让我突然也想变成男人,成为他们中的一员,拥有这样渺小的命运。"

她思索着用手里剩下的烟头又点燃了一支烟。

"我们小时候会做一些精神的静修练习。"

马丁不解地望着她,她笑了,笑声干涩、略显阴森。

"你没听说过拉布鲁神父吗?他所描绘的地狱以前可把我们吓得不轻。永恒的惩罚。一个跟地球一样大的球体,一滴水不断滴下,磨损着球体,等到水滴石穿时又会长出一个新的球体。然后又一个、又一个,女孩们,几百万个巨型的球体,无数的球体。想象一下吧,女孩们,人们就在这球体中被地狱之火炙烤着。今天想来我觉得他太天真了,地狱其实就在这里。"

她又沉默了,贪婪地吸着烟。

远处的河里,一艘船鸣响了汽笛。

当时说要一起离开布宜诺斯艾利斯已经是多久远的事了啊!

马丁回想起那天亚历杭德拉没提旅行的事,却聊到死亡。

"我想得癌症死去,"她说,"而且死前要受尽病痛折磨,要得那种能折磨人一年、皮肤会一点点溃烂的癌症。"

她又用那种干涩的笑声笑了起来,然后沉默了好一会儿,最后终于开口说"走吧"。

他们一言不发地走向河湾处。走到澳大利亚街时她停住脚,用力将马丁扳向自己。她望着他,问他是否爱她,那眼神就像人们发高烧到神志模糊时的眼神。

"你的问题很蠢。"马丁忧伤地回答。

"好,你听清楚我要说的话。你不该爱我,而我更不该要求你爱我,但我需要它,你明白吗?我需要你爱我。虽然我永远不会再见你,但我需要知道在这座肮脏的城市里,在这座地狱的某处,有你,有你在爱我。"

仿佛是从一块灼热的岩石干燥的裂缝里突然渗出的水珠,大颗的眼泪从她眼里流出,顺着那张坚毅瘦削的脸庞往下流。

那天的亚历杭德拉和两年前马丁在布宜诺斯艾利斯某个公园里初识的那个亚历杭德拉之间,隔着一道深深的、跨越了几百个可怕世纪的鸿沟。

突然,她头也不回,几乎是小跑着沿着澳大利亚街往她家的方向离去。

布鲁诺感受到马丁正用惯有的问询的目光看着自己,就好像他身上藏着解开这份加密文件的密码,而这份文件的内容就是马丁与亚历杭德拉之间的关系。但布鲁诺没有回答这无声的质问,反而开始思考马丁的这次回归,在十五年之后重游故地,让那些顽固的回忆再次复苏。十八岁时,他被青春期的孤独推动着走遍了莱萨玛公园的一条条小径,如今三十三岁的他又走在同样的小径上,但心里的包袱却并没有卸下,这从他不断开开合合那把白色小刀就能看出来,因为他曾无数次在亚历杭德拉和布鲁诺面前这样做过。他眼睛盯着小刀但却并没在看它,嘴里结结巴巴吐出爱慕或绝望的词句。老旧简陋的石子路被铺上了沥青,雕像被搬走了(只有克瑞斯雕像奇迹般地被保留了下来,魔法故事就是在它面前开始的),木头长椅被换掉了。阿根廷人总是愚蠢地倾向于把渺小的过去留下的印记通通抹去,但过去之所以打动人恰恰在于它的渺小,布鲁诺心想。不,这已经不是马丁青年时期的那个莱萨玛公园了。他肯定忧伤地坐在冰冷的水泥长椅上,从远处望着那座雕像,1953年那个傍晚,它曾见证过亚历杭德拉无声地呐喊。不,他没这样说,当然没有,羞怯的他不会去谈论诸如时光和死亡这样重要的事情。但是布鲁诺能猜到,因为这男孩(男人?)就像他自己的过去,他可以通过马丁那些无关紧要的话语(比如,他妈的、真可惜、那些水泥长椅、那些沥青小道、我不知道、我以为)还有他说话时开合小刀的方式知晓他内心最深处的想法。于是,通过这些琐碎的事情,布鲁诺重构了马丁的真实感受,想象着他在那个傍晚凝视着克瑞斯的雕像,直至夜晚再次降临在那些孤独地思考着自己命运的人身上,也降临在那些想要施加隐藏的暴力或是接受爱情魔力的恋人身上。或许（肯定），他又听到了远处船只震耳欲聋的汽笛声，就像他们初次相逢那个不真实的时空里所响起的汽笛声。或许（肯定），他模糊的双眼在黑暗中荒唐而痛苦地寻找她的身影。

萨瓦托的经历

1

基克："萨瓦托这家伙，把我写进他的小说里却不付钱给我，你们替我转告他，他别写什么关于盲人的文章了，干脆写一篇《关于鸽子的报道》。你们见过比鸽子更脏更讨厌的动物吗？居然还有那么多人专门去五月广场给鸽子喂种子和面包屑。可怜的小鸽子，小小和平鸽，毕加索这个聪明的共产党百万富翁。有个周日，他看周围没人，就用棍子去打那些鸽子，让它们没法再烦他。"

"基克，帮我想一个词：一种化学元素，赖以生存的，六个字母组成。"

"对不起，玛鲁哈，我连铁和铜都分不清。这就是我妈的杰出教育成果，我小时候她根本不许我出门。我再给你举个例子：我小时候从来没见过活着的牛，加上我妈总是告诫我不能杀害动物，所以我一直不知道牛排从何而来，但我又很有 esprit de recherche①，你们知道我当时是怎么想的吗？"

没人知道基克当时是怎么想的。

他以为牛排是米兰女工做出来的。

所以当他看见或者听说（永远不乏这种不怀好意的好事之人）牛排是人们用刀从牛身上剔除下来的时候，整个人遭到了毁灭性的打击。

"后来，我必须去上学了，但情况也并没有好转，因为我们当时接受的教育不外乎告诉我们胃长得就像加利西亚②风笛。这种绝妙的比喻可能对蓬特韦德拉③的猛禽适用，但对我们这些没去加利西亚朝过圣的阿根廷小孩来说毫无用处。而且我们的父亲既不是门房也不是咖啡馆服务员，肯定只有这两类特权阶级才会批准人体解剖。"

"你简直跟萨瓦托小说里所写的一模一样。"

"又来了，又来了！自从那家伙把我写进小说里之后，所有人都拿他丑化我的那些描述来烦我，简直是太无礼了，法律就应该禁止他这种人的存在。他该感谢老天爷，我醉心于记者行业没时间去搞文学，否则的话你们看看我会怎样丑化他。其实根本不用丑化，我只需要据实描写就行，他简直就是个笑话。"

这时萨瓦托走了进来，基克对他说：

---

① 法语，意为"研究精神"。
② 西班牙一自治区名，首府为圣地亚哥-德孔波斯特拉，是著名的朝圣地。
③ 西班牙加利西亚自治区所辖省份名。

"我听到大家都在大力称赞您在电视上的发言，mon cher①。"

萨瓦托怀疑地看着他，含糊地回答了一句"说说看"。

"遵命，先生！你们能想象吗？他把博尔赫斯和西尔维娜②组合到了一起：博尔赫斯的脑袋和西尔维娜的身体。我敢保证，这只是一个 ballon d'essai③，是为将来那些更大胆的尝试做准备。如果他愿意的话，他完全可以把玛耶阿④的脸、马努乔⑤的独目镜、米特雷⑥（愿他安息）肥胖的身子合成到一起呢。"

萨瓦托没理会他。

基克右手平举至头侧，像在行纳粹礼，强忍着不发火。愿上帝别让他冲动，愿上帝保护好他的心肝脾肺肾，愿他这个杰出的医生、享誉国际的花花公子能置身事外，在罗马某个小酒馆里纵情歌舞，在科西嘉岛⑦某处海滩上享受日光。

可他究竟读过《英雄与坟墓》没有？

"了不起的小说。"他郑重地回复。

但是到底读过还是没读过？

这是什么问题啊，stronzo⑧！而且起个这样的书名真是太好太重要了，光看标题就知道这是一本很有深度的书。《英雄与坟墓》！

---

① 法语，意为"我亲爱的"。
② 西尔维娜·布丽奇（1915—1990），阿根廷小说家、翻译家、记者、电影编剧。
③ 法语，意为"试验气球"。
④ 爱德华多·玛耶阿（1903—1982），阿根廷作家、外交家。
⑤ 原名曼努埃尔·穆希卡（1910—1984），阿根廷作家、艺术批评家。
⑥ 巴托洛梅·米特雷（1821—1906），阿根廷总统、军人、史学家。
⑦ 位于地中海，是法国最大的岛屿。
⑧ 意大利语，意为"混蛋"。

那些乡巴佬一看题目就会被吓跑,开什么玩笑。太好了,简直太好了,就应该这样,从第一句话起就让他们知道厉害。

"有人说《卡拉马佐夫兄弟》好,知识分子们顶礼膜拜它,但如果我们这儿有谁给书起个标题叫《佩雷斯·加西亚兄弟》,大家只会觉得这是某部电视剧的名字,谁会相信叫这名字的书能有什么哲学深度呢?就得起个响当当的题目。非常好。"他转身对萨瓦托说,"就该这样一针见血。如果有人说您这个标题太过浮夸,根本不用理会他们。不对,先生,它不浮夸!或者不如说,是的先生,它很浮夸!不要惧怕浮夸,只有那些资质平庸的人才会害怕它。怎么了,难道人不会死吗?那为什么不能提到坟墓呢?还有,英雄怎么了?难不成历史上没有英雄吗?只有碌碌无为、心怀嫉妒的人才会做出这类评价。同样道理,《贫民窟也是美洲》① 这书名也很好,尤其它的主题还是庇隆主义。可是《奥多涅斯夫人》② 这种标题怎么行得通呢?玛尔塔完全错了,因为我们骨子里就崇洋媚外。如果一家眼镜店起个德语名字叫'奥托·赫斯',那它生意一定兴隆;可如果它叫个西语名字'科塞洛和凡迪尼奥',那它只配当一家开在独立街和利马街拐角的小杂货店。玛尔塔居住的地方也错了,人们怎么可能相信一位住在比森特·洛佩斯③的作者呢?伟大的布宜诺斯艾利斯思想家佩佩·阿里亚斯④曾在麦波剧院一场演出上说过,谁要是住在他家隔壁谁就能成为艺术家。我们的艺术家们都该

---

① 阿根廷作家贝尔纳多·韦比茨基(1907—1979)创作的小说。
② 阿根廷作家玛尔塔·林奇(1925—1985)创作的小说。
③ 阿根廷布宜诺斯艾利斯省一城市名。
④ 佩佩·阿里亚斯(1900—1967),阿根廷演员。

接受这样的哲理,起码得搬去布拉格住,千万不能像个傻子一样说自己住在库查库查街。就连下层人民都更喜欢'Made in England①'的东西:比如瓦雷拉把自己的家叫作'瓦雷拉 House',当然这跟把库查库查街叫作'库查库查 Street'一样蠢。虽然我很鄙视这样的行为,但我还是得坦白,如果配眼镜的话,我宁愿相信'奥托·赫斯'而非'卢茨·费兰多'。卢茨这个德语名不错,但费兰多这个加利西亚名就太糟糕了。毕竟,"他把手放在心脏的位置说,"谁会信任一位加利西亚的验光师呢?"

萨瓦托起身要走。"我得跟你谈谈。"他冷冷地对贝娃说。

他走出门,贝娃跟在他后面,拽住他的胳膊。别那么严肃,太扫兴了。

"不是我想这么严肃!"他吼道。他俩此时待在另一个房间里。"是关于马塞洛,我已经跟你说过了。"

"你什么时候跟我说了?"

"我刚到的时候,但有那个哗众取宠的小丑在,你一个字也没听进去。"

2

呼吸夜里的空气让他觉得好受一些,冰冷的空气中好像有一些纯净的东西:

---

① 英语,意为"英国制造"。

现在更冷了

天上有许多星星

我们随波逐流。

我请求各位（如果有人会翻开这篇书稿的话）

念出我们的名字

我会告诉你们，我们所学到的一切。

我会告诉你们一切。

他慢慢朝着滨海布洛涅广场走去，然后听到贝娃在身后喊他的名字："该死的，你听我说啊！"

不是的，马塞洛已经离家出走很久了。

不知道，谁也不知道发生了什么事。

很麻烦，因为他从来不跟人讲话，这你是知道的。

她闭上嘴悲伤地看着他，她已经不是其他时刻其他场合那个光彩照人的贝娃了，就连跟不久前的那个她也不一样了。

"我要见他。"

好的，只要他一出现或者打电话回家她就会代为转告。

不知道，她也不知道他现在住在哪里。

她很害怕。

害怕？为什么害怕？

她也不知道，有天有一个人去过马塞洛的房间。

萨瓦托想到了会上的那个男孩：矮矮的、黑黑的、穿得邋里邋遢的？

是，就是他。

贝娃说她有种感觉。

什么感觉？

那男孩是游击队员。

为什么？

只是一种感觉罢了，一些小小的迹象表明的。

但马塞洛不是会加入游击队的人，萨瓦托说，她能想象他举起手枪杀人的画面吗？

不能，当然不能，但他可以做别的事情。

什么？

比如说，帮助有危险的人，为他们寻觅藏身之处这类事情。

基克的言论

1

萨瓦托刚一离开，基克就高举双手，抬头望天，做出答谢的姿势。

"快点，继续给我们讲讲移植的事儿吧。"

"你们这些叽叽喳喳的女孩子对八卦真是好奇得要死，但我可是一个用理论说话的人。那我就给你们举一个很有教育意义的例子吧：年轻的黑人杰弗逊·德拉诺·史密斯死了，他的心脏被移植给了矿工约翰·施瓦泽，那么矿工从此就得使用施瓦泽-史密斯这个姓氏，否则就是破坏了死者的权利。当然了，他在书写第二个姓的时候可以使用小一号的字体，毕竟这个心脏在矿工肥大的身躯里只占有小小的一点位置。Ensuite①，这个做了心脏移植术的半人马兽又接受了南希·亨德森的一个人造肾脏，于是他的姓氏又变成了施瓦泽-史密斯-亨德森。现在他的性别上也起了一点小小变化，所以他在各类文件上填写性别时可以在'男'字的旁边用小二号的字体标注一个'女'字。Puis②，他又被移植了一个猴子的肾脏（他的生物属性也有了微妙变化）。"

"够了基克！"

"Shut up③。还有来自俄亥俄州托莱多市达拉斯街的比萨店老板尼克·米内利先生的一只眼角膜（现在不仅姓氏又有了变化，连同职业和 indirizzo④ 也变了）、来自马萨诸塞州特鲁罗镇的屠夫拉尔夫·卡瓦纳的一段长一米二的肠子（地址和职业上再次有了变动）、来自布鲁克林区的棒球运动员乔·迪·皮特罗的胰腺和脾脏、来自新泽西州戴安纪念医院的前任教授索尔·夏皮罗的脑垂体、来自辛辛那提市可口可乐公司行政官西摩·沙利文·琼斯的掌骨。

"随后，曾经的矿工施瓦泽、现在的约翰·施瓦泽-史密斯公司还移植了，来自俄克拉荷马州布法罗市的杰拉尔丁·丹尼尔森小姐

---

① 法语，意为"后来"。
② 法语，意为"后来"。
③ 英语，意为"闭嘴"。
④ 意大利语，意为"地址"。

的卵巢,其理论依据是加利福尼亚州帕洛阿尔托大学的摩西·戈登伯格教授的découverte①,即:在不移植大脑的前提下,在男性体内植入卵巢(或在女性体内植入睾丸)是在人上了一定年纪(此时的施瓦泽-史密斯公司已达一百七十二岁高龄)之后能使脑部小动脉恢复活力的唯一方法。"

"可是,听我说,基克。"

"别打断我!由于这次移植手术带来的并发症,施瓦泽-史密斯公司的胸部从术后第二年开始发育,而且因为大脑重新焕发活力,他明显变年轻了,还想跟来自俄亥俄州的杜邦先生或者说杜邦公司确定恋爱关系。为此,他最终安装上了来自刚刚死于一场(失败的)肾上腺移植手术的克莉丝汀·米歇尔森小姐的阴道。

"由于浸信会信徒米歇尔森家族的强烈反对,施瓦泽-史密斯公司的身体里又被安装了一个涤纶的器官,这是国际上久负盛名的塑料器官制造公司专门按照杜邦公司的尺寸量身定制的。手术效果十分理想,三周后这两家公司正式结合,真是marriage de raison②的婚姻。婚礼选在伊利诺伊州一个小镇上的基督教科学改革圣殿里举行,仪式风格混合了宗教风和工业风,让人印象深刻。婚礼上,施瓦泽-史密斯公司还获赠了可口可乐伊利诺伊工厂的部分股份,获赠形式是为他植入由该厂已故前总裁——尊敬的D. D. 帕金森先生——提供的胰腺。

"这整件事情是绝对积极正面的,无论是从科学技术发展的角

---

① 法语,意为"轰动性发现"。
② 法语,意为"门当户对"。

度看,还是从美国民主的角度看,因为它使得一个像约翰·施瓦泽这样的无名矿工,由于自身内脏器官足够健康,最终一跃成为一家享誉全球的公司的总裁,并从一具粗糙的男性身体过渡为一家精致的中性公司。如果愿意的话,他可以穿上由鲁迪·莫诺基尼·格恩里奇①亲自设计的小短裙,这一点就连特权阶层的男同胞们都羡慕不已。

"与此同时,有眼光的商人们连忙顺势创建了一系列器官银行,我曾在广告栏看到过如下需求:

> 来自盐湖城的乔·费利西埃罗:求健康的十二指肠。
>
> 来自马萨诸塞州的约书亚·洛特·马歇尔:求两码小肠和一个心室瓣膜。
>
> 全景电影影业有限公司副总裁索尔·夏皮罗:急求肝脏。
>
> 来自阿肯色州的建筑工人托马斯·杰斐逊·史密斯:求黑色鼻子,细长型为佳。
>
> 来自犹他州的私家侦探迈克·马苏:求右侧泪腺。
>
> 来自科罗拉多州的比萨制作师吉恩·洛瓦科诺:求睾丸。

"在供应栏里则写着:

> 来自纽约布鲁克林的爱迪生·温伯格:四十岁,音乐家,死于车祸,内脏状况良好。

---

① 鲁迪·莫诺基尼·格恩里奇(1922—1985),美国服装设计师。

来自加利福尼亚传教会的胡尼佩罗·比列加斯神父：三十七岁，死于心脏病，内脏状况良好。

来自爱荷华州的科尼利厄斯·科格兰：三十二岁，死于卡特彼勒公司的火灾，从火灾中抢救出器官若干。

"还有罗德尼·芒罗：

二十五岁，泥瓦匠，从五楼的脚手架上摔下致死，器官状况极佳。"

2

"还有人体冷冻的事儿呢，基克？"

"我已经讲过了啊，同样的信息还要重复多少次啊，你们这些蠢姑娘？

"第一个决定把自己冷冻起来的百万富翁是打算等到有了治愈癌症的办法再自行解冻，随后事情就不可遏制地发散了，你们都知道是怎么回事。来自康涅狄格州东哈特福德市的南-凯尔维纳特公司董事会主席 H. B. 尼达姆，与来自新泽西州的威严电视公司前总裁威廉·斯贝森先生（罹患肝癌），以及来自洛杉矶的电影公司市场经理山姆·卡普兰（罹患喉癌）合作，立即成立了凯尔维纳特癌症公司。大型的机场被用来存放冰柜，每个冰柜里面都躺着一位百万富翁。他们定期被放入热水蒸锅里解冻苏醒，以便处理自己的紧急事务，等忙完手头的工作之后就立刻被重新送回他们的'极地小狗屋'里。由于这些富豪超级繁忙,务必准时叫醒他们,于是带闹钟的冰柜应运而生,可以设置好闹铃:2月4日唤醒我。后来,俄亥俄州托莱多市的无线电电子公司的一项有趣的发明使得冷冻人与正常人之间的通话成为可能。通过对讲机的信号放大系统,被冻结的百万富翁的低声絮语可以传到他们的秘书和其他董事会成员那里。还有一个衍生出来的服务是富豪们可以选择与女秘书一同进入'冬眠',如果女秘书刚好也患有癌症,那就更好了(一举两得)。前面提到的山姆·卡普兰正是这种情况——他二十七岁的女秘书露西尔·努伦伯格得了肠癌。所以现在经常能看见招聘女秘书的广告:要求熟练掌握德语和西班牙语、患有乳腺癌、外貌出众,薪资优渥。冷冻富豪们每年还会召开年会,第一次年会已经在华盛顿的希尔顿酒店成功召开,大家在会上激烈争论,纵情欢笑。会议由身患脾癌、胰腺癌和胃癌的诺思·佩德森主持,他神采奕奕地出现在电视上,身边是他最喜爱的、身患子宫癌的女秘书(他微笑着这样向大家介绍道)。

"好了,我现在要去履行我作为第四阶级[①]的使命了。"

3

基克的世界观激起了不同反应。

"请别走。"

[①] 西方社会对新闻记者的一种称谓,认为他们是贵族、僧侣、平民之外的第四类群体。

"讲讲对博纳维纳①的报道进行得怎么样了。"

"谈谈对布宜诺斯艾利斯手风琴大师②的纪念活动吧。"

"说说怎样书写《国家报》上的讣告吧。"

"特别是得聊聊洛希亚科莫和那个英国记者的对话。"

"得了吧,姑娘们,别这么尖刻了,那亲爱的可怜虫的英语是在弗洛雷斯塔区一家机构学的。学校招生广告上的老师们嘴里都叼着烟斗,看上去像夏洛克·福尔摩斯一样,结果最后才知道他们的名字叫作帕萨拉夸、拉比诺维奇、甘巴斯托塔③。"

"要看重他的努力!"

"发音带有牛津大学的口音也算不上什么英雄事迹。在人类遭遇全面危机的时刻——这是萨瓦托大师的原话——你们居然能说出这样的蠢话。

"再说了,英式发音是一群没文化的海盗发明的,他们写的是伦敦英语,讲的却是君士坦丁堡英语。而且,我亲爱的姑娘们,一旦有人开始讲英语,立马就会有另一个人站出来咆哮着指责他的发音(不管是来自另一片伯爵领地,还是另一个俱乐部,还是另一栋房子里,甚至是身处同一个房间里的人)。我们离英国这么远,何必对语音斤斤计较呢。在这儿还有好多人把柏拉图的名字念作普罗提诺④,把中子读成中微子呢。N'exagérons donc pas!⑤"

---

① 奥斯卡·博纳维纳(1942—1976),阿根廷拳击运动员。
② 此处指阿尼巴尔·特洛伊罗(1914—1975),阿根廷班多钮手风琴演奏家、作曲家、指挥家。
③ 在阿根廷,犹太姓和意大利姓来自贫穷的移民,被上流社会所鄙视。(原注)
④ 普罗提诺(205—270),罗马帝国哲学家。
⑤ 法语,意为:"别那么夸张!"

"那就聊聊拉美的文学爆炸吧!"

"安静,你们这些激进分子!我看你们简直像是体制内闲得没事干的剥削者。"

"那就聊聊佩雷斯·迪·富尔维奥那小子的小说吧。"

4

基克关于新小说的一些想法:

"自从乡下人也能识字、能阅读西语版的乔伊斯和亨利·米勒①之后,人们就觉得我们的文化有希望了,只需把 la Ville Lumière② 的涂鸦艺术整个照搬复制到布市的厕所里就行了,这从语义学、符号学乃至造型艺术的角度来看都是行得通的。也难怪人们会这么想,毕竟咱们国家主要是由意大利和加利西亚移民组成的,他们懂什么呢?国家多么富饶啊!国内工业发展得多好啊!让那些崇洋媚外只相信外国艺术的人打脸吧!于是,只要手里有张纸有支笔(能读能写就行)或者有台日本造的录音机、来上一段翔实的描写、用上一些固定搭配、讲讲自己的未婚妻在一家小酒馆被人轮奸的过程,一本能创作五十七分钟辉煌的畅销小说就诞生了。一切都只能持续五十七分钟,这遵循定比定律,乡下人阅读乔伊斯的总时长也就刚好是五十七分钟。我得走了,姑娘们,我要去写一篇关于米尔莎·罗格朗③的发型的报道。"

---

① 亨利·米勒(1891—1980),美国作家。
② 法语,意为"光明之城",指巴黎。
③ 米尔莎·罗格朗(1946—1994),阿根廷演员、主持人。

"不行不行不行！讲讲乔伊斯，基克！"

"你们想让我讲什么呢？那家伙就好比是发明了喷气式飞机的人，而在那之后五十年内出现的两百三十六个作家一个不如一个，他们所做的事情就是介绍一下飞机上的烟灰缸和空姐帽的式样演变，而且还大言不惭地吹嘘自己参与了新航空的发展。最让人不爽的是，这烟灰缸明明是1922年的款式，他们却坚称那是最新款。就像另外一些作者每隔十一年（这应该跟太阳黑子的活动周期相关）就会重新发现小写字母的功能一样，他们觉得自己简直就是了不起的天才，居然能写出一篇没有大写字母也没有标点符号的小短文。乔伊斯的这些发育不良的继承人们就像是一匹危险的种马诞下的后代，子辈、侄辈、孙辈之间靠着血缘联系在一起。于是，每周都会冒出一个血友病患者试图去解密语言，一本正经地使用斯特恩①18世纪就不再使用的白页法、玩着阿波利奈尔②早已玩腻的图画诗游戏。还有人出版的文集里大写字母、句号、逗号通通消失了，于是你读到的东西就会变成下面这样：

由于黑格尔说在游泳中学会游泳是辩证法于是毛泽东在吃早饭前横渡长江锻炼身体成为革命中年轻人的榜样你们想象一下删去逗号句号之后会带来怎样的麻烦吧比如说安东尼奥霍塔玛奇把这本书寄给蒂塔结果她在读书时口水从她苍蝇般的小脑

---

① 劳伦斯·斯特恩（1713—1768），英国小说家，他在小说《项狄传》中创造性地使用了黑页、白页、大理石纹页及大量符号。
② 纪尧姆·阿波利奈尔（1880—1918），法国诗人、小说家、剧作家、文艺评论家，其特点是用诗句来构成图画。

袋上滴下来把书给毁了有天我又醒去参加了蒂塔举办的家庭圆桌会议女主人十分活跃说下面有请远道而来的普里切利讲讲他那无与伦比的创作我在那里还见到了爱玛约兰达马斯特安德烈娅自打查理给她的新书作序之后其他人就不待见她包括蒂塔在内但其实我们都知道查理给所有女性都写序甚至给穿上裙子的米格尔罗森塔尔也写了因为有人对米格尔说你只要打扮成女生的样子查理就会给你写一些美好神圣的寄语就像已故的卢克雷西亚说的话一样愿她安息好了现在你们知道了用这种方式写作是多么时髦的一件事何况我还保留了 h① 和重音符号呢。

"我一直是保守派,但如果抛开被误解的民族主义,去巴黎加入新左派当然会简单很多。为什么要去玻利维亚丛林里当游击队员呢?永远不要去!把丛林留给切·格瓦拉这样的傻瓜就行了。

"在这样一个末日审判前的危机时刻——萨瓦托大师也这样认为(坦白讲,他这辈子都活在我的观点之下)——这些移民给出没在克雷斯波区、玛特利区、因苏佩拉布勒区②的躁动不安的阿根廷年轻人树立了良好的榜样。在伟大的布宜诺斯艾利斯,意大利人、加利西亚人、土耳其人、俄罗斯人的子孙生生不息。在任何一个郊区你都能找到他们发明的天才配方:薄皮比萨配马拉美③,起司洋

---

① 西班牙语中的辅音字母 h 不发音。
② 皆为布宜诺斯艾利斯市的平民区。(原注)
③ 斯特芳·马拉美(1842—1898),法国诗人、散文家。

葱比萨配十二音技法音乐①，乔伊斯配胡利安·森特亚②，兰波配拿铁咖啡。从乡巴佬变成专家，有什么难的！你一边为获得法国大使馆的奖学金而劳走奔波（之后你会用这笔钱来抨击法国），一边上着外语视听课，同时你还要准备好你匠心独运的小说草稿，以期将来从国外发表。在本国内，如果有人写作小说用的主语不是'我'而是'您'，那没什么大不了的；但如果在国外这么写的话，你就会名垂青史，墨尔本、罗马、特拉维夫、亚的斯亚贝巴③、新加坡和威斯康星州都会有人撰文来点评这件大事。

"鉴于我一向在公众面前以大公无私的形象示人，那我接下来就给刚刚提到的那些boursiers④指点一二吧，他们有朝一日肯定能用上我的这些秘籍：

1. 写小说时用'我们'替代'我'（这是奖学金生们要做的第一件事）。

2. 用虚拟式替代陈述式：Verbi gratia⑤，一句'侯爵夫人5点钟出去了'肯定会招来保尔·瓦雷里⑥的责骂，可如果换成'但愿侯爵夫人5点钟会出门'立刻就给一个呆头呆脑的句子笼罩上了一层神秘而暧昧的气息。

---

① 现代西方作曲技巧之一，亦称十二音体系，创作技法在于将所有十二个半音按固定顺序组成音列，音列中的每个音不能重复。
② 胡利安·森特亚（1910—1974），阿根廷诗人、探戈音乐词作家。
③ 埃塞俄比亚首都。
④ 法语，意为"奖学金生"。
⑤ 拉丁语，意为"例如"。
⑥ 保尔·瓦雷里（1871—1945），法国诗人。

3. 时态的变化：用过去未完成时替代现在时，或者干脆整部小说都采用将来时，最好是将来时搭配虚拟式。

4. 定制小说：通过读者来信了解单个读者的需求并据此去创作不同章节，例如：来自布拉加多①的温贝托·阿比恰佛戈要求男主人公在这一章中杀死他的母亲，来自科尔多瓦的普里马泰斯塔先生则要他在另一章中为她献上母亲节礼物，来自莫伊塞斯比耶②的贝尔纳多·戈洛迪斯基不要他弑母，却要他一直朗读托洛茨基的著作给她听来折磨她。

5. 小说比赛：让一个作者写的小说和另一个对立作者写的小说之间打一场比赛。变体：西班牙纸牌式小说、扑克式小说，可采用单人或组队形式进行对弈。比赛示例：《罪与罚》的选手与《七个疯子》③的选手展开竞争。注意，本人开创了文学赌博的先河。

6. 回文式小说：可从前往后阅读，亦可从后往前阅读。

7. 按对角线阅读的小说。

8. 跳跃式阅读的小说：每两个（或三个、四个，或质数，或逢七的倍数）字就跳过一个字来读，或是跳过每个不及物动词来阅读。

9. 换词小说：在这类小说中，读者必须在每一次出现'爸爸'这个词的时候将它替换成'电视机'（或'癞蛤蟆'，或'花环'，或'没有'，或'立体音响'，或'天啊'）。更复

---

① 布宜诺斯艾利斯省一城镇名。
② 阿根廷圣菲省一城镇名。
③ 阿根廷作家罗伯特·阿尔特（1900—1942）创作的长篇小说。

杂的变体：用动词来代替名词'爸爸'，这可能会把句子结构搞得一团乱，但这才正是笑点所在，而且也非常能考验读者的语言功底。

10. 彩票小说：与国家彩票绑定销售。头等奖的数字表明了各章节的阅读顺序，按其他小奖的数字阅读则可能会得到不同的小说，不过其质量远不如头等奖的小说。如果只读结尾的话，这部小说就会变成一则短篇故事。

11. 读者建议式小说：在小说最后会留二十七页空白纸张以供读者书写自己喜欢的结局。

12. 伞兵小说：从科林·特利亚多[①]的连载小说中随便选取一本，再让赫胥黎作品中的那些经典人物像伞兵一样降落其中，看看两本书中的角色（吉卜赛女孩和牛津学生之间、马厩男仆和坦塔蒙特太太之间、街头妓女和坦塔蒙特老爷[②]之间）会编织出怎样的爱恨情仇。

13. 备用小说：随书附赠一个密封小袋，里面装着能替换掉相应页码的备用章节。变体：给知名小说配上备用袋，例如为《魔山》搭配一个阿根廷制造的备用件。

14. 为知名小说撰序并在序言中给出一些创新性的解读窍门，例如：'塞塔姆布里尼望着汉斯·卡斯托普[③]'这一句绝不能理解为是前者望着后者，否则就会落入托马斯·曼这个反

---

① 科林·特利亚多（1927—2009），西班牙小说家，是西班牙有史以来最畅销的女作家，其作品销量高达四亿册。
② 英国作家阿道司·赫胥黎作品《针锋相对》中的人物。
③ 二者皆为德国作家托马斯·曼作品《魔山》中的人物。

动派搭建的粗糙陷阱之中。

15. 情报式小说：逐词逐句阅读该类小说味同嚼蜡，但如果配合单卖的密码本一起阅读则会揭开一段有趣的新浪潮。

16. 使用新式标点符号的小说，用以表达惊讶、犹豫或好奇等。例如：°我尊敬的绅士°不是想说这位先生是位绅士，也不是想说他值得尊敬，而是想说他是个不折不扣的混蛋。＊我明天就来把这枚戒指买下来＊这句话乍一看好像觉得顾客很喜欢这戒指，但标点符号代表他眼中那抹闪烁的光，说明这不过是买家在翻遍了店里所有戒指之后想全身而退的一句说辞罢了。

17. 电话小说：在作品中会给出作者的电话号码，读者可以致电作者并给出一些修改建议。他们的这些建议都是非常私人化的，但从诠释学的角度来看却是极其珍贵的。

"这一切的目的都是为了让读者参与进来，因为我们知道，过去的读者是没有参与感的，他们只是像一截木桩、一根图腾柱、一块鹅卵石那样去阅读。亚里士多德的悲剧净化论是针对群体的，没有考虑到单个的个体。

"所以啊，mes enfants[1]，行动起来，去申请奖学金吧，之后你们就算去读《服饰与美容》[2] 和《原样》[3] 也没人会管你们了。好了，玩笑开够了，现在聊点儿严肃的事。你们不要以为我不会质疑语言，也不要觉得我缺乏公平公正的精神，看看关于简单的问好我

---

[1] 法语，意为"我的孩子们"。
[2] 美国时尚杂志 *VOGUE* 的中文名。
[3] 法国文学杂志 *TEL QUEL* 的中文名。

就有多少想说的吧——姑娘们，我们要敢于讲真话，不要一遍遍地重复那些 koinos topos①：'很高兴认识您。'让这高兴见鬼去吧，我们明明已经烦透了某位先生、小姐、专为胖太太们演讲的专家、普普通通的大师、监察员。我们真正要说出口的应该是：

"'认识您（这位先生、小姐、教授、军官）我有一点点高兴。'

"'认识您我一点儿也不高兴。'

"'认识您我的心情比两个月前在我朋友梅德拉诺家认识卡米诺斯教授（巴巴格拉塔主教、赛马骑师雷吉萨莫）时还要糟糕。'

"'先生，我对您没什么感觉。抱歉，无意冒犯。'

"'您为什么不能行行好，赶紧见鬼去呢？'

"'如果我说很高兴认识您，那我就是在撒谎。但如果我说认识您一点儿也不高兴，那又太夸张了。实际上，尊敬的先生（为了不让问题复杂化，我们暂且不去讨论尊敬这个词），您对我来说就像是病人的康复餐、菜泥、清汤一样索然无味。'

"另外还有一些值得深究的句子，如'致以我最深切的哀悼'如果遵循内心的认真表达可能有如下方式：

"'致以我的一丝哀悼。'（萨甘小姐如是说。）

"'从一定角度来讲，我是哀痛的。'

"'我有些哀痛，先生（女士）。'

"'如果您的儿子（女婿、姐夫、父亲、亲家）活着时是个好人的话，那我致以 26.5％的哀悼。'（喜欢数学或计算机的人如是说。）

"'致以我最深切的哀悼？别开玩笑了，兄弟。'

---

① 希腊语，意为"套话"。

"'致以我使人窒息的哀悼。'

"'致以我暧昧不明的哀悼。'

"'致以我招致争议的哀悼。'

"'致以我可待商榷的哀悼。'

"'致以我悄无声息的哀悼。'

"'致以我失去理智的哀悼。'

"'致以我日益恶化的哀悼。'

"'致以我蜿蜒曲折的哀悼。'

"'致以我一词多义的哀悼。'

"'致以我招人厌恶的哀悼。'

"'致以我心血来潮的哀悼。'

"'致以我怀有私心的哀悼。'"

发言告一段落,基克说可以了吧剥削家们,这些都是 dolce vita① 中的经典表达,等到庇隆主义回归的时候你们再看看会变成什么样吧。现在我要去履行我媒体人的职责了,我得去调查一下米尔莎·罗格朗和博纳维纳之间到底有没有什么风流韵事,还是真的像她一再重复的那样"我和林戈②之间只有纯洁的友谊"。

---

① 意大利语,意为"享乐生活"。
② 博纳维纳的绰号,因为他的发型与披头士乐队中的鼓手林戈·斯塔尔相似而得名。

马塞洛的经历

不,马塞洛怎么可能什么都不问他呢?先开口的是他,需要讲话的人是他。他用图库曼省①的口音愧疚地说他很抱歉骗了马塞洛,他的名字其实不叫路易斯,而是内波穆塞诺。马塞洛沉默了一会儿之后红着脸嘟哝了一句,好像是让他什么都不用说。但人们都喜欢叫他"小棍子",也许是因为他和广播里那个歌手②一样都是图库曼省人,都长得像印第安人,尤其是这里——"你看见了吗?"他一边问一边提起自己的裤脚,微微笑着,有点害羞又有点自责地露出他瘦得皮包骨的双腿。虽然他俩在一个屋檐下住了很久,但他一直小心翼翼地不在马塞洛面前或是在有光的地方脱掉衣服。他家一共是八兄弟,以前全家住在一个小茅屋里,妈妈在外面帮人洗衣服,他没提到他爸爸,也许已经不在了,也许在远方工作。马塞洛想,他讲这些都是为了证明为什么他的腿会长成那副滑稽可笑的

---

① 阿根廷北部一省份名。
② 此处指阿根廷歌手帕里托·奥尔特加。帕里托(Palito)一词还有小棍子的意思。

样子。

他俩沉默地喝着马黛茶。

"我有许多事要对你讲,马塞洛,我必须让你知道。"

"我……"

"切,也就是格瓦拉总司令。"

马塞洛变得更加紧张了,同时感到很羞愧,他突然凭直觉猜到了接下来要听到的内容,觉得自己不配听。

"我在那里,参与了整场战斗。我和因迪①一起逃了出来,但我比他更幸运。"

随后他就缄口不语了,那整个下午他都没再开口。

  这世界上还有其他地方需要我献出自己的绵薄之力。你肩负古巴领导人的重担,有些事情无法亲力亲为,但这些我却可以做到,所以我们必须分开了。我把自己作为建设者最纯真的希望留在了这里,把我最珍爱的人留给了我爱的古巴人民。我不要古巴对我负任何责任,我只是学习了它的榜样。如果有一天我死在异国的天空下,最后时刻我想着的会是古巴人民,尤其是你,菲德尔。②

因迪·佩雷多。他听说过这个人吗?没有……嗯,听说过……他惭愧地坦白说自己在书店里见到过因迪的回忆录,因为他觉得在

---

① 吉多·阿瓦罗·佩雷多(1937—1969),绰号"因迪",玻利维亚共产党员,著有《我与切并肩作战》一书。
② 摘自格瓦拉1965年离开古巴时写给卡斯特罗的离别信。

"小棍子"这样虽不识字但却亲历过地狱的人面前谈论书店太不公平了。

因迪是个了不起的人，切很喜欢他。虽然很难知道切什么时候会很喜欢一个人，但有时能感觉得出来。有一天，切在一棵树下休息，确切地说是在思考。8月很难熬，大家饥渴难耐，有的同志甚至把自己的尿都喝了，总司令提醒他们这样做会生病，他们也不肯听。更糟糕的是唯一的队医"摩尔人"的腰疼病发作了，他疼得连路都走不动，还怎么给人治病呢？沮丧甚至恐惧的情绪在队伍中蔓延，比如坎巴的情况就是如此。当晚，切在篝火旁用平静但却严肃的语气说，这一切都是为了让我们成长为真正的男人，如果有人觉得自己办不到，就赶紧离开。那些留下来的人感觉到自己对总司令的爱戴和敬仰之情越来越浓，他们承诺说不成功便成仁。那段时期非常艰难。8月31日，由于一个叫作奥诺拉托·罗哈斯的农民告密，华金率领的整个小队都在耶索河的河滩处落入了敌军的埋伏。可是奥诺拉托这个名字的意思不是荣誉吗？是啊，是荣誉。

嗯，那个卑鄙小人把行军队伍一步步带进了陷阱。他们正在涉水渡河的时候，被敌军从背后偷袭，死了很多很多人，其中就有塔尼娅，一个非常勇敢的女孩子。只剩二十二个人了，其中一些人的身体状况很糟糕，比如"摩尔人"；还有一些人非常惊恐，虽然这么讲有些丢人。于是总司令重新开始了每晚例行的思想教育，采用聊天和建议的方式，不过有时也会像家长般严厉地训斥。有一晚他一个人坐在树下，看着地面，"小棍子"不知自己为何有靠近他的冲动。切好像道歉一般说他在想事情，他想起了留在古巴的女儿小赛利亚。

"小棍子"再次陷入沉默。他又点燃了一支烟,马塞洛看着火光在黑暗中忽明忽暗。

亲爱的爸爸妈妈:

我觉得自己的脚后跟好像又碰触到了驽辛难得①这匹瘦马的肋骨,我给胳膊套上皮制盾牌再次踏上了征程。大概十年前我也给你们写过一封告别信,记得我在那封信中悲叹自己既当不成好战士又做不了好医生。对于做医生我已经没有兴趣了,至于战士么,我大概不算差吧……这封信可能是我的绝笔了。我并不想寻死,但死却是合乎逻辑的。如果我真的快要死去,那就让我最后再拥抱你们一次吧。我一直深深地爱着你们,只是从来不知道怎样表达我的爱。我这个人做事太过死板,可能有时你们都无法理解,不过要理解我实非易事。但今天,就今天,请你们相信我说的话。②

"真的,马塞洛,有时我们能感觉到,比如本哈明走的那天。本哈明比我还瘦弱(他不好意思地笑了),但他的信仰特别坚定。我们在行军过程中吃了很多苦头,刚开始没几天很多人的鞋就磨穿了,衣服也变成了破布条,因为那些多刺的植被、石块、滩涂。切打算一直行军到马思库里河,在正式开战前先让我们看看敌军的情况。我们整整走了一个月,病号、蚊子、爬虫、疲惫、越来越沉的

---

① 堂吉诃德坐骑的名字。
② 摘自格瓦拉1965年写给父母的家书。

背包、武器，到月底时已经没有东西可吃了。到格兰德河时本哈明连包都背不动了，因为他本来就很瘦，加上体力也耗尽了，看他那样拖着步子挪动实在让人很难过。我们踩着石头过河，结果他一脚踩空掉进了河里。河水很急，水量也大，可他连划水的力气都没有。罗兰多跳进河里但却没够着他，然后我们就再也看不见他了。我们所有人都很爱本哈明，他是特别好的一个同志。总司令什么也没说，以前我们每次停下休整或就餐时他都会给我们讲点儿什么或教点儿知识，但那一整天他都不肯讲话，只是沉默地低着头。那天晚上，他告诉我们，革命军最重要的武器就是士气和纪律。游击队员永远不能去洗劫村庄，不能虐待百姓尤其是妇女，要始终抱有必胜的决心，要为我们信奉的理想战斗至死。他说，纪律是首要的，但不是我们服兵役时所强调的那种纪律，而是作为男人，知道自己为何而战并且相信自己为之奋斗的事业是伟大的、正义的。关于本哈明他只字未提，但那晚他的嗓音与平日不同，我们所有人都明白，他讲的话跟本哈明有关，他是在强忍着内心的痛苦。我们以前见过好几次他去帮本哈明背东西以减轻他的负重，切总是背最重的包袱、做最危险的任务，甚至在他的药吃完了哮喘病发作得最厉害的时候也是如此。哮喘有多痛苦，你是最清楚不过的。"

马塞洛看见他在黑暗中又点燃了一支烟。

"你想抽吗？抽一根没事的。"

他们背靠背睡在床上，两个人都默默地望着天花板。

"我第一次看见他的时候简直不能相信，当时是夜里，在山上，他看起来就像是我们中的一员……但你立刻就能发现他的不同……"

他闭上嘴，静静抽烟。

"你不要以为，"他好像想解释清楚，"不要以为他是故意想显得与众不同。不是那样的，我想说的是……我是说能感觉到他的不同，虽然这并非他所愿。我告诉你，作为军队的首领，他却并不严厉，有时还会跟我们开玩笑，但有些事情他绝不容许，例如懒惰和邋遢。你知道，人在丛林和大山中待久了慢慢就会变得不修边幅、邋里邋遢，身上的衣服会变得跟抹布一样。因为树枝上的尖刺、长途跋涉、雨水等这些。而且又很少能洗澡，吃饭都用手抓。一旦自暴自弃了，人就会退化成动物。但我告诉你，切不能容忍这种事情发生，你必须要保持整洁、补好衣服、整理好背包、爱护书籍。我很少听见他大喊大叫，但如果他喊叫，那一定事出有因，他一般都会亲切而坚定地纠正你的过错。每次我们选好一个扎营地，他就会要求我们立刻着手他戏称为公共工程的工作：挖厕所啊、建烤面包炉啊，等等。每隔一段时间他就会命令我们对营地进行一次彻底清洁，哪怕那只是暂时的营地。我们每天早上四点到六点都要上课，上过学有文化的人负责教，我们其他人负责学：语法、算术、历史、地理、政治、克丘亚语①。到了夜里还有课，但这些课不是必修的，是给那些有体力又愿意多学一点儿的人开的。晚上切会教法语课。他说，革命不只是开开枪就行，如果我们的游击战能取得胜利，将来有一天你们中的一些人会成为领导者，而一个干部不仅要有勇气，还要在思想上有所发展，要有快速分析和公正决策的能力，要有保持忠诚和纪律的能力，但最重要的是，他必须树立一个新人类的榜样。"

---

① 南美洲原住民语言。

他顿了顿，静静地吸烟。

"新人类，"他喃喃自语，"他给我们讲过许多关于新人类的道理，我没法像他那样解释得那么清楚，因为我没什么文化。但他在讲的时候我就定定地看着他，心想，新人类就是他本人啊，切·格瓦拉总司令。但他讲出来却好像那是别的不同的东西，是将来需要去探索、去建设的一个伟大的目标。可是我想，我猜其他同志也这么认为，新人类就是像切那样的人：他具备为他人牺牲的精神、勇气、同情心和……"

他犹豫了，好像难以启齿，又好像是回忆让他窒息到无法开口，但最后他还是下定决心说出了那个字，有些腼腆地说出了那个字：爱。

他又沉默了，但后来又觉得有必要解释一下：

"爱……我说不好……我不是指的言情小说里的那种爱……你可别误解我……爱是……他曾说如果没有爱，没有对世人的爱，就无法为一个更加美好的世界去奋斗。爱是一种神圣的事业，它不是简单的一个词，而是每天、每分、每秒都要去证明的东西……有多少次我们看见他毫无怨恨地去照料那些前一刻还在开枪想要打死他的敌军俘虏，用我们稀缺的药物去为他们疗伤。我刚给你说过，他的哮喘药很快就用完了，发病的时候简直痛苦至极。最难熬的时候他就一个人躲起来不让我们看见，等发作完之后又赶紧追上行军队伍。如果我们想搀扶他、想帮他背行李、炊事员给他稍微好一点儿的食物，或是我们想把更好的执勤时间轮给他，他都会大发雷霆。"

他重新陷入沉默，静静地吸着烟。

"尼阿卡瓦苏河伏击战是我们打的第一场战役，我们捕获了许多敌军俘虏,其中包括一个叫普拉塔的少校,看到他胆小怕死的样子我们都替他觉得丢人。他自己手下的士兵央求我们把他给枪决了,说他是个残酷无情的人。我们把士兵们的衣服脱掉,让他们穿上老百姓的衣服,还给他们医治伤口。因为切要隐藏自己在玻利维亚的行踪,所以由因迪出面跟士兵们解释我们的革命目的,还得跟他们说明我们是不杀战俘的,于是那个少校才能活下来,而且我们像切教导的那样,把他当成一个平等的人去看待、去尊重。还有拉雷多中尉的例子。那人牺牲后在他的战地日记里发现了他老婆的一封信,说她闺密想求他帮忙弄一束游击队员的头发来装饰客厅。她原话就是这样说的:来装饰客厅。但是切却决定要把那名敌军少尉——对了,我现在想起来了,是少尉,不是中尉——切决定按照少尉日记里的遗愿,把日记本带回给他的母亲。切把这本日记装在自己的背包里,一直到他被暗杀于尤罗峡谷的时候身上还带着它。我再给你讲一件事吧。7月3日,我们刚跟敌军发生完正面冲突还没撤离,切趁机安排了一次伏击。我们埋伏在公路边等着敌人的卡车经过,原计划是当第一辆卡车进入我们的火力范围时,庞博就要从他的观察哨用手帕发出信号。五个半小时后卡车来了,可是本该打响第一枪的切却没有这么做,就这么让卡车安然无恙地开过去了。你知道为什么吗?"

他好像是在等待对方的回答,但马塞洛没吭声。

"你在听我说话吗?还是已经睡着了?"

"在听,'小棍子',你说的话我都听见了。"

"那你知道是为什么吗?因为卡车后车厢里只有两个士兵,他们盖着一张毯子在熟睡,旁边是几头要运去敌营的猪。切跟我们解释说那是两个很年轻的士兵,而且睡得很香。你觉得他这样做是软弱吗,马塞洛?"

"我……"

"那天晚上在篝火边,他告诉我们这样的态度也许会被看作是软弱,而且这种软弱对游击战来说有时可能是致命的,但他再次重申新人类的概念。对着两名毫无防备的、沉睡的、无辜的(因为归根结底他们只是服从命令的人而已)士兵开冷枪,这难道不才是真正的软弱吗?如果犯下这样的暴行,我们还怎么去创造新人类?通过这样不高尚的手段还指望达成多高尚的目的呢?这确实很难,你知道,后来有很多人为此指责和非议他。"

"谁啊?"

"我怎么知道呢……更强硬、更现实主义的革命者吧……那个词是叫现实主义吧?反正我听到过很多类似的对切的批评……他们说他是小资产阶级的理想主义者,还有差不多这类的话。有一次有个人满脸鄙夷地讲出这些话的时候,我实在忍不住揍了他一顿,我把他按在地上打,我甚至觉得自己可能失手把他给打死了……那天在场的人里面只有我知道切·格瓦拉是怎样的人,听到那样的话我实在痛心,他们那些人连切所作所为的千分之一都办不到……但是我说不好,因为我没文化……对我说那话的人是一个对马克思和列宁懂很多的共产党员,他说那不是马列主义。你觉得呢?他说的是真的吗?"

马塞洛像往常一样,迟疑地作答:

"我没资格谈论列宁主义……但我觉得切做得对……"

"我也是。我们之所以战斗,就是为了将来不会再有人从黑暗中对着熟睡的可怜孩子开枪射击啊。你读过他的日记吗?"

"读过。"

"他在日记里说自己没有勇气开枪,但你知道的,切身上最不缺的就是勇气。他真正想表达的不是那个意思。再说了,作为一个丛林游击队员,你的感受城里人是无法理解的。图马[①]被敌人开枪射中腹部的时候我们把他带去几公里之外找'摩尔人'给他做手术,可是他的肝脏破裂了,肠子上也有几处穿孔,'摩尔人'救不了他。那一天所有人都陷入巨大的痛苦之中,因为图马是名勇敢的好战士,是我们当中最开朗、最乐于助人的好同志。切像父亲爱孩子一样爱着他,他的日记里就是这么写的,所以他心里的痛苦可能比我们更甚,但他像往常一样尽量不表露出来。图马弥留之际让我们把他的手表给切,这是我们的传统,因为之后总司令会根据情况把遗物交给或托人捎给死者的妻子或母亲。图马有一个没见过面的儿子,因为儿子出生时他正跟我们在山里打游击。他说让家人先把手表保存起来,等儿子长大了再给他。"

  我和第四师一营一起在那片被毒蛇、巨蟒、巨型蜘蛛和美洲豹统治的原始森林里巡逻了四天。(摘自《伦敦时报》战地记者默里·赛尔的一篇报道)

"9月的情况比8月还要糟糕。我们行军的路况很差,打了几场

[①] 本名卡洛斯·科埃略(1940—1967),古巴游击队员,从古巴一路追随切·格瓦拉到刚果和玻利维亚。

仗，损失了一些人员，连最最基本的物资都无法保障。最糟的是我们知道华金的小队再也回不来了，他们被敌人全歼了。'摩尔人'的腰疼得难以忍受，总司令的病情也越来越重，因为他的哮喘药早就没有了，哮喘发作得最厉害的时候他会找地方躲起来不让我们看见。我们的下一个目标是拉伊格拉镇，但是我们都清楚，敌军已经知道我们的定位了。科科在巴耶格兰德镇的电报员家里发现了一封电报，是当地的副镇长发给市长的，向他告密说游击队在当地出现过。26号半夜我们派了一小支先遣队去追赶这个叛徒，半小时之后，主力部队和后卫部队也朝同一个方向出发了。我们听到拉伊格拉镇附近传来密集的枪声，总司令立即下令准备防御敌军的残余部队。我们焦虑地等待着，坚信敌人已经落入了我们的埋伏，结果等来的却是肩膀中弹的贝尼尼奥。原来事情经过是这样的：敌人一开始打中了科科，贝尼尼奥跑去救他，结果一发子弹打来，科科当场就牺牲了，其中一颗子弹穿过科科的身体击中了贝尼尼奥的肩膀，其他同志也或死或伤。这件事对因迪是个巨大的打击，因为科科之于他比亲兄弟还要亲，他们一起坐过牢，一起打过仗，一起加入游击队。我这么给你讲你就懂了，有一天他们在山里谈到里卡多的死会对他的兄弟阿图罗造成怎样的伤害，这时科科对因迪说：'我绝对不能看着你死去，我会发疯的，但我比你幸运，因为他们会先杀死我，我知道。'结果事情真的如他所说。科科是一位非常无私非常坚强的同志，但里卡多牺牲的那天他却痛哭失声。还好，因迪没有亲眼看见科科死去。他从来不哭，但从那天之后他就变得更加沉默内向了。"

"小棍子"又一次缄口不语。随着回忆越发痛苦，他越来越说不出话来,好像他的声音也体验到了他的长征小部队所经历的不幸。

他站起身说了句"我去下厕所"。他老是去厕所,马塞洛知道那是因为他的肾已经不是正常人的肾了。他回到房间,重新躺下来,然后继续回忆:

"敌人在拉伊格拉镇的那次伏击战是场可怕的突袭,它标志着结束。"

9月27日:凌晨4点我们就出发了,想找一条上山的路,到了7点才发现了一条山路,可惜这条路在我们对面,我们并不想到对面去。前方是一座荒芜贫瘠的小山,似乎不会对我们构成什么威胁。稍稍往上爬了一段后,我们发现在一个树木稀疏的地方倒有一个能躲避飞机的藏身之处。我们还在那里发现了一条山间小路,不过,整天路上也不见一个人影。黄昏时分,只见一个农民和一个士兵爬到半山腰,在那里歇了片刻,没有发现我们。阿尼塞托刚从这一带侦查回来,就看到附近的一幢房子里有一大群政府军士兵,这样,我们最容易走的一条道也给阻断了。早上有一队士兵沿附近一座小山往上攀,手中的武器在阳光下一闪一闪的。正午时分,传来了零星的枪声,还响起了好几阵机枪扫射声。接着就听到有人在大声叫喊:"他在这儿呢!""出来吧!""你到底出来不出来?"边喊还边开枪。我们不知道那个人的命运如何,估计就是坎巴吧。傍晚,我们开始往下走,想到对面有水的地方,走到一个叶茂林密的地方便停下了。因为崖势峻峭,过不去,我们只好就在这个峡谷里寻找水源。电台播出新闻说我们和驻扎在加林多的政府军连队发生了冲突,我方死亡三人,尸体正运往巴耶格兰德以确认身份。看来他们还没有抓到坎巴和莱昂。这一次我们损失惨重。科科的牺牲是我们最大的损失,米格尔和胡里奥也都是杰出的战士,这三个人的生命价值是不可估量的。莱昂也很有前途。——海拔一千四百米。①

"总司令找到了一片地况稍好的区域,可供我们驻扎下来等候人力和物资增援,但要达到那里我们首先得突破政府军的两层包围圈。第一层就在我们前方,而第二层的范围则要大得多,这是我们从广播中了解到的。9月末10月初的白天我们都尽量躲藏起来,只做一些小规模的侦察以期找到突破口。但是我们的储备水已经耗尽了,附近只有一个水源而且水的味道还非常苦涩。我们只能在夜里冒着巨大的危险去打水,同时要注意清理掉身后的足迹。我们能感觉到敌军就在不远处,他们的人数越来越多,装备越来越精良。我们每次生火做饭时都必须小心翼翼地用毯子遮挡,提防被他们发现。"

估计埃内斯托·切·格瓦拉总司令随时都可能被捕,因为好几天前他就已经陷入了一个密不透风的包围圈。在这里,地面的摩擦和蚊虫的叮咬把人类的肌肤变得不忍卒睹、千疮百孔。植被枯萎密实、长满尖刺,即便是白天都很难在其间移

---

① 摘自切·格瓦拉《玻利维亚日记》,郭昌晖译,上海译文出版社。

动。周边所有的小溪都被严密监守着，实在很难想象游击队员是如何在这样的围困中忍耐饥渴和恐惧的。一位官员告诉我们："这家伙不可能活着逃出去。"（来自一名战地记者的报道）

"就这样到了10月8号，在前一天我们的游击生涯就已经满十一个月整了。凌晨时很冷很冷，我们的行军速度十分缓慢，因为'中国人'在黑暗中行走很吃力、'摩尔人'腿疼的毛病发作了、总司令的哮喘也非常严重。两点时我们停下来休息，4点时继续前进。我们一共十七个人，在黑暗的尤罗峡谷中沉默而焦灼地行军。太阳刚一出来，总司令就开始研究地形，寻找可以到达圣洛伦佐河的山路。但这些山几乎都毫无遮拦，想要突围简直是不可能的。于是总司令派出三个侦察小组，两人一组，分别往左右和前方三个方向出发。他们很快就回来了，确认所有的路都被封锁了。我们也不可能原路返回，因为我们夜里走的那条路白天肯定会被敌人发现。总司令决定让大家藏在峡谷一侧，尽可能地拖延时间，因为如果敌人到3点以后才开火的话我们就有希望坚持抵抗到日落，然后趁黑伺机逃跑。"

早上8点，一名叫维克多的村民来到我军驻在拉伊格拉的军事岗哨。据他汇报，当天有几个不明身份的人在他房屋附近的灌木丛中活动。哨所的军官给了线人赏钱后立刻把这一消息传递给了部署在当地的两个游骑兵连队，连队指挥官米格尔·阿约罗亚当即通过无线电广播下令封锁圣安东尼奥峡谷、哈圭峡谷和尤罗峡谷的出口。普拉多上尉率领支队前往尤罗峡谷，并在正午时分与游击队狭路相逢,在第一次交战中我军牺牲两名士兵。零星的枪声一直持续了约三个小时。游骑兵一步步围拢,离敌军只有七十米的距离。下午3点半,游击队中可见有一人伤亡。(来自军方报道)

"很不幸敌人的突袭从正午时就开始了,因为我刚给你说过,切原本希望至少能拖延到下午3点再开火的。我们听到了机关枪的响声,还好是从我们夜里已经通过的路段传来的,显然他们没想到我们转移得那么快,这为我们争取了一些时间。总司令把我们分成三个小队,约定好了晚上碰头的地方,可是当我那个小队到达约定地点时却没有看见他们。我们在沉默中面面相觑,被疲惫和焦虑压垮,但同时又抱有一线希望,想着也许切和他的小队被敌人牵制,所以只能选择从另一条路逃离,说不定他们已经到达圣洛伦佐河了。"

"小棍子"闭上了嘴,马塞洛背对着他躺在床上,感觉自己的胸口因为哮喘而憋闷。"我的哮喘算什么。"他惭愧地想。在一阵长得可怕的沉默之后,"小棍子"用低到几乎听不见的声音说:"我们当时不知道,其实他们的整个小队都落入了敌人手中,埃内斯托·切·格瓦拉总司令受伤被囚禁,不久后就被杀害了,而且他的死法……"最后一句马塞洛没听清。那晚他俩都没再说话。

我方的包围圈收拢后便立即向游击队员发动了进攻。进入我们视线的第一个叛军后来经身份确认是威利,第二个就是切。我军迅速开火,一发机关枪子弹射中了切。威利和其他人试图拖走他,我方的又一发子弹打飞了他的帽子,击中了他的胸部。在其他同伙的掩护下,威利把他们的首领背到了一个小山坡上,那里埋伏着四名游骑兵。威利稍稍恢复体力后开始查看格瓦拉的伤口,我方士兵命令他们投降。游骑兵赶在他们动手之前开了枪,控制住了局面。切伤得很重,哮喘病让他难以呼吸。我们通过无线电发出了加密过的信息:"你好,土星,爸爸在我们手里。"(来自普拉多上尉的报告)

格瓦拉被四名士兵用毯子抬到了离抓捕地点几公里远的拉伊格拉,普拉多上尉把俘虏转交给哨所负责人塞利奇上校。通过对格瓦拉背包里的东西进行清点发现了如下物品:两本日记、一个密码本、一本记录着加密信息的笔记、一本切抄录的诗集、一块手表和三四本书。(来自玻利维亚军队的报告)

塞利奇上校去跟切对话。我们这些伤兵和格瓦拉待在同一个飞机库里,他在另一端,我们听不清他的声音,倒是能听清楚上校的话,因为他一直在大喊,他谈到了美洲。上校跟格瓦拉谈了很长时间,可能有一个多小时。他们之间发生了争执,切不肯告诉上校他想知道的事情,甚至还用右手给了他一个耳光。上校起身离开,古兹曼少校打算用直升机把格瓦拉送去医院,但却遭到了上校的拒绝。随后我们便乘直升机离开了。(来自政府军士兵希梅内斯的讲述)

直升机载着伤员和死者起飞了。那名游击队员的痛苦在加剧,他低声说着什么。我把耳朵凑到他嘴前,听懂了他说的是:"我很难受,请您做点儿什么来减轻我的痛苦吧。"我不知道该怎么办,他就告诉我:"来,请照着我的胸口来一枪。"整晚他都在痛苦地呻吟。(来自看守俘房的一名中尉的叙述)

切和其他俘房被押送至拉伊格拉一所学校,他们当晚被关押在一间教室里。(来自一位记者的报道)

我只身一人在这里,但却并没有被忘记。

10月9日星期日下午两点,巴里恩托斯[1]总统和奥万多将军收到了切已被捕获的报告,遂立即召开了一次高级指挥部会议。托雷斯将军和巴斯克斯将军二人在会上提出处决切的动议,全体成员保持缄默,无人反对。不久后,奥万多将军向巴耶格兰德发出如下指令:"向爸爸问好。"拉伊格拉的米格尔·阿约罗亚上校收到命令后将它转达给了佩雷斯中尉,中尉又转达给了马里奥·特兰上士和万卡中士。他俩握紧卡宾枪,准备行刑。跟切关押在一起的还有手脚被缚、躺在地上的游击队员威利,看见特兰出现时威利对他破口大骂,于是特兰一枪击中了他的头部。万卡用同样的方式处决了关在隔壁教室的雷纳加。马里奥·特兰被指派去结束格瓦拉总司令的生命,他枪决了威利之后立刻惊恐地从教室出来,要求换一把更厉害的武器。他走向佩雷斯中尉,申请到了一把可以自动连发的M-2卡

---

[1] 雷内·巴里恩托斯(1919—1969),玻利维亚前总统(1966—1969年在任)。

宾枪。特兰很矮小、瘦弱。（来自玻利维亚前任部长安东尼奥·阿加达斯提供给《拉丁美洲新闻报》的版本）

我暴露在死神面前：
看见我吧。所有不幸和雅致，我被永远带来这里。
日子、年岁、云朵，你们与我何干！

  我走进教室，切站起身来说：
  "您是来杀我的。"
  我觉得很局促，便低下头没回答。
  "其他人说了什么吗？"他问我。
  我告诉他什么都没说。
  我不敢开枪。那一刻切变得无比高大，他的眼睛闪着夺目的光，我怕他扑上来，所以感到一阵眩晕。
  "冷静一点儿，"他说，"好好瞄准。"

告诉我们你藏在何处。哎，你这死神！
没人能看见你，
无处不在而又沉默不语的你。

  我后退了一步，抵着门，闭上眼睛扣动了扳机。切的腿被打断了，扭曲着跌倒在地上，流了很多血。我鼓起勇气又打了一发子弹，这次打中了他的胳膊、肩膀和心脏……（来自特兰上士对阿加达斯的讲述）

切的尸体还温热着就被拖拽到了一副担架上,等着被直升机运走。教室的地上和墙上都被染上了血迹,士兵们都不愿意去清理,最后是一个德国神父处理的。他不发一语地洗去了血渍,然后用一块手帕把穿透格瓦拉身体的那些子弹保存了起来。

直升机抵达后有人立刻把担架绑在了起落橇上,切身上仍穿着游击队员的外套,尸体被一张麻布裹住。一名叫埃迪·冈萨雷斯的古巴人走近死去的总司令跟前给了他一记耳光,这人曾在巴蒂斯塔①时期经营过一家歌舞厅。

直升机到达目的地后,尸体被放置在一块木板上。他的身体被记者的闪光灯照亮,头向后仰着,睁着眼,几乎全裸,四肢舒展。他的双手被人用斧头砍掉了,身上还有其他被虐的伤痕。他的步枪落到了阿纳亚上校的手里,手表被奥万多将军占去了,一个参与了作战行动的士兵拿走了他的皮鞋,那是格瓦拉的一个同志在山里为他做的。但是由于皮鞋严重破损和发霉,已经没有使用价值了。(来自报纸上的报道)

鲜花、诗句和天空会记住你,
还有像今天这样的大雨。
你不会再活在动荡不安里,
睡吧,你已经摆脱了困境,
带着所有悲伤的骄傲。

---

① 富尔亨西奥·巴蒂斯塔(1901—1973),第十四任、第十七任古巴总统。

萨瓦托的自述

不,西尔维亚,你的信不会让我不高兴,但是我没时间也没兴趣跟阿劳霍见面。让他先读读黑格尔吧,然后他就会发现一个"马克思主义"的黑格尔和一个"存在主义"的黑格尔。他会明白,只要把威胁与辱骂抛到一边,如今的存在主义是可以与马克思主义进行卓有成效的、全方位的对话的。

至于"形而上",那又是另外一个典型的指责了。

阿劳霍在我身上苦心竭力地寻找污点,就像捉拿女巫的猎人试图在她们身上最隐秘的褶皱处找到魔鬼的记号一样。但我告诉你,我使用那个词是为了指代人类最近的一些问题,可以被解释为面对绝对的渴望、面对权力的意愿、面对叛逆的冲动、面对孤独和死亡的痛苦。这些问题不是资产阶级腐朽的表现,它们照样可能攻击(实际上确实已经攻击了)那些最最幸福的苏联居民。

人类的完整性包含了这些问题,而且只有通过艺术才能达到完整。这话可不仅仅是我这样的有病之人说的,很多伟大的马克思主义者也持同样观点。所有的哲学家想要触及绝对的时候,都不得不借助于某种形式的神话或诗歌,至于那些存在主义者就更不用说了，就连传统的哲学家也一样。你想想柏拉图的神话，还有黑格尔是如何借鉴《唐璜》或《浮士德》中的神话故事的。

最后再解释一下，在讲到"末世"这个词的时候，我喜欢写作 esjatológico 而非标准的 escatológico①，这一点让校对人员们大惑不解，其实是因为 esjatós 是指来世，而 escatol 有粪便的意思。不过对于评论家们来说都一样，都是跟大便一样可憎的东西。

我累了，西尔维亚。现在已经是凌晨两点了，我感觉很糟糕，但我没法跟你解释原因。如果我能在这种混乱的状态下写完这本小说的话，你就可以从中推测出我的现实：不是哲学范畴上的现实，而是全部现实。

萨瓦托的经历

1

他害羞地走进 13 频道的巨大演播厅，但是皮波却手握麦克风，充满激情地将胳膊伸向他，亲切地高喊着他的名字，同时要求台下

---

① escatológico 在西班牙语中既有末世的意思又有粪便的意思，esjatológico 一词为萨瓦托自创。

的观众：

掌声，热烈的掌声！

全场观众鼓掌欢呼。皮波让他斜靠在一张长沙发上，自己则蹲在一旁开始提问，就像是在对先天愚型的小学生做心理测试一般，萨瓦托必须针对他提到的事物做出回应：

一个正在上楼梯的男人

一把雨伞

一个巨大的女式钱包

一辆正在努力爬上斜坡的火车

一个正流出牛奶的水龙头

每当这位病人给出正确的回答时，皮波就会要求大家掌声鼓励，同时奖金会翻倍，因为现在正录制的是一个有奖问答节目。萨瓦托汗如雨下，不仅是因为头顶聚光灯的高热，更是因为自己只穿着内裤被上百人从头到脚地打量。插播的广告让他几乎无法喘息：奥罗拉应该往前看，她只能喝专家推荐的红酒，选择加利西亚银行，如果因为口臭失去了男朋友或工作那就太傻了，布科尔这样的漱口水不光可以驱散病菌（屏幕上出现一个巨大的拳头打在一个细菌身上），更可以将它们消灭干净（另一个拳头打在另一个细菌身上），超级康帕克塔的产品能装下一切东西（一头大象从冰箱中走出来），现在屏幕上这个人就是她（大汗淋漓、烦躁不安、没有时间看电视剧或参加派对），直到她使用了薇萝，本来她不敢去参加鸡尾酒会（腋下的汗味让朋友们纷纷把脸转开），还好用了奥多罗诺，她便秘的问题最终被罗斯药丸给彻底解决了（幸福的家庭，愉快的清晨），瓦尔朵芙令她在方圆七十四米的距离内散发馥郁芬芳，这时出现了两个穿着婴儿服装的侏儒在叫妈妈。

萨瓦托感到很不舒服，因为聚光灯让一切细节无处遁形。这时利韦塔·勒布兰克①走进了演播厅，皮波高喊热烈的掌声，说正如之前预告过的，萨瓦托和利韦塔将要在13频道的环形星期六现场举行婚礼！他一只手拉过这位璀璨夺目的女明星，声如洪钟地要求她在镜头前亲吻萨瓦托，台下响起震耳欲聋的持久掌声。随后又是一大堆广告，大吹特吹去屑洗发水、二十四小时除臭剂、干红和甜酒、女明星青睐的肥皂、牙膏、冰箱、电视机、比其他品牌都更耐用吸水效果更好的卫生纸、比任何已知香烟都更长的烟、自动洗衣机和汽车。

广告之后，皮波在密集的掌声中邀请身穿礼服的豪尔赫·路易斯·博尔赫斯出场，他将担任本场婚礼的伴郎。博尔赫斯手握白色拐杖，由一只巨大的导盲犬带领着，让人心生怜悯。皮波感叹博尔赫斯在这样的状态下还来参与电视节目的录制是做出了何等牺牲，此时镜头对准一位肥硕的女士，她评价说，可怜的小瞎子。博尔赫斯做了一个惶恐的手势，好像是在说不要太夸张了。利韦塔·勒布兰克身穿黑色长裙，领口一直开到肚脐，站在只穿着内裤的萨瓦托身边，牵着他的手。萨瓦托同情地看向博尔赫斯，只见他犹犹豫豫地走到舞台中间。皮波说导演先生请准备好录像机，这标志着又一轮广告即将爆发，而萨瓦托心里想的却是："他和我都是公众人物

---

① 利韦塔·勒布兰克（1938—），阿根廷色情电影演员。

啊。"他感到自己眼中有泪涌出。

2

他打开书,找到了那人做的标记,小小的但却让人害怕的字迹出现在那本关于神秘主义的书的空白处:"把墙凿穿!"他在提醒他。

他必须把他释放出来,就算他会像一只疯狂的黑色虫子一样从那具木乃伊的肚子中钻出,然后跳到他的脸上。可是为什么要释放他呢?他也不知道。他想让 R 平静下来吗?他就像一个可怕的神,必须把自己献祭给他。他贪得无厌,总是在黑暗中监视着他。他想要忘记他,却明知道他就在那里。他是混合了诗人、哲学家和恐怖分子的所在,这些混杂的知识有什么用处呢?他是一个贵族阶级或保守的无政府主义者,他仇视自己所处的文明——一个发明了阿司匹林的文明,"因为它居然连头疼都无法忍受"。

他不给他休息的机会,随便翻开哪本书上面都有他那可恶的小小笔记。有一天他突然怀念起从前研究数学的时光,便打开了一本外尔①的相对论书籍,结果却在一条基本定理的旁边发现了他的评语:白痴!他对政治或社会变革也不感兴趣,因为他觉得那是次要现实、二等现实,是新闻业赖以生存的现实,他写到"现实"二字的时候加了感叹号以示讽刺。现实不是雨伞、阶级斗争、一砖一瓦,也不是安第斯山脉,这些都是幻想的形式,是平庸的想象。唯

---

① 赫尔曼·外尔(1885—1955),德国数学家、物理学家。

一的现实是人类与他的神明和他的魔鬼之间的关系。真实总是象征性的，诗歌中的现实主义是唯一有价值的东西，即便它是模棱两可的，因为人与神的关系总是含糊不清的，而散文只能用于写作电话簿、洗衣机的使用说明，或是董事会的会议纪要。

这个世界已经坍塌了，小矮人在老鼠和教授中间惊恐地奔跑，撞在装满垃圾的塑料垃圾桶上。

3

她在那里，穿着旧旧的红色雨衣，手里拿着咖啡走过来，脑袋前伸，力图去接近一个总在她视线之外的现实。她的近视、厚厚的镜片、简陋的雨衣都让他感动。

"你可以化化妆。"他脱口而出。

她垂下了头。

两人静静地喝着咖啡，然后他提出想出去走走。

"可是外面很冷。"

他挽住她的胳膊，不加解释地往外走。

已经入秋了，飘着细雨刮着风的初秋。他们走进贝尔格拉诺公园，在树木间漫步，最后在一棵巨大橡胶树下的木质长椅上坐下来，棋桌旁空无一人。

"您很喜欢公园。"她说。

"没错，我小时候经常来这里看书。我们还是继续走吧，太冷了。"

他们走在高大的芭蕉树下，树叶焦黄枯萎，在埃切维里亚街拐弯后走向了卡比尔多街。他仔细地看着一切,好像什么都想买。西尔维亚望着深不可测而又阴郁消沉的他,终于鼓起勇气问了一句他们接下来要去哪里。

哪里也不去。他的话听上去很不真实。

"小说就像形而上学的诗歌。"他突然喃喃道。

什么?

没事,没事。但其实在内心深处他仍在继续琢磨:作者就像是日常现实与幻想的交织、光与暗的边界,而施耐德就在那里,在禁地的门口。

"贝尔格拉诺教堂。"她说。

是啊,贝尔格拉诺教堂。萨瓦托再一次敬畏地打量它,想象它的地窖是什么样。

"你来过这家咖啡馆吗?"

他们走进艾普西龙咖啡馆,想喝点东西暖和起来,然后他又重新挽住她的胳膊,穿过了胡拉门托街。

"我们赶快穿过这片地狱吧。"他说着加快了步伐。

他们经过卡比尔多街继续沿着胡拉门托街向前走,终于踏上了大石块铺就的老旧地面,进入了神秘的贝尔格拉诺老城区。在比达尔街拐角处,他停下来张望一座老宅子。他研究得那么投入,就像是想把它买下来一样。西尔维亚注意到了,便把自己的想法说了出来,他笑了。

"有点这打算吧。"

"我以前在报道上读到过,说您在为一部小说四处寻觅房子,这是真的吗?有这必要吗?"

他笑了笑，没有回答这个问题，就像电影导演的做法。再说了，哪有什么小说呢？其实是小说人物在寻找他们的作家，房子在敲门寻找它们的主人。

克拉默街角那栋房子被改建成了巴斯克餐厅，符合当下的潮流。

"我要你发誓永远不在这种餐厅吃饭。"他一本正经地开着玩笑。

"您真的在创作一部新的小说吗？"

"一部新小说？是的……不是……我不知道该怎么跟你讲……是的，有些东西我一直想写，但是却非常难，写这个故事让我遭了很多罪，而且……"

走了几步他又补充说道：

"你知不知道本世纪初物理学经历的风波？一切都被质疑，我是指最基本的那些东西，好比一栋楼房咯吱作响，就必须去考察它的地基一样。人们不光研究物理，还开始反思物理。"

他靠在墙上，盯着那家巴斯克餐厅看了一会儿。

"小说也经历了类似的时期，需要去检查它的根基。这并非巧合，因为它源自欧洲文明，顺应着相同的弧度来到了崩塌的时刻。是小说的危机还是书写危机的小说呢？二者皆有。人们调查它的本质、它的使命、它的价值，但这一切都是从外部进行的，虽然也尝试过从内部进行审查，但还不够深入，小说中应该包括小说家本人。"

"但是我好像读到过这样的小说，不是有个写《针锋相对》的小说家吗？"

"是，但我说的不是这种小说，不是指虚构小说中的作者。我说的是一种极端的可能性，即小说中的作者就是真正创作小说的那个人，而不是一个旁观者、一个新闻记者、一个目击证人。"

"那是什么呢？"

"是小说中的又一个人物，跟从他灵魂中产生的其他角色相同；是一个发疯的主体，与他的分裂物共处。但这样写不是为了炫技，上帝原谅我，而是为了能够更深入地了解那巨大的奥秘。"

他一边走一边思考。不，不，这条路才对，走进黑暗本身。

这种感觉就好像是"话到嘴边"，像一种神秘的禁忌、一种私密的命令、一种神圣而压抑的力量，让他无法看清楚；又像一个迫在眉睫却遥不可及的启示，但也许秘密会随着他的前进而慢慢被揭露，也许当这段旅程结束时，他最终可以在夜间阳光的可怕光芒下见到它。他就这样蒙着双眼，被自己笔下的鬼魂带领着，一步步走向那个他们才能到达的领域。突然，他被他们带到了一道深渊的边缘，而在深渊底部就躺着那把让他魂牵梦萦的钥匙。

他们从克拉默街拐上门多萨街，又沿着门多萨街慢慢走向电车轨道的交叉口。暮色下，那个角落透着不祥的悲凉：荒地、枯木、在东南风中摇曳的街灯、路基，那样的无依无靠。萨瓦托坐在人行道路边出神而遗憾地看着。突然，电车啸叫着飞速掠过，这种悲伤被破坏了，就像一列送葬队伍突然被枪声给冲散了。

下着小雨，越来越冷了。

"这么美丽的地方很适合想要自杀的男孩。"萨瓦托突然低声点评道，仿佛是在自言自语。

西尔维亚吃惊地望着他。

"没事，笨蛋，"他带着忧伤的微笑补充道，"我说的是小说中的人物，那些想要寻找绝对最后却只找到垃圾的人。"

她嘟囔了一句。

"什么？"

女孩说，好像他的作品中一直都有自杀的主题。她心里想的是卡斯特尔、马丁。

没错，确实是这样。

"不过最后他们并没有自杀。"他补充说。

"这是为什么呢？"

"我不知道，小说家没法了解人物的想法，我一直都想让马丁自杀，但结局你已经看见了。"

"难道不是因为您内心深处不同意他们自杀吗？"

他似乎有些迟疑地承认了这种观点。

"可那个人物……"西尔维亚刚说出口就后悔了。

"什么？"

"没什么。"

"说吧。"

"那个男孩，嗯，这个地方，是您想写的吗？"

他没有立刻作答，而是捡起一些小石子，在地上摆出字母 R 的形状。

"不知道，到目前为止我几乎什么都不知道。对，也许我会写一个男孩的故事，他某天会来这里寻短见，但是，当然了，也可能……"他没把话说完，起身说了句"走吧"，拉着西尔维亚走到了贝尔格拉诺车站。

"我还要再待一会儿。"他说。

"我还能再见到您吗?"

"我不知道,西尔维亚,我的状态很差,请你原谅我。"

4. 一个警告

他准备开始了,纸已经放进了打字机里,但他的目光却开始在房间里没有目标地游走,然后他强迫自己把视线转回到打字机上:好利获得公司,Praxis 48 型号。他想到了伟大的阿戈斯蒂诺·罗卡①。终于,他似乎下了决心,开始打字:"我们不要忘了费尔南多的建议。"这时邮递员送来了信件,他翻看着信封,打开其中一封最大的。那是从美国寄来的丽莉亚·斯特劳特的论文,研究《英雄与坟墓》中的"恶",其中一个段落改编自《圣经》:"太奇妙的事,你不要去侦查;超出能力范围的事,你不要去调查。"他思考再三,然后把纸从打字机中取了出来。

5. 访谈报道

"您对自己写的东西感到满意吗?"

"我还没那么恬不知耻。"

"埃内斯托·萨瓦托是谁?"

"我在我的书中一直试图回答这个问题。我并非强求您去读它们,但如果您想知道答案就只能这么办。"

---

① 阿戈斯蒂诺·罗卡(1895—1978),意大利企业家。

"您能给我们提前透露一下最近在写什么吗?"

"一部小说。"

"起好标题了吗?"

"我一般都要到书最后写完的时候才知道题目,现在我还不太确定,可能会叫《黑暗天使》,或者《毁灭者亚巴顿》。"

"妈呀,听上去有点压抑呢,是吧?"

"是的。"

"希望您能回答我的一些问题:您如何看待拉丁美洲的文学爆炸?您认为作者应该进入作品中吗?对于刚起步的作家,您有何建议?您一般在什么时间写作?您更喜欢晴天还是阴天?您作品中的人物有原型吗?您写的是自己的真实经历还是纯属杜撰?您怎么看博尔赫斯?艺术家应该拥有完全的自由吗?召开作家会议有益处吗?您怎么定义自己的风格?您对先锋派有什么想法?"

"行了吧,朋友,我们把蠢话放一边,这次就讲讲真话吧,但是必须是完完全全的真话。我们来聊聊教堂和妓院、希望和集中营。至少,我不是个爱开玩笑的人,因为我即将死去。只有未死之人才有资格继续胡说八道。而我不是,我剩下的日子屈指可数(不过记者朋友,谁的日子不是屈指可数呢,您把手放在心脏的位置认真地回答我),所以我想做一个总结,看看在经历了那一切之后还能留下什么(曼德拉草还是抄写员),众神是不是真的比即将以我的尸体为食的蛆虫更有效力,我不知道,什么也不知道(我为什么要骗您呢),我没那么傲慢,也没那么愚蠢,非要鼓吹蛆虫更胜一筹(这些事情交给无神论者去做吧)。我向您承认这种说法让我印象深刻,因为大木箱、灵车,还有一切跟死亡有关的可笑用具,都证明了我们的不确信。可是谁知道呢,谁知道,记者先生。也许是众神不愿屈尊降贵、不肯听从人们的意愿让自己轻易被理解,他们藏在种种不幸场景之后等待着我们。在最后一句话讲完之后,我们孤单的身体被永远抛弃了(但是注意,是真正被抛弃,而不是生活中那些不彻底的、焦虑的、无用的抛弃)。准备接受蛆虫发起无数次进攻。而我们,没有恐惧,也没有吹嘘,简简单单地带着一点儿幽默感聊起死亡,以抵消它带给我们的痛苦。我们什么都聊一聊,包括:这些可疑的神灵、这些肯定的蛆虫、这些变幻莫测的人类的面孔。对这些奇奇怪怪的问题我懂得不多,但我所了解的都是真的,因为它们是我的亲身经历,而非书上读来的故事。我可以像陶醉在圣灵中的圣人一样谈论爱与惧,我也可以像剧场里(家庭聚会上、在信任的人中间)的魔法师谈论自己使用的障眼法。可你们就别再期盼其他东西,别再来指责我,不要那么狡猾,也不要那么卑鄙。我劝告你们:谦和一些,因为你们最终也会(啦啦啦)成为那些蛆虫的口粮。因此,除了疯子和看不见(也许压根不存在)的神灵之外,其他人都要仔细听我说,如果没有尊敬,起码也要带着宽容。"

"萨瓦托先生,许多读者想知道您以前为什么会致力于物理数学科学的研究呢?"

"再好解释不过了。我记得跟您讲过我1935年从布鲁塞尔的斯大林主义运动中逃了出来,身上没有钱也没有证件。吉列尔莫·埃切贝赫给我提供了一些帮助,他是托洛茨基主义者。有一段时间我直睡在位于乌尔姆大街的高等师范学院的阁楼上,我到今天都记忆犹新。一张很大的床,但是没有暖气,我每晚10点翻窗户进去,就睡在门房那张双人床上。他是个很好的人，可那个冬天太冷了，屋里没有暖气，我们只好把很多张《人道报》盖在身上，每次翻身的时候都能听到报纸的沙沙声（我现在都还能听见）。我当时身处混沌之中，很多次走到塞纳河边都想跳河自尽。您可能不相信，我当时是想到可怜的阿尔萨斯①门房勒尔曼会难过才没自杀的。他借钱给我买法棍三明治和拿铁咖啡，我不能做对不起他的事，您明白吗？于是我就一直走一直走，累到走不动为止。我小心翼翼地从吉贝尔特那里偷了一本波莱尔②的数学分析论著，然后走进一家咖啡馆里开始研读它。外面很冷，我喝着热咖啡，开始思考那些人所说的，我们所处的这个集市是由单一物质组成的然后转化为树木、罪犯和山峦，就像是复制一座博物馆用来保存思想。

"他们（过去的旅人、金字塔的建造者、在梦里见过它的人、诠释宗教奥秘的人）确信它由牢固静止的物体奇妙地组合在一起：不朽的树木、石化的老虎、三角形和平行六面体。还有一个完美的男人，由永恒的水晶构成，宇宙间的微粒，笨拙地想要变成他的样子（像一个小孩的画作），这些微粒曾经是盐，是水，是火，是云，是牛马的粪便，是乡野里、战场上腐烂的内脏。因此（那些旅人们还在解释，但是此刻眼里有了极其微弱的一丝嘲讽），他们试图用阳光和雨水去净化，这混合了垃圾、泥土和食物残渣的脏污，他们焦灼地呵护着它，用它去对抗人世间那些爱贬损和嘲讽他人的巨大力量（闪电、飓风、海啸、麻风）笨拙地去模仿，那个水晶做的男

---

① 法国东北部地区名。
② 波莱尔（1871—1956），法国数学家。

人。尽管它在成长、在强盛（您喜欢事情这样发展吗），突然间却开始摇晃，绝望地挣扎。最终还是死去，像可笑的漫画一般，重新变回了泥土和牛粪。但至少还能保留火的尊严。"

"您对这次访谈还有什么想补充的吗，萨瓦托先生？您在话剧或音乐上有所偏好吗？对于作家的义务您想聊点什么吗？"

"不用了先生，谢谢。"

6

他们终于又见面了，两人无言地穿梭在贝尔格拉诺区的楼宇间。每次和马塞洛待在一起他都会觉得困惑、不自在，不知该对他说些什么，那感觉就像是在一位善良但却无法收买的法官面前为自己辩解一样。有人曾把忏悔室形容成一个矛盾的法庭，它宽恕了承认自己有罪的人。在马塞洛面前他总感觉自己赤裸裸的，他无情地指控自己的罪过，虽然马塞洛赦免了他的罪，他最后却总是很不愉快。也许，他的灵魂想要的不是赦免，而是惩罚。

他们坐在咖啡馆的桌旁。

"作家的首要职责是什么？"他突然发问，那语气不像是提问，倒像是准备开始做自我辩护。

男孩用深沉的目光看着他。

"我说的是虚构小说的作者。他的职责就是说出事实，但是是大写的事实，尤其是隐匿得最深的事实，马塞洛，不是我们在日报上读到的那些鸡毛蒜皮的事。"

他在等待马塞洛的回答，但马塞洛察觉到这种等待时却红了脸，垂下目光，用小勺搅着杯中剩下的咖啡。

"可是你，"萨瓦托生气地说，"你一生都在阅读优秀的文学作品，不是吗？"

男孩嘟哝了一句什么。

"什么？你说什么？我听不见。"萨瓦托越发生气了。

终于，他听见对方好像是给出了肯定的答复。那他刚才为什么不说话呢？

马塞洛害羞地抬起头，用很小的声音说他并没有指责萨瓦托什么，他跟阿劳霍的观点不同，他觉得萨瓦托有权利去写自己正在写的东西。

"可你也是革命者啊，不是吗？"

马塞洛盯着他看了一会儿，然后又重新垂下目光，为这么宏大的名称而感到羞愧。萨瓦托明白了，改口说：是支持革命的人。嗯，我以为你是……我不知道……在某种程度上说……

对方回答的寥寥数语中充满了副词，用以缓和句子的动词、加了形容词的名词，几乎相当于没说；否则的话，他的害羞、他不想伤人的愿望会令他完全不开口。

"但你不光读过埃尔南德斯的战争诗，还读过他的死亡诗。更糟的是，你还崇拜里尔克，我甚至记得见过你读特拉克尔的书，你在丹迪餐厅时手里拿的那本德语书不是特拉克尔的吗？"

马塞洛做了一个不易察觉的表示肯定的表情，他觉得公开地讨论这些事情简直太丢人了，他平时都会给那些书套上封皮的。

萨瓦托突然明白自己的行为对他是一种冒犯，他痛心而自责地看见马塞洛取出了哮喘用的吸入器。

"原谅我吧,马塞洛,我不想说这些事的,实际上……"

实际上他就是想说,他所说的正是他心里所想的。他有些不知所措,也有点生气,但不是对男孩生气,而是对自己。

"你的同伴。"过了一会儿他又开口说道,但却不知道这个话题又是一个不幸的侵犯。

马塞洛抬起眼皮。

"你们关系很好,对吧?"

"对。"

"他是工人吗?"

好像听说他在菲亚特汽车公司的车间干过。

"他住在你那儿,是吧?"

马塞洛紧张地看着他。

"是,"他回答道,"但没人知道这事。"

"当然没人知道。只是,你知道吗,他长得很像我和布鲁诺的一个朋友。1932年肉制品工人大罢工时的朋友,卡洛斯。"

马塞洛把吸入器放入口中,他的手在发抖。看到这荒谬的场面,萨瓦托感到很自责,于是努力转移话题去讲他在圣马丁文化中心看过的一部卓别林的电影。马塞洛镇静下来,就像一个快要在广场上被疯子脱光衣服的人看见疯子突然跑走时的心情。不过这种放松只是暂时的。

"人是二元的物种,"萨瓦托说,"可悲的二元性,但危险而愚蠢的是,从苏格拉底起,人类黑暗的一面就被禁止。启蒙运动的哲学家们将潜意识踢出人门,但它却偷偷从窗户溜进来,因为这些力量是不可战胜的。如果有人想消灭它们,它们就先弯腰屈服,最后再更加暴力狠毒地反抗。你看看在纯理性的法国出现的中魔的人比其他任何国家都多,从萨德到兰波再到日奈①。"

他闭上嘴,看着马塞洛。

"当然了,有些话我之前没法说,我也不知道怎么说,我觉得你的朋友……总之……怎么跟你讲呢……有时候我觉得很痛苦,要把这些事告诉给你这样的……"

马塞洛已经垂下眼帘了。

"所以我才说谈论小说的任务就好比谈论做梦的任务!你看看伏尔泰,他可是摩登时代的领头人物之一。你只消读一读他的《老实人》,就能发现在他启蒙思想的外衣下藏着什么。"

萨瓦托笑了,但他的笑容透着一丝邪恶。

"另一个人就更诡异了,我说的是编撰《百科全书》的那位。你怎么看?你读过《拉摩的侄儿》②吧?"

马塞洛做了一个否定的手势。

"你应该读一读。你知不知道马克思还称颂过它?不过当然了,我想他是出于其他原因称赞它。言归正传,所以我刚才给你说它们会从窗户溜回来。小说的发展和摩登时代的发展相一致,这并非巧合,否则复仇三女神要在何处藏身呢?人们大谈特谈新人类,但如果不先把人类复原,是不可能造出新人类来的。现在的人类被这个充满塑料和电脑的唯理主义的机械文明搞得四分五裂,而在那些伟大的原始文明中,黑暗力量是被崇拜的。"

---

① 让·日奈(1910—1986),法国诗人、小说家。
② 法国作家德尼·狄德罗(1713—1784)的小说,他主持编写了《科学、美术与工艺百科全书》。

天开始黑了,光线暗下来之后马塞洛感觉轻松不少。

"我们的文明是病态的,不仅有剥削和贫穷,还有精神上的贫瘠。马塞洛,我相信你是赞同我的观点的。我们需要的不是让所有人用上电冰箱,我们需要的是创造出真正的人类。与此同时,作家的职责就是书写现实,而非用谎言助长堕落。"

马塞洛没有发表意见,他感觉越来越差,本来讲出这一切他会好受一些,但他道德的一面甚至资产阶级的一面在折磨着他,这些可怜的小瞎子啊!他希望什么呢?希望马塞洛为他敢于描写可怕的事情而欢呼?可他也知道,虽然马塞洛那么害羞又有礼,但却有自己坚定信仰的东西,谁也没法把他不相信的东西强加给他。也许正是他的这种诚实让萨瓦托围着他打转,想要获得他的一丝认同?

他感到很难受,便借故离开了。他沿着埃切维里亚街走,突然发现无原罪圣母教堂就在面前,黑暗中它的穹顶凸显在灰色的天空中。下着小雨,很冷,他像个傻子一样在那里干吗呢?瞎子们,他看着巨大的教堂,想象着它的地窖和秘密通道。似乎是他隐秘的执念把他带到了这里,这是他内心痛苦的象征。他状态很差,一种不确定的不安烦扰着他,却不知如何摆脱。突然他想起自己跟朋友分别的方式太过鲁莽和愚蠢,可能会伤到对方,于是便从坐着的长椅上起身,走回了咖啡馆。咖啡馆里已经亮起了灯,还好,他还在那里。他看见他背对着自己,在一张小纸片上写着什么。他后来想,如果当时考虑周详一点,就不该那么悄无声息地出现。马塞洛发现他时,赶紧用笨拙慌乱的动作盖住了那张纸,脸也红了。是一首诗,萨瓦托心想,同时为自己的贸然入侵而感到尴尬。他装作自己什么也没看见,假装是为了继续之前的谈话:

"听我说,我回来是因为之前跟你讲过的另外一些事情。我想说……另一些不同的事情……我想请你帮个忙。"

男孩已经恢复了镇定,他的身体微微前倾,礼貌地等着萨瓦托的请求。

萨瓦托发火了。

"你没发现吗?我还没开口你就已经做出洗耳恭听的神态了,不管我说什么你都一样地尊重。但这恰恰就是我想求你的:请你不要这个样子,至少在我面前不要这样,从你出生我就认识你了,请你跟我争论,把你内心保留的想法说出来。妈的……我不知道……你是少有的几个让我……所以……"

马塞洛的表情有了一丝很细微的变化,带着十分严肃而有礼的关切。

"但是我……"他说。

萨瓦托拽住他的胳膊,但是动作很轻柔,就像是在对待一位伤员。

"马塞洛,我希望你……"

但是他没再说下去,这段对话好像再也不会继续下去了。萨瓦托的头靠在桌子上,男孩看着他,觉得自己有必要帮助他,于是开口说道:

"但其实我是同意你所说的……嗯……大多数……当然……"

萨瓦托抬起头,用混合了关怀和厌倦的目光望着他。

"看到了吧?"他说,"总是如此。"

马塞洛避开了他的视线。萨瓦托心想,没用的,但还是觉得需要跟他谈谈。

"当然,我知道我有些夸张了。我一直都是一个爱夸张的人,而且还是一个极端主义者,总是从一个极端跨到另一个极端,在愤怒中不停犯错。我曾经着迷于艺术,然后又投身于数学,当我做到极致时却又突然带着怨恨抛弃了它,我对马克思主义、超现实主义也是如此。嗯,抛弃……这只是一种表达方式,你明白吧。如果一个人真的强烈地爱过,那这份激情总会在他身上留下印记的,在字里行间、在秒针的嘀嗒声中、在梦里。是的,尤其是在梦里……那些我们以为已经永远被遗忘的脸又重新出现了……是,我是一个爱夸张的人,马塞洛……有一天我告诉你诗人总是站在恶魔的一边,尽管有时他们并不自知,我注意到你其实并不同意我的观点……说到布莱克的时候,我确实言过其实了,但没关系,我还是会那样讲。我还告诉过你,正因如此我们才被但丁的地狱所吸引,对他的天堂感到无趣。还有,罪孽与惩罚启发了弥尔顿的灵感,而天堂却夺走了他的创作热情……当然,还有托尔斯泰、陀思妥耶夫斯基、司汤达、托马斯·曼、穆西尔[①]、普鲁斯特的恶魔。这一切都是事实,至少对这类人是如此,所以他们都是反叛者,却很少是革命者,如果按照马克思主义的术语来定义的话。这种可怕的特性让他们不适合待在一个稳定的社会中,尽管这样的社会是马克思主义者梦寐以求的。也许在浪漫主义时期他们作为反叛者来说是有用的,

---

[①] 罗伯特·穆西尔(1880—1942),奥地利作家。

但是之后却……你想想马雅可夫斯基①、叶赛宁②……但这并不是我想告诉你的,我想说的是让你不要沉默,你不应该忍受我的夸张、我的粗鲁、我随意举例来为自己的固执开脱的行为……我知道在我跟你聊完之后,你会想,虽然米格尔·埃尔南德斯确实为死亡痴迷,并且他的许多诗歌是玄奥的,但他并非日奈那样着魔的人。你完全有理由在心里说,埃内斯托你别夸张了,并非总是如此,也有不与恶魔为伍的伟大诗人……还有另一些诗人是欢乐的、健康的、与宇宙和谐共处的……还有一些画家……"

他打住了,再次感到不快,觉得自己在说谎,于是带着巨大的不安离开了。

7

他的脚步又一次把他带回了广场,他在长椅上坐下,静静凝视薄雾细雨中教堂那庞大的环形轮廓。他想象着费尔南多在那天凌晨是如何在禁忌世界的入口徘徊,最终走入了地下的宇宙。

地窖。瞎子。

他突然想到冯·阿尼姆③:我们每个人都是由许多灵魂构成的,它们在睡梦中追赶着我们,发出黑暗的威胁,给出难懂的警

---

① 弗拉基米尔·弗拉基米罗维奇·马雅可夫斯基(1893—1930),俄罗斯诗人、剧作家,1930年开枪自尽。
② 谢尔盖·亚历山德罗维奇·叶赛宁(1895—1925),俄罗斯诗人,1925年投缳自尽。
③ 贝蒂娜·冯·阿尼姆(1785—1859),德国作家。

告，让我们感到惧怕。它们为什么竟会陌生到让我们感到惧怕呢？它们难道不是从我们心里涌现出来的吗？尽管如此，我们还是着了迷一样地想要召唤它们、祈求它们，虽然明知道它们也许会带给我们恐惧和惩罚。

他记不起来冯·阿尼姆说了什么。似乎有一些隐形的生物从更高的世界窥视着我们，只有靠着诗意的想象才能让它们被感知。灵视。

但万一这些看不见的怪兽被召唤出来后就扑向我们，再也不受控制怎么办呢？如果我们的祈求不够准确，没能打开地狱之门怎么办呢？可如果我们的祈求足够准确，我们就得冒着疯狂或死亡的危险。

冯·阿尼姆在道德上有何顾忌？托尔斯泰呢？创作者去创造一些前所未有的东西、去挖掘一些陷入深渊的东西、把灵魂交给混沌，这样的信仰是神圣的吗？是的，应该如此。谁都不应反驳，因为创作者投身于这样的恐怖中，已受到了足够的惩罚。

风夹着冻雨呼啸而过。

就在那时，他看见了她，她像梦游一样穿过了广场，走向艾普西龙咖啡厅旁边的一扇老旧大门。他怎么可能认不出她来呢？那样的高个子，那样的黑发，那样的步伐。他奔向她，像着了魔一般拉住她的胳膊，对她说（对她喊）：亚历杭德拉。而她只是用灰绿色的双眼望着他，嘴唇紧闭。是因为轻蔑吗，是因为漠视吗？萨瓦托松开她的胳膊，她头也不回地离去，打开了那扇他如此熟悉的房子的大门，然后把自己关进了门里。

8

那几天里梅梅·巴雷拉给他打过电话,她告诉他星期五晚上10点达内里会举办一次聚会,最好带上一些有身份的人一起,这样能聚集起更大的能量,她建议他带上阿隆索。

"阿隆索?"

她不认识阿隆索,但知道他非常出色。她还推荐了伊尔塞·穆勒。特别棒,她听说过她的名字,非常优秀。萨瓦托突然觉得把这么多有共同特征的灵媒聚在一起是件特别荒诞的事情:他们都有一条木制假肢、一只玻璃义眼、都是左撇子。不对,她刚才提到阿隆索,但现在才想起来他人在巴西呢。嗯,那算了吧,就伊尔塞·穆勒吧。

结果他还带了贝托和巴黎国际法制计量局的管理员,他不想被感觉和错误的经验拖着走。

不久著名的达内里就到了,穿着他的蓝色西装,戴着他的黑色粗框眼镜,那副眼镜在他乳白色的、鸡蛋般的秃头上显得十分突兀。他长得有点可怕,毫无血色的脸。像一个太阳系之外的天外来客被按照地球人的习惯打扮了一番,又像是一个一直活在黑暗中或是霓虹灯管下的人。他的肉肯定像黄油一般松软,他的骨骼肯定也是软的,像某些低级生物一样。难道他是来自阳光照射不到的某颗超铀元素构成的小行星吗?还是被关在地下室多年之后逃出来的人,浑身发软,带着呆呆的微笑?

玛戈特·格里莫也来了,戴着她的黑色墨镜,自始至终都没摘掉过。她的两撇八字眉属于那类经历了各种死亡、瘟疫、子宫手术、疏远、纤维瘤的人,急切地想要跟来自另一个世界的人交流。是跟她的儿子还是恋人?

首先是伊尔塞·穆勒和达内里之间的专业对话,他们就像国际大会上的专家(哲学家、植物学家或耳鼻喉科专家)那样交流着深奥的术语。之前没有私交,只在相关杂志上互相关注的人都出现在了这里,他们有共同的朋友吗?当然了,那就是卢克先生。

随后开始比赛,每个人都要讲述各自的经历、证据、梦境、灵视、难忘的通灵体验。

梅梅:

她小时候在一所英国学校就读,一节历史课上,她讲到了关押玛丽·安托瓦内特①的那所监狱的第二级台阶上发生了一件什么事。她讲完后老师叫住了她,问她是从哪里了解到这些细节的,这么精准的细节只在一本百科全书上记载着,而梅梅之前从未读过。大家非常投入地倾听完她的陈述,最后一致认定唯一的解释是梅梅就是玛丽·安托瓦内特转世后的化身。

伊尔塞·穆勒:

夏季她总是会和一群朋友在马德普拉塔②的家里聚会,跟一个特别了不起的女性进行灵媒间的交流。那人叫玛丽塔,有人听说过她吗?没有?哦,好像梅梅听说过。她是这样的吗?不,她不是这样而是那样的。嗯,言归正传,玛丽塔·菲达哥,一个真的特别特

---

① 玛丽·安托瓦内特(1755—1793),法国国王路易十六的妻子,死于法国大革命。
② 位于布宜诺斯艾利斯省南部,是阿根廷著名的海滨避暑胜地。

别优秀的人。当时是凌晨时分，他们进行了数小时失败的尝试，大家都累得精疲力竭。大概3点时所有人都困了，在椅子上、长沙发上等各种地方打盹儿。突然传来一阵巨大的声音，茶几一下子飞到了一个角落里。

达内里脸上挂着白化蟾蜍般的微笑，带着学者的宁静表示赞同，就像一位文学院的高级院士在一场退休女教师大会上，慈祥地倾听孩子们向她讲解字母Z或介词的用法。

"说得对，说得对。"他慈爱地点评道。

如果有人近距离观察他，或许能发现从他嘴角流下一线乳白色的口水黏液。

梅梅援引了一个事例作为证据：空中落下一张纸，她的女婿科尼托（他一向都持经典的怀疑论去嘲弄灵媒）面带微笑地接住它，看到纸上的字迹后却顿时脸色大变。怎么了，怎么了？原来那是他已故父亲的笔迹，是写给他的一封信。

信中含有希腊语、阿拉伯语，甚至吉卜赛语写成的信息，是通过不懂这些语言的几位灵媒传达的。

中场休息半小时。

随后开始进行通灵尝试。

传来一阵声响，大家的注意力高度集中，但接收到的几条信息都是错误的。

"这条是给你的。"梅梅对玛戈特·格里莫说，后者一直保持忧伤至极的神态,缄口不语,两条眉毛像扬抑符∧①似的朝下吊着。

她仔细地听着,试图破解密语,但却没有得到任何有用的信息。一个在海里划水的男人?梅梅着急地问会不会指的是伯纳斯科尼,但玛戈特用一个沮丧的表情否定了。人们继续尝试诠释出这条消息的含义,但却一无所获。

接下来还接收到一些无缘无故的信息,一些充满拟声词的胡言乱语。

"这些都是他们讲的笑话。"达内里解释说,"这是很常见的。"

"今天晚上不会有成功的通灵案例了。"梅梅有些不满地承认道。

于是大家开始闲聊,讲讲趣闻轶事、难忘的案例、某些灵魂的奇特态度。有人记得卢克先生对阿尔弗雷多·帕拉西奥斯医生讲的话吗?记得,不记得,模模糊糊。还有他对卡利托斯·科劳蒂的预言,说他要到四十五岁才会结婚。这也太神奇了,因为卡利托斯当时才刚过二十岁,而且是个随时随地准备着结婚的结婚狂呢。等等。

当他们漫步在街上时,贝托对萨瓦托的兴趣和投入表示了震惊。

"如此滑稽的表演。"他看着萨瓦托的脸惊愕地评论说。

他没回答。

"你别告诉我你真的相信这些丑陋的言行。"

---

① 某些文字罗马化和音译方案所使用的拉丁字母和希腊字母附加符号,拉丁文字的扬抑符是个山形符号(ˆ)。

萨瓦托觉得应该作出回答,但却不知道怎么说。

于是他问贝托有没有看过《罗斯玛丽的婴儿》①。

"怎么了?"

"我告诉你吧,这类聚会总是充斥着胡说八道的骗子、容易轻信的可怜老太太、追逐时髦的人、拆穿谎言的人,但这并不能证明黑暗力量不存在。那是一个可怕而危险的世界,比你能想象的还要可怕危险得多。"

"这和波兰斯基有什么关系?"

"他本来只想开开玩笑,但他的结局你是知道的。"

贝托沉默了,但萨瓦托在黑暗中仍能看到他脸上的厌弃和怀疑。

"你要明白,贝托,这就好比一场邪恶的狂欢,在一群戴着面具的小丑之中却隐藏着几头真正的怪兽。"

9

一些需要留意的信息:盲人艾萨克②是现代神秘哲学之父,他住在13世纪法国西南部的某处。"盲人"艾萨克!

符号、字母和数字。它们来自远古的魔法,来自诺斯底派③,

---

① 法国导演罗曼·波兰斯基执导的恐怖片,于1968年上映。次年8月,导演怀有八个月身孕的妻子莎朗·塔特被美国邪教组织"曼森家族"的成员残忍杀害,据传就是因为该片触怒了邪教组织。
② 盲人艾萨克(1160—1235),法国作者,其主要成就是对犹太神秘主义思想的解释。
③ 公元2—3世纪盛行于古罗马的宗教与哲学运动。

也来自于圣约翰所记录的《启示录》。

属于但丁的数字3：《神曲》分为3部，每部有33首曲，九重天是3乘3。他是受了神秘哲学家穆哈伊丁·伊本·阿拉比①《夜间旅行》的启发吗？他和盲人艾萨克之间有什么联系吗？

初窥门径者组成的链条，从古代一直到研究原子分裂的现代，牛顿也属于这个链条的一环，他著作中所揭露的只是他所知的一点表层而已。他曾写过："那些人保守着如何灌注水银的秘密，那也许是通往（比炼金）更为重要之物的密钥。如果把这秘密说出来，世界就会陷入巨大的危险之中。"

所以炼金术士们的语言才如此含糊不清，那是留给初通者的象征符号。

10

另一个需要留意的信息：

(约翰·维耶②，《论妖术》，1568)

地下恶魔构成了第五种恶魔，它们居住在洞穴和岩洞中，是掘井人和寻宝者的盟友或敌人。它们时刻准备着通过地面裂缝、深渊、火山喷发或路面塌陷来毁灭人类。

避光者逃避阳光，只在夜间才具备形体。它们是第六种恶魔，也是最后一种。其中，莱昂纳多是在安息日狂欢和使用黑魔法的大

---

① 穆哈伊丁·伊本·阿拉比（1165—1240），西班牙伊斯兰教神秘主义哲学家。
② 约翰·维耶（1515—1588），荷兰医师、神秘学家，他在《论妖术》中对妖魔进行了分级。

宗师；能穿越过去和未来的阿斯塔罗斯，则是出现在浮士德面前的地狱七魔王之一。

萨瓦托的自述：
1938年前后在巴黎发生的一些事情

我应该跟您讲过，《英雄与坟墓》的问世公开地挑战了某些势力。其实许多年以前他们就已经初露端倪了，尽管是以一种乔装打扮后更加隐秘的方式显现，但也因此才更加可怕。一个人在战场上可以设法保护自己，因为敌人就在他前面，穿着跟他不同的军服。可是如果敌人就在我们之间，穿着跟我们相同的衣服，应当如何保护自己呢？甚至我们根本就不知道战争已经悄然开启，而一个极端危险的敌人正在我们的领域上偷挖隧道悄悄接近呢？如果1938年时我能对这悄无声息的行动有所察觉，也许我就能成功地保护好自己了。但事实却是种种迹象都在不知不觉间溜走，因为就好比在和平年代，谁会去留意一个正在给一座大桥拍照的游客呢？埃内斯托·博纳索那时刚把多明格斯介绍给我认识，他告诉我说那人就是挖掉了维克多·布罗纳一只眼睛的那位画家。这是一个可怕而意义深远的事件，然而我却完全无法将它跟自己的未来联系起来。第二个征兆可能还更糟糕一些,那就是 R 从阴暗中浮现。当然了,我把它叫作征兆是从之后发生的事情作为参照。我想,如果我们能知晓未来,那么每时每刻每一个角落所发生的细微事件都在预示着什么;而由于我们无法知晓未来,所以这些事情对我们来说就只是一些偶然事件、一些无意义的巧合而已。想象一下,如果有人知道未来会发生的骇人灾难,那当他看见一位留着卓别林式的小胡子、长着迷人的蓝眼睛的下士于 1925 年走进慕尼黑的一家小酒馆时,他会有多么害怕。

我现在也明白了我在那个时期产生了想要放弃科学的念头也绝非偶然,那是因为科学代表着光明的世界!

我当时在居里实验室工作,就跟某位已经不再相信上帝的教区神父一样,虽然继续机械地做着弥撒,但有时却为自己的表里不一而痛苦不已。

"我发现你总是心不在焉。"戈德斯坦带着审视和令人害怕的表情观察着我,就像那位神父的某个信仰坚定的好友在做弥撒时发现了他的一丝异样。

"我不太舒服,"我跟他解释,"非常不舒服。"

我的话在某种层面来看是真实的。就这样,有一天我甚至在操作锕①时依然心神恍惚,于是在手指上留下了一个危险的小伤口,这伤疤在接下来的几年时间里都伴随着我。

我开始酗酒,在酒醉后的眩晕中找到了一种悲伤的快感。

在一个非常压抑的冬日,我沿着圣雅克街朝公寓方向走着,半

---

① 一种放射性金属,元素符号 Ac。

路走进了一家小酒馆想喝杯热红酒。我找了一个阴暗的角落坐下，因为那时起我就已经开始逃避人群了，还因为光亮总是让我觉得不适（然而过了这么久我才意识到这一点）。我把自己交付给我孤单的恶习，随着酒精作用慢慢生效，开始认真思考一些思想和感情的碎片。在我已经喝得晕头转向时我注意到了他，他用一种持续的、穿透性的（至少我感觉是这样）、还带着一点讥讽的目光注视着我。我把视线移向别处，想通过这种方式让他意识到自己的失礼。但由于实在躲不开，而且感觉到他那穿透性的目光依然固定在我身上，我只好再次迎上了他的眼睛。我隐隐觉得他似乎很熟悉：他跟我同龄（我们是没有血缘关系的孪生兄弟，他后来不止一次地这样跟我说，脸上挂着那种让人血液变得冰凉的冷笑），他身上的一切都让人联想到某种大型猛禽，像一只巨大的夜之游隼（事实上我确实只在孤独和黑暗中见过他）。他的双手干瘦、贪婪、凶残、富有攻击性；他的双眼似乎是灰绿色的，跟黝黑的肤色很不协调；他的鼻子虽小却有力量，呈鹰钩状。他虽然坐着，但我估计他个子应该非常高，而且有一点儿驼背。他虽穿着破旧的衣服，却透着一股贵族气息。

他继续观察着我、研究着我，让我恼火的是他眼中的讥讽意味越来越浓。

我是一个容易冲动的人，这您是知道的，我立刻站起来要求他做出解释。而他甚至都没有起身，只是反问了我一句：

"这么说你不认得我了，嗯？"

他的嗓音是那种烟瘾很大的人所特有的：粗糙、浑厚、有些难听清、喉音很重。我震惊地看着他，一种说不清道不明的嫌恶情绪在我心里涌现，那感觉就像我们刚醒来时透过半睁半闭的双眼，看见眼前出现的人正是那个在之前的噩梦里纠缠我们的人。

他可能觉得自己制造的悬念已经足够让我感到不适了，于是简单地提示了一个词："罗哈斯。"我以为他说的是一个姓氏，于是开始在脑海中搜索所有我认识的姓罗哈斯的人。他似乎能看穿我的想法，所以不耐烦地打断我说：

"不对，老兄，罗哈斯镇。"

罗哈斯镇？

"我十二岁就离开那儿了。"我干巴巴地回答他，似乎是想让他知道，都过了那么多年他还指望我能认得他，那简直是太自以为是了。

"我知道啊，"他说，"你没必要跟我解释。我非常了解你的人生轨迹，因为我一直很关注你。"

我的愤怒在升温，因为他的这些话对我是一种冒犯。我故作开心地回敬他说：

"而我却完完全全记不起你来了，你看吧。"

他露出一个嘲讽的微笑。

"不要紧，再说了，你故意想忘记我也是合情合理的。"

"故意忘记你？！"

我说这些话的时候早已经坐在他的桌子旁了，因为您知道，我不可能指望他那样的人主动邀请我坐下。我不仅坐了下来，还给自己又点了一杯热红酒，虽然我说话已经含含糊糊，脑子也不太灵光了。

"那你说说看我为什么要忘记你？"

我变得咄咄逼人,觉得这段对话最后会以暴力收场。

他眉毛一抬,笑着做了个鬼脸,额头上出现了好几条深深的抬头纹。

"因为你从来都没喜欢过我,"他说,"更直白点说吧,你一直很嫌恶我。你还记得那只麻雀的事吗?"

此刻,那噩梦般的场景清晰地出现在我眼前,我先前怎么可能竟忘了那样的眼睛、那样的额头、那样讥讽的鬼脸呢?

"麻雀?什么麻雀?"我撒谎道。

"那个实验。"

"什么实验?"

"看看它没了眼睛怎么飞翔。"

"那是你出的主意!"我大喊道。

好几个人都回头看向我们。

"你别这么激动。"他责备我,"没错,主意是我出的,但是用剪刀尖挖出麻雀眼睛的人却是你。"

我摇摇晃晃但却毅然决然地扑到他身上,掐住他的脖子。他冷静而有力地分开我的双手,命令我平静下来。

"别干蠢事,"他说,"你这么做只会把警察给引来。"

我像被击垮一般坐下来,一阵巨大的悲伤笼罩住我。不知为何,在那样的时刻我想起了在索默拉德街的那个小房间里等着我的M,想起了摇篮里的儿子。

眼泪顺着我的脸颊往下流,他的表情变得越发嘲讽。

"好吧,哭吧,哭了就能减轻你的罪恶感了。"他邪恶地说。他从小就擅长说这些客套话,长大后更甚。

我重新读了一遍写给您的信,觉得我在描述那次相遇的场景时不够公正。是,我承认我和他的关系一直不好,而且我从一开始就对他怀恨在心。我对他的外貌、他的行为举止、他的声音的描写都不像一幅肖像画,而更像一幅讽刺漫画,可是就算改换一些用词,我对他的描绘也还是大同小异。不过我至少应该说明一下,他带着一种尊严,一种魔鬼般的尊严,他对事实的掌控总让我感到渺小和不知所措,他身上有些什么东西让我联想到阿尔托①。

在他沉默的审视之中,我付了酒钱打算离开,但他却突然说出一个人名,让我顿时动弹不得:索莱达。我不得不重新坐下,闭上眼睛不去看那张可恶的脸,试着让自己平静下来。

我当时在拉普拉塔市国立小学读三年级,我的一个同学叫尼古拉斯·奥尔蒂斯·德·罗萨斯。他父亲曾任省长,所以从那时起他们一家就一直住在一栋有三个庭院的大房子里。那类宅子是达多·罗查②建城时盖的。尼古拉斯家客厅里有一幅胡安·曼努埃尔·奥尔蒂斯·德·罗萨斯③的巨幅油画肖像,他身后是鲜红的旗帜。这幅画挂在那里就像是宁静的午后突然出现的一颗炸弹。

第一次看见这幅画时我吓得几乎晕倒,那都是学校里的集权派们编造出的恐怖故事所创造的效果。这位血腥暴君正用冰冷的灰色眼睛注视着我(不对,更合适的动词应该是"观察"),薄薄的双唇

---

① 安托南·阿尔托(1896—1948),法国演员、诗人、戏剧理论家。
② 达多·罗查(1838—1921),阿根廷律师、政治家,建立了拉普拉塔市和拉普拉塔大学。
③ 胡安·曼努埃尔·奥尔蒂斯·德·罗萨斯(1793—1877),阿根廷军事家、政治家,支持联邦制的独裁统治者,曾血腥镇压集权派。

紧抿着。

我和尼古拉斯当时正在研究一个几何定理，突然，我吓了一跳，感觉身后好像冒出一个乘着飞碟到达地球的外星人，它不用张嘴就能够跟人类交流。我回过身去，看见她正站在通往主庭院的大门口。她的眼睛是灰色的，脸上挂着跟她的祖先一样冷冰冰的表情。多年之后我仍记得她出现在我身后的场景，我自问到底是她在下意识地模仿罗萨斯呢，还是在她身上重复了相同的外貌属性，就好比我们玩牌的时间够久后，会抓到同样组合的扑克牌。

除了瞳孔的颜色之外，尼古拉斯跟她没有任何相似之处。他很开朗、搞笑，会挂在树枝上一边模拟猴子的尖叫声一边剥香蕉，但在她面前他会变得哑口无言，那态度就像人们在面对上级领导时战战兢兢的样子。她用专横到不容置喙的语气问了尼古拉斯什么事情（很奇怪我现在想不起来她具体问了什么），而他就像一个面对专制君主的无名小卒，用一种我感到陌生的嗓音回答说他什么也不知道。她听完便转身离开了，就跟来时一样悄无声息，从头到尾甚至连声招呼都没有跟我打。

我俩一时半会儿都没法继续回到那个几何定理上，尼古拉斯看上去有些不安甚至害怕，而我当时有一种模糊的印象，等到长大后再仔细回想这段插曲得出的结论是：索莱达那天出现在客厅里的目的就是为了让我知道她的存在。不过，我那时候当然没有能力像现在这样去对场景和人物进行定性，这就好比我当时把那个瞬间拍摄下来了，现在再回过头来分析这张旧照片。

我刚才说她身上有一些东西是罗萨斯的重复和再现，但其实我从来都不知道（似乎在她周围隐藏着一个不能被说破的不祥秘密），她和尼古拉斯以及卡兰萨家族到底有怎样的血缘关系，甚至是否有血缘关系。我倾向于去猜测她是奥尔蒂斯·德·罗萨斯家族某个我不认识的男性成员跟一个深色皮肤的女人的私生女，毕竟我小时候这种事情在我们那里是很常见的。我父亲曾经雇佣过一个叫托里比奥的特别出色的男孩，在我们家的面粉厂里做电工，结果一直到我长大后才知道，他居然是我父亲的一个老朋友堂普鲁登西奥·培尼亚的私生子。

我离开时鼓起勇气问尼古拉斯她是不是他的姐妹。

"不是。"他眼神躲闪。

我不敢再追问其他细节，但是我猜她应该跟我们年龄相仿，差不多十五岁的样子。不过现在我却觉得她有一千岁，活在离我们非常遥远的年代。

那天晚上我梦见了她。我艰难地走在一条地下通道里，路越来越窄，空间越来越令人窒息，地面泥泞不堪，光线极暗。突然我看到她站在那里，静静地等着我。个子很高，四肢很长，丰满的胯部与她瘦弱的身躯很不相称。在近乎黑暗的环境中，她身上闪着磷光，但让她显得更加恐怖的是她脸上两个空洞的眼窝。

接下来的几天里我都没法专心学习，因为我一直怀着激动的心情等待再去尼古拉斯家的时刻。可是我刚一走进门厅就知道她不在那里，空气里的平静就像是夏天雷雨过后的安宁。

我完全不用问，但我还是这样做了。

她去了布宜诺斯艾利斯。

尼古拉斯的回答证实了我的猜测，这让我感觉自己很有力量，我和她之间确实存在一种看不见但却强大的联系。

我问尼古拉斯她在布市是不是跟她父母同住，他有些迟疑地回答我说她暂住在卡兰萨那儿。"父母"这个词被绕开了，就像有人在夜间刻意绕道避开某个地方一样。

那几个月我像着了魔一般幻想着有朝一日要去布宜诺斯艾利斯的那栋房子里。冬天过完了，夏天又到了，那年的课程结束了，我已经对再见到她不抱期望了。一天，我去找尼古拉斯，他告诉我他正要去布市，去卡兰萨家。那天是周日，我本来应该在家跟兄弟姐妹们待在一起的。我知道跟尼古拉斯的这次相遇绝非偶然，在我的大脑反应过来之前，我就听见自己在问他是否能跟他同行，我感觉心脏激动得快要爆炸了。

"当然了。"他以惯有的、毫无芥蒂的善良回答道。

他所在的维度跟我和索莱达的不同，所以他怎么可能猜得到我内心的秘密想法呢？他好几次跟我提起弗洛伦西奥和胡安·包蒂斯塔·卡兰萨，还反复强调说我一定会喜欢他们的。事实证明我确实很喜欢他们，但我对索莱达的一片痴情他却丝毫没有察觉。

不知道您是否见过阿科斯街1854号的那栋房子，我好像曾经跟您提起过，我当时对您说想让我某部小说中的人物住在那样的房子里，某部我还没构思清楚的小说，甚至都还没决定要认真去写的小说。现在那栋房子已经废弃了、坍塌了，我当时去的时候它就已经十分破旧了，给人的感觉是住在里面的主人非穷即懒。从街上几乎看不见房子的外观，因为前花园里的树木和植物纠缠在一起挡住了视线。花园沿着房屋外墙延伸，把这栋上世纪末的豪宅完全包围了起来。那是夏日的午睡时分，屋子里一片寂静，让人误以为里面无人居住。尼古拉斯打开了生锈的栅栏大门，我们绕着房子走到后花园。那里有间小屋，可能是从前给用人住的。

男孩们就住在那里，居住环境简直一片混乱。我不禁好笑，我当初居然还为能不能去那里而担心，实际上那样一栋房子、那样一群孩子，任何一个陌生的探险者都可以长驱直入，随便找个房间住下来度过余生也没人会觉得惊讶。

在那个疯狂的据点里我认识了弗洛伦西奥·包蒂斯塔·卡兰萨，他肯定跟我同龄，应该也是十五岁的样子；我还认识了他的弟弟胡安·包蒂斯塔，他比我们稍微小一些。他们俩长相很相近，跟后来的马塞洛很像：都有着精致的五官、白到几乎透明的皮肤、栗色的头发。最有特点的是他们的眼睛，又大又黑，眼窝深陷。他们的头很窄，额头非常夸张地向前凸出，下巴也有一点凸。

不过虽然他们外表相似，但有一点立刻引起了我的注意：弗洛伦西奥的眼神总是涣散的，似乎总在想着某些与身边事物不相干的东西、想着某处他肉身不在的美丽宁静的风景。如果不知道他是个异常聪明的孩子，按过去的说法，人家可能会觉得他这人有点"神神道道的"，其实这个词用来形容这类人还挺恰当的。

在后来的岁月中，我和弗洛伦西奥成了挚友。他于我就像一位法官，他只要沉默不语就是对我最大的责备；但这种沉默很快就会被打破，他会亲密地拍拍我，好像想把我视作责备的这种感觉抹去。

我印象中的他总是抱着吉他，但却只是轻轻地扫过琴弦，而不会认真深入地去弹奏一支曲子，不知是因为没有兴趣还是不够大胆。他弹拨的就像是一把遥远吉他的影子，那些零星的音符就像是某首民谣的回声片段。许多年之后，有人告诉我说曾在拉普拉塔的宅子里听过他弹吉他，弹得非常非常好。他当时还以为家里没人，却不知道自己的琴声已经被人听见了。他的羞涩和细腻让他无法展示自己的才气，因为他从不想显得高人一等。他和我一起进入系里后从没参加过任何考试，当然，也没有念完博士课程，虽然他在数学上极有天赋。他对学位、荣誉、职位都不感兴趣，最后去了圣胡安省，给一个名不见经传的天文学家当助手。在那里，他肯定一边继续喝着马黛茶，一边弹拨着吉他琴弦。他在路上迷失了自我，因为他不在乎要去的地方，只愿去享受沿途的风景。

他弟弟胡安·包蒂斯塔却十分务实和现实，跟他完全相反。奇怪的是马塞洛并不像他父亲，反而像他的伯伯弗洛伦西奥。

我不知道我为什么不去讲索莱达，却花了这么多时间去聊他。也许是因为在我人生的黑影中（而索莱达几乎就是这黑影的中心），弗洛伦西奥就像是一间遥远避难所里的微光，那里面住着积极、善良的人们。

在1927年那个酷热的下午，我几乎没有参与到大家的交谈之中，心里为玛丽亚·德拉·索莱达神秘的接近而激动不安。她在哪儿？为什么没见到她？我不敢问出这些问题，最后只好鼓起勇气间接问了一下住在大房子里的是谁？他们的父母在哪里？

"爸妈在农村，"弗洛伦西奥回答说，"阿曼西奥哥哥和欧洛希奥哥哥他们也是。"

"这么说现在整栋房子里都没有别人了。"我说。

我感到他们之中出现了一阵短暂的不适，不过这也许只是我的错觉。

"嗯，有人，索莱达住在其中一个房间里。"弗洛伦西奥说。

这几句话增加了我内心的不安。弗洛伦西奥拨了一会儿吉他，其他人都不说话，后来胡安·包蒂斯塔去面包店买羊角面包，弗洛伦西奥去院子里给大家煮马黛茶。天几乎已经全黑了，尼古拉斯爬到一棵蓝桉树上去表演他最著名的技能：吊在树枝上学猴叫，然后把一根假想的香蕉剥皮后吃掉。这时我感觉脖子后有什么东西出现，与此同时尼古拉斯从树枝上摔了下来，所有人都愣住了。

我慢慢地回过头，皮肤上又出现了在这种情况下总会有的奇特感觉。我抬起头，仿佛精准地知道这种感觉来自何处。在黄昏的阴影中，在顶楼右侧的那扇窗后，我看见了索莱达静止的身影。由于光线很暗距离也远，很难看清她的视线定定地落在何处，但我就是无比确信地知道，她在看着我。

随后她就像出现时那样悄然消失了。渐渐地，男孩们的谈话声又重新响了起来，但我已听不见他们的声音。

蚊子多了起来，于是我们回到室内。迟些时候弗洛伦西奥给大家煎了鸡蛋和土豆，我们用手拿着吃了，后来我们还吃了一些从乡下带来的装在大罐子里的自制糖果。我一边吃一边想象着索莱达在楼上的房间里或是楼下的厨房里进餐，只身一人。

我现在还没有勇气跟您讲述（也许改天我能做到）那天发生的事情，我只能说索莱达似乎印证了古老的命名学，因为她的名字①恰如其人：她好像保守着什么神圣的秘密，就像某些宗教团体里的成员宣誓必须守密一样。她很克制，一直压抑着内在的暴力，就如一口锅，一口被用冰凉的慢火煎熬的锅。她从不讲普通的日常琐

---

① 索莱达（Soledad）在西班牙语中是寂寞、孤独之意。

事,而是通过寥寥数语(有时通过沉默)暗示一些事实。这些事实并不符合通常意义上的真实,反而更像那些发生在噩梦中的事件。她是黑暗世界的人物,而她的性感正是来源于此。去谈论一个嘴唇线条生硬、眼神直愣愣的女生的性感,听上去似乎有些荒谬,但她确实很性感,尽管那是一种与蜂蛇相似的性感。在几乎所有的古代文明中,蛇不是都象征着性吗?

她知道让人毛骨悚然的"事情",使人联想到"中间人"。我在打字机上敲字时突然蹦出了这个词,觉得具有揭示意义。他们是谁?她在哪里与他们见面?她是谁的中间人?

对,那个在圣雅克街的酒吧里出现在我面前的阴险人物隐约和我青春期与玛丽亚·德拉·索莱达之间发生的事情有关。那时我十六岁,至今我都不知道那些事是真实的还是我梦见的。

原谅我现在还不能讲那些事。我再把话题回到巴黎那间肮脏的咖啡馆,回到 R 跟我提起索莱达名字的时刻。我之前已经说过我必须坐下来让自己恢复冷静,等到稍微平静一点儿之后便立刻起身离开了。街上的寒冷让我变得清醒,等回到我在索默拉德街的房间时,我终于不再哆嗦了。

我本以为不会再跟那人见面,结果没想到不仅又碰面了,而且他的回归对我的生活起了决定性的影响。

关于他的出现,我那天回到家后一个字也没对 M 讲,现在想来倒也算正常,但奇怪的是在之后的那么多年里我也始终没给她讲过,包括那次相遇,还有我青春期发生的事以及最近这段时间的经历。也许是因为知道,那人对我施加的影响对她造成的伤害是最大的。我只用提一点,就是他害我放弃科学的。这件事让所有人都大吃一惊，我不得不一遍遍（徒劳地）进行解释。我说过了，我在《人与齿轮》这本书里给出了为什么放弃科学最完整的精神和哲学解释，但我同样也重复过不下一千次：人不是一种可以解释的东西，他的秘密不能通过理智去分析，而要从他的梦境和谵语中去寻找。那人的贸然入侵也是迫使我开始写作小说的原因，在他的负面影响之下，我于1938年在巴黎写了《哑泉》；后来他成了《关于一个陌生人的回忆》中的主人公，这部小说没写完，也从未出版；再后来，他又成了一部中途流产的话剧剧本中的主人公。不过他（我在前几部虚构作品中把他叫帕特里西奥·杜根）的形象一直在变化，既因为书中的背景与现实中的不同，也因为帕特里西奥的特征与他并不完全相同。为此，他不断对我施压，到最近这些年他带着加倍的怨恨变得让我几乎无法忍受。就这样，他变成了现在这部小说中的帕特里西奥。随着时间的推移，我渐渐觉得这个角色像是沙漠中出现的绿洲的幻影，当口渴难耐的旅人刚要靠近，他就立刻远去了（不过在我的情况中是绿洲反过来追踪着旅人）。不知是出于害怕还是什么原因，我一直回避他的存在，但我越是回避，M反而就越能感觉到他，他甚至好几次出现在她的梦里。那些时候我差点儿把他的存在和他对我生活的干预告诉M，但最后却总是以沉默告终。因为随着岁月的流逝，我越来越发现他就像一场噩梦，最好是彻底忘掉。可是，《英雄与坟墓》出版后他却再次与我狭路相逢。就像一个曾经的债权人，我们本已连本带息付清了债，他却突然又来要债，威胁说否则就要将我们耻辱的秘密告诉世人。当他最后这次现身与施耐德的阴谋重合时，我认为有必要把这一切都对M和盘托出，以减轻我良心上的不安。但最后我还是没这么做，不过为了寻找解脱，我遵循平日的习惯，把他的存在告诉了贝娃（当然，我没有说得那么清楚），可我感觉贝娃把我的话都当作了谎言。

我继续跟您讲圣雅克街的事。不久后我又跟那人相遇了，那天我从实验室出来后闲逛了一会儿，然后进了一家小酒馆（我后来再也没去过上次碰见他的那家店），放纵自己沉迷于酒精和关于命运的日益迷茫的思绪之中。夜应该已经很深了，我终于决定离开这个避难所。我正沿着卡梅斯街往家走时，突然感觉有人在沉默中拉住了我的胳膊，不用看我就知道那是谁。我的反应很激烈：

"我根本不想见到你！我想我已经表现得够明显了！"我喊道。

"好了，好了，"他说，"我只是想跟你聊一小会儿，毕竟都那么多年了。再说了，咱俩是有共同利益的。"

他讲到"共同利益"时用的是他说套话时惯有的那种嘲讽语气，那故作善良的口吻更加激怒了我，因为我很清楚他根本就不是善良之人。

"你听清楚了，"我回答他，"我不知道你是怎样理解共同利益的，但我压根儿不想跟你待在一起，现在不想，今后也不想。还有，'共同利益'这词真让我好笑。"

他微笑着耸了耸肩：

"好吧，那就暂时不提这个了，不过我很想跟你一起喝两杯。"

我当时已经喝得很晕了，只想倒头就睡。我把心里的想法告诉了他。

"找家小酒馆？"他说。

他像以往一样，轻易就达到了目的，我发现自己正坐在一家比上次那家更脏的酒吧里喝着酒。烟雾、酒精和疲倦让我连话都说不清楚，而他的话语却像一把锋利的钢刀，无情地割开了我身上的脓包，把过去几年在科学和实验室里积攒的脓液全部释放了出来。出于自尊，我试图捍卫那些我并不赞同的立场，可他却用一些我暗中信奉的思想来戳穿我。不过这些都是我现在的反思，那天晚上我们到底讨论到什么程度我已经不记得了。我觉得那完全算不上是观点、辩论、分析，因为我们谈论的内容丝毫不具备系统性和连贯性。那不是一种有条理、有组织的思想启蒙，倒像是在夜间的一座垃圾场中发生了汽油罐的爆炸。我小心地在泥浆和粪便中保护自己不被烧伤，却突然发现强光让我双目失明。我记得他当时就像一位高大严厉的审判长，我们之间的对话都是下面这种形式的。

"你从小就害怕洞穴。"

这不是一个问题，而是需要我确认的一句声明。

"对。"我入迷地望着他回答道。

"你觉得软的、泥泞的东西很恶心。"

"对。"

"还有蠕虫。"

"对。"

"还有垃圾和粪便。"

"对。"

"还有住在地洞里的那些皮肤冰冷的动物。"

"对。"

"例如蜥蜴、老鼠、白鼬、负鼠。"

"对。"

"还有蝙蝠。"

"对。"

"一定是因为它们是长了翅膀的老鼠,而且还是来自黑暗的动物。"

"对。"

"所以你才逃向光明,逃向清澈纯净的地方,逃向晶莹冰冻的地方。"

"对。"

"数学。"

"对,对!"

他突然张开双臂,仰面朝天,像在求神一般高喊道:

"洞穴,女人,母亲!"

我们当时已经不在酒吧里了,不知什么时候我们走到了一个偏僻死寂的地方,像是一座小山丘。当时应该是凌晨时分,在黑暗无人处他的嗓音显得更加可怕。

随后他转向我,伸直右臂,用食指指着我,威胁般地说:

"要勇敢回归,你这个懦夫、伪君子。"

他拽着我的一只胳膊(就像拽住一个小孩子一般),把我拖到一个岩洞前。我们走进去,我感到脚下的泥土越来越软。他强迫我弯下腰,把手插进那片沼泽里。

"就是这样。"他说。

然后他又补了一句:

"这只是个开始。"

几天后就发生了凡夫跳蚤市场的事。我在一堆落满灰尘的画里翻来找去却一无所获,最后买了一个中国木雕。

回去的路上我心事重重，差点儿撞到一个吉卜赛女人，她嘟囔着说可以帮我看看手相之类的话，我走了几步之后才反应过来她刚刚跟我说的居然是西班牙语。她是灵媒吗？我赶紧跑回去找她，却发现她已经消失在人海中。我沮丧地站在那里，努力回忆她的话，突然想到几个关键词，关于死亡，但我依然无法得出任何结论。

我变得忧心忡忡，不禁一遍遍去想，如果她真的有什么重要的话要讲，为什么不追上来告诉我呢？由于我担心的事情最后常常被证明只是出自我的想象，所以我差点以为这件事也是如此，但内心却有一个无声而顽固的信念一直在告诉我事实并非如此。那难道是一个警告吗？

我后来走出地铁站时这样问自己，同时还在试着回忆那个吉卜赛女人可能说过的话：我看见死亡就在你前方，或者是，你会看见有人在你面前死去。我在下午5点左右搭上了回程的地铁。我站在地铁门边，过了几站后突然开始觉得烦躁不安，感到身后有人在观察我。跟往常遇到类似情况一样，这种感觉变得越来越难以忍受，到最后我不得不回头。一个年轻女人正盯着我，她的眼睛又大又黑。与其说她在看我，不如说是在审视我，她看我的方式不像是陌生人之间的，倒像是相识多年的故交。

就一秒钟。由于不好意思，我立刻转回了头，但我仍然能感觉到她的视线。我很确定从没见过这个女人，但她的眼睛却让我想起什么遥远而模糊的东西，就像我们闻到一阵缥缈的气味，或听到某首歌曲的片段时突然唤起的久远到近乎忘却的记忆。

到蒙帕纳斯站时我准备下车，却没有勇气再回头看她一眼。我被人群裹挟着犹犹豫豫地往前走了几步，然后感到一阵冲动，想重新登上那列地铁。晚了。列车启动时我很肯定她还在看着我,但眼神中却带着悲伤。最后一节车厢消失后我又开始焦虑起来,每当在大城市中发生了这些重要的偶遇时我都会产生这样的感觉:就像我们跌跌撞撞地在迷宫里寻找出路,前方有一个对解密可能至关重要的人物,然而却有种种障碍阻挠我们的相遇。命运安排我们遇见这个人,但同时却用心险恶地尽一切可能让我们错过彼此。

我望着隧道,心想这辈子可能再也见不到她了。我往家的方向走去,雾气越来越浓。我像梦游一般走在敖德萨街上,撞到了前面的一对情侣。突然之间我想明白了,那是玛丽亚·埃切瓦内的眼睛!

就像一个人在黑暗中摸索,突然发现自己勾勒出了一头怪兽的轮廓。

我曾经爱过那位女老师,她大概二十出头,眼睛又大又黑、充满思想。

1923年的一个夏夜,我当时在读小学的最后一学年。大人们在圣马丁广场上喝冷饮或是在社交俱乐部里玩桥牌,孩子们在灌木丛和棕榈树间玩捉迷藏。我突然感觉到一阵战栗,随后拔腿就往埃切瓦内家跑。那是一栋很大的房子,有两个入口:开在五月大道上的正门和一扇后门。直觉把我带向了后门,门开着。屋子里很黑,一个人都没有,他们肯定都去广场纳凉了。我记得听见了几只母鸡的叫声,它们可能是被我的脚步声惊醒的。走到院子时传来了痛苦的呻吟声,我连忙跑过去,看见我的老师躺在地上,痛苦地扭曲着。我大喊,但她只是呻吟和扭曲。于是我赶紧跑到社交俱乐部去找医生,他们平日总在那里玩牌。

玛丽亚从不肯说出是谁往她的眼睛里泼了硫酸，她本来就沉默寡言，在那次恐怖的经历后就更是完全不愿开口了。在村子里人们几乎不可能有秘密的，但任何人都猜不出到底是谁弄瞎了玛丽亚·埃切瓦内的双眼。

过了三十年我才想到，那也许是来自瞎子的报复。可他们是怎么做的？为什么那么做？据我所知村子里当时有两个瞎子：一个可以直接排除在外，因为他是一个非常谦卑的人，在市里的乐队当鼓手，可能根本都不认识那位女教师；另一个是个单身汉，跟他母亲一起过着与世隔绝的生活。1954年我去了罗哈斯镇，那是我在三十年之后第一次回到那里，我开始着手调查这个叫B的人。他还活着，但他母亲已经去世了。他仍住在穆尼奥斯街那栋房子里，在女熨衣工家附近。直觉和怒气驱使我去见他，尽管其实自己并没有充足的理由。我沿着童年时代的那条街往前走，当时觉得它那么长，现在却发现它又短小又凄凉。经过女熨衣工家之后出现了几栋砖土混杂结构的房屋，老旧且破烂。我叩响了古老的门环，过了一会儿，B给我开了门，屋里肯定就他一个人住。

他很瘦很苍白，就像是住在不见阳光的洞穴中的人。那栋房子也正是如此，隔着门帘，阳光根本照不进屋里。这也难怪，他妈妈已经不在了，他又是个瞎子。当时已是黄昏，我看不太清他的脸。

"您有何贵干？"他用属于离群索居的人那种干涩的嗓音问我。

我没告诉他我姓什么，只说自己是来自布宜诺斯艾利斯的一位记者，想来跟他了解一下住在村里的居民的情况。

"您是萨瓦托家的人。"他说。

我惊得目瞪口呆。

"您的声音是萨瓦托家的。"

"既然您已经知道我的姓氏了,那我就明说吧,我不是记者,我是埃内斯托·萨瓦托。我正在写一点关于罗哈斯镇的东西,所以需要访问一些从前的故人。您知道的,大多数居民都在30到40年代离开这里了。"

"是这样。"

我问了他一些最基本的问题来打消他的怀疑:关于几个离去的家庭、关于佩拉佐洛家的脱粒机、关于老阿尔玛。他简略地回答了我的问题,说他只知道这么多,"因为我的不幸,先生"。

"是是是,我当然理解。"我急忙回答。

我突然甩出那个我反复思索了多年的问题:

"埃切瓦内一家呢?我从前的女老师去世了吗?"

"你从前的女老师?"他用一种与先前不同的声音喃喃道,他的声音像是穿过了一道窄窄的、遍布障碍物的通道后发出的。

"没错,玛丽亚,她是我六年级的老师。她真的已经去世了吗?"

他保持缄默。

"玛丽亚·埃切瓦内。"我不留情面地重复道。

"是啊,当然了。"他像怵然惊醒一般回答,"她是1934年5月22号死的。"

我不想再继续问下去,因为没必要,而且也不明智——一个敢往一位美丽的女孩眼睛里泼硫酸的男人,肯定能对来调查他的人犯下更为骇人的罪行。

我从不同角度对那次访问进行分析之后只有一个疑问:如果他

真的如我所想是那起恶行的肇事者的话，那他为什么会犯那样的错误，如此准确地告诉我日期呢？也许是因为我的问题太过突然，让他来不及思考背后隐藏的危险；也可能是因为那件事在他人生中占有的比重太大，因此跟它相关的一切都像灼热而无情的文字烙印在他孤独的心上。我可以想象过去的三十年时间里，那人（他于1965年离世）是怎样把自己关在那间脏乱的小屋里，在永恒的黑暗中日日夜夜回忆着求之不得的爱情和那场罪行。

我现在再回到1938年发生的事情上。

正如我之前所讲，我走在敖德萨街上时不小心撞到了一对情侣，就在那时我想明白了，地铁上那个女人的眼睛就是我老师的眼睛。我不是说两人的眼睛长得像，而是说那分明就是同一双眼睛。

我恍恍惚惚地回到了自己的房间，就像童年时期出现幻觉时的状态，我躺在床上开始思考。不知道我有没有告诉您，那时我已经开始独居了，因为R那个无赖的几句话，我以最无情的方式抛弃了M和我的儿子。不久后她就回到了阿根廷，我变得无比孤独，就像活在童年时的噩梦中一样。

从工作的角度来看，那是一个非常可耻的时期。戈德斯坦暗示我，伊雷娜·约里奥-居里①对我很不满意，我很担心她寄给胡赛教授的那份考核报告，因为我很清楚大家为了把我派到这里付出了多少心血。阿根廷科学进步协会！可怜的胡赛博士，如果他知道了我当时内心的担忧和秘密思想，他会怎么想！

---

① 伊雷娜·约里奥-居里（1897—1956），居里夫妇的女儿，1935年诺贝尔化学奖得主。

我讲讲在那个周日之后我的每日活动吧：每一天，差不多到了那天在蒙帕纳斯站下车的时刻，我就会买票进入车站，在那里监视着来往的列车，一待就是一个小时、两个小时、三个小时，甚至整个下午。

渐渐地，我开始失去希望，如果真的有人会把这么可怕的事称作希望的话。

直到一个冬夜，我去圣尤斯塔奇教堂聆听莱比锡唱诗班的《马太受难曲》。我正靠在一根柱子上倾听时，再次感觉到那双眼睛正盯着我的脖颈处。我不敢回头，也觉得没有必要。我太过激动，再也无法专注在音乐上。表演结束时，我向出口走去，像机器人一样上了地铁，始终坚信那个陌生女子就在我身后。到达奥尔良门站时——我根本没想过要在蒙帕纳斯站下车，也没想过要去确认她有没有在那一站或拉斯帕尔站或其他任何一站下车——我跟着人群下了车。我刻意让她走到前面去，然后用余光悄悄追随着她的步伐，开始跟踪她。她走到了蒙苏里公园的一侧，转了好几圈，最后拐进了蒙苏里小巷。

我在街角偷偷观望。她走到一扇大门前，掏出钥匙进了门。门刚一关上我就立刻靠拢过去，有好一会儿我站在那里不知所措，再说了，我又能做些什么呢？

我傻傻地在那儿等了几分钟之后，沿着来时的路往地铁站走去。不知是直觉还是什么促使我猛然回头，于是便发现有人在跟踪我。那人迅速消失了，就像有人被发现正在做什么见不得人的勾当时的反应。我有一种感觉，那个高高的、有点儿驼背的、跟踪我的男人就是R，不过当时的黑暗、薄雾，还有我内心的激动情绪都让我无法肯定这种猜想。总之，我变得十分不安，便走进了路上看见的第一家咖啡馆想喝点东西。我长时间地思考着那晚发生的一切，因为我总是习惯依靠回忆和幻想让自己镇静下来。酒精逐渐唤醒了那些古老的幻觉，我看见自己正走在罗哈斯镇的街道上，然后画面变成了我正在学校里凝视着玛丽亚·埃切瓦内的双眼，最后出现在眼前的是那个可怕的夜里发生的惨剧。看到自己跑向她家的场景让我内心如此激动，以至于我突然觉得这次也该奔向她才对。奔向她？这种想法也太疯狂了吧？我头很晕，非常晕，但我感到了一股不可抑制的力量——与那个夏夜推动我奔去埃切瓦内家相同的力量。我站起身，重走了一遍之前跟踪那陌生女子的路线，直走到蒙苏里那条小巷。我快速走完最后一段路，没有一丝犹豫地将手放在那扇17世纪大门的扣环上。门没锁，我一点儿也没觉得意外，就这样走进了宽大的庭院。仿佛有人指引一般，我沿着一段吱吱作响的楼梯上了二楼，穿过透着微弱灯光的走廊，来到一扇房门前。我打开房门，里面一片黑暗，有一种痛苦至极的呻吟声传出。我在墙上摸索，终于找到了开关，打开灯之后看见那位陌生女子正躺在一张旧沙发上。她的双手像爪子一样捂住脸，不停地哀号，就像濒死的动物发出的叫声。我呆立在门口，不敢上前，但我心里无比清楚发生了什么。后来我颤抖着逃离了现场，哆嗦着回到我的房间，躺在床上，睡着后被一个接一个的可怕噩梦侵袭。

第二天我接近中午时才醒来。一开始我什么都想不起来，但是慢慢地，我重构了前一晚的几个关键时刻：教堂音乐会、身后的那双眼睛、出口，等等。当我回忆起那个女人蜷在沙发上，用皱巴巴的手遮住眼睛，像一条垂死的狗一样呻吟时，我开始发抖。我艰难地起身，把脑袋伸在水龙头下方冲洗了很久，想通过冰凉的自来水让自己清醒一点儿，而后我又泡了杯咖啡。

我需要把这一切讲出来，所以我没去实验室，而是去了博纳索那儿。他刚睡醒，有点起床气。大半夜的把我叫醒来干吗——这是他的经典玩笑话。我坐在床边，一时间不知该说些什么。博纳索打着哈欠，用手摩挲着脸庞，像是在评估这两天新长出来的胡楂儿。

"到了这个年纪，早上醒来真是啥也不想干。"他费力地坐直身子，又打了一个哈欠，然后终于从床上站了起来，穿上拖鞋去了走廊上的洗手间。他回来后饶有兴致地看着我。

"你有点儿不对劲，伙计。"

说完他就去洗脸了，然后一边擦脸一边站在旁边观察我。

我给他讲了前一晚发生的故事，博纳索停下了擦脸的动作，手里仍拿着毛巾，满脸惊奇地望着我。

"怎么了，你不相信我？"我尖刻地说。

他思索着把毛巾挂回原处，然后小心翼翼地打量我，我更加愤怒了。

"干吗！"

"老弟，"他皱着眉说，"昨晚你一直跟我和亚历杭德罗·苏克斯在一起啊，你不会忘了吧？"

犹如当头一击。

"你说什么？"

"我没说错啊，那疯子还跟你咨询'保护者协会'的事呢。"

"'保护者协会'？"

"对啊，伙计。他每天都要发明各种协会名称，好像还有'原子物理救助协会'。"

我哑口无言,博纳索担心地看着我。

我谎称去实验室要迟到了便匆忙离开了,但其实我去了苏克斯那里。门房让我去拉丁区的杜邦咖啡馆找他,果然,他正在那里跟一个法国人交谈。

"您看有多巧,"他一看到我立刻就对那人说道,"我昨晚刚跟萨瓦托聊过这事。您知道的,他在居里实验室工作。"

我愣在原地。离开之后我立马翻遍了所有衣兜:完全没有音乐会门票的任何一丝痕迹。当然也有可能我一走出教堂大门就把门票给扔了,因为我有一个坏习惯就是把一切自认为没用的东西扔掉,然后不止一次地发现扔掉的东西其实十分珍贵,这毛病给我带来过数不清的麻烦。

我去了圣尤斯塔奇教堂,见到教堂的一瞬间我就完全确信,我昨晚不仅来听了音乐会,而且进教堂之前还在寒风中排了一个多小时的队。

那一整天我都在反复思考发生的一切,最后突发奇想决定把跟踪陌生女子的路再走一次。我就这样走到了那栋房子前,辨认出了那扇17世纪的大门。我犹豫了,要进去吗?进去干吗呢?最终我还是走了进去,找到了那段台阶:一切都是我所熟悉的,很明显我到过这里,哪怕是在梦里来的。

我上到了二楼,那截吱吱作响的楼梯给我留下了很深印象,虽然这次是在白天听见,或者正因如此印象才更加深刻。我沿着走廊往前,慢慢靠近属于"她"的那扇房门,心里越来越害怕。我站住了,四下看了看,没有人,然后我把耳朵贴在门缝上:屋里完全没有人类活动的迹象。我退后一步想找找有什么细枝末节，但是只注意到一块上过釉的、又脏又旧的薄片，在它天蓝色的背景上写着一个白色的字母 H。又迟疑了片刻后我下了楼，走到大门口，面对门房查究的目光，我突然灵机一动：

"住在二楼 H 户的那位小姐不在家吗？"我问。

那老女人调整了一下眼镜，她的眼镜应该跟那块珐琅薄片是同一个时代的古董。她仔仔细细地审视我，就像警方的证人在辨别嫌疑犯时一样认真。

"维里耶夫人。"她纠正我。

"是啊，当然了，维里耶夫人。"

"她出意外了，先生，现在正在医院里。"

"出意外？"

我生怕她听出我的声音在发抖，我甚至差点脱口而出"她眼睛被泼了硫酸"。我的双腿发软，只好倚靠在门上。

"您还好吧？"她问。

"没事没事，我很好。"

我还算聪明或者说狡猾，问了一下她住在哪家医院，要是不问的话那干瘪的老女人肯定会怀疑的。我回到自己的房间，面对现实。我把那个中国木雕拿在手里，这个有形的东西至少能证明我星期天到过跳蚤市场。可是，其余部分呢？

那个跟踪我然后又消失在黑暗中的高个男人难道不是 R 吗？

就在那几天塞西莉亚·莫辛来了，带着萨多斯基的介绍信。她想研究宇宙射线，但我劝服了她，说我认为她应该加入我所在的实验室。一个奴隶，我的大脑在一片混乱之中狡黠地想道。她是个很好的女孩，我把她介绍给了伊雷娜·约里奥-居里。她通过了面试，于是穿着整洁的白色小围裙开始来上班。她每天早上10点到11点都能看见半睡半醒、没刮胡子的我到达实验室，还能诚惶诚恐地加入我心不在焉地与约里奥夫人召开的那些例会。

也是在那段时间，莫里内利带来了一个人，学生时代的托洛茨基应该就长那人那样：同样的小个子，他甚至还要更矮一点儿，身形因清贫而异常消瘦；鹰钩鼻又细又长，鼻子上架着跟那位布尔什维克领袖相同的无框眼镜；同样宽阔的额头，同样凌乱的头发；小眼睛闪闪发光，目光极度锐利。他带着知识分子的贪婪打量着四周，这样的贪婪是犹太人所特有的，它可以使一名来自克拉科夫①犹太区的文盲如饥似渴地聆听一场长达数小时的关于相对论的讲座，哪怕他其实一个字都听不懂。那人也许已经饿得要死，这从他身上那件不知从哪儿继承来的大得出奇的破旧西装上能看出，但就算饿死，他唯一关心的仍然只有第四维度、化圆为方问题②或是上帝的存在。

不知道我有没有给您说过，莫里内利长得又高又胖，有些像查尔斯·劳顿③，双下巴，半张的嘴里好像随时会有唾液滴下。他和那位托洛茨基的对比实在太过荒诞，如果不是那几天我情绪不佳，肯定都会忍不住笑场，尽管我十分了解莫里内利的善良品格。

莫里内利神秘地告诉我，他俩想跟我私聊一会儿。胖胖的他还

---

① 波兰第二大城市。
② 古希腊哲学家阿那克萨哥拉（前500—前428）提出的几何难题，即求一正方形，其面积等于一给定圆的面积。
③ 查尔斯·劳顿（1899—1962），英国演员。

有那位无比瘦弱无比紧张的同伴一起构成的画面，实在是让塞西莉亚和戈德斯坦更加担心我在科学上的前途，他们俩关心地看着我的方式就像在看一个随时会在大街上晕倒的病人。

我们三个走到一个角落里，在塞西莉亚和戈德斯坦眼中肯定就像是静电计之间的一幅漫画。莫里内利用阴谋家般低低的声音告诉我，他的朋友西特罗南鲍姆（他特意提醒我是以 C 打头）想要咨询我一些关于炼金术的重要问题。

我看着他，他的小眼睛里闪着狂热的光芒。

我有一种奇怪的感觉：一方面，我忍不住把这位瘦小的男人跟雪铁龙汽车①联系在一起，觉得很好笑；另一方面，我不知为何有点儿害怕。

炼金术，他用中性的声音重复道。

"你觉得蒂博②怎么样？"莫里内利问我。

"蒂博？我不太了解他，以前看过一本关于他的科普小册子。"

"那你对海尔布隆纳③了解吗？"

"当然了，海尔布隆纳是一位物理化学家。"

"他在业内是行家。"年轻的西特罗南鲍姆说道，他的视线始终没有离开过我，好像想从我身上找出纰漏。

"业内？"

"没错，炼金术行家。"

---

① 雪铁龙（Citroën）和西特罗南鲍姆（Citronenbaum）发音相似。
② 雅克·蒂博（1880—1953），法国小提琴家，1936 年曾到中国演出，1953 年在赴远东演出途中飞机失事遇难。
③ 埃德加·海尔布隆纳（1921—2006），瑞士籍德裔化学家。

炼金术行家？我不知道该持什么态度，觉得还是保持冷静为好。莫里内利把我救出了困境：总有一些人在鼓捣发明、永动机、炼金术，但这不是重点，西特罗南鲍姆（他指了指身旁的同伴）通过这个渠道联系到了一个非常非常重要的人。我有没有读过富尔卡内利①的书？没有，我没听说过这人。

"你应该读读他的书。"他说。

好吧，我到底能帮上他们什么忙呢？莫里内利摇了摇头，脸上的表情像是在说"这不是重点"，或者"是关于另一件事"：那人消失了，恰恰是在宣布铀原子裂变的那一刻消失的。

"谁消失了？富尔卡内利？"

"不是，现在说的是西特罗南鲍姆通过海尔布隆纳认识的那位神秘人物。"

"那为什么刚刚要跟我提富尔卡内利呢？"

"因为很多人认为他们俩是同一个人，也就是说那位炼金术士和富尔卡内利。"

"你知道吧，"莫里内利说，同时有些害怕地望向戈德斯坦和塞西莉亚，他俩正一动不动、目不转睛地看着我们，"你知道吧，关于富尔卡内利有一些很神秘的传说。"

这时发生了一件意想不到的事，至今仍令我羞愧难当，它跟让我那些天连觉都睡不着的焦虑完全不符——我开始歇斯底里地狂笑不止。

双下巴的莫里内利半张着嘴，表现出极大的震惊。

---

① 19世纪法国作家、炼金术士，生卒年不详。

"你这是怎么了？"他声音都在颤抖。

我犯了一个最愚蠢的错误，把使我发笑的理由说了出来：莫里内利，富尔卡内利，两个内利。我用手帕擦干笑出的眼泪，然后准备继续倾听我的来访者，结果这才意识到我刚才的态度造成了多么严重的后果：莫里内利继续无声地半张着嘴，他朋友的小眼睛里射出的光芒前所未有地灼人。

他俩交换了一下视线，随后没跟我道别就转身离去了。

一开始我不知所措，只是转过头看着戈德斯坦和塞西莉亚，他们原地不动地观看着剧情推进。然后我突然奔向出口，喊着莫里内利的名字，但他们没有回头。我停住脚步，看着他们沿着过道远去：一个又高大又肥胖，一个又瘦又小，穿着那件祖传的西装。

我回到实验室，坐下来静静地思考。

接下来的几天我都很压抑，很难入睡，就算睡着了也是不停做梦。其中一个梦看似普通，但醒来后却让我久久不能安宁：我梦见自己走在实验室的地下通道里，进入莱科因的房间后发现他趴在几块板子上。我叫他，他转过身来，却长着一张西特罗南鲍姆的脸。

这个梦为何让我如此激动呢？我不知道，也许是对可怜的莫里内利感到良心不安吧。我决定起床后去向他道歉，但天亮时我开始相信这个噩梦不仅仅是内疚感导致的，而是有着更深层次的原因。究竟是什么原因呢？

我径直去了他家，一间堆满神秘学书籍和文件的小屋子。当时还很早，有雾，雾气中万神殿的穹顶让我感到忧伤多过焦虑。和R之间发生的事似乎已经很久远了，先前的恐惧变成了悲伤。在1938年的巴黎，这种感觉一直萦绕在我心头，越来越浓，挥之不去。

我上了楼，在他的房门前敲了很久，他应该是还在睡觉。等到他终于应门时，我告诉他是我。门后是长时间的沉默，我不知怎么办，但没有跟他道歉我就不能走。

过了一会儿，我靠近门缝，大声请他原谅我，告诉他我最近状态很差，非常非常差，我那天大笑是病态的、不受控制的，等等。我之前已经告诉过您，他是一个特别好的人（他两年前去世了），从来不会跟人发火，所以他最后还是给我开了门。他洗脸时我坐在一张只有三条腿的沙发上等，缺的那条沙发腿用一摞神秘主义的书替代了。我还想跟他解释，但他温和地让我别再继续。

"我只是为西特罗南鲍姆感到难过。"他说，但却没告诉我为什么，以及我的笑声给那个神经质的小个子男人造成了什么样的伤害。

他一边擦干脸一边重复：我只是为他难过。

我很羞愧，他可能察觉到了，所以好心地换了话题，还冲了咖啡。但我请他把那天想对我说的话讲完，他举起一只手，意思是说已经不重要了，然后准备继续跟我聊他头一天和博纳索之间发生的事情。

"求你了。"我坚持道。

于是他回到了富尔卡内利的话题上，虽然跟那天的内容并没有连贯性。他找到一本富尔卡内利的书递给我让我读读。

"你知道吧，从来没有人见过他。这本书是1920年出版的，看见了吗？到现在差不多二十年了，但却没有一个人能说出他究竟是谁。"

"编辑呢？"

他摇了摇头:"记得布鲁诺·特拉文①的例子吧?他所有的原稿都是邮寄的,而富尔卡内利的稿件至少还是通过一个叫坎塞利特②的人出版的。"

"那要查到作者并非难事啊。"

"错,因为坎塞利特一直拒绝配合。现在明白与西特罗南鲍姆的会面有多重要了吧?"

"不明白。"

"伙计,海尔布隆纳教授是业内行家,曾接触过好几个炼金术士,真的假的都有。有一天,他派西特罗南鲍姆去采访一位在煤气协会检测实验室工作的先生。这位先生提醒他,海尔布隆纳、约里奥,以及他们的合作者都处在悬崖边缘,实验室里那些法国人就更不用说了。他谈到了那些人正在用重氢做的实验,说好几个世纪以前就已经有人知道这些东西了,他们出于某种目的一直保持沉默;当实验到了一定程度时,他们把一切封存,用一种看似疯狂实则是加密过的语言把他们所掌握的讲述出来。他还解释说,甚至不需要电和加速器,单靠某些极纯物质的几何排列就足以引发核动力。为什么没人把这一切挑明呢?因为这些炼金术士与现代物理学家不同,后者是18世纪那些不信教的文化沙龙的继承者,而前者身上却有一种基本的宗教关怀。当然,这里并不包括所有炼金术士,他们中的大多数都是江湖骗子,编造各类故事去蒙骗国王或公爵,最后的结局往往是被绞死或被酷刑折磨。不,他说的是那些绝对真实

---

① 布鲁诺·特拉文(1882—1969),德国小说家。
② 尤金·坎塞利特(1899—1982),法国作家、化学家,是富尔卡内利的学生,据传曾在后者指导下成功将一百克石墨转化为黄金。

的炼金术士,那些真正掌握了入门知识的人,跟帕拉塞尔苏斯①、圣日耳曼伯爵②,甚至牛顿处在同一链条上的人。听说过牛顿在皇家学院讲的那些含义不明但却意义深远的话吗?整个炼金术的历史最本质的是研究者本人的转变,每个世纪只传给一两个杰出人物的古老秘方,伟大的杰作。到我们这个物质文明社会,人们只知道讲着如何把铜变成金的蠢话,把深奥的道理用在肤浅的东西上。"

我们沉默了一会儿,静静地喝着咖啡。

"他就是那个不久前消失的男人吗?"我问。

"没错,正当全世界的报纸开始谈论铀裂变的时候。"

可他为什么消失呢?我不理解。

他耸了耸肩,按照西特罗南鲍姆的猜想,那个煤气协会的男人正是富尔卡内利本人,他的另一个朋友伯格也持同样观点。

我认真思考了一会儿,最终还是想不明白他俩那天为什么要去找我。

"说来话长,"他回答说,"这跟西特罗南鲍姆有很大关系,但很可惜,一切都迟了,我相信他已经不想再见到你了。"

我发火了:"我已经解释得够清楚了。"

"是的,是的,当然了,可是西特罗南鲍姆是另外一类人。"他看着我的眼睛严肃地补充道,"他是一个天才。"

我问他最近会不会见到西特罗南鲍姆。当然会。但我明白,目前已经于事无补了。

---

① 帕拉塞尔苏斯(1493—1541),瑞士医生、炼金术士、占星师。
② 圣日耳曼伯爵(1712—1784),德国冒险家、发明家、画家、钢琴家、炼金术士。

我花了几天时间来整理思绪，但还是毫无头绪，所以我决定不再继续钻牛角尖，转而开始在圣米歇尔大道的书店里寻觅关于法语-阿尔巴尼亚语的语法书。我把我的想法告诉博纳索时，他像看疯子一样看着我。

"因为没有西班牙语-阿尔巴尼亚语的语法书，所以我只能退而求其次。"我说。

他继续不眨眼地看着我，也许是关于我脑子有点不正常的说法已经传播开来了吧。我不禁笑了起来。

"老乡，不是你想的那样。是因为我母亲，她有一半阿尔巴尼亚血统，虽然她总对我们说她不会讲阿尔巴尼亚语，但我知道她会。"

他对我母亲的身世表示惊讶，但依然觉得要学习一门像盖尔语一样没用的语言的话，这个理由太过牵强。

"我一直都很喜欢语言，也许我上辈子是研究语言学的吧，但也不光是因为这个，可能更多是心理和家庭原因吧。我母亲痛恨她的阿尔巴尼亚血统，但我却为此着迷，阿尔巴尼亚人当中竟然没有出过任何一个发明家、智者，或伟大的艺术家。"

"比巴斯克人还惨。"

"千真万确，而且你把他们跟巴斯克人作比真是恰如其分。"

"那除了养育了你之外，你在他们身上看到了什么优点呢？"

"他们是一个好战的种族，任何人都无法奴役他们。你要知道，他们是古代的伊利里亚人和马其顿人，早在古希腊人到来之前就已经在那里了。马其顿国王腓力二世和亚历山大大帝都是阿尔巴尼亚人，亚里士多德也极有可能是。这下你知道阿尔巴尼亚人并不是那么野蛮了吧。不过让我着迷的不是这个，而是他们的勇气。你读过斯坎德培①王子的故事吗？"

博纳索那段时间不管走到哪里胳膊底下都夹着克罗齐②的《美学原理》，他回答说自己有更重要的东西要读。

"乔治·卡斯特里奥蒂王子，人称斯坎德培，在巴尔干地区阻挡土耳其军队长达四分之一个世纪。多亏了他，威尼斯共和国甚至整个西方才得以幸存。"

"知道了，老弟，可这并不能成为你如今到处搜寻法语-阿尔巴尼亚语语法书的理由啊。"

"不是因为这个，我已经说过了，理由源自我的母亲。我一直都热衷于学习阿尔巴尼亚人的历史，但我母亲却仇恨他们，我无法说服她，这都怪她父亲。"

"她父亲怎么了？"

"妈妈恨他，因为他害自己的老婆也就是我外婆三十岁就离开人世。情妇、酒精，你懂吧？"

"可这跟斯坎德伯格又有什么关系呢？"

"斯坎德培，不是斯坎德伯格。我外公是阿尔巴尼亚裔，我外婆是意大利人。"

"什么？阿尔巴尼亚裔？那他到底是不是阿尔巴尼亚人啊？"

"等我讲完。当斯坎德培王子预感自己将死之时，他担心那些只有他才能团结起来的封建领主会因此分崩离析，到时土耳其人一

---

① 乔治·卡斯特里奥蒂（1405—1468），阿尔巴尼亚民族英雄。
② 贝奈戴托·克罗齐（1866—1952），意大利文艺批评家、历史学家、哲学家。

定会摧毁一切，于是他请求盟友那不勒斯国王允许他最忠诚的军官和战士在意大利内陆、西西里大区和卡拉布里亚大区定居。就这样，他们于15世纪中叶定居在那里。你想象一下这些家伙是什么样的人吧：他们至今仍讲着自己的语言，而且拒绝把武器上交。意大利人自然看不起他们，把他们视作肿瘤一般的存在。现在你再来听听我外婆家的闹剧，他们是纯正的意大利人，而且还是一个身世显赫的家族。我的曾外祖母堂娜朱塞佩娜·卡瓦尔坎蒂是个寡妇，也是个母老虎，当她发现有个高个小伙跟我外婆纠缠不清时顿时大发雷霆。但我外公的哥哥是个很有威望的神父，他和圣马蒂诺侯爵的关系很好（因为他是侯爵子女的家庭教师），所以尽管堂娜朱塞佩娜反对，两个年轻人还是结合了。后来，这位阿尔巴尼亚小伙在葡萄园、橄榄园和庄园里纵情声色、饮酒作乐，害我们移民到了这里。现在你明白了吧。"

"明白什么？"

"为什么我母亲痛恨阿尔巴尼亚人，以及为什么我想找一本法语-阿尔巴尼亚语的语法书。"

"你的逻辑真是像铁板一样严密。那这门语言到底怎么样？"

"有一天，我在门外偷听我母亲和一个舅舅聊天。如果你在安特卫普[①]看见一块写着'uitgang'[②]的指示牌，那你可以通过德语猜出它的意思。但是阿尔巴尼亚语你完全无从猜起，一块指示牌可能是出口的意思，也可能是禁止吸烟的意思。他看起来好像跟立陶

---

① 比利时一城市名。
② 荷兰语，意为"出口"。

宛语有些像,但其实有许多词汇源自土耳其语和希腊语。"

"而这些道理都是你在门口偷听时领悟到的。"

"它有七个变格。"

"太棒了,如果你没别的事情做就好好去钻研一番吧,小心别被老胡赛捉住。"

"你想想,德语只有四个变格都已经把我逼疯了。但这还不是全部。"

"怎么说?"

"它的语音。我给你举个例子:llotchka,一种油炸小面包。首先你要做出我们发西班牙语中的ll这个字母的口型,再把舌头靠近牙齿,像这样。然后,舌头抵住上颚,但不要完全抵死,让声音从缝隙中发出,同时绷紧嘴唇,就像这样。"

博纳索瞪大眼睛一脸严肃地看着我。

"等一下,你来看看阿尔巴尼亚人阿波利奈尔·德·卡努里斯是怎么说的:非凡的生命力和自杀的倾向。听上去很矛盾,对不对?但在我看来这就是这个种族的特征。"

博纳索仔细地看着那段话,仿佛在研究一份合同文书,而后他又重新盯着我看,好像觉得我病得很重一般。

"我要去多莫咖啡厅。"他说。

我决定跟他同行。

玛塞尔·费里、特里斯唐·查拉[①]和多明格斯也在那儿,他们

---

① 特里斯唐·查拉(1896—1963),罗马尼亚诗人、散文家,达达主义运动创始人。

正在玩一种文字游戏。

"有一百米长的沙丁鱼罐头是什么？"

"一件蒙古迷彩服。"

"悲剧的一分钟是什么？"

"被遗忘的一朵花的爱情。"

"早餐中的牛头怪是什么？"

"虚空。"

亚历杭德罗·苏克斯坐在附近的一张桌子旁哀叹："战争就快要来了，你们还有心情在这说蠢话。"

多明格斯看他的眼神就像被打了麻醉药的公牛的温柔眼神。

苏克斯来问我关于铀的问题。他说需要赶紧成立一个委员会，他连名称和简称都想好了。这就是他的爱好——组织委员会和社团，当然都是纸上谈兵。他最近的一个作品是"反对在厨房使用铝电池联盟"。我刚跟他谈起铀，他就已经在构思一个社团了。

"简称非常重要，要便于记忆，就叫'捍卫（DEFENSA）'：D（保护）E（杰出的）F（物理学家）E（电工）N（自然主义者）S（股份）A（公司）。"

一个胡编乱造的机构居然还具有股份公司的形式（疯言疯语与商业头脑的结合），实在让我觉得可笑。

这令他很生气。

可是关电工什么事呢？这一点也让我好笑：在一个原子实验室里还要倡导民主思想。

"哎呀，那是为了简称需要！我不是已经解释过了吗，简称一定要有冲击力，要好记。"

"啊，好吧，很好。"

其他人已经没再继续玩游戏了。多明格斯像在进行一场悲伤而无趣的仪式一般，瞪着忧伤的牛眼，耷拉着沮丧的牛唇，开始辱骂店里那些法国人长相的客人。他说，周六周日多莫咖啡馆里总是挤满了法国人，这些恶心的资产阶级分子。他站起身来，拖着沉重的、巨大的、摇摇晃晃的身躯，走到一个戴着法国荣誉军团勋章的白胡子老头面前开骂。那老人家本来正安静地喝着里卡德茴香酒，旁边坐着他的太太。多明格斯弯腰鞠了个躬，就像马戏团里受过训练的大象一样，用他那令人难以忍受的法语说了句夫人、先生，然后抓起那位太太的一只手套塞进嘴里开始嚼。那位老先生惊得目瞪口呆，然后突然愤怒地站起来，他的态度跟他又瘦又小的体型形成强烈的反差。多明格斯停了下来，硕大的脑袋微微歪向一侧，睁着失落的牛眼，用夸张的温柔目光望着他。

苏克斯眼看局面就要失控，连忙付清了账单，拽着我远离了是非之地，还提醒我回忆上一次跟那位秘鲁拳击手发生冲突后我们的惨状。

我们还没走出咖啡馆就听见身后传来了打斗声。

苏克斯很气愤。

"这群疯子！"我们在圆顶咖啡馆坐下来之后他骂道，"战争一触即发，他们却还像孩子一样幼稚。"

他掏出几张纸，在上面写了一些数字。

"每个会员每年要交一美元的会费。"

趁着威尔弗里多·林①来了我才得以抽身离开，却不知道要去哪里，星期天总是让我特别悲伤。我漫无目的地走着，突然发现自己走到了大肖米埃街。我的脚步无意识地把我带到了莫里内利家，我上楼，看见他正在冲咖啡，一如往常。

他就像听见了我和苏克斯的对话一般点评道：

"宣示了结束。"

"结束？什么宣示了结束？"

"铀的裂变。第二个千年。你有幸见证了这样的大事件。"

跟我哥哥比森特一样，他的兜里也总是装着许多折过的、乱糟糟、皱巴巴的旧纸张：书信、地图、账单。他找出其中一张画着示意图的纸给我看，这里是双鱼座，这里是太阳，当太阳进入双鱼座时，基督就会现身，犹太人就要开始退散。这个过程要持续两千年，现在已接近尾声，他们可以重归故土了。这预示着一些非常重要的东西，因为犹太民族的命运是神秘的、超自然的。我想到了西特罗南鲍姆，但我没说出来。

他手里拿着一支很短的、被牙齿咬得布满牙印的铅笔给我讲解：这是水瓶座，两千年之后我们即将进入水瓶座。

他抬起头，用铅笔指着我，补充说：

"巨大的灾难。"

"怎样的灾难？马上会爆发一场大战，这是对犹太人的极大考验。不过他们不会被彻底毁灭，因为他们还有重要的使命要完成。"

他用铅笔在一张纸的背面用印刷体写下：

---

① 威尔弗里多·林（1902—1982），古巴籍华裔画家，中文名林龙飞。

终极使命

然后重新看着我,脸上的表情异常平静。

"这些灾难跟原子能有关。大喇嘛们预见到,这些大灾难将是争夺世界统治权的决定性斗争的前奏。但是注意,此处说的并非政治,如果把它简单理解为政治问题那就犯了一个可笑的错误。跟政治毫无关系,那些政治强国(法国、德国、英国)只是这场斗争(他把这个词也写在纸上)表现在世人面前的表象,其后隐藏着更严重的问题:希特勒是反基督分子。

"人类现在正处于第五个轮回。"

"第五个轮回?"

"对,科学和理智即将达到最大威力的时刻,这是一个不祥的伟大成就,无形中却在为一种新的宇宙精神概念打下基础。"他又一次用铅笔指着我,"物质文明的终结。"

我越来越不安,因为他的话不知为何让我想起与 R 的相遇,还有跟他一起经历的神秘场景。

"知道东方预言中的第五个轮回跟什么相对应吗?"

"不,不知道。"

"对应的是圣约翰所记《启示录》中的第五位天使[①]。

"先是天王星,接着是冥王星,它们是新时代的信使。它们会化作喷发的火山,指明两个时代的分水岭,那将是伟大的十字

[①] 据《启示录》记载,在第五位天使吹响号角时,天上一颗星就会降临地上,打开通往地狱的大门,然后以亚巴顿为首的蝗虫魔军从深渊出来,让人类饱受五个月的折磨。

路口。

"冥王星,"他用铅笔在纸上敲打着说,"通过毁灭来更新换代。"

他沉默地看着我,好像想看穿我眼睛里藏着的东西,随后他说了几句让我惊讶不已的话:

"我知道你明白一些事情,也许还不是那么清楚,但我能从你的眼睛里看出来。"

我什么也没说,只是低头用小勺搅着剩下的咖啡。我听见他的声音继续说道:

"冥王星掌管人类的内心世界,他将揭开灵魂深处的秘密,揭开海洋的深渊,揭开他所管辖的神秘的地下世界。"

我抬起头。他沉默了一会儿,然后再次用铅笔指着我说:

"现在我们正穿过双鱼座的第三区也是最后一区,在天蝎座的统治下,天王星居高不下。性、毁灭和死亡!"

他在另一张脏兮兮的小纸片上写下了最后这几个词,然后又静静看着我,好像我跟这一切有什么关系似的。

天都快黑了,我说我很累,想回去睡觉了。

"好吧,"他把一只手放在我肩上说,"好吧。"

我想睡却睡不着,莫里内利的话、蒙苏里街发生的事,还有西特罗南鲍姆的脸一直在我脑子里打转。我之前给您说他那张脸长得像托洛茨基学生时代的脸,但现在我却觉得这样概括并不准确。他让我印象深刻的也许是瘦小的体型,还有小眼睛中的那种狂热,透过无框眼镜的玻璃镜片像电光一般放射出来。不,不是这些,或者说这些还不是全部,可我心里的"全部"到底还包括什么呢?他从别人那里继承来的那件破旧宽大的西服、他瘦削的肩膀、凹陷的胸膛、骨瘦如柴而紧张异常的双手。他身上还有一些什么东西，虽然我隐隐约约能感觉到，却无法准确定义在这个侏儒背后潜藏的最高真理，也许正是这超越了政治的"最高真理"赋予了他一些可怕的特性。

起床后我去了实验室。我问塞西莉亚有没有做完交代给她的测量任务。当然做完了。她追根问底的眼神以及目光中的责备就像一个母亲正把洗干净熨烫好的衣服递给自己玩世不恭的儿子时的样子。

"干吗！"我冲她吼道。

她吓到了，走到自己那台验电器旁去了。

我找出装着锕的容器，把它从铅管里取出来，但是由于心不在焉，我犯了一个低级的错误。我把它重新放回铅管，决定出去喝杯咖啡。

我在楼道里碰见了布鲁诺·庞蒂科夫[①]，他和往日一样和善，但却有些激动地问起我冯·阿尔班[②]，我回答说没见到他。他俩最近为一项发明闹得很僵。

街上的寒冷让我清醒下来。

我感觉童年时击倒我的一些执念现在又回来了，它们的摧毁力更强了，正因为我现在已经是成人，而且身边的人都是只相信数学公式、原子微粒和科学解释的人。

[①] 布鲁诺·庞蒂科夫（1913—1993），意大利物理学家。
[②] 汉斯·冯·阿尔班（1908—1964），法国物理学家。

我想起了弗雷泽的理论，灵魂能在梦境中旅行，与肉身分离。我们西方人太过愚钝，难道要把霍夫曼①、坡和莫泊桑这样的人简单理解为患有说谎癖的人吗？他们的小说难道不能是更深层含义上的噩梦吗？小说中的人物（我指的不是虚构的人物，而是真实的、像梦境一样萌生的人物）难道不能像噩梦中的灵魂一样去到更遥远的地域吗？梦游症。小时候梦游的我起床时会去哪里？在那些旅途中我造访过哪些大陆？我的身体去了客厅、去了父母的卧室，可我的灵魂呢？我的身体在屋里走来走去或是继续被困在床上，可我的灵魂却在到处游荡。比方说，有谁见过垂死的女人的眼睛？童年时的我见过，我知道，还有蒙苏里街上的那个我。（苏里②！老鼠！我居然现在才想到！）

从那时起我就试图要解开隐藏在其后的阴谋，就算有时觉得自己隐约快要看到答案了也不敢大意，因为长期以来的经验告诉我，在一个阴谋底下往往还藏着更微小、更不易察觉的阴谋。我试着把一些零散的线头绑在一起去指引自己走出迷宫，结果突发的那几件事情让我逐渐放弃了科学，放弃了光明的世界。后来，到了1947年，我意识到萨特的全部作品都与视力有关。他也曾在纯粹的思想中寻找庇护，同时他的内疚感迫使他去做善事。内疚＝盲目？最后是新小说、凝视派、客观主义，又是那套科学的说辞。罗布-格里

---

① 恩斯特·西奥多·阿玛迪斯·霍夫曼（1776—1822），德国作家、作曲家，著有《魔鬼的万灵药水》。
② 蒙苏里的法语是 Montsouris，而 souris 是小鼠的意思。

耶①所倡导的纯客观视角,娜塔丽·萨洛特②所嘲笑的"所谓的意识深渊"。嘲笑……其实他们内心深处都害怕,所以无一例外地都逃向了黑暗世界,因为黑夜的力量不会原谅那些试图拆穿它们秘密的人。这就是他们也恨我的原因,就像通敌分子痛恨那些冒着生命危险与他们作战的人。

很混乱,我知道,不需要谁来告诉我这一点,许多人认为这是一个疯子的胡思乱想。他们爱怎么想就怎么想,我只关心事实,尽管是以一种零碎的方式去记录我在十分之一秒内能勉强窥见的无底深渊,我仍试图在我的一些书中表达出来。

以上都是我现在的所思所想,而在1938年的那个冬天我还什么都看不出来。我在实验室的时期正好是我们生命中的那个中点,根据某些神秘学家的说法,存在的意义在中点通常是颠倒的。它既然能发生在牛顿和史威登堡③、帕斯卡和帕拉塞尔苏斯这样杰出的人身上,为什么就不能发生在普通人身上呢?于是,不知不觉中,我从光明步入了黑暗。

就是在这样的时刻、在深深的精神危机中,我通过博纳索接触到了多明格斯。我到现在都没有讲过在这样的情况下到底发生了什么,以及我究竟面临着怎样的危险,这种危险是多明格斯不想或不能避免的,并最终导致了他的自杀(1957年12月31日晚,他在画室里割开血管后把血迹涂在了画布上)。我知道这背后关系到怎样

---

① 阿兰·罗布-格里耶(1922—2008),法国作家,著有《窥视者》。
② 娜塔丽·萨洛特(1900—1999),法国作家。
③ 伊曼纽·史威登堡(1688—1772),瑞典科学家、神秘主义者、哲学家、神学家。

的势力,早在他挖掉维克多·布罗纳的眼睛之前他们就开始行动了,那个惨剧只是他们的表现形式之一。

一个人有意无意地总会与他在寻找的东西相遇,我指的是命运安排的相遇,而非无意义的偶遇。如果一个人在街上不小心撞到别人,这样的摩擦在我们的人生中几乎不会产生什么决定性的后果。但如果这种相遇并非出自巧合,而是由一些看不见的力量刻意安排的,那就另当别论了。我遇见多明格斯不是偶然,我和他的相遇发生在我决定放弃科学的节点也非巧合。我俩的相遇有着极为重要的意义,尽管当时我还没有意识到这一点。时间负责将发生过的事件按不同等级进行排序,一开始觉得微不足道的事情到后来可能才显现出它的深远影响。过去并不像某些人认为的那样是已经析出的结晶,不会再改变,而是随着我们人生的进程渐渐成形,直到我们死亡的一瞬间才具备了其真实的意义,这时它才彻底定型。如果此时我们能回望一眼过去(也许就是人在弥留之际的回光返照),或许就能看见命运安排下的真正风景。活着时被我们忽略的那些最微小的细节,这时可能也成了严肃的警告或悲伤的永别;甚至那些嘲讽或谎言,在死亡的视角下,也变成了险恶的预言。

再说说当时超现实主义的情况。

我去了多明格斯的工作室上班(您可以尽情嘲笑这个荒唐的动词)。我俩发明了许多让我们笑破肚皮的词语,还就教皇的事情给达拉第[①]写信,在地铁里搞各种恶作剧。许多无耻之徒把这一类的娱乐行为当作超现实主义。我们自以为是单纯地找找乐子,却不知

---

① 爱德华·达拉第(1884—1970),法国前总理。

其实已经陷入道德危机之中，就像一个小孩在曾经的战场上找到一些看似无害的子弹，却在玩耍时突然引发了爆炸，从而播下了毁灭和死亡的种子。关于该运动的浮夸言论声称，超现实主义旨在打开秘密世界和禁忌领域的闸门，所以时常会冒出一些跳跃思维和胡言乱语，然而没想到的是，魔鬼却出现了。有谁能比多明格斯更好地阐释这黑暗的悖论呢？

不知道您是否了解布罗纳的故事。他是罗马尼亚犹太人，对预言和灵视现象很感兴趣，于1927年来到巴黎，然后我猜是通过他的罗马尼亚老乡布朗库西①认识了贾科梅蒂②和唐吉③，他俩又把他介绍给了布勒东④。现在请您认真听好我接下来要讲的：在接下来的十年里，也就是从1927年到1937年，布罗纳执着地画了一些跟眼睛有关的作品，其中一些十分具有攻击性。在这些画作中，人物的一只眼睛被部分或全部剥离，取而代之的是一个女性器官或一只牛角。而最骇人的是他1931年创作的一幅自画像，它准确地预言了1938年多明格斯主导的那场悲剧。布罗纳的一系列自画像中都有一只眼睛被刺穿或挖出，但1931年那幅是最耸人听闻的：画中他的右眼被一支箭刺伤后掉出，而箭上赫然挂着一个大写字母D。还有另外一件听来不可思议的事情：布罗纳在同一年偶然给一栋楼房的正面拍了一张照片，蒙帕纳斯大道83号，那里日后会成为多明格斯的工作室，也将成为那场悲剧的舞台。布罗纳自认为是在为

---

① 康斯坦丁·布朗库西（1876—1957），罗马尼亚雕塑家。
② 阿尔贝托·贾科梅蒂（1901—1966），瑞士雕塑家、画家。
③ 伊夫·唐吉（1900—1955），法国画家。
④ 安德烈·布勒东（1896—1966），法国诗人、评论家。

站在那栋楼前的一位灵媒拍照，实际上是拍下了有朝一日他献祭的祭坛。他本来已经回了罗马尼亚，但却在1938年"为了"受伤而再次回到巴黎。几年后他写道："这种残缺仍像第一天那样清晰，它伴着时间构成了我存在的基本事实。"

我把他本人的记叙抄录给您："那天晚上有很多人，我们从没那样聚在一起过，明明心里并不情愿也没什么兴趣。那是8月一个炎热的夜晚，聚会十分无聊。我又困又烦，因为前一天还跟U走了很远很远的路。我心里有一种没来由的恐惧感，而且越来越强烈。朋友们开始陆陆续续离开，多明格斯异常兴奋地在跟E交谈，但他俩用的是西班牙语，我们其他人都听不太懂。突然间他俩不知为何气得脸色苍白、浑身发抖，转眼就互相厮打在一起。我从未见过那么激烈的打斗场面，猛然感到一丝死亡的气息，于是立刻冲上去拉住E，S和U负责稳住D①。其他人赶紧离开了，因为事情变得越来越难看。多明格斯挣脱开来，我还没来得及看见就被推倒了，头重重地撞在地板上。朋友们把我抬起来，想要带我去医院。我头很晕，视线模糊，所以求他们让我回家睡觉，但他们还是执意把我带走了。他们的脸上写满了痛苦和惊慌，我还完全不知道发生了什么，直到我们经过一面镜子前。在那千分之一秒的时间里，我看见自己的脸上满是鲜血，左眼像一个巨大的溃疡。这一瞬间我想到了我的自画像，在混乱的思绪中，画中那处相似的溃烂让我清醒地意识到了现实。"

我继续回到前面的话题，灵魂可以在梦中遨游，而且能看到未

---

① 指多明格斯。

来，因为此时它已经摆脱了身体这座牢狱，不再被桎梏于时间与空间之中。噩梦就是地狱的景象，普通人在梦中所见的东西，神秘主义者和诗人通过灵魂出窍和想象也能实现。"我认为诗人应该是一个通灵者，使自己成为一个通灵者！"由于艺术家享有这骇人的特权，于是在其中一次灵魂出窍的过程中，维克多·布罗纳看见了他可怕的未来并将它画了下来。不过这些图像并不总是那样清晰的，几乎都在梦中以神秘而模糊的方式展现。原因之一是由于这些恐怖领域被黑暗所笼罩，而灵魂并未完全脱离笨重的肉身，还有一部分被困在现在，只能透过薄雾隐约窥视一二；原因之二是因为人类似乎无法承受地狱的残忍景象，于是我们的身体出于本能，不顾一切地用它所有的力量去拽住灵魂不让它坠入深渊，同时还用象征的形式去表现地狱中的魔鬼和惨状以保护我们。

回到实验室时都很晚了，戈德斯坦已经走了，塞西莉亚也脱掉了防尘罩衣，肯定是因为在等我所以还没离开。她的眼神像母亲一般，带着痛苦和祈求。

"没事的，塞西莉亚。"我对她说，"我没事，只是头很疼。"

她把测量数据留给我后就离开了，走到门口时又回头问我想不想去听教堂音乐会。"不想去，谢谢。"我看着她瘦小的身躯迈着小小的步子渐渐消失。"我对她实在太坏了。"我心想。她刚一来我就告诉她居里夫人有多平庸，害她差点哭鼻子，我决定明天要向她证明居里夫人其实是位天才。

我重新把装着锏的铅管取出来放在工作台上，可是因缺觉而发红的双眼让我很不舒服，灯光比平时更加灼伤我。我关掉灯，在孤寂、安静、近乎黑暗的实验室里坐着，只有隔壁房间的灯光微微地透进来。

我起身走到窗前,望向窗外的皮埃尔·居里大街。开始下小雨了,忧郁的情绪再次袭来。我回到座位上,盯着铅管,里面装着可怕的钶。我渐渐进入梦乡,西特罗南鲍姆的脸在梦中出现,他的目光难以辨认,像来自恶魔的眼神,让我一下子惊醒来。

我的视线再次停留在铅管上,它跟我的焦虑有某种程度的关联。尽管它看上去那么温和无害,可它内部却孕育着可怕的灾难。那里藏着一个看不见的微型宇宙,还有莫里内利给我讲过的世界末日,预言家们几个世纪以来一直直接或间接地宣告它的到来。我在想,如果有什么方法可以让我缩小成小人国的居民,跟钶原子一起被封存在坚不可摧的铅管中,那么这无限小的宇宙就变成了属于我的太阳系,而我会被一种神圣的愤怒所统治,参与这可怖的灾难,并入这来自地狱的死亡射线之中。如今,时隔三十年,我又记起了巴黎的那些日子,历史已经验证了部分不祥的预言。1944 年 8 月 6 日,美国在广岛犯下的罪行预示了最终的末日惨状。8 月 6 日,光明之日,耶稣在大博尔山显圣容之日!

可怜的莫里内利,他是荒诞的真理代言人,这真理比他的生命和外在更高级;他是滑稽的中间人,在黑暗之神与人类之间传话。"天王星和冥王星是新时代的信使:它们会化作喷发的火山,指明两个时代的分水岭。"他坚定地看着我如是说。您要知道,他预言这些事实的时候是 1938 年,我们当时还不知道铀原子和钚原子[①]会

---

① 铀原子和钚原子可用来制造核武器,铀(Uranium)以天王星(Uranum)的名字命名,钚(Plutonium)以冥王星(Pluto)的名字命名。

擦出灾难的火花。

好了，我不想再继续回忆如此痛苦的时期了，周五见面时我想跟您聊聊我的近况。

萨瓦托的经历

1. 一篇报道

就在那几天有一个来自埃尔武斯托①的年轻人去采访他。

"他为什么离开拉普拉塔市？"

他自己又怎么知道呢，他的人生就是一系列看似荒唐且毫无关联的行为组成的，但在这混乱之下肯定有一种秩序，一种隐秘的秩序。离开拉普拉塔市就意味着彻底远离科学世界吗？嗯，也许吧。总之，他就这样来到了布市。恩里克·韦尼克说要帮他联系一个人，也许能不收分文地租给他一间科尔多瓦山脉中的小茅屋。于是他认识了洞穴之人堂费德里科·巴列，然后住到了偏僻的乔里约斯河旁一间没有电、没有水、没有玻璃的废弃小屋里。

随着他与埃尔武斯托小伙的交谈，一切都好像变得有了条理，

---

① 西班牙纳瓦拉自治区一市镇名。

从混沌中开始出现了光亮：那是黑色的太阳之光。在所难免地，他们开始聊起洞穴、地底、盲人。

"那些守门人。"埃尔武斯托小伙说。

守门人？关守门人什么事？萨瓦托提出这个问题时声音中也许有一丝颤抖，于是埃尔武斯托小伙仔细地盯着他看，把他已经知道的事情讲给他听，这些话迟早会有人讲出来，讲给他听。尽管已经知道，但他还是认真地听着：

"在公寓楼里，一楼以上都是公寓单间，由水泥、塑料、玻璃和铝建成，带空调的、洁净的、完美的。"

"抽象的。"萨瓦托有些不耐烦地补充说，想帮他尽快讲完。

"没错，抽象的。一楼以下是老鼠，到了夜里，它们就会爬到锃亮的厨具上来。守门人是一个神秘的族群，他看守着两个世界间的大门。"

萨瓦托静静地看着他。

"当然。"他附和道。

天渐渐黑了下来，能听见鸟儿们在窝里调整睡姿时发出的声音。

"守门人应该会来这里的。"

"是的，当然会。"

"迟早的事。"

"对。瞎子的主题一直让我着迷。"埃尔武斯托小伙说。天已经黑到基本看不清他脸上的表情了，他又接着说道："我希望这篇关于守门人和老鼠的报道能获得您的帮助。"

"我的帮助？"

"对，如果您方便的话。还有您那篇瞎子的报告，自从读了之后我就感到不安，因为它让我相信了一些谣言。"

"谣言？"

"我是说来自我内心的谣言。"

"您也写作吗？"

"不，这篇报道是我写的第一样东西。是沃克交代给我的工作，因为我跟他聊了聊创作主题，因为我想见到您。其实我是一名摄影师。"

"摄影师？"

所谓的"记录光明的人"，但他也决定要离开光的世界！

埃尔武斯托小伙还给他讲了别的事，都是他的调查成果——造币厂与吃钞票的老鼠之间的斗争：经过多年的计算、无数精密的方案和一次次失败之后，人们建造了一堵巨大的钢筋混凝土围墙，但依然以老鼠的胜利告终。难道它们是从下水管道里进去的吗？难道它们在围墙的墙体之中也能繁殖吗？

他们聊到了对全市的地道、地下室、下水道、排水管道进行全面排查的可能性，肯定非常复杂，可能还十分可怕。

埃尔武斯托小伙离开的一瞬间他差点想讲出守门人的事情，但又觉得时机还不合适。

或许，也没有讲的必要。

2

他正走在科连特斯街上时,看见阿斯托尔·皮亚佐拉[①]迎面而来。他准备跟对方开始交谈时才发现认错了人,原来是一个长相相似的陌生人。那人莫名其妙地停下来,萨瓦托尴尬地拐了个弯逃走了。走到苏伊帕查街上,他假装看了一会儿橱窗,等镇静下来后就想找家咖啡馆喝点儿东西。刚好,卡洛斯大叔咖啡厅就在旁边。库恩没在收银台,他随便找了个座位坐下,这时却看见皮亚佐拉正冲他微笑。

"怎么了,我的胡子吓到你了吗?"阿斯托尔问道。

"没有,不是。"

"你有点儿不对劲。"

他犹豫了半天才把刚刚发生的事情讲出来,阿斯托尔不理解他为何如此激动。

"伙计,这只是个巧合罢了。"他评论道。

萨瓦托生气地看着他。

"在一个有九百万人口的城市?"

阿斯托尔提到想跟他一起做一场布市弥撒。

"什么?"萨瓦托心不在焉地问。

"弥撒,一场布宜诺斯艾利斯的弥撒。"

[①] 阿斯托尔·潘塔莱昂·皮亚佐拉(1921—1992),阿根廷作曲家、班多钮手风琴独奏家,被誉为"探戈之父"及"阿根廷国宝"。

他的身体状态很差，精神很紧张。再说吧。他连忙借故离开了，一直走到了雄鹿咖啡厅。

布鲁诺看到他样子有些怪，便问他身体怎么样。

"很好，很好。"他漫不经心地回答。

他喝着啤酒，过了一会儿对布鲁诺说：

"您也许觉得我在施耐德博士的事情上夸大其词了吧。"

"哪方面？"

"嗯，整体上……他的能力……"

布鲁诺开始整理牙签。

"好多年我都见不着他，"萨瓦托继续说，"但他还在，我很肯定，就在布宜诺斯艾利斯某处。"

（"见不着他"，想到这里他打了个寒战。）

布鲁诺抬起头，用天蓝色的眼睛望着他，等他继续说下去。

"我给您说过他在1962年又出现了，对吧？"

"对。"

"我给您讲过我在地铁上跟踪他的事吗？"

"没有。"

"1962年那次重逢之后我又在不同场合见过他三四面，他有时一个人，有时跟海德薇一起。当然了，我见她的次数稍微多一些，直到她也消失了。我们几个当时是在泽波斯特酒吧碰到您的吧？"

布鲁诺点点头。

"没错，他们俩都消失了，但是我始终觉得他们就在附近，在这城市的某处。至于他，我在阿亚库乔街和赫拉街的拐角见到过，但他远远看见我（至少我觉得他看见了）就立刻进了咖啡馆。"他沉思着,"是他,我敢保证。"他嘟哝着,像在自言自语。

"至于海德薇……"

"您没再见过她吗?"

"没有,但她就在布宜诺斯艾利斯,我很确信。她是一个工具,她为这个任务而受尽痛苦。是因为那人的能力,还是因为某种她必须被迫接受的附庸或奴役关系呢?对,对了,奴役,就是这个词。只是这个案例中的奴隶比主人更高等,当然,我说的不是他们的社会阶级……尽管她在外表和道德上都衰败了……但人们一见到她就……"他的声音越来越小,好像又开始自言自语了。与此同时,布鲁诺心想,她也给他留下同样的印象:她不仅身体衰老了,过去的光彩几乎无迹可寻(就像透过东倒西歪的栏杆和一堆断壁残垣去想象一座公园曾经的美丽),而且灵魂也被腐蚀了,因为时间带来的变化,因为失望与苦涩,更因为被那卑鄙之人奴役。所以,只有在某些最为悲伤的短暂瞬间,可以在道德的废墟中隐隐窥见她从前的心灵。萨瓦托又点了一杯啤酒。

"我不知道自己怎么了,好像极度脱水。"

他盯着啤酒思索着。

"我跟您说过,《英雄与坟墓》出版那段时期我又遇见他了,然后我就开始调查他的行踪。在无数次失败的尝试之后,我终于有了一个成果。"

他看着自己的朋友补充道:

"一个可怕的成果。"

停顿了几秒钟他又继续道:

"那天我们约好见面,等到分别的时候我便尾随着他,看他进了宪法街上的慕尼黑酒吧,我就在广场上等着。他在里面待了两个小时左右,出来的时候天都黑了。后来他上了地铁,我进了相邻车厢继续监视他的一举一动。到了方尖碑站他换乘了去巴勒莫方向的列车,我也跟着上了隔壁车厢。我从他的神态中感觉他好像在等待地铁上的什么东西到来,有一度我甚至恐惧地猜想他的能力让他能感知到我的存在。好吧,如果他真的发现我了,我就推脱说只是巧合而已。就算他不相信(鉴于他的能力),于我又有什么损失呢?至少他会发现我已经对他有所戒备,知道我不是那么容易得手的猎物,甚至可能会对我多几分敬重。我正这么想着时,看到那个卖领卡的瞎子逆着列车前进方向走来。跟比达尔·奥尔莫斯笔记中的那个他比起来,他现在更老了,但还是那么没有礼貌、充满怨气。想到费尔南多也在同一列地铁上实施过同样的跟踪(是谁跟踪谁?),我不禁一阵战栗。接下来发生的事情是我预料之中的:瞎子经过施耐德身边时跟经过其他人时不一样,他的嗅觉、听觉,或是其他连接他俩的秘密信号让他停在了施耐德面前,向他兜售领卡。施耐德付钱买了下来,瞎子继续往前走。列车停下来时施耐德下了车,我紧随其后,但却跟丢了。"

萨瓦托沉默了,他陷入自己的思绪之中,好像忘了布鲁诺的存在。布鲁诺不知怎么办,最后只好问他是否愿意出去走走或者换个不那么嘈杂的咖啡馆。什么,什么?他好像没听清或是没听懂。

"我说,这里太吵了。"

"啊,没错,噪音太大,我越来越难以忍受布宜诺斯艾利斯的噪音。"

他站起身来说要去打个电话,布鲁诺看着他一边走向电话机一

边四下张望。回到座位上时,他对布鲁诺说:

"我说过,《英雄与坟墓》出版后事情变得复杂起来。这我给您讲过吧?"

是的,讲过。

"但是当那群可怜人接近我时,我真的以为找到了出路……您还记得地下室的那次灵媒聚会吗?但是,那样的力量当然不是轻而易举就可以战胜的。我记得给您说过,他们当时就提醒过我:如果我做好准备跟那些力量抗战到底,那结局对我是有利的。我在快要眩晕的时刻许下了承诺,我给您讲过第二天醒来时我有多么积极乐观,但现在我才明白,一个人在绝望的时候有多天真多幼稚,居然会去相信那些人——他们就好比手拿棍棒去跟原子弹对抗的原始人。但不管怎么说,他们唤醒了我抗争的愿望和希望。M现在才告诉我——之前她一直没有勇气说出来——她在梦里见过一座微型庭院,里面囚禁着一些侏儒。她俯瞰着他们在激动却无助地比画、喊叫,但就像一部无声电影一般,她听不见他们的喊声。他们紧张而愤怒地仰视着,像是在呼救。她对我说:'他们是你小说中的人物,如果你不把他们释放出来,他们最后会把我逼疯的。'

"我没说话,只是望着她。

"'看在上帝的分上。'她哀求道。

"她的目光深深刻在我脑海里,那是一种混合了恐惧和悲痛的眼神。

"'如果你不继续写下去,他们会把我逼疯的,他们还会回来的,我知道。'于是我把自己关在房间里,坐在书桌前。有时我拿出一些书稿,几百页的书稿,前后矛盾、荒诞不经。我费力地把它们摞在面前，然后数小时一动不动地盯着纸堆发呆。当 M 探身往里看时（她会找出各种理由和借口），我就在那堆纸里翻看或是装作在修改某些段落。我走出房间时能感觉到她的目光一直停留在我身上，我低着头走进花园里，知道自己骗不过她。

"这样的情况在我认识那群人之前尤甚，认识他们之后，我心里开始怀揣了一丝希望（多有深意的动词！）。我把这微小的希望的火苗藏在怀里，小心翼翼地不让风把它吹灭，指望着它有朝一日终成燎原之势。

"地下室的那次聚会给我很大震撼，尤其是当那位金发女孩弹奏舒曼的乐曲时。可是到了第二天我却开始思考这些杰出人士和他们与之抗衡的强大力量之间的实力悬殊，于是地下室里发生的事情在我心中也打了折扣：很多学过一段时间钢琴的学生都知道那首曲子，有没有可能她本来就会，只是在感应到了我内心的焦虑之后就把它弹了出来呢？

"我不该那么小题大做，那根本算不上什么，但我并不是说他们都是骗子；他们是真的灵媒，是很好的人。

"我也自问他们是否完全没有作用，因为我确实能感觉到自己的精神有了很大改观，就像一个重病患者开始想吃饭想走路了。

"只是，这是一场无止境的殊死斗争，时退时进。要做好持久战的准备，一秒钟都不能松懈，不能因为攻下了一个小山头，或因为敌人的一次撤军就沾沾自喜，那很可能只是对方使的一个奸计而已。

"这场战斗我打了许多年，其中的一些小冲突甚至显得十分奇怪，比如那座雕塑。

"它就立在尽头的那棵棕榈树下,几乎被枝叶遮挡住了,小区里的孩子们总是恐惧地凝望着它(当然了,我是后来才发现的)。没错,当我注意到小区里的孩子甚至连堂迪亚斯都一脸疑惧地凝视它时,我才发现它身上有一种邪恶的东西。有一天,我把这种感觉告诉了马里奥。

"'但是爸爸,'他回答说,'你不知道没有任何演员肯在有石膏雕像的舞台上表演吗?'

"'为什么?'

"'我怎么知道,反正大家都这么说。'

"那晚我一直睡不着,后来突然如醍醐灌顶,我之前怎么没想到呢?第二天早上我告诉了 M。

"'你想没想过,很难解释清楚那天早上突然出现在小径上的那座雕塑是怎么一回事,为什么会有人在那里留下一座真人大小的石膏女人雕像呢?它从哪里来?它是某位雕刻家的作品,某位现代雕刻家的作品,不是那种大批量生产的花园复制品。在桑托斯·卢加雷斯这个工人聚居的街区,人们最多会去百货商店买几尊小雕塑来当家居装饰,谁会需要这样的大型雕塑呢?再说了,为什么要把它遗弃在咱们的花园小道上呢。而且还是半夜干的?你没想到什么吗?'

"她思考着,她总是习惯反驳我的胡思乱想。

"'你记得吧,好几年来我一直想给花园里放一座雕像,就是公园里那种希腊罗马雕像。我当时想尽一切办法想弄一个莱萨玛公园里的雕像复制品,咱们很多朋友都知道这事,好几个人还跟我保证会想法帮我搞到,包括当时的区长普雷比什。'

"'我记得。'

"'还有,咱俩看到那座雕像时是怎么想的?'

"'咱们心想那肯定是某个朋友开的一个善意的玩笑,他夜里把雕像留在那里,等着第二天给咱俩一个惊喜。'

"'没错,但是你忽略了一个细节。'

"'什么细节?'

"'那位朋友始终没有现身,他为什么不愿暴露自己的姓名呢?难道这是一件见不得人的事吗?如果他把雕像放在那里是为了让我开心,那他为什么要保持沉默呢?恰恰相反,几个月过去了,这一切让我觉得越来越不吉利、越来越糟糕,那雕塑好像变得越来越邪恶,有好几次堂迪亚斯都问我为什么要把那东西留在花园里。'

"'是啊。'

"'现在我们不妨从另一个角度来推理:假设是某人想通过给家里添加一件物品的方式来加害于我,某个知道我希望拥有一座雕像的人。那么很简单,他只需要在那个晚上把雕像遗弃在小路上,因为他知道我每天早上晨起后都会去花园里,我看到雕像了肯定会立刻把它搬进房子里。有没有这种可能?'

"她一言不发地看着我,我要求她回答我的问题。

"'有,当然有。'她承认道。

"那一整晚我都很紧张,雕像上那女人的脸似乎就在我眼前,她的眼神像瞎子一般空洞,她的表情是那样邪恶。

"天刚蒙蒙亮我就起床跑去了花园。她还在那儿,在树丛间看着我,整张脸上写满了不祥。

"一开始我想自己一个人把雕像挪走,但它实在太沉了。于是我焦虑地等待着堂迪亚斯像往常一样出现在小径上,然后请他搭把手。我们把它搬到了街上,他又回家取来了麻绳把它绑好背在背上。他说剩下的事情交给他就行了,他要把它带去一个地方。

"带去哪里?我一点儿也不想知道,而奇怪的是,堂迪亚斯也从未对我讲过。"

萨瓦托停下来看着布鲁诺,好像在询问他的看法。

"确实非常奇怪。"他评论说,而后继续看着萨瓦托。

"是吧?"

他出神地思考着。卡斯特尔和瞎子帮派的报复。费尔南多醒悟时十分恐惧,但依然躲不开命运;尽管已经预见到了自己的未来,他依然不停地逃。

他也想逃避自己的命运,但邪恶势力却迫使他越陷越深。很多时候他都想放下一切,去一个没人认识的地方开一间小的修理铺,说不定连胡子长了都不用去剃。

他心里越是感到畏惧,就越是悲伤地小心呵护着这样的痴心妄想。是的,就是这个词:呵护。现在他猜到,在这些书稿中一切将达到高潮。尽管不知道这高潮具体指什么,但他已经确定要报复。

可是,他对生命太留恋!他还有那么多想要书写的东西!

从某种角度来看他能够做到,只要他不局限于去描写思想。恶势力不惧怕思想,神明也不会为此发愁。梦境,黑暗的想象,那才是他们所害怕的。

"还有那位施尼茨勒博士。"他突然开口道。

"什么?他不是叫施耐德吗?"

"不是,我现在说的是另外一个人。一位教师,一个奇怪的家伙,非常非常奇怪。他给我寄了很多信。"

"信?"

"对,信。"

"恐吓信?"

"不是,完全不是。他是个老师,一开始给我写信是为了讨论我书中关于性的一些观点。"

他在衣兜里翻找。

"您看,这是最新的一封信。"

> 亲爱的博士,钢琴中的低音(暗音)在左边,高音(亮音)在右边。右手负责弹奏理性的部分,"容易理解"的部分,也就是主旋律。您注意到右手在浪漫主义作曲家中的重要性了吗?
>
> 古时候,人们写字的时候从上往下,比如中国人;或是从右往左,比如闪米特人。直到阿波罗神殿中发现的神谕"gnothi seauton"① 才开始自左向右书写。注意了,萨瓦托博士:第一种书写方式下沉至土地;第二种,即闪米特人的书写方式,通向无意识或过去;而最后一种,即我们的书写方式,面向意识。
>
> 赫拉克勒斯在十字路口选择了右边那条路②。柏拉图认为,内心清白的死者会选择往右、往上的道路,而不清白的死

---

① 希腊语,意为"认识你自己"。
② 根据古希腊神话,大力神赫拉克勒斯在十字路口陷入迷茫,两位女神出现让他做出选择。

者则会选择向左、向下的道路。思考一下，我亲爱的博士，认真思考。您还有时间，去相信一个人吧。

"可我看不出这封信为什么会让您不安……"

"因为我有一段痛苦的经历。这些信中都传递了一种信息，似乎他坚持想见到我，似乎他跟科学的世界也就是光明的世界有关，总之……这是种直觉，您明白吗？他的信越来越坚定，在表面的亲切下面有什么东西在蠢蠢欲动。我现在已经决定了，要主动出击。确切地说。"他看了看表，"我跟他约好了今天6点钟左右见面。我得走了，回见。"

3. 施尼茨勒博士

他按响门铃后感觉有一只小小的眼睛从门上的小孔里窥视着他。过了很长时间，门开了一条缝，一个像鸟类和鼠类杂交后的脑袋从门缝中探出来。

他的声音尖细而紧张，透着一种鸟儿般的欢乐。他很干瘦，显然是长年耗在书本堆里，老鼠般的小眼睛在镜片后闪烁。这种复古的钢边圆框眼镜最近在嬉皮士中又流行起来，但他这副肯定是半个世纪前在德国买的，然后小心翼翼保存至今，就像他爱惜自己的藏书一样：它们像日耳曼军队般一列列排开，干净整齐，消过毒、编上号。

果然，他移动时也像小鸟的步态：紧张而干脆的小步跳跃着前进,像海顿①的诙谐曲中的跳音。他能准确地找出每本书中特定的某一页并展示给他看,然后再仔细地把它们放回原位。萨瓦托心想:如果这人被某种势力(比方说来自德国政府的命令吧)胁迫出借一本藏书,他所感受到的痛苦肯定跟即将送儿子去越南战场的母亲不相上下。

趁着对方给自己展示某处引文时,他悄悄地打量着书房。这时门被打开了一点,从那严格要求、必不可少的门缝里出现了一个托盘,它被一个看不见的女人瘦削的双手托举着,里面放着两个咖啡杯。施尼茨勒博士无声地接过了托盘。

在哪里见过这张长着老鼠眼睛的禽鸟的脸。

觉得他眼熟吗?他阴险地微笑着,指着书房里一张黑塞②的肖像画给萨瓦托看。

难怪,难怪——同样的禁欲主义罪犯的脸,因为哲学、文学,可能还有一点教师的尊严才让他没有犯下谋杀罪。

他怎么之前就没发现呢?一定是因为这个相貌相同的化身总是在微笑,他就像是阴暗的杀人犯的一位有趣的孪生兄弟。

"我们相互通过信件。"

真可惜,他没能发现异教的踪迹,不过他已经把图书馆里他所需要的东西都印在了脑海里。萨瓦托一边告诉他自己最终还是同意再版了,一边防备地问他为何会对自己如此感兴趣。他小跳着打开一个异常干净的文件夹,从中取出一个消过毒的文件袋:

---

① 弗朗茨·约瑟夫·海顿(1732—1809),奥地利作曲家。
② 赫尔曼·黑塞(1877—1962),德国作家、诗人,1946年诺贝尔文学奖得主。

"您看，您看，我总是对您的状况充满兴趣，博士。"

德国，他钦佩地想，如果一个德国人知道了你曾经是博士，哪怕这已经算是上辈子的经历，那谁都不能（当然，政府除外）强迫他闭嘴别提这个称谓。他满脸嘲讽地提醒对方，这属于他史前时期、两栖动物时期的事迹了，但对方快速地晃动食指表示否定，就像一个节拍器正打出活泼的快板节奏。这对施尼茨勒来说就像戴着手套便谎称手不存在一样没用，他了解萨瓦托的整个经历。

没错，就像他说过的，他总是对萨瓦托的转变充满兴趣。

"非常好奇，博士，非常好奇！"

他带着鸟儿般的狡黠微笑观察着萨瓦托，脸上的表情像在说"别想欺瞒我"，而萨瓦托则警惕地想，他的欺瞒是指什么呢？

但他在读过《英雄与坟墓》之后就更加好奇了。他等着对方的评论：目的是什么？原因是什么？

他们俩有一秒钟的时间保持绝对的沉默，那一秒钟让他十分不安。他猜到了那人心里所想，但却不愿说出来，而是装作无比天真地问施尼茨勒，是什么使他"非常好奇"。

对方的回答干脆利落，尽管已经有所预期，还是让他不禁打了一个寒战：

"是那些瞎子，博士。"

施尼茨勒直视着他的眼睛说道。

他到底中了什么邪居然同意见他，而且还是在对方的公寓里。他总结了一下，是因为害怕，因为信中隐隐透露出的信息。对方坚持要见自己的目的是什么？无论如何，最好还是直面危险，去试探那些看不见的暗礁，去测量它们，然后绘制出地形图。那人的小眼睛紧盯着他的双眼,他突然想到那个端托盘的女人,她为何不肯现身?

"但是您已经结婚了吧,施尼茨勒博士?"

这次会面之后很长一段时间他都在自问,"但是"这个词想表达什么。

老师的表情变得很严肃,似乎是在揣度敌人的心思,而后含糊地给出了一个肯定的答复,同时密切关注着对方的反应。

那个"但是"肯定让他起了戒备,因为两个人的对话中没有一句能解释这词从何而来。萨瓦托心想,这暴露出我的大脑同时在两个层面运行:表层在跟他交谈,但却还藏着更隐秘、更深的一层。就像一匹马感知到某样隐形的、陌生的东西后惊得直立起来那样,施尼茨勒也受到了惊吓,甚至都无法继续保持脸上那一成不变的微笑来掩饰自己的意图。

"是的,我已经结婚了。"他的语气像在道歉。

他很快又恢复了脸上的微笑,开始在书架上找一本书,一位牛津大学的老师写的书。

"找到了,关于右手的问题,这里,还有这里。"

萨瓦托机械地附和着,但大脑仍在高速运转:公寓面积非常小,这人不可能跟他妻子同住于此,种种迹象表明他仇恨女人,说好听一点是带着撒旦式的嘲讽蔑视女人。但他搞不懂,为什么当施尼茨勒表达出对《人与齿轮》的赞赏时,自己会如此不安。施尼茨勒说他对书中关于抽象文明的很多观点都十分认同,不过有些太极端的思想他却无法苟同。话虽如此,但是直觉告诉萨瓦托,面前这人不是盟友而更像个敌人。

"您说过的,博士,"他愉快地说道,"您可别忘了!"

他站着,用食指指着自己鸟儿般的脑袋,像在模仿一位语文老师那样,夸张地一边指着自己身体的各个部位一边念出相应的词语:

头
理性和雄性文明
右手
抽象的秩序和规则
法律(这是一个意义深远的词,我亲爱的萨瓦托博士啊!)
客观性
等等,等等,等等。

他的热情似乎让他忘记了咖啡。热情?忘记?他喝了一小口凉咖啡,手中拿着一本德语著作,列举被雄性文明所压制的东西:生命力、无意识、无逻辑、主观性。

他又喝了一小口咖啡,从杯口上方观察着萨瓦托,老鼠般的小眼睛闪着紧张而看似愉快的光芒。

萨瓦托飞速地思考着:自己为什么会感到不安?对方不是在重复他自己的两本书中的内容吗?看上去他是在开一个哲学玩笑,可为什么自己的恐惧却在增加呢?

黑塞这位笑容可掬的兄弟的笑声是那样尖锐,因而显得更加邪恶,他像在测试一位学生那样向萨瓦托提问:一类事物的右边代表什么?代表有价值的一面,不是吗?而左边则代表应该隐藏的一面。

他满意地列举着：左侧与不幸、阴险、不祥、不公正相关联，无一例外都是来自女性的。人们用右手发誓，用左手做出表示犄角的手势。

"犄角？"萨瓦托问道，为自己争取一些时间。

"是啊，是啊，在基督教这样一个崇拜太阳和雄性的宗教中，左边是与恶魔相关的。"

他得出结论，这个小个子男人要么是想拯救他，要么是来自瞎子帮派的代表，企图阻止他继续调查下去。突然，连他自己都没想到，他居然问对方，那个端咖啡的女人是不是他夫人。话刚出口，他就为自己迈出的这一步而恐惧，但是已经来不及收回了。他感觉看到了那人脸上的表情不易察觉地僵化了，不过一瞬间又恢复了刻板的笑容：

"是的，是的，没错，"他笑着回答道，似乎是被揭露了一个可笑的秘密一般，"但她非常害羞。"

骗人，萨瓦托心想。

"可怜的女人们啊！"老师感叹道，把话题从私人问题上转移。

他笑着，但明显内心是厌恶的。

这时，门又开了一条缝，装着咖啡的托盘又伸了进来。

他感到头晕得厉害，三两口喝完咖啡后谎称自己要迟到了，然后便逃走了。施尼茨勒把他送到电梯口，老鼠般的小眼睛中透出极大的愉悦。

为什么？为什么？他到了街上还在思索。

他上了贝娃家的楼。

"给我来杯威士忌。"他一进门就说道。

贝娃用怀疑的目光看着他。

"你怎么了?"

"没什么,只是想喝杯威士忌而已,我很累,非常非常累。"

"我刚还以为是基克。"

"为什么?"

"因为他今天要来。"

萨瓦托起身要走。

"你别这么可笑行不行,如果真那么累的话就去后面那张沙发上躺着去,没人会打扰你。甘杜尔福老师也来,我刚好想听听你的意见。"

"甘杜尔福?"

"他是基克的伯乐。"

"这太荒诞了,我喝完这杯威士忌就走。"

"我已经说了,你可以去后面躺着,你不用跟基克说话,我只是想听听你的看法。"

萨瓦托强忍着怒火:

"我想知道,你有没有听说过一个叫施尼茨勒的人?"

"他的一些短篇故事倒是读过,但是没人给我引荐过他。"①

"我没在开玩笑,贝娃。我说的不是他,是一个就住在布市的德国人。"

不认识,贝娃完全没听说过这人。那施耐德呢,施耐德从没提

---

① 贝娃指的是阿图尔·施尼茨勒(1862—1931),奥地利剧作家、小说家。

到过这人吗?拜托,老兄,她已经几百年没见过这位国际诈骗犯了。萨瓦托带着疲惫的嘲讽表情望着她:"国际诈骗犯?"是啊,怎么了?没什么,没什么。那"巨婴"科斯塔呢?

"怎么?"

他在哪里,在干什么。

"我怎么知道,自从他活着回来后应该都在他马斯维茨①的别墅里吧。"

自从他活着回来?对啊,笨蛋,自打胖女人比利亚努埃瓦的丈夫饶了他的小命。不过,如果他在这期间又去拆散了其他婚姻的话,那么现在应该会在加拉加斯或者伦敦。

"也就是说在马斯维茨的别墅。"萨瓦托自言自语道。

"你说什么?"

"没事。"

后来基克跟一个小个子男人一同到来,那人身高只有一米五左右,长着一张喂养得当的婴儿脸,面色红润健康,戴着金边眼镜,看上去活泼可爱。这种人就像一个小天使,虽然可能有点不聪明,但却是随时准备帮助别人的好心人。

4. 阿尔韦托·甘杜尔福博士的讲述

"说吧,老师,请说吧。"基克鼓励道,"Nous sommes tout

---

① 全称为英格尼耶罗马斯维茨,是布宜诺斯艾利斯省一城镇名。

oreilles.①"

萨瓦托躲去了客厅另一角,心里很烦。

"在距离现在非常遥远的时代,人类曾生活在天界,是天父身边一个庞大的种族。他们没有身体,是一群天使,由一个叫撒旦的天使长统领。撒旦拥有极大的权力,就像战争时期将军的地位。然而,对权力的野心会让人迷失,不论你来自什么种族。灵魂同样不乏野心,于是撒旦的良心被扰乱了,甚至觉得自己跟天父一样全能,而实际上他缺乏天父的创造力。他开始狡猾地运作,鼓动手下的团体叛变,许诺给他们官位和特权。"

"就像随随便便一个小国家里那些野心勃勃的军人,不是吗,老师?"

"完全正确,不过我需要说明一下,不是所有天使都依附于撒旦,但他手下的那些天使是最具野心、最不纯洁的一群。"

"但是老师,我插一句,我想全能的天父不可能没有觉察撒旦的阴谋吧。"

"他当然察觉到了,而且一直很关注这件事,不过他不仅没有制止,反而放任这种思想生根、发芽、持续发酵。天父规定,思考与行动的自由与造物主一样神圣。上帝不愿束缚我们的思想和追求权力的意愿,因为如果那样做了就是剥夺了我们的自由、阻止了意识的发展,而意识能保证我们在灵性秩序中进步。他十分清楚反叛者的计划,但他直面这些事件,让宇宙一分为二:天界和地界。"

"天啊!他的目的是什么呢,尊敬的老师?"

---

① 法语,意为:"我们洗耳恭听。"

"你们会知道的。天界被划分为不同区域,各族群按照心灵纯净等级分布其中,地界则被安排给自私的人类。造物主任用了几位天使长去实现这一计划,其中就有撒旦,他也被称作耶和华。"

"耶和华!"

"没错,这个名字因为《圣经》而变得著名。这些天使长都是真正的神,在希伯来语中叫作以罗欣,在西班牙语中被错译作了单数的上帝。"

"请您解释一个问题,老师。"贝娃说。

"请讲。"

"您刚说撒旦和耶和华是同一个人。"

"确定无疑。我得先跟你们透露一个最根本的秘密:《旧约》并非神谕,尽管几乎所有宗教学说甚至包括天主教都这样认为;它只有一部分是真的,即创世纪的阶段,其余都是撒旦的杰作。他假扮成至高无上的造物主,要求手下的闪米特族长去宣扬他的思想和行动。"

"恶魔的伪装!太无耻了!"

"您说得对,这个强大而无形的实体最大的特征就是胆大妄为、厚颜无耻。他假装真神,却让真神变成撒旦。"

他的声音像中学教师一样有些刺耳而教条,但他讲解的不是除法法则,而是一场可怕的阴谋。他的音调公正而平静,不像在展示魔王如何统治世界,而像在一个干净明亮的教室里证明毕达哥拉斯定理,下课铃声即将响起。

"自从撒旦被赶出天界,他就开始了这场游戏,变成了地界的上帝,这个地方被我们人类的激情、自私和无知所笼罩。接下来你们会知道畜牧业的遭遇如何。"

"你说什么，博士？"贝娃问。

"畜牧业。亚伯是畜牧业的守护天使，该隐则是农业的守护天使。耶和华，也就是撒旦，让该隐起了弑兄的杀心。其目的何在，你们也许会问。"

"确实如此，老师。"

"其实很简单，一旦牲畜没了保护神，就很容易被屠杀来供人食用。这样一来，由天父规定的植物饮食结构就被破坏了，取而代之的是屠宰后的产品。"

"有意思。这么说来该隐是屠夫的始祖，如果没有他，就不会有如今的屠宰业。"基克点评道。

"当然。这种转变的目的是为了打乱神的计划，因为食用植物对健康有益，而且有利于人类精神的修炼；相反，食用动物或尸体会引发疾病、缩短寿命、泯灭良知、钝化感官、煽动激情、增加私欲，而且谋害生命的行为是不道德的、是犯罪。肉食制度就这样产生了，它使人类处在极端蒙昧的状态，无法窥见真理，无法在精神上提升自我。"

"很有趣的理论，老师。"

"这不是个理论，是已经被证实了的事实。还有一件事：诺亚和大洪水。你们看，一切都能印证我先前所讲。由于撒旦无法创造人类或动物，于是他让诺亚带着后代和一部分动物离开以便繁殖。人类却把这可怕而荒诞的罪行怪到天父头上，多么无知！当然了，撒旦对拯救植物物种没有一丝一毫的兴趣。不过从创世纪起，地球各个角落就遍布种子，于是植物王国才得以依照灵魂的本质重新出现。"

"撒旦肯定大失所望。"

"肯定,这也证明了他有多容易犯错。现在回到我之前所讲,亚特兰蒂斯、索多玛和蛾摩拉的毁灭、亚伯的遇害,还有自那时起在地球表面散播的罪恶,都是撒旦的杰作。天父是善的存在,他永远不可能是嗜血而残忍的,他绝不可能如此暴虐地毁掉自己充满爱意亲手创造的一切。将这些可怕行径归咎于上帝的人,不管是博学之士还是无知愚民,都被撒旦蒙骗了。"

他像一个可笑的牵线木偶,似乎有人在上面牵引着他(是谁从何处牵着线?);他又像一个口技演员的布偶,面部丝毫不动,表情无动于衷,说着别人的话。他身上有什么虚假和不真实的东西,可他传达的信息却让人觉得是真实的,尽管模棱两可;是可怕的,尽管荒诞不经。

"非常有趣,老师,可我们怎么知道这些暴行确实是撒旦而非天父干下的呢?难道这一切混乱就不能是一位嗜血成性的神造成的吗?"贝娃问道。

"不能,因为天父是完美的,而完美就意味着善。还有一个证据:亚述人所记录的大洪水与犹太人的记录完全吻合,但他们声称主宰地球的是恶灵。"

"也就是说犹太人从大洪水时就学会撒谎了,那时他们就开始进行恶意的新闻报道了,真该死!"基克评论道。

"正是如此,先生。大洪水之后,诺亚和他的族人完成了种族的繁衍。近亲繁殖是在所难免的了,所以诸位可以想见这些亚种能否跟那些可敬的亚特兰蒂斯人相比。撒旦从这些亚种中分离出一支,加剧了他们的激情和欲望,以便可以随心所欲地操控他们。"

"犹太人。"

"没错,然后他又从他们当中选出一人作为他在人间的代言人。耶和华对亚伯拉罕说:我会让你的国度变成一个大国。他就用这种方式攻克了对方的意志。"

"您别介意啊,老师,我想知道您是不是排犹分子。"

"绝对不是,先生。这个种族只是被魔鬼欺骗了,因为撒旦想要建立与以色列之间的联系,这种联系通过割礼、礼拜仪式、逾越节等与魔鬼间签订的契约,以及在埃及发生的一系列事件得以持续了数个世纪。"

"在埃及发生的事件吗,老师?"

"对啊,一系列明显与撒旦相关的事件。我们刚刚已经看见了恶魔犯下的罪恶行径,例如大洪水、亚特兰蒂斯的陷落、用烈火毁灭一座座城池,更别提还有索多玛人的乱伦和其他恶心罪行。不过这一切跟他降在埃及土地上的灾害比起来完全不算什么:老鼠、虱子、冰雹、蝗虫、苍蝇、瘟疫。你们怎么看?现在再来听听基督的经历吧,他是辅佐天父的天使长之一。看见撒旦如何将希伯来人变成奴隶(许诺会给他们财富和庇护),天父决定将基督派往人间,让他化身为耶稣(于是有了耶稣基督的名字)去把这个民族从那可怕的监护中解放出来。当然,这个使命带来的益处也传给了其他人类。弥赛亚①唤醒了人们的良知,否则我们今天肯定还处在彻底的无知中,把撒旦与天主混为一谈。撒旦知道了天父的计划后,想要

---

① 希伯来语中"受膏者"之意,即希腊语中的"基督"。

用欺骗犹太人的手段去贿赂上帝之子，许诺给他王国和荣耀，但基督厌恶地拒绝了他给出的条件，于是撒旦准备用最残酷的方式去粉碎基督的使命。基督的说教在希伯来人中留下了深深的烙印，这种积极健康的反应对撒旦的统治形成了极大的威胁。于是这位人间的神分化了人们的意见，指控基督为异教徒，选中了犹大去出卖他。金钱腐蚀了这位门徒的良知，金钱在任何时代都具有同样的腐蚀性，教会也把金钱置于宗教服务之上，从而扭曲了自己的使命。我继续讲基督的使命。其实这个使命的目的主要是为了唤醒犹太民族，因为他们是受撒旦影响最严重的奴仆，尽管他们过去和现在都不自知。于是基督附身在一个犹太人身上，作为种族之灵热切地去启示和挑动人们去反抗这种欺骗。"

"但是请允许我问一句，老师：天父怎么可能没有预见到这个使命最后会失败呢？他难道不知道犹太人会坚持他们的错误吗？"

"知道，他当然知道。这个失败只是片面的，因为真理掌握在大多数天选之民以及全体人类手中。那些选择继续相信耶和华的希伯来人，就按照魔鬼的意图一直延续至今。"

那人并没有大喊大叫，但萨瓦托却觉得他的声音十分刺耳。那是一种穿透力极强的嗓音，就像盗贼在夜间锯开保险柜的电钻声。

"老师，您不觉得这位人间之神对待他选中的种族太过残忍了吗？集中营什么的。"

"正是如此，因为这个民族没能忠诚地遵守他们的信仰和契约，所以撒旦要用宗教审判、大屠杀、集中营去惩罚他们。你们应该不止一次地听说希特勒是撒旦派来的使者，是一个反基督分子，这些无心之语中藏着多少真理啊！"

"我们都相信您说的,老师,还有什么证据表明犹太人被撒旦奴役吗?"贝娃问。

"还有很多,很多。你们回忆一下扫罗皈依为使徒保罗后,转述的基督要求他在犹太人和异教徒中传福音时说的话:'我差你到他们那里去,要叫他们的眼睛睁开,从黑暗中归向光明,从撒旦权下归向神。'① 还有基督在《约翰福音》中对犹太人说的话:'你们是出于你们的父魔鬼,你们父的私欲,你们偏要行。'② 简直再明确不过了。而撒旦这样对基督说:'你若俯伏拜我,我就把这一切都赐给你。'③ 这正是犹太人在不自知的情况下所做的,他们朝拜的是撒旦,因为他们所有的礼拜仪式都是为了祈求物质财富以及宽恕日常的罪过。天父不是物质利益的赠予者,任何宗教的信徒包括天主教徒都要看清这一点:当我们祈求财富或罪恶时,聆听我们祈祷的人是撒旦,他把这些东西赐予那些与恶为伴之人,并且利用他们来完成自己的邪恶计划。撒旦行使权力的主要工具有:第一,医学……"

"医学?"

"没错,医学。第二,神职人员。第三,天主教。第四,犹太教。"

"老师,请给我们解释一下您说的医学是怎么回事吧?"

"乐意至极。撒旦借医生之手造成的伤害可能是最为严重的,耶和华降下的战争、瘟疫、犯罪和地震都比不上基于肉食主义然后

---

① 引自和合本《新约圣经·使徒行传》26:18。
② 引自和合本《新约圣经·约翰福音》8:44。
③ 引自和合本《新约圣经·马太福音》4:9。

通过医学所带来的人类毁灭,它摧残了个人的良知、繁衍了疾病。"

"可是老师,既然我们是撒旦的盟友,为什么他还要让我们生病呢?我们如果健康的话不是对他更有用吗?毕竟一个由佝偻病患者和跛子组成的军队可算不上世界上最优秀的队伍。"

"您听着,先生,对撒旦来说,我们健康对他是毫无益处的,因为身体健康意味着精神健康,而只有健康了我们才有可能窥见真理。在吃掉动物尸体时我们不光犯下了食人罪(因为动物是比我们更低级的兄弟),而且我们会陶醉其中,变得更乐于犯罪。这和性的堕落一样,而淫欲在肉食者中是极其普遍的。再讲回我们在动物身上犯下的罪。我有一些非常有趣的经历:动物就像小孩子一样,它们能通过人类的语言和教育方式来进行学习。我做的一系列实验取得了丰硕的成果,证实了所有的动物在经过这样的学习后,无一例外地得到了提升,而且把自己与人类等同起来。在对动物进行教育时只能使用人类语言,它们对此的反应十分令人钦佩,狗、鸟、猫、鸽子、母鸡都认为自己和教育它们的人是同类。"

"具体使用哪国语言有要求吗,老师?"基克问。

"没有,随便哪种都行,只要准确而耐心地讲出来就行。"

"我这么问是因为德语和俄语比西班牙语更难,尤其对一只母鸡来说的话。"

"完全没关系,先生,结果是令人钦佩的。我告诉您,看到一只狗或一只鸡如何做出反应,实在是令人钦佩。"

"所以说它们真的在德语或俄语的变格上没有遇上问题喽?老师,我坚持这么问不是因为我对您伟大的调研有所怀疑,而是因为我妈妈以前强迫我学习德语的时候,我总是搞不懂宾格和与格代词,至于俄语就更是别提了。"

"完全没有问题,先生,只是要有足够的耐心,要带着爱心和温柔去跟它们讲话。那些认为动物听不懂正确的语言故而采取哨音、叹词和喉音跟它们沟通的人简直大错特错,因为我们有义务通过我们最高级的工具也就是语言,去帮助我们的低等兄弟得到提升。您教育自己的子女时会使用叹词和哨音吗?"

"不会。"

"您看吧,跟我们的低等弟兄们沟通也该如此。动物王国是造物主保守的一个巨大的秘密,我们预感到这个国度是如此神圣,如果宰杀它的国民就是犯罪、是不道德的行为、是恶魔的行径、是不法行为,违背了地球共存及进化的自然法则。我们会怎么看待那些吞噬掉尚不会讲话的婴孩的怪兽?而且,我再次重申,肉类会使良知变得迟钝,而蔬菜却使良知变得敏锐。"

"有哪种特别的蔬菜吗,老师?我本人特别喜欢吃生菜。"

"生菜?那太好了,先生。不过没有什么特别的蔬菜,任何一种都行,当然也包括生菜,另外还有菠菜、小红萝卜、胡萝卜,等等,它们都对锐化我们的良知有益。您注意观察那些食草动物,比如牛和马,它们都是天性温顺的动物。"

"公牛也是吗,老师?我指的是斗牛。"

"当然了,斗牛也是温顺的动物,可是人类的野蛮却让如此高贵、平和的动物变得残暴易怒。我们应该感到羞耻,人类竟能残忍粗鄙到如此地步。相信我,无能的不是斗牛,而是去围观和怂恿犯罪的那些西班牙人。我再说一次,一切食草动物都是温和的,您可以将马和老虎、秃鹫进行对比。肉让感官退化,让食用它的生物变得好斗。"

"这么说战争和谋杀都是食肉的后果。"

"毋庸置疑,夫人。食肉不仅让我们对他人的痛苦变得冷漠无感,而且将我们困在了物质世界之中,而这正是撒旦的目的:阻止我们了解真相,避免我们灵魂解放。"

"老师,所以说医学……"

"关于所谓医学的巨大罪行我可以跟你们谈上几天几夜,比如他们在食肉的基础上所宣扬的那些微生物和乳清蛋白的理论。《旧约圣经》告诉我们,耶和华(也就是撒旦)用虱子、苍蝇和蝗虫来惩罚埃及,而医师中的医师耶稣基督治愈了病人,将他们体内的恶灵即恶魔驱逐出去,因为它们才是致病的真正原因。所有被医生们称作细菌的丑恶东西其实都是撒旦的作品和化身,而只有活在神的法则之外的人才会遭到它们的攻击。因此,医学并不能治病,而是加入了撒旦的游戏,去制造和促进疾病。"

"也就是说如果一个人被疯狗咬了,他不该立刻跑去巴斯德研究所,而应该赶紧找人来帮他驱魔?"

"完全正确。"

"那如果他找不到可以帮他驱魔的人呢?或者他的时间不够呢?"

"那就太不幸了,不过这确实是他唯一能做的。现在我们来讲讲之前提过的第二种工具:神职人员。这是撒旦的权力赖以生存的最强支柱,因为神职人员对一部分人类能施加极大的影响。"

"是啊,这就好比一个人很相信警察,最后却发现警察和强盗是一伙的。"

"恰如其分,先生。只需要一个证据就能说明问题:神职人员做一切事情都是为了钱,从出生时的洗礼到临终时的涂油礼,而金钱是恶魔的经典工具。天啊,已经8点半了!我得长话短说了。天主教徒。大多数天主教徒的行为都完全违背了他们的教义,教士和教徒的激情和私欲扭曲了他们所信奉的宗教。他们贪图物质财富,为了发财不择手段。至于犹太人,我刚刚已经讲了最重要的部分。闪米特人被他们称作耶和华的撒旦通过割礼的契约联系在一起,因为所有与魔鬼签订的契约都离不开鲜血。可惜我没时间了,否则我还想讲一些非常重要的内容。当下的斗争是撒旦反抗天主的斗争,是一场残酷无情的魔化世界的斗争。地球将成为争夺宇宙权力的跳板,无神论就是撒旦统治世界的第一步。撒旦教的胜利会令我们彻底毁灭,届时我们将被惩罚,每一次轮回都在地狱中苟延残喘。"

"Que Dieu nous préserve!"①

"再会,夫人。再会,先生。下次再找个合适的时机继续讨论这个我们大家都该关心的话题吧。"

甘杜尔福博士迈着雀跃的小步子离开了公寓。

"轮回!"基克振臂高呼道,"美好的未来。想想我们现在的生活,跟军人的晋升制度完全相反:一开始你可能像个元帅,到后来却得像上校一样干活,把自己累得像条狗。官僚主义更是可怕。一个人死了,他好像听人说自己属于柏柏尔人②,于是他的灵魂跑去排队登记。等了两三个世纪好不容易轮到他了,柜台后的工作人员

---

① 法语,意为:"愿上帝保佑我们!"
② 西北非洲的一个民族。

查阅典籍，把一切翻得乱七八糟的，然后说他听错了，应该去鸟蛤科①排队。好了，亲爱的贝娃，我也得走了。这位老师真是让我心中充满了焦虑，我得赶紧去把今日份的生菜吃掉，这是一种神圣的蔬菜，用世界上任何东西跟我换我都不会同意。你快把手里这杯威士忌放下吧，要不你也会被降级为蛤蜊的。"

他朝着萨瓦托的方向鞠了一躬，说了声"大师"后就走了。

"小丑！"

"他是个特别好的好人，是玛贝尔的朋友。"

"我说的不是那个可怜人。"

他站起身，漫不经心地看着书架上的书。

"可怜的倒霉蛋，他就好比《完美婚姻》的作者，去向一群性冷淡的家庭主妇解释萨德书中的那些性发明。你们嘲笑他，可恶魔却很冷静，他用事实来开玩笑，让你们去嘲弄这些可怜的小魔鬼。"

"你是想告诉我甘杜尔福博士宣讲的是神学真理？"

"当然是，你这个笨蛋！你们俩大肆嘲笑生菜，但实质上他讲的是实话。你还记得费尔南多的话吗？"

"费尔南多·卡内帕？"

萨瓦托严厉地瞪着她。

"我说的是费尔南多·比达尔·奥尔莫斯。"

贝娃高举双臂，小眼睛戏谑地望着天。

"我就说刚刚还少了点儿什么，原来是你差点忘了引用自己小说中人物的原话了！"

---

① 西语为 berberecho，与柏柏尔人（berberisco）谐音。

"我为什么不能引用呢？上帝早在史前时期就被'黑暗王子'打败了①，当然了，他是后来才成为'黑暗王子'的。我说的这些词都是加了引号的，你要注意。"

"你不用跟我解释，我对你很了解，但你说的跟甘杜尔福老师说的并不完全相同啊。"

"别再跟我提那个可怜虫了。你要明白，存在很多种可能性。上帝被打败之后，撒旦到处宣称被打败的人是魔鬼，从而使上帝声名狼藉，因为上帝需要对这个糟糕的世界负责。那些失望的神学家们编造出的神正论是在想尽一切办法去证明连他们自己都不相信的事实：一位善良的上帝居然会允许集中营的存在（还有埃迪特·施泰因②这样的人惨死其中）、在越南被肢解的孩子、在广岛被原子弹辐射变成怪兽的无辜百姓，这一切就像是一个邪恶的玩笑。事实毋庸置疑，是恶统治了地球。当然，并非所有人都被蒙骗了，一直有人提出质疑。因此，两千年以来，人们因为敢于说出真相而被迫面对酷刑与死亡。他们被宗教裁判所驱逐、灭口、折磨、焚烧，因为恶魔不会原谅他们。其实只要稍微思考一下宗教裁判所的存在，就能知道究竟是谁在统治世界。整座整座村落被毁灭或击溃，想想

---

① 见《英雄与坟墓》，埃内斯托·萨瓦托著，申宝楼、边彦耀译，云南人民出版社出版，第297页。
② 埃迪特·施泰因（1891—1942），德国哲学家，1998年10月11日被教宗若望保禄二世册封为圣女。

阿尔比派①教徒的遭遇吧。从中国到西班牙，通过国教（这也是魔鬼的组织）清理了地球上一切想要揭露真相的企图，可以说他们的目的几乎达到了。"

"是啊，几乎，但阿尔韦托·甘杜尔福老师这样的人是例外。"

"你尽管继续嘲笑他吧，他不过是撒旦手下的小魔鬼而已。撒旦让一个可笑的人来揭露事实，从而让事实变得可笑且无效。他不光允许甘杜尔福这样的人活下去，还要鼓励他们发言。我再讲给你听，还有一系列更加邪恶的造成混乱的信息源。有一些无法被消灭或是撒旦刻意留下的团体，变成了新的谎言源头，比如伊斯兰教徒。根据诺斯替派②的说法，可感世界是由一个叫耶和华的恶魔创造的。长期以来，上帝都纵容这个恶魔胡作非为，最后派出圣子暂时借住在一个犹太人的体内。他打算通过这种方式让世界脱离摩西的虚假训诫，因为摩西是恶魔耶和华的先知。顺便提一句，你想想帕皮尼③如何评价米开朗琪罗的《摩西像》？难道米开朗琪罗知道了这秘密？我接着刚才的话题讲：如果接受这种说法，即恶魔耶和华被基督打败后关在了地狱中（这是伊斯兰教徒和部分诺斯替教徒的观点），那只能让谎言变得更加牢固，这无疑是双重的欺骗。我们的世界依然丑恶不堪，广岛事件和集中营都是基督降临之后发生

---

① 是一个中世纪的基督教派别，兴盛于12—13世纪的西欧，主要分布在法国南部，遭到十字军镇压后逐渐消亡。此派教徒通常过着简朴的生活，谴责天主教会的奢侈，公开申斥天主教会及其主教、神父、修士，认为他们都是由魔鬼制造出来的。
② 基督教异端派别，起源于公元1世纪，2—3世纪盛行于地中海东部沿海地区，5世纪衰落。
③ 乔瓦尼·帕皮尼（1881—1956），意大利作家、记者、评论家、哲学家。

的。你听明白了吗？换句话说，每当谎言开始弱化时，这些倒霉蛋就会去加固它，魔王也就能安心地再统治一千年，而真正的上帝却被囚禁在地狱。所以撒旦才会容许伊斯兰教徒壮大起来并建立帝国，只有疯子才会相信单靠一个马背上的狂热信徒就能统治西方世界长达数百年。"

"然后呢？"

贝娃的眼神中充满讽刺。

"费尔南多得出那样的结论合情合理：'黑暗王子'依旧在统治着，这种统治是通过'神圣的瞎子帮'来实行的。"

这个结论实在太清晰了，如果不是因为内心过于恐惧，他此时可能会笑出声来。

"那你怎么看？"

萨瓦托无言地望着她。

他回到家时收到了豪尔赫·莱德斯马的第三封来信。

给我一点时间，您别忘了我对这个职业还不熟悉，我得在一个陌生的环境和无边的寂寞中前行。虽然我用来写作的时间很少，但我常常思考。现在我在帮三叉冻肉厂卖肉。我想到喝醉酒的果戈理坐在一张桌子上，双腿耷拉着，感叹着多么悲伤的俄罗斯，然后和普希金一起哭泣，然而阿根廷和俄罗斯没有可比性。不用卖里脊肉的时候，我就四处走走，做点儿笔记。

言归正传。我要写的东西是一头巨大的、陌生的动物，我必须把它的脖子变短一点才能让它更可信一些，它的脚步像霍布斯的《利维坦》① 一般沉重，又像叔本华的作品一样随意。我来跟您解释一下我的这本书：

第一，我将明确指出，上帝不可能存在。如果他存在，那就不关我们的事了。

第二，我们在地球上的所作所为。

第三，死亡的冶金学和战略理由。谈论死亡的宗教缘由相当于让马在马车后面跑，甚至还把人放到了马的位置，就只差让马坐上马车了，需要坚决予以制止。

第四、第五、第六点，为什么：为什么我们是液体，为什么会有两种性别，为什么唯一属于我们的恰恰是我们已不再拥有的东西——过去。我会对焦虑、不适这些该死的缺点做出解释。叔本华在三十岁时就看清楚了这一切，了不起，智力与意志的对抗。这是一场伟大的战争，飞机离开航母，人类寻找本质，他将离开疯人堆，粉碎伦理，摧毁一切。认识真理才是本世纪的大事记，而非那些庸人以为的月球之旅。我不知道自己为什么如此特别。我本可以成为一个终日游手好闲之人，沉迷于酒精，为了名和利写一些爱情小说。可是，我要为真理而歌。从小我就擅长玩拼图游戏。对工作的兴趣我不太有，但是每次需要组装什么东西或是解决什么难题时，就轮到本人出场了。真相已经在那里了，昭然若揭但却四分五裂。每一个哲学家都说出了一部分真相，需要把它们拼凑起来，不要再添加自己的观点。当今的智者之所以失败，因为他们越是聪明，看见

---

① 英国政治家、哲学家托马斯·霍布斯（1588—1679）创作的政治学著作。

的东西就越黑暗越混乱。很不幸,我能拼凑出真相,因为我几乎一无所知。我没有老师,所以也不用谁来为我负责。

5

那一整晚萨瓦托都在沉思,天快亮时,他克服了一切让他裹足不前的恐惧,决定不顾一切找到施耐德,突然他想到一条线索:"巨婴"科斯塔的别墅。

他看了看年历,还有两天才到周日。走到大街上,天空很澄澈,空气很干爽。他撕下一小片纸,把它举得高高的然后放手任其落下:刮的是北风。他估计两天内气温会继续升高,但是应该不会有云也不会下雨。这是2月阳光明媚的一天,所有人肯定都在游泳池里泡着。

下定决心后他平静了不少,感觉到之前因为过多思考和回忆而丢失的勇气又回来了。

6

科斯塔看着他,用其特有的方式:头微微向一侧低着,挂着浮于表面的微笑。这微笑是第一层,具有外交式的和善。凭借对面部肌肉的掌控能力,微笑之下还藏着第二层难以察觉的表情,只有非常了解他的人才能注意到:那是一种带着嘲讽的开心,悄悄在心里问出类似"他有没有搞错啊"或是"他怎么这么天真啊"的问题。他此时肯定在想,这人居然蠢到在这样一个属于阳光和游泳池的周末跑到马斯维茨来调查施耐德的事情。当然，这些都是萨瓦托的猜测，可能猜对了，也可能并没猜对，因此第二层面部肌肉的变化（这一点是肯定存在的，因为在他的微笑下面绝对藏着讥讽甚或不满、厌恶的情绪）可能并不一定是在听到施耐德在布市而引起的。关于施耐德的下落目前只是个假设而已，萨瓦托想通过对方的反应来打探出一些端倪。他一边跟这个自己无比鄙夷的男人交谈，一边注意着他的回答，包括他的否定：

"施耐德？"

他质疑地皱着眉头，这也是他的特点之一，他在提问和聆听问题时都是这副表情，甚至在说出类似"我不认为列宁是个革命者"这样的陈述句时也带着这样的表情。这些陈述句给了他一种神秘的神圣光环，因为他的这些句子毫无根据，但却好像明显到不容争辩。而他在说这些话时质疑和皱眉的表情又优雅地中和了话中专制、强硬的语气，好像在提议今后再来讨论，但这提议其实永远不会实现。

不可能，施耐德绝对还在巴西。他们已经好多年没见过面了，至于海德薇就更别提了，不过她肯定还跟他在一起，也在巴西某个地方。

基克的经历

然后呢,女孩们,那个给自己更名为伊丽莎白·林奇的小土妞跟一位白发高管一起下了跑车,而后立刻冲进了塞尔希奥·雷南①的怀里。可怜的导演手足无措,睁着梦游似的双眼。她这么做是为了争取一个小角色,我说得够清楚了吧,女孩们!你们不知道伊丽莎白·林奇是谁,那是因为你们没有认真阅读《广播国度》这本杰出的杂志,鄙人在那里赚一点儿外快,讨论一下通货膨胀呀、对祖国缺乏信心呀,等等。出于职责原因,我需要随时跟进这些新生代的杰出人物,于是我就去采访了这颗冉冉升起的新星。她在跟一系列优秀的门房、技工和导演助理睡过觉之后终于登上了通往成功的阶梯,未来可期。我在一种疯狂的冲动下向她提了一些正经的问题,害我差点儿丢了工作,因为这位女明星控诉说我想让她出丑。当时纳迪耶罗正在女星公寓的小吧台为她拍照,特写她的腿部镜头;我站在她的书架前,看到上面摆着几本合订本的《读者文摘》、几本科林·特利亚多的小说、《教父》和《1972年占星预卜》。你

---

① 塞尔希奥·雷南(1933—2015),阿根廷导演、演员、编剧。

们知道,我是超级喜欢阅读的,说实话我的两大激情就是书籍和好音乐。于是我便问她喜欢哪些音乐家,而她自然而然地回答我"波恩的天才[①]",因为这是最保险的答案。当我问她是否也喜欢帕里托·奥尔特加时,她以为我是在设陷阱,故而噘着小嘴坚定地说她喜欢严肃音乐。在我三流警察(这是她向我的上级投诉的原话)一般的压力下,她回答说除了"波恩的巨人"之外,她还为施特劳斯的圆舞曲和柴可夫斯基的乐曲所陶醉。科恩批评我没安好心,我为了证明自己的清白便告诉他其实我正准备再写一篇报道来赞扬她。所以后来我又发表了一篇极佳的略传来吹嘘她曼妙的身材,说她不做模特真是太可惜了,她应该被列入全球最佳着装榜,成为马克·博昂[②]的缪斯。事关我的口粮时我总是特别慎重,写出来的东西连我自己都信了,于是我开始认真地思考(这回可不是科恩要求的):既然伦敦卡纳比街头一个乡巴佬的打扮都能影响到萨维尔街和萨克维尔街的裁缝甚至英国时尚,那为什么卢加诺区的妇女不能为布宜诺斯艾利斯的高级时装带来灵感呢?我们可不能太两面派了。

我们再回到刚才那次有趣的碰面上:伊丽莎白冲向雷南时,撞到了正垂头丧气走在路上的萨瓦托大师身上;而我正和"巨婴"走在一起,他当时在对克里斯蒂娜耳语着什么,这是他拆散别人婚姻的第一个步骤。我对他们说,看看你们几个有生之年能不能猜出那个小土妞的真实姓名。"巨婴"科斯塔几百年前曾在《国家报》上发表过一篇小短文,展现出了他的文学天赋,不过这种创作才能如

[①] 此处及下文"波恩的巨人"都指贝多芬。
[②] 马克·博昂(1926—),法国服装设计师。

今早已耗尽，他的余生都用在聚会和鸡尾酒会上大谈特谈马克斯·比尔①和新文学。你们可能觉得我在撒谎，但"巨婴"这人可以插足所有坚固的婚姻，第二天人家办理离婚手续的时候他就躲去加拉加斯或纽约，等到被戴绿帽的那位平静下来了才敢回国。所以当我看见他对克里斯蒂娜耳语时就算准了他肯定想在猎物面前炫耀一番，而且我估计潘皮塔正在吃情敌克里斯蒂娜的醋，这会给"巨婴"造成很大压力，于是我就抛出了那个问题。结果很容易预测，"巨婴"接受了挑战，开始推理那位小土妞的真名，其推理过程如下：

科斯塔："拉宾诺维奇？萨塔诺夫斯基？"

潘皮塔："阿布拉莫维奇？戈罗丁斯基？"

科斯塔："库里戈夫斯基？索科林斯基？"

潘皮塔："谢列布林斯基？萨布洛多维奇？"

科斯塔："马斯特罗尼古拉？斯潘皮纳托？"

潘皮塔："阿皮恰佛戈？甘巴斯托塔？"

科斯塔："索尔德利？库库泽拉？"

潘皮塔："罗萨科诺？卡波格罗索？法米拉卡卡？"

科斯塔："诺玛·米尔塔·卡科帕多？"

潘皮塔："玛法达·帕特里夏·皮斯卡弗雷多？"

科斯塔："好了，我们不要再漫无目地瞎猜了，要有些条理才行。我们就以卡索②这个词为基础吧，要充分考虑到所有可能

---

① 马克斯·比尔（1908—1994），瑞士学者、建筑学家、画家。
② cazzo 一词在意大利语中指男性生殖器，这里采用音译。

性。这次要严肃一点,你总是喜欢即兴发挥。来吧。"

潘皮塔:"卡索长。"

科斯塔:"好吧,这也行,那我猜是卡索大。"

潘皮塔:"还有复数形式我们也不能忽略:卡索长长、卡索大大。"

科斯塔:"现在别在这上面浪费时间,最后再来总结复数情况。继续。"

潘皮塔:"颜色,这条线索非常好:卡索白。"

科斯塔:"她父亲是五月大道和利马大道十字路口一家彩票店的老板,店里还提供擦鞋服务,他的名字叫温贝托·阿亨蒂纳·卡索白或者蒂托·卡索白。看到没,要把职业也体现出来,不能太过笼统。职业是有辅助作用的,能赋予人物特点。"

潘皮塔:"卡索黑、卡索金、卡索棕,还有什么?"

科斯塔:"亲爱的胖妹,你的自然主义审美观把你给耽搁了,为什么非得是黑色、白色或金色呢?运用上表现主义、超现实主义看看会有什么结果:卡索黄。"

潘皮塔:"鲜花的颜色,这样会显得很雅致:卡索紫红。"

科斯塔:"挺好的,但是我们不要走进另一个死胡同里了,这样太过系统太死板,还是自由组合吧。来吧。"

潘皮塔:"皮格里亚卡索、卡波迪卡索、卡索嘴、卡索臀、卡索屁股(还要考虑到皮埃蒙特大区或伦巴第大区的意大利语变体,这一点你比我懂得更多)、卡索长……"

科斯塔:"这个名字你之前已经说过了,你这固执的女人。"

潘皮塔:"卡索冰、卡索凉。"

科斯塔:"等等,我突然想到一个有趣的点:从一种语言迁移至另一种语言的时候出现的假词源学现象。卡索凉或卡索凉凉家族的一个成员在百年战争①期间作为俘虏被押解至德国,到那儿之后他的名字变成了德语的卡兹弗雷德,意思是'猫的和平'。我实在想不通这种该死的四足动物能有什么和平,不过事实就是如此。"

潘皮塔:"那如果这意大利人就叫卡索呢?那他的德语名字就是卡兹吧?"

科斯塔:"基本上说得通,反正这里咱们说了算,不过卡兹是个犹太名字,我实在想不明白好好一个意大利人进了日耳曼的地盘后怎么就被要求行割礼了。我倾向于叫他卡佐,听上去很有异域风情。严格说来,这个家族有两个分支:先前那位俘虏的一个后代成了富卡尔家族的会计,后来发了大财,成了银行家,资助各种战争,最后被封为冯·卡佐。"

潘皮塔:"卡佐家族的另一个后代移民到了俄罗斯,因为长相俊美被卡特琳娜任命为财政总监。那么后来发生了什么呢,请问你这位语言学家?卡佐夫?"

科斯塔:"等等,这是一条脉络,可以有成千上万种可能。首先,可以延续父亲的名字变成卡兹佐夫。"

潘皮塔:"以 v 结尾还是以 ff 结尾?"

科斯塔:"正如基克所说……"

基克:"拜托别把我扯进来,我对年轻的小明星伊丽莎白·林奇小姐可是抱有极高的敬意。"

---

① 1337 年至 1453 年期间英法两国之间的战争。

科斯塔:"俄罗斯人采用的是西里尔字母表,而在西方更常见的拼法是以 v 结尾。现在我们还是按顺序来,波兰的分支可以叫作卡兹佐夫斯基。"

克里斯蒂娜:"嘿,这听上去像犹太名。"

潘皮塔(满面春风地):"你就来负责挑刺儿吧,克里斯蒂娜。"

科斯塔(讨好地、彬彬有礼地、循循善诱地):"不对,克里斯蒂娜,只是因为在咱们这里所有的波兰名字听起来都像犹太名,明白了吗?你想想看佐尔托夫斯基一家,不过我们还是继续聊卡索家的事吧:卡兹佐夫斯基的一个亲戚从波兰回到俄国,并在革命运动中发挥了作用,他就是弗拉基米尔·伊里奇·卡兹佐夫斯基,大家对他的另一个名字更为熟悉:拉林。"

克里斯蒂娜:"嘿,好像有个足球运动员叫这名字。"

科斯塔:"没错,那是他的一个后代,不过我们现在说的是俄罗斯的拉林,在法国被叫作拉琳。问题来了:这位莫斯科人的老婆叫什么名字?"

克里斯蒂娜:"拉林夫人。"

科斯塔:"错。"

克里斯蒂娜:"卡兹佐夫斯基夫人。"

科斯塔:"错。"

潘皮塔(自负地):"不对,不对,卡兹佐夫斯卡娅。"

科斯塔:"毫无疑问。另外还应该提到某位阿纳托尔·费多罗维奇·卡兹佐连科,他是乌克兰的一位风俗派作家,与本次调查的对象来自同一意大利血统。顺带考你们一下:玛莎·亚历山德罗夫娜·卡佐夫是什么?"

潘皮塔："一部俄国小说中的人物，不对，等一下，应该是契诃夫笔下的人物。"

科斯塔："我要像阿根廷的高层或电视台主持人那样告诉你：完全正确。一个分支移民到格鲁吉亚地区之后诞生了了不起的卡拉马佐夫家族，于是一部俄罗斯小说的标题应运而生：《卡拉马佐夫兄弟》。"

潘皮塔："好了，够了，你简直没完没了。你一直不停地说这些俄语名字就因为你在俄罗斯使馆待过两年，而且你想唱独角戏。回到意语名字上来，我来给你说几个：卡索笨；粗鲁一点——卡索蠢；亲昵一点——卡索呆呆。"

克里斯蒂娜："卡索美。"

科斯塔（惊喜地）："简直太赞了，克里斯蒂娜。"

潘皮塔："卡索近；后来他到了阿拉斯加，思念故乡——卡索远；突然饿了——卡索羹。"

科斯塔："简直不知道怎么点评你的执念。"

潘皮塔："别烦我，'巨婴'。我再来说几个：贝尔卡索、卡索佩尔特、卡索佩尔诺纳、卡索佩尔梅、卡索梅奥。"

科斯塔："可别忘了最具意大利特色的指小词：卡索奥内、卡索奥内略、卡索奥内托、卡索奥尼诺；以及它们在意语中的复数形式：卡索奥尼、卡索奥内利。"

克里斯蒂娜："还有谚语呢？靠天靠地不如靠卡索。"

（充满敬佩。"巨婴"科斯塔心想，这段感情可能真的值得自己投入。潘皮塔立刻借题发挥。）

潘皮塔："卡索在手，天下我有。没有不变的卡索。勿在人前议卡索。严丝合缝,恰如卡索。死要面子,卡索受罪。"

科斯塔:"行了,潘皮塔,差不多就得了。我现在来引用一些名句:卡索就像死神,他既会造访国王的城堡,也会拜谒农夫的茅舍。再来一句《堂吉诃德》里的:卡索最大的矛盾就是想爱却求之不得。"

潘皮塔:"来首那不勒斯名曲:《哦,我的卡索!》,由蒂托·斯基帕①演唱。"

科斯塔:"变体:《哦,我的蒂托!》,由卡索·斯基帕演唱。"

潘皮塔:"名人名言:卡索的物当归给卡索②。"

科斯塔:"不为卡索,宁为虚无③。"卡索从不飞跃④,莱布尼茨的名言。有尊严的卡索⑤,古罗马著名人物西塞罗退出公众视野时说的话。

潘皮塔:"拉丁语名:古里古鲁姆·卡斯。"

科斯塔:"平平无奇。亲爱的听众们以及电视机前的观众们,最后请允许我为大家介绍卡索这个词在叽里呱啦语中的变格。主格:卡哈啊索。属格:卡哈啊索嗯。与格:卡哈啊索叽。"

潘皮塔:"叽里呱啦语中肯定还有更多种变化才对。"

科斯塔:"别急,别急。经过乔治和卡罗拉·蒙松孜孜不倦地

---

① 蒂托·斯基帕(1888—1965),意大利男高音歌唱家。
② 改编自《新约圣经·马可福音》12:17,原文为:"该撒的当归给该撒。"
③ 改编自"不为恺撒,宁为虚无"。原文为拉丁语,是瓦伦西亚大主教恺撒·博尔吉亚(1476—1507)的剑铭。
④ 改编自莱布尼茨的名言"自然从不飞跃"。
⑤ 改编自古罗马政治家、哲人马尔库斯·图利乌斯·西塞罗(前106—前43)的名言"有尊严的退休生活"。

调研发现，在这门语言中还有一些印欧语系中非常罕见的变格：商讨语气：卡哈啊呲。咨询语气：卡哈啊呲哦呸叽因特？强制语气：卡哈啊呲哦呜呢！！（这个变格要加上两个感叹号，虽然看上去有点怪。）仁慈语气：卡哈啊呲咿呲哦。"

考虑到我跟《广播国度》公司之间微妙的关系，我必须在这场拟声词大赛中保持谨慎的沉默，就像现在正坐得离我们远远的萨瓦托大师那样。他此刻肯定正在思考我们这个时代的危机，或是正在忍受结肠炎或肝炎的病痛发作。众所周知，这两种情况会导致相似的表现，让人搞不清楚他究竟是为人类命运而焦虑还是为自己的消化系统而担忧。

萨瓦托的经历

他反复思索费尔南多的话，然后记起了他的忠告。是啊，这里发生的一切似乎都与他无关，但那只是表面现象！费尔南多本人因为无知而犯过的类似错误也不比他少。多明格斯这个错误的角色设定表面上与瞎子和烈火无关，布罗纳1938年回到巴黎似乎也只是为了绘画，然而事实上他的回归是因为命中有这一场劫数：他在准确的时间回到了正确的地点，就是为了让多明格斯扔出的杯子挖出那颗他曾经梦见过也在数年间多次描绘过的眼球，那颗血淋淋地悬挂在一块人皮上的眼球。人们像梦游一般去往暗中吸引他们的区域,比方说,现在这些人的胡说八道中有哪些暗示着命运,哪些又是毫无意义的呢?他试着从他们虚伪的脸孔和虚假的动作下挖掘出可怕的预兆,就像一位刑侦专家试图从一个女人写的一封满是小道消息的信件中找出毁灭性的真实字眼。

想想特蕾莎姨妈吧,基克像在演话剧一般高举双臂呼喊着,她在教堂圣器室里度过了一生,死后到那个地方报到,却发现管事的根本不是基督,而是一个长着好几只胳膊的家伙。这就对了:由小丑们传递的骇人信息。必须认真研究每一个词、每一个手势,不能放过任何一个角落,不能忽视施耐德和他的狐朋狗友们的一切举动。

想想发疯的莫泊桑吧,想想说胡话的兰波吧,费尔南多写道。还有那么多无名之人在恐惧中过完了最后的日子:被关在疯人院的院墙之中、在警察局遭受酷刑折磨、在化粪池中窒息、被沼泽吞噬、被非洲的食人蚁啃噬、被鲨鱼吞食、被阉割后当作奴隶卖给东方的苏丹,不过比达尔·奥尔莫斯忘了提及那些看上去更轻实际上却更可怕的惩罚方式。

"他是一位慈善家,你们不知道他发明断头台就是为了让人们免受折磨吗?因为喝醉的刽子手经常瞄不准目标,要不就砍掉你一只胳膊,要不就弄断你一条腿。更难能可贵的是这位清贫的吉约坦①先生并没有把自己的这个点子用来卖钱,后来是一个德国

---

① 约瑟夫·吉约坦(1738—1814),法国医生、政治家,据传他发明了断头台,所以法语中的断头台一词 guillotine 便以他命名。

人——毫不意外——把它工业化了,然后在法国大革命中发了一笔横财。但是上帝最后惩治了他,他被一颗地雷炸得一毛不剩。换种表达方式来说就是:最后信奉德圣茹斯特①理想的只有一个曾经被他唾弃过的妓女,这便是萨瓦托大师一向坚持的辩证法。"

他又想到了毒品,那可能也是施耐德使用的工具之一。潘皮塔的脸颊偶尔会抽搐,"巨婴"科斯塔也是。

基克的经历

1

科科·本伯格②的到来让聚会的气氛变得紧张而激烈,他大骂"巨婴"妄图用施美格混合威士忌来替代百笛人纯麦威士忌,给大家喝的酒越来越次:先是芝华士,然后是黑标、百笛人、红标,最后是百龄坛。

接下来他们开始分析第三世界人民的现状,在那之前还不忘斥

---

① 路易·德圣茹斯特(1767—1794),法国大革命领导人之一,是罗伯斯庇尔最坚定的盟友,后一同被送上断头台。
② 本伯格以及本章中出现的其他姓氏都来自上层阶级。(原注)

责了一番"巨婴"在文学上的品位。

"都到了该抓起步枪去战斗的时候了,你却还在没完没了地谈论纳博科夫①。"科科总结道。

尽管我已经尽量小心翼翼地置身事外,但可能是我的一个表情引起了他的注意,于是他问我:

"你呢,基克,能不能告诉我们你他妈的到底在想什么?你既不是庇隆主义者又不是布尔什维克党,那你他妈的到底是什么?"

我用低到几乎听不见的声音和痛苦的语气回答他:

"确实如此,科科,我不是庇隆主义者也不是布尔什维克党,我就是一个可怜人,你难道看不出来吗?"

我的这些话招致了他们的粗鲁评价。

随后又聊了一些不在场的人,以及在场的人和不在场的人之间的关系:

"只要还在继续就是好的,但之后会彻底耗尽,这是我从分析中看到的。"

"来点大麻对我们大家有好处,能聊得更尽兴,想哭的时候也可以开怀痛哭。"

"我俩什么都能分享,我们是在一栋公寓楼里看《燃火的时刻》②时认识的,后来就开始了一段不那么严肃的感情。"

"我们一起去咨询了心理医生,但最后还是好聚好散了,现在仍是很好的朋友。"

---

① 弗拉基米尔·纳博科夫(1899—1977),美籍俄裔作家,代表作是小说《洛丽塔》。
② 1970年上映的一部阿根廷电影。

"注意你的言辞,你在指桑骂槐。"

"你是个受虐狂吧,真是受不了你。"

"没错,但起码我洞察力够强才能发现咱俩之间的冲突。再说了,潘恰确实很吸引我啊,又年轻又火热。你还想让我说什么呢?要有同理心,知道吧?我和她在一起的时候非常非常和谐。"

"别说了。我承认我不够成熟才会逃避,但是我确实受不了了,真要是同性恋就大大方方承认,遮遮掩掩最可恶。他不会再把你当成女人,光给你贴上一个好朋友的标签,然后一辈子都不会再摘下来。"

这时科科忍无可忍地大骂起来,说你们会发现的,这些冲突不是单独的个体之间的,而是消费社会的副产品。

马上又要说到革命了,我心想。果不其然,讨论又开始往政治方向发展:

"我只希望被当作女人而不是消费品来对待,你说呢,混蛋?难道因为我胸部丰满就要把我当成伊莎贝尔·莎露妮①吗?"

"这是这个城市的问题,它一直在呼吁从结构上进行改变。"建筑师阿图罗终于开口了。

"可是对流氓无产阶级②来说就不是那么回事。"

"你对大众文化有什么不满?"

"不能跳离阶级来看问题,必须在一个特定的背景下进行讨论。"

---

① 伊莎贝尔·莎露妮(1929—2019),阿根廷演员、模特,曾拍过一系列色情片。
② 是马克思主义理论对无产阶级的划分,指代妓女、乞丐等。

"但是上层阶级也不能否认自己的错误,也不能因此就坚持机械论①。"

"你说得没错,但是确实应该考虑到量子!"

可怜的克里斯蒂娜一直被排挤在外插不了嘴,她为了不让自己显得太笨,突然对某本书作了几句点评。可怜的女孩啊!大家看她的眼神就像在蒸汽时代看一辆单座两轮马车。阅读,太了不起了!阅读!比如说,让一个资产阶级分子来阅读《格尔尼卡》②。

我看见克里斯蒂娜闭上了嘴,一点一点退到了正站在树下读《花花公子》的"巨婴"科斯塔身边。

2

"看看这张脸,""巨婴"对她说,"看什么?一个老女人,应该还是个老烟枪。"

她念出那女人的名字:E. 克朗豪森。

"还有下面这位,""巨婴"用手指点着,"P. 克朗豪森。"

克里斯蒂娜问她俩是不是姐妹。

"不是,他们住一起,是两夫妻。"

"姐妹夫妻?"

"笨蛋:上面那位是个男人,叫艾伯哈德。"

"好吧,然后呢?"

---

① 一般指近代形而上学唯物主义,认为原子是世界的本原。
② 毕加索(1881—1973)创作的一幅巨型油画。

"没然后了,他俩是新性爱风格小组的成员。"

"嘿,他们的照片看上去就像是聚众淫乱后被警方拍到的照片。"

"你往下读。"

琳达·拉芙蕾丝,二十二岁。(但她看起来有四十岁!)照片下面写着,如果她一天没有经历一次性高潮的话就会变得非常紧张。某杂志称赞她为"美国人最爱的嘴"。

"嘴?"克里斯蒂娜问道,"可她的嘴明明长得很可怕啊。""巨婴"带着善意的嘲讽看着她。他们继续读下去……

"驴比狗更好用。""巨婴"点评道,同时仔细地看着琳达的脸,"现在再来看看这位吧:杜罗·培礼牧师。"

他认真看着照片,脑袋向左侧歪着。

"他应该会是名很优秀的橄榄球运动员,不过是那种既内向又粗暴的球员,是拳击手和倒霉的哲学家的结合体。你注意看他,衣着得体、发型考究。简历:小时候为人猿泰山着迷;结婚后育有两个小孩,发现自己是同性恋后要求离婚;之后创建了大都会社区教会,是只对同性恋者开放的教会。曾有记者描述他为同志运动的马丁·路德·金,他回应说'大家称我为马丁·路德·皇后就行了'。他开展了一系列非同凡响的活动,包括干预纠察队工作、组织示威游行、在学校进行宣讲,他还为身陷困境的同性恋者开设了紧急求助电话。

"还有你刚刚以为是姐妹的那两位——克朗豪森夫妇:他们是

在哥伦比亚攻读博士期间结婚的，著有《色情与法律》以及《色情艺术》，后者是他们在旧金山建立的非营利性国际博物馆中陈列的一千五百幅插画的一个摘要。

"贝蒂·多德森：她努力宣扬通过性爱来解放女性，她在个人脱口秀中赞扬各种同性及异性性行为，鼓励纵欲和自慰；她是1971年阿姆斯特丹湿梦节的评委；她还成立了一间工作室，专门用来推动性发展。

"艾尔·戈德斯坦：长着一张有钱人的丑恶嘴脸，创办了同性恋杂志《交合》和《男人》；他曾因被指控为中情局特工而被关押在哈瓦那，出演过《交合》杂志制作的第一部史诗级色情电影，还在纽约大学教授新性学。"

3

基克开启了新的话题，内容从社会心理学转到了社会美学。"巨婴"科斯塔灵敏的耳朵立刻捕捉到了这一信息，随后积极地参与进来，这类讨论如果缺了他就好比对一场汽车比赛进行解读却忘了咨询方吉奥①的意见。大家针对如下议题发表了各自的观点：

---

① 胡安·曼纽·方吉奥（1911—1995），阿根廷赛车手，曾赢得五届F1世界冠军。

约翰·凯奇①和家具音乐②

官方文化

拉出香粪的必要性

反作品

反乐谱

反诗歌

反小说

可这已经过时了,最好是反反小说。

拼贴音乐③

勋伯格④

"巨婴"问道:"可是勋伯格的理念究竟是什么呢?要把音乐理念跟外在表象区分开来。"

"要揭下这类资产阶级唯心主义极端思想的面具。"

"恭喜你!资产阶级唯心主义思想!你这么说就好比说橙子颜色的橙子一样。"

动作音乐,对,混合了掌声、欢呼声、哈欠声和打嗝声的音乐。

---

① 约翰·米尔顿·凯奇(1912—1992),美国作曲家,是下文中勋伯格的学生,代表作是无声音乐《4分33秒》。
② 由法国作曲家埃里克·萨蒂(1866—1925)发明的一种背景音乐。
③ 又译作"镶嵌音乐",指把几种不同时期、不同风格的音乐相互镶嵌组合而制成的一种新式音乐。
④ 阿诺尔德·勋伯格(1874—1951),美籍奥地利裔作曲家、音乐教育家、音乐理论家。

"那么，怎么看待潘德列茨基①呢？"

这句"那么"让我抽离出来，它以一种残酷的方式告诉我，在《广播国度》的工作将我变成了怎样一个意志薄弱的知识分子。

那么？

我能感觉到在接下来的发言中，大家情绪更加激昂，语速更快了：

"能脱离巴尔扎克和陀思妥耶夫斯基真是大快人心。"

"怎么可能再像巴尔扎克一样写作？"

"也不能像加缪那样。"

"这些家伙！"

"你们认为奥斯伯格怎么样？"

"奥斯伯格？"

"对啊，就是博尔赫斯嘛，你去看看纳博科夫的访谈记录就知道了。你们刚刚不是在聊这个吗？他说自己非常欣赏博尔赫斯，甚至将他比作一面没有房屋的外墙。"

"对对，还有这个纳博科夫！"

"这家伙创造了一个属于他自己的世界。"

"《作为意志和表象的世界》②。""巨婴"神秘地说了一句。

科科大喊着说他听够了，别再继续聊文学了，现在该做的是抓起步枪。他一边说着又给自己倒了一杯威士忌。潘皮塔回答说少来这套宗派主义的说辞，眼下它虽然流行但却是完全错误的：革命应

---

① 克里斯托弗·潘德列茨基（1933—2020），波兰作曲家、指挥家。
② 是叔本华的哲学著作。

该体现在方方面面,如果还有人像加缪一样写作,那它怎么算得上是一场严肃的革命呢?这时有人开始称赞菲洛伊①。

"回文?"波查问道。他这人像一头长毛怪兽,只懂打马球。

"白痴,就是说一句诗首尾回环,可以正着读也可以反着读。"

可怜的波查还是搞不太懂,问是不是就像从前流行那样把话倒过来说。

看来得给他举一些简单的教学例子:

朋友您别哀号(amigonogima)

他给得更多,去爱他吧(eldamasamadle)

只梦见伤痛(soñadsololosdaños)

这只是菲洛伊创作的七千句回文中的几例而已,他对《核实》杂志说自己是统治世界的王者,可这份革命杂志却将他比作拜占庭的皇帝利奥六世②。你们这些只信赖外来工业的汉奸们,可曾知道菲洛伊手中握着什么?一本回文书,全世界唯一一本可以从两个方向读的书。

要去掉文学那层神秘的面纱,让它变得跟造型艺术一样,从而唤醒那些依然坚信小说人物和书中逸事的人。

这时潘皮塔突然问我有没有去看路易斯最近的一次作品展。这个问题让我吃了一惊,但我很快镇静下来,告诉她我那天去晚了,

---

① 胡安·菲洛伊(1894—2000),阿根廷作家。

② 利奥六世(866—912),著有战争学术书《战术》,但在实际对抗外敌时却屡战屡败。

到的时候人家已经开始清理展厅了。

"清理展厅?"

"对啊,地上有几个油漆桶和一堆沙子。"

"你这个笨蛋!"她冲我吼道,"那就是展览内容啊!"

我提到了多美尼科,试图想挽回一点尊严,结果她说:他早就已经过时了,装腔作势的纽约佬!带了一堆发光玩意儿来,现在已经没人看了。

住在地球上最偏远的这个破地方,你就算坐着喷气式飞机也没法及时赶到我们的大布宜诺斯艾利斯,所以聪明的罗西宁愿从伦敦发电报给卡洛斯,告诉他怎样搭建迪特拉餐厅:这块砖这样放,那块砖那样放。

我因为在《广播国度》那次失言整个人都快垮掉了,尽管迪特拉餐厅关闭后广场上的监控少了很多,但我还是不敢去佛罗里达街和维亚蒙特街走动。现在有了先锋派的陶瓷艺术、波普艺术和坎普艺术,所有人都成了艺术家,甚至连胖太太维拉法妮也以艺术家自诩,给我寄来了画展开幕式前的特邀来宾观摩邀请函。什么东西?我所认识的她明明只对贵宾犬幼崽感兴趣啊,现在的她却在拼装一组用陶瓷和金属丝制成的拼图,还请来了波利丘为她致开幕词。真是惊喜!

但是查理却告诉我,所有现代绘画都是纽约犹太人的发明:画画的人叫利希斯滕斯坦,帮他在杂志上做广告的人是个叫格林伯格的人,杂志老板是某位索尔·卡普兰斯基,最后买画的人是弹簧床大王大卫·戈登伯格,他是在女儿丽贝卡的怂恿下买的画,而他女儿刚嫁给了城市学院的艺术教授本·库利戈夫斯基。这一切都是那样环环相扣。

潘皮塔因为我的反犹主义思想而暴怒。

但"巨婴"却认为过于向左也会导致反犹主义,就像哥伦布一直往西走就能到达东方一样。不知道我解释清楚了没有,例如眼下巴勒斯坦人的问题:如果你坚决捍卫阿拉伯革命者(比如科威特的埃米尔,他是唯一一个在沙漠中实现了自己的石油梦想的马克思主义者),那可能就会侮辱到犹太人。

潘皮塔却聊起那些犹太穷人。

"巨婴"扮出一副最天真无辜的儿童的脸问她:什么?难道还有犹太穷人这种物种存在?

这时塞西利奥·马丹尼斯[①]的出现让大家改变了话题,因为他居然没有使用拐杖就那么神气活现地走来了,那都是阿西安医生的功劳。所以啊,chers enfants[②],大家都到罗马尼亚去吧。我得承认,不拄拐的塞西利奥给了我很大的打击,因为我去采访拉法埃尔·阿尔维蒂[③]的时候,他告诉我说针剂是一种炸药,难道没看见米格尔·安赫尔和玛丽亚·特蕾莎的下场吗?听了他的话,我立刻飞奔到法利科夫那里,让他给我打了一针,但是一个月、两个月、三个月过去了,什么反应都没有。

每次我运气不好被阿尔维蒂一家撞见时他们都会冲我发火,因为他们觉得我的所作所为是一种背叛,是美帝国主义的走狗行为。瘸腿的我痛苦不堪,就像第三世界那些因贫穷和剥削造成的畸形人

[①] 塞西利奥·马丹尼斯(1921—2000),乌克兰导演。
[②] 法语,意为"亲爱的孩子们"。
[③] 拉法埃尔·阿尔维蒂(1902—1999),西班牙诗人。

民。这件事让我心生疑虑,最后意识到他们给我注射的是单独的普鲁卡因,给其他人打的药里还混入了辩证唯物主义、斯大林格勒保卫战、第三个五年计划。这种混合针剂对他们确实大有裨益,令他们重焕青春。结果就是唯一一个真正的唯物主义者(因为他们给我注射的是纯物质的普鲁卡因)却是唯一抬不起头的那个人,这对金融资本主义的代理人来说真是最为不幸的事情了。而今不拄拐的塞西利奥又出现在我面前,这说明什么?说明谁的话都不能相信。

话题又回到了马克思主义上,把塞西利奥的拐杖和共产主义制度直接联系了起来,进而开始热烈讨论起剩余价值。潘皮塔聊到了卡兰萨·帕斯医生、克里格·瓦塞纳①、德尔特克公司,已经从国民卫队倒戈向革命军的昌戈听了之后,表示应该把这些卖国贼统统枪毙。他在十分钟前还属于国民党,坚决拥护罗萨斯,现在却开始谈论马克思和世界革命。

昌戈有趣的言论因卢比的到来而中断,后者带来一个染了金发的女子,这女孩肯定在上届狂欢节中被评为了选美皇后。她一张口就问:"嘿,你们这儿不提供晚饭的吗?"从"巨婴"和潘皮塔互相交换的目光中可以看出这句话引起了怎样的震荡:大家激烈地讨论了半天如何建立新社会,最后竟要忍受这样粗俗平庸的话语。

---

① 阿达伯特·克里格·瓦塞纳(1920—2000),阿根廷政治家、经济学家。

萨瓦托的经历

1

他鄙视自己竟能待在那栋别墅里，因而也就在某种程度上与那些人有了共同之处。他不久前才见过科科带着轻蔑的嘲讽语气谈论"小黑"，现在却又变成了一个庇隆主义者，告诉大家黑人如何为了自由和尊严的理想，不远千里奔赴战场，加入解放军的队伍，在拉美大陆上留下了自己的尸骨。他为什么要待在他们身边？是，当然了，他有其他目的，但他留在那里是因为他认识这些人，而且一直跟他们有往来。毕竟，谁能自诩比别人更高明呢？有人说过，每一个新生儿身上都保有整个人类的胚胎，人们想象的、惧怕的、崇拜的所有神与魔都能在我们每个人身上找到；如果哪一天这个星球发生了可怕的灾难，只有一个孩子幸存下来，那他依然会繁衍出与现在相同的光明和黑暗并存的种族。

在夜晚的寂静中，他朝着车站方向走去。走到一片高大庄严的蓝桉树旁时他在草地上躺了下来，凝望着深蓝色的夜空。他记起了在天文台工作那段时期观察到的新星，它们是因为恒星的爆炸而诞生的。这种突发性的爆炸难以解释，但他却有自己的观点，一个为异端邪说发疯的天体物理学家的观点：

在数以百万计的银河系中有着数以百万计的星球，其中许多星球上也相继出现了它们的阿米巴原虫、大地懒①、尼安德特人②和伽利略。有一天他们发现了镭，又一天他们成功地分裂了铀原子。由于不能控制这种裂变，因而也就无法阻止原子战争，最终导致了所在星球的爆炸，变成了宇宙地狱：新星，新生的星星。无数世纪以来，这样的爆炸标志着一个个塑料和计算机文明的结束。在跟今晚相似的那样一个夜晚，平静的星空向他传递了某一次大爆炸的信息，那场灾害发生时地球上的恐龙可能还在中生代的大草原上吃着草。

他想起了莫里内利那可悲的形象——一个人类与主宰天启的神明之间的可笑中介，也想起来莫里内利在1938年用那支被啃咬得很短的铅笔头一边写一边给他说的那些话：天王星和冥王星是新时代的信使，它们会化作喷发的火山，指明两个时代的分水岭。

可是，今晚的星空似乎与任何灾难都格格不入：它正演奏着宁静、和谐、无声的音乐，它是多么美好的避难所。这片天空见证了多少骄傲地崛起又不可避免衰落的帝国，还有多少在这些国度中出生又死去的人们，他们中很多人是在火刑和酷刑中痛苦离世的。它和另一个永恒不朽的宇宙比起来是那样的不完美，只有通过澄澈而严格的定理才能攀上极致的完美。

---

① 生活在距今十万至一万年前的中美洲和南美洲的一种古生物。
② 大约十二万到三万年前居住在欧洲及西亚的古人类，属于晚期智人的一种。

他也曾试着去攀登，每当他感到痛苦时，因为那座高塔是无坚不摧的；每当身边的垃圾让他无法忍受时，因为那座高塔是透明无瑕的；每当时间的流逝让他烦恼时，因为那座高塔里的时空是永恒的。

把自己关进塔里。

但人们遥远的声音总是会追上他，钻进缝隙里，从他自己的体内传出来，因为世界不仅是他身外之物，还存在于他心里最隐秘的角落，存在于他的五脏六腑，存在于他的排泄物。于是那个不朽的宇宙又变成了一个悲哀的幻象，而对我们来说真正重要的世界就是眼前的这一个：它是唯一一个用痛苦和不幸伤害我们的世界，但也是唯一一个赋予我们完整生存意义的世界：血、火、爱与死亡；它是唯一一个在黄昏时给我们提供花园的世界，在这个世界有爱人的抚摸，有我们交汇的视线，尽管这视线注定会腐烂，但它是属于我们自己的，是温暖而亲密的，是属于肉体的。

是的，也许确实存在一个完美的宇宙，它对时间的破坏力无懈可击，但它是一个冰冷的石化形态的博物馆，由纯粹的精神所支配和感知的形态。而纯洁的精神是不属于人类的，我们这个不幸的种族所独有的东西是灵魂，它在可腐化的肉体与纯洁的精神之间徘徊，在这个中间区域发生了生命中最重要的事件：爱与恨，神话与虚构，希望与梦境。灵魂游离不定，痛苦焦灼（它怎可能不痛苦！）；它被终有一死的肉身和激情支配，却向往精神的永恒，它永远在腐朽与不朽之间、在魔性与神性之间徘徊。由于焦虑和犹豫，它在恐惧和沉醉的时刻会创作诗句，这样的诗歌产生于那片迷茫的领地，也正是那迷茫的结果：因为上帝是不会去写作小说的。

2

早上他本想开始写作,打字机却出现了各种故障:无法调整页边距,卡纸,色带的卷轴不能自动返回只能手动倒带,最后机头的某个零件彻底坏了。

绝望的他打算去市中心逛逛。走在德芬萨街和玻利瓦尔街之间的阿尔西纳街时,他决定去买一个活页文件夹,用于手写小说。这对他来说是一种新的尝试,一件有象征意义的改变。如此一来他就可以在咖啡馆里写作了,不过他的字迹很难认,而且这样会很累,但说不定这样就能破除诅咒。

一个疲惫而不悦的店员接待了他,当他说出自己想买一本如此这般的文件夹时,店员脸上的厌倦几乎无法隐藏。他只得作罢,离开小店时心情变得更差了。他打算去玻利瓦尔街和阿尔西纳街拐角处那家学校书店看看,想到那里的文具很齐全应该能找到他想要的东西,感觉振作了一点儿。可就在这时,透过一栋老房子的栅栏,他看见了一只硕大的老鼠,它正睁着恶毒的红眼睛定定地看着他。它让他想起了埃尔武斯托小伙的那次采访,想起了堂弗朗西斯科·拉莫斯·梅亚①的小城堡里的那些蝙蝠——那些带翅的、肮脏的千年老鼠。他试着摆脱这些回忆,故而充满能量地向书店走去。充满能量?嗯,勉强算是吧,我们还是准确而客观地形容好了:他带着

---

① 弗朗西斯科·拉莫斯·梅亚(1847—1893),阿根廷法学家、社会学家、历史学家。

一点点能量向书店走去。售货员一向让他感到害怕，他忍着恐惧走向一个又瘦又高的长发男孩。尽管他猜到男孩应该认识自己，但他还是尽量保持淡定，试图克服被认出后的羞涩。他担心事情变得复杂，因此羞于讲出他想要的东西（很细碎的要求，尺寸要这么大，颜色要外黑内彩，等等）。犹豫再三他终于鼓起勇气说了一句，但却不敢讲得太细。"一个活页文件夹。"他笨嘴笨舌地说。

店员给他看了几种，但完全不是他想要的那种：他不喜欢太大的文件夹，因为大得像床单一样的纸张让他发怵和不适；他也不喜欢太小的文件夹，那让他感觉自己被束缚在一件紧身背心里，没法自在地书写。当然这些想法他都没有讲出来，只是简简单单地说："我想要的不是这种。"

店员又给他展示了另外几种文件夹，倒霉的是它们离他心中的理想型越差越远。他想，我这该死的习惯，总是在没搞清楚自己究竟想要什么之前就贸然走进一家店里，最后只能买一堆难看的或是没用的东西回家。他苦涩地想到他用来存放这类物品的那个柜子，里面装满了没法穿的T恤衫、要么太短要么太长的袜子、笔芯要么太粗要么太细的自动铅笔、贝壳手柄的裁纸刀（上面还用彩色贝壳拼出了"内科切阿①纪念品"几个字）、一套记不起来为什么会买下来的响板、一座巨大的价格不菲的堂吉诃德铜像、一个镀铬的花瓶（他当时误打误撞走进那家杂货店明明是想买一个钥匙扣来着）。这些是他保存下来的物品，但更使他不快的是他随身穿戴的那些东西。他妈妈一直给他灌输那该死的欧洲的节约思想，它就像难喝的

---

① 阿根廷布宜诺斯艾利斯省一座海滨城市。

汤汁一样,尽管你喝它的时候不情不愿,但它已经留在了你的体内:一条他厌恶的运动裤,一件夹克衫,再加一条可怕的手帕。他真该把它们扔进垃圾桶,或是尘封进他那座用来保存怪异物品的博物馆。尤其是那条绣着彩色小花的脏粉色手帕,他每次用它时都感到无比恶心,还得小心翼翼不被别人看见,如果身边一直有人的话他就得强忍很长时间不把它掏出来擦鼻涕。店员又给他看了几种文件夹,但离他所想实在相差太远。

"不对。"他含糊地说,"嗯,也对,但是我不知道……"

店员莫名其妙地看着他,他却不敢看对方的眼睛,只是鼓起全部勇气补充了一句:

"我不知道……是,这些都不错……但是也许可以稍微再小一点……就像一个大号的笔记本那样……"

"啊,也就是说您在找的不是文件夹,您是想买一个笔记本。"店员有些严厉地看着他说道。

"没错。"萨瓦托气馁而虚伪地说,"一个笔记本……"

就在售货员转身时,他又羞怯而含糊地补了一句:

"不过是一个更像文件夹的笔记本。"

男孩正朝着放笔记本的柜台走去,停下来回过头看着他,眼里的严厉明显更深刻了。萨瓦托赶忙说没错没错,他想要的"更像"是文件夹。

他跟着店员到了柜台前,透过玻璃罩可以清晰而沮丧地看见,那里摆放着的东西根本不是他想要的,连远远不像都算不上。但已经没有退路了。

店员一本本地往外拿笔记本,给他看了几个款式,它们跟他的要求简直不可思议地相违背。不知道是因为店员忘了他刚刚说过他想要的"更像"是文件夹呢还是这店员太蠢笨，又或是因为气愤他的犹豫不决才故意为之。萨瓦托做了一个否定的表情，不过表现得很节制。不幸的是，那人继续往外拿的笔记本尺寸不仅没有变大，反而越来越小。他当然大可以严厉地制止对方，但他有什么脸面这样做呢？最后店员给了他一本小到不能再小的迷你笔记本，只适合用来抄写那类最昂贵的电报，或是给年龄很小的小女孩用：在街上经常能见到那样的小女孩，推着一辆玩具婴儿车一脸庄严地走在妈妈旁边，推车里躺着一个塑料婴儿，小女孩可以用这个迷你笔记本来假装为自己的微型小家列列购物清单。

他表示那本迷你笔记本确实很漂亮，甚至还装模作样地去查看活页夹是否灵活、封面是否柔软、纸张如何。

"是皮制的吗？"他猜想既然自己已经问出了这样的问题，店员应该能看出其实他对这小东西丝毫不感兴趣。

"不，先生，是塑料的。"男孩斩钉截铁地回答。

"啊。"他说，又开始查看活页夹。

他手上做着这自欺欺人的动作，感到浑身直往外冒汗。到了这种时候，要怎样开口让对方知道手里这玩具跟他在寻觅的东西完全相反呢？要怎么说，又应该摆出怎样的表情呢？有那么一瞬间他差点就想把它买下来放进那座先前提到过的存放无用物品的博物馆里，但他觉得如果自己真那样做了就太叫人看不起了，所以他决定这一次要战胜自己的懦弱。

"很漂亮，真的很漂亮。"他用几不可闻的声音说道，"不过我想要的是大号的笔记本，实际上差不多是个文件夹才对。"

售货员非常严厉地盯着他看。

"也就是说您在找的其实是文件夹。"他干巴巴地回答。

他预感结局会变得更加糟糕（毕竟迷你笔记本还算可爱），于是含糊地表示同意。店员带着让萨瓦托觉得过于坚毅的决心径直走向了货架，那里陈列着一排排怪物一般的文件夹。很明显店员心中已经有了答案，直接拿起了最大、最厚、最恶心的那一个，那样的文件夹只适用于保存各部门的巨型官僚文件。店员对他说话的口气与其说是询问不如说是命令：

"我猜差不多就是这样的东西了。"

他们互相对视了一秒，但那一秒钟在萨瓦托看来却长到像永恒，几乎可以作为一个教学示例来讲解天文时间和心理时间之间的区别。那一个瞬间实在有些怪诞：一个无比严苛的售货员高举着一本大得像头猛犸象的文件夹，在他面前是一个羞愧而惊恐的顾客。

"是的。"萨瓦托气馁地喃喃道，他的声音轻得几乎听不见。

店员费了很大力气才把那粗俗的货物包装好，开好票据后递给了萨瓦托——票上的金额和那包东西一样巨大。走向收银台的路上他苦涩地想，用这笔钱足够买到三四本他真正想要的那种文件夹了。

离开文具店时他完全被一种可怕的想法控制了：毋庸置疑，一切都在跟他作对。

回到桑托斯·卢加雷斯区，他把那怪东西的包装拆掉，尽量不去看它，把它放进了那堆失败的战利品之间，夹在一条黄色条纹内裤和那个闪闪发亮的镀铬花瓶中间。他在书桌前静坐了好几个小时，一直到家人叫他吃饭才离开。饭后他看了会儿电视剧，那类电视剧通常能让他振作起来——对半死不活倒在地上的人开枪或是踢他们的脸。他暗暗发誓,第二天一定要写出一些至关重要的东西。

夜里,满身是火的亚历杭德拉睁着着了魔的双眼走向他,张着双臂想要抱住他一起在烈火中赴死。跟上次一样,他大叫着惊醒过来。

天亮之前他就起床了,用凉水洗了脸,想要赶走脑中的幻觉,但他依然没能像前一天决定的那样开始写作。他仍然坚信"巨婴"在别墅里说的并非真话,因为对方否认施耐德在布宜诺斯艾利斯时的反应太过"自然"了,这样的谎言是又一个让他惊恐和警惕的理由。出于谨慎,应该密切监视那家咖啡厅。想到这里,他立刻跟布鲁诺约在特纳萨酒吧见面,而非平时常去的鲁西荣咖啡馆。

布鲁诺的思绪

布鲁诺走进小酒吧时,发现萨瓦托神不守舍地坐在那里,沉醉在自己的世界中,离现实似乎很遥远。他好像没有看见布鲁诺,更没跟他打招呼,而是在观察一名看上去邪恶而慵懒的年轻女子。她坐在几张桌子之外,在读一本大部头的书,也可能是装作在读的样子。他认真地研究她,思索着户口本上记录的实际年龄跟灾害和激情导致的心理年龄之间的巨大差距。血液流过细胞和年岁,能被医生用仪器如实检测出来，但也可以用药丸和绷带来缓解这种流逝速度。当人们庆祝年历上的一个个纪念日时（可是为什么要庆祝，为什么？），灵魂却在残酷的神秘势力手下已经被折磨了数十年甚至数千年。医生就像农民，在身体这座农田中天真地消灭真菌或象鼻虫，而地面下却潜藏着龙穴，那是灵魂从其他已死去的躯体中带来的，可能是死去的人类，也可能是鱼类、鸟类、爬行类。所以，灵魂的年龄可能有几百岁甚或几千岁。或者，根据萨瓦托的观点，即便没有转世，灵魂也会衰老，因为夜里肉身在休息时灵魂却去拜访了地狱。这就是为什么经常能在小孩子身上发现成熟的眼神、感受或激情，它可能是前世从蝙蝠或老鼠身上遗留下来的，也可能是夜间造访地狱造成的。灵魂在地狱中被炙烤、被撕裂，熟睡的肉身却保持青春，得以骗过那些医生。因为医生使用仪器来测算年龄，而不知道去观察他们的动作和眼神中的微弱信号，因为这样的焚烧和堕落其实是有迹可循的：人们走路时的某次颤抖、某些愚蠢言行、前额上的某些褶皱还有他们的眼神。尤其要注意眼神，因为这双眼睛所看到的世界已经不再是那个纯真的小孩眼中的世界，而是一个见证了恐怖场景的怪兽眼中的世界。所以科学界的各位人士其实应该靠近人们的脸，无比仔细甚至是不怀好意地去分析那些最最细小的标记，特别是要注意他们眼中一闪而过的光芒。在所有能让我们窥探到地下世界的窗口中，眼睛是最为重要的，但在瞎子身上这条路却走不通，所以他们才能够永远保守自己骇人的秘密。从萨瓦托坐的那个角落没法看清女子脸上的表情，但还有其他线索留给他：她轻轻移动修长的腿调整坐姿，用一只手将香烟送到唇边。通过这些举动他足以得出结论：她的身体只有二十多岁，但她的实际年龄却要比那大太多太多，她的灵魂也许来自某种史前的蛇或猫——那是一种表面看来天真无邪，实际上却背信弃义的动物；她的性感像蜂蛇，随时准备发动致命的背叛和袭击。

时间渐渐过去，他的观察越发细致入微，他感觉她好像在窥伺别人：就像猫科动物潜伏在暗中，密切留意着猎物的一举一动，这样就能捕捉到其他动物所留意不到的声音，从而推算出对手的反击方案。她的手指很长，她的胳膊和腿也很修长。头发又黑又直，长度及肩，随着她的每次动作轻轻摆动，让一切变得柔和起来。她慢慢地吸着手中的烟，但每一口都吸得极深。她脸上有某种东西使人不安，后来他发现那是因为她的双眼间距太宽。她的眼睛细而长，但却离得太远，这给她蒙上了一层非人类的美。没错，很明显她也在观察着周围：透过半睁半闭好似睡眼惺忪的眼帘，视线漫不经心地轻轻扫过，装作只是抬头思考书中内容的样子。她惬意地伸直双腿，眼神掠过店里的其他顾客，有一瞬间好像在萨瓦托身上略作停留，随后又重新回到她那无坚不摧的、属于猫与蛇的世界。

布鲁诺直觉有一种神秘物质落入了他朋友心底深处的池水中，它在水中溶解时挥发出的瘴气肯定会影响到他的意识。这是一种黑暗的感觉，但萨瓦托却总是将它当作某些重大事件的预警。他会为此感到焦虑和紧张，就像动物们在日食快要来临时的感觉一样。她想要透过低垂的眼帘和长长的睫毛监视萨瓦托几乎是不可能的，加之店里光线很暗。她向他静静发射出错误的电波，他不是用大脑接收它们，而是通过皮肤神经末端上无数微小的接收器来感知，就像边境哨所的雷达系统感应到敌人的靠近。这些信号经过复杂的网络传递至他的内脏器官，不光让他兴奋，更令他焦灼而警觉（布鲁诺

实在太了解他了)。他看见萨瓦托龟缩在阴暗的藏身之处,而后突然起身,经过自己身边时没打招呼,只说了一句话:

"改天我们再来聊我之前在电话里跟您说的事。"

萨瓦托的经历

1

离开时,萨瓦托经过那名女子身边,她合上书本,把它放到一旁(似乎是故意为了让他看见书名?)。那是一套很厚的合订本,炫目的彩色封皮上的画作好像来自莱昂诺尔·菲尼[①]:一个裸体女人在一片镜面般澄净的湖边,浓密的浅金色秀发映在红色的晚霞中;她身边是食肉的猛禽,还有许多像鱼一般无神的眼睛。书的标题令他惊恐不已:《眼睛与性生活》。走到大街上他开始思考:自打见到施耐德博士和科斯塔一前一后走进那家酒吧起,危险就一直伴随着他;这一次,他刚约了布鲁诺见面,立刻就新发生了这件意义深远的事情。

他心想:施耐德是在看见自己离开国际广播电台后才急匆匆地

[①] 莱昂诺尔·菲尼(1908—1996),意大利画家。

躲进酒吧的,但他的速度又没有快到让萨瓦托认不出他来。因为了解他的为人,所以可以从另一个角度去推理——一切都是狡猾的施耐德预见到的:他跟踪了萨瓦托,然后在街角等待着,之后装作很着急的样子走进酒吧,但又要确保萨瓦托能认出他来。而"巨婴"紧随其后到达现场就让问题变得更严峻了,说明他俩都知道他那天要去国际广播电台。他们是怎么知道的?

他继续推理:施耐德算准了萨瓦托会去科斯塔的别墅打探情报,也算准了他会去特纳萨酒吧,所以派出那名女子当作诱饵,等着萨瓦托的下一步动作,也就是他刚刚的举动。

当然,以上这些都只是他的假设,可能事实就是如此,也可能只是巧合罢了。也许施耐德并没有跟踪他,出现在那个街角是出于别的原因,可能他真的不想见到萨瓦托所以才匆匆离开。

可是那天晚上萨瓦托还是失眠了,而且奇怪的是他又想起了卡尔森·帕斯的罪行,不过其中的细节变了:一切都是在施耐德的指挥和监督下完成的,不过这个施耐德已经不是平时那个粗人,而是一个阴险而严厉的男人;卡尔森变成了科斯塔,那个可怜的邻家女孩变成了特纳萨酒吧中那位女子,她是科斯塔的亲妹妹,同时也是他的情人;不知为何,帕特里西奥协助了科斯塔把锥子扎进那个被绑住的男孩的双眼,然后卑鄙而变态地转动了锥子的把手。

2

第二天的同一时间,他又去了特纳萨酒吧,因为他想,如果她还想见到他的话肯定也会去那里。但他想要确保自己的安全,于是便躲在一栋公寓楼的门后。看到她走近时,他心想,她一定学过舞蹈。不过除了这种通过后天学习能获得的气质之外,她身上还有某种天生的、所有黑人身上都有的东西:她走得很慢,那样的节奏让人联想到黑人,虽然她的脸和皮肤都说明她并不属于那个种族。她个子高挑,戴着深色墨镜,穿着紫色短裙和黑色衬衣。

她走进酒吧,在里面待了一小时左右就出来了。她的脚步有些犹豫,眼睛向四处张望,最后沿着阿亚库乔街向雷科莱塔方向走去。

他悄悄跟在她身后,始终保持一定距离,最后看着她走进了比耶拉咖啡馆。此刻他的猜想终于得到了验证,因为比耶拉咖啡馆是他最爱光顾的地方之一——她在寻找他。等到她从咖啡馆出来之后他继续跟踪她,她又回到了特纳萨酒吧。

萨瓦托迟疑了一秒,而后心中下了一个冒失的决定,很难说清背后的原因是被美色迷惑还是因为漠视危险。他走进酒吧,走到她面前,告诉她:"我在这儿。"她听他说完,脸上没有任何惊讶的表情,反而带着一抹难以解释的微笑。

就这样,他和她一起陷入了一片闪着磷光的沼泽。她的举止像一头神秘的黑豹,带着高傲而灵巧的性感,但她的思维却像被一条蛇掌控着。她的声音很粗,好像需要费很大力气才能经过喉咙,就像是有人在黑暗中小心翼翼地行走,生怕吵醒那些可能伤害自己的生物。她的嗓音阴郁而带着性欲,像是浓稠的巧克力。他永远无法知道在她身后控制她的人是否真的是施耐德,但他猜测施耐德企图用这个工具达成一种复杂而缓慢的腐化。

他想,不过是在许久之后想到的:可能会有很多种惩罚手段,其中一种也许是阿古斯蒂娜的牺牲。

纳乔的经历

1. 哦,我的手足们!

胡胡伊省①,30 日。——安第斯山区两姐妹被冻死,年龄分别为十三岁、九岁,姓名为卡利斯塔·利安帕和纳西萨·利安帕。两位遇害者与她们的哥哥一道离开了位于高原上的第三十六学校,在回家途中因疲惫和严寒停下休息。两姐妹坐在路边等哥哥去找人救援,可是当哥哥带领一名脚夫返回时却发现她们已被冻死。她们死时保持着拥抱的姿势,可能是为了相互取暖。

纳乔剪下这则新闻,找出一个鞋盒,盒子上用黑色记号笔写着:

> 微笑吧,上帝爱你
> (如遇上火灾,请务必救出
> 这个盒子。)

---

① 阿根廷西北部一省份名。

他把新剪下来的这张也放进了盒子里的剪报堆中。

洛杉矶,加州。——三十八岁的约翰·格兰特负债累累,在为妻子和两个孩子投保两万五千美金后他又为三人安排了一次度假旅行,并在手提箱中放置了一枚定时炸弹。他在提取保险赔偿金时被警方逮捕。据他供认,一位换班后留在地面的空乘与他里应外合实施了这起犯罪。

南方倾听办,小石城,阿肯色州。——我们为您提供最富有技巧与经验的听众,他们会认真倾听您所讲的一切,而且绝不会打断您。收费合理。我们的听众在聆听您发言时,会根据实际情况做出相应的表情:兴致盎然、怜悯、同情、理解、仇恨、希望、绝望、愤怒或喜悦。不管您是律师还是政客、俱乐部主席还是传教士,您都有必要在我们的专业听众面前排练您的演讲。如果您感到孤独,无人倾诉,也请联系我们。在这里,您可以畅谈自己的家庭问题、性苦恼、创业想法、发明创意,而不必担心其他人侵犯到您内心的秘密,无数顾客都对此给予了高度肯定。请快来我们的倾听员面前释放您的情感吧,您很快就会得益于它。

斯德哥尔摩,法新社。——苏联人权委员会成员格雷戈里·波迪亚波尔斯基,现年四十七岁,杰出的地球物理学家,最近被安排在莫斯科的一家军事医院进行精神检查。据推测,在检查之后他将会被强行收容入院进行特殊治疗,这是此类案件的惯常结局。

罗马,法新社。——埃尔德·卡马拉主教在记者和主教团成员前披露了巴西军警如何成立专门的课程来培训施刑者。1969年10月8日下午四时许,一百名军人参加了海尔顿中尉的培训班。他在课上放映了拍摄于酷刑现场的照片,并解释了每种刑罚的优点。理论环节结束后,他的助手(四名中士、两名下士和一名普通士兵)对十名政治犯进行了实际操演。

也不全是痛苦的新闻:

《人们叫我麻雀》① 已进入非常关键的剧情,即将迎来观众期待已久的婚礼戏份。为了得到仓库的工作,罗莎·莫雷利(贝亚特丽斯·泰沃饰)女扮男装;以花花公子自居的加夫列尔·门多萨(阿尔韦托·马丁饰)发现了她的真实身份并不顾一切地爱上了她,还想娶她为妻。两人的处境十分危险。在今天将要播出的这一集中,绝望的加夫列尔准备动身去巴黎,借故要去打理父亲的生意,实际却是因为得知他的意中人罗莎已经接受了"生菜"(阿方索·德·格拉西亚)的求婚。由于广大读者给我们的杂志来信表达自己的担忧(请参阅来自梅洛② 的愤怒的玛法尔达·帕特里夏·格拉西亚尼女士的信件),记者采访了阿韦尔·圣克鲁斯,询问他罗莎和加夫列尔的最终结局是什么,他们究竟会不会结婚?这位著名的作家告诉我们:当然会!我几乎可以肯定他们在年前就能结婚,但得取决于电

---

① 根据阿根廷作家阿韦尔·圣克鲁斯(1915—1995)同名小说改编的电视剧,于1972年开播。
② 布宜诺斯艾利斯省一城镇名。

视台明年会不会跟我续约。如果确定会续约的话，我准备继续写他们婚后的生活，看看他们历经艰辛所得到的幸福是怎样的。也许他们的婚姻会失败，最后闹到以离婚收场，但这只是一种遥远的假设，还要充分考虑观众的意见才行。——《电视频道》

布宜诺斯艾利斯，美洲通讯社[①]。——昨日凌晨，年仅二十岁的丹尼尔·富恩特斯在一卷磁带中声明了自己寻死的原因。随后他把录音机绑在身上，走到后院，把一根粗电线的一头绑在葡萄架横梁上，另一头系在自己脖子上，最后爬上壁架朝自己右边太阳穴处开了一枪，他在磁带中解释说这样做"是为了确保万无一失"。他从高处跌落后又被脖子上的电线吊着，这便是他父亲在听到枪响飞奔过来发现他时的惨状。他在录音带中提及的那位女孩在得知这一悲剧后感慨："妈的，他可真是个疯子。"

布宜诺斯艾利斯。——阿尔凡·威廉姆斯先生面带微笑地走下飞机，他已制定好一个宏大计划来推广他的固体除臭剂。他坚定地表示：未来是属于固体除臭剂的，这是一个非常有趣的市场，我坚信我们的野心很快就会结出振奋人心的果实。

专业的制造商将会设计出能唤醒美好回忆的香味：您与妻子第一次漫步在松树林中的气息，雨后田野的芬芳，在公司开业仪式或俱乐部周年庆典上您发言的那座大厅中的味道，等等。还计划生产出模拟蔬菜、树叶、树皮、果皮、菌类、地

---

① 美洲通讯社是阿根廷国家通讯社，成立于1945年。

衣、烟雾、猪皮、马汗、香烟或海水的气味。例如，给烤牛排的电子烧烤架上配置烧焦的木炭的特殊香气，会让人联想到完美的乡村烤肉的经典味道，真正的美国之香。

兰辛，德州①。——黑人杜德利·摩根被指控袭击麦凯夫人，一群愤怒的、全副武装的白人把他捉住后绑在一根铁柱上，然后用木柴和其他可燃物准备了一座巨型火祭坛。大火点燃时现场已聚集了约五千名围观群众，人们用烧红的松树树枝戳进他的双眼、咽喉和胸部。摩根哀号着央求人们一枪结果了他，可人群却高喊着不能让他死得那么痛快。于是他们又拿走了一些燃料，让黑人不会立刻被烧死。他因持续增长的剧痛而扭曲、号叫，烤人肉的气息越来越让人窒息，但大家都不愿离开，不想错过任何细节。麦凯夫人和四位女性朋友驱车姗姗来迟，没法挤进去就近观看。黑人在死前费力挤出几个字："请替我向我太太道别。"随后他的脑袋耷拉下来，再也没了生气，许多人凑近火堆拿走他的头骨碎片和其他尸骨块当作纪念品。捉拿他的那些人被当作英雄扛在肩上，在一片欢声笑语中拍照留念。

伦敦。——夏季去弗里西亚群岛②度假的游客需要在海滩上挖出一条小路才能抵达海边，因为海滩遍布油污，拜伦勋爵为纯净蔚蓝的北海③所写的赞美诗如今已名不副实。在这一百

---

① 兰辛是美国密歇根州首府，此处或为作者笔误。
② 北欧海岸外的三组群岛，包括东弗里西亚群岛、西弗里西亚群岛和北弗里西亚群岛，分属德国、荷兰和丹麦。
③ 指英国东海岸附近的大西洋海域。

年的时间里,荷兰的运河带来大量臭气熏天的垃圾。按照工程师勒克的说法,这是"我们为进步付出的代价"。据吉尔莫·詹金斯爵士介绍,该海域表面约有五十万吨石油。此外,酸、氨、杀虫剂、洗涤剂、氰酸盐、苯酚、污水、含碳物质以及钛和汞的残渣每天都会被排入海洋。其后果是,每年仅英国沿海就有二十五万只海鸟因此丧命。在很短的时间内,一切海洋生物都会因工业而毁灭或退化。

同一天,在《电视频道》杂志上刊登了来自比利亚林奇镇①的莫妮卡·塞西莉亚·迪·贝内德蒂的来信:

> 我实在无法理解为什么米格雷②先生非要让不幸的罗克萨娜雪上加霜,尽管这封信上只有我一人署名,但我代表我的许多朋友在此郑重恳请你们解决好罗克萨娜和门多萨医生之间的问题,绝不能仅仅因为社会地位的差距就让罗克萨娜那样的好女孩受尽折磨。尊敬的负责人,请您相信,如果我的这封信能被刊出并能让米格雷先生放弃他的初衷,那么电视机前的广大观众一定会非常感激您的。

布宜诺斯艾利斯,《周日杂志》。——只有有色人种外交官才能直面那样尴尬的局面。5月25日,在政府大楼举行了谒见总统的仪式。全体人员需着黑色燕尾服搭配黑色马甲,但是我

---

① 阿根廷布宜诺斯艾利斯省一城镇名。
② 阿尔韦托·米格雷(1931—2006),阿根廷编剧。

们刚刚提到的这位大使由于还不了解我国礼节，错误地穿着晨礼服到场。幸好他足够镇静，看到在场其他人都身着燕尾服时并没有表现出丝毫慌乱，而是默默走向了提前指定给他的位置。

布宜诺斯艾利斯，《理性报》。——五十九岁的罗马尼亚人米格尔·基弗在查科省①的潘帕德尔因菲尔诺有一处小庄园，他和四十六岁的妻子玛格丽塔·施密特还有两个儿子胡安和豪尔赫一起在此劳作。豪尔赫的妻子特奥多拉·迭伯乐今年二十一岁，即将临产。由于孩子出生会增加家里的经济负担，婆婆认为应该堕胎。为此，她严厉体罚儿媳，儿子却不敢上前干涉。体罚的方法没能奏效，她又听从家人的建议，决定借用毒蛇杀死儿媳。她提前在装衣服的篮子中藏了一条毒蛇，然后让儿媳去篮子里帮她取一件衬衣，于是蛇趁机咬了儿媳一口。蛇毒似乎没有立即发作，这家人担心特奥多拉死不了，所以坐上车用绳子绑住她，让她在车下跟着跑。根据特奥多拉的丈夫事后在法庭上的陈述，蛇毒使妻子渴得要命，她哭着求饶，但没人怜悯她，都认为她非死不可。为了不让时间拖得太久，婆婆最后用一条披肩勒死了她。

巴黎，法新社。——托尔·海尔达尔②在 1947 年和 1969 年先后实现了康蒂基号和太阳神号的探险活动，他说在最近这次航海过程中体验到了与上次明显的不同：1947 年时我们眼

---

① 位于阿根廷北部。
② 托尔·海尔达尔（1914—2002），挪威人类学者、海洋生物学者、探险家。

前的大海是无比湛蓝而干净的,在一百零一天的时间里、四千三百海里的范围内我们没有发现任何人类印记。可1969年这次出航,我们每一天都被各种垃圾包围,一直是在塑料包装、玻璃瓶、易拉罐和油污中航行。这些垃圾不是传统的残渣,而是不属于自然界进化过程中的合成材料,无法被转化为有机生命的其他有益形式。他用低沉的嗓音总结道:人类毫无底线,不知自己到底想去往何处,只知道不断生产。

纽约,法新社。——士兵阿诺德·麦吉尔被控犯下了种族灭绝罪,然而他却不明白人们为何要对越南村庄里的事情如此小题大做。他认为一切都是常规操作,五角大楼里的将军们对此十分清楚。他说:我只不过是服从梅迪纳上尉下达的命令而已,再说了,这些村民一直想方设法挑衅我们。

西布罗米奇①。——比尔·科贝特告诉法官,他和妻子已经七年没说过话了,虽然两人还住在同一个屋檐下。在当地法院,科贝特夫人证实了这一说法:"我们不说话已经很多年了。如果有人走进房间,另一个人就会立刻离开。不过我们碰面的机会不多,一般是在楼梯上或者卫生间门口。"她说之前她还会为他准备好三餐放在桌上,然后留一张字条,上面写着:汤放过盐了,菜加热过了。诸如此类的信息,不过最近连这类交流也停止了。

东京,法新社。——来自山本康夫先生的讲述:广岛原子弹爆炸的那天早上,我骑在自行车上,听见有飞机的轰鸣声。

---

① 英格兰中部一城市名。

不过我没当回事,因为那几天总是有飞机飞来飞去,我们都已经习惯了。两分钟后,我看见一股巨大的火柱升腾起来,随之而来的还有可怕的爆炸声,像是成千道雷电同时炸响的声音。我的自行车飞到空中,我被狠狠地甩到一堵墙后。等我爬出来时,眼前是一片混乱无比的景象,到处都是小孩和女人们发疯般的尖叫声,还有受重伤和垂死之人的哀号声。我朝家的方向奔去,一路所见全是满身血污的伤者,很多人都被烧焦了。人们脸上的恐惧是我这辈子都没见过的,他们的痛苦也是我完全无法想象的。车站那边一片火海,所有的房子都被炸毁了,我无比担心我的太太和我们的独生子真澄。当我终于到家时,却看见我的家已经成了废墟:墙不见了,地板像地震时那样歪斜到一边,满地是成堆的玻璃碴、门板和天花板的碎片。我受伤的妻子哭喊着要去找儿子,她说他出门买东西去了。我们沿着他离家的方向往前走,一路走一路找。这时,我们看见一个全身赤裸的人躺在地上呻吟。他身上几乎已经没有完好的皮肤,头发也被烧没了,他虚弱到连蜷缩成一团的力气都没有。我们惊恐地问他叫什么名字,他用一种极低极为奇怪的声音喃喃说他叫山本真澄。我们找了一块烧剩下的门板,轻轻地把他放上去,抬去十个街区外的救援处。我们的动作必须非常小心轻柔,因为他现在就像一块溃烂的活肉。到了那里,我们发现受伤和烧焦的人排成一条长长的队伍,等待同样伤痕累累的医生和护士来照料他们。我们的孩子恐怕撑不了太久,所以我们去求一名军医给点儿东西来减轻他的痛苦。他给了我们一些油,让涂到孩子身上,我们照做了。孩子问我们他是不是快死了,我们忍住悲痛告诉他不会的,他很快就会好起来。我们想把他带回家去,但他却求我们别再移动他。天黑时他稍稍平静了一些,不停地要水喝。我们不知道这样会不会让他的情况恶化,但还是喂给他喝了。有时他会说一些我们听不懂的胡话,过了一会儿好像又恢复了知觉,问我们是否真的有天堂。我太太难过到无法回答他,我告诉他,是的,有天堂,那是一个非常美的地方,那里永远不会有战争。他认真地听着我的话,似乎安心了。"所以,我死了会更好吧。"他低语道。他快要喘不过气来,胸部像风箱般一上一下。我太太无声地哭泣,怕他听见。然后儿子又开始胡言乱语,幸运的是,过了几分钟,他终于停止了呼吸。

科罗拉多州尤里卡市的李普曼先生给联合国秘书长的信被刊登在《纽约时报》上:

尊敬的阁下:

我写信通知您,我正式决定辞去作为人类成员的一切职务。从今往后,人类协会的任何条约或论战都与本人无关。向您致敬。

科尼利厄斯·李普曼

2

在一堆剪报中,纳乔选出三张,打算让它们加入自己房间墙上的画展中。

一幅宽二十厘米、占据了整整两栏内容的巨幅广告,上面写着:

上帝也有电话号码!803001,请在紧急情况下拨打它。

另一则刊登在《国家报》时政要闻栏旁边的广告他也觉得很有意思:

不再孤独!利用占星术为您找到与您的社会地位、经济文化水平相当的伴侣。人性、理解、经验、诚信、保密。负责人:马廷佐·皮萨罗。地址:科尔多瓦大道966号。请致电3922224进行预约。

他把广告贴到墙上后拨通了这个号码,一位女士接通了电话:"祝您下午好,这里是占星工作室。"纳乔回答:"哇!哇!哇!"

当天的最后一项工作是在穿着晨礼服走出教堂的阿努伊的照片上方贴上《读者文摘》的某期封底图片,上面是保罗·克洛岱尔[①]的画像。这位尊敬的外交官兼诗人虽然身形肥胖,但却很有威严,他正用极具穿透力的双眼看着读者,告诫他们:"快来阅读《读者文摘》吧!"这些睿智的话语作为背景衬在他的巨大肖像下方。

纳乔决定去动物园走走。

---

① 保罗·克洛岱尔(1868—1955),法国诗人、剧作家、外交官。

萨瓦托的经历

1

那天下午萨瓦托在外面走了很久,以此打发跟诺拉约定见面前的那段时间。他走到了意大利广场,然后沿着萨米恩托大道走向西班牙人纪念碑,接着又漫无目地走上了去动物园的那条小路。此刻从他脑海中冒出来的这种表达方式说明——这是布鲁诺的观点——就连作家也会被一些流行的但却是肤浅、骗人的表达方式左右:因为我们走路时肯定有一个明确的目的,有时是服从于自己的意志,而在一些更关键的时刻,可能是被一种我们不了解的、强大的、无法掌控的意念驱使着去往某个地方。我们在那里会遇见一些人或事,他们以这样或那样的方式成为或者将会成为影响我们命运的首要因素。这种意念促进或扰乱我们表面的欲望,帮助或阻挠我们克服焦虑,更可怕的是,有时它竟比我们自己的意志更正确。

在那样一个压抑的黄昏里,萨瓦托感觉着脚下被大风刮落的香蕉树叶是那么柔软。阴冷的天空下着小雨,在动物园里跑来跑去的孩子已经被父母或保姆带走了,水手们早已钻进了圣菲路上的酒吧里，身边有自己的女朋友或廉价的妓女陪着，一起喝着"潜水艇"①、吃着羊角面包。

那条孤单的小道上只有一个瘦瘦的男孩，他的双臂张开，双手攀住动物园的铁栅栏往里看，那姿势就像被钉在十字架上一样。他一动不动，好像完全不在意洒落在身上的雨滴。他身上只穿着一条褪色的牛仔裤和一件跟裤子一样破旧的外套，整个人看上去呆头呆脑的，又有点儿可笑。

直到走近一些了他才发现那男孩是纳乔，他赶紧停下脚步，觉得自己似乎做了错事，生怕会打扰到这种绝对私密的行为。

于是他远远地绕开，小心翼翼地不让男孩中断自己的仪式，可以继续凝望着那座秘密花园，那里的动物迷失了自我，就像没有攻击性的鬼魂。等到走远之后，萨瓦托躲在一棵香蕉树后观察男孩，为他静止而沉思的神态着迷。

2

七岁的纳乔还远远不知何为肮脏、何为绝望，那时的他总是喜欢坐在地上，在小报亭投下的阴影里逐页翻看《红线》②。那条颜色像咖啡牛奶、身上有秃斑、名叫"老爷"的流浪狗躺在他脚边，平静地呼吸着，做着安宁的梦。它此刻感到很安全，因为身边是强大而善良的力量，尤其因为有卡尔卢乔在它身旁。卡尔卢乔高大的

---

① 即热巧克力牛奶。在阿根廷，人们习惯在冬日把长条巧克力融入热牛奶中，这一过程就像潜水艇潜入大海，故而这种饮品得名"潜水艇"。
② 1948至1965年在阿根廷发行的一份漫画杂志。

身躯缩在那张小小的矮脚椅里，慢慢地从那只上过釉的小茶壶里啜饮着马黛茶。布鲁诺说那是卡尔卢乔思考哲学的时间，但他从不会觉得小纳乔或"老爷"的出现会打扰到自己，反而欢迎甚至鼓励他们的到来，因为他的思想不是为自己而是为了全人类，更是为了这两个无依无靠的小生灵。就这样，小男孩读着《红线》，"老爷"做着梦（梦里肯定有美味的肉骨头，还有节日时在马西埃尔岛[①]漫步的那些美好回忆）。卡尔卢乔的脑中却盘旋着那些关于货币的使命、友谊的角色，以及战争的悲哀的新想法。

大概是漫画书让纳乔想起什么，于是他从翻开的杂志中抬起头看着他的朋友，叫了声"卡尔卢乔"。那位脊背宽得像田径运动员的白发巨人机械地问他"什么"，但心思全在刚才正思考的问题上。

"你到底在没在听我说话啊？"男孩有点埋怨地说。

"在听，纳乔，我在听着呢。"

"你想当哪种动物？"

以前他们还讨论过想当老虎还是狮子，两人的观点大致如下：老虎像猫，狮子像狗，而他俩都更喜欢狗。不过这次的问题更加复杂，因为纳乔十分了解卡尔卢乔，所以才不会问出那种傻问题呢。绝不。

"嗯，说一种你想当的动物。"

他知道卡尔卢乔不会立刻作答，因为他是个非常公正的人，不会为了脱身而随随便便给一个答案。比如说，他不会简简单单说一句大象然后就打住话头。他不会给出虚伪的答复，也不会冒犯到任

[①] 位于阿根廷布宜诺斯艾利斯省。

何一种动物,不管是鸟类还是野兽还是什么。这是一个非常大的问题,是纳乔深思熟虑后才提出来的。

卡尔卢乔深深地从马黛茶壶里吸了一口茶,然后抬起头,蓝色的眼睛盯着朝向奇克拉纳大街那座望楼的绿色屋顶,那是他专注思考时特有的神情。他低声自言自语道:"如果我要当一种动物的话……"

"快说呀。"纳乔急不可耐地打岔。

"等等,等等……纳乔,你以为事情就这么简单吗?如果事情都这么简单的话……你等一下……"

纳乔再清楚不过了,当卡尔卢乔脖子上的血管凸显出来时就说明他在用力思考。这让他很开心,因为这个问题是他想了很久才想出来的,对卡尔卢乔来说肯定是个难题。对其他人当然不是,因为他们只用回答个大象或狮子什么的就没了。卡尔卢乔跟他们不一样,他会反复权衡利弊,要恰如其分地讲出自己认为正确的东西,"因为对的就是对的"。

"孩子,我老实跟你说,我从没想过这个问题,从来没有。"

他轻轻地把"老爷"踢开,因为它老是喜欢往烧开水的水壶下面钻。而后,他重新盯着绿色的房顶看。

"然后呢?"纳乔坚持问道,看见卡尔卢乔思考的时间越长、脖子上的血管鼓胀得越厉害他就越开心。

卡尔卢乔发火了,他一发火纳乔就害怕,因为就像他本人怒火平息时说的那样:他"尬蹶子的时候啥事儿都能干得出来"。

"你这人咋回事!"他大喊道,眼里射出愤怒的光,"我都说了让你等一下。我没说让你等等吗,啊?"

纳乔缩着身子，等着这阵火发完。卡尔卢乔站起来开始整理杂志、巧克力糖果、香烟束，让它们一列列摆放整齐，就像一支纪律严明、干净利落的军队，因为只要看到歪歪斜斜的东西就会让他浑身难受。他渐渐平静下来，又重新坐回小椅子上：

"遇上你真是自认倒霉。你自己看看有多少种动物：老虎、狮子、大象、老鹰、秃鹰、山羊……还不算爬虫、蚂蚁、跳蚤、老鼠那些，结果你非要人立马说出答案。你这孩子可真是的。"

他一边思索一边吸着马黛茶。纳乔知道他就快要结束思考了，因为他脸上能看到一丝微笑的影子了。纳乔太了解他了。

"如果我要当一种动物的话……"他开口时几乎已经是在微笑了，他故意把声音拖长是为了享受这个过程。

他站起来，把茶壶放在用作餐桌的大木箱上，然后非常平静地转身看着男孩说道：

"孩子，我要诚实地告诉你，我的答案是河马。"

纳乔几乎跳了起来。他不是惊讶，而是有点生气了，觉得卡尔卢乔在嘲弄他。

"你疯了吗？"他喊道。

卡尔卢乔严肃地看着他，脸上冰冷的平静表情预示着他即将大发雷霆。

"河马咋了？"他冷冰冰地问，"你说说看。"

纳乔吓到了，一声不吭。

"说吧，河马哪里不好？"

"老爷"缩成一团，两只耳朵警觉地立起来，有点害怕地望着他们。纳乔小心地观察卡尔卢乔的反应，他知道卡尔卢乔做出这副样子的时候是最危险的,只要说错一句话就会招来大祸。

"我没说河马不好。"他鼓起勇气嗫嚅道,眼睛紧盯着他朋友的脸。

卡尔卢乔像审问犯人一样瞪着他。

"你刚才跳起来的样子像烧开的牛奶。"他说。

"我有吗?"

"你有,你难道不承认你跳得像烧开的牛奶吗?"

"我根本就没有跳,我只是以为你可能会选择别的动物,仅此而已。"

卡尔卢乔依然很平静、很冷漠,他对这个回答并不满意,男孩肯定没说实话。

"你现在告诉我,河马有哪里不好。"

纳乔衡量了一下潜在的危险:如果他完全否认,那卡尔卢乔肯定会觉得他在撒谎。直觉告诉他,最好还是说出一两个河马的缺点。

"我也说不好,"他说,"它们是一种很丑的动物。"

"好,还有啥?你别告诉我就因为它们长得丑,所以就不配当一流的动物。"

"而且我觉得它们很蠢。"

卡尔卢乔严厉地审视着他。

"蠢?谁告诉你它们蠢?"

"我……我也不知道……但是我觉得……"

"我觉得我觉得!也就是说就因为你觉得,所以河马就变成一种愚蠢的动物了?"

纳乔觉得卡尔卢乔就像一枚手榴弹,他胆战心惊地把它捧在手里,不知它会不会爆炸。他试着想让他平静下来。

"好吧,谁知道呢,也许它们并不蠢……我也不清楚……"

"也许!你啥时候才能学会当一个公平的人,别在这不停地说这些傻话!"

他卖了几根香烟,把剩下的货物规整成全副武装、无懈可击的部队,然后重新坐下。纳乔知道,最好让他自己慢慢恢复平静,今后都别再提起河马了。曾经有多少次,卡尔卢乔把那些关于金钱、装甲舰、女性时尚和奶油蛋糕的高谈阔论藏进心底最深处再不肯提起。

过了很久他们才重新聊到动物的话题。卡尔卢乔就像平原上的大河,表面看上去缓慢而宁静,河水似乎静止不动,实际上水面下却暗藏着最最危险的漩涡,谁不小心陷进去了就会付出生命的代价,更别提暴雨来袭和涨潮时的可怕景象了。卡尔卢乔讨厌自己深思熟虑之后的回答被人轻视,当然他有时也会开开玩笑,但是如果他很严肃地说一件事其他人却不以为然时他就会发怒。

关于河马的那次谈话让他很不开心,过了好几天他都还在生气:要么就一言不发,要么就只用单音节来回应。

当这一切终于都过去了,他俩又能友好地谈论各种事情时,纳乔旧事重提,不过只是很笼统地提到动物园之类的话题。

"如果我是政府,"卡尔卢乔发表高见,"我就要禁止动物园。"

"为什么呀,卡尔卢乔?我可喜欢去动物园了,因为我很喜欢看动物,难道你不喜欢吗?"

"不喜欢,我的先生。一点儿也不喜欢,一点儿也不。孩子,我跟你说：如果我是政府，我就要禁止动物园，我要把那些去非洲捕捉野生动物的家伙全部关起来。"

纳乔奇怪地看着他。

"你很好奇吗？"

他起身去卖烟，然后重新坐回那张矮脚椅里。

"就是这样。"他精辟地总结道，"我要把那些混蛋关起来，看看他们喜不喜欢像狮子老虎那样被关在笼子里。"

他朝纳乔转过身来。

"你喜欢被关在笼子里吗？"

纳乔吃惊地望着他。

"我？当然不喜欢了。"

卡尔卢乔激动地站起来，脸上放着光，用食指指着纳乔高喊，像一位检察官在控诉："这就对了！看见了吧？就是这样的，我抓了个现行！"

他重新坐下，喝了口茶，平静下来，望着绿色的屋顶沉思。

"世界就是这个婊子样。"

他突然又愤怒起来："纳乔，告诉我，如果你自己不喜欢被关在笼子里，凭什么会觉得狮子和老虎会喜欢呢？啊？它们可是习惯在丛林中奔跑、满世界游荡的动物啊。"

纳乔沉默了。

"我在跟你说话呀，纳乔！"他坚持要纳乔回答。

"没错，卡尔卢乔，你说得对。"

卡尔卢乔冷静下来，但是坐在自己的小椅子上很久没开口。后来过来了几个顾客。

"烟烟烟！给，拿上就快走吧。我要把香烟制造商也关进监狱，全都是可恶的买卖。我爸三十岁的时候，埃尔格拉医生对他说，堂萨莱诺，别再抽烟了，要不您活不过六个月了。"

"那你爸爸怎么说？"

"我爸？你以为呢？他是铁一样的硬汉，直接戒烟了。男人就该这样，不像现在那些不男不女的人，一会儿说他们可以做到一会儿又说不可以，一会儿说是一会儿又说不是，一会儿说抽烟一会儿又说要戒烟，一会儿说这是恶习一会儿又说这算不上恶习。一群娘炮。"

"娘炮？"

"你长大了就知道了。"

"所以你爸爸真的不抽烟了？"

"他是个说一不二的人，到死都没再碰过一根托斯卡纳。"

"托斯卡纳？"

"没错，纳乔，托斯卡纳雪茄。你以为他会像那些娘娘腔一样抽那种有过滤嘴的香烟吗？我们家里没有给香烟和甜酒的位置，没有。"

纳乔渴望重新回到河马的话题上。

"卡尔卢乔，你说说看，如果没有了动物园，小朋友们该去哪里看动物呢？"

"去哪儿？哪儿也别去。"

"什么？哪儿也别去？你是说不该去看野生动物吗？"

"不该去，先生，谁也不会因为看不见笼子里的狮子就活不了。狮子应该生活在草原上，那才是它应该待的地方。如果它还是个小崽子的话，就跟狮子爸爸妈妈在一起；如果它已经长大了，就跟它的母狮和孩子在一起。我要把那些猎捕狮子的人关到动物园里，看他们在笼子里吃玉米。大家都会去看。"

纳乔望着他。

"你喜欢跟我聊天，对不对？"

"对啊，当然喜欢了。"

"这就好。动物也会聊天，你信不信？还是说你以为它们只会嚎叫不会聊天？你知道铁笼里的熊是什么样子的吧？不停地转圈，一圈又一圈，从这儿到那儿，再从那儿到这儿。永远都是这样，永远孤零零的，永远在思念。"

他抬头望着绿色的屋顶。

"我不信人们居然看不见这些。"

过了一会儿他继续道：

"我很喜欢做实验，你知不知道我有一天做了个啥实验？"

他脸上的微笑说明那个实验很重要。

"知道吗？我在差不多晚祷时去了动物园。"

"晚祷是什么？"

"哎呀笨蛋，就是太阳落山的时候，那时候动物园已经关门了。你知道朝向萨米恩托大道那面铁栅栏吧？"

"知道。"

"好。太阳落山的时候，小孩们都回家喝奶去了，看门人把动物园大门关上了，里面一个人也没有。要想知道这时候的动物园是啥样的，你就得做这个实验。"

"什么实验？"

"没有人的动物园实验。"

"要怎么做啊,卡尔卢乔?"

卡尔卢乔低下头,折下扫帚上的一根麦秆,在地上随意画着。

"太悲伤了。"他低声说。

"那确实是,因为小朋友们都走了,没人给动物喂糖果和饼干那些了。"

卡尔卢乔愤怒地抬起头。

"你啥时候才能明白?你这小子真的不懂吗?有小孩们在的时候动物们的注意力会被分散,表面看上去它们好像确实挺开心:这儿有一块糖果,那儿有玉米,这边还有饼干。这些东西能让它们分心,所以它们当然喜欢小孩。可是你明白吗?它们只是被分心了而已!"

纳乔不明白,卡尔卢乔看他的样子就像老师在看一个笨学生。

"比方说你爸去世了,我只是打个比方、举个例子啊。这时来了一个朋友,跟你聊起河床①的球赛、全国劳工联合会的罢工、这样那样的事情,你就会分心。我不是说他们不该这样做,因为他们确实是爱你的,这很好、很自然。"

纳乔望着他。

"你还是没听懂,我从你脸上就能看出来你没懂。"

他更加认真地解释,脖子上的血管开始鼓起来。

"我想说的是,如果你爸没有死,那你的朋友就不用去跟你聊

---

① 指阿根廷布宜诺斯艾利斯市的河床竞技足球俱乐部,成立于1901年5月25日。

河床。这下听懂我的意思了吧?"

他观察着男孩的表情,想知道对方有没有理解自己的观点。

"明白了吗?我不是反对孩子们去动物园,也不是反对他们给大象喂玉米、给猴子喂饼干,我是觉得根本就不该有动物园,所以我才做了那个实验。"

"什么实验?"

"太阳落山天快黑的时候去看看动物们是啥样,没有小孩、没有糖果,啥啥都没有,只有动物。"

他又用小树枝在地上乱画,沉默了很久之后才抬起头,男孩觉得他眼里似乎蒙着一层雾。

"你看见什么了,卡尔卢乔?"他问道,但却不知自己该不该问。

"我看见啥了?"

他站起来,整理了一下货物,然后才开口回答:"你以为我会看见啥?啥也没有,只有一群孤独的动物。这就是我看见的东西。"

他坐下来,好像在自言自语:"有一种很大的动物,我不知道是啥品种,但一定得去看看它。它低着头,看着地面,就那样一直看着地面。天越来越黑,它看上去那么大、那么孤独。它一动不动,连苍蝇飞来都不去赶。它在思考。你以为动物不说话所以就不会思考吗?它们和基督徒一样:照顾幼崽,爱抚自己的孩子,同伴被害时为它们哭泣。谁知道那家伙当时在想啥呢?但是我告诉你,越大的动物越让我觉得可怜。我也不用跟你说假话,有时那些小动物不讨我喜欢,它们很烦,就像跳蚤。但是那些庞然大物……比如说,一头狮子、一头河马。你知道它们这辈子再也、再也不能回到丛林、草原、湖泊、大河去时，会有多伤心吗？"

他沉默了一会儿。

"你知道后来发生了什么吗？"

"什么？"

"我跟它讲话了。"

"跟谁？"

"白痴，还能跟谁：跟那头动物啊，那头美洲野牛还是啥的动物。"

"你对它说话？"

"不可以吗？但它还是一动不动。当然了，它可能没听见，我又不能隔着栏杆大喊大叫，不然别人肯定以为我是个疯子。"

"你跟它说什么了？"

"我也不知道……一些疯话、傻话吧……我对它说，牛儿，牛儿。就这样。"

"它会回答你吗？"

"当然不会，但它起码可以看我一眼，可它完全没动弹。"

"可能是没听见吧。"

"是啊，是啊，因为我声音很小。"

他们俩都沉默了，后来又聊了会儿别的事情，但最后卡尔卢乔又回到了之前的话题上："你知道吗？"

"什么？"

"我这辈子可能当得了医生，但是永远做不成兽医。"

"为什么呢？"

"就因为刚才那个实验。动物之间肯定像人类一样可以互相交流、互相理解。如果你是个医生,你的病人告诉你他这里疼或者那里不舒服,没问题,你们可以沟通,可你怎么跟一头河马、一头狮子沟通呢?你想象一下,森林之王躺在你面前,虚弱得连摇头的力气都没有,只是用悲伤的眼睛看着你向你求救,因为它信任你。它可能已经到癌症晚期了,可你却根本不知道它哪里不舒服。"

秋日的傍晚渐渐变成了夜晚,一开始是从低处动物的小房舍里黑起,慢慢地黑暗转移到了高处。纳乔依然努力地透过栏杆往里看,好像看见了一头大象,远处好像还有一头美洲野牛。也许就是卡尔卢乔做实验的那头野牛,那头没有回应他轻声说出的问候的野牛。

3

因为,要什么样的温柔,什么样睿智或友好的话语——布鲁诺揣摩着萨瓦托的想法——什么样的爱抚才能打动那只动物隐藏起来的、孤独寂寞的心灵啊。它远离了自己的家园和丛林,被残忍地从它的种群、它的天空和它的池塘带走。纳乔一定也是这样想的,他终于放下手臂,双手插在蓝色牛仔裤的屁股兜里,驼着背,心不在焉地用脚踢着路上的小石子,若有所思地沿着解放者大道离去。他要去哪里?去到什么孤独的地方?萨瓦托的胃里又涌起一股对文学的恶心,这种感觉一天比一天强烈。他又想到了尼采:也许,当一个人对文学家和文学家的话语厌恶到了无法忍受的程度时,他才能写出一些真正的东西。不过这种厌恶也要是真实的,是只要看到艺术家们在鸡尾酒会上一边谈论死亡一边追逐奖项就会立刻作呕的厌恶。在离那些虚荣的、卑鄙的、变态的、肮脏的、虚伪的艺术家一百万公里远的地方，他终于可以呼吸到清新纯净的空气，可以大大方方地跟卡尔卢乔那样的文盲谈天说地，可以用双手做一些事情，比如挖一道水渠、筑一座小桥。一些不起眼的，但却是干净、具体的事情，一些有用的事情。

但人心是深不可测的——布鲁诺自语——萨瓦托这样想着，身体朝着克拉默街走去，他在那儿见到了诺拉。

4

有一阵子没有施尼茨勒博士的消息了，他轻松地想，也许今后都不会再有这人的消息了。可是有一天他在电话里又听到了那只外国老鼠的尖嗓：您怎么了，萨瓦托博士？您生病了？要好好照顾自己啊。之前不是说好改天要去拜谒您吗？刚刚从牛津寄来一本特别棒的书，等等。就这样过去了几周，他很犹豫，不知道该采取什么态度，害怕见到他，也害怕不见他的话会招来其他后果。直到有一天他收到了一封信，信的开头有些冷漠、或许还有点讽刺地聊到他的健康问题，聊到他的痛风和面部神经痛：癔症性麻痹（他之前不知道吗？）更常发生在左侧，即受无意识影响的一侧。他把手放到左脸上，最近这段时间他脑子里总是冒出一个奇怪的念头：有个人拿着一把锋利的、巨大的尖刀朝他走来，那人像理发师那样一只手从后颈处抓住他往后拉，另一只手将刀尖刺进他的左眼；更准确一点说是刺进眼球和眶骨之间，然后再小心地用刀沿着眼眶刮一圈，直到眼睛整个掉下来。眼睛一般会先掉在他脚边，然后像小球一样弹跳到其他地方去。

这个想象的场景太过逼真，让他极为不适，因此每当预感到快要发作时他就会开始焦虑。奇怪的是这种时候分心去想别的东西或者做别的事情都没用，它依然会残忍地在脑子里重演。举个例子吧，有天晚上他正跟法鲁①的妻子一起谈论爱德华多在日本的那次旅行，然后他感觉到那画面又要袭来了。

她看见他脸色变得苍白，整个人也变得不安起来。

"您怎么了？"她关切地问道。他知道自己不可能跟她解释清楚，所以只能撒谎说：没事，他没事。其实说这话时那人正用刀尖在他眼眶里旋转。

法鲁的妻子继续说着话，萨瓦托显然没法听进去，她肯定感觉到他不对劲。尽管刀子在眼球上的动作让他十分恐惧，但他还得尽量佯装镇定。当然了，并非每次发作时都是这样尴尬的情形：实际上他的这种眼球摘除术很少在人前发生，有时是在自己床上，有时是在黑咕隆咚的电影院，很不容易被人发现；但极少时候会发生在很不合适的场合，比如刚刚提到的这个例子里，当时不仅法鲁太太坐在他面前，其他人也从远处不断打量他。

5

他们又开始跟踪他了，他原以为自己的这次行动是秘密的，不可能会引起别人的怀疑，可是为什么他们却在那里问个不停呢？他

---

① 爱德华多·法鲁（1923—2013），阿根廷吉他手、作曲家、演员。

们为什么在那个角落里说悄悄话？是哪些人在窃窃私语？内容是什么？他好像认出了里卡多·马丁、查洛和艾尔莎，他们一边小声说着什么，一边偷偷摸摸朝他这边张望。不过光线实在太暗了，他不确定自己有没有认错人。这时又进来了一个人，那人俯身在安索阿特吉耳边说了些什么。如果不是知道默奇森在温哥华大学上学的话，他肯定会把那人认成默奇森。显然在场的所有人都知道某件十分重要的事情，而且这件事还跟他有关。后来又来了一些人：他们似乎是来为他守灵的，可他的尸身还活着，而且是被大家猜疑的对象。新来的人里他似乎认出了西奥和阿莉西亚、马卢和格拉谢拉·贝雷瑟维德、西里亚、基卡和雷内。他们站得越来越挤，气氛越来越令人窒息，噪音越来越大：不是因为他们讲话的音量变大了（他们从头到尾都是低声私语），而是因为人变多了。过了一会儿，伊里斯·斯加切利、奥兰多、路易斯和埃米尔也来了。他一个人待在角落，仿佛在等待罪行的判决。显而易见，消息已经传遍了。是谁在嚷嚷着要进来？是玛蒂尔德·基里洛夫斯基，不过是从前的那个她，是在系里上大学时的她，年轻的她。后来的人推搡着前面的人，一切都令人不快，他本人就更别提了。索尼斯一家、本·莫拉、萨弗兰斯基博士、奇基塔、莫林斯一家、莉莉、何塞这些人在他眼中不是清晰的形象，倒像是他想象出来的幻影。

然后他就跌入了一口深井中，失去了意识。

他大叫着醒过来，花了很长时间才摆脱噩梦的残余影响。梦中的脸渐渐淡去，被监视他的那些力量所吞噬。可他内心的焦虑没有减轻，反而越发严重，因为他发现自己的罪行循着夜里到过的地方一天天传播开来，警察和审判官离他越来越近。

他挣扎着起了床,用凉水洗过脸后去了花园。天快亮了,树木与人类不同,它们带着平和的尊严正在接收清晨的第一缕阳光,这样的尊严(他猜想)只有没经历过夜间邪恶冒险的生灵才具备。

他在花坛边坐了很久,然后回到书房,在扶手椅里坐了下来。他看着书架,心想,这些书在他死前都不会再看了。他看见了魏宁格①的《日记》,于是费力地站起来,把它从书架上拿下来,随意地翻看着。他在序言里读到斯特林堡的一句话:"那个奇怪而神秘的男人!他像我一样生来就有罪,因为我是带着恶意、带着对一切事物和一切人类的恐惧来到这个世界的,我想我在出生前就已经干下了坏事。"

他合上书,重新坐到扶手椅中,过了一会儿又回到床上躺下来。

醒来时天都快黑了,跟特纳萨酒吧那位女子约定的时间已经到了。当他见到她时,产生了一种让他感到惊讶的印象:在黑夜中,透过克拉默街上的大树,他觉得自己似乎看见了阿古斯蒂娜转瞬即逝的影子。

6

另一天,在比耶拉咖啡馆中,帕科在他桌上放了一张对折的纸:"哥特式尖塔、埃菲尔铁塔(ad majorem hominis gloriam②)都

---

① 奥托·魏宁格(1880—1903),奥地利哲学家。
② 拉丁语,意为"为上帝增光",是耶稣会的格言。

朝着垂直方向发展,力图逃离代表女性的、水平的大地。床也是水平的,它是性的象征。"

他不用看也知道是谁写的纸条,但他无法避免:那人就在那儿,坐在咖啡馆的一隅,用那双兴奋的老鼠般的小眼睛观察着他。他朝萨瓦托做了个手势,然后眨了眨眼,意思是问他最近怎么样。他在等待萨瓦托的邀请,只要捕捉到任何一点点微弱的信号他都会立马扑过来,尽管还有麦克劳林在场。萨瓦托没给他机会,只是装作友善的样子看着他,心里思考的却是纸条上文字的含义以及他坚持见自己的企图。显然那人在跟踪他,因为之前从没见他来过比耶拉咖啡馆。他跟踪自己是出于个人目的还是在为某个帮派卖力?

那人问:"他叫麦克什么?"

他在一张餐巾纸上写下:麦克劳林(McLaughlin)。

是念作麦克拉夫林吗?

爱尔兰有些地区读作麦克拉克林。

当然了,就好像光有英国人的专横还不够,还得加上爱尔兰人的疯狂。

我想写一篇论文:关于性、恶、盲。

萨瓦托震惊地望着他:

"这个题目太广了,我了解得并不多。我是说,我所知道的都已经写在《关于瞎子的报告》里了。"

"我理解。但还有一点:我记得好像在一篇您的传记里读到过,说您的阿尔巴尼亚先祖曾在 15 世纪与土耳其人战斗过,那您知道盲人之城的传说吗?"

萨瓦托大惊失色:"什么?"

"我也知道得不太清楚,还得去调研一下才行。在那里有一座地下盲城,从君王到大臣全都是瞎子。"

萨瓦托惊得目瞪口呆:他不知道这传说。

有一阵子他们都没说话,三个人形成了一个神秘的三角:萨瓦托、睁着蓝色眼睛望着他的麦克,还有继续盯着他不肯放过任何线索的施尼茨勒博士。萨瓦托后来想,如果这是一场话剧的话,那么依照自然主义的惯例,应该把在场的其他顾客,连同他们的酒杯、咖啡、座椅、三明治和服务生一起赶出去。因为这些东西都是假的,都是用来粉饰现实的道具,证明了这样的形式主义有多虚伪。他们三个人像三角形的三个顶点,在一个抽象的场景里,互相小心地观察和监视着对方。

"够了。"他告诉麦克劳林,自己不幸患了神经痛,几乎无法正常讲话,还是改天再见面吧。

男孩离开了,萨瓦托发现那人正在奋笔疾书。过了几分钟,把写好的东西给了他:

我越来越有一种感觉,我亲爱的萨瓦托博士,您似乎并不想见到我,甚至对我没什么好感。这实在是太遗憾了!您不知道我有多难过!我们两人明明有那么多相同点!我有那么多话想告诉您,您已经离真相那么接近了。我之前还抱有希望(我将手放在心脏上真诚地对您说),您会再去我家看望我,跟我一起享用咖啡,但现在我不会再痴心妄想了。所以我只能利用这个幸福祥和的环境给您指点一二,或许您会感兴趣:

(1) 世界人口的大幅增长。

(2) 底层人民的起义。

(3) 妇女的反抗。

(4) 青年的反抗。

(5) 有色人种的反抗。

这一切,我亲爱的博士,所有这一切,都在说明理性的重要,严格说来可以定性为左派的觉醒。我自然无须向您解释,我说的左派不是狭义的左派,不是指那些完全搞不清楚真正问题的可怜鬼。我指的是更深层意义的左派,它与种族的压抑和本能有关。您也曾说过类似的话。我们是多么相似啊!您笔下的一个角色在《关于瞎子的报告》中对此做过精彩的表述,正因如此我这些年才这么关注您的动向。我想要帮助您,想要接近您,想在精神上支持您,但我却渐渐感觉您并不希望我这样做,我坦率地告诉您:我对此真的非常、非常遗憾。

他读不下去了,他很惊讶那人会提到费尔南多。没错,他的那些观点都可能出自比达尔·奥尔莫斯之口。那他萨瓦托又算什么呢?他让帕科再来一杯咖啡,眼神尽量不看向那人所在的位置。把第二杯咖啡喝下之后他总算能继续往下读了:

自文艺复兴以来,技术和理性超越了一切。大脑皮层和间脑①之间持续了千年的斗争以大脑皮层的胜利告终,机械取代了生命力(但只是表面上看似如此,博士!是表面现象!);钟

---

① 两大脑半球之间的脑组织。

表、数学、塑料。但被枷桎的间脑不会轻易放弃，它满怀怒火和怨恨地潜伏起来，最终会利用心理疾病、神经衰弱、人民起义、被压迫阶级（妇女、儿童、黑人、黄种人等一切左派，他们都是它的士兵！）的叛变来攻击胜利者。甚至连服装也受到它的影响：它强迫人们使用各种刺眼的（女性的）颜色，推崇非理性主义的艺术，使蛮族的艺术成为时尚，那些嬉皮士的穿着打扮像女人一样，于是下层阶级被女性化了。千万不要被女式香烟、女式长裤、普选、办公室里的工作所迷惑：这只是个陷阱，让我们误以为她们会来靠近我们。这有点儿像东方的做法，因为东方在深层意义上也属于左派：为了抵抗西方的男性文明，东方装作接受了西方的技术甚至原子武器，还有晶体管、马克思主义、塑料和微积分。您会发现，黄种人将来会打败我们，现在他们已经反过来开始输出他们的文化：禅宗、瑜伽、空手道。届时最先像鸟儿一样叽叽喳喳宣布投降的会是知识分子、是大脑、是我们西方文明的核心。您千万要注意啊，我亲爱的萨瓦托博士！

他读完了，但视线依然停留在纸上。他知道那人一直在盯着自己，他尽可能快速地思考着：这位施尼茨勒博士到底是谁？他是捍卫西方文明的吗？但西方文明是光明的产物，那就说明他不是黑暗的使者。或者，他故意这样说，是为了掩盖自己的真实身份，好让萨瓦托失去防备？他想让萨瓦托别再插手黑暗世界，所以才试图激发他作为西方人和男性的自尊心？

他起身向那人示意后便离开了。他故意绕了几个圈，试图甩掉跟踪他的人。他走进了位于金塔纳街和阿亚库乔街拐角的洞穴咖啡馆，然后在一张餐巾纸上随意地做着笔记，这一招往往都能奏效。他写下的第一个词是施尼茨勒（SCHNITZLER），然后几乎立刻就在那个词下面写出了施耐德（SCHNEIDER）。他之前怎么可能没有注意到呢？这两个词的开头和结尾部分一模一样，而且音节数也一样。当然，这两个姓氏都可能是杜撰出来的，可如果真是这样，那他俩为何会选择如此相似的姓名呢？这两个男人之间存在某种联系吗？他们俩可能都来自巴伐利亚和奥地利之间的某个地方，他们都有些粗鲁，而且都蔑视女性。不过，施耐德明显是黑暗使者，可施尼茨勒却捍卫理性科学。

随后他长时间地思考"不过"这词的含义。会不会这正好就是他们两个人的不同分工呢？

他走出咖啡馆，在外面一直闲逛到跟阿古斯蒂娜约定碰面的时间。

两人见面后，他感觉到有一条深渊横亘在彼此之间。她变成了一团愤怒的火焰；他感觉到宇宙正在分裂，因她的狂怒和辱骂而摇晃。她利爪般的双手不仅撕扯着他的肉体，还有他的意识，它已经成为自己精神的废弃品。在这场灾难中，坍塌的塔楼，被她的火焰烧成了焦炭。

纳乔的经历

与此同时,纳乔仔细研究着佩雷斯·纳西夫先生的外貌特征:好色、吝啬、虚伪、胸无大志、老练、世故,配上完美的总裁发型。他把照片剪下来,跟其他收藏品一起钉在墙上。他稍微站远一点,用专业的眼神欣赏着这样的组合。

他放上了一张披头士的唱片,然后躺在床上,望着天花板开始思考:

婴儿出生后弄脏一片片尿布、一次次溢奶(我要把一切都给他),一天天长胖(你们看他多可爱啊,说着用口水巾擦掉他嘴角的唾液),慢慢长大,来到唯一魔幻而真实的时期(傻傻的、爱做梦的、疯玩的年龄),随之而来的棍棒、忠告和女教师把他们变成一群虚伪的人(孩子们,不能撒谎,不能咬指甲,不能在墙上写脏话,不能逃课)、一群现实、吝啬的人(节约是发财致富的根基)。他们一刻不停地吃和拉,把身边的所有东西变得污秽不堪。之后是就业、婚姻、子女。新的小怪兽又开始溢奶了,从前那个溢奶的小怪兽现在正如痴如醉地看着他,喜剧又从头上演。打架,为了争夺公交车上的座位和职场里的职位而争吵,嫉妒,诋毁,看到祖国的坦克列队行进时自卑的他得到了满足（小矮人突然感觉自己很强大）。如此等等。

他从床上起来，到外面去走走。Julia, Julia, oceanchild, calls me.① 走到门多萨街和康德街路口时，他在路边坐了下来，看着夕阳下的行道树：高贵、美丽、沉默的大树。Julia, seashell eyes, windy smile, calls me.② 那个该死的日本女人、那个恶心的日本女人把一切都毁了。夜晚降临，列车就要开始运输直立行走的人形牲畜了。从这栋巨大的蚁穴里走出一只只小蚂蚁，他们离开了自己的办公室，背上还印着数字，那是整整七个小时的文书工作后留下的印记。他们在那七个小时里要不断地重复：早上好，先生；打扰您一下，马尔维西诺先生；下午好，多尔戈波尔先生，洛普雷特先生想见您。他们在那些蚂蚁上司面前卑躬屈膝，帮忙擦净上司的皮鞋，在上司的愚蠢言行前保持微笑。而后他们迅速地爬上地铁，像装在罐头里的沙丁鱼一样前行，互相推搡、踩踏、嗅闻、为抢占座位而低声咒骂。他们的生活就像一段坐不完的地铁、一间看不见尽头的办公室，中间穿插着婚礼、收到的熨斗和挂钟礼物、孩子、两个孩子（这张是老大的照片，您看他有多调皮，我要是告诉您他说了什么您简直都不会相信）、债务、晋升无望，还有周末在咖啡馆、足球俱乐部玩的骰子游戏、老板娘包的难以下咽的手工饺子，然后

---

① 英语，意为："朱丽叶，朱丽叶，海之子，呼唤我。"是披头士乐队成员约翰·列侬于1968年创作的歌曲《朱丽叶》中的歌词，约翰·列侬以此纪念母亲朱丽叶·列侬，同时也是为他的日本未婚妻小野洋子而作，因为她的日语名Yoko即为"海之子"之意。
② 英语，意为"朱丽叶，珠贝般的眼睛，风一样的笑容，呼唤我"。

又是坐着地铁去办公室的周一。

现在他们这群直立的牲畜又该搭乘同一班列车回家了。夜已到来，他们幻想着属于自己的美梦和性爱时分。先打开《理性报》第五六版，浏览一下抢劫案和其他无法破解的完美犯罪。再打开电视准备入眠，因为在电视里和梦里，一切皆有可能：在这些无所不能的梦里，小蚂蚁变成了二战英雄，变成了办公室主任，变成了勇敢喊出"凭什么因为您是领导我就得让着您"的员工，变成了征服修道院里所有女孩子的唐璜①，变成了方吉奥和卡洛斯·加德尔②，变成了苏格拉底和亚里士多德。

列车驶过。

夜已深，他起身向家走。Julia, sleeping sand, silent cloud.③

他发现姐姐正躺在床上望着天花板发呆。

他沉默而痛苦地站在窗前，看着窗外的行人。他们内心此刻又有多少恐惧？这座可恶的城市里藏着多少不为人知的寂寞？他感到了身后的愤怒，那是来自她的愤怒。他转过身，面对的是她坚毅的脸庞、紧咬的牙关和她那透着鄙夷之意的宽大嘴唇，这些神情都在说明她的不满已经到了极限，这口仇恨的压力锅很快就要爆炸了。纳乔忍无可忍，大喊着说他做的一切都是为了她。他愤怒地用指尖指着她，又指着自己的胸口说，为什么她要对他怀恨在心，为什么偏偏是她。

---

① 西班牙喜剧作家蒂尔索·德·莫利纳（1582—1648）小说《塞维利亚的嘲弄者》中的男主人公，以花花公子的形象闻名。
② 卡洛斯·加德尔（1890—1935），阿根廷歌手，被誉为探戈歌王。
③ 英语，意为："朱丽叶，沙睡眠，云无言。"

他绝望地看见阿古斯蒂娜起身要走,于是拉住她的一只胳膊:"你要去哪儿!"

这句话与其说是一个问句,不如说是一个感叹句。

她低下头,纳乔看见她用力咬着嘴唇,直到咬出血来。然后她走到墙边,重重一拳砸在墙上。

"生命中没有绝对。"长时间的沉默之后她终于开口,"既然没有绝对,那么做什么都可以。"

她不像是在跟弟弟讲话,倒像在自言自语,声音不大但却充满怒气。她继续说道:"不对,不是这样。并不是做什么都可以,我们是被迫去做的,去摧毁一切、污染一切。"

她的弟弟吃惊地看着她,而她全神贯注在自己的思想中,愤怒的拳头依然抵在墙上。突然她大叫起来,或者说是哀号起来,同时用尽力气捶打着墙壁。

平复下来之后,她走到床边坐下,点燃了一支烟。

"我付出了多少代价才懂得这个道理。"她说。

纳乔走近她,站在她面前大吼:"可我就永远不会这样做!"

"你更糟糕,你这个蠢货!这才是最让我气愤的!"她一边咒骂一边扑到他身上,用拳头打他,用脚踢他,直到把他推倒在地。

她重新回到床边坐下,开始哭起来,但不是低声的哭泣,而是刺耳的、狂野的、愤怒的号哭。

哭完之后她静静地望着天花板,脸像被野蛮人蹂躏过一般,上面能看到各种烧杀抢掠的痕迹。她又找出一根烟,颤抖着点燃它。"我看见你把佩雷斯·纳西夫先生的照片钉在萨瓦托和加缪中间了,我以前还以为你只会放那些大谈特谈绝对的人渣,因为我记得你说过只针对那些知名的肥猪,不包括普通的蛆虫。"

她又沉默了一会儿,纳乔觉得那段时间无限长,长到只听见闹钟的嘀嗒声,接着是教堂的钟声。

"至于佩雷斯·纳西夫,"阿古斯蒂娜沉思着低语道,"应该想想清楚。"

萨瓦托的经历

1

他进家门时,洛丽塔冲着他不断咆哮。它最近一直如此,只不过今天尤其严重,甚至想要冲上来撕咬他,他只能用一根棍子来吓唬它。他知道,如果它继续进攻的话,他会打断它的背脊。

他想,狗的直觉总是很准。什么时候见过狗会这样对待家人呢?他试图将洛丽塔这种表现开始的时间,与他所经历的事件和想法对应起来,但却没能得出结论。

走进书房,他发现了豪尔赫·莱德斯马的最后一封来信:

您生我的气了,但我无所谓。不管您愿不愿意,我都要说:我们之间的关系超越了这世间的纷纷扰扰,它的密切度是您未曾想象过的。我不介意您的异议,反正您就是我的继承人。我任命您为我的后继者,您不能拒绝。

您最近的作品、您无意义的思考、您的焦虑还有强大的希望都说明(都向我表明)您陷入了僵局,只有以退为进才能脱身。亚巴顿或是亚玻伦①,善天使或是撒旦,别再纠结于中介者了,上帝即是毁灭者。我们是想做向导还是守车②呢?

世界持续混乱,无人猜中答案。我的时间还很充裕,还可以再沉睡一会儿。

我的书仍在推进中,但很缓慢,因为我缺少好天气、激励、空气和钱,而且我得承认,我很懦弱,看看这些天我能不能再鼓起勇气赤身裸体爬上科连特斯街的路灯。再说吧。

2

他漫无目的地走在街上,发现自己竟走到了波士顿咖啡馆的门口,他怎么会走到这里来?从前他经常光顾这家咖啡馆,因为要跟大学生们交谈,可现在呢?

他点了一杯杜松子酒,然后像往常一样,在焦虑和痛苦之中试图让自己将注意力集中在老旧内墙的污渍上。他盯着这些斑点看,眼前出现了一个山洞,其中隐约能辨认出三张熟悉的面孔。在地下墓室正在举行某种仪式,人们的态度说明这场典礼非常庄严,他觉

---

① 亚巴顿(Abadon)是希伯来语,在希腊文中译为亚玻伦(Apollyon),在犹太教中含破坏、灭亡、废墟、冥界之意。
② 又称望车,指挂在货物列车尾部的工作车,用来瞭望车辆及协助刹车。

得自己似乎在某一世的生命中经历过这一切。

他固执地想要挖掘出更多细节，尤其是带头主持仪式的那个神秘人物。眼睛很快就疲惫不堪，于是他闭上眼休息片刻，但内心的焦灼却不断增长。他重新睁眼搜寻，因为相信这和他的存在有着某种联系。这时，所有的细节渐渐拼凑成一张熟悉的、邪恶的脸，是他这么多年来徒劳无功想要逃离的那张脸：R的脸！

他刚要找出解开密码的关键，这张脸就出现了。他重新闭上眼睛，紧紧闭上，不想再去回忆1927年晚上那个色情的、恐怖的画面。

这还不是最惊人的，因为他之后可以把这样的联想归因到墙上的污渍上。真正令人难以置信的是就在同一时刻R走进了咖啡馆，就好像他一直在监视着萨瓦托，一直在等待他解开谜底的那一瞬间。萨瓦托自从1938年之后就再也没有见过他。

他在不远处的座位上坐下，也点了一杯杜松子酒，喝完酒结账走人，没有一丝一毫想跟萨瓦托交流的表示。

萨瓦托惊得目瞪口呆。R在跟踪他，这一点确凿无疑，可是既然这样的话，他为什么不像在居里实验室时期那样上前来对自己纠缠不休呢？他想，这个男人掌握无数种骚扰人的方式，这一次却选择了一种无声无息而又意味深长的登场方式，这一定是一种警告。警告什么呢？

他极快而又极慢地回想那个可怖的洞穴，最后终于明白，或者说以为自己明白了，他应该回到阿科斯街的地下室去。

当他再次看见那座被一栋栋现代高楼包围的老房子时，感觉就像在一间贩卖各种金属手工艺品的商店里凝视一具木乃伊。

栏杆上挂着一块牌子，写明这间屋子正被司法拍卖。他望着这堆千疮百孔、破旧肮脏的建筑废料，继续思考着：以他对R的了解，R突然重新在他的生命中出现，绝不只是为了邀请他来这里随便看看，缅怀一下这本即将被无关人等烧毁的家庭相册，他感觉其中一定牵连到什么更加重要、更加恐怖的东西。

他看向大门，门用铁链和挂锁锁着，不过它们也已经锈迹斑斑了。在这么多年的诉讼和继承中，肯定从没有人打开过这扇大门。为什么？也许堂阿曼西奥根本不想再看见这座房子，即便是从街上瞅一眼都不愿意。

他走到车库门前。那扇铁门曾经是多么美丽的艺术品，如今却早已被布宜诺斯艾利斯市常见的那类盗贼式古董商人给偷走了，取而代之的是两片粗糙的金属薄板。锈迹斑驳、凹凸不平的表面上被人涂写了"庇隆万岁"几个字，两块薄板靠着两个临时凿穿的窟窿眼和一根粗铁丝勉强维系在一起。

他在胡拉门托街上找到一家五金店，买了钳子和手电筒，然后在街上闲逛等待夜色降临。他从胡拉门托街走到古巴街，然后又踱到贝尔格拉诺广场，在广场一张长椅上坐下，入迷地看着教堂，随着暮色降临慢慢进入精神的隐秘区域。他看不见也听不见城市里此刻的喧嚣，只感觉自己越发孤独。这是一个不祥的黄昏，它被黑暗邪恶的神祇主宰，被开启夜间生活的蝙蝠占据。这种暗夜之鸟的歌声就是带翅老鼠的尖叫声，它们是可怕神明的信使，是恐惧和噩梦的凝胶状传令官，是洞穴之神和鼠类君王的追随者。

他沉迷于眼前的幻景，觉得自己亲眼见证了至高无上的黑暗之王显灵，被身旁的毒蛇、蟑螂、鼬鼠、蟾蜍、蜥蜴和负鼠大臣们簇拥着。

人间的喧哗、霓虹灯的亮光和车辆的轰鸣终于惊醒了他。他心想，现在足够黑了，有阿科斯街边的树丛掩护，应该没人能注意到他的行动。不过他依然万分小心，耐心地等待路人走远，随时注意着每栋公寓楼的出入口。就在他正准备剪断铁丝时，却好像看见从其中一栋楼房后闪出一个高大的身影然后迅速远去了。那是一个他如此熟悉的身影，不知他之前是否就一直躲在那里。

他被惊吓到无法动弹。

如果那个转瞬即逝的影子真的是施耐德博士的话，那么他和R之间有着怎样的联系？他曾不止一次地想过：R想要强迫他进入并调查黑暗世界，就像之前比达尔·奥尔莫斯所经历的那样，而施耐德却总是试图阻止他这么做；或者，如果说其实施耐德也和R抱有同样目的的话，那这样的惩罚便是由来已久。

过了一会儿，他平静下来，觉得自己反应过激了，那个人影不会是施耐德博士，因为他既然已经在暗中监视自己了那么久，又何必要刻意暴露身份呢？

他剪断铁丝走了进去，然后小心地将大门像之前那样合上。

夏夜的乌云遮蔽了天空，月亮时隐时现，眼前的场景像是一场葬礼。他越来越紧张，穿过被怪兽吞噬的花园，棕榈树和玉兰之间、茉莉和仙人掌之间长满了叫不出名字的攀缘植物，残垣断壁间长出了乞丐般的旺盛野草。花园就像一座古庙，里面供奉的神衹无人知晓。

他静静看着老宅的遗址：脱落的墙裙，腐朽松散的百叶窗，破碎的玻璃。

他走近那间用人住过的小屋，但此时此刻却没有勇气回头去看大宅子的那扇窗户，于是他背对它席地而坐，半是沉思半是惊恐地凝视着这片废墟，因为他知道在翻看完这本发黄的相簿之后就得直面恐惧了。可能因为这种直觉，他故意设法拖延时间，去回忆弗洛伦西奥和胡安·包蒂斯塔：他们两个都跟后来的马塞洛很像，同样没有光泽的深色皮肤，同样的黑色头发，同样湿润的黑色大眼睛；如果他们三个长了胡子，就可以去参加奥尔加斯伯爵的葬礼了。弗洛伦西奥总是那样心不在焉，好像永远在思念另外某个地方（另一片大陆、另一个星球）的美好风景。他就像当时农村人说的那样，有点儿"神神道道的"，但这个形容词跟他弟弟却是那样的格格不入。尽管两兄弟的外貌特征几乎一模一样，胡安·包蒂斯塔却既现实又机智。他不禁又一次想到，马塞洛身上的气质和特征不是继承父亲胡安·包蒂斯塔而是伯伯弗洛伦西奥，仿佛被委以重任，要延续家族中这一无益却又美丽的传统。

他望着那棵蓝桉，尼古拉斯曾经在1927年那个傍晚爬上这棵树，表演重复过无数次的猴子模仿秀。他记得尼古拉斯突然止住了尖叫声，其他人也都顿时沉默不语；他也记得自己感觉到了来自后颈处的预警，然后疑惧地慢慢转身，抬起头来精准地看向召唤传来的方向：在右上方的那扇窗后，他看见了索莱达静止不动的身影。

当时的光线很暗，很难看清她停滞的目光望向何处，但他就是知道。

后来她从窗边消失了，大家渐渐又恢复了各自先前的活动，但一分钟前那种无拘无束的愉悦感已经荡然无存。

他从没将索莱达的事情讲给任何人听，除了布鲁诺，不过关于那场魔鬼般的仪式他却只字未提。如今,在大约半个世纪之后,他再次坐在这座花园里,感觉到或者说预感到整个圆圈快要闭合了。他还记得那天夜里弗洛伦西奥漫不经心撩拨的吉他声、胡安·包蒂斯塔永远炸不完的土豆条,还有尼古拉斯嘴里唱个不停的《圣卢西亚的老板娘》,后来有人冲尼古拉斯大喊一声"够了"然后他们就都睡了。当然,他睡不着。

他给布鲁诺讲过在尼古拉斯家里认识索莱达的经过。当时他俩正在那间挂着罗萨斯巨幅油画的大厅里研究一个三角定理,他突然感到身后有人出现,而且是那种不用张口就能与人交流的人。他回过头,第一次看见了那双灰绿色的眼睛、紧抿的嘴唇、专制的表情,一切都跟她的祖先罗萨斯一模一样,她一定是个私生子继承人。尼古拉斯噤若寒蝉,像是面对一位至高无上的君王。她低声而又威严地问了尼古拉斯什么事情,尼古拉斯用一种他从没听过的声音回答了她,而后她就像来时那样悄无声息地离去了。他们努力回到之前的定理上,但萨瓦托却产生了一种模糊的印象,一直到如今长大成熟后才能概括清楚:她的出现是为了让他知道她存在于世、她就在那儿。存在和在这两个动词他犹豫了无数次,最后决定同时使用二者,因为他知道它们并不是同一个意思,甚至有时会可怕地互为悖论。不过这一切都是他在四十年之后讲给布鲁诺听时才领悟到的,就好像当时他只是拍了一张照片,多年后才得以诠释出其中的深意。

研究定理的那个夜晚他梦见自己穿过了一条地下通道,索莱达在黑暗的走廊尽头等着他,赤身裸体,闪着磷光。

从那晚起他几乎无法专注于任何事情,一心只想着那个梦。直到那个夏天到来,他终于可以去到位于阿科斯街的那栋房子,他知道她就在那里等着自己。

他在黑夜中瑟瑟发抖,焦急地等着他的三个同伴发出熟睡后均匀的呼吸声。然后他尽量不发出声音地慢慢起身,手里提着鞋子蹑手蹑脚地走到花园里穿上。

他小心翼翼地走向大宅子的后门,那扇连接花房的玻璃门。

跟他想象的一样,那道门没有锁。月光在云层中时隐时现,透过玻璃门投下蓝色和胭脂红的菱形图案。等眼睛逐渐适应了这样半明半暗的环境后,他发现她就站在通往二楼的楼梯口,短暂的、微弱的光线将她置于属于她自己的真实世界中。他曾对布鲁诺说过,索莱达仿佛可以印证古老的命名学,因为她的名字和她本人完全一致:深不可测而又孤独寂寞。她似乎保守着某个强大的血腥邪教的秘密,如果胆敢把它泄露出去就会被折磨至死。她内部蕴藏的暴力像被一口高压锅压制着,不过灼烧这口锅的火是冰冻的火焰。他告诉布鲁诺,她是一个矛盾体,用世间匮乏的词汇不足以描绘她。比起她间或的言语(或是性感的嘶喊),她的沉默更象征着不属于人间的东西,而是属于支配着我们噩梦的另一种真实。她是夜行生物,她是洞穴居民,她拥有与蛇类相同的凝滞的视线和危险的性感。

"走。"她只是简单地下达了这句命令。

他们从侧边的一扇门走进厨房前室。她右手提着一盏很古老的煤油灯,他知道她已经计划好了一切。她走到房间一角,指给他看通往地下室的盖板。

他们顺着砖块砌成的台阶往下,感觉到土质地道中的湿度越来越大。在一堆废旧物品中,她指出第二块盖板的位置。他把它举起来,两人继续向下走。这一段台阶是由殖民时期那种巨大的平砖筑成的,因两百多年的湿气侵蚀而坍塌了一半。泥土中渗出的水自墙上成股流下,让第二层地下室更加岌岌可危。

煤油灯微弱的灯光让他无法看清地下室里的陈设,但是通过脚步低沉的回声来判断那里应该又深又空,可能除了台阶便空无一物。后来台阶变成了一段在泥土中挖掘出的通道,甚至都没有用砖块来进行加固。隧道窄到只容一人通过,她提着灯走在前面,透过几近透明的睡袍,可以看见她的躯体柔软而威严地扭动着。

他不止一次在报上和杂志上读到过关于布市的神秘隧道的文章,它们建于殖民时期,多是在修建地铁和摩天大楼时被发现的。关于它们的由来,他没有见过任何令人信服的解释。令他印象尤其深刻的是索科罗教堂和雷科莱塔公墓之间长度近一公里半的地下隧道,还有曼萨纳德拉斯卢塞斯的地下墓穴,以及通过这些隧道与那些18世纪的老房子相连的暗道。所有这一切组成了一座巨大的地下迷宫,而它的目的却无人知晓。

他们大概已经走了半个多小时了,虽然其实他没法准确衡量时间的流逝,因为在那样的现实中,时间与正常的、光明的生活节奏是不一样的。他甚至觉得那段无声的、疯狂的跋涉是永恒的,他们在这永恒之中拐过一个个弯,走过一个个岔道,他惊讶于她能在那样的路况中行走自如。他满怀恐惧地想到,如果一个人不了解这座迷宫的每一处细节,那他就再也不可能看到布宜诺斯艾利斯的大街小巷了,因为他会永远迷失在鼬鼠、负鼠和老鼠之间。他感觉(而不是看见)它们正飞速地掠过他们,奔向那更加恶心、更加难以抵达的所在。

最后他知道他们终于要到达目的地了，因为能看见一点隐约的光亮。隧道渐渐变宽，尽头处有一座洞穴，体积跟一个房间差不多大，不过建造得十分粗糙。墙是用大块的殖民时期砖石砌成，远处似乎还有一段台阶，其中一面墙上挂着一盏韦尔蒂兹总督年代使用的灯，正发出暗淡的光，他先前看见的微光便来自于此。

洞穴正中间的地上铺着一块草垫，就是监狱里给犯人睡的那种，看上去好像有人还在使用它。另外有几张非常简陋的木凳放在墙边，一切看上去都阴森森的，给人的感觉就像是在牢狱中。

索莱达刚把灯熄灭，萨瓦托就听到了有人顺着台阶而下的脚步声。很快他就看到了那张严肃的脸，还有那双患了夜盲症的眼睛：是R！自从萨瓦托从罗哈斯镇转到拉普拉塔市上学之后就再也没见过R，但他一直记得那只瞎眼麻雀受过的酷刑。他本以为（而且希望）这辈子再也不会见到这个人，但他竟又出现在了自己面前。

他和索莱达之间是什么关系？他怎么会在这里，而且看起来好像是在等着自己？突然，他产生了一种感觉：索莱达和R之间有一些相似之处，都属于黑夜，都是既残酷无情却又令人着迷。

"你没想过会再见到我吧？"他用萨瓦托深恶痛绝的那种嘶哑的声音和讽刺的口吻问道。

他们三个站在洞穴中，像噩梦中的一个三角形。他看向索莱达，发现她比平时更加神秘莫测，她面无表情，脸上的神圣和庄严跟年龄极为不衬。如果不是因为她的胸膛仍在起伏，人们可能会把她当作一尊雕塑，一尊隐秘晃动着的雕塑。透过她的睡袍，萨瓦托隐约看见蛇一般的女性胴体。

R的声音又传来，扬了扬下巴示意说：

"我们现在是在贝尔格拉诺教堂的地下室里，你知道吧？就是那座圆顶的教堂。无原罪圣母教堂。"他带着讥讽的语气补充了一句。

随后，他又用一种萨瓦托听来有些不同的声音，似乎是畏惧的口吻（这在他身上从未曾见过）说道：

"我告诉你，这里同时也是瞎子世界的联络处之一。"

过了一会儿他又开口道：

"从今往后，这里将是你的真实世界的中心，你的所有作为和不作为都会将你引领至此。如果你自己不愿主动回归，我们会负责提醒你。"

然后他就不再言语。索莱达缓缓脱掉了自己的睡袍，像在进行某种仪式。她交叉双臂将衣衫经头顶褪去，她宽大的胯部、纤细的腰肢、肚脐，最后是轻轻晃动的胸部依次呈现。

她赤裸着朝向萨瓦托跪在那张用作床铺的草垫上，然后身子慢慢向后倒下，同时双腿分开伸向前方。

萨瓦托此刻觉得宇宙的中心无外于此。

R取下墙上的煤油灯，它散发出浓烈的煤油味和阵阵黑烟。他提着油灯绕洞穴踱步一周，然后走到萨瓦托身边命令道：

"现在去看你该看的。"

他把油灯凑近索莱达的身体，照亮了她隐藏在黑暗之中的小腹。萨瓦托恐惧而痴迷地发现，索莱达的性器官竟是一只巨大的灰绿色的眼睛，正带着阴森的期待和严厉的焦渴望着自己。

"现在，"R又说，"去做你该做的。"

从那一刻起,一种陌生的奇怪力量控制了他,让他脱光自己,跪在索莱达分开的双腿之间。他恐惧而变态地一直看着那只巨大的、垂直的、充满性欲的阴暗眼睛,同时也被它凝视着。

索莱达站起身,带着野性的光辉,她张开大嘴,就像一头食人野兽;她的双臂双腿紧紧缠绕着萨瓦托,像铁钩和钳子一样迫使他一点点靠近那只巨大的眼睛。他感觉到下体处那眼球的弹力在慢慢变得脆弱,直至爆裂,一股冰冷的液体随之溢出。他开始进入另一个洞穴,一个比眼前正举行这血腥仪式的处所更为神秘的洞穴。

如今,时隔四十五年之久,他又回到了阿科斯街这栋旧宅里。"如果你自己不愿主动回归,我们会负责提醒你。"R 在 1927 年那个夜里这样提醒过自己,也在 1938 年的巴黎提示过自己,当他自以为能藏身于科学的光明世界的时候。这一次 R 又无声地重复他的警告,当他……当他什么的时候?

他想不明白,也许永远都不会明白,但他知道 R 去波士顿咖啡厅就是为了警告自己,所以他现在才会身处这座废弃花园的废墟之中。

直到此刻他都没有勇气看向花房的那扇玻璃门。一切似乎都在重演:夏夜,闷热,暴风雨来临前浓密的乌云,在云间穿梭的月亮。不同的是,这一次还多了不幸与骚动、放逐与失望、海洋与战争、爱情与沙漠。那么,这次回归到底能挽回什么呢?

不知是否因为他的情绪、因为环绕着玛丽亚·德拉·索莱达的神秘、因为某些真实存在的东西,这两次的月光都显得那样不祥而曲折。他突然感觉自己不是在贝尔格拉诺区这栋著名老宅里,而是在一座被人类抛弃的星球上,人类出于诅咒离开了这里,逃亡至宇宙的其他空间。这座星球上没有阳光,只有苍白的月光,但这月亮拥有了超自然的能力,它强加给人无限忧郁以及暴力、变态、死亡般的性欲。

他明白时辰已到。

他起身走向因年久失修而破碎不堪的玻璃门,打开一扇扇生满铁锈的门,打着手电走向地道,重走曾经的那条路。

他知道在迷宫尽头有什么在等着自己。

但却不知道具体会是什么。

3

上升比下降要困难无数倍,因为这条路很滑,他怕自己失足滑落到身下那泥泞的深渊。他累得快要站不住了,只能靠着本能和上方透出的微弱光亮继续往上走。他一步步向上,每一步都走得很小心,但是却满怀希望,尤其看到头顶的光线越来越强烈时,心里的期望也在递增。可是,他突然想到(这种想法让他很焦虑),那亮光不是寻常的太阳发出的,而是冷冷地照在极地的午夜太阳[①]。虽然这种想法毫无理论依据,但却在他脑中逐渐强化,最后,心里的希望也变成了一种绝望的希望:这种感觉就好比一个被流放在外的人,去过各种可怕的地方,在多年之后终于能够回到祖国了,却在内心疑惧即将踏足的故土是否已被黑暗的灾难笼罩、是否已被残酷的恶魔统治。

---

① 午夜太阳又名白夜、极昼或永昼。

他的身体因艰难地上行而不断摇晃,当然,也可能是因为压迫着他心脏的那种疑虑和担忧所致。他停下脚步,但却不敢坐下,因为遍地都是淤泥,更因为惧怕自己会被那些在他双腿间来回穿梭的硕鼠淹没。有时他在昏暗中能影影绰绰瞥见它们:肮脏恶心、不怀好意、吱吱作响、冷酷残暴的东西。快要接近终点了,但他内心的不安却逐渐得到印证,因为他不仅没有听到期待中布宜诺斯艾利斯市特有的噪音,反而却被越来越浓的静默裹挟。他隐约看出,光线进入的地方好像是某栋房子的地下室入口。确实如此。他从潮湿腐坏的砖墙上一个窟窿钻进了那间地下室,眼前是大堆的不明物体,跟雨水沉积形成的漂白土还有瓦砾、腐木混合在一起。野草向上疯长,拼命想够着从缝隙间透下来的阳光。

他在那堆松软的物体中寻找出路,心想肯定能通向某栋楼房的底层,管他是什么楼房都好。地下室的顶是用毛石混凝土搭建的,所以可能才没有因年久失修而坍塌,但却有一条很长的裂缝,容许一点微弱的亮光透过。这亮光让他开始思考,也许上面并非他先前所想的楼房,而是一块堆满建筑废料的荒地。他看清楚了,那条裂缝不是来自毛石本身,而是来自一块老旧、腐朽、软烂、起毛边的木门。他估摸这扇木门应该通向某段楼梯,但是地下室里的垃圾堆得太高挡住了他的视线。他试着爬上其中一堆物体,结果它根本不像他想象中坚固,而是松软无比,立刻在他脚下崩塌溃散。一大群巨大的老鼠从中跑出,有几只甚至顺着他的腿一路向上想爬到他的脸上。他快要发疯了,一种无法形容的恶心和绝望席卷全身。他拼命挥动双手,想把老鼠赶走,但还是有一只爬到了他脸上。在吱吱声中,他感觉到它的皮肤贴着自己的面颊,它邪恶、闪烁的红眼睛正对着自己的双眼,这狂暴、鲜活的脏东西。他再也无法忍受,从嗓子里发出一阵凄厉的尖叫,但立刻便被紧随其后的呕吐声掐灭,就像是浸泡在一片恶臭的沼泽地里发出呐喊时的感觉,因为他的呕吐物并非食物(这么长时间以来他已经记不起来自己上次吃东西是什么时候了),而是一种浓稠黏滞的液体,从嘴里缓缓流出。

他在本能的驱使下向后退,重新向下回到墙上那个窟窿处,他之前就是从那里钻进地下室的。老鼠们四散而逃,他趁机稍事歇息,用衣袖擦净了嘴角的秽物。巨大的惊恐和恶心让他无法动弹,他感觉洞穴中的角落里隐藏了数十只甚至数百只老鼠,正用活了千年之久的小眼睛紧盯着自己。无边的绝望再次主宰了他的内心,因为他知道自己不可能越过那座老鼠筑成的围墙。可是留在原地更可怕,因为他迟早会被困倦征服,一旦他倒在烂泥地上,在旁窥伺的老鼠就会倾巢出动。这样可怖的情景给了他勇气,他相信地下室那道老鼠和垃圾组成的屏障就是阻隔他与光明的最后一道障碍,于是他像疯了一般冲向出口。他紧闭嘴唇,迅速爬上那堆物体,老鼠在他脚下吱吱乱叫,他一刻不停地挥舞双臂,不让它们爬到自己身上。终于,他爬到了那扇腐烂的木门边,一阵绝望地猛踢之后,门开了。

4

寂静笼罩着这座城市,萨瓦托走在人群中,但是没有一个人注意到他,他就像一个穿梭在鬼魂之间的活人。他绝望地大喊大叫,但人们只是无声而冷漠地继续前行,没有一丝迹象表明他们能看见他或听见他。

他搭地铁回到桑托斯·卢加雷斯区。

列车到站了,他下了车,向博尼法奇尼街走去,依然没人看他一眼,更没人跟他打招呼。他走进家门,只有一个证据证实他的存在:洛丽塔毛发悚立,冲着他低声吠叫。格拉迪斯生气地让它闭嘴:你疯了吗,没人你乱叫个什么。他进到书房,发现萨瓦托正坐在书桌前,两手托腮,似乎在沉思什么不幸事件。

格拉迪斯走过去,站在他面前,看见他的双眼望向虚无,空洞而忧郁。

"是我。"他说。

但对方不动声色,依然保持双手托腮的姿势。他有些荒诞地纠正道:"我是你。"

但对方好像并没有听见或看见他,嘴里没有发出一丝声响,身体和双手也丝毫未动。

他们两个都那样孤独,被世界隔开;更残酷的是,被他们自己隔开。

突然,他看见坐着的萨瓦托的眼中流下泪来,于是他麻木地感觉到自己脸上也流淌着那种叫作眼泪的冰凉液体。

马塞洛的经历

地铁站里走出成千上万的旅人,他们推推搡搡,磕磕绊绊,搭乘熙熙攘攘的公交车到了地狱般拥挤的雷迪诺火车站,登上了列车。新年,新生活,马塞洛看着他们怜悯而嘲讽地想,这些绝望的人靠着甜面包和苹果酒、汽笛声和欢呼声来寻求一点点希望。

他坐在长椅上,看向塔楼上的时钟:9点了。她来了,沉默而准时。

"你的礼物。"她一边说一边把包装盒上的绿色蝴蝶结给他看,微笑地开着并不好笑的玩笑,"这是一本塞萨尔·巴列霍的合订本,它可是拉卢西拉镇一位德国装订师的杰作,现在已经买不到这样的东西了。"她浅金色的头发像镀了一层银,在黑暗中闪着淡淡的光。

"乌尔丽克。"他说,伸手接过礼物时碰触到了她纤细的手。他们坐下来,就像两个海难失事者坐在一座小岛上,漠不关心周围狂暴的海洋和可怕的暴风雨。

他们起身走到港口,有一艘灯火通明、挂满彩旗的轮船停靠在那里,准备在午夜时分准点鸣响汽笛。

他相信会有新的生活吗?她断断续续地问他。"你知道吗,我十岁之前都结巴得很厉害。"她解释道,就像往常那样,诚恳地剖析自己的缺点。

他们之间的对话进行得很艰难,好比两个大病初愈之人在攀爬阿空加瓜峰①。他们避开私人话题,试着去研究大学课本,这样的话题聊胜于无。不过有时他们也会一起翻译一些德语作品:里尔克、特拉克尔。但这也并不容易:要怎样做到既能纠正马塞洛的错误,又不伤到他的自尊,而且不让他误以为她是在炫耀呢?

"当然了,你是德国人的女儿嘛。"他含含糊糊地找理由来解释,"或者来聊聊利德歌曲②呢?你知道吗,音乐最好了,因为它可以机动地记录下你的语言。"他羞涩地哼唱起来,但却唱错了音调、弄错了歌词,比平时的表现糟糕得多,"Gewahr mein Bruder, ein Bitt.③"

"抱歉,马塞洛,你唱错了,不是 Gewahr,应该是 Gewähr。听出区别来了吗?要注意元音的发音。"她小心翼翼地更正他。

舒曼这首歌颂男性友谊的歌曲让他们动容:一位濒死的掷弹兵央求战友把他的尸骨运回祖国法兰西,并埋葬在故土,这样就能离他的国王更近一些,可以随时响应他的号召。一首来自远方的关于战争、悲伤和忠诚的歌曲。

在昏暗的广场上,他冲动地想告诉她,她浅金色的长发披在那件黑色衬衫上看起来有多美。但是,他怎么能对她讲出那么长、那

---

① 南美洲第一高峰。
② 一种钢琴伴奏的德语独唱歌曲。
③ 德语,意为:"答应我的请求吧,兄弟。"是德国作曲家舒曼的叙事曲《两个掷弹兵》中的一句歌词。

么亲密的句子呢？于是他们只是无言地继续向前走着，终于近距离地看见那艘轮船了：彩灯和彩旗表明船上也有想要获得幸福的人，他们在等待汽笛鸣响的魔法时刻，新年的到来会把新生活和旧生活彻底分开，会把过去一年的痛苦、贫穷和失望抛在身后。他们又走回之前那条长椅上坐下，最后她开口说：已经 10 点了，她得在 11 点前赶回拉卢西拉镇。

是，是，当然当然。他呢，会回他父母家吗？

马塞洛望着她。回父母家？实际上……"小棍子"孤单一人，他想……

他们站起身，她总是更高一些。乌尔丽克用手抚摸他的脸，对他说："新年快乐！"语气中带着温柔的嘲讽，他们俩总是习惯讲一些套话来掩饰和隐藏内心真实的细腻情感。然后，第一次也是最后一次，她将双唇凑近了马塞洛的嘴唇，那轻微的触碰让他们都感受到了其中蕴藏的更深的东西。他看着身穿黑色衬衫和黄色长裤的她走向车站，心想，她怎么可能对自己的美貌竟一点儿不自知呢？她的美就像一处不为人知的秘密美景，从未曾出现在任何一本游客手册上，没有（也永远不会）被世人的油腻和虚伪行为所玷污。

他顺着解放者大道走向父母的家，停在人行道对面望着那栋房子。果然，九楼正亮着灯呢，他们肯定在忙前忙后做着迎接新年的准备，可能还抱着能见到他的期望，哪怕就见一分钟也好。想到这里，他觉得自己不去见他们是不是太自私太自负了，他让他们伤心了，即使母亲已经疯疯癫癫神志不清，也还是会为此伤心的吧？他犹豫了很久很久，想到母亲爱玩的填字游戏，想到她乱糟糟的头发，还有她的胡言乱语。

"贝克尔①?"

关贝克尔什么事?为什么周围那么吵,她却突然开始高声背诵贝克尔的诗句?

"是贝克特②,妈妈!贝克特!"贝娃严厉地指责和纠正母亲,但她的话就像是打在一团棉花上。

"贝克尔,贝克尔!让流行见鬼去吧!"她固执己见,继续研究自己手中的纵横拼字图。

他久久地望着九楼的窗户,最后却穿过大道沿着赫拉街离去。他想搭60路公交车,但每一辆都人满为患,后来终于挤上了一辆。他在独立街下了车,走进一家商店买了瓶冰苹果酒和一个甜面包。礼物他也已经准备好了,"小棍子"肯定会喜出望外的。"马塞洛,我的词汇量太少了,这是个大问题,我要是有一本字典就好了。"好吧,现在他马上就能拥有自己的字典了,虽然只是一本小小的便携式字典,但那正是他所需要和所向往的:每天抄写十个生词在笔记本上,然后再把它们记在这里(他指着自己的额头说)。总司令一再告诉他们,这事跟开枪射击可不一样。

他沿着独立街走向巴霍街,但就在他穿过巴尔卡塞街即将跨进那间租来的小屋时,几个男人冲向了他。一切都显得那么不真实,他甚至没想到要逃跑;不过逃跑也没有意义,因为他们从四面八方把他包围了。他的小腹上挨了重重一击,接着是头部。他们往他嘴里塞了一块布,然后把他关进等在路边的一辆汽车的后备厢里。这

---

① 古斯塔夫·阿道弗·贝克尔(1836—1870),西班牙诗人、散文家。
② 塞缪尔·贝克特(1906—1989),爱尔兰作家,1969年诺贝尔文学奖得主。

整个过程可能就只有两秒钟的时间。疼痛不堪的他在后备厢里完全搞不清楚状况,只感觉汽车沿着狭窄的街道前进、转弯、驶上长长的大道、再转弯。周围的环境越来越安静,最后车停了下来。

他们把他从后备厢里拽出来甩在地上,冲他的肾脏和下体一阵猛踢。他疼得在地上翻滚,痛苦的喊叫声却被嘴里的脏抹布堵住了。他听见有人在对另外一个人说话:

"胖子,给我根烟。"

抽完烟之后,他们把他拖过一条走廊,又拖下几级台阶。他听到了一声声哀号,准确地说应该是有人被活活剥皮的那种号叫声。

"你会听个够的。"一个人对他说。

他们又走过一段过道,一盏快要熄灭的灯勉强发出一点儿光亮。那里的气味很重,像是厕所的味道。他们打开一间牢房,把他扔了进去。太黑了,他什么也看不见,但能闻到粪便的臭味。

"好好开始回忆吧,你用得上的。"

他的眼睛渐渐适应了黑暗,臭味扑鼻。突然,他听到一阵呻吟,然后隐约看见水泥地面上还躺着一个人。他似乎听见对方喃喃着什么,好像是佩德雷拉或者佩雷拉或者费雷拉。过了一会儿,那人又补了一句:"乌戈。"然后又说,"很重要。"

马塞洛非常努力才听明白了他想传递的信息:如果有一天马塞洛能活着离开这座地狱,请转达他的同志们,他什么都没有说。

他最后说了一句:"兄弟,求你了。"

有两个人打着手电筒走了进来,他们先是走到那个叫佩雷拉或佩德雷拉的人身边,查看了一番。"狗娘养的,"一个人说,"他本来肯定知道点儿啥的,我敢保证。"他踢了那人几脚,然后走到马塞洛面前。

"走吧。"他们说。

经过走廊时他又听到了此起彼伏的号叫。

他们拳打脚踢地把他带进了一个房间,里面有一张像手术台一样的桌子。他们脱光了他的衣服,然后把衣兜裤兜搜了一遍。

"太好了,一个电话簿,一本诗集,真是个娘娘腔:'赠给马塞洛,在1972年的年末,永远,永远。乌尔丽克。'哟,乌尔丽克?本来还以为他是个同性恋呢!兜里还有一本袖珍字典。"

"快看啊,图科,看看这赠词:赠给'小棍子',希望对您有用。爱您的,马塞洛。居然是给'小棍子'的!他难道不知道那蠢货连ABC都认不全吗!"那个被他们称作"胖子"的人说,够了,别再开玩笑了,开始干活吧。

他们把他抬到大理石桌面上,让他手脚分开,然后用绳子把手腕和脚腕固定在桌子上。他们朝他泼了一桶冷水,把电棒的一端靠近他,问他知不知道这是什么东西。

"这可是一项阿根廷发明,"图科笑着说,"他们还说我们阿根廷人只会抄袭外国货呢。绝对的本土工艺,尊敬的先生。"

胖子似乎是里面最有权势的人,他走过来对马塞洛说:

"在这儿,你要把一切和盘托出,一切的一切。你越早开口就越好,不过我们一点儿也不急,我们可以让你觉得一天比一个礼拜还要久,而且我们知道怎么不让你那么快死掉。所以呢,开始前你最好先告诉我们几件事情。我还要告诉你,'小棍子'的另外一个朋友已经被我们抓来了,就在隔壁房间,你刚刚听到他的惨叫声了吧?他已经招了很多东西了,但我们更想听听你知道些啥。那么,开始吧：你是怎么认识他的，他对你讲过什么，他跟哪些人来往，你认不认识卢比奥和卡奇托。'小棍子'逃了，他躲在哪儿，你跟他住一起，你俩是很亲近的朋友，这些我们都知道，你不用否认。我们想知道的是别的东西：他和谁有联系，他见过哪些人，哪些人去过独立街那间屋子，还有，乌尔丽克是谁。"

没人去过那间屋子。乌尔丽克只是一个普通朋友。他从来没过问过"小棍子"的事情。

"他们俩为什么会住在一起？他是在哪里认识他的？难道他不知道'小棍子'曾经加入过切的游击队吗？"

"不知道，一点儿都不知道。"

"那么说他是某天偶然在街上碰见他，然后两人就决定要搬到一块住吗？"

马塞洛没有作答。

"没人介绍他俩认识吗？他喜欢那头蠢驴的长相吗？谁是他俩的中间人？为什么'小棍子'会来布宜诺斯艾利斯？他第一次见到他是在哪里？"

"在里瓦达维亚街和阿斯库埃纳加街交叉口那家咖啡厅。"

"没错，这样就很好。可是去那家咖啡厅的男男女女成千上万，他为什么就会跟他有了联系呢？知不知道卢比奥是谁？"

马塞洛没回答。

"好吧，那就给他点儿颜色瞧瞧吧。"

他们把电棒尖捅在他的牙龈上，那感觉就像是无数根灼热的大头针往里钻。他的身体猛然弓起来，他开始大喊。等他们一住手，他就为自己的大喊大叫而感到极大的耻辱。他扛不住的，他恐惧地想,扛不住的。

"你看,这只是个小小的展示,免费的赠品,根本还没开始呢。你看到牢房里躺着那人了吧?来吧,别浪费时间了。你不用担心,我们已经知道很多内情了,你可别为了保守秘密而毁了自己的身体。你拖的时间越久,身体就会被摧残得越厉害。来,先来讲讲你是怎么认识'小棍子'的。"

"在里瓦达维亚街和阿斯库埃纳加街交叉口那家咖啡厅。"

"这个你已经说过了,我相信你。但具体是怎么认识的呢?他就那么突然地靠近你,告诉你说想跟你住一起?"

"他来问我借火。"

"然后你就借给他了。"

"当然。"

胖子回头问有没有人在他兜里找到烟和火柴。没有,只有一本小字典、一本诗集、一个哮喘用的吸入器、一本通讯录和七百多比索。胖子转回身,甜蜜地说:

"看见了没?在这儿最好还是别撒谎,没有发现烟和火柴。我这么说是为了你好:别胡说八道。"

"用完了。"

"什么?"

"烟。"

"烟和火柴同时用完了?"他们笑了起来。

"好吧,那他抽的是什么牌子的烟呢?"

"骑师俱乐部。"他随便编了一个。

"骑师俱乐部?多少钱一包啊?"

他答不上来，因为他不知道价钱。他们给他嘴里塞了一块脏抹布。

"来，加大电压。"

他们把电棒按在他的腹股沟、腋下、脚底，他的身体剧烈地抖动。

"停。好吧，我看出来了，你这呆子是属于那种脑袋转不过弯来的类型，你是要白白搭上自己的命了。政府就算变了，我们这些人还会留在这里，你们也是，如果你们能活下来的话。说吧，孩子。"

他们把他嘴里的抹布拿掉。

"我们知道有一天卢比奥也去了那里，你是通过法律系一个叫阿达尔韦托·帕拉西奥斯的学生认识他的。你看，所以我们知道你刚才撒谎了。而且，你应该能看出来，其他人已经招了。"

马塞洛愣住了，不可能是卢比奥说的，那就只能是帕拉西奥斯了。

"这不是真的。"他说。

胖子温柔地看着他。

"告诉你吧，我们知道你不是游击队员，你连一只苍蝇都不敢杀死，我们这些人比你想象的更了解你。你要明白，我们折磨你不是因为怀疑你是游击队员，而是因为你知道一些事情，你必须把它们讲出来。我们对你这样的人寄予厚望，因为你喜欢诗歌，内心很细腻。知道了吧？你可别误会了，不要觉得我喜欢到处电人。不是这样的，我也有家人，难不成你以为我们是没有妈妈的怪兽？"

他的脸看起来甚至算得上慈祥。

"好了,既然我们已经推心置腹了一番,你也知道我们不是你想的那种人,那就静静地聊一聊吧。你刚说他靠近你是为了借火,然后你说好,就把火柴借给他了,对吧?"

"对。"

"然后我们证明了你是在说谎。"

"对。"

"所以你已经知道撒谎是没有意义的,我们总是可以知道人们什么时候说的是谎话。现在回到里瓦达维亚街和阿斯库埃纳加街的咖啡厅。这一点是没问题的,我们知道,但你们是怎么建立关系的?他就是在那时候接近你然后给你讲游击队的事情的?你应该很清楚,一个游击队员只会对最信任的人讲这些,他为什么会信任你这样一个陌生人,会跟你谈论游击队?"

没有,从来没有。他不知道"小棍子"到底是谁,只知道他来自图库曼省,以前在一家蔗糖厂工作,糖厂倒闭了他就失业了;后来在菲亚特汽车公司干过,但是又失业了。

"难道他从来没解释过为什么失业吗?"

"没有。"

"也没说他为什么去玻利维亚?"

"没有。"

这么说他并不知道"小棍子"加入了游击队?

"不知道。"

"从来没有一个二十七岁左右的家伙去过你们的房间吗?高个子,戴眼镜,黑色卷发,脚有一点儿跛。"

那完完全全就是伦戈的特征。他又惊又怕。

现在他知道了,是帕拉西奥斯告的密。

没有,他从来没见过这么一个人。

胖子一言不发地盯着他看了很久,然后转身命令:

"给他上全套。"

他们又给他嘴里塞上了那块脏布,然后他听见图科说"这小子只怕连小时候吃过的奶糊都要一并招出来"。

他们一开始电击他的牙龈,接着是腹股沟、脚底、睾丸。他感觉有无数把滚烫的钳子要把他的肉撕扯下来,眼前的一切都变成了白色,心脏在胸腔里狂跳,就像心里有个小人被关在一间满是疯狗的房间里,恶狗在身后嘶哑着他,他不停地用拳头捶打着房门。终于,他们住手了。

"把抹布拿掉。"

武器藏在哪里?他们的上级是谁?伦戈住在哪儿?他们的秘密藏身点在哪?他们跟突袭拉卡莱拉市①的暴行有没有关联?都有谁去过哥伦布大道和圣胡安大道路口那家咖啡馆?

他快要说不出话来,舌头就像一块肿胀的棉花。他咕哝了一句什么,胖子把耳朵凑过去。说什么?

"水。"他喃喃道。

好,会给他水的,怎么能不给呢?但是他得先回答问题才行。

他想起了"小棍子",想到他在那间小茅屋度过的不幸童年,想到他在玻利维亚吃过的苦,想到格瓦拉沉默的克制。"小棍子"的命现在就取决于他的一句话,他这辈子从没做过任何勇敢的事,

---

① 阿根廷科尔多瓦省一城市名。

甚至从未能做点儿什么来平复一个穷人的悲伤或是缓和他的饥饿。说到底,他这人到底有什么用?

胖子拿起一瓶冰可乐给他看。

"说不说?"

马塞洛毫无表示。

胖子打开瓶盖,把起泡的可乐泼在马塞洛身上。

"塞上布,"他愤怒地下令,"最大电压。"

痛苦再次袭来,最后他眼前一黑失去了知觉,等清醒过来时,感觉身体裂成了烧烫的碎块。他听到有人说话,但却听不懂,他们在说什么医生,什么打针。他感到身上某处被针扎了一下,然后听见有人说"得停一会儿"。

他们开始聊起天来,聊到周末,聊到基尔梅斯市①的海滩,他们笑得很开心,然后又抱怨说错过了新年派对。他听到一些名字:图科、佩特里约或波特里约、胖子、头儿。隔壁房间的喊声和哀号又传来了。有人在说:"为什么还没把那家伙弄死啊?"有人走近他,问:"你听见了没?那是你的朋友帕拉西奥斯的声音,我们故意没给他嘴里塞东西,就是为了让你听个清楚,一会儿我们还要让你见见他呢。"

他的脑袋里就像塞满了在酒精中燃烧的棉花,他渴得快要受不了,却还得听着他们说"这啤酒不够冰,真是扫兴"。号叫声还在继续。

"小棍子",紧贴在皮肤下细细的骨架,茅屋,总司令,新

---

① 阿根廷布宜诺斯艾利斯省一城市名。

人类。

"好了,孩子们,干活吧。"有人在说话,一定是胖子,"医生说得让这小子缓缓。"

他们把捆绑住他的绳子解开,然后把他扔到地上。

"把那个小婊子和布索带上来。"他们扯着他俩的头发进来了。

他们让马塞洛靠坐在墙边,强迫他观看全程。女孩只有十九二十岁的样子,男孩大一些,看外表两人都是穷苦的劳动者。

几个人把叫布索的那位脱光之后绑在先前用来折磨马塞洛的那张桌子上,其他人负责摁住女孩。胖子告诉布索,最好在施刑前就开口,免得他女朋友也白白跟着受苦。

"我们知道,你俩都是'蒙托内罗'①,卡奇托全都招了:伏击猛虎队、袭击圣费尔南多医院、杀害梅迪纳下士。现在你要告诉我们一些细节:说说你们跟科尔多瓦那支游击队之间的联系。"

什么联系?他对此毫不知情。

"开始吧。"胖子下令。

马塞洛从旁观者的角度看着他之前所经受的折磨,同样的恐惧,同样的剧烈扭曲。

"停。"

他们把女孩押到他身边。

"她叫什么?"

"埃丝特。"

"小埃丝特,男人们伤害了你。"他们中的一个开口唱道。胖子

---

① 指阿根廷庇隆主义左翼城市游击队员。

让他赶紧闭嘴。

"你在哪里认识她的。"

"厂里。"

"她跟你什么关系。"

"她是我女朋友。"

"跟政治无关?"

"无关,她只是我的女朋友而已。"

"你们也从来不谈论政治?"

"如今所有人都在谈论政治。"

"啊,有道理。那我猜她之前就知道你是'蒙托内罗'吧?"

"我不是什么'蒙托内罗'。"

他们爆发出一阵大笑。

"好吧,好吧,我们不跟你扯这些没用的了。把她衣服扒了。"

布索大喊:"别这样!"他的喊声像野兽的嚎叫。

胖子看着他,脸上挂着一种冷冰冰的礼貌问道:"你想阻止我们?"

布索瞪着他说:"没错,我现在什么也做不了,但是等我出去了,我发誓会把你们一个一个找出来干掉。"

所有人都愣住了,过了一会儿他们脸上露出幸灾乐祸的笑容。胖子转身对他们说,还等什么,于是他们立刻动手把女孩身上的衣服撕成碎片。马塞洛害怕极了,但却无法移开自己的目光,像被蛊惑了一般。女孩虽然穷苦又卑贱,但她身上有一种圣地亚哥-德尔埃斯特罗①女孩身上特有的印第安美貌。是了,他现在回想她刚刚说过的几句话,确实带着圣地亚哥口音。他们一边撕扯她的衣服,一边带着病态的激动高喊着,其中一个又脏又壮的家伙尤甚,他大喊:"让我先上。"

他就是他们称作图科的那个人。他流着涎水,发疯一般扑到女孩身上,其他人狂叫着一边在她身上乱摸一边手淫。被绑在桌上的男孩大喊:"小埃丝特!"

马塞洛晕了过去,从那以后他就对时间地点没有了概念:他一会儿发现自己躺在满是屎尿味的牢房里(还是之前那间吗),一会儿又被绑在桌子上遭受电刑,或是被人猛踢肚子猛拽睾丸。一切都是混乱的:他们说的那些名字,他们的大喊大叫、辱骂,吐在他脸上的唾沫。有一阵子他感到自己被拽着头发拖过那条昏暗的走廊,然后又扔进那间恶臭熏天、黏糊糊的牢房里。他以为自己是一个人,可是过了一会儿,好像看见地上还坐了一个人。他的视线那样模糊,一切都像是幻觉,因为他的眼球已经快要从红肿的眼眶里掉出来了。

那个人低声呢喃着什么。他不知道,但他们指控他是革命武装力量。革命武装力量?他太害怕了,所以统统回答"是"。

"他怎么想?"那人的语气像是在乞求、在道歉。

"是。"马塞洛嘀咕着。

"是什么?"那人追问。

"他做得对,没什么好担心的。"

---

① 阿根廷一省份名。

那人沉默了。又传来新的哭喊声，然后安静下来（因为嘴里塞上抹布了，马塞洛心想）。他感觉到那人朝他爬过来。

"你叫什么名字？"他问。

"马塞洛。"

"他们对你用的刑重吗？"

"差不多吧。"

"你招了？"

"当然。"

那人不说话了，过了一会儿开口说他很想尿，但却尿不出来。

他睡着了，梦见自己躺在一片长满火刺的燃烧的沙漠中。有人用脚把他踢醒，他们又回来了。过了多长时间了？一天还是两天？他不知道，他只想赶紧死去。他们扯着他的头发把他拖到一个灯光明亮的地方，又是一间行刑室。他们让他看一具不成形的、满是伤痕的肮脏肉体。

"你不认识他了吗？"

又是胖子那冷冰冰的声音。

那团肉体对他做了一个表情，一个似乎表示友好的表情。现在他好像认出他来了，当他看明白对方是谁时顿时又晕了过去。他醒来时还在那个房间里，他们对他做了什么，可能是给他打了一针。

他们带进来一位孕妇。一名医生检查过之后说，你们可以对她用刑。臭婊子，你的孩子保不住了。他们电她的胸部、阴道、肛门和腋窝，强奸她，然后把一根棍子插进她体内。马塞洛听见旁边有一个人在痛哭哀号。

"那是她老公。"胖子解释说。

他想吐，但却吐不出来。"快说，认不认识那女的，那个孕妇，认不认识布索、埃丝特，什么时候见过卡奇托。"所有问题都混在一起，他什么都听不懂。他们继续折磨那位孕妇，说要在行刑台上给她接产，说要把她儿子拽出来。

胖子威胁说如果他不招供，不告诉他们"小棍子"最后几周都干了些什么事，就要撕碎他。"他高不高，脸上有没有雀斑？他们有没有提到过科罗拉多河①？他认不认识这人？有没有在独立街那家咖啡馆见过他跟'小棍子'待在一起？"他们给刚刚分娩过的那位产妇松了绑，又开始电击他。他晕过去又重新在牢房的水泥地上醒过来，一切看起来更加昏暗了。没过一会儿打着手电筒的人又进来了，他们是来找牢房里另外那个人的。"婊子养的，"一个人用手电筒照着说，"快看，他从哪儿搞到的刮胡刀刀片？本来可以从他身上套出很多东西来的，婊子养的。"他们把尸体拖走了，现在只剩下他孤身一人了。

他想小便，但却做不到，疼痛让他眩晕。他梦见了一些奇怪的东西，跟童年有关的画面，像小孩子的梦境一样纯真。半梦半醒间，他发现自己在低声祷告。他跪在自己的小床边祈祷圣婴保佑，妈妈在旁边对他说，好了现在去睡觉吧。圣婴耶稣，没错。他突然用沙哑的声音呢喃道："主啊，你为什么抛弃了我！"但他立刻又为自己感到羞耻，他想到了那位孕妇。跟乌尔丽克在雷迪诺广场的约会好像已经是一个世纪以前，发生在另一个星球上的事情了。上帝疯了，他的宇宙四分五裂，沦为哭号和流血、咒骂和分尸。他又开

---

① 阿根廷中南部一河流名。

始重复童年时的祷告词,好像那样就可以让他在这座炼狱中得到些许力量。上帝在哪里?他通过这种折磨还有对埃丝特这样卑微之人的强暴想证明什么?他想说什么?也许他想对全人类传达什么,可惜他们都无法理解。此刻会有手牵手的情侣、种种幸福的迹象、欢笑、轮船即将鸣笛或者已经鸣过了。新年,新生活。还是说其实已经过了好几天了?今天是几号了?他那里永远都是夜晚。啊,对了,牢房里另外那个人告诉他说自己全都招了,但招认的全是谎话,指认的都是无辜的人,他们还让他签了字。那个人好像还哭了,虽然在那里已经分辨不出脸上的表情和泪水了。什么?他用刀片自杀了吗?还有那些女性,他想起了她们:马尔塔·德尔菲诺、诺尔玛·莫雷略、奥罗拉·马丁斯、米尔塔·科尔泰塞、罗莎·巴列霍、埃尔纳·德韦内德蒂、埃莱娜·达·席尔瓦、埃莱娜·科丹、席尔瓦·乌丹皮列塔、伊尔玛·贝当古、加夫列拉·约弗雷。她们就像地狱中的一列英魂,她们是基督徒殉难者。他想,跟她们受过的折磨比起来,被野兽生吞活剥根本不算什么。后来他又开始说胡话了,人名和年代全都是混乱的。

拿手电筒的人又来了,扯着头发把他带去行刑室。

"好了,"胖子说,"很快就结束了,你现在赶紧把一切都招了,要不你就别想着离开这里。"

他们再次把他固定在桌上,房间里充满了烟雾、怪叫、大笑、辱骂,就像一座昏暗的地狱。"娘娘腔,我们要继续收拾你,直到你乖乖招供为止。"他们掐挤他的睾丸,把电针插进他的嘴里、肛门里、尿道里,对准他的耳朵扇耳光。后来他们好像又带进来一个女的,把她的衣服脱光了放在他身上,同时电击他们两个人。他们冲她喊着各种不堪入耳的下流话，用冷水泼他们，然后给他解绑，在地板上揍他。他晕了过去，等他醒来时发现医生又来了，给他打了针，然后告诉他们，不能再继续了。可是其他人就像一群疯狗，他们抓住他，把他的头摁到一个装满尿的铁桶里，等他觉得就要被溺死时又把他拉起来。他们翻来覆去地问着相同的问题，但他已经什么都无法理解了。一切都消失了，只剩一片在地震和烈焰中不停抽搐的大地，人们被压在水泥和钢铁浇灌的建筑材料下发出心碎的呻吟和呼喊，被燃烧的钢筋捅伤、流血、残废。在失去意识之前，他突然感觉到一种极大的喜悦：我要死了。

纳乔的经历

"这个时辰东方三王已经上路了。"纳乔讽刺地自言自语。他躲在解放者大道路边的树荫中，终于看见了鲁文·佩雷斯·纳西夫先生那辆红色跑车。车停在路边，他和阿古斯蒂娜下了车，时间大概是凌晨两点。两人立即走进了一栋公寓楼里。

纳乔在他的观察哨继续监守到了凌晨四点左右，然后可能是朝着家的方向离去了。他垂着头弯着腰，双手插在破旧的蓝色牛仔裤兜里向前走。

马塞洛的结局

差不多在同一时辰,马塞洛·卡兰萨那具无从辨认的尸体静静躺在那条昏暗的走廊上。那个叫胖子的人问了一句,看看他还活着没。于是科伦蒂诺走过去查看,但却觉得恶心不想伸手,因为马塞洛身上全是口水、鲜血和呕吐物。

"怎么样?"

科伦蒂诺一脚踢在他的肾脏处,一声呻吟都没有听见。

"我看他已经准备好了。"他说,"来吧,把他装到袋子里头。"

他们拿来一个尼龙袋,把他装进去,又用绳子系紧袋口。他们去喝了一杯杜松子酒,然后把袋子拖到车前,塞进后备厢,沿着里约楚尔罗河一直开到焚烧垃圾的地方。他们停车,拽出袋子扔在地上,这时有人觉得袋子在动。"嘿,他好像还活着呢。"他们把耳朵凑过去,真的听见或者似乎真的听见了一声呻吟、一句嘟哝声。他们把袋子抬到河边,在上面绑了几块沉沉的铅块,然后提着袋子来回摇摆了几次之后把它远远地抛进了河中。他们站在河边看了一会,科伦蒂诺说:"瞧这家伙把咱折腾的。"他们上了车,有人说他想来杯咖啡和特制意式肉肠。

"几点了?"

"不到5点。"

"那咱们还是先回吧,咖啡馆还没开呢。"

纳乔的经历

小小的家显得比以往更冷清,生锈的大门发出的吱呀声也显得比平日更刺耳。"老爷"欢叫着出来迎接他,叫声中透露出的激动表明它已经独自在这座小屋里关得太久了。纳乔漫不经心地用脚踢开它,然后躺到床上,双手交叉枕在头下,望着天花板。他想最后再听一次披头士,于是努力支起身打开了音乐。

Julia, Julia, oceanchild, calls me.

Julia, seashell eyes windy smile, calls me.

Julia, sleeping sound, silent cloud.

他垂头坐在地板上,眼睛红肿。突然,他狠狠一拳砸在唱片机上,让音乐停了下来。

他起身走出家门,沿着康德街向铁路走去,"老爷"悄悄跟在后面。走到跟门多萨街交会的十字路口时,他稍稍停了一下,而后立刻爬上了那道脏兮兮遍布垃圾的路基,一屁股坐在枕木和铁轨之间。他从高处用朦胧的双眼看着第一缕羞涩的曙光到来,它静静地依次洒在云朵上,洒在旧房拆迁后的废墟中拔地而起的高楼玻璃上,洒在远处的屋顶上。一扇扇窗户被缓缓推开,在这些刚刚运送走灵柩的家中又迎来了新的希望。Julia, Julia, oceanchild,他低声哼唱着,等着火车到来。他带着恐惧的期待想,它应该不会晚点。这时他感觉到狗的舌头在舔他的手,于是才反应过来它居然一直远远跟着自己。他带着莫名的暴怒冲狗大喊"滚开,你这蠢货",还动手打了它。

"老爷"喘着粗气,用悲伤的眼睛望着他。纳乔看着它,想起他所痛恨的某本书中的片段:战争可能是荒唐的或错误的,但一个人所归属的群体,还有避难时他所守卫的熟睡中的挚友却是绝对的。大概是达尔坎杰洛还是谁写的。也许一只狗也算得上挚友吧。

"去他娘的!"想到作者他不禁又大骂起来。

他变得比之前更狂躁,把火气全撒在那只可怜的动物身上,他疯狂地用脚踢它,最后自己跌坐在铁轨上痛哭失声。

他终于止住哭,抬头看着它。它仍在那里,这只没用的老东西。

"回家去吧,笨蛋。"他还有些生气,就像火灾之后随处可见的火星。但是狗一动不动,只是用那双(痛苦的?责备的?)眼睛看着他。纳乔慢慢平静下来,忧伤而耐心地低声求它走开,让他一个人待着。他的语气很温柔,但他不敢对它说出自己心里的那句话:"原谅我,老朋友。"

"老爷"无力地摇了摇尾巴,但却并没有表现出快乐,而是曾经快乐的残余,就像盛筵之后洒落在地上的残渣。

纳乔走下路基,然后轻轻拍了拍它,再次恳求它离开。"老爷"

不放心地又看了他一会，然后终于不情不愿地、一瘸一拐地远去了，不过仍不时地回头看他。

纳乔重新在肮脏的卫生纸和垃圾堆中爬上路基，重新坐在枕木和铁轨间，重新透过泪眼最后一次望向荒地上的树木、水银路灯、康德街：都是毫无意义的现实片段，也将是他最后看见的东西。

他在两道铁轨上躺下，闭上双眼，黑暗让周围的细小噪音变得具体。他好像听到了老鼠发出的声音，睁开眼才发现原来又是"老爷"。它悲痛的双眼在他看来也是一种背叛，所以他又变得狂怒不已，打它、辱骂它、威胁它。最后他渐渐平复下来，感觉疲惫不堪，决心也被狗击碎。就在这时远处传来了火车的声音，他慢慢走下路基，向家走去，"老爷"紧随着他。

他走进房间，把自己的衣服取出来一件件放进背包里，又从儿时的宝箱中找出一个放大镜、卡尔卢乔的一个花结、两颗玻璃弹珠、一个小指南针和一块马蹄形的磁铁；从书架上取下《麦田里的守望者》，又从墙上拿下披头士的合影（那时他们还没解体）和一个越南小男孩孤独地在燃烧的村庄中奔跑的照片。他把所有东西都装进背包中，包括自己记录的文字。他走到小院里，把行李固定在摩托车上，又把狗绑在背包上，然后准备上路，可就在这时他又想起来什么。他熄灭发动机，下车把所有东西解开，把承载着他作品的那本文件夹取出来，放在地上点火烧毁了。他看着书页中那些追求绝对的主人公怎样一点点化为灰烬，他们曾经在自己笔下（挣扎着）活过。现在，他觉得可以彻底离去了。

他重新归置行李时阿古斯蒂娜回来了，她像梦游一般一言不发地走进房间。

她的弟弟呆呆地坐在摩托车上，不知道该怎么做。他心事重重地下了车，慢慢踱进屋内。阿古斯蒂娜和衣躺在床上抽烟，双眼盯着天花板发呆。

纳乔走过去，一脸阴郁地瞪着她。突然，他破口大骂"你这个妓女"，一面歇斯底里地重复着这个词，一面朝她扑去。他跪着跨坐在她身上，一拳拳捶打着她的脸。她没做任何抵挡，像一个软绵绵的布娃娃那样了无生气，这让他更加愤怒。他暴虐地撕扯着她的衣服，痛哭着扒光她，然后冲着她吐口水：先是吐在脸上，然后分开她的双腿吐在她的阴部。她仍然没有抗拒，只是睁着大大的泪眼望着他。他的双手垂下来，瘫倒在姐姐身上痛哭流涕。他保持这个姿势很长时间，最后起身离去。他发动了摩托车，驶入门罗大道，但仍然不清楚自己的目的地。

巴拉甘的见闻

1973年1月6日，纳塔利西奥·巴拉甘醒来得很晚，脑袋里像装满了玻璃碴和大头针。他长时间地紧盯着天花板，但却并没在看它。他试着去思考，但却不知道自己想要思考的内容。他的头脑就像被岁月和酸水腐蚀的下水道，也像被泥水和凝结物堵塞的过滤器，任何思想都无法通过。他想起身给自己泡点儿马黛茶，但是眼前似乎突然闪过一道亮光,令他回忆起了之前看见的奇观。

他双手紧紧抱头,感到紧张、恐惧。

他从床上爬起来,一边煮茶一边想着那头喷火的怪兽。回忆越来越鲜活、越来越可怕,他把手中的马黛茶泼在地板上,然后冲到大街上。

外面阳光明媚,万里无云,时间差不多是上午 11 点。街上的人们走来走去欢度节日,或是倚在门边喝茶闲聊,小孩子们在互相展示自己收到的玩具。巴拉甘仔细看着他们的脸,偷听他们的谈话,可是他们的表情和话语都没有任何异样——这就是博卡区[①]普普通通的一个节假日而已。

他又一次站在布兰森街和佩德罗德门多萨大道同一个街角,靠在同一堵墙上,凌晨时分他正是瘫倒在这面墙上瞪着桅杆间的那一块苍穹。而现在看到如此澄澈纯净的碧空,见到人们无忧无虑地漫步其下,他觉得一切简直像一个谎言。

他去了尼古拉的鞋店,鞋匠像往常一样正在工作,不论节假日还是工作日。他和鞋匠聊了一会儿。聊的什么?没什么重要内容,不过显然,鞋匠头天晚上既没有看到什么奇怪的东西也没有听别人提起。

下午,他卖光贝林杰里给的报纸后就去了咖啡馆。那里的众人也表现出全然不知的样子,这越来越增加了他内心的恐惧。他们聊到博卡青年对竞技[②]的胜率,但他始终不发一语,只是静静在吧台

[①] 阿根廷布宜诺斯艾利斯市一街区名。
[②] "博卡青年"与"竞技"均为足球俱乐部。

喝着甘蔗酒。他小心地把恐惧隐藏起来，等待黑夜降临，但奇怪的是这种恐惧却通过皮肤的瘙痒和手脚的颤抖（现在正值盛夏）暴露出来。

他在周围闲逛，到了晚上又重新回到咖啡馆，一直待到打烊。时间是凌晨两点。他重走了一遍前一晚的路线：穿过布朗海军上将大道，沿着布兰森街走到码头，仔细地凝望着天空。他倚靠在布兰森街和佩德罗德门多萨大道拐角那面墙上，闭上了眼睛。他的心脏在剧烈跳动，皮肤痒得让他难以忍受，双手浸满冷汗。

他终于鼓起勇气睁开双眼，抬头望去：没错，它就在那里，鼻子喷火，眼睛泣血，愤怒地沉默着。但这种沉默的愤怒反而更为可怕，就像有人在无声地威胁我们，其他人却觉察不到危险。

他闭上眼睛，撑着墙壁才勉强没有倒下。他长时间地保持这样的姿势，等到恢复体力之后才朝着合租院走去，但他的双眼始终只敢盯着地面。

第二天重现了前一日的奇特现象：人们走来走去，好像什么都没发生过，奇钦酒吧里的顾客聊着同样的话题（政治啊、足球啊），开着同样的玩笑。巴拉甘默默地、惊愕地看着他们，却不敢再次把曾经对他们讲过的话说出口。回家路上，他很小心地不去看天空。

就这样过了几天，他一天比一天悲哀，一天比一天无助，觉得自己的所作所为是一种耻辱、一种懦弱、一种背叛。直到一天夜里他走进黑漆漆的房间时，发现房间被一片耀眼的光辉照亮了，他过去也曾见过这光芒。亮光中出现了基督的脸，正用遗憾而严肃的目光注视着他，就像在看着一个自己倍加宠爱但却犯了错的小孩。然后一切都消失了。

纳塔利西奥·巴拉甘十分清楚神为何责备他。十五年前，神也曾在他面前显灵过。他去街上宣教，去奇钦酒吧宣教，他预言了布宜诺斯艾利斯的大火，可所有人都嘲弄他，冲他喊"继续，继续啊，疯子，给我们讲讲基督对你说的话"。他手中握着喝甘蔗酒的小酒杯，告诉他们血与火的年代即将来临。一些大个子放肆嘲笑他、推搡他，他用象征劝诫的食指警告他们，世界要在血与火中涤荡罪孽。1955年6月一个寒冷的午后，成千工人死在了五月广场上，就连巴拉甘本人的老婆也被炸弹炸得尸骨无存，夜里的火光照亮了布市阴暗的天空，这时所有人都记起了疯子巴拉甘。自那凄楚阴郁的一天之后，他就变了一个人：从前的他虽然满嘴疯言疯语但却亲切友好，如今的他沉默不语，眼里藏着可怕的秘密，他退缩到一个孤独的空穴中，不再与外界沟通。但在内心深处，他知晓已经发生的这些根本不算什么，还有更多更大的悲痛将要爆发，将会降临在全体人类身上。他始终缄默，那些从前跟风嘲笑他的年轻人，如今一看到他走进咖啡馆就立刻闭嘴不再言语。

他不再传教，变得不苟言笑、孤僻古怪。

当巨龙在他眼前出现时，他知道时辰已到，他需要履行自己的义务。

基督有话想对他讲，那痛苦、严肃、悲伤的表情便已足够。没错，他是一个罪人，他靠着施舍和贝林杰里给的报纸过活，他终日游荡，最恶劣的是，他隐瞒了所见的异象。

那天下午，在码头边沉思了数小时之后，他走进咖啡馆，点了一杯甘蔗酒，然后转身面向众人，洛瓦科诺、贝林杰里、罗圈腿奥利瓦里和瘸子阿库尼亚都在。他说："孩子们，基督昨晚对我显灵了。"

他们本来正在聊竞技队的比赛,这时却一片死寂。他们停下手中的台球,凝重地望着他。巴拉甘严肃地看着大家,身体不停发抖,继续说道:"在那之前,凌晨时分,布兰森街和佩德罗德门多萨大道路口我目睹了另一个奇观。"

所有人都紧张地望着他,巴拉甘用颤抖的声音说:"它占据了半边天空,尾巴一直垂至地面。"

他停下来,不知是因为恐惧还是因为难为情,然后继续低声说下去:"一条红色的龙,有七个头,从鼻孔里往外喷火。"

长时间的沉默过后,纳塔利西奥·巴拉甘继续道:"因为时辰已到,巨龙预示着鲜血,世界会被夷为平地。在那之后,巨龙会被铁链锁住。"

萨瓦托的经历

一只带翅的老鼠,萨瓦托什么也没做(大喊大叫又有什么用呢?就为了把人们吸引过来,然后因厌恶把他乱棍打死吗?),只是默默观察着自己的双脚怎样一点点变成蝙蝠的脚爪。他没有感觉到痛,甚至也没有感觉到痒,他本以为皮肤的收缩和干燥会引起瘙痒。不过他的恶心感随着变身过程在加剧:从脚开始,然后是腿,变化慢慢来到背部。当翅膀慢慢长出时他越发反胃，这双翅膀是肉质的，没有羽毛。最后，是头部。之前的变形过程他都能看得见，尽管他不敢用暂时还没起变化的属于人类的手去触碰那双蝙蝠脚爪；随后他惊恐地目睹了双手变成了鼠类的巨爪，皱巴巴的皮肤就像一位活了千年的老人；就像前面提到的，最让他印象深刻的是那副软骨组成的巨大翅膀长出来的时候。但是当变化来到头部，当他感觉到口鼻部如何变长、不停嗅闻的鼻子上如何长出长毛时，他的恐惧达到了极点，无法用言语来形容。有一阵子他一直躺在床上一动不动，那里便是变身突然发作的舞台。他试着保持平静，制定计划：他决定沉默到底，因为喊叫只会让自己被人残忍地杀死。不过他还存有一线细微的希望：但愿他们明白，眼前这个肮脏的东西是他变的，否则无法解释它为什么会出现在那里。

他的老鼠脑瓜里翻滚着无数个点子。

最后他终于坐起身，试着平静地接受现实。这具躯体似乎不属于他自己（从某种角度看确实如此），他小心翼翼地移动着，用人类习惯的方式起床：坐在床边，双脚垂放在地面。可是他发现自己的脚爪够不着地板，他想这可能是骨骼收缩引起的。他的身高应该变矮了些，但不会矮太多，否则皮肤会皱得更厉害，他估计自己现在应该有一米二左右。他站起身，在镜子前观察自己。

他有很久很久都无法动弹，他失去了平静，在这恐怖的画面前无声哭泣。

有的人确实会在自己家中养老鼠，例如胡赛那样的生理学家，他们会用这种恶心的小东西来做实验。可是他一直都属于那种极端厌恶老鼠的人群，光是看一眼都会不由得恶心反胃。因此可以想见，当他看到眼前这只高达一米二、长着巨大翅膀、皮肤像怪兽般起皱的硕鼠时，内心是怎样的感受，而且他本人就在这只老鼠体内！

他的视线变得模糊，于是他突然明白，这种现象不是暂时的，也并非是变形的副作用——他即将一步步走向彻底的失明。事实正是如此：在短短几秒之内（尽管这几秒对他来说像经历了几个世纪的灾难和噩梦那样漫长），他的眼前只剩下绝对的黑色。他浑身麻痹，心脏却狂跳不已，冰冷的身躯在发抖。后来，他慢慢摸索着走向床边，在床沿坐下。

他就这样待着。后来，他忘记了自己制定的合理计划和预防措施，不可抑制地突然高声求救。但那喊声不属于人类，而是一只带翅巨鼠发出的尖厉刺耳、恶心的吱吱叫声。人们应声而来，但却没有表现出丝毫的惊讶，只是问他怎么了，哪里不舒服，想不想来杯热茶。

显然，他们没有注意到他的变化。

他没有回答，一个字也没说，因为他知道如果说出口人家只会把他当成疯子来对待。他决定不管怎样也要死守秘密活下去，哪怕是以现在这副可怖的形象。

因为求生的欲望就是如此贪得无厌、没有下限。

布鲁诺的经历

1

赫奥希娜①与死亡,布鲁诺从来不愿将这两个词相提并论,似乎通过这种天真的魔法就能够让时间静止。随着光阴流转,他越来越依赖这种魔法,因为时间在不断把他想永远珍藏的东西卷走,就像8月冰冻的狂风吹落破败干枯的树叶。

他毫无目的地闲逛,突然发现自己正走在里奥库尔托街上,然后便望见了那座粉红色的望楼凸显在秋日铅灰色的天空中,它就像亚历杭德拉和费尔南多一样忧伤、阴郁而神秘。奥尔莫斯家族的老宅让他联想到神秘的巴尔德马尔先生:他被催眠师施了咒语,保持在垂死状态,身体里的内脏器官和千万条尸虫都蛰伏着,直到这行将就木之人绝望地说,看在上帝分上让他一死了之吧,于是巫术被破除,他的躯体立刻腐化,无数尸虫像饥饿而贪婪的恶魔大军将他吞噬。

---

① 萨瓦托小说《英雄与坟墓》中的人物,是女主角亚历杭德拉的母亲。

工厂高大的烟囱、里约楚尔罗河上的大桥，与这座过时的老宅形成强烈反差，就像看不清的鬼魂游荡在一个残酷的现实里。可如果那才是现实的话，那这废墟中的破宅子又意味着什么呢？而在这里静静凝望着它的自己又算是什么呢？是坚毅的海员和战士的儿子、孙子、玄孙，是像堂潘乔·奥尔莫斯、不停吹着单簧管的疯子贝韦、收藏父亲人头的埃斯科拉斯蒂卡①那样的幽灵吗？如若不然，为何他能感知到这座阴森宅邸的结局，也能感应到其中缥缈不定的居民呢？为何在布宜诺斯艾利斯的这个秋天，他能觉察到属于自己的衰败时刻正在来临呢？回头看自己的人生，他觉得就像一场令人头晕目眩的旅程，终点是虚无。圣-埃克苏佩里②，没错，他曾经鼓励过马丁和其他在混乱与黑暗中迷失自我、孤独无依之人。可是，他自己呢？

2. 他的父亲，父亲

又一次，谁知道还会重复多少次。"爸爸快要不行了。尼古拉斯。"但他知道，这句话不是尼古拉斯而是他的哥哥们说的。在他们家严格的体系里，弟弟应该无条件地服从兄长，因此他们家的阶级与经济地位从下往上依次是：尼古拉斯——塞瓦斯蒂安——胡安乔——费利佩——巴托洛梅——莱利奥。这句话中还蕴含着不言而

---

① 以上三位都是萨瓦托小说《英雄与坟墓》中的人物，堂潘乔是女主角亚历杭德拉的曾祖父，埃斯科拉斯蒂卡是曾祖母，贝韦是叔叔。
② 安托万·德·圣-埃克苏佩里（1900—1944），法国作家、飞行员，代表作有《小王子》等，1944年在执行飞行侦察任务时失踪。

喻的责备：还得费功夫通知你，花力气找你，你总是躲得离家远远的，对家人不闻不问，你明明知道父亲要见到你才能安心上路，你现在赶紧回来还不算太晚。

虽然不论是在这则电报，还是在其他对话中，从来没有任何人就以上想法吐露过任何一个字，因为他们家的铁律便是要把最深的情感隐藏起来。所以当他们跟其他不那么呆板的人交往时，就会显得有些肤浅，因为他们家的人只肯公开表露那些最无关紧要的情绪：他们可以就冰雹或蝗灾对朋友家的收成造成的影响，无比沉痛地发表长篇大论，但却觉得不应该对朋友孩子的离世做过多评价。遇上这种情况，老巴桑只会无比严肃地轻轻说一句"这都是命"，但他从来不会用这句话去形容粮食失收这类事件，似乎是觉得掌管命运的神秘与可怕力量不该跟这些小事牵连在一起。

3

二十五年之后，人和物，都和从前一样，但又和从前不一样了。那列简陋的火车还保留着相同的车厢和轨道、相同的构造、相同的颜色，但却更老更破旧了，不过跟人类在同样时间里经历的变化比较起来，又显得没有那么老，那么破旧。他想，那是因为人类比物品折损得更严重、消亡的速度更快，所以一把闲置在阁楼上的维也纳风格的旧扶手椅，可以追忆那位曾经坐在它上面的母亲，但就连它的伤感都是那样笨重。因为尽管这些见证过伟大爱情的物件（比如一座大瓷花瓶），曾经是那样明艳照人，但到了最后只有它们扛过了时间幸存下来，故而也就失去了从前的意义，恢复了自己本身的属性,变得毫不起眼、粗大笨重,就像原著的魔力消失、脚灯熄灭后的舞台布景一样。

"还是从前的车厢,但坐在里面的人却已经变了或者消失了,而我更是与过去不一样了。"在他的内心,一场又一场的巨大灾难掩盖了一座又一座的城池,就像掩埋在泥土、大火和战争中的九座特洛伊城一样①。住在古老遗址之上的居民照常生活着,但偶尔却能听见从下方传来一阵阵沉闷的低语,能从泥土中挖掘出尸骨的遗骸和从前无比辉煌的宫殿的断壁残垣,还能听到跟逝去的激情相关的传说与谣言。

随着火车驶离布宜诺斯艾利斯,车站似乎越来越接近草原风格,就像一位画家在一系列作品中逐渐探索到自己的根源:土路旁边是一间土砖搭成的小商店,几个穿着灯笼裤、戴着黑色软帽的老乡心事重重地用一根嫩枝剔着牙齿,几匹马拴在铅顶的棚屋里,一辆黑色车棚的双轮马车上坐着一位挽起袖子、右手拉着马铃链的车夫。

终于,圣安娜站的站台出现了,于是他的童年带着热切的活力闯进了回忆中:那是圣布丽希达庄园的工棚,归奥尔莫斯家族所有;那位胖胖的阿尔比诺②管家身后跟着的正是赫奥希娜,管家笑着在说话,一边用手拍着围裙一边摇晃着他的光头。这人对他来说没有任何意义,布鲁诺之所以还记得,只是因为在他身后站着赫奥希娜。那是他第一次见到她,害羞、纤瘦、红头发的她。没错,那

---

① 考古学家在深达三十米的地层中发现了分属九个时期的特洛伊城遗址,时间跨度从公元前3000年到公元400年。
② 指欧洲人和摩尔人的混血后裔。

里生活过他生命中最重要的那些人，虽然如今的圣布丽希达已经只剩下地皮了，虽然他儿时活动的那六百多公顷土地，现在既不属于奥尔莫斯家族也不属于帕尔多斯家族，而是属于对那里老百姓的命运漠不关心的不知姓名的陌生人。在那次土著对白人的突袭中，小布丽希达遇害了，后来奥尔莫斯上尉的骑兵踏遍了这片土地，然后又从这里离开，带着儿子塞莱多尼奥和潘乔去追随拉瓦列将军，从此再也没有回来。他们的后人已经与他的血统与命运没什么关系了，就像如今布宜诺斯艾利斯市以他的名字命名的街道，被来自世界各地做着发财梦的人踩过，他们行色匆匆、满脸冷漠，只是过客而已。

火车慢慢下行，向西画出一段曲线，把圣安娜的山峰留在身后，很快就能看见教堂的尖塔，再往后就是面粉厂了：巴桑面粉厂的风车，他的家，他的童年。终于抵达奥尔莫斯上尉镇了，它还和从前一模一样。他突然觉得这么多年来自己一直活在一场想象中，一段无意义、无重量、不牢靠的幻觉。他曾以为亲身经历过的那些事情逐渐消散了，就好比睡醒时梦境便失去了生命与力量，变成了不确定的虚构片段，越来越不真实。他甚至开始认为唯一真实的只有他的童年，因为那才是唯一不变、永恒的东西。可是就像人在醒来后会被白日的生活污染，不再是睡梦中的样子，我们所经历过的痛苦也会让童年变得悲伤、失真。如果童年真的是永恒的，但如今回望它却不是想象中那般清澈纯净，而是像透过一块脏玻璃看见的画面，模糊而浑浊，因为我们心灵的窗户也经历了岁月的洗礼，在疾风劲雨、灰尘和蜘蛛网中变得污浊不堪。

就像从暗中观察明处一样，他慢慢辨认出了一张张熟悉的面孔,但却没有人认出他来:那是伊里内奥·迪亚斯,他的那顶黑色车篷已经褪色、松散了;那是代理商本戈亚,他还像从前那样在等着列车到站;像一尊神像一样坐在那里的是老梅迪纳,自己还是小孩子时他就已经那么老了,他还保持着自己三十五年前最后一次见到他时的姿态:专注思索着,对外界无动于衷。他跟所有印第安人一样,过了一定年岁之后面容就不再变化,仿佛时光不是在他们体内流逝,而是从他们身旁流走。他们吸着玉米叶裹成的旱烟,像一座美洲神像那样,带着神秘而神圣的表情看着时间飞逝,就像看着一条河流带走那些不持久的事物。

"您不认识我了?"

老人缓缓地抬起头,眼窝深陷,脸上的皮肤像一张土质面具包裹在突出的骨头上,用细小的眼睛平和而仔细地看着布鲁诺。他习惯于这样专注地观察世界(带着沉默的讽刺),把万物的轮廓记在心里,似乎除此之外就没有别的事情要做。梅迪纳的种族是草原上的向导,他们能通过足迹从一千匹马中辨认出其中一匹,也能通过一株野草淡淡的气息为一支军队指明方向。从他眼角的皱纹中隐约可以看到一丝狡黠的怀疑,渐渐地,他勾勒出了布鲁诺童年时的轮廓,就像是一幅铅笔绘制的肖像画,被擦去之后最主体的部分仍能辨认出来,因为那是画家费时最多的部分。于是,三十五年的缺席之后,在经历了那么多的暴雨、风暴、死亡和大事之后,梅迪纳的回忆慢慢变得清晰,他轻轻动了动嘴,脸上其他部分则不动分毫,也看不出他内心的情绪或感情,他说:"你是布鲁诺·巴桑。"

然后他又复归漠然,对世间的事情不闻不问,对眼前这个从小孩变成男人的人所经历过的可怕动乱漠不关心。

布鲁诺走过满是尘土的街道,穿过长满棕榈树的广场,那里曾是他的乐园。最后,他看见了那座风车,听到了它机械的、匀速的摆动声。这是一个残忍的隐喻:事物冷漠地运行,而带着爱意和希望建造了它们的人却正在死去。

4. 马尔科·巴桑之死

"他这会儿睡着了。"胡安乔告诉他。

在近乎全黑的房间中,他第一次听见那样沉闷的呻吟声和急促的呼吸声,等眼睛逐渐适应了黑暗过后,他隐约看见了父亲的样子:一堆装在一个疼痛的、腐烂的皮肉袋子中的枯骨。

"刚进门的时候会觉得气味很难闻,但过一会儿你就能适应了。"

布鲁诺望着哥哥,小的时候哥哥就是他的偶像,宽阔的背脊,戴着宽檐帽,骑在那匹长尾巴的黑白花马上。当哥哥离家出走时,父亲说:"你别想再跨进这个家的大门。"似乎是为了证明这类话语在种性与血缘面前的不堪一击,胡安乔不仅回来了,而且如今不分昼夜地看护着父亲。

"水,胡安乔。"父亲咕哝道。他从满是药物的梦中醒来,这样的梦肯定跟他从前的梦境大不相同,那时的他梦见的是充满野兽的肮脏沼泽和禽鸟光临的美丽湖泊。

胡安乔用左臂把父亲扶起来一点,给他喂了一小勺水,像在照顾一个小宝宝。

"布鲁诺来了。"

"啊？什么？"他动着麻木的舌头含糊地说。

"布鲁诺，布鲁诺来了。"

"啊？什么？"

他像瞎子一样伸长脖子去看。

胡安乔把百叶窗拉开了一点点，于是布鲁诺看清了曾经充满力量的、强大的父亲：他的眼睛深陷着，像两颗暗淡的绿色玻璃珠，眼中似乎有一丝极微弱的光，就像灰烬中的炭火燃起的一丁点小火苗。

"布鲁诺啊。"他终于喃喃道。

布鲁诺走过去，弯下腰，笨拙地想要拥抱他，却闻到一股极难闻的味道。父亲讲话时像醉酒的人那样含糊不清：

"你看，布鲁诺，我已经完蛋了。"

那是一场持续了多日的斗争，父亲用他曾用来克服一切困难的力气去跟命运抗争。死亡就是被打败，可他从未认输过。布鲁诺觉得父亲和他的威尼斯族人一样，他们在水中建起城市，与瘟疫、海盗和饥饿对抗，而父亲现在的样子仍保有丁托列托①画笔下的雅各布·索兰佐的轮廓。

布鲁诺自问是否出于自私和懦弱才会出来闲逛散心，而不愿像胡安乔那样无时无刻直面和接受父亲的痛苦。后来，在断断续续的思考中，他怯懦地安慰自己遗忘恐惧并没有什么不好，但他立刻又觉得让父亲从自己的脑海和回忆中远去是一种背叛，尽管父亲本人

---

① 丁托列托（1518—1594），意大利画家，提香的学生，作品有《检察官雅各布·索兰佐的肖像》等。

并不会受到什么影响。于是他羞愧地回到家中,尽了一会儿自己的义务,而胡安乔始终坐在扶手椅上留神着父亲的每一个动静,帮助他,倾听他的胡言乱语。

"胡安乔!"父亲突然叫道,"有人烧床!"他微微支起身,用手指点着那些火焰:那里,在他脚那里。

儿子迅速站起来灭火,夸张的动作像在表演哑剧。他安静了一会儿。

过了一会儿他又说床要塌了,得把它支起来。胡安乔拿来木头,趴在地上用木头把床支住。后来他又惊恐地起身,用食指指着想象中的人,骂他们是懦夫,另外还说了很多听不懂的话。胡安乔也站起来,跟着大声地斥责那些闯入者,把他们推出门去。

"胡安乔。"老人低声嘀咕道,好像想告诉他一个秘密。

儿子把耳朵凑到他唇边,闻到一股腐烂的气息。

"有小偷进来了。"他悄声说,"他们乔装成了老鼠,正躲在衣柜里呢,加维尼亚就是他们的头儿。你还记得他吗?他是保守党时期的警察局长,是个强盗、无耻之徒,他还以为装成老鼠我就认不出他来了。"

过去旧相识的面孔依次出现在他眼前,他的记忆贫瘠又荒诞,因为胡话和吗啡的效果而变得面目全非。

"堂胡安!谁能想到您最后会落到领月薪的地步呢!您以前多有钱啊!"

他一边指指点点一边摇着头,带着一丝讽刺和失望的微笑,一副不可思议的表情。儿子顺着他的目光看过去。

"在那儿,正在给马梳理毛发呢。"

"啊,"胡安乔说,"是该笑话笑话他。"

"你也这么说吧?他可是堂胡安·奥迪弗莱德啊,谁能想得到呢?"

他轻松地谈论了很久这件事情,突然又说看见了怪物和鬼魂,然后又开始跟已经死了二十多年的人交流,语气是那样自然,后来还清醒地说自己嗓子冒烟了,得喝点水。布鲁诺从街上回来时,哥哥把父亲的这些事迹讲给他听,话语中透露出的温柔和宽厚就像一个父亲在讲述自己小孩的淘气行为。可这时父亲又开始说胡话了,于是胡安乔又得回归那些魔法哑剧。布鲁诺悄悄地溜到前厅,他的另外几个哥哥正在那里讨论庄稼收成、玉米产量、土地与牲畜买卖。布鲁诺听着他们交谈,想加入他们,他回忆说小时候他们让他负责称小麦。哥哥们看着他,于是他提起了一些人名:法沃里托、巴莱塔等。哥哥们一脸鄙视地否认说,这些人至少二十年前就不在了。有人把烟掐灭了,去卧室里看望父亲,尽尽自己的义务,然后满脸悲戚地走回来。

"堂谢拉呢?"

他们一脸怀疑地、讥讽地看着他。

"什么?"

"他记得堂谢拉?"

哥哥们有一些独享的回忆是不愿跟弟弟们分享的,尤其是跟布鲁诺。但他确实记得堂谢拉:他很胖,大腹便便,耳朵很肥大,里面还钻出长长的白毛。

这可不够,他们无声地交流了一个眼神,然后尼古拉斯用老师检查论文的眼神严厉地盯着他,要求他再列举一些堂谢拉更明显的特征。

"没错。"他们说。

布鲁诺拼命思考，他们用乡下人狡猾的眼神看着他。堂谢拉最大的特征，他们只想知道这个。无尽的沉默，布鲁诺绝望地在回忆中翻找。

"他的那块三层怀表？"

"不对，先生。"

他十分清楚地看见堂谢拉驾着两轮马车驶来，手握皮鞭翻身下马，宽腰带系在臃肿的肚子下面，内穿白色短袖，外穿短上衣，汗流浃背，满脸通红，黑色软帽滑落至颈后，脚上的刺绣草鞋上沾着马粪。

他认输了？他不知道，如果不是三层怀表的话，他不知道还有什么。

"三层怀表！"他们一脸鄙夷地重复道。

"那么？"布鲁诺问，他猜他们只是在跟他开玩笑罢了。

"那么什么？"

"那个所谓的知名特征。"

哥哥们对视了一眼，这是这个游戏的又一个特点：让考生被心里的疑问折磨。布鲁诺紧盯着这些脊背宽广、头发花白的中年男人，等待着他们的判决，而没意识到这一切有多荒谬。

大哥很严肃地给出一个信息："欺骗英国人奥唐奈。"

"欺骗英国人奥唐奈？"

布鲁诺夸张地表达了自己惊讶，想证明自己并没输，因为根据巴桑家的规则，这根本算不上什么重要特征。

尼古拉斯看看他的同伙们："有人能想象得出不欺骗英国人奥唐奈的老谢拉吗？"

"绝对不能。"他们异口同声地回答。

"你们是在拿我寻开心。"

布鲁诺试图从他们脸上找出诡计得逞的奸笑。

尼古拉斯转头命令他们之中最小的马尔科（四十五岁）："如果爸爸睡着了就让胡安乔过来一下。"

"等等。"布鲁诺一脸怀疑。

他跟着马尔科一起进去，因为怕他泄密给胡安乔。胡安乔脸上写满疲惫，他已经太多天不眠不休、受尽折磨了。

"你刚才没听见我们之间的对话，"尼古拉斯说，"所以你来告诉他，堂谢拉最大的特征是什么。"

"说谎话骗英国人奥唐奈。"

这时马尔科回来了："他醒来了，要喝水。"

胡安乔连忙赶过去了。先前对童年的回忆无声地掩盖了残酷的现实，现在它又重新出现了，就像在持久的战争中短暂而甜蜜的休战间隙，士兵利用它来读信、拆包裹。哥哥们都不说话了，只是静静地吸着烟。父亲的呻吟声传来。尼古拉斯望向外面，满脸忧思。他在想什么呢？

布鲁诺又到街上去闲逛。

所有这一切，包括镇名本身，都跟在他生命中占有一席之地的那些人有关：安娜·玛丽亚·奥尔莫斯、她儿子费尔南多、赫奥希娜。虽然他特别想去村口那栋老宅看看，但有什么东西阻止他这样做，所以他只敢在周围转转。尘土飞扬的街道上，一个个名字让他的记忆慢慢复苏：萨洛蒙的商店、利博纳蒂的鞋店、菲格罗亚医生的别墅、维克托·伊曼纽尔国王[①]互助会。

但是对布鲁诺来说，童年的回忆总是以不连贯的方式出现，故而显得很不真实，因为他所理解的真实应该是连续的、鲜活的，像小说一样拥有动人的故事情节；可他的回忆却是静止的，每一个事件都是独立的，互相之间缺乏联系，就像困在一座座不相干的孤岛上。这就好比相片中的非现实：那个世界里的人物都是石化状态，总是有一个小孩被一个已经不复存在的母亲（也许已经化为泥土与植物）牵在手里，而那个小孩可能永远都没法成为母亲想象中的伟大医生或英雄，而是一个阴郁的小职员，在一堆文件中翻出了这张照片，于是用自己暗淡无光的双眼久久凝视着它。

所以每当他想要重建生命中最遥远的那部分回忆时，一切就都以模糊不清的形态出现，而且有时突然浮现在眼前的那些事件或面孔并不重要，甚至都无法解释它们为何会在记忆中存活。比如，他为何会如此强烈地记得风车发动机运来的那个画面呢？这对他的人生能有什么决定性的影响呢？不过，要说"如此强烈"倒也不至于，因为一旦他想要用文字来准确描述那个场景时它又变得不那么清晰了，边框消失了，一切都不再稳固坚实，似乎可以轻而易举让胳膊穿透过去。不行，他做不到，给不出具体的细节，就像人醒来时梦中的情景便消散了。如果找不到那个关键词、那句魔咒，他就无法让回忆固化，童话故事中的公主做了一个古老的梦，只有在她

[①] 维克托·伊曼纽尔二世（1820—1878），意大利统一后的首任国王，1861年至1878年在位。

耳边轻声说出那句密语才能让她苏醒。幸福和恐惧都在下方安睡，突然，一首歌曲、一股气味便足以打破魔法，让幽灵钻出梦的坟墓。

那个孤独的午后，他在卢森堡的花园里听到的是什么旋律，是哪个片段？那音乐从极远处传来，来自一个失落的世界，于是他猛然发现自己穿越到了夏夜的奥尔莫斯镇，站在高大的电弧路灯的光源之中。那几个人是谁？他唯一辨认出来的是费尔南多的形象，他正在切一只癞蛤蟆的后腿，它滑稽地想要用剩下的两条前腿在干燥的土路上逃跑。不过眼前的费尔南多只是一个模糊的幽灵，没有肉身、没有重量、没有具体的眼睛和嘴唇，几乎只是一个概念，代表着可怖和恶心。这怪兽因为一段音乐从黑暗世界出现，开始切割一只癞蛤蟆。真是奇怪，这位施虐狂、这段音乐和这只被截肢的癞蛤蟆从此就永远地关联在了一起，活在他灵魂某个阴暗的角落。不行，他无法逻辑清晰、秩序井然地回忆自己的童年。那些模糊的记忆随机地从一个朦胧的、中性的背景之中浮现，他根本无法在它们之间建立起时间上的联系，因为它们就像无情的大海之中突起的岛屿，无法确定谁先谁后；时间在它们之中没有任何意义，因为它与那些生死、大雨、友情、不幸和爱情都不相关。因此，那台说不清道不明的机器可能发生在那场截肢惨剧之前，也可能发生在之后，因为在它们之间绵延着灰色的海洋，没有开始，没有结束，也没有因果关系，事物都陷入了永恒的遗忘。

后来胡安乔在那场不公平的斗争中屈服了，他突然开始大叫，然后奇怪地抽搐，于是只能给他注射了药物让他睡去。老人立刻觉察到了儿子的离开，他在苦苦挣扎的深井之中想象儿子被带去了佩尔加米诺市①,然后在那里被仇敌杀害了。他们都在骗他,为什么要骗他?啊?为什么?他哭诉着,虽然眼里并没有眼泪,因为他的身体里已经没有水分了;不过从他发出的声音和他身体特殊的摇摆幅度来看他确实是在哭泣,那是一个将死之人的哭泣,一种干巴巴的小声抽泣。胡安乔在哪儿?啊?他在哪儿?他在佩尔加米诺市,他又低语了一次,然后就又发病了,所有人都觉得那会是最后一次发作。他艰难地呼吸,好像有人掐住他的咽喉;他暴躁地在病床上翻来覆去,嘴里发出呻吟,吐出碎石般零散的言语;他脱掉衣服,号啕大哭;突然他的脸变得僵硬,大家只能把他按住不让他跳下床来;他的嘴通向一口极其黑暗、恶臭难闻的深井,从井口传来对杀子仇人的控诉;然后他突然一动不动,似乎从内而外彻底倒下了。

大家面面相觑,尼古拉斯走近去查看他是否还有呼吸,结果他又一次战胜了死神。他是一个装着枯骨和腐肉的袋子,但他的灵魂仍躲在他的心脏中抗争,那是他仅存的最后一道堡垒,而身体的其他部分都已堕入死亡。

他努力地咕哝着什么,声音几不可闻。尼古拉斯凑到他嘴边,听到他说:"死去真是悲哀啊。"他觉得父亲说的好像是这句话。而后斗争又开始了,老人就像一位战士,把追随他的残兵败将聚拢来,重新投入无意义(但却美丽)的战争。

那就是他的追随者!布鲁诺想。尽管他的心脏已经衰竭了,但仍在微弱地跳动着,向他证明它还在那里,仍在抵抗。

那具遗骸有一刻很清醒,他认出了布鲁诺,悲伤地冲他微笑,

---

① 阿根廷布宜诺斯艾利斯省一城市名。

好像想跟他说话。布鲁诺凑过去，但却什么都听不明白，父亲一直指着自己的身体——残存在世的身体。

他此刻和自己是在一起的，他的眼神现在很平静，布鲁诺似乎看到其中藏着一丝混合了满意与嘲讽的笑意。他又做了一个想交谈的手势，布鲁诺把耳朵凑过去。"胡安乔，"他说，"在睡觉呢。"他沉思了一会儿，然后又咕哝了一句，"什么，什么？土地？什么土地？"他好像发脾气了，很努力地说出一些断断续续的词语。换了陌生人肯定听不懂他在说什么，可布鲁诺把那些词语按照应有的顺序重组起来，就像一个掌握古老语言的人解读出了一段几乎读不通的文字：他想分给他的遗产是一块土地。

那是父亲的癖好：固定的土地。

听到一直漂泊在外的儿子的承诺，他好像微笑了一下，然后他提出想让胡安乔来给他喂水、给他翻身。布鲁诺笨拙地想要试着帮忙，但是他做了个制止的手势。于是只好把胡安乔叫醒来，两个人一起给他翻身、给他喂水。布鲁诺有生以来第一次感觉到自己是有用的，觉得自己跟胡安乔更加手足情深了。他温柔而谦卑地想，虽然自己去过那么多地方，学了那么多知识，读了那么多关于痛苦和死亡的书，但其实却不如哥哥。

老人又有话要交代，胡安乔凑过去听了听，答应了他的要求，然后父亲便平静地熟睡过去。布鲁诺看着哥哥。

"小园子。"

"小园子怎么了？"他难道不知道这就是父亲的消遣方式吗？该松松土、翻翻地了，就是这些事情罢了。

他看见哥哥准备动身去后院："怎么，不去睡会儿吗？要去哪儿啊?"

"我刚给你说完我要去翻土啊。"

布鲁诺惊诧地望着他。可是反正父亲也不会看见啊,对他来说园子和其他东西马上都要彻底消失了。

"他之所以能安心睡着,就是因为我答应过他会照做。"

布鲁诺不说话了,只是认真地看着他:哥哥因为没日没夜的操劳而疲惫不堪,看起来老了很多。

"那起码也应该叫别人去啊,派个雇工去吧。"

"不了,父亲从来不喜欢别人动他的小园子。"

哥哥走了之后他坐到了那把椅子上,感觉自己是个废物,居然之前靠近父亲会觉得恶心,为了暂时遗忘父亲经受的痛苦而在村里闲逛,还有心情去思考别的事情、去看书读报。他的所作所为是那样肤浅,即使心里想着诸如命运和死亡这样高深的主题,也只是笼统而抽象地去思考,没有落实到眼前这具正在忍受折磨的肉体,没有为他考虑,也没有设身处地地去理解他。

哥哥回来后他把椅子让出来,两个人就那样静静地坐着,听着父亲的呻吟和谵语。布鲁诺从后面凝视着胡安乔宽阔而疲惫的背影、他的白发、他因为困倦而向前耷拉的脑袋,有那么一瞬间他很想伸出手搭在哥哥的肩膀上,小时候他曾骑坐在那副肩膀上;但他明白,自己永远不可能那样做。

"好了,我得回园子里了,你留神着。"

重新坐回椅子上时他心里有一种骄傲,就像一个哨兵在危急关头替换下自己战友时的心情,不过刚一想完他立刻又感到可耻。

天黑了。哥哥们间或会进来看一看,胡安乔最后实在扛不住去睡觉了，于是布鲁诺这辈子第一次在一个将死之人身边守了一整夜。他感觉到自己现在才变成了一个真正的男人，因为只有死亡才能为生命做好准备，因为一个生命的离去会让与他有着密切联系的人理解其他生灵的生死，哪怕是关系最疏远的人、哪怕是最卑贱的动物。他给父亲喂水，甚至为他注射吗啡。

父亲讲的是威尼斯语，也许是在回忆自己的童年，因为他说的那些名字布鲁诺从来没听说过，他还提到了类似犁辕之类的东西。突然他的表情又变得痛苦不堪，在床上来回翻身，跟敌人战斗。后来他开始轻轻哼唱，表情很幸福。布鲁诺凑过去，从那不成调的片段中听出他唱的是《圣朱斯托①的钟声》。这首歌唱的是不愿被征服的里雅斯特老百姓，他小时候父亲曾给他唱过。

两天后父亲进入了弥留阶段。

冷漠而彬彬有礼的神父机械地做着手势，为父亲涂油、祈祷，这给了布鲁诺很大震撼。尤其是在最终的涂油礼上，他感觉极其神圣而庄重。即将永远与生命道别的人是他的父亲，他曾那样勇敢而顽强地活过。

两支蜡烛在圣马可②的神像旁点燃，胡安乔在父亲脖子处放上这位威尼斯圣人的圣牌，老人自那一刻起直至离世时都奇迹般地保持着镇静。

---

① 圣朱斯托大教堂，位于意大利的里雅斯特市。
② 威尼斯的护城神，是《马可福音》的作者。

5

他走在布朗海军上将大道上,到了品松街角却发现奇钦①的那家老咖啡馆已经变了,餐桌上的塑料板替换掉了曾经的大理石板。他疑惧地坐下来,觉得自己像一个幽灵,在离开二十年之后误入了一个不属于自己的地方。过去在这里讨论足球的人现在应该已经不在人世了,捉弄疯子巴拉甘那些男孩应该已经长大、结婚、生子了。奇钦呢,他在哪儿?接待他的那位服务员是新来的,不认识奇钦,他听说奇钦好像生病在家或者可能已经过世了。老板吗?老板叫莫伦特,就是收银台前那位,他是西班牙人。大镜子上张贴的那张博卡队的照片不见了,加德尔和莱吉萨莫②也不见踪影。

6

来自另一个时间的男人,他的眼神停在一位瘦骨嶙峋的老人身上:他满头白发,鹰钩鼻又细又长,两只小眼睛长在尖尖的脑袋两侧,让他看上去像一只鸟,一只丢失了什么东西的焦虑的鸟。他的脖子长得出奇,喉结十分突出。他的嘴角叼着一根牙签,就像一根熄灭的烟头,还来回变动着位置。他一直望着外面的街道,好像在等待什么,仿佛是坐在火车站的咖啡馆里,焦急期盼着的那个人随

---

① 萨瓦托小说《英雄与坟墓》中的人物,是奇钦酒吧的老板。
② 伊利内奥·莱吉萨莫(1903—1985),乌拉圭骑师,是卡洛斯·加德尔的挚友,加德尔曾为他作曲《只有莱吉萨莫》。

时都可能抵达。他的脸上显出热切的期待和不安，但下垂的嘴角却透着苦涩，表明这种等待是没有意义的。不用怀疑，这个男人就是温贝托·J.德阿尔坎赫洛①，他那个时代的人习惯称呼他为蒂托。他胳膊下还差一份卷起来的《评论报》，另外还少了奇钦一边擦拭着杯子一边按照他的要求背诵出博卡青年队1915年成立时的球员名单。

旁边桌有人大声问他：

"您呢，堂温贝托，您怎么认为？"

"认为啥？"德阿尔坎赫洛没好气地回答。

"关于阿曼多在电视上的讲话。"

他微微转过瘦削的脑袋。

"啥？阿曼多？"

没错，阿尔韦托·何塞·阿曼多②的发言。

他看着他们，其他人都不敢说话，似乎面前是一位严酷却公正的法官。蒂托什么也没说，重新回头望向品松街，再次陷入那个孤独的宇宙。其中一位在等待他的答案的人（是瘸子阿库尼亚吗？还是洛瓦科诺？）带着胜利的口吻说："你看见了吧？看见了吧？"他在想什么呢？不用问，他父亲肯定已经不在了。他看见（想象）老人正坐在合租院门口的藤椅上，手里挂着满是节疤的木质手杖，戴着那顶破旧的、发绿的圆顶礼帽，一面摇头一面嘟囔着"唉，是啊"，脸上挂着乡愁，仿佛在跟一位看不见的交谈者对话。"事情就是这样的。"什么事情？就那点儿事儿，永远都是那几件事：爬到

---

① 萨瓦托小说《英雄与坟墓》中的人物。
② 阿尔韦托·何塞·阿曼多（1910—1988），阿根廷商人，曾任博卡青年竞技足球俱乐部主席，博卡青年队的主场以他的名字命名。

山顶看大海、手里拿着长笛、下雪的圣诞节、吹风笛的牧羊人。他看见蒂托坐在老人身旁，一边喝着马黛茶一边嘲讽而亲密地问，牧羊人唱的是什么？

老人闭上眼，脸上浮现一抹害羞拘谨的微笑，轻声哼唱着：

> La notte de Natale
> è una festa principale
> que nasció nostro Signore
> a una povera mangiatura.①

他们唱的就是这个，唉，是啊……雪很大吗，老爸？唉，是啊……那雪……老人又开始思念那块神话般的土地，蒂托朝马丁笑着挤了挤眼，表情中混合了痛苦、羞怯、忧伤和讽刺：

"看到了没，孩子？总是同一个故事，他心里只想着那座小村庄，要是我有钱了的话……"

如今老人肯定已经去世了，会有一辆市政府的拖车来把他瘦小的尸体拉走，在蒂托的陪伴下放入查卡里塔②一个带编号的无名公墓中，然后让他在水泥块之间腐烂。他没能跟祖先一起安葬在自己遥远的乡土，面朝爱奥尼亚海，而是困在这个地下的小房间里，在水泥搭建的墓地中一个编着号码的墓穴里。

布鲁诺继续细看德阿尔坎赫洛脸上对绝对的渴望，混合了质朴

---

① 意大利语，意为："圣诞之夜，最重要的节日，我们的主降生在，一座简陋的屋里。"
② 阿根廷布宜诺斯艾利斯市一街区名。

的怀疑与良善,他无法理解这个越发混乱和疯狂的世界:在这个世界,球员踢球是为了钱,而非出于对自己身上球衣的热爱;在这个世界,奇钦的苦艾酒不再是用菲奈特或比特酒调制的,老博卡队已经成了一种悲痛的回忆;在这个世界,从前喂鸡养马的美好的合租院,可能已经被分隔成一间间由胶合板和水泥组成的牢房,再也放不下那辆歪歪斜斜的老旧马车了。也许他的那个小房间里还保留着那面博卡队的队旗、那张特索列里[①]的照片,还有那台留声机。但这几件珍宝肯定也和主人一样,悲伤地苟活着,再也听不见清晨母鸡的咯咯声,再也闻不见混合着马粪味的紫藤花香味了。

他离开咖啡馆,走在街上,发现街道也变了,那道路基、那些带栅栏和门厅的房子去哪里了?街区诗人们朴实的诗句敲击着他的灵魂:

> 一掌下去,沥青尽去
> 这片看着我出生的
> 老街区。

这座荒漠中盖起的鬼城什么也没留下,它会变成另一片沙漠,其中生活的九百万人口感受不到抛在身后的过往,他们甚至没有其他国家用来纪念过去的石碑,无法乔装永恒。什么也没有。

他漫无目的地前行。

---

① 阿梅里科·特索列里(1899—1977),博卡青年队守门员。

7

时间已经过了午夜,他终于回到了奥尔莫斯家的老宅,静静地靠近,仿佛不想吵醒它,因为想要保护它的梦,那是极其脆弱而珍贵的东西。哎,他想,如果能回到生命中的某些阶段该多好,就像能重回曾经路过的那些地方一样。三十年前就是在这里,他听见她用庄重的语气朗诵马查多的诗歌。多想要留住那样的时刻,把它从残忍地悄悄流走的时间中拯救出来,可是回忆越来越模糊,它几乎已没有了立足之地。

他的人生就是在不停追逐鬼魂、追逐不真实的事物,至少在务实的人眼中,那些都是不现实的东西。他似乎总是在错过当下,让它变成过去,变成怀旧的回忆,变成失去的梦境;然后再像现在这样做着徒劳的事情,明知任何事任何人都不可能挽回,明知当时爱过之人的手已经不可能再轻抚我们的脸庞,就像三十年前那个晚上,赫奥希娜在这个花园里对他所做的一样。今晚的夜色和那天很像,但如今的他却是形单影只。他觉得自己很失败,为此而感到自责。这种感觉可能是因为回忆起父亲而引起的:父亲是一个精力充沛的硬汉,那样的人每时每刻都能勇敢地直面短暂、残忍但却美好的人生。可他呢,永远都只是一个看客,痛苦地看着时间流逝,带走一切我们想要永远留住的东西。他没有选择与时间抗争,而是提前认输求饶,之后再来忧伤地缅怀它,努力想要召唤出那些幽灵,想象能通过一首诗或一部小说来留住它们,不自量力地尝试(更糟糕的是在想象中尝试)让某个记忆碎片变成永恒,哪怕是一个小小的家庭回忆片段。这个尝试是如此卑微而伤感，比如一座坟墓，上面刻上几个名字和一段意味深长的碑文，后来的男人和女人也会像他一样，出于同样的目的，悲伤地、心事重重地驻足在墓前，于是在飞速流转的日子里便有些许片刻能感受到永恒的幻觉。

"赫奥希娜。"他呢喃道，轻抚着生锈的铁栅栏，凝望着那株洋玉兰，仿佛她的灵魂甚至她的肉体，会突然出现在这座被遗弃的花园之中。她的眉头微蹙，好像在询问生命的意义、希望和失望，她提问时总是那样谨慎而谦虚。"赫奥希娜，"他再次向阴影处低语：

> 在你残余的躯体间，
> 在饥饿而兴奋的尸虫间，
> 仍保有我的灵魂，
> 像废墟上的一位居民，
> 失去了家园和故国，
> 像一个孤儿在寻找亲人，
> 周遭是无名的哭喊
> 和灰烬。

他一直游荡到拂晓时分，然后回家睡下。他的梦动荡而痛苦，梦中自己只身一人在一个不知名的地方，好像有人在呼唤他，但却很难看清那人的样子，因为光线很暗，而且那人身上的皮肤像麻风病人那样碎成一块块垂落。他知道那是一具死尸，想让他认出自己来，那是他的父亲。

他挣扎着醒来，心剧烈地疼痛。

他又一次感到很失败,而且感觉自己背叛了他那个种族的精神。他为自己而羞耻。

8

布鲁诺起床后的态度出人意料,他朝查卡里塔车站走去,自1953年父亲过世之后,他就一直痛苦地回避这个地方。而现在,又过了二十年,他却有一种冲动想重回故乡。他打算做什么?他在期望什么?

奥尔莫斯上尉镇之旅,或许是最后一次,他做了一些梦,多年之后想试着去领会它们,可是谁又能诠释梦的含义呢?

"奥尔莫斯上尉镇到了。"半梦半醒间他听到有人说,还以为是堂潘乔老人从木乃伊般的身躯中发出的低语。

他四周看看,没有人。梅迪纳终于还是死了吧,代理商本戈亚肯定也不在了,或者是不再继续做代理生意了。

他慢慢朝着他出生的房子走去,当听见那台机器发出的匀速声响时,他又一次感受到了父亲去世那年所体会过的震撼。他在半个街区之外停下脚步,凭直觉猜到自己不会走进家门也不会见到哥哥们,虽然当时他并不知道自己为什么会这样想。他转身走向广场,在棕榈树旁的长椅上坐下来,这里是他们在夏夜里捉迷藏的地方。那是科隆影剧院,威廉姆·S.哈特[①]和埃迪·波罗[②]自永恒之中凝

---

① 威廉姆·S.哈特(1864—1946),美国默片演员、剧作家、导演。
② 埃迪·波罗(1875—1961),美国默片演员。

视着他,他们是美国牛仔,是加拿大皇家骑警队员。

而后他动身前往公墓。老旧的土砖房被刷成了粉色或天蓝色,周围一圈是扁叶轴木或仙人掌形成的栅栏。

黄昏下,他逐一读着墓碑上的碑文,那些名字属于他的童年,那些姓氏来自已经消亡的家族,他们被30年代的布宜诺斯艾利斯吞噬。当时被卷入革命运动的村落中人口锐减,让死人变得比从前更加孤独。

培尼亚家族,这是那位墨守成规的"大小姐"之墓,她是一位神秘的单身女人,身上布满俗气的花边装饰,说到"国家(paíz)"和"玉米(maíz)"两个词时总是把重音放在 a 上,还有她那套阿根廷老派作风。普拉多斯家族、奥尔莫斯家族(他们在一个世纪前抵挡住了土著的突袭)、默里家族:

In loving memory

of

John C. Murray

Who departed this life

January 25th. 1882

at the age of 40 years.

Erected by his fond wife and children. ①

---

① 英语,意为:"深深地怀念约翰·C.默里。斯人于1882年1月25日离世,享年四十岁。爱妻携子立。"

最后，略微向一侧倾斜的那座便是他母亲的坟墓：

> 玛丽亚·泽诺·德·巴桑
> 1870年生于威尼斯，
> 1913年亡于本镇。

旁边是父亲的墓，还有哥哥们的墓。他长久地呆立在原地，后来终于明白，已经来不及了，太晚了，该离去了。

> 沉思的石头
> 朝向何处沉默国度
> 虚无的目击者
> 最终命运的证明
> 一个痛苦不幸的种族
> 废弃的矿山
> 在另一个时间
> 曾发生过爆破
> 如今蛛网遍布

他往出走，一路看见或隐约瞥见童年时代的其他名字：奥迪弗莱德、德斯普伊斯、墨菲、马特利。

突然，他惊诧地看到一块墓碑，上书：

> 埃内斯托·萨瓦托

希望被埋葬于此
墓中只求一个词
安宁

他靠在一小排栏杆上闭上了双眼，良久，他睁开眼离去，心情却无关悲伤。忧戚的柏树、即将降临的夜的沉静、草原上清新的空气、童年时那些微妙而克制的举止（就像一个要彻底离开的旅人，透过火车车窗羞怯地比出道别的手势），带给他一种忧伤的安心，像儿时被噩梦惊醒后，闭着眼垂着泪依偎在母亲膝头的感觉。

"安宁"。是啊，他想，这肯定就是那人需要的，甚至是他唯一需要的，可他为什么选择葬在奥尔莫斯上尉镇而不是他自己的故乡罗哈斯镇呢？背后的深意是什么？是一种愿景、一个预感还是留给朋友的一个友好纪念？可是，去想象他的离世和下葬怎么能称得上友好呢？不管怎么说，安宁肯定是他所渴望和需要的，是作为创作者所需要的，是生来就被诅咒不肯接受现实的人所需要的，宇宙对他来讲是可怕的、转瞬即逝的、不完美的。他想，因为没有绝对的幸福，幸福只在短暂、脆弱的时刻被赋予我们，而艺术是一种能让（想让）这样的爱与沉醉的瞬间永恒的方式；因为我们所有的期待迟早都会变成粗俗的现实；因为某种程度来说我们都是失败者，就算我们在这件事情上成功了，也会在其他事情上失败：对于出生就是为了死去的生灵来讲，失败是无可避免的结局；因为我们都是孤独的，或总有一天会孤独终老：恋人失去所爱之人，父亲失去孩子，子女失去父母，纯粹的革命者亲眼看见，自己数年前在痛苦的折磨中誓死捍卫的理想可悲地物质化；因为生命是永远的错过：我们在途中遇见的某个人，当他爱上我们时我们却并不爱他，或者当我们爱上他时他却已不再爱我们，又或者当他已经不在人世时我们才徒劳地爱上他；因为已经过去的就不会再重来：事物、大人、小孩都不再是从前的样子，我们的家也不再是珍藏我们童年瑰宝和秘密的地方，父亲还没对我们讲出那些可能无比重要的话语，就已猝然长逝，当我们终于能够理解他时，他却已离我们而去，我们没有机会再治愈他曾经的悲伤和失散；因为村镇已经变了模样，我们学认字的那所学校里让我们梦寐以求的那些插画书不见了，马戏团被电视机取代了，在街头表演自动手风琴的艺人也没有了，长大后才发现儿时的广场简直小得可笑。

哦，我的好兄弟，他刻意用到这些浮夸的辞藻，为了羞怯地去嘲讽自己的悲伤。他想，至少你尝试过我从没有勇气去做的事情，就像那位在肮脏可怕的城市某个小房间中，演奏蓝调音乐的黑人，而在我这里它们从来都止于计划。我是多么理解你为何想要葬在这片你如此思念的草原，以及你为何想在墓碑上刻下那个小小的词来庇护你于痛苦与孤独！

他的脚步在夜色中无声地将他带到儿时的家门前，那里现在是别人的家了。里面有灯光，是谁住在里面？

灵魂是大地上的一个外来者吗？
它要去向何方？
朝圣者在神圣的夜里听到的是修女那月亮般的声音吗？
阴影
投在夜晚的小船上

投在月光池塘里

投在腐朽的枝条和破败的墙垣间。

谵妄者已死

外来者被掩埋。

悲痛的修女

快看!

一艘痛苦的小船沉没

在星空之下

夜沉默的脸。

有人说过,没有欢快的诗歌,因为可能诗只能言说时间和其他不可挽回之物。也有人说过(谁说的?什么时候说的?),一切都会过去,会被遗忘、被清除,包括环绕在那座坚不可摧的堡垒周围的高墙与深壕。

译后记

2010年秋天,我在西安一个书市上偶然淘到一本西班牙语原文书籍,这本书就是埃内斯托·萨瓦托的《隧道》(*El Túnel*,1948)。十年后,我有幸受四川文艺出版社的委托,翻译他的另一部著作《毁灭者亚巴顿》(*Abaddón el Exterminador*,1974),这不得不说是一种缘分。

《隧道》《英雄与坟墓》(*Sobre Héroes y Tumbas*,1961)和《毁灭者亚巴顿》被称作萨瓦托的心理小说三部曲。此三书环环相扣,层层递进,因此建议读者依次阅读,方能更好地理解贯穿其中的脉络与主题。萨瓦托的"作品几乎无一例外地关注现代人的孤独、焦虑、绝望、疯狂与死亡,表达对人的存在与命运这一命题经年的探究和思考"(《拉丁美洲文学经典评析》,P136)。

《隧道》讲述的是孤独内向的青年画家卡斯特尔的故事。在一次个人画展中,他结识了少妇玛丽亚,随后坠入爱河,将之视作毕生寻觅的知音。然而,最终他竟因嫉妒将她杀害了。整部小说即是一份自白书,是卡斯特尔自首后从精神病院寄给一家出版社的。

《英雄与坟墓》中的男主人公马丁，爱上了神秘迷人的女主角亚历杭德拉，但她一直忽远忽近、若即若离，令他备受煎熬。最终，亚历杭德拉竟开枪杀死自己的亲生父亲费尔南多，而后纵火自焚——原来她与父亲之间存在不伦行为。

费尔南多从小孤僻阴郁，喜欢残忍地折磨小动物，比如挖掉鸟和猫的眼睛，看着它们痛苦挣扎，而后又格外温柔地抚爱它们。他还花心淫荡、蔑视女性，在让表妹赫奥希娜（即亚历杭德拉的生母）怀上身孕后狠心抛弃了她，转而与一位年仅十六岁的美丽的富家小姐结了婚，并在败光对方的家产后再次始乱终弃。

费尔南多对瞎子的世界十分感兴趣，在他看来，恶魔就是通过瞎子帮派来统治世界的。为此，他费尽心机潜入这个禁区，并撰写了一份《关于瞎子的报告》——这份《报告》构成了《英雄与坟墓》第三章的全部内容。费尔南多在《报告》中提到了卡斯特尔事件，他说在读到卡斯特尔的自白书之后就非常想结识这名杀人犯，原因有二：一是费尔南多本人也认识玛丽亚，二是知道她的丈夫阿连德是个瞎子。他经过分析认为，卡斯特尔的犯罪正是瞎子帮派进行无情报复的结果。

书中还有一位叫布鲁诺的重要角色，他是费尔南多的童年好友，曾深深地爱过赫奥希娜，又先后与亚历杭德拉、马丁成为跨越年龄界限的挚交。布鲁诺在此"起着某种黏合剂的作用，书中其他人物很多往事的追述、回忆、证实都是通过他的叙述、议论来进行的"（《英雄与坟墓·译者前言》，P4）。

《毁灭者亚巴顿》的主线是三件看似毫不相干的事情，均发生在1973年1月6日：

一、"疯子"巴拉甘目睹了异象——一只长着七个头的巨龙盘踞在夜空中，鼻孔喷火，眼睛泣血。

二、十七岁的纳乔看见挚爱的姐姐阿古斯蒂娜，从鲁文——佩雷纳斯房地产公司总裁，纳乔最鄙视的人——的敞篷跑车上走下来，而后与之走进一间公寓楼中，再没出来。

三、二十三岁的马塞洛因与游击队员"小棍子"之间的友谊，受到警方迫害，在警察局地下室被酷刑折磨致死，后被抛尸沉入里约楚尔罗河中。

在主线之外，还有大量来自不同人物的对话、回忆、信函、会谈、新闻报道等，无序地穿插在文中。曾在《隧道》和《英雄与坟墓》中出现过的角色，再次作为客体或主体登上舞台，甚至连作者本人也成为书中的一个角色。

对此，萨瓦托也给出了自己的解释："小说中应该包括小说家本人，不是指虚构小说中的作者，而是一种极端的可能性，即小说中的作者就是真正创作小说的那个人，而不是一个旁观者、一个新闻记者、一个目击证人。他是小说中的又一个人物，跟从他灵魂中产生的其他角色相同；是一个发疯的主体，与他的分裂物共处。但这样写不是为了炫技，而是为了能够更深入地了解那巨大的奥秘。"例如，《英雄与坟墓》中的布鲁诺在《毁灭者亚巴顿》中成了萨瓦托最亲密的朋友；跳梁小丑基克继续哗众取宠；马丁的好友蒂托在本书中已然老去，却依然在孤独地追忆过去；马丁在咖啡馆中偶遇了萨瓦托，但萨瓦托却没能认出他来，为此马丁悲伤地自言自语"我是一个没有父亲的孤儿"；亚历杭德拉数次出现在萨瓦托的幻觉和梦中；布鲁诺在酒吧中看见了《隧道》中的卡斯特尔，此时的他已刑满释放，"差不多有六十岁，驼背，又高又瘦，衣服磨损严重，但五官和气质却很出众，脸庞异常坚毅"……

我们还能从人物的性格和经历中，大胆推测他们是否互为原型。例如：纳乔与阿古斯蒂娜之间的不伦之恋，让人联想到费尔南多与亚历杭德拉。如果残酷冷血、以虐杀动物为乐的 R 是费尔南多的话，那萨瓦托曾经深爱过的索莱达对应的正是赫奥希娜，而她俩刚好一个是独裁者罗萨斯的后代，一个是拉瓦列将军的后裔。我们还可以进一步去思考：布鲁诺是不是萨瓦托，甚至费尔南多是不是萨瓦托？毕竟在本书中萨瓦托曾坦白，童年时用剪刀尖挖出麻雀眼睛的人正是他本人，而且他的很多观点与《关于瞎子的报告》如出一辙。"从这个意义上讲，这部小说是对作者已写的作品的综合和深化。"（《当代拉美文学研究》，P23）

在《毁灭者亚巴顿》中，萨瓦托间接回答了读者们一直关心的许多问题，比如：他为何弃理从文；为何如此执着于书写"瞎子"这一主题；本书标题的由来。同时他还借由书中人物或是其他作家、艺术家、哲学家之口，表达了自己的哲学观、宗教观、文学观与革命观。

依照萨瓦托的观点，早在史前时期，撒旦在被逐出天界之后就打败了上帝，他把真正的上帝关押在地狱，却对外谎称是上帝击退了恶魔。撒旦以上帝身份自居，统治着人类，他在人间降下灾难，却把大洪水、亚特兰蒂斯的陷落、冰雹、蝗灾、瘟疫、酷刑、宗教审判、大屠杀、集中营、越南战争、广岛原子弹，等等，归咎于上帝，让人们失去对神的信心，从而变成无神论者或是转而信仰魔鬼，最终毁灭一切。人类现在正处于第五个轮回，对应的是圣约翰所记《启示录》中的第五位天使——当第五位天使吹响号时，天上一颗星就会降临地上，打开通往地狱的大门，然后以亚巴顿为首的蝗虫魔军将从深渊出来，让人类饱受折磨。

萨瓦托惧怕所有与黑暗世界相关的东西，例如老鼠、蝙蝠、洞穴、地道、瞎子，所以他藏身于科学之中，去追求一个透明而永恒的世界。然而他在科学这座高塔中却无比渴望重新去感受生命，因为尽管有限的生命里充满遗憾，但有什么能替代它呢？他选择了文学，想要用文字去记录、书写年轻人的故事，因为他们在这个残酷的世界经受的苦难最多，他们的悲惨境遇和痛苦感受最值得被记录。他想写一部小说，关于寻找绝对，关于年轻人的疯狂，当然也关于不愿或不能长大的成年人的疯狂，只为让一些人的牺牲不要白白消失在混乱和纷争中，而是能触及另一些人的心灵，去推动他们、去救赎他们。

可是，选择成为作家也就意味着选择了孤独，没人能担保你的未来。而更糟糕的是，不管哪种情况最终都会导向一个可悲的未来：如果你失败了，那么失败总是痛苦的，艺术家的失败更是悲剧性的；如果你成功了，那么成功总是会带来庸俗、误解、不断碰壁，会把你变成所谓公众人物那样恶心的东西，而你还必须忍受这样的不公，忍辱负重地继续你的创作。正如帕韦塞所说："你会一直疲惫而紧张地活着，小心翼翼而战战兢兢地活着，在发现和失败中活着。你的整个生命都集中在这一点上，如果没人接受它、肯定它，你就会觉得自己一事无成。你会无比凄冷，在荒漠中自言自语，日日夜夜像一具死尸般孤寂。"又如克尔凯郭尔所言："我征服了人群，可当我独自在房间里时却想开枪自杀。"所以，书中的萨瓦托，在看见盲眼的博尔赫斯手握白色拐杖，由一只巨大的导盲犬带领着、颤颤巍巍走上舞台时，不由得流下眼泪，心想："他和我都是公众人物啊。"

萨瓦托在写作上并不盲目追求创新，因为他认为形式上的新颖不是必需的，而且也是不够的。卡夫卡作品的整体构成了一种新的语言，而非他平实的词汇和朴实的句法。卡夫卡曾告诉亚努赫，技艺高超的艺术家就像魔术师；但他同时提醒到，真正的艺术品不是炫技的产物，而是分娩的结果。人们怎么可能去谈论某个生孩子技术特别高明的产妇呢？叔本华也曾说过，有时保守就是进步，进步就是保守。萨瓦托同样鄙视所谓艺术中的"客观主义"与"民族主义"，因为艺术中最重要的就是独立的个体，这就是为什么艺术有风格而科学却没有。人就是一切，所有小说都应该力图全方位地去书写人。

萨瓦托认为人是二元的物种，每个人身上都有光明的一面，也有黑暗的一面。如果哪一天这个星球发生了可怕的灾难，只有一个孩子幸存下来，那他依然会繁衍出与现在相同的、光明和黑暗并存的种族。但危险而愚蠢的是，从苏格拉底起，人类黑暗的一面就被禁止，而在那些伟大的原始文明中，黑暗力量却是被崇拜的。现在的人们大谈特谈新人类，但如果不先把人类复原，是不可能造出新人类来的。因此，作家的职责就是书写现实，而唯一的现实是人类与他的神明、他的魔鬼之间的关系。甚至于当所有的哲学家想要触及绝对的时候，都不得不借助于某种形式的神话或诗歌，比如柏拉图的神话，还有黑格尔在作品中借鉴《唐璜》或《浮士德》中的神话故事。

他还把艺术创作与做梦的过程相类比。他认同弗雷泽的理论，认为灵魂能在梦境中旅行，与肉身分离，去往过去和未来，甚至带回死后的图景，噩梦就是地狱的体现。普通人在梦中体验的，经历不正常的人在恍惚状态中也能体验到，包括灵媒、疯子、艺术家和神秘主义者。人在发疯的时候，跟正常人在入睡时灵魂所经历的过程相似，甚至相同，在这两种情况下灵魂都离开身体进入到了另一个现实中。作家通过想象让灵魂离开肉身，只有那些最伟大的诗人才为我们揭示了真相，描绘出了他们所看见的地狱，这些殉难者替人类做了梦，被惩罚去揭露地狱的场景，包括布莱克、弥尔顿、但丁、兰波、洛特雷阿蒙、萨德、斯特林堡、陀思妥耶夫斯基、荷尔德林、卡夫卡。柏拉图认为诗人和神秘主义者一样，是在恶魔的启示下描绘超自然的幻象，重复那些他在神志清醒时绝不会说出口的话。

他认为灵魂也会衰老，甚至与肉身的年龄完全不符，因为夜里肉身在休息时灵魂却去拜访了地狱。灵魂在地狱中被炙烤、被撕裂，熟睡的肉身却保持青春。所以在观察一个人时尤其要注意他的眼神，因为这双眼睛所看到的世界，已经不再是一个纯真小孩眼中的世界，而是一个见证了恐怖场景的怪兽眼中的世界。在所有能让我们窥探到地下世界的窗口中，眼睛是最为重要的。但在瞎子身上这条路却走不通，所以他们才能够永远保守自己骇人的秘密；而我们所有人在睡觉的时候都会闭上眼睛，这样一来我们就变成了盲人。

萨瓦托的三部曲中始终绕不开盲人的主题，这或许如书中所叙，来自他童年的经历。他认为，作家的创作中，最重要的部分就来源于他童年时的欲望，例如萨特和莫泊桑。而前者的几乎全部作品都与视力有关。萨特说：他人的眼睛就是地狱，他们看着我们就是在石化我们、奴役我们。执念在我们心中扎根很深，当你对一个东西越着迷，其他能激起你兴趣的东西就越少。最最让你无法自拔的东西也许是最黑暗的，但同时也是唯一的、无所不能的根基所在，是在一个真正的创作者的所有文学作品中反复出现的东西。因此，是主题选择了作者。

在《毁灭者亚巴顿》中，作者还表达了对物质主义的反感，对世纪末人类危机、地球生态环境的破坏等问题的忧虑。他认为不应从欠发达的灾难转变为超级发达的灾难，不应从贫困社会转变为消费社会，不值得用血淋淋的革命换来一屋子没用的玩意儿和一群被电视弄傻的孩子。他推崇的是加缪和格瓦拉的革命观，认为不到万不得已不应诉诸暴力，要尊重生命。他说工业革命销毁了人们古老的神话、与宇宙共处的和谐、淳朴的幸福，他借老人堂阿曼西奥之口怀念过去："以前的日子才是美好的，那时科技没有现在发达，但人们却更加善良，大家都不慌不忙。我们打发时光的方式就是喝马黛茶、在阳台上看落日，那时没有现在这么多娱乐活动，没有电影院也没有电视机，但我们拥有其他更好的东西：给新生儿施洗、给牲口打烙印、给这人那人过命名日。那时的人懂得没有现代人多，但却更大方。农村很穷很穷，尤其是我们马格达莱纳沿岸这块，但是农村土地宽广、人也高尚，就连城市都跟现在不一样，那时的城里人谦逊有礼，现在的世界却充满谎言。"

2020 年 11 月 22 日于深圳大学图书馆

图书在版编目（CIP）数据

毁灭者亚巴顿／（阿根廷）埃内斯托·萨瓦托著；陈华译. —成都：四川文艺出版社，2021.6
ISBN 978-7-5411-5929-9

Ⅰ. ①毁… Ⅱ. ①埃… ②陈… Ⅲ. ①长篇小说－阿根廷－现代 Ⅳ. I783.45

中国版本图书馆CIP数据核字（2021）第064422号

© Heirs of Ernesto Sabato
c/o Schavelzon Graham Agencia Literaria
www.schavelzongraham.com

著作权合同登记号 图进字21－2020－334号

HUIMIEZHE YABADUN
毁灭者亚巴顿

（阿根廷）埃内斯托·萨瓦托 著　陈　华 译

出 品 人	张庆宁
策　划	周　轶
责任编辑	苟婉莹
封面设计	张　军
内文设计	史小燕
责任校对	蓝　海
责任印制	桑　蓉

出版发行	四川文艺出版社（成都市槐树街2号）
网　　址	www.scwys.com
电　　话	028-86259287（发行部）　028-86259303（编辑部）
传　　真	028-86259306
邮购地址	成都市槐树街2号四川文艺出版社邮购部　610031
排　　版	四川胜翔数码印务设计有限公司
印　　刷	成都东江印务有限公司
成品尺寸	143 mm×210 mm　开　本　32开
印　　张	18　字　数　400千
版　　次	2021年6月第一版　印　次　2021年6月第一次印刷
书　　号	ISBN 978-7-5411-5929-9
定　　价	88.00元

版权所有·侵权必究。如有质量问题，请与出版社联系更换。028-86259301